Éanna

Wildes Herz
Stürmische See

LEONIE BRITT HARPER

Éanna

WILDES HERZ
STÜRMISCHE SEE

ROMAN

Weltbild

Besuchen Sie uns im Internet:
www.weltbild.de

Genehmigte Lizenzausgabe für Verlagsgruppe Weltbild GmbH,
Steinerne Furt, 86167 Augsburg

Umschlaggestaltung: Johannes Frick, Augsburg
Umschlagmotiv: © Crabb Gordon / Eldred Alison
via Agentur Schlück GmbH, Garbsen
© Thomas Oser, © Andrejs Pidjass
Gesamtherstellung: CPI Moravia Books s.r.o., Pohorelice
Printed in the EU
ISBN 978-3-8289-9773-8

2013 2012 2011 2010
Die letzte Jahreszahl gibt die aktuelle Lizenzausgabe an.

Éanna

Wildes Herz

Prolog

Nie sollte Éanna Sullivan jene verhängnisvolle Sommernacht vergessen, in der alles begann und das entsetzliche Unheil lautlos wie ein Dieb in der Nacht seinen Anfang nahm. Bis ans Ende ihrer Tage verfolgte sie der heimtückische Nebel und die Prophezeiung von Granny Kate.

In jener Nacht erwachte Éanna Sullivan aus den wirren Träumen ihres Schlafs, weil etwas über ihr Gesicht strich. Es fühlte sich wie eine schwielig raue Hand an, die im Vorübergehen ihre Wange streifte. Sie schlug die Augen auf. Das letzte Stück Torf glimmte noch im Feuer. Der schwache Schein vermochte nicht viel gegen die nächtliche Dunkelheit in dem einzigen Raum der Bauernkate auszurichten. Er reichte gerade noch aus, um die Umrisse ihrer Eltern und vier Geschwister erkennen zu können. Wie schutzsuchend lagen sie dicht gedrängt auf dem harten, festgestampften Erdboden. Doch zwischen ihrer Mutter und ihrer Schwester Mary klaffte ein Spalt, die dünne Strohmatte war leer. Dort hatte Granny Kate Donnegan, die Großmutter, ihren angestammten Schlafplatz auf dem Lehmboden.

Ein leises Knarren kam von der Tür. Éanna drehte ihren Kopf zur anderen Seite und erhaschte einen Blick auf ihre Großmutter, die in diesem Moment durch den Türspalt hinaus in die Nacht schlüpfte. Jetzt wusste sie, was sie aufgeweckt hatte. Es musste ein Zipfel von Granny Kates Umhang gewesen sein, als die Großmutter an ihr vorbei zur Tür geschlichen war. Doch was trieb Kate bloß zu dieser nächtlichen Stunde aus dem Haus? Nach den vielen Regentagen der vergangenen Wochen saß ein hartnäckiger Husten in ihrer Brust und wollte einfach nicht weichen.

Éanna überlegte nicht lange. Da sie nun schon mal wach war, konnte sie auch ebenso gut aufstehen und ihrer Granny nach draußen folgen. Zu groß war ihre Neugier, was Kate bewogen haben mochte, sich der feuchten Nachtkühle auszusetzen.

Éanna fand ihre Großmutter hinter der Lehmhütte. Ihre hagere, nach vorn gekrümmte Gestalt stand vor ihrem Kartoffelfeld, das sich über den sanft ansteigenden Hang eines Hügels erstreckte. Oben auf der Kuppe hoben sich Bäume und Strauchwerk als schwarze Silhouetten vor dem bewölkten Nachthimmel ab. Nur wenig Mondlicht fiel durch einige Löcher in der Wolkendecke und warf hier und da helle Flecken auf das Land.

Reglos stand Kate am Rand des Kartoffelackers, der bald reif zur ersten Ernte sein würde, und wandte nicht den Blick vom Hügel. Sie schaute sich nicht einmal um, als Éanna sich in ihrem Rücken mit einem herzhaften Gähnen bemerkbar machte.

Éanna trat neben sie, um zu sehen, was ihre Großmutter so aufmerksam zur Anhöhe blicken ließ. Sie konnte jedoch nichts Bemerkenswertes entdecken. Nur einige zerfranste Nebelschleier trieben dort oben heran und wogten wie milchiger Schaum über die niedrigen Ginsterbüsche zwischen den beiden Weißdornbäumen.

»Warum bist du aufgestanden, Granny? Konntest du nicht

schlafen, oder hat dich hier irgendetwas geweckt? Treibt sich jemand da oben herum?« Éanna wusste nicht genau, weshalb sie ihre Stimme senkte, aber sie hatte das Gefühl, dass es besser sei, leise zu sprechen.

Granny Kate gab ein trockenes Husten von sich und zog den alten, verschlissenen Umhang fester um ihre hageren Schultern.

»Da, sieh nur!«, raunte sie heiser, und ihre knochige Hand deutete den Hügel hinauf. »Da kommt er! Er hat den Streit für sich entschieden.«

Éanna war beklommen zumute. Granny Kate sah manchmal Gesichter und Dinge, die anderen verborgen blieben. Sie wusste Geschichten über Geisterwesen zu erzählen, die einem eisige Schauer durch den Körper jagten und Gänsehaut auf die Arme trieben.

Die Leute in ihrem Bezirk von Galway sagten, Kate Donnegan habe das dritte Auge. So mancher mied sie deshalb und schlug lieber einen großen Bogen, als ihr über den Weg zu laufen. Sogar in der Dorfkirche blieb der Platz neben ihr häufig leer.

»Meinst du den Nebel?«, wisperte Éanna und wünschte sich plötzlich, sie wäre im Haus beim Feuer liegen geblieben. Denn nun hegte sie keinen Zweifel mehr, dass ihre Großmutter etwas sah, das ihr, Éanna, sicherlich Angst machen würde, wenn sie davon erfuhr.

Auf einmal erschienen ihr die Nebelschleier unheimlich. Hatten sie nicht einen beunruhigend ungewöhnlichen Stich ins Blauschwarze? Und konnten das nicht Geisterarme mit spinnenlangen Fingern an ihren Enden sein, die da links und rechts lautlos hinter dem Dickicht hervorglitten und sich ihrem Kartoffelfeld entgegenstreckten? Ja, so sah es aus! Als würden sich dort milchig blaue Klauenhände auf die oberen Reihen der kräftigen Kartoffelpflanzen legen, Klauenhände, die lang und immer länger wurden! Aber zum Weglaufen war es nun zu spät. Das würde die Großmutter nicht dulden. Dem Unabänderlichen im Leben müsse man immer mutig ins Auge blicken und ihm nie den Rücken zukehren, war einer ihrer gestrengen Regeln. Wer sich nicht daran hielt, dem sitze das Unheil noch viel boshafter im Nacken als demjenigen, der sich ihm furchtlos stelle.

»Es ist nicht nur Nebel, Kind«, raunte Granny Kate. «Das, was du da siehst, ist *Fear Liath,* der Graue Mann!«

Éanna stellten sich die Nackenhaare auf. Sofort schob sie ihre Hände in die weiten Ärmel ihres Kleides und verschränkte die Arme vor der Brust, als könnte sie das schützen. Fear Liath, der Graue Mann, war das gefürchteteste aller Geisterwesen, die in den irischen Mooren, Seen und Bergen hausten und sich nächtens am Himmel bekämpften. Nicht wenige Iren stellten an den Orten, die sie für von Geistern bewohnt glaubten, sogar Holzschalen mit Milch und anderer Nahrung als Opfergaben auf, um sie freundlich zu stimmen.

»Er hat die anderen Geister vertrieben, weil er sie für sich allein will«, fuhr Granny Kate mit unheilvoller Stimme fort. »Und jetzt kommt er, um sie sich zu holen!«

Éanna brauchte nicht zu fragen, was Kate mit »sie« meinte. Es waren immer die Kartoffeln, um die sich Geisterwesen wie der Graue Mann mit anderen *Fairies* stritten. Sie wollten den Iren die Erdfrucht rauben und sie dadurch ins Elend stürzen. Dabei waren die Kartoffeln für die bitterarme

Landbevölkerung Irlands das Einzige, was sie vor dem Verhungern bewahrte. Die Sommerzeit hieß nicht nur bei den Sullivans, sondern auch bei fast allen anderen Bauern nur »Sommerhunger«. Denn der knappe Vorrat an Haferflocken, den sie spätestens im Mai bei den Kaufleuten für sündhaft viel Geld kaufen mussten, reichte nie bis zur ersten Kartoffelernte im späten August. Er musste arg gestreckt werden. Dann gab es tagaus, tagein nur wässrigen Porridge und dünne Kohlsuppen, selten einmal einen Hering. An Eierspeisen oder gar Fleisch war nicht zu denken. Und so wartete jeder voller Ungeduld darauf, dass die Felder endlich reif wurden und ihren Segen freigaben. Und nur wenn diese und die zweite Ernte im Oktober gut ausfielen, konnte eine Familie ohne allzu große Angst dem langen Winter entgegensehen. Es waren diese Kartoffeln, die ihr Überleben sicherten, nach denen der unersättliche Graue Mann jetzt seine Hände ausstreckte!

»Vielleicht irrst du dich diesmal, Granny«, sagte Éanna und hatte Mühe, das Zittern in ihrer Stimme zu unterdrücken. »Vielleicht ist das dort wirklich nur gewöhnlicher Nebel!«

Kate Donnegan schüttelte den Kopf. »Oh nein, es ist der Graue Mann! Sieh nur, wie er über das Feld fährt. Er will alles. Jede Pflanze, die er berührt, gehört ihm. Und er wird nicht eine auslassen.«

»Du machst mir Angst«, flüsterte Éanna. Der Nebel wurde dichter und wallte nun von allen Seiten den Hang hinunter. Immer mehr Kartoffelreihen verschwanden unter seiner Decke. Dabei wogte das milchige Weiß auf und ab, als würde Fear Liath alle Kartoffeln aus dem Boden reißen und sie mit maßloser Gefräßigkeit verschlingen. Nicht mehr lange, und die ersten Schlieren würden sie erreicht haben.

»Lass uns zurück ins Haus gehen.«

Granny Kate verharrte noch einen langen Moment am Fuß des Kartoffelfeldes. Sie schien den wabernden Nebelschwaden – nein, dem Grauen Mann die Stirn bieten zu wollen. Erst als der Husten sie wieder überfiel, drehte sie sich um.

»Er nimmt uns alles. Der Winter wird bitter, Kind«, prophezeite sie. Ihre Stimme klang dabei so ruhig, als hätte sie eine so gewöhnliche und unumstößliche Tatsache wie das Fallen der Blätter im Herbst ausgesprochen. »Du wirst tapfer sein müssen, Éanna. Du bist jetzt schon dreizehn und die Älteste. Du wirst deinen Geschwistern ein Vorbild sein müssen. Denn wir werden hungern, Éanna. Hungern wie nie zuvor.«

Am nächsten Morgen bedeckte ein dicker bläulicher Nebel das Land, so weit das Auge reichte. Gegen Mittag verdunkelte sich auch noch die Sonne. Sie schien ihr Antlitz verhüllen zu wollen, um das Unheil nicht länger anschauen zu müssen. Der Himmel trug eine bedrohliche Farbe, wie sie selbst die Ältesten nie zuvor gesehen hatten.

Drei schrecklich lange Tage hielt sich der Nebel. Seltsamerweise konnte man in der beklemmenden Stille dennoch eine Stimme auf eine Meile Entfernung hören. Es war, als hielte das Land entsetzt den Atem an. Dann endlich löste sich der Nebel auf und gab den Blick frei auf die Katastrophe.

Auf allen Feldern waren die Kartoffelpflanzen wie kraftlos zusammengefallen. Blätter und Stiele hatten sich schwarz verfärbt. Ein entsetzlicher Gestank von Fäulnis trieb mit dem weichenden Nebel über das Land. Er verkündete auch noch dem Ahnungslosesten, welch entsetzliches Unglück Irland heimgesucht hatte.

Granny Kate erlebte den grauenvollen Winter und den großen Hunger nicht mehr. Als die erste und auch die zweite Ernte des Jahres 1845 überall nur schwarze, verfaulte Kartoffeln zutage brachte, lag sie schon in ihrem Grab auf dem Friedhof hinter der Dorfkirche. Ihr Tod bewahrte sie auch davor, die verfaulten Kartoffeln und kläglichen Ernten der nächsten beiden Jahre zu durchleiden. Und er ersparte ihr die Tragödie, mit ansehen zu müssen, wie ihr Schwiegersohn und vier ihrer Enkelkinder nacheinander der bitteren Hungersnot zum Opfer fielen und neben ihr an der Steinmauer zu ihrer letzten Ruhe gebettet wurden.

Erstes Kapitel

Ein nur leicht bewölkter, sonniger Himmel warf sein mildes Septemberlicht über das Hinterland von Galway. Doch nicht ein Schimmer davon drang in die armselige Bauernkate der Sullivans. Die geschlossenen Schlagläden verdunkelten die beiden schmalen Fenster neben der Tür, die ebenfalls zugezogen war.

Éanna wusste, dass es nichts nutzen würde, hier im Dunkeln zu sitzen und leise zu beten. Das Wunder, das sie herbeiflehten, würde nicht eintreten. Nichts konnte Henry Burke davon abhalten, sie die unerbittliche Härte des Herrn von *Parkmore Manor* spüren zu lassen. Er würde die Befehle, die er von Esquire Francis Bland Russell erhalten hatte, ohne das geringste Mitleid ausführen.

»Lass uns noch einen Rosenkranz beten!«, sagte Éannas Mutter mit zitternder Stimme in der Dunkelheit. Es roch im Raum nach kaltem Rauch und Angst. Das Torffeuer war erloschen, die Glut erkaltet. So etwas war in ihrem Haus noch nie passiert. Es war ein ungeschriebenes Gesetz, dass die Frau des Hauses darüber wachte, dass zu jeder Tages- oder Nachtzeit wenigstens Glut unter der Asche war. Wer in seinem Haus das Feuer erlöschen ließ, der taugte nicht als Ehefrau und Mutter und brachte Schande über den Familiennamen.

»Es wird uns nichts helfen, Mutter«, wandte Éanna ein,

und die Angst schnürte ihr die Kehle zu. »Es wird geschehen, wie es schon so viele getroffen hat.«

»Du darfst nie den Glauben verlieren, Éanna«, wies Catherine Sullivan sie mit brüchiger Stimme zurecht.

Éanna schwieg und murmelte wie verlangt den Rosenkranz. Ihre Mutter war immer eine starke Frau gewesen. Vor keinem hatte sie den Blick gesenkt, weder vor Father Murphy noch vor Henry Burke und auch nicht vor dem Esquire. Sie mochte eine arme Pächtersfrau sein, aber ihren Stolz hatte sie sich nicht nehmen lassen. Und nie hatte sie das Feuer ausgehen lassen. Niemals!

Éanna hatte ihre Mutter für all das bewundert, zu ihr aufgeschaut und sich schon als kleines Kind vorgenommen, so wie sie zu werden.

Doch wie wenig war von dieser einstigen Stärke noch geblieben! Das Elend war nicht nur ihrem abgemagerten Körper anzusehen. Die Hoffnungslosigkeit stand ihr ins Gesicht geschrieben, das in den letzten beiden Jahren so bestürzend schnell gealtert war. Seit der Vater vor zwei Monaten im Steinbruch verunglückt und bald darauf gestorben war, hatten Angst und die Gewissheit, vom Schicksal nun endgültig geschlagen zu sein, scheinbar das letzte Aufbegehren in ihr zum Verlöschen gebracht.

Unten von der Biegung der Straße, wo die wenigen noch lebenden Familienmitglieder der McDermots und der Crowleys wohnten, drangen herrische Stimmen, die ohnmächtigen Flüche eines Mannes und das Klagen von Frauen gedämpft zu ihnen herauf.

»Bitte für uns Sünder ...«, murmelte Kate Sullivan.

»Gleich werden sie bei uns sein«, sagte Éanna. Sie hob den

Kopf. Lange würde es nicht dauern, was Henry Burke und seine Männer dort bei den Nachbarn im Auftrag des englischen Großgrundbesitzers zu tun hatten. »Lass uns gehen, Mutter!«

Die magere Hand von Catherine Sullivan tastete in der Dunkelheit nach ihrer Tochter und hinderte sie am Aufstehen. »Nein! Du bleibst. Mit uns wird er Erbarmen haben. Die Crowleys haben noch ihren Vater.«

Éanna lachte bitter auf. »Es geht dem Esquire doch nicht darum, bei welchen Pächtern der Mann noch lebt«, erwiderte sie zornig. Für einen Moment vergaß sie ihre eigenen Ängste. »Es geht allein um die Pacht, Mutter! Nur ums Geld geht es! Und wir haben nicht einmal einen halben Shilling. Geschweige denn die vielen Pfund, die wir im Rückstand sind!«

»Bete mit mir!«, befahl Catherine Sullivan.

Trotzig presste Éanna die Lippen zusammen. Noch vor wenigen Monaten hätte sie nicht gewagt, den Befehl ihrer Mutter zu verweigern, doch der Hunger hatte alles geändert.

»... jetzt und in der Stunde unseres Todes.«

Catherine ließ den Rosenkranz sinken. Es war so weit. Der Hufschlag von mehreren Pferden und das Klirren von Waffen waren zu vernehmen. Die Geräusche wurden rasch lauter. Die Männer kamen die Straße hoch zur letzten Hütte am Ende des gewundenen Weges, der von der Landstraße zum Dorf abzweigte. Zur Kate der Sullivans.

»Catherine Sullivan«, ertönte die Reibeisenstimme von Henry Burke. »Im Namen von Esquire Russell, komm raus mit deiner Tochter! Auf der Stelle raus da, oder ich lasse euch die dreckige Hütte über dem Kopf anstecken!« Einem seiner Begleiter rief er herrisch zu: »Hugh, reiß Reet vom Dach und mach eine Fackel daraus! Ich werde nicht lange bitten. Wir haben heute noch mehr zu erledigen!«

»Vielleicht wäre es besser, für uns zu bleiben«, flüsterte Catherine.

Éanna sprang auf. »Wie kannst du so etwas sagen, Mutter?«, keuchte sie. »Ich will nicht sterben! Und schon gar nicht bei lebendigem Leib verbrennen! Dann lieber verhungern!« Sie holte tief Luft und beugte sich zu Catherine herunter. »Jetzt komm endlich. Es hat doch keinen Zweck mehr!«

Damit packte sie den kleinen Beutel, der alles enthielt, was ihnen noch geblieben war: zwei Holzschüsseln, zwei hölzerne Löffel, die der Großvater geschnitzt hatte, zwei verbeulte Blechbecher, ein einfaches Messer, zwei gestrickte Wollmützen, eine löchrige Decke, drei Talgstummel, ein Stofffetzen mit drei Nähnadeln sowie Feuerstein, Schlagstahl und Zunder. Alles andere war längst den Weg zum Pfandleiher in Waterford gegangen. Sogar die Stiefel, den Gürtel und den Mantel des Vaters hatten sie versetzen müssen. Essen befand sich nicht im Sack. Nicht einmal ein Krümel.

Catherine fasste sich. »Du hast recht«, murmelte sie beschämt und stand auf. »Ich komme ja schon.«

Éanna war vor ihr an der Tür, klappte den Holzriegel hoch und stieß die Tür auf. Im ersten Moment war sie vom hellen Sonnenschein geblendet. Sie legte eine Hand über die Augen und blinzelte ins Licht.

»Wurde ja auch Zeit!«, knurrte Henry Burke ungnädig.

Der Verwalter von Francis Bland Russell, Engländer wie

sein Herr, saß auf einer kräftigen Rotfuchsstute. Auf sein breites Kreuz hätte man eine ganze Ochsenseite legen können, ohne dass etwas von ihr seitlich hervorgeschaut hätte. Sein grobschlächtiges Gesicht war von einem dichten Vollbart umgeben. Er hielt eine Reitgerte in der Rechten und schlug sie ungeduldig auf sein Sattelhorn.

Begleitet wurde der Gutsverwalter von drei Knechten und einer sechsköpfigen Eskorte der verhassten Rotröcke. Die englischen Soldaten in ihren roten Uniformen und hohen Mützen waren mit Gewehren und Säbeln bewaffnet, als ginge es in eine Schlacht und nicht gegen wehrlose, halb verhungerte Bauern. Der kalte Stahl der aufgesteckten Bayonette funkelte wie eine stumme Drohung im Sonnenlicht. Verachtung stand in ihren verschlossenen Gesichtern.

Catherine fiel vor dem Verwalter auf die Knie. »Ich flehe Euch an, lasst uns bleiben, Master Burke! Wenigstens noch über den Winter!«, bettelte sie.

Éanna musste an sich halten, als sie sah, wie sich ihre Mutter erniedrigte. Ihn mit Master anzusprechen, obwohl er alles andere als ein solcher war, mochte ihm vielleicht schmeicheln. Aber erweichen würde sie ihn damit noch lange nicht.

»Hast du die Pacht?«, fragte Henry Burke barsch. Er wusste sehr wohl, wie überflüssig die Frage war.

»Woher sollten wir das Geld nehmen, Master?«, fragte Catherine leise und rang verzweifelt die Hände. »Ihr wisst selber, wie entsetzlich wenig die letzte Ernte gebracht hat. Nicht einmal ein Siebtel des Üblichen. Nur für einen Monat hat es trotz Hungern gereicht. Und wo wir doch so gut wie kein Saatgut mehr hatten . . .«

»Du hast die ausstehende Pacht also nicht!«, fiel der Verwalter ihr ins Wort.

»Nein, Master Burke.«

»Dann mach, dass du aus dem Weg kommst, Weib! Und lieg mir nicht mit euren verfluchten Kartoffeln in den Ohren!«, blaffte er. »Ihr seid selber schuld an eurer Misere. Warum habt ihr all die Jahre diese elende Sorte angebaut, die doch nur als wässriges Pferdefutter taugt?«

»Weil diese Kartoffeln eine größere Ernte abwerfen und sich länger in den Vorratsgruben und auf den Brettern unterm Dach halten, wie jeder Dummkopf weiß, wenn er nicht gerade Engländer ist!«, hätte Éanna ihm am liebsten zugerufen, doch sie biss sich auf die Lippen. Wozu Worte verlieren, die sie ebenso gut gegen eine Wand hätte sprechen können?

»Aber so war es doch immer, Master!«, schluchzte ihre Mutter.

»So war es immer! So war es immer!«, äffte Henry Burke sie verächtlich nach. »Nun, jetzt ist endlich Schluss mit euren stinkenden Pferdekartoffeln. Der Esquire will euch Lumpenpack, das ständig die Pacht schuldig bleibt, nicht länger auf seinem Land haben. Der Dreck wird untergepflügt, und dann entstehen hier Schafsweiden. Das wirft wenigstens etwas ab. Und jetzt verschwindet endlich!«

Seine drei Gutsknechte herrschte er an: »Was steht ihr denn noch so faul herum? An die Arbeit, Männer! Aber ein bisschen flott! Na los, reißt die stinkende Hütte ein!«

Einer der Knechte lenkte sein Pferd an die niedrige Kate heran und kletterte aus dem Sattel auf das Dach. Ein anderer warf ihm ein Seil mit einem dicken Eisenhaken am Ende zu. Der Mann auf der Kate riss die Reetabdeckung auf, legte den Haken um den obersten Dachbalken und kletterte wieder hinunter.

Augenblicke später spannte sich das Seil unter der Zugkraft des Pferdes, und der Längsbalken brach an beiden Giebelseiten aus dem Mauerwerk aus Lehm und Astgeflecht. Er riss im Sturz das ganze Dach ein und nahm dabei auch gleich noch die Hälfte des Kamins mit. Die splitternden Latten und die Reetmatten der Abdeckung stürzten in den Innenraum und begruben unter sich, was einmal das Heim der Sullivans gewesen war. Staub, Dreck und Reet wirbelten auf.

»Reißt auch die Wände ein, damit keiner von dem Gesindel auf die Idee kommt, sich hier heimlich verkriechen zu wollen!«, befahl der Verwalter.

Mit dem hakenbewehrten Zugseil, Äxten und schweren Brechstangen rückten die drei Gutsknechte den Lehmmauern zu Leibe.

Éanna schnürte es beim Anblick ihrer brutalen Zerstörungswut Herz und Kehle zu. »Komm, Mutter«, presste sie hervor und zog Catherine auf die Beine. Sie konnte nicht länger mit ansehen, wie die Knechte des Esquire ihr Zuhause einrissen. Hier war alles verloren.

Tränen strömten ihrer Mutter über das ausgemergelte Gesicht.

»Wo sollen wir denn hin? Was soll werden?«, weinte sie.

»Psst, Mutter.« Éanna zog sie hoch. »Wir finden eine Lösung. Es gibt immer einen Weg, das hast du selbst vor nicht allzu langer Zeit gesagt.«

Catherine sah sie in stummer Verzweiflung an, aber sie

ließ sich von ihrer Tochter auf die Beine helfen, und gemeinsam kehrten sie ihrem Zuhause den Rücken.

Der entsetzliche Laut des wegstürzenden Mauerwerks begleitete sie auf ihrem Weg hinunter ins Dorf.

Seit einer Woche wütete Henry Burke mit seinen Männern auf den Ländereien des Esquire und jagte die Kleinpächter unbarmherzig auf die Straße. Und damit folgte er nur dem Beispiel vieler anderer Großgrundbesitzer, die auf ihrem Grund und Boden Massenräumungen befohlen hatten. Die ersten Dörfer in der Umgebung waren mittlerweile menschenleer. Wovon sollten die Handwerker und kleinen Krämer auch leben, wenn es rundherum keine Bauern mehr gab?

Unten auf der Landstraße stießen Éanna und ihre Mutter auf die McDermotts und die Crowleys. Ein Mann, zwei Frauen und vier halbwüchsige Kinder, von denen der fünfzehnjährige Michael McDermott das älteste war. Sie alle waren von Hunger und Hoffnungslosigkeit gezeichnet. Unschlüssig standen sie auf der Straße und fragten sich, wohin es nun gehen sollte.

Als Éanna den gleichaltrigen Michael sah, musste sie daran denken, was seine Mutter Sarah vor einem halben Jahr getan hatte.

Als ihr Mann damals gestorben war, hatte Sarah McDermott in ihrer Verzweiflung ihrem gerade sechs Wochen alten Neugeborenen die Milch verwehrt und es damit dem Tod ausgeliefert. Was sie noch an Muttermilch hatte geben können, war fortan ausschließlich ihrem ältesten Sohn Michael zugute gekommen. Er musste dringender als jeder andere in ihrer Familie am Leben bleiben. Denn er allein hatte Arbeit als Steinbrecher bei einer der öffentlichen Arbeitsprogramme gefunden, die von der englischen Krone ins Leben gerufen worden waren. Wenn auch ihn der Hunger entkräftigte und er darüber seine Arbeit verlor, war das Schicksal seines neunjährigen Bruders und seiner Mutter besiegelt.

Niemand hatte Sarah McDermott deswegen einen Vorwurf gemacht. Sie hatte getan, was sie noch hatte tun können – ja, tun *müssen,* damit wenigstens einige von ihrer Familie die Hungersnot überlebten. Andere Mütter hatten dieselbe schreckliche Wahl treffen müssen, und nicht einmal der gestrenge Father Murphy hatte darüber auch nur ein Wort in seinen Sonntagspredigten verloren. Was hätte er auch sagen sollen? Dass in einer Familie wie die McDermotts besser alle starben als zu entscheiden, wen es zuerst treffen und wer bei Kräften bleiben sollte?

Éanna fragte sich, ob ihre Mutter genauso gehandelt hätte, wenn es noch ein Baby gegeben hätte. Sie wusste es nicht. Ihr Vater hatte auch in der schlimmsten Zeit eisern darauf bestanden, dass alle den gleichen Anteil bekamen. Er hatte keinen Unterschied gemacht – wie entsetzlich wenig es auch gewesen war, was jeder zugeteilt bekam. Oft hatte er selbst verzichtet, obwohl er für die schwere Arbeit alle Kräfte gebraucht hätte.

Als sie sich den McDermotts und den Crowleys näherten, sah Éanna erleichtert, wie sich Catherine entschlossen die Tränen aus dem Gesicht wischte.

Michael McDermott empfing sie mit bitterer Miene. Sie erfuhren, dass die Familien beschlossen hatten, zusammen hinunter zur Küste zu ziehen, nach Galway. In der großen

Hafenstadt an der Mündung des Corrib hofften sie auf Arbeit. Und notfalls wollten sie sich vor einem dieser grauenvollen Arbeitshäuser in die langen Schlangen jener einreihen, die dort um Aufnahme bettelten.

Als Michael den Sullivans anbot, sich ihnen anzuschließen, richtete Catherine sich auf und schüttelte entschieden den Kopf. »Eher sterbe ich auf der Straße, als ins Armenhaus zu gehen!«, erklärte sie.

Das erste Mal an diesem Tag spürte Éanna so etwas wie Zuversicht. Da war sie wieder – die alte Stärke ihrer Mutter, die Sicherheit, die Éanna immer an ihr bewundert hatte. Es tat gut zu hören, dass sie sich offenbar doch noch einen Rest von Stolz und Selbstachtung bewahrt hatte. Und Éanna spürte, wie sich ein bisschen davon auf sie selbst übertrug.

An der Gabelung der Landstraße verabschiedeten sie sich von den Nachbarsfamilien. Ein letzter müder Segenswunsch, und dann bogen die McDermotts und Crowleys nach links ab, wo es über die Dörfer Claregalway und Ballybrit nach Galway im Westen ging.

Éanna schlug mit ihrer Mutter die östliche Richtung ein. Hinter ihnen – zwischen den herbstlichen Feldern und den grünen Hügelketten – ragte die Ruine ihrer Kate in den Himmel.

Doch keiner von ihnen blickte sich nach ihrem ehemaligen Zuhause um.

Zweites Kapitel

Die Straße der Sterne, so nannten sie die Bauern mit bitterem Hohn. Sie nahm die bettelarme Landbevölkerung auf, wenn sie von ihren Pachthöfen vertrieben wurden.

Was es bedeutete, auf der Straße der Sterne unterwegs zu sein, das sollten Éanna und ihre Mutter nur allzu bald erfahren. Es vergingen keine fünf Minuten, ohne dass ihnen Eselskarren und Fuhrwerke begegneten, auf denen Leichen zur Beerdigung lagen. Gefolgt von ihren Angehörigen, nicht selten aber auch nur von einem einzigen überlebenden Mitglied der Familie.

Éanna dachte daran, wie glücklich sich solch eine Familie noch schätzen konnte. Die Toten lagen wenigstens in einem Brettersarg, auch wenn er noch so billig und schäbig sein mochte. Und die Hinterbliebenen hatten immerhin so viel Geld, um den Leichenbestatter bezahlen und ihre Verstorbenen auf einem Friedhof in geweihter Erde beerdigen zu können.

Die Mehrzahl der Opfer, die der jahrelange Hunger schon gefordert hatte, lag entlang der Straßen irgendwo verscharrt. Oft hatte die Kraft nur noch für ein paar Steine gereicht, mit denen man den Leichnam bedeckt hatte. Aber wenigstens schützte das die Verstorbenen vor streunenden Hunden und anderem Getier, das noch nicht in den Fallen der Hungernden sein Leben gelassen hatte.

Doch auf den Überlandstraßen stieß man auch auf Tote, die keinerlei noch so armseliges Begräbnis erhalten hatten. Sie lagen in den Gräben und vor den niedrigen grauen Steinmauern, die Felder und Gehöfte eingrenzten. Sie ruhten dort, wo der Tod sie ereilt und ihr Leiden beendet hatte. Kaum eine der zerlumpten, zu Skeletten abgemagerten Gestalten, die sich mit leerem Blick über die Straße schleppten, schenkte ihnen Beachtung. Es waren ihrer einfach zu viele, um von ihrem Anblick nicht längst abgestumpft zu sein.

Éanna jedoch stiegen bei jedem Toten, auf den ihr Blick fiel, jedes Mal von Neuem die Tränen in die Augen. Insbesondere wenn es sich um kleine Kinder handelte. Viele lagen mit angezogenen Beinen und Armen scheinbar friedlich im Gras, als hätten sie sich nur für eine Weile schlafen gelegt und sich dafür schützend vor Wind und Wetter eingerollt.

»Wohin wollen wir, Mutter?«, brach Éanna schließlich das Schweigen. Alles war besser, als wortlos der Landstraße zu folgen und nichts weiter zu tun zu haben, als die Leichenwagen vorbeirumpeln zu sehen.

Ihre Mutter schien sich darüber Gedanken gemacht zu haben. Denn ihre Antwort kam unverzüglich, und wieder klang etwas von der alten Stärke in ihrer Stimme mit. »Nach Knockmoy Abbey. Ich habe gehört, dass hinter dem Kloster eine neue Straße gebaut werden soll«, sagte sie. »Vielleicht bekommen wir dort Arbeit.«

Éanna warf einen kurzen Blick auf den Stand der Sonne. »Bis zum Kloster sind es bestimmt noch sechs, sieben Meilen«, wandte sie ein. »Wenn wir dort eintreffen, wird es schon fast dunkel sein. Und du weißt doch, man muss sich spätestens morgens um sechs bei diesen Arbeiten einfinden, wenn man auch nur eine Chance haben will, vom Aufseher für den Tag ausgewählt zu werden.«

»Gerade deshalb ist es gut, wenn wir schon heute mit ihm sprechen«, erwiderte Catherine energisch. »So wird er uns leichter wiedererkennen, wenn wir morgen früh in der Menge stehen.«

Éanna nickte. »Damit könntest du recht haben«, sagte sie, auch wenn sie insgeheim an den Worten ihrer Mutter zweifelte. Aber sie wollte die wiedergewonnene Entschlossenheit und Zuversicht ihrer Mutter nicht ins Wanken bringen. Dringender denn je zuvor brauchte sie Catherine – denn was es hieß, dass ihre Mutter sich selbst und Éanna aufgab, das hatte sie in jenem schrecklichen Moment erlebt, als Catherine davon gesprochen hatte, in der Hütte sterben zu wollen.

Schweigend setzten sie ihren Weg nach Knockmoy Abbey fort – vorbei an den einheimischen irischen Polizisten, die mit finsteren Gesichtern die Schaf- und Rinderherden, fruchtbare Äcker und weite Getreidefelder bewachten.

Éanna sah sie und ballte insgeheim die Fäuste. Sie wusste nur allzu gut, dass es in Irland nicht an Lebensmitteln fehlte. Die herrschende Klasse dachte nur nicht daran, sie auf den heimischen Märkten zu verkaufen, sondern verschiffte sie dorthin, wo sie den besten Preis erzielten. Woche für Woche transportierten Dutzende Frachtschiffe die reichen Erträge der Großgrundbesitzer nach England. Die Hungersnot der Landbevölkerung kümmerte die meisten wenig. Sie begrüßten vielmehr die angebliche Strafe Gottes, die nun endlich dafür sorgte, dass sich die Zahl von Irlands Katholiken endlich drastisch verringerte – durch Tod oder Auswanderung. Manche Großgrundbesitzer äußerten sogar in aller Öffentlichkeit, dass die Missernten und die Hungersnot »ein Segen für Irland« wären.

Das Kloster und die Baustelle, der Éanna und ihre Mutter entgegenstrebten, gehörten zu den viel zu späten und nur halbherzigen Hilfsmaßnahmen des englischen Parlamentes, das nach langem Verzögern schließlich eine Reihe von öffentlichen Bauprojekten für Irlands hungernde Bevölkerung beschlossen hatte. Die Löhne waren trotz der knochenbrechenden Arbeit so karg bemessen, dass auch sie kaum zum Überleben einer Familie reichten.

Je länger Éanna durch den Staub der Landstraße wanderte und je mehr Leidensgenossen sie begegnete, desto größer wurde ihr Zorn über die verhassten Engländer.

Sie hatte nur wenige Monate eine der »Heckenschulen« besuchen dürfen – Unterricht im Freien, meist im Schutz einer Steinmauer oder einer Hecke –, aber den Lehrern war es bei schwerer Strafe verboten gewesen, die Kinder in irischer Geschichte und in ihrer eigenen gälischen Sprache zu unterrichten.

Doch von ihrem Vater wusste Éanna, was es mit der englischen Herrschaft auf sich hatte – er hatte es ihr im Schutz der Kate erzählt, flüsternd.

Es war Henry VII. gewesen, der im Jahre 1535 seinem Reich den evangelischen Glauben aufgezwungen hatte. 1690 brachen dann britische Truppen in der fürchterlichen Schlacht am Boyne River Irlands Widerstand endgültig. Seitdem standen die Iren in ihrem eigenen Land unter der harten Knute der sogenannten *Penal Laws*. Die vom britischen Parlament erlassenen »Strafgesetze« sollten verhindern, dass die Iren jemals wieder zu Einfluss und militärischer Macht gelangten und damit für England zu einer Bedrohung werden konnten. Die Gesetze verboten es allen katholischen Iren – und damit dem Großteil der Bevölkerung –, an Wahlen teilzunehmen, ein öffentliches Amt zu bekleiden, Feuerwaffen zu besitzen und bestimmte Berufe auszuüben. Wer sein Land nicht verlieren und den vielen anderen Beschränkungen dieser Gesetze entgehen wollte, war gezwungen, seinem Glauben und seiner Treue zum Papst in Rom abzuschwören und Protestant zu werden.

Inzwischen waren einige dieser Penal Laws gelockert worden. Aber an der Tatsache, dass die Engländer als herrschende Klasse Irland ausbeuten konnten, hatte sich nichts geändert.

»Komm weiter, Éanna«, sagte ihre Mutter plötzlich und zog sie am Arm.

Éanna schreckte auf. Sie hatte gar nicht gemerkt, wie sie stehen geblieben war und auf eines der schwer bewachten Herrenhäuser starrte, das entlang der Straße stand. Diese trutzigen, festungsähnlichen Schlösser befanden sich ausnahmslos im Besitz adliger Engländer oder irisch-englischer Protestanten. Viele von ihnen kamen nur gelegentlich einmal aus England, um ihren Besitzungen einen kurzem Besuch abzustatten, etwa zur Jagdsaison.

Nur widerwillig setzte Éanna sich in Bewegung. Der Unterschied zur Straße der Sterne könnte nicht größer sein, dachte sie bitter bei sich.

Die Sonne hatten sich auf ihrer Bahn schon tief nach Westen über die Küste von Galway geneigt, als sie endlich den Bauplatz am Kloster erreichten. Doch das Bild, das sich ihnen hinter der Biegung der Landstraße bot, ließ ihnen das Herz sinken.

Drittes Kapitel

Es war ein gewaltiger Steinbruch, in dem mehr als hundert Männer mit primitivstem Werkzeug Felsbrocken aus der Wand brachen oder sie mit Vorschlaghämmern in kleine Stücke zertrümmerten. Frauen und Kinder, viele von ihnen barfuß, karrten das Gestein in Schubkarren davon oder schleppten es in schweren Körben aus dem Steinbruch die steile Böschung hinauf und von dort zu jener Stelle, wo der Schotter für den Bau der neuen Straße gebraucht wurde. Jeder von ihnen bot ein Anblick des Elends. Die Kleider schlotterten in den längst viel zu weit gewordenen Kleidern. Die Gesichter grau, verdreckt und verzerrt von verzweifelter Anstrengung und der kaum zu bewältigender Last. Und in den tief liegenden Augen saß bei jedem die Angst, die Kraft nicht mehr lange aufzubringen und von einem anderen Hungerleider ersetzt zu werden.

Zwischen den Arbeitern gingen Aufseher unablässig auf und ab. Sie wurden *Whip-up* genannt, Einpeitscher. Ein sehr zutreffender Name. Denn unerbittlich trieben sie Männer, Frauen und Halbwüchsige an, nur ja nicht langsamer zu werden. Immer wieder ließen sie ihre Peitschen knallen. Manche machten sich dabei einen Spaß daraus, die Lederschnur ihrer Peitsche möglichst nahe am Körper eines Tagelöhners durch die Luft zucken zu lassen.

Wer das vorgegebene Tempo nicht mehr mithalten konnte,

wurde aus der Kolonne gezerrt und zum Oberaufseher geführt, der seinen Namen aus seinem Lohnbuch strich. Was nicht selten einem Todesurteil für ihn und diejenigen gleichkam, die sein schäbiger Tageslohn von zehn, elf Pence bislang vor dem Verhungern bewahrt hatte.

»Es sieht nicht schlecht für uns aus«, raunte Catherine. »Sieh nur, es ist kaum noch jemand da, der uns morgen einen Platz streitig machen könnte!«

»Keiner ist vielleicht etwas übertrieben«, gab Éanna leise zurück. Rund um den Steinbruch und den Bauplatz kauerten sogar zu dieser Abendstunde noch arbeitslose Männer, Frauen und Kinder im Gras. Aber es waren wirklich erstaunlich wenige, wie auch sie feststellte, höchstens zwei Dutzend. Jeder von ihnen hoffte darauf, einen jener ersetzen zu können, die bei der Arbeit zusammenbrachen. Die meisten von ihnen sahen jedoch so aus, als hätten sie selbst kaum noch Kraft, um sich vom Boden zu erheben, geschweige denn Steine zu zertrümmern und schwere Körbe zu tragen.

Éanna erinnerte sich daran, was ihr Vater ihnen von den Vorkommnissen in jenem Steinbruch erzählt hatte, in dem er für einige Zeit Arbeit gefunden hatte. In den frühen Morgenstunden hatten sich dort stets mehr als hundert Tagelöhner versammelt. Sie warteten darauf, dass wieder einer der Unglücklichen aus der Arbeitskolonne herausgetrieben wurde. Nicht selten hatten sie sich dann auf dem Weg zu dem Oberaufseher, der das Lohnbuch führte, gegenseitig umgestoßen.

Éanna nahm an, dass diejenigen, die noch besser bei Kräften waren und lange Morgenstunden vergeblich auf einen

Arbeitsplatz gehofft hatten, inzwischen weitergezogen waren. Vermutlich zu dem Brückenbau, den man östlich von hier in Angriff genommen hatte. Von diesem weiteren Bauprojekt hatten sie und ihre Mutter auf der Straße gehört.

»Das muss dort drüben der Ganger sein«, flüsterte ihre Mutter, als sie sich Steinbruch und Bauplatz näherten. Verstohlen deutete sie dabei auf einen Mann oben am Rand der Böschung, der im Schutz einer nach vorn offenen Bretterhütte hinter einem Tisch saß. »Das ist bestimmt der Mann, der hier das Sagen hat. Mit ihm müssen wir reden!«

Ganger war die gebräuchliche Bezeichnung für den obersten Aufseher, dem die Überwachung der Arbeit eines Bauprojektes vor Ort unterstand und der den Lohn auszahlte. Die Ganger waren den Berichten nach raue hartherzige Kerle, denen das tägliche Elend längst keinen Funken Mitgefühl mehr entlockte. Und der Ganger dieses Bauprojektes, ein bullig gebauter Mann mit dem plattnasigen Gesicht eines Boxerhundes, schien keine Ausnahme zu sein.

Einer seiner Unteraufseher hatte soeben einen Mann, kaum mehr als ein mit Lumpen behangenes Skelett, vor den Tisch seines Vorgesetzen gezerrt. Auf Knien beschwor er den Ganger, ihn nicht aus seinem Lohnbuch zu streichen.

»Gebt mir noch eine Chance, Mr Nicholson!«, flehte er ihn mit trockenem Schluchzen an. »Morgen wird es mir nicht wieder passieren. Ihr habt mein Wort! Denkt an meine beiden kleinen Kinder, die letzten, die mir geblieben sind. Drei andere und meine Frau habe ich schon zu Grabe getragen. Lasst mir die Arbeit, in Gottes heiligem Namen!«

»Er hat mehr als genug Chancen gehabt. Und sein heiliger Papistengott zahlt ja wohl hier nicht die Löhne aus«, sagte der Unteraufseher zynisch über den Kopf des vor dem Tisch knienden Mannes hinweg. »In der letzten Stunde hat er die Schubkarre gleich dreimal umgekippt! Und das wird auch nicht besser mit ihm werden. Glaub mir, der Kerl ist erledigt, Arsenath.«

Wortlos schlug der Ganger sein Lohnbuch auf, ließ sich den Namen des Mannes nennen, strich ihn mit einem kurzen, energischen Federstrich aus der langen Liste, notierte einen Lohnbetrag hinter dem Namen, knallte das ledergebundene Buch wieder zu und warf dem Mann seinen restlichen Lohn vor die Füße. Bei all dem kam ihm nicht ein einziges Wort über die Lippen. Kein Muskel regte sich in seinem harten Gesicht.

»Éanna«, raunte Catherine. »Halte dich ja aufrecht, und mach ein freundliches Gesicht, wenn wir uns dem Ganger nähern. Du musst lächeln, hörst du? Zeige bloß nicht, dass du müde bist! Der Ganger soll sehen, dass wir schon lange das können, was die anderen leisten müssen!«

»Ja, Mutter«, murmelte Éanna und bemühte sich um einen freundlichen Gesichtsausdruck.

Doch wie schwer ihr das fiel! Der Hunger fraß wie eine tollwütige Ratte in ihr, und ihre Füße brannten von dem stundenlangen Marsch wie Feuer.

Aber sie wusste, dass Catherine recht hatte. Die Arbeit im Steinbruch war die einzige Möglichkeit zu überleben. Und wenn ein Lächeln half, und sei es noch so aufgesetzt, dann musste sie sich eben dazu zwingen. Éanna straffte ihre Schultern und folgte ihrer Mutter zu dem Tisch des Gangers.

»Was wollt ihr?«, fragte der Oberaufseher schroff. Argwohn und Ärger flammten in seinen Augen auf. Er hatte gerade nach einem knusprig gebackenen Brotlaib gegriffen, von dem noch drei Viertel übrig waren. Offensichtlich nahm er an, sie wollten ihn anbetteln. »Hier werden keine milden Gaben verteilt! Sucht euch gefälligst die nächste Suppenküche.«

Catherine deutete eine steife Verbeugung an. »Nichts liegt uns ferner, als Euch anbetteln zu wollen, Mr Nicholson«, sagte sie höflich, aber auch mit einem gewissen Stolz in der Stimme. »Wir haben unseren Lebtag lang von unserer ehrlichen Hände Arbeit gelebt, und so wird es auch bleiben.«

»So? Und was wollt ihr dann?«, brummte der Ganger, doch es klang nicht mehr ganz so harsch.

Éanna schielte auf das Brot, das neben einer großen ovalen Blechdose lag. Das Behältnis enthielt sicherlich noch anderes Essen, das der Ganger mit zur Arbeitsstelle gebracht hatte. Hinter der Dose ragte der Stiel eines Blechlöffels hervor. Vielleicht hatte ihm seine Frau eine dicke Suppe bringen lassen, womöglich sogar mit Fleischstücken? Das Wasser lief Éanna im Mund zusammen, als sie sich ausmalte, was sich unter dem verschrammten Blech alles an Köstlichkeiten verbergen mochte. Sie schluckte mehrmals, doch ihre Kehle fühlte sich trocken und rau an.

»Sullivan ist mein Name, Catherine Sullivan. Das ist meine Tochter Éanna, Mr Nicholson«, stellte sich die Mutter vor, als wollte sie sich in einem Herrenhaus um eine Anstellung bewerben. Ganz bewusst nannte sie jedes Mal seinen Namen. »Wir suchen Arbeit, Mr Nicholson. Und wir sind kräftig genug, um diese Arbeit verrichten zu können.«

Éanna nickte und zwang sich weiterzulächeln, doch den Blick konnte sie dabei nicht vom Brot nehmen.

»Du scheinst den Sonnenuntergang mit dem Sonnenaufgang verwechselt zu haben«, spottete der Ganger und verzog den Mund. »Oder glaubst du vielleicht, um diese Stunde gäbe es noch Arbeit für euch? Kommt morgen früh wieder.«

»Das haben wir auch vor«, erwiderte Catherine ruhig. »Aber wir wollten uns heute Abend schon einmal vorstellen, damit Ihr morgen wisst, auf wessen Arbeitkraft Ihr Euch verlassen könnt, Mr Nicholson.«

Ein Anflug von Belustigung, aber auch Überraschung zeigte sich auf dem plattnasigen Gesicht des Gangers. »So, *vorstellen* wollt ihr euch! Sieh an!« Er lachte kurz auf und schüttelte den Kopf, als wäre ihm ein solch törichtes Ansinnen noch nie zuvor begegnet. Und mit bissigem Sarkasmus fragte er: »Ein Empfehlungsschreiben habt ihr aber nicht dabei, oder?«

Die Mutter bewahrte Haltung. »Wir sind, was Ihr vor Euch seht, Mr Nicholson: Catherine und Éanna Sullivan, zwei kräftige Frauen, die hart zu arbeiten wissen und keine Schwierigkeiten machen«, gab sie bestimmt zur Antwort. »Und wir wären Euch zu großem Dank verpflichtet, wenn Ihr morgen früh ...«

»Schon gut!«, fiel ihr der Ganger säuerlich ins Wort. »Spart euch das. Und wiederholt nicht ständig euren Namen, *Catherine ... Sullivan!«* Er verdrehte die Augen. »Ich leide noch nicht unter Gedächtnisschwund, dass ich einen Namen in wenigen Minuten gleich zehnmal hören muss, um ihn nicht zu vergessen.«

»Verzeiht meine Aufdringlichkeit«, murmelte Catherine und senkte den Blick. »Ich hatte nicht vor, Euch ...«

»Genug!«, schnitt er ihr erneut das Wort ab. »Ich weiß, was ihr wollt und wie ihr heißt, Frau. Kommt morgen wieder. Dann werde ich sehen, was sich machen lässt. Aber glaube ja nicht, dass ihr damit schon in meinem Buch steht. Bei mir gibt es keine Vorzugsbehandlung. Bei mir geht alles mit Recht und Ordnung zu.«

»Das glaube ich Euch. Und ich weiß, dass Ihr tun werdet, was Ihr könnt«, sagte Catherine dankbar. »Erlaubt mir eine letzte Frage, Mr Nicholson.«

Der Ganger runzelte die Stirn. »Was ist denn jetzt noch?«

Éanna schielte noch immer zum Brot hinüber.

»Wisst Ihr vielleicht, wo wir hier in der Umgebung die Nacht verbringen können? Irgendeine Behausung, die ein wenig Schutz vor Wind und Wetter bietet?«

Das Gesicht des Gangers verzog sich vor Zorn. »Was kümmert es mich, wo du mit deiner Tochter die Nacht verbringst, *Catherine Sullivan?«,* knurrte er. So, wie er ihren Namen diesmal aussprach, klang es wie eine Warnung, den Bogen nicht zu überspannen.

»Entschuldigt vielmals«, sagte Éannas Mutter hastig. Sie hatte ihren Fehler sofort erkannt. »Wir werden morgen pünktlich sein. Komm, Éanna!«

Ein letzter Blick auf das Brot, ein schweres Schlucken, und dann riss Éanna sich von dem Anblick los.

Kaum hatte sie sich jedoch umgedreht, als der Oberaufseher ihr knurrig zurief: »He, du da! Éanna! Komm her!«

Erschrocken fuhr Éanna unter seinem Anruf herum. Sie fürchtete, durch irgendetwas den Zorn des Gangers erregt zu haben, obwohl sie beim besten Willen nicht wusste, was sie getan haben könnte.

Und dann traute sie ihren Augen nicht, als Arsenath Nicholson zum Brotlaib griff. Er brach ein gut vier Finger breites Stück davon ab und hielt es ihr hin.

»Nimm schon!«, blaffte er sie an, als gäbe er ihr kein Almosen, sondern eine scharfe Zurechtweisung. »Und halte ja den Mund, verstanden? Ich habe keine Lust, dass mir das Pack gleich die Bude einrennt und mich für eine verdammte Suppenküche hält. Steck es weg und verschwinde!«

Éanna konnte ihr Glück kaum fassen. Ein dickes Stück Brot! Ihre Mutter und sie würden jeder zwei Scheiben Brot haben! Hastig trat sie zu ihm an den Tisch, nahm das Brot mit zitternder Hand und ließ es schnell unter ihrem Umhang verschwinden. »Gott segne Euch«, flüsterte sie.

Der Ganger machte eine unwirsche Handbewegung, als wollte er eine lästige Fliege verscheuchen.

Éanna lief zu ihrer Mutter, in deren Augen sie Tränen schimmern sah. »Hast du das gesehen?«, raunte sie ihr zu. »Er hat mir ein dickes Stück von seinem Brot gegeben!«

Catherine nickte. Sie legte ihren Arm um sie und drückte sie an sich. »Du hat recht, Kind. Er mag ein rauer Klotz sein, aber das täuscht. Jetzt bin ich zuversichtlich, dass er uns morgen in sein Lohnbuch schreibt!« Sie klang regelrecht aufgedreht. »Wir werden nicht einfach nur namenlose Gesichter in der Menge sein, sondern Catherine Sullivan und ihre Tochter Éanna. Wir werden Arbeit haben, Éanna! Der Lohn wird reichen, um den ärgsten Hunger zu stillen. Vielleicht können wir ja sogar jeden Tag ein, zwei Pence zurücklegen, wenn wir das Geld umsichtig einteilen.« Sie lachte und weinte zugleich. »Ach, Éanna! Es wird noch alles gut!«

»Du hast das auch sehr geschickt gemacht, Mutter«, lobte Éanna sie. Sie fühlte nach dem Brot unter ihrem Umhang, und es kam ihr vor, als ob damit alles anders geworden wäre. »Fast wie eine Dame bist du aufgetreten. Er hat es nicht zeigen wollen, aber bestimmt hat es Eindruck auf ihn gemacht.« Das mit der Dame mochte sehr an den Haaren herbeigezogen sein, so abgerissen wie sie aussahen. Aber was tat das zur Sache? Endlich gab es wieder Hoffnung!

Éannas Mutter sah sich um. »Lass uns nach einem Unterschlupf für die Nacht Ausschau halten, bevor wir das Brot essen. Aber nicht gleich hier an der Landstraße. Da wird es sicher nichts mehr geben.«

Wenig später bogen sie in einen Feldweg zu ihrer Linken ab und stießen im Dämmerlicht der hereinbrechenden Nacht schon bald auf einen Friedhof. Hinter dem hohen verwilderten Gebüsch fiel ihnen das halb eingefallene Dach eines winzigen, reetgedeckten Hauses ins Auge. Es musste sich um das ehemalige Wohnhaus der Friedshofswache handeln.

»Es scheint verlassen zu sein«, rief Éanna und lief auf die Tür zu. »Genau das, was wir brauchen! Dann werden wir es morgens auch nicht allzu weit zum Steinbruch haben.«

Und tatsächlich: Es drang weder Feuerschein durch die Bretterritzen nach draußen, noch stieg die Rauchfahne eines Torffeuers aus dem Stumpf des Giebelschornsteins. Die Schlagläden vor den beiden winzigen Fenstern waren wie die Tür geschlossen.

»Warte, Éanna«, ermahnte Catherine sie. »Wir müssen erst sichergehen, ob das Haus wirklich aufgegeben ist.«

Ungeduldig klopfte Éanna an die Tür, doch niemand antwortete.

Endlich nickte Catherine zustimmend.

Éanna wollte die Pforte aufdrücken, doch sie bewegte sich kaum von der Stelle. Etwas leistete von innen Widerstand. Ihre Mutter trat zu ihr, um zu helfen. Gemeinsam stemmten sie sich mit aller Kraft gegen das morsche Holz, und schließlich gab es widerstrebend nach.

Im nächsten Augenblick sahen sie, warum sich die Tür so schwer hatte öffnen lassen. Denn genau davor lag ein Toter, ein Mann, der nur noch aus Haut und Knochen bestand. Weiter hinten im Raum zeichneten sich noch weitere Leichen ab, mindestens drei davon waren Kinder.

Entsetzt fuhren sie zurück. Bei den Toten musste es sich um die Familie des Friedhofswächters handeln. Wie so viele andere, die in ihrer verzweifelten Hoffnungslosigkeit den Kampf ums Überleben aufgaben, hatten sie sich dafür entschieden, gemeinsam in ihrem Zuhause zu sterben, anstatt sich mit den vielen anderen auf den ziellosen Todesmarsch zu begeben, um dann irgendwo entlang der Landstraße in den Gräben liegen zu bleiben.

Éanna und ihre Mutter bekreuzigten sich entsetzt, sprachen hastig ein Gebet für die Seelen der Toten und beeilten sich, diesen grausigen Ort hinter sich zu lassen.

Doch noch ein gutes Stück weiter konnte Éanna ein Zittern nicht unterdrücken.

»Warum lässt Gott all das Elend und das Sterben nur zu?«, fragte sie. Ihre Zuversicht war mit einem Mal verflogen.

»Gott hat nichts damit zu schaffen, Éanna!«, sagte ihre Mutter bitter. »Es ist nicht Gott, der unser Land seit Jahrhunderten knechtet und ausplündert. Es sind Menschen aus Fleisch und Blut wie du und ich. Engländer! Es ist auch nicht Gott, der all das Getreide und das Vieh aus dem Land schafft und auf den Märkten in England teuer verkauft. Gott hat die Erde so geschaffen, dass sie für jeden genug zum Leben hervorbringt, wenn es nur gerecht unter den Menschen zugehen würde. Das größte Leid auf der Welt ist Menschenwerk! Vergiss das nie! Nichts als Menschenwerk.«

Éanna nickte, doch mit einem Mal blieb sie stehen und zog Catherine am Ärmel. »Schau, Mutter«, raunte sie. Sie deutet auf das Ende des Grabens, an dem ihr Pfad vorbeiführte.

Catherine schüttelte erst verständnislos den Kopf, doch dann sah sie, was Éanna meinte. Dort war ein Scalpeen – eine bessere Erdhöhle, die ein unaufmerksamer Vorbeikommender leicht übersehen konnte. Man hob dafür eine tiefe Grube aus, bildete aus Ästen und Brettern, die man sich aus einem eingerissenen Haus holte, ein Dach und deckte das Geflecht mit den Grasnarben ab. Éannas Herz pochte bis zum Hals, als sie sich der Höhle näherten. Sie würde es nicht ertragen können, wenn sie auf weitere Tote stießen.

Zusammen schoben sie die alten Jutesäcke zur Seite, die vor dem Einstieg hingen, und spähten hinunter in die Erdhöhle. Zu Éannas Erleichterung war der Scalpeen leer – und fortan ihre Behausung.

Éanna suchte rasch einige Zweige zusammen und stieß hinter dem Scalpeen sogar auf einige Stücke Torf. Dann trug sie alles zu ihrer Mutter, die bereits in die Höhle geklettert war. Schnell hatten sie ein Feuer entfacht, und auch wenn der Rauch schlecht abzog und in den Augen brannte, nahmen sie das für das wärmende Feuer gern in Kauf.

Schließlich teilten sie das Brot auf.

Schweigend und geradezu andächtig kauten sie jeden Bissen ausgiebig, ehe sie den Brei hinunterschluckten. Der Genuss, ein Stück Brot in der Hand zu halten und immer wieder davon abbeißen zu können, sollte so lange wie nur möglich anhalten. Es reichte nicht annähernd, um den Hunger zu stillen. Aber ertragen ließ er sich nun viel besser.

Nach dem Essen sprachen sie gemeinsam das Nachtgebet und erbaten Gottes Segen für ihre Verstorbenen. Dann streckten sie sich nebeneinander auf dem nackten Boden aus.

Éanna fielen vor Erschöpfung fast die Augen zu, als ihre Mutter etwas Seltsames sagte, das scheinbar allem zuwiderlief, was sie an diesem Tag durchgemacht und an herzzerreißendem Elend gesehen hatten.

»Danke, Herr, dass du uns zu essen gegeben hast!«, flüsterte sie in die Dunkelheit. »Es war ein guter Tag!«

Viertes Kapitel

Die Angst, nicht rechtzeitig am Steinbruch einzutreffen, brachte Éanna und ihre Mutter um einen Gutteil ihres Schlafs. Es war noch dunkel, als sie schwerfällig und mit klammen Gliedern aus der Erdhöhle stiegen. Das Gras im Graben und auf der Wiese war schwer und feucht vom Morgentau.

Über den Pfad am Friedhof vorbei ging es zurück zur Landstraße. Gerade erst stemmte sich über dem welligen Horizont ein schmaler Streifen Grau gegen die schwarze Wand der Nacht, doch sie hatten gut daran getan, sich schon so früh auf den Weg zum Steinbruch zu machen. Denn sie waren bei Weitem nicht die Ersten.

Von überall tauchten zerlumpte Gestalten aus der Dunkelheit auf. Es war, als hätte sie der weithin dringenden Klang einer Kirchturmglocke, die nur sie hören konnten, geweckt und herbeigerufen. Sie krochen hinter Büschen und Grenzmauern hervor, kamen aus einem kleinen Waldstück in Richtung des Klosters und zeigten sich auf den Feldwegen, die überall von der Landstraße abzweigten. Wie eine Armee fadenscheiniger Gespenster hasteten sie lautlos heran und vereinigten sich auf der Straße zu einem anschwellenden Strom, der nur ein einziges Ziel zu kennen schien: Arbeit.

Kaum ein Wort fiel. Auch Éanna und ihre Mutter blieben

still. Wie die anderen setzten sie alles dran, auf dem Weg zum Steinbruch so viele Leidensgefährten wie eben möglich zu überholen. Dennoch trafen sie dort schon auf mindestens sechzig, siebzig andere, die viel früher als sie hierher aufgebrochen waren.

Frierend standen sie im kalten Morgen, warteten auf das Licht des neuen Tages, dessen Sonne hoffentlich etwas Wärme brachte, und darauf, dass Arsenath Nicholson endlich sein Buch aufschlug und verkündete, wie viele neue Tagelöhner er an diesem Morgen brauchte. Ein großer und mehrere Reihen tiefer Halbkreis bildete sich um die Bretterbude des Gangers. Diejenigen Arbeiter, die bereits im Steinbruch tätig waren, standen etwas abseits. Nicht wenige von ihnen hatten weder Mantel noch Schal oder Mütze. Viele waren barfuß. Und einige trugen zerrissene, zusammengeflickte Säcke als Kleidung. Mit glasigen, fast blicklosen Augen standen sie da und waren froh über jede Minute, die sich der Arbeitsbeginn verzögerte.

Arsenath Nicholson besprach sich eine ganze Weile leise mit seinen Aufsehern, die seinen Tisch umstanden. Mehr als hundert Augenpaare verfolgten, wie er in seinem dicken Buch einen Strich nach dem anderen machte. Es waren die Namen derjenigen, die am Morgen hätten kommen sollen, aber nicht erschienen waren.

Endlich war es so weit. Die vier Einpeitscher traten zur Seite, und Arsenath Nicholson verkündete, wie viele von ihnen an diesem Tag auf Arbeit hoffen durften.

»Vierundzwanzig freie Stellen!«, rief er schroff. »Männer elf Pence, Frauen acht und Kinder sechs!«

Niemand wagte zu sprechen oder ihm direkt ins Gesicht

zu blicken, als er nun hinter dem Tisch hervorkam und die Reihe entlangging. Wie ein Pferdehändler taxierte er Männer, Frauen und Kinder. Éanna biss die Zähne zusammen. Sie hätte sich nicht gewundert, wenn er ihnen in den Mund geschaut und ihre Arme befühlt hätte. Bei manchem blieb er einen langen Augenblick stehen und nagte dabei an seiner Unterlippe, als wäre er sich nicht schlüssig, welches Urteil er fällen sollte. Wen er für arbeitsfähig hielt, auf den deutete er kurz mit dem Ende seines Federkiels.

Stumm zählte Éanna mit, als die ersten Ausgewählten aus der Menge traten und sich neben der Bretterbude aufstellten, um sich ins Lohnbuch eintragen zu lassen. Mancher begann, leise zu weinen. Andere gaben einen gequälten Seufzer von sich oder bekreuzigten sich in stummer Dankbarkeit.

Zweimal kam der Ganger an ihr und ihrer Mutter vorbei. Doch er schien sie überhaupt nicht wahrzunehmen. Sein Blick glitt über sie hinweg, als hätte er ihre Gesichter nie zuvor gesehen, geschweige denn ihre Namen gehört.

Als er Nummer dreizehn und vierzehn heraustreten ließ, einen kahlköpfigen Mann mit seinem vielleicht zwölfjährigen Sohn, begann Éanna unruhig zu werden. Sie warf ihrer Mutter einen fragenden Blick zu. Hatten sie sich so in ihm getäuscht? Warum beachtete er sie denn nicht? Hatte er ihr das Stück Brot bloß aus einer flüchtigen Laune heraus geschenkt?

Doch ihre Mutter blickte mit erhobenem Kopf geradeaus. Sie schien wie zur Salzsäule erstarrt zu sein.

Éannas Unruhe wuchs und wurde schließlich zur Bestürzung, als Arsenath Nicholson nach Platz vierzehn und fünfzehn keinen Einzigen mehr aus den vorderen Reihen auswählte. Nur noch Männer aus den hinteren Reihen schickte er nach vorn. Als er begann, die Auswahl der restlichen Tagelöhner laut mitzuzählen, dröhnten seine Worte wie Gongschläge in Éannas Ohren. »Zwanzig! Ja, du da mit der zerkauten Pfeife! . . . Einundzwanzig . . . Zweiundzwanzig . . . Und ihr beiden Vogelscheuchen – dreiundzwanzig, vierundzwanzig!«

Sie waren nicht dabei! Sie waren wirklich nicht dabei. Der Ganger war nicht einmal vor ihnen stehen geblieben. Catherines Mühe war vergebens gewesen. Keine Arbeit – das hieß Hungern. Hungern für wer weiß wie viele weitere Tage!

Arsenath Nicholson war schon wieder auf dem Weg zurück zu seiner Bretterbude, als er über die Schulter zurückblickte. »Ach ja, und auch noch *Catherine* und *Éanna Sullivan!«,* rief er spöttisch. Wieder betonte er ihre Namen so übertrieben wie am gestrigen Abend. »Wir können heute zwei Tagelöhner mehr gebrauchen. Die ersten werden sowieso ausfallen, bevor die Sonne auch nur halb am Himmel steht.«

Éanna schlug schnell die Hand vor den Mund, um den Schrei zu ersticken, der ihr in die Kehle stieg. Sie fasste nach der Hand ihrer Mutter, weil sie sich plötzlich ganz schwach auf den Beinen fühlte. Catherine schien es ähnlich zu gehen. Sie biss sich fest auf die Lippen, als wollte sie die Tränen zurückdrängen. Einen Augenblick hielten sie sich gegenseitig an den Händen. Dann hasteten sie zu den anderen Glücklichen hinüber und stellten sich an das Ende der Schlange.

Als sie schließlich als Letzte vor den Ganger traten, um sich ins Lohnbuch eintragen zu lassen, blickte er mit einem breiten Grinsen zu ihnen auf. Dabei klopfte er sich mit dem Ende des Federkiels gegen seine tabakbraunen Zähne.

»Komisch, fast wären mir doch eure Namen nicht wieder eingefallen!« Er schien sich köstlich zu amüsieren. »Es wäre aber doch zu schade gewesen, wo du dich gestern so darum bemüht hast, bei mir einen bleibenden Eindruck zu hinterlassen ... *Catherine Sullivan.«* Dann lachte er schallend los und schlug sich mit der Hand auf den Oberschenkel. Die anderen – Tagelöhner wie Aufseher – schauten verwundert zu ihnen herüber.

Arsenath Nicholson rannen die Lachtränen noch übers Gesicht, als er die Schreibfeder ins Tintenfass tunkte und ihre Namen ins Lohnbuch eintrug. Schließlich bedeutete er ihnen mit einem ungeduldigen Wink des Federkiels, sich den anderen Tagelöhnern anzuschließen.

»Auch wenn es auf unsere Kosten ging – wer noch so lachen kann, der ist für das Gute in der Welt nicht ganz verloren«, raunte Éannas Mutter, während sie sich in die Reihe stellten. »Und soll er nur lachen, der Ganger! Wir haben jedenfalls bekommen, was wir wollten.«

Was sie bekamen, waren geflochtene Körbe, die sie mit Steinen füllen und aus dem Steinbruch schleppen mussten. In den ersten Stunden hatten sie bei aller Mühsal keine Schwierigkeiten, die Böschung auf dem schrägen, ausgetretenen Weg mit der Last zu erklimmen. Das Tempo der Kolonne, in die sie sich einreihten, erschien ihnen im wahrsten Sinne des Wortes erträglich. Sie waren harte Arbeit und schwere Lasten gewohnt.

Aber als die Sonne, die nicht mehr die Wärme des Vortages besaß, ihrem Zenit entgegenkroch, begannen Rücken, Arme und Beine spürbar gegen die Anstrengungen zu protestieren. Éanna versagte sich jedes Stöhnen und Jammern, aber sie warf immer wieder besorgte Blicke zu ihrer Mutter hinüber. Catherine war nicht mehr die Jüngste, und wenn schon Éanna Schmerzen verspürte, wie mochte es erst ihr ergehen?

Doch Catherine bedeutete ihr hastig, nach vorn zu schauen. Die Reihe durfte auf keinen Fall durch ihre Schuld ins Stocken geraten. Wem das passierte, der hatte augenblicklich einen der vier Whip-ups an seiner Seite und bekam die ersten scharfen Ermahnungen und das Knallen seiner Peitsche nah an seinem Kopf zu hören.

Wer wiederholt vor Entkräftigung für Stockungen oder andere unliebsame Zwischenfälle sorgte oder gar aus der Reihe ausscherte, um seinen Korb abzusetzen, der hörte recht bald den gefürchteten Zuruf des Einpeitschers: »Ein Viertel!«

Das bedeutete, dass ihm ein Viertel seines Tageslohns abgezogen wurde. Und wer danach noch immer nicht so spurte, fand sich vor dem Tisch des Gangers wieder und wurde ausgetragen. Vier waren es, die bis zur Mittagsstunde Platz für andere machen mussten, drei Frauen und ein Junge, dem die Haare durch Unterernährung schon büschelweise ausgefallen waren.

Am Nachmittag folgten noch sechs weitere. Einer der Männer, der im Steinbruch mit seiner Schubkarre immer wieder von der Planke gestürzt war, kroch, ohne einen Laut von sich zu geben, auf allen vieren davon.

Weder Éanna noch ihre Mutter mussten von den Einpeitschern an ihrem ersten Tag ermahnt werden. Sie gehörten zu jenen, die besser bei Kräften waren als viele andere, die schon länger Hunger litten und dennoch diese zermürbende Arbeit im Steinbruch verrichteten. Doch als nach vier Tagen das Wetter umschlug und beständiger Regen einsetzte, begannen auch sie zu spüren, wie sie von Tag zu Tag schwächer wurden. Den ganzen Winter über war diese Arbeit mit Sicherheit nicht durchzuhalten. Vermutlich nicht einmal einen Monat.

Doch das Ende kam viel schneller, als sie befürchteten.

Fünftes Kapitel

Wäre der Wind nicht gewesen, so manches hätte in Éannas Leben möglicherweise einen völlig anderen Verlauf genommen. Doch der Wind kam wie meist in Irland mit dem Regen und fegte aus Nordost beständig über Steinbruch und Straße hinweg. Tagelang ergossen die dunklen Wolken ihr Wasser auf die Erde.

Éanna und ihre Mutter gehörten noch zu den Glücklichen, denen immerhin ein dicker Mantel sowie Schal und Wollmütze ein wenig Schutz boten. Vielen anderen klebten schon nach der ersten Regenstunde die dünnen Lumpen klatschnass am Körper. Doch irgendwann kapitulierte selbst der dicke Wollumhang vor den unablässig herabfallenden Tropfen und ließ sie durch den Stoff dringen bis in die fadenscheinige Leibwäsche.

Die Arbeit wurde zu einer verzweifelten Plackerei. Als wären die Körbe nicht auch so schon schwer genug, galt es nun, sich über den schlammigen Weg die Böschung hochzukämpfen. Ein kurzer Moment der Unachtsamkeit, ein falscher Tritt, und schon rutschte man auf dem glitschigen Untergrund aus und schlug mit dem steingefüllten Korb auf dem Rücken in den Matsch.

Übellaunig, dass auch sie sich dem Regen aussetzen mussten, ließen die Whip-ups ihren Groll an den Tagelöhnern aus. Ihre Peitschen knallten jetzt noch öfter als zuvor, als wollten sie sich damit warm halten. Und rücksichtslos warfen sie jeden aus den Arbeitskolonnen, der in dem aufgeweichten Dreck das Tempo nicht mehr mithalten konnte.

Es war der fünfte Tag im Steinbruch, und noch immer hatte der Dauerregen nicht nachgelassen. Éanna hatte vom frühen Morgen an jede Fuhre gezählt, die sie zur Straße brachte. Das monotone Auf und Ab ließ sich leichter ertragen, wenn sie sich aufs Zählen konzentrierte.

Jedes Mal, wenn sie die schwere Fuhre erneut anhob und durch den Schlamm trug, fragte sie sich, wie viel schlimmer es noch kommen konnte.

Doch um die Mittagsstunde fiel ihr Blick auf ein fast gleichaltriges dunkelhaariges Mädchen, das vor ihr in der Reihe ging, und dem es deutlich schlechter ging als ihr. Sie besaß nicht einmal einen Mantel und schien mit ihren Kräften am Ende zu sein. Ihre nackten Füße versanken bis zu den Knöcheln im Schlamm. Wenn sie die Böschung hochwankte, fanden ihre Füße kaum noch Halt. Mehrmals rutschte sie zurück, und dabei neigte sich ihr Korb gefährlich zur Seite. Noch ein bisschen mehr, und sie würde sich nicht mehr rechtzeitig abfangen können und von dem Gewicht mitgerissen werden.

»Warte! Ich helfe dir«, raunte Éanna ihr zu, als das Mädchen ihr erneut rückwärts entgegenrutschte. Schnell legte sie ihre Hände unter den Korb, gab ihr Rückhalt, und drückte ihn dabei auch noch ein wenig hoch, um sie zu entlasten. »Jetzt versuch es noch mal.«

»Danke«, gab die Dunkelhaarige zurück und mühte sich den Hang hinauf. Mit Éannas Hilfe ging es bedeutend besser. Das Mädchen gab einen erlösten Seufzer von sich, als sie sich endlich oben auf der Straße befanden, wo es nun über ebenen Grund ging.

»Wie heißt du?«, fragte Éanna.

»Emily ... Emily Farrell«, kam die leise Antwort. Sie schien selbst zum Sprechen zu schwach zu sein. »Und du?«

»Éanna Sullivan.«

»Danke, dass du mir geholfen hast, Éanna. Ich glaube nicht, dass ich sonst die Böschung hochgekommen wäre.«

»Ist das dein erster Tag hier?« Éanna konnte sich nicht erinnern, das Mädchen schon mal gesehen zu haben.

»Nein, ich bin bereits den neunten Tag dabei.«

Éanna wollte es kaum glauben, dass sie Emily nicht längst bemerkt hatte. Andererseits: Wer von ihnen hob auch schon den Kopf, um zu sehen, wer die anderen waren, die sich mit ihnen quälten? Jeder hatte genug damit zu tun, sich auf seine Last zu konzentrieren, um nicht ins Visier der Einpeitscher zu geraten.

»Neun Tage! Da bist du ja fast doppelt so lange dabei wie meine Mutter und ich! Hast du noch Familie?«, wollte Éanna wissen, als sie das Ende der Straße erreicht und ihre Körbe ausgekippt hatten. Sie warf einen Blick auf Emilys Gesicht, der die dunkelbraunen Strähnen tropfnass in die Stirn hingen. Sie war blass, und in den grünen Augen stand die Angst, den Tag nicht zu überstehen.

»Sie sind alle tot«, sagte sie. »Im Januar mein Vater und mein letzter Bruder, und im Februar ist ihnen die Mutter gefolgt. Seitdem lebe ich auf der Straße der Sterne.« Ganz geläufig kamen ihr diese Worte über die Lippen, als berichte sie von einem völlig normalen alltäglichen Vorgang. Und das war er ja auch längst.

Éanna fühlte sich fast schuldig, dass sie immerhin noch ihre Mutter hatte, während Emily zu dem großen Heer der Vollwaisen gehörte, die durch das Land irrten.

»Pass auf, Emily. Du bleibst von jetzt an immer ganz nahe vor mir«, raunte sie, als sie wieder in den Steinbruch hinunterstiegen, um ihre Körbe zu füllen. »Ich schiebe dich von hinten an, so gut es eben geht.«

Ungläubig sah Emily sie an. »Warum machst du das? Hier hilft niemand dem anderen! Jeder braucht doch das bisschen Kraft, das ihm noch geblieben ist, für sich selbst. Also warum willst du das tun?«

Éanna zuckte die Achseln. »Weil ich hoffe, dass vielleicht irgendjemand auch für mich da ist, wenn ich mal Hilfe brauche«, sagte sie und füllte rasch ihren Korb, als sie bemerkte, dass einer der Aufseher sich mit verdrossener Miene ihnen näherte.

»Darauf wirst du vergeblich hoffen, Éanna«, erwiderte Emily leise. »Aber Gott segne dich, dass du nicht so bist wie alle anderen.«

Éanna bereute schon bald, ihr Hilfe versprochen zu haben. Vorher hatten ihr Beine und Rücken schon mehr als genug zugesetzt. Nun gesellten sie sich auch noch die Schmerzen in ihren Armen dazu. Aber sie wollte ihr Wort nicht brechen und hielt eisern durch. Wenn sie wenigstens Emily an diesem Tag davor bewahren konnte, ein Opfer der Aufseher zu werden, war das ein kleiner Sieg über die Unmenschlichkeit. An diesem Gedanken hielt sie sich fest, während sie Emily über den quälend langen, regenkalten Tag hinweghalf. Zudem war es gut, jemanden zu haben, mit dem sie dann und wann ein paar Worte wechseln konnte. Das lenkte viel besser ab als das stumpfe Zählen und brachte sie auf andere Gedanken.

Als endlich der Abend kam und der Tageslohn ausgezahlt wurde, wollte Emily ihr zwei von ihren sechs Pence geben. »Nimm sie!«, drängte sie und hielt ihr die Münzen mit zitternder Hand hin. »Du hast sie dir wirklich verdient, Éanna. Ohne dich hätte ich es niemals geschafft.«

»Kommt nicht infrage!« Éanna steckte sie Hände in ihren Umhang. »Du brauchst selbst jeden Penny. Mach es gut. Bis morgen, Emily.« Damit hastete sie davon, um ja nicht in Versuchung zu geraten, die zwei Pence doch noch anzunehmen.

»Das war nicht klug, was du gemacht hast«, sagte Catherine wenig später, als sie sich auf den Weg zu ihrer Erdhöhle machten. Sie gab sich sichtlich Mühe, nicht immer langsamer zu werden.

Éanna gab es einen Stich ins Herz. Ihre Mutter sah völlig erschöpft aus. Fast schien es, als wollte sie sich gleich an den Straßenrand setzen, weil ihre Beine sie nicht mehr trugen.

Sie hätte meine Hilfe heute genauso bitter nötig gehabt wie Emily, fuhr es Éanna durch den Kopf. Aber Catherine hatte Steine aufladen müssen, und wenn Éanna aus der Reihe geschert wäre, hätten die Aufseher sie sofort aus der Kolonne geworfen.

»Meinst du, ich hätte das Geld nehmen sollen?«, fragte Éanna schuldbewusst.

»Nein, das nicht. So etwas gehört sich nicht. Aber du hättest ihr nicht all die Stunden helfen sollen.« Éannas Mutter seufzte. »Ich weiß, es klingt hartherzig, aber wir haben keine Kräfte zu verschenken. Es bricht mir auch so schon das Herz, mit ansehen zu müssen, wie du dich abschleppst. Da kannst du nicht auch noch anderen helfen. Versprich mir, dass du das nicht wieder tun wirst!«

»Das kann ich nicht, Mutter«, sagte Éanna leise. »Das weißt du. Du hast mich selbst dazu erzogen.« Sie liefen einen Moment schweigend nebeneinander her. »Doch wenn ich merke, dass ich ihr nicht mehr helfen kann, werde ich es sein lassen.«

»Dann ist es schon zu spät«, erwiderte die Mutter ahnungsvoll und fiel in Schweigen.

Als sie sich endlich im Schutz ihrer Erdhöhle befanden, sackte Catherine kraftlos zu Boden. Éanna übernahm es, ein Feuer zu machen, in ihren Blechbechern Haferschleim anzurühren und ihn zu erwärmen.

Ihre Mutter wollte den Brei jedoch nicht annehmen. »Mir ist nicht nach Essen, Kind. Nimm beide Becher für dich. Du brauchst es. Du musst bei Kräften bleiben.«

»Du aber auch!«, erwiderte Éanna bestimmt. »Und jetzt nimm schon deinen Löffel und mach den Becher leer.«

Catherine widersprach nicht länger, griff nach dem Becher und löffelte den Brei erschreckend langsam und mit glasig abwesendem Blick hinein. Das Stück Brot wehrte sie beharrlich ab. Angeblich bekam sie nichts mehr herunter.

Éanna sah es mit Sorge, beruhigte sich aber damit, dass ihre Mutter einfach nur erschöpft war. Morgen würde es ihr bestimmt besser gehen. Und vielleicht hörte der verfluchte Regen ja über Nacht auf. Dann würde es im Steinbruch nicht mehr ganz so schlimm sein.

Doch als es kurz vor Morgengrauen Zeit wurde, sich wieder auf den Weg zu machen, kam Éannas Mutter nicht vom Lager hoch. »Ich kann nicht. Sei mir nicht böse, aber du musst heute allein gehen«, murmelte sie. »Mir ist es nicht gut. Ich glaube, ich habe mich gestern verkühlt.«

Éanna war sofort bei ihr und legte ihr die Hand auf die Stirn. »Du hast Fieber!«, stieß sie erschrocken hervor.

»Ja, ein wenig.«

»Das ist mehr als ein wenig, Mutter! Du musst zu einem Arzt.«

»Dummes Zeug! Was redest du denn da! Es wird sich schon wieder legen, Kind«, versicherte Catherine. »Und wo wolltest du auch einen Arzt finden, wovon ihn bezahlen? Wir haben uns noch nicht einmal zwei Shilling vom Mund abgespart, seit wir Arbeit haben.«

»Vielleicht gibt es in Gilkagh jemand, der sich auf die Hausmittel versteht?«, überlegte Éanna laut. Gilkagh war das nächste Dorf; nicht mehr als zwei Dutzend armselige Häuser um eine kleine Kirche. Aber es gab dort zwei Läden, die neuerdings gut von den Tagelöhnern des Steinbruchs lebten. Fast jeder brachte seinen kargen Lohn zu ihnen, um Haferflocken, Brot und Mehl zu kaufen.

»Nein, du darfst nicht zu spät zur Arbeit kommen! Dann sind wir verloren!«, sagte ihre Mutter erschrocken. »Du musst pünktlich sein, sonst nehmen sie dir die Stelle weg. Es ist besser, wenn ich mir einen Tag Ruhe gönne und wieder zu Kräften komme, als nach zwei, drei Stunden aus dem Lohnbuch gestrichen zu werden. Sobald ich gesund bin, wird der Ganger mich wieder arbeiten lassen. Jetzt geh endlich, Éanna! Du hast schon genug Zeit vertrödelt.«

Éanna wollte den Kopf schütteln, doch dann sah sie ein,

dass sie ihrer Mutter am ehesten helfen konnte, wenn sie tat, was Catherine von ihr verlangte. Schweren Herzens hastete sie durch die Nacht, um nicht zu spät am Steinbruch zu sein.

Es regnete noch immer. Eiligst stellte sie sich zu den anderen, die als Tagelöhner an diesem Morgen schon feststanden. Emily konnte sie in der Menge nirgends entdecken.

Als Arsenath Nicholson sah, dass Éanna allein gekommen war, winkte er sie zu sich heran. »Wo ist deine Mutter?«, fragte er mit hochgezogenen Brauen und irgendwie verärgert, als hätte Catherine ihn persönlich enttäuscht. Vielleicht war er eine Wette mit seinen Aufsehern eingegangen, wie lange Catherine Sullivan durchhalten mochte? Derartiges war Éanna schon des Öfteren zu Ohren gekommen.

»Es … es geht ihr heute nicht gut, Mr Nicholson«, antwortete sie, beeilte sich aber sofort hinzuzufügen: »Aber morgen sie bestimmt wieder obenauf sein!«

»Ja, ganz sicher! Frisch wie der junge Morgentau!«, erwiderte der Ganger spöttisch, schlug das Lohnbuch auf und strich den Namen Catherine Sullivan aus. Damit war die Sache für ihn erledigt.

Den ganzen Tag über sorgte sich Éanna um ihre Mutter und fragte sich voller Angst, wie es ihr gehen mochte. Sie klammerte sich an die Hoffnung, dass es sich wirklich nur um eine Erkältung handelte und dass sich das Fieber schnell wieder legen würde.

Aber als sie im Dunkeln zur Erdhöhle zurückkehrte, fand sie ihre Mutter, wie sie dicht am Feuer kauerte. Ihr Körper wurde von Schüttelfrösten geschüttelt, und das Fieber war noch höher gestiegen.

Es zerriss Éanna das Herz, dass sie nichts für ihre Mutter tun konnte. Tränen rannen ihr über das Gesicht, als sie Catherine auch am folgenden Morgen allein lassen musste. Doch ihre Mutter ließ keine Widerworte gelten.

Eine Ewigkeit schien zu verstreichen, ehe sich der Tag abermals dem Ende zuneigte. Nach der Arbeit rannte Éanna nach Gilkagh, um etwas Milch und einige Löffel Honig zu kaufen sowie ein Kräutergemisch, das der Versicherung der Krämersfrau nach gut gegen Erkältungsfieber helfen sollte. Aber als sie am Scalpeen anlangte, wusste sie, dass alle verzweifelten Bemühungen vergebens waren. Nicht einmal ein Arzt hätte jetzt noch helfen können. Das Fieber verzehrte unerbittlich den letzten Rest Kraft, der Catherine geblieben war.

Éannas Mutter wusste selbst am besten, dass es ihrem Ende zuging. Éanna hatte ihr gerade etwas Milch mit Honig eingeflößt, als sie von ihrem Lager aufsah und nach der Hand ihrer Tochter griff.

»Éanna«, begann sie. Ihr Atem ging flach und mühsam. »Wenn . . . wenn es mit mir vorbei ist, musst du versuchen, dich nach Dublin durchzuschlagen.«

»Sag so etwas nicht!« Éanna kämpfte mit den Tränen.

»Wir alle müssen einmal sterben, mein Kind«, flüsterte Catherine. »So schlimm ist es nicht. Schlimm ist nur die Zeit davor. Und jetzt lass mich ausreden. Geh nach Dublin, hörst du?«

Éanna sah Catherine angstvoll an. »Aber warum, Mutter?«, fragte sie. »Ich war noch nie in einer Stadt.«

Catherine rang nach Luft. »Deine Großmutter – sie hatte einen Halbbruder. Er ist schon in jungen Jahren seinen eigenen Weg gegangen. Sie haben sich nicht gut verstanden.« Sie schwieg für einen langen Moment, und Éanna wagte nicht nachzufragen, aus Sorge, ihrer Mutter noch weiter zuzusetzen.

Doch etwas gab Catherine die Kraft weiterzusprechen. »Das letzte Mal haben wir vor über zwanzig Jahren von ihm gehört«, sagte sie. »Er hatte eine Tochter. Mary.« Sie lächelte Éanna an. »Sie war fast so schön wie du, mein Kind.«

Éanna drückte Catherines Hand. »Still, Mutter«, sagte sie flehend. »Du darfst nicht so viel sprechen. Du musst dich schonen!«

Catherine schüttelte mühsam den Kopf. »Nein. Hör mich an!«, erwiderte sie eindringlich. »Mary ... sie ist nach Dublin gezogen. Sie hat eine gute Partie gemacht. Charles McCarthy, ein Schreiner. Sie werden dir helfen, das weiß ich. Geh, und finde sie. Das musst du mir versprechen!«

Erschöpft ließ sie sich zurücksinken. Die lange Rede hatte sie über alle Maßen angestrengt. Éanna tauchte einen Streifen Stoff, den sie aus dem Saum ihres Kleides gerissen hatte, in die Blechdose mit Wasser. Behutsam legte sie das kühle Tuch auf die glühend heiße Stirn der Mutter. Wenigstens das konnte sie noch für sie tun.

»Ich verspreche es dir, Mutter«, wisperte sie.

Sie dachte nicht daran, wie unmöglich es sein würde, eine Familie mit einem Allerweltsnamen wie diesem in Dublin zu finden. Sie dachte nicht daran, ob ihre Verwandten noch leben mochten. Éannas Gedanken galten einzig und allein Catherine.

Später in der Nacht, als ihr das Atmen schon große Schwierigkeiten bereitete, ermahnte ihre Mutter sie noch einmal: »Vergiss nie deine Gebete, Éanna! Und dass du eine Sullivan bist!« Nach einer Pause heftigen Ringens nach Luft murmelte sie schließlich: »Nichts als Menschenwerk, Éanna. Nichts als Menschenwerk!«

Sie schloss die Augen.

Éanna kauerte sich neben sie und nahm den schmalen Körper in ihre Arme. Ein Kind mochte nicht viel weniger wiegen.

Die Tränen rannen ihr haltlos übers Gesicht, als sie leise anfing zu singen.

»Hush, little baby, don't say a word. Mama's gonna buy you a mockingbird.« Die Worte kamen erst zittrig, doch dann immer kraftvoller über ihre Lippen, als sie daran dachte, wie ihre Mutter dieses Lied für sie gesungen hatte, als Éanna noch klein gewesen war.

»And if that mockingbird won't sing, Mama's gonna buy you a diamond ring.«

So lagen sie beieinander, bis der Morgen graute, und Éanna hörte nicht auf zu singen – all die Lieder aus den schönen Zeiten, die sie zusammen erlebt hatten, damals, als der Vater noch am Leben war, die Geschwister und Granny Kate.

Langsam tasteten sich die zaghaften Strahlen der grauen Morgendämmerung in die Höhle, aber noch immer wich Éanna ihrer Mutter nicht von der Seite, sondern umfasste sie nur fester, als Catherine sich im letzten und heftigen Kampf aufbäumte.

Als es endlich vorüber war, deckte Éanna ihre Mutter fürsorglich zu, als könnte sie dadurch den letzten Rest Wärme in dem leblosen Körper halten. Dass sie ihre Arbeit im

Steinbruch verloren hatte, berührte sie in ihrem Kummer überhaupt nicht.

Mit steifen Gliedmaßen erhob sie sich, um aus dem nahen Bach Wasser zu holen. Zärtlich wusch sie ihrer Mutter den Schmutz von Gesicht und Händen. Dann kämmte sie ihr das Haar und kratzte ihr mit einem dünnen Stück Holz den Schmutz aus den Fingernägeln.

Den ganzen Nachmittag und die darauffolgende nächste Nacht hielt sie Totenwache an der Seite ihrer Mutter. Sie weinte, betete für ihre Seele und sang nun die Totenlieder ihrer Heimat, so wie es Brauch war.

Am nächsten Morgen machte sie sich auf die Suche nach einem Leichenbestatter. Sie brauchte nicht lange nach einem Ausschau zu halten. Mit ihren Pferdewagen oder Eselskarren fuhren solche Leute auf der Landstraße auf und ab. Sie führten billige Brettersärge und Leichentücher aus alten Kartoffelsäcken oder Strohmatten mit sich und sammelten diejenigen Toten auf, deren Hinterbliebene noch das Geld besaßen, um sie für ihre Dienste bezahlen zu können.

Éanna hielt den ersten Leichenbestatter an, der ihr begegnete. Gleich hinter dem Kutschbock türmten sich sechs Särge auf, die mit Stricken auf der Ladefläche festgezurrt waren – krumme Kisten, aus allen möglichen Bretterresten nachlässig zusammengenagelt. Der Mann bediente ganz offensichtlich eine Kundschaft, die nicht einmal genug Geld hatte, um die billigsten unter den gewöhnlichen Särgen bezahlen zu können.

Der Mann hielt sein Fuhrwerk neben ihr an. Er sah gut genährt aus, war von stämmiger Gestalt und hatte einen buschigen Walrossbart, der seinen Mund halb überwucherte.

Er roch nach dem Bier, das er sich offenbar schon am Morgen als Stärkung in einer Dorfschenke genehmigt hatte.

»Was soll's denn sein?«, fragte er überflüssigerweise.

»Meine Mutter ist gestorben. Was nehmt Ihr für einen Eurer Bretterkisten und für den Transport zum Friedhof in Gilkagh?«, erwiderte Éanna knapp.

»Sechs Pence für den Leihsarg und zwei für den Transport«, antwortete der Mann nach einem kurzen, taxierenden Blick. »Einen besseren Preis macht dir keiner auf dieser Strecke.«

»Ich will keinen Leihsarg für meine Mutter!«, sagte Éanna mit fester Stimme. »Sie soll auch nicht in einem lumpigen Leichentuch aus alten, zusammengeflickten Kartoffelsäcken in ihr Grab.«

»Dann wirst du schon zwei Shilling rausrücken müssen.«

Zornig blitzte sie ihn an. »Zwei Shilling für das bisschen Brettergelumpe, das Ihr vielleicht noch aus unseren eigenen eingerissenen Häusern zusammengesammelt habt?«, rief sie. »Ich biete Euch einen Shilling, und damit seid Ihr gut bezahlt!«

Im ersten Moment sah er verdutzt zu ihr herunter. Dann sagte er unwirsch: »Wenn du dir selber so einen Sarg zusammenzimmern könntest, würdest du ja wohl kaum hier stehen, oder?« Er schüttelte den Kopf. »Du bist mir ja eine schöne Tochter! Deine Mutter ist tot, und du versuchst, mit mir zu schachern!«

»Und was ist mit Euch?«, gab Éanna bitter zurück. »Wollt Ihr an meinem Elend reich werden, Mister? Genügt es Euch nicht, dass es mehr als genug Arbeit für Euch und Eure schäbigen Leihsärge gibt?«

Der Leichenbestatter zog ein Ende seines Walrossbartes zwischen die Lippen und kaute darauf herum. »Also gut, ich überlass dir einen der Särge für einen Shilling und neun Pence«, lenkte er ein.

»Ein Shilling und drei Pence!«, hielt Éanna dagegen.

»Ein Shilling und sechs Pence!«, kam er ihr um weitere drei Pence entgegen. »Aber so wahr ich George O'Connor heiße, das ist mein letztes ...«

»Einverstanden!«, fiel Éanna ihm ins Wort. »Aber dafür helft Ihr mir, meine Mutter aus dem Scalpeen zu tragen!«

»Der Teufel soll meine Weichherzigkeit holen. Sie wird mich und meine Familie noch mal ins Grab bringen. Aber gut, dann soll es so sein. Ein Shilling und sechs Pence.«

Éanna führte den Mann zu dem Scalpeen, aus dem sie Catherines Leiche holten, und sie in eine der armseligen Bretterkisten legten. Der Leichenbestatter nagelte den Deckel mit ein paar krummen, rostigen Nägeln zu und fuhr dann mit Éanna an seiner Seite nach Gilkagh zum Friedhof.

Beim Ausheben der Grube musste sie mit anpacken. Sie scheute sich nicht vor der Arbeit, war es doch mit das Letzte, was sie für ihre Mutter tun konnte.

Für ein einfaches Kreuz aus zwei Latten reichte es nicht. Aber es war ihr ein Trost, dass Catherine in ihrem eigenen Sarg in geweihter Erde ruhte, wie schäbig das Begräbnis auch gewesen sein mochte. Ihre letzte Münze, einen halben Penny, gab Éanna für die Kerze aus, die sie in der Kirche vor dem Bildnis der Muttergottes aufstellte.

Gute zwei Stunden verbrachte sie am Grab ihrer Mutter, das in einer langen Reihe so vieler anderer namenloser Gräber lag. Dann verließ sie den Friedhof von Gilkagh – ohne die kleinste Münze, ohne ein Stück Brot in ihrem Beutel, ohne Ziel und ohne Hoffnung. Selbst Tränen hatte sie keine mehr.

Sechstes Kapitel

Zum Steinbruch kehrte Éanna nicht mehr zurück. Es war zwecklos, die Zeit und die Kraft für den Weg dorthin zu verschwenden. Arsenath Nicholson würde sie nicht wieder in die Kolonnen seiner Tagelöhner aufnehmen. Schon in den Tagen, in denen ihre Mutter sie nicht mehr begleitet hatte, war sein Interesse an ihr erloschen. Beim abendlichen Auszahlen des Lohns hatte er nicht einmal den Kopf gehoben, geschweige denn nach ihrer Mutter gefragt.

Und so folgte Éanna einfach der Straße, die von Gilkagh weiter nach Osten führte und sich dabei über das leicht hügelige Land mit seinen weiten Feldern und Äckern schlängelte. Dabei dachte sie nicht daran, dass dort irgendwo, viele Tagesmärsche entfernt, auch Dublin lag. Eine tiefe Gleichgültigkeit überkam sie in ihrem Kummer.

Mehr als einmal fühlte sie sich versucht, sich an einer der grauen Feldmauern ins Gras sinken zu lassen und aufzugeben. Doch dann hörte sie die Stimme ihrer Mutter, die sie ermahnte, nicht zu vergessen, dass sie eine Sullivan sei. Und eine Sullivan gab nicht auf, solange noch Leben in ihr war.

Bei der kleinen Ortschaft Castleblakeney stieß sie auf einen Fuhrmann, der Fässer geladen und kurz angehalten hatte, um seine Pfeife wieder in Brand zu setzen. Als sie mit hängendem Kopf an ihm vorbeischlurfte, weckte sie sein Mitleid. Denn er sprach sie an und fragte, wohin sie wolle.

Éanna zuckte nur mit den Achseln.

»Ich fahre nach Ballinasloe, dort ist diese Woche Pferdemarkt«, sagte er freundlich. »Wenn du möchtest, nehme ich dich bis dorthin mit.«

Éanna starrte ihn ungläubig an. Sie konnte sich nicht mehr erinnern, wann ein Fremder ihr in der letzten Zeit seine Hilfe angeboten hatte. Sie dankte ihm mit schwacher Stimme und stieg zu ihm auf den Kutschbock.

Éanna war in ihrem ganzen Leben noch nie weiter als ein paar Meilen von ihrem Dorf fort gewesen, geschweige denn in eine kleine Stadt wie nach Ballinasloe gekommen. Aber ihr war es recht, dass es dorthin ging. Jeder Ort wäre ihr recht gewesen.

Das Wetter hatte kurz hinter Ashasgrah, wo sie den Fluss überquerten, endlich Einsehen. Die dichten Wolken verzogen sich langsam und mit ihnen der tagelange Dauerregen. Irgendwann lugte sogar die Herbstsonne durch die ausgefransten blauen Felder, die sich in der Wolkendecke auftaten.

Éanna sah es mit Erbitterung. Es war, als wolle der Himmel sie verhöhnen. Wenn die Sonne ein paar Tage früher herausgekommen wäre – vielleicht hätte ihre Mutter doch noch das Fieber überwinden können.

Der Fuhrmann setzte Éanna zur frühen Mittagsstunde kurz vor dem großen Marktplatz in Ballinasloe ab. Auf den letzten Meilen hatte sie mit sich gerungen, ob sie ihn um etwas zu essen oder gar um einen halben Penny anbetteln sollte. Aber letztlich brachte sie die Bitten doch nicht über ihre Lippen. Dafür waren Scham und Stolz noch zu groß.

Mit wachsender Benommenheit ging Éanna durch die bevölkerten Straßen von Ballinasloe, der ersten Stadt, in die sie ihren Fuß setzte.

Und je weiter sie kam, desto schwerer wurde es für sie, die Fassung zu bewahren.

Nicht wegen der vielen Gassen und der großen Zahl mehrstöckiger Häuser. Sie waren aus Mauersteinen und festem schwarzem Balkenwerk gebaut, statt aus Lehm und Astgeflecht errichtet. Dächer aus Schieferplatten schützen sie und wunderschöne Gardinen hingen vor den Glasfenstern.

Éannas Fassungslosigkeit rührte auch nicht von den zahllosen Bettlern und abgerissenen Gestalten her, auf die sie überall stieß. Der Anblick der Männer, Frauen und Kinder mit ihren ausgehöhlten Gesichtern und den spindeldürren Gliedern, deren spitze Knochen durch die Lumpen stachen, war ihr längst allzu vertraut.

Nein, was sie erschütterte und wie betäubt durch die Straßen gehen ließ, waren die Lebensmittelgeschäfte zu beiden Seiten. Da wimmelte es in den Auslagen hinter den Schaufenstern nur so von Essen aller Art.

Das meiste davon hatte Éanna noch nie zuvor zu Gesicht bekommen. Hier bogen sich die Bretter einer Bäckerei unter den verschiedenen Brotsorten, Kuchen, mit feinstem Zucker bestäubten Kränzen, Krapfen und anderen Backwaren. Dort zeigte eine Metzgerei in Überfülle, was sie ihren Kunden an diesem Tag an vielerlei Würsten, Schinken, Pasteten und frisch geschlachtetem Fleisch zu bieten hatte. Und gleich daneben lockte der nächste Laden mit Dutzenden Obstkonserven, Marmeladen, Honigsorten, Naschwerk, Schokoladen und anderen Köstlichkeiten. Dann waren da die Tee- und Tabakläden, das Fischgeschäft, der Getreidehändler mit seinen großen randvollen Tonnen. Und aus all diesen Läden drangen herrliche Düfte auf die Straße, die Éanna in ihrem nagenden Hunger fast den Verstand zu rauben drohten.

Jetzt sah sie mit eigenen Augen, was ihr Vater, die Mutter und die Nachbarn so oft voll ohnmächtiger Wut beklagt hatten. Dass es in Irland wirklich mehr als genug Lebensmittel gab, auch wenn noch so viel Getreide und Vieh tagtäglich nach England verschifft wurden. Es hätte für alle gereicht, nur konnten sich die Hunderttausenden von Kleinpächtern, die durch die zweijährige Kartoffelfäule in elendste Mittellosigkeit gestürzt waren, nicht einmal Brot und Haferschleim leisten, geschweige denn all das, was hier in Ballinasloe zur Schau gestellt wurde.

Éanna biss sich die Lippen wund und versuchte, ihrem aufkeimenden Zorn Herr zu werden. Es war der gleiche Zorn, der ihren Vater in seinen letzten Lebensmonaten zusätzlich zu dem täglichen Hunger von innen aufgefressen hatte. Zwar sagte ihr die Vernunft, dass kein noch so wohlmeinender Ladenbesitzer es sich leisten konnte, vor seiner Tür Almosen zu verteilen. Sofort hätte sich ein wahres Heer der Hungerleider auf ihn gestürzt, die in den Straßen kauerten. Und dennoch, warum wurde nicht mehr getan, um ihnen aus dem Elend zu helfen und sie vor dem Hungertod zu bewahren? Wo waren all die Christen, die sonntags in die Kirchen des Landes strömten?

Eine erste Antwort erhielt Éanna wenig später, als sie den Markt erreichte. Auch hier wimmelte es nur so von Ständen, Buden und Ladenfuhrwerken, die alle nur erdenkliche

Lebensmittel feilboten. Eine Gruppe von gut zwanzig, dreißig Bettlern hatte sich dort versammelt. Kaum einer der Vorbeikommenden warf etwas in die stumm hingehaltenen Schüsseln. Zu lange dauerte die Hungersnot schon – zu viele Elendsgestalten erhofften sich ein Almosen von den Einwohnern und den Durchreisenden.

Doch plötzlich geriet Bewegung in die kleine Gruppe. Éanna hörte im Näherkommen eine Frauenstimme aufgeregt rufen: »Eine Suppenküche! Eine Suppenküche hat unten am Fluss ihre Zelte aufgeschlagen!«

Sofort rannten, humpelten und wankten die Bettler der Frau nach. Der Ruf wurde von anderen hinter Éanna aufgenommen und weitergetragen, und immer mehr Hungervolk strömte zusammen.

Sie überlegte nicht lange, sondern eilte den Leidensgefährten nach und gelangte mit der anschwellenden Menge wenig später hinunter zum Fluss. Dort hatte eine christliche Hilfsorganisation aus England zwei große Zelte aufgeschlagen, die miteinander verbunden waren. Der Union Jack, die Flagge der britischen Krone, wehte an einem Mast über den Zelten. Aus dem linken Zeltdach aus Segeltuch ragte durch eine Öffnung ein Blechschornstein auf, aus dessen Öffnung Rauch in den Himmel aufstieg. Dort musste sich die Küche befinden.

Jedes der beiden Zelte war bestimmt groß genug, um fünfzig Personen zu fassen, wie Éanna schätzte. Und über dem einzigen Eingang hing ein Schild, auf dem mit geschwungenen schwarzen Buchstaben geschrieben stand: *Die wiedergeborenen Freunde Jesu – Sektion Liverpool*.

Zwei, drei Schritte vor dem Eingang befand sich eine Absperrung aus schweren Böcken, die durch Seile miteinander verbunden waren. Zwei große, kräftige Männer in schwarzen Überröcken wachten darüber, dass die Hungernden nicht einfach ins Zelt stürzten. Sie hielten schwere Prügel in der Hand.

»Das sind elende Wiedertäufer«, zischte eine kleinwüchsige Frau vor Éanna verächtlich, um dann mit bitterer Enttäuschung hinzuzufügen: »Warum hat das denn keiner gesagt?«

»Und wenn sie die Schergen des Teufel wären, sie teilen Essen aus, und das reicht mir und meiner Kleinen!«, gab eine andere Frau zurück, die ein abgemagertes Kleinkind von höchstens fünf Jahren an ihrem Rockzipfel hängen hatte.

»Mir nicht! So tief bin ich noch nicht gesunken. Da halte ich dem Stadtvolk lieber meine Bettelschüssel vor die Nase«, erwiderte die Kleinwüchsige. »Sollen diese Freunde Jesu an ihrem Essen verrecken, verdammte englische Seelenfänger!« Damit drängte sie sich aus der Menge.

Éanna hatte keine Zeit, jemanden zu fragen, was die Frau dazu gebracht hatte, auf das Essen zu verzichten, oder was es mit der Seelenfängerei auf sich hatte. Ihr einziger Gedanke galt nur noch ihrem Hunger, der in ihr tobte und nagte wie ein wildes Tier.

Ein Aufseher hob die Hand, und Éanna wurde von dem Pulk, in dem sie stand, mit ins Zelt gerissen.

Innen hatten die Engländer zwei lange Tischreihen mit Holzbänken aufgestellt. Vor jedem Sitzplatz fand sich ein Blechteller mit einem Löffel. Teller wie Löffel waren mit dünnen Eisenketten am Tisch befestigt. Ein erhöhtes Lesepult erhob sich an der Stirnseite. Dahinter hing ein Kreuz, aber ohne den Corpus des Gekreuzigten.

Wie Éanna richtig vermutet hatte, ging es am anderen Ende des provisorischen Speiseraums in das Küchenzelt. Ihr Blick fiel auf große, dampfende Kessel, in dem mehrere Köchinnen mit paddelähnlichen Gebilden rührten. Ein köstlicher Geruch trieb zu ihnen an die Tische herüber.

Ein großer, sehniger Mann in einer Art Talar mit weißem Rüschenkragen bestieg das Pult. Laut klopfte er mit den Knöcheln seiner Faust auf das Brett, um sich Gehör zu verschaffen. Sofort erstarb das Getuschel und Geraune an den Tischen.

»Wir Freunde Jesu heißen Euch arme Geschöpfe Gottes willkommen!«, begrüßte er die Menge, doch nicht Freundlichkeit, sondern Strenge klang aus seiner Stimme. »Jeder wird hier reichlich zu essen bekommen, also schlingt es nicht in euch hinein, sondern zeigt Sitte und Anstand. Ihr habt dabei jede Form von papistischem Aberglauben zu unterlassen. Hier im Angesicht des wahren Gottes wird sich nicht bekreuzigt. Wer es dennoch tut, muss seinen Platz räumen und das Zelt umgehend verlassen.«

Leises Raunen erhob sich im Zelt. Einige Männer und Frauen standen auf, schlugen demonstrativ das Kreuz und marschierten mit verächtlichem Blick für den Sprecher aus dem Zelt. Die Mehrzahl blieb jedoch sitzen, wenn auch nicht wenige mit grimmiger Miene.

Wieder klopfte der Mann am Pult laut auf die Platte. »Ruhe! Bevor das Essen auf den Tisch kommt, wollen wir Gottes Erbarmen für all die irregeleiteten Schafe unseres Herrn erbitten, die in der Dunkelheit abergläubischer Riten wandeln und noch immer nicht zum wahren Glauben gefunden haben«, verkündete er.

Éanna hörte kaum hin, was der seltsame Priester auf der Kanzel von sich gab. Sie starrte hinüber in das Küchenzelt, wo jetzt große Schöpfkellen in die Kessel eintauchten und eine lange Reihe von bauchigen Blechschüsseln füllten. Nur mit halbem Ohr bekam sie mit, dass der Mann hinter dem Pult irgendetwas von den Schrecken der Hölle sagte, von der nur Auserwählte Gottes verschont würden.

Da war vom Antichrist in Rom die Rede und von der ewigen Verdammnis für diejenigen, die ihre gottlosen Gebete an die Götzen sogenannter Heiliger richteten. Alles in einem war es mehr eine Strafpredigt als ein Gebet. Abermals verließen einige unter leisen wie lauten Verwünschungen zornig das Zelt.

Éanna blieb. Sie hatte Hunger und konnte den Blick einfach nicht von den Kesseln und Schüsseln nehmen. Mit dem Donnerruf »Niemand kann Gott und zugleich dem Teufel dienen, nehmt euch das zu Herzen und geht in euch!« kam der Priester endlich ans Ende seiner Belehrungen und gab das von allen herbeigesehnte Zeichen, das Essen aufzutragen.

Frauen in schwarzen, knöchellangen Kleidern, makellos weißen Schürzen und hohen, steifen Hauben traten mit den Schüsseln an die Tische und füllten mit ihren Schöpfkellen die angeketteten Blechteller.

Éanna glaubte ihren Augen nicht zu trauen, als sie sah, dass auf der dicken Suppe nicht nur Fettaugen schwammen, sondern sich darin sogar allerlei kleine Fleischstücke fanden.

»Das sieht dieser hinterlistigen Brut ähnlich«, zischte eine junge Frau schräg gegenüber von Éanna. »Tischen uns

Fleisch am Freitag auf! Wo sie ganz genau wissen, dass Katholiken am Freitag niemals Fleisch essen. Ein paar Heringsstücke wären sie viel billiger gekommen. Der Teufel soll sie holen!« Abrupt stieß sie ihren Teller von sich, stand auf und verließ das Zelt. Ihr freier Platz wurde sofort von einem der vielen anderen Hungerleider eingenommen.

Éanna schluckte. Sie hatte nicht gewusst, dass Freitag war. Sie rang kurz mit sich. Sich vor dem Essen nicht bekreuzigen zu dürfen, war alles andere als christlich. Aber Fleisch zu essen an einem Freitag, das wäre in ihrer Familie selbst in den besten Zeiten undenkbar gewesen.

Sie zögerte. Was hätte Catherine wohl getan? Du musst bei Kräften bleiben, klang die Stimme ihrer Mutter in ihrem Kopf.

Aber zu welchem Preis?

Éanna schluckte abermals, doch dann konnte sie der Verlockung der warmen Fleischsuppe nicht mehr widerstehen. Stumm bat sie Gott, ihr nachzusehen, dass sie nicht das Kreuz schlug. Er würde verstehen, dass sie es unterlassen musste.

Sie griff nach ihrem Löffel und musste an sich halten, um die Fleischsuppe nicht allzu gierig in sich hineinzuschlingen. Aus den Augenwinkeln nahm sie wahr, dass einige andere versuchten, sich verstohlen zu bekreuzigen. Aber die Frauen mit ihren strengen Mienen und der Priester hatten scharfe Augen. Sowie sie heimliche Bekreuzigungen sahen, knallte ein Gertenstock neben dem Betreffenden auf den Tisch. »Aufstehen und raus! Hast du undankbarer Irrgläubiger nicht gehört, dass wir hier keinen Papisten-Aberglauben dulden?«

Ein abgemagerter Mann, der ertappt wurde, spuckte dem Priester einen Fleischbrocken vor die Füße. »Dafür wirst du in der Hölle brennen, du Teufel im Priestergewand!«, rief er laut und wankte aus dem Zelt.

Éanna versuchte, all das um sich herum zu ignorieren. Löffel um Löffel schob sie sich in den Mund. Sie konnte kaum schnell genug schlucken, so wie sie das Essen in sich hineinschaufelte. Nur rasch essen, und dann nichts wie weg hier!

Doch mit jedem Löffel wuchs in ihr nicht nur das Schuldgefühl, ihren Glauben für einen Teller Suppe verraten zu haben, sondern auch das Unwohlsein in ihrem Magen. Sie hatte mit ihrer Mutter tagelang nur noch von ein wenig Haferschleim und Brot gelebt. Die fette, fleischige Suppe bekam ihr nicht.

Die Übelkeit wurde immer stärker. Ihr Teller war noch nicht einmal ganz leer, als das Essen ihr bedrohlich in die Kehle stieg. Sie ließ den Löffel fallen, sprang von der Bank auf, schlug in einem Reflex das Kreuz und rannte auch schon ins Freie.

Kaum hatte sie ein Dutzend Schritte vom Zelt weg in Richtung des Flussufers gemacht, als sie sich übergeben musste. Mit einer Hand stützte sie sich gegen den Stamm eines Baumes. In bitteren, sauren Wellen schoss ihr das Essen in die Kehle und brach aus ihrem Mund. Ihr war, als stülpte sich ihr Magen um. Sie würgte und spuckte und ging vor Anstrengung zitternd in die Knie. Endlich war es vorbei.

Eine ganze Weile blieb sie so im Gras knien. Tränen liefen ihr über das Gesicht, während sie nach Atem rang.

Sie hatte nicht einmal mehr die Kraft, sich wieder aufzurichten. Nicht nur körperlich fühlte sie sich entsetzlich elend. Die Beschämung und die Vorwürfe, die Éanna sich machte, waren so bitter wie der Nachgeschmack des Erbrochenen in ihrem Mund. Wie tief war sie bloß gesunken? Warum war sie nicht gleich aufgestanden, als sie gehört hatte, was dieser Priester und seine wiedergeborenen Freunde Jesu von ihnen an Demütigungen verlangten?

Was waren das für Menschen, die Hungernden nur dann zu essen geben wollten, wenn sie ihren Glauben verleugneten, fragte sie sich verzweifelt. Die kleinwüchsige Frau, die trotz ihres Hungers lieber zum Betteln in die Stadt zurückgekehrt war, hatte recht gehabt: Diese Leute waren nichts anderes als Seelenfänger!

Siebtes Kapitel

Tief bedrückt streifte Éanna ziellos durch die Gassen und Straßen von Ballinasloe. Schneller als gedacht, stellte sich wieder der Hunger ein. Das nagende Tier in ihr hatte sich nicht länger als eine gute halbe Stunde irgendwo in ihr verkrochen. Nun kehrte es mit aller Macht zurück und setzte ihr schlimmer zu als zuvor. Es war Mittagszeit, und aus den Geschäften und Häusern drangen verlockende Essensdüfte.

Éanna holte ihren Holzteller aus dem Beutel und versuchte sich zum ersten Mal in ihrem Leben im Betteln. Ihr brannten die Ohren vor Scham, als sie den Teller den Vorbeieilenden entgegenstreckte. Doch vergeblich. Sie versuchte es sogar vor den Türen von zwei Bäckereien. Kaum hatte sie sich dort aufgestellt, als auch schon der Bäcker aus dem Laden eilte und sie grob anranzte.

»Mach, dass du hier wegkommst, und steh meiner Kundschaft nicht im Wege!«, zischte er ärgerlich. »Wofür gibt es schließlich Suppenküchen? Verschwinde, sonst bekommst du es mit dem Konstabler zu schaffen!«

Mit hochrotem Kopf lief Éanna davon und bog hastig um die nächste Ecke, um den missbilligenden Blicken des Bäckers zu entkommen. Sie hätte nie geglaubt, dass Betteln so schwer und so demütigend sein konnte. Aber irgendwie musste sie etwas in den Magen bekommen.

Dies war nun schon der zweite Tag, an dem sie nichts als

kaltes Wasser zu sich genommen hatte – mal abgesehen von der Suppe, die sie sofort wieder von sich gegeben hatte. Fast bereute sie, nicht doch einen Leihsarg genommen zu haben. Wäre es in ihrer Lage nicht vernünftiger gewesen? Ihre Mutter hätte es bestimmt nicht gewollt, dass sie für ihre Beerdigung auch noch ihren letzten halben Penny hergab.

Aber kaum hatte sie sich bei diesen Überlegungen ertappt, als sie sich ihrer Gedanken auch schon sofort schämte. Wie konnte sie es nur zulassen, dass ihr Zweifel an ihrem Handeln kamen? Es war richtig gewesen, was sie getan hatte. Auch wenn es ihre letzte Münze gekostet hatte! Sie hätte es sich nie verziehen, wenn sie aus Angst vor dem Hunger ihre Mutter in lumpigen Kartoffelsäcken begraben hätte.

Wenn niemand ihr einen Almosen in ihren Holzteller legte, würde sie eben draußen vor der Stadt und an den Flussufern nach Beeren und essbaren Wurzeln suchen – auch wenn die Wahrscheinlichkeit, dass sie nur leer gepflückte Sträucher vorfinden würde, bei den vielen Hungernden in der Stadt groß war.

Entschlossen setzte sich Éanna in Bewegung. Sie durfte jetzt nicht aufgeben – das wenigstens hätte ihre Mutter von ihr erwartet. Kurz bevor sie die nächste Kreuzung erreichte, wo es nach links wieder zum Markplatz ging, fiel ihr Blick auf eine rotbraun lackierte Kutsche. Sie stand zusammen mit einem Fuhrwerk, das ein Stück weiter vor ihr angehalten hatte, vor einer Taverne. Das bunte, mit goldenem Blech verzierte Holzschild verkündete mit geschwungenen Lettern und einem dazu passenden Bild, dass es sich um den Gasthof *Zum schwarzen Ochsen* handelte.

Unwillkürlich blieb Éanna stehen, als sie sah, wie ein junger Mann mit vollem, schwarz gewelltem Haar schwungvoll aus der Kutsche sprang. In der linken Hand hielt er eine zusammengerollte Zeitung, in der rechten einen Spazierstock. Er mochte vielleicht gerade zwei, drei Jahre älter sein als sie, doch welche Welten klafften zwischen ihnen!

Allein seine rehbraunen Lederstiefel hatten sicherlich mehr gekostet, als ihre Familie jemals an Wert besessen hatte. In den Stiefeln steckten helle, sandfarbene Hosenbeine. Darüber trug er ein helles Hemd mit einer beigebraun karierten Weste, aus deren Seitentasche der Bogen einer goldenen Uhrkette hervorschaute. Die seidige Krawatte hatte er mit großen, herabfallenden Schleifen um den Hemdkragen gebunden. Ein herrlicher Überrock aus fein geripptem Samtcord mit sechs goldenen Knöpfen auf der Vorderseite und vier weiteren hinten über den Rockschößen reichte ihm bis zu den Oberschenkeln.

Éanna fragte sich, wie es sich wohl anfühlen mochte, solch feine Sachen am Körper zu tragen. Sie wusste, dass ihr das niemals vergönnt sein würde. Musste man dann nicht wie auf Wolken über dem Dreck des Lebens schweben?

Hatten solche Menschen wohl jemals davon gehört, dass ein schäbiger Leihsarg sechs Pence kostete und damit immer noch mehr, als die meisten hungernden Kleinpächter für ihre Toten bezahlen konnten? Hatte er in seinem Leben einen Blick in einen Scalpeen geworfen?

Éanna bezweifelte es, und in ihre Bitterkeit mischte sich Zorn über die Ungerechtigkeit der Welt. So einer wie dieser da mochte in Reichweite stehen und war dennoch unberührbar. Zwischen ihm und ihr stand eine unsichtbare Wand, die keinen Blick zuließ auf das Leben des anderen.

Sie wollte sich schon abwenden und weitergehen, als sie bemerkte, dass der junge Herr seinen Spazierstock an den Rahmen des offen stehenden Kutschenschlags stellte. Er brauchte eine freie Hand, um seine Kleidung zurechtzuziehen, die vom langen Sitzen ganz verknittert war. Schließlich ging er nach vorn zum Kutscher, der sich am Geschirr der beiden grauen Apfelschimmel zu schaffen machte. Den Spazierstock, der oben einen wunderschönen Silberknauf in Form eines Löwenkopfes besaß, ließ er stehen, als hätte er ihn in dem kurzen Moment des sich Reckens und Zurechtzupfens völlig vergessen. Und so war es auch, denn nachdem er mit dem Mann ein paar Worte gewechselt hatte, ging er vorn um die Pferde herum und verschwand durch die Tür in der Taverne, sicherlich, um sich dort eine deftige Mahlzeit und einen Krug Bier auftischen zu lassen.

Éanna konnte hinterher nicht sagen, was in den nächsten Augenblicken in ihr vor sich gegangen war. Sie hatte noch nie in ihrem Leben etwas genommen, was ihr nicht gehörte. Nicht einmal Beeren hatte sie heimlich auf dem Land ihres Grundherrn gesammelt, geschweige denn versucht, in den Bächen und Flüssen rund um den herrschaftlichen Besitz zu wildern. Nie hatte sie fremdes Gut angerührt.

Nun jedoch zwang sie etwas geradewegs auf die Kutsche mit dem offenen Schlag und dem dort vergessenen Spazierstock zu. Alles, was sie spürte, war das Jagen ihres Herzens. Und als würde ihr eine fremde Stimme in ihrem Kopf zuflüstern, was zu tun war, hob sie mit der linken Hand ihren langen, verdreckten Umhang ein wenig an, sodass er vor ihrer Brust einen Spaltweit aufklaffte. Schon hatte sie den offenen Kutschenschlag erreicht. Ihre Rechte streckte sich kurz nach dem angelehnten Spazierstock aus, packte ihn mit einer fließenden Bewegung am Knauf und ließ ihn unter ihrem Umhang verschwinden.

Es durchfuhr sie heiß, und tief in ihr drin machte sich so etwas wie Triumph über ihre gelungene Tat breit. Am liebsten wäre sie losgerannt, doch sie wusste, dass sie sich beherrschen musste, ihren trägen Schritt beizubehalten.

Jetzt nur nicht auffallen, hinüber auf den Markt, dort im Gewimmel erst einmal untertauchen und dann nichts wie weg in den nächstgrößeren Ort, wo es einen Pfandleiher gab! Natürlich würde der ihr niemals auch nur annähernd das zahlen, was der Spazierstock mit dem Silberknauf wert war. Ein Blick auf ihre abgerissene Gestalt, und er würde sofort wissen, dass sie ihn gestohlen hatte. Aber zwei, drei Shilling würde er wohl herausrücken. Damit würde sie für mindestens eine Woche Brot und Haferflocken kaufen können. Und dann – mit einem Mal wurde die Hoffnung in ihr übermächtig –, dann könnte sie vielleicht einen Weg finden, sich nach Dublin durchzuschlagen und das Versprechen an ihre Mutter einzulösen.

Sie wusste nichts von diesen Verwandten, wusste nicht einmal, ob sie noch am Leben waren oder in diesen schlechten Zeiten bereit waren, einem Waisenmädchen wie Éanna zu helfen. Aber einen Versuch war es jedenfalls wert.

Sie befand sich gerade auf der Höhe des Kutschers, der noch immer am Geschirr hantierte, als hinter ihr plötzlich eine laute, kehlige Stimme rief: »Halt, du da! Bleib sofort stehen! Ich habe gesehen, was du da gemacht hast!«

Sie hätte sofort losrennen sollen, dann wäre sie womöglich noch entkommen. Aber der scharfe Anruf traf sie wie ein Schlag und ließ sie erstarren. Da packte sie auch schon eine grobe Hand am Kragen, hielt sie unbarmherzig fest und zerrte sie herum.

»Dreckige Diebin!«, schrie der breitschultrige Mann vor ihr. Er musste Metzger sein, denn er trug eine große Lederschürze, die mit frischem Blut und feinen Fleischfäden beschmiert war.

Seine Schreie hatten die Aufmerksamkeit einiger Passanten rund um die Kreuzung erregt. Sofort kamen sie näher und zogen wieder andere Neugierige mit sich, die sehen wollten, was da vor der Taverne geschehen war.

Der Kutscher war als Erster zur Stelle. Sein Gesicht war so finster wie die Nacht, als er hastig hervorstieß: »Hat sie was aus der Kutsche gestohlen?«

Der Metzger nickte mit grimmiger Miene. »Und ob sie das getan hat! Den Spazierstock Eures jungen Herrn. Ich habe es genau gesehen. Sie hat ihn unter ihren Lumpen da versteckt.«

Grob zerrte der Kutscher Éannas Mantel auf. »Donnerschlag, Ihr habt recht! Das ist der Spazierstock von Mr Patrick O'Brien!«

»Sie war geschickt, dieses Biest, aber nicht geschickt genug für meine scharfen Augen«, prahlte der Metzger. »Ich habe sofort gesehen, dass sie was im Schilde führt.«

»Dafür wirst du büßen!«, zischte der Kutscher und riss Éanna den Spazierstock aus der Hand. »Warte du nur, bis die Polizei kommt. Hoffentlich schicken sie dich mit all dem anderen Abschaum nach Australien in die Verbannung!«

»Wenn es nach mir ginge, gäbe es nur eine Strafe für solche Verbrecher«, mischte sich der Metzger wieder ein. »Und das ist der Galgen!«

»Gut gesprochen!«, rief eine andere Stimme aus der Menge. »Dieses Gesindel! Nichts als Ärger machen sie. Nirgends ist man vor dem dreckigen Lumpenvolk sicher.«

»Holt den Konstabler! Dort oben am Markt ist er, bei Jamiesons Tabakladen.«

Éanna stand wie gelähmt vor Schreck und Angst. Auf frischer Tat beim Diebstahl ertappt! Wenn es nur ein Laib Brot gewesen wäre, hätte ihr nicht mehr als eine Tracht Prügel gedroht, im schlimmsten Fall einige Monate Gefängnis. Aber sie hatte etwas gestohlen, was bestimmt mehrere Pfund wert war.

Ihr traten die Tränen in die Augen, als sie an ihre Mutter dachte. Sie war noch nicht einmal einen Tag unter der Erde und schon war ihre Tochter, Éanna Sullivan, zur gewöhnlichen Diebin geworden. Catherine hätte diesen Gedanken niemals ertragen.

Éanna wünschte, der Boden würde sich unter ihr öffnen und sie verschlingen. Alles war besser, als so am Pranger zu stehen und den verachtenden Blicken der Menge ausgesetzt zu sein.

Ein rotgesichtiger Mann in Uniform bahnte sich seinen Weg durch den Menschenauflauf.

»Ruhe jetzt!«, donnerte er über das allgemeine Stimmengewirr hinweg, als er vor Éanna zu stehen kam. »Was ist hier passiert? Und zwar alles der Reihe nach. Ihr zuerst, Clarke.« Er deutete mit seinem Prügel auf den Metzger.

Doch bevor dieser mit stolzgeschwellter Brust berichten

konnte, was er gesehen und vereitelt hatte, tauchte der junge Herr des Kutschers zwischen den Schaulustigen auf und schob sich nach vorn durch. Seine Zeitung hatte er noch immer unter dem Arm.

»Was hat denn das Geschrei zu bedeuten, Donnelley? Was ist hier vorgefallen?«, herrschte er den Kutscher an.

»Dieses Mädchen hat versucht, Euren Spazierstock zu stehlen. Ihr müsst ihn wohl vergessen haben, Mr O'Brien«, beeilte sich der Kutscher zu antworten. »Dieser Mann hier, der Metzger Clarke, wie er wohl heißt, hat alles gesehen und die kleine Diebin festgehalten. Sonst wäre sie schon über alle Berge!«

Der junge, elegant gekleidete Herr schaute mit einem verwunderten Stirnrunzeln erst auf seinen Spazierstock, den der Kutscher wie eine Trophäe in die Luft hielt, und dann auf Éanna.

»Ich werde das aufnehmen und dafür sorgen, dass sie sofort hinter Schloss und Riegel kommt«, sagte der Konstabler hastig. Ihm schien die Einmischung des feinen Herrn, der vom Alter her gut sein Sohn hätte sein können, nicht recht zu passen.

»Entschuldigt, aber das dürfte der Sache ganz und gar nicht gerecht werden, Konstabler«, erwiderte Patrick O'Brien. »Es handelt sich nämlich um einen bedauernswerten Irrtum. Dieses Mädchen hat sich keineswegs eines Diebstahls schuldig gemacht.«

»Irrtum? Was für ein Irrtum soll denn das sein?«, grollte der Metzger. »Natürlich hat sie Euren Stock stehlen wollen! Ich habe es doch mit meinen eigenen Augen ...«

Patrick O'Brien fiel ihm scharf ins Wort. »Was Ihr gesehen

haben wollt, kümmert mich nicht. Es ist jedenfalls nicht das, was Ihr zu sehen geglaubt habt.«

Dem Mann fiel der Unterkiefer herab.

»Nun mal langsam, Mr O'Brien! Hier ist doch ein ehrbarer Bürger offensichtlich Zeuge ...«, setzte der Konstabler verdutzt an.

Aber auch ihm schnitt Patrick O'Brien das Wort ab. »Zeuge wofür? Ich selbst habe dieses Mädchen damit beauftragt, mir den Spazierstock, den ich vergessen hatte, in die Taverne zu bringen. Damit dürfte die Sache wohl hinlänglich geklärt sein. Also geht eurer Wege, Leute! Es gibt hier nichts mehr zu gaffen.«

»So ist es nicht gewesen! Ganz und gar nicht«, protestierte der Fleischer. Er war rot angelaufen. »Ich habe alles genau gesehen! Sie hat sich mit dem Stock davonmachen wollen.«

Patrick O'Brien trat ganz nahe vor ihn, und seine Stimme hatte einen fast freundlichen Klang, als er ihm beiläufig antwortete: »Wenn ich sage, dass hier kein Diebstahl vorliegt, Fleischer, dann werdet Ihr doch wohl nicht die Dreistigkeit besitzen, mich der Lüge bezichtigen zu wollen, oder? In diesem Fall werdet Ihr es sein, der sich schneller vor einem Richter wegen Beleidigung zu verantworten hat, als Ihr Eure Hammelhälften mit dem Hackbeil zerlegen könnt. Aber sagt nur, wenn Ihr es darauf ankommen lassen wollt.«

Die Gesichtsfarbe des Fleischers wechselte von Wutrot zu Kalkweiß, und sein Mund stand vor Verblüffung halb offen.

Jemand aus der Menge rief spöttisch: »Am besten machst du dich jetzt gleich auf den Weg zum Brillenmacher, Clarke. Sag ihm, dass du dicke Gläser brauchst!«

Die Menge quittierte den Zuruf mit schallendem Gelächter.

Der Konstabler schüttelte den Kopf und warf dem Metzger einen ärgerlichen Blick zu. »Also wirklich, Clarke! Warum beharrt Ihr auch auf Eurem Unsinn? Wenn der Herr sagt, dass es so gewesen ist, dann ist es so gewesen. Was für ein Affentheater!« Mit einem erneuten Kopfschütteln wandte er sich um und machte sich daran, die Schaulustigen auseinanderzutreiben.

Éanna hatte die ganze Zeit stocksteif zwischen den Streitenden gestanden und nicht gewagt aufzusehen. Noch immer wollte sie ihren Ohren nicht trauen. Was für eine unfassbare Wendung hatte das Ganze für sie genommen! Eben noch waren ihr viele Jahre Gefängnis gewiss gewesen – und nun drohten ihr nicht einmal ein paar schmerzhafte Ohrfeigen oder Stockhiebe? Mit wenigen Sätzen, die so dreist gelogen waren, wie dreist man überhaupt lügen konnte, hatte dieser Fremde sie vor einem entsetzlichen Schicksal bewahrt.

In dem Moment sprach ihr Retter sie direkt an. »Komm mit«, befahl er knapp, nahm seinem sichtlich perplexen Kutscher den Spazierstock aus der Hand und ging zurück in die Taverne. Er blickte sich nicht einmal um, ob sie ihm auch wirklich folgte. Patrick O'Brien schien sich in allem, was er tat, sehr sicher zu sein.

Éanna folgte ihm willenlos wie ein Schaf, das zur Schlachtbank geführt wurde.

Achtes Kapitel

Beklommen trat Éanna durch die Tür in die Taverne. Die schweren Balken der niedrigen Decke in der Schankstube wie auch die kantigen Stützpfosten waren schwarz gestrichen. Die Farbe sollte wohl auch im Innern des Hauses einen Hinweis darauf geben, dass man sich hier im *Schwarzen Ochsen* befand. Die Bohlen dazwischen kamen ohne einen solchen Anstrich aus. Ruß und Tabakwolken hatten sie dunkel gefärbt. Ein gutes Dutzend Tische mit bequemen Stühlen verteilte sich im Raum. Vier davon waren belegt. Ausschließlich Männer saßen dort und ließen sich das Essen schmecken. Nachgespült wurde mit Dunkelbier oder Wein aus bauchigen Steinkrügen, die auf keinem Tisch fehlten.

Die Männer hoben nur beiläufig die Köpfe, als Patrick O'Brien zu ihnen in den Schankraum zurückkehrte. Dann jedoch fiel ihr Blick auf Éanna, die ihm mit zwei Schritten Abstand folgte. Und augenblicklich verwandelte sich auf ihren Gesichtern der Ausdruck von flüchtigem Interesse in Missbilligung und Verärgerung. Die Unterhaltung erstarb.

»Das ist ja wohl der Gipfel der Unverfrorenheit!«, entrüstete sich einer der Gäste und warf dem Wirt einen scharfen Blick zu.

Der Wirt eilte sofort hinter dem Ausschank hervor und schnitt Éanna den Weg ab. »Mach sofort, dass du hinauskommst!«, zischte er. »An meinen Tischen wird nicht gebettelt!«

Patrick O'Brien wandte sich zu ihm um. »Sie ist nicht zum Betteln hier. Ich zahle für sie«, sagte er von oben herab.

Verblüffung trat auf das gerötete Gesicht des Tavernenwirts. »Aber das geht nicht, mein Herr«, wandte er ein. »Ich führe ein ehrbares Haus!«

Patrick O'Brien bedachte ihn mit einem abschätzigen Blick. »Was? Verteilt Ihr Almosen, oder lasst Ihr Euch bezahlen, wenn man hier trinkt und speist?«, fragte er bissig.

»Schon, aber ... «

»Dann ist ja alles in bester Ordnung«, fiel ihm Patrick O'Brien spöttisch ins Wort. »Denn wie ich gerade schon sagte, bezahle ich für sie. Oder wollt Ihr mir vielleicht auch die Tür weisen und vorschreiben, wer an meinem Tisch zu Gast sitzt?«

»Natürlich nicht, mein Herr«, murmelte der Wirt und sah besorgt zu den anderen Gästen hinüber.

»Dann bin ich ja beruhigt«, sagte Patrick O'Brien. »Bring dem Mädchen eine kräftige Suppe, aber ohne Fleisch. Und auch einen Becher mit warmer Milch. Mein Essen kann bis später warten. Was ist? Habt Ihr noch Fragen? Nein? Gut, dann macht Euch an die Arbeit.« Damit wandte er ihm den Rücken zu und bedeutete Éanna mit einer knappen Kopfbewegung, ihm in den hinteren Teil der Schankstube zu folgen, die leer war.

»Nun nimm schon Platz!«, forderte er sie auf, als Éanna mit vor Scham brennenden Wangen und gesenktem Blick vor dem Tisch stand.

Éanna setzte sich, wagte jedoch nicht, es sich auf dem

Stuhl bequem zu machen. Steif hockte sie auf der Stuhlkante, ohne die Arme auf den ungewohnten Lehnen abzustützen, und blickte zu Boden.

Patrick O'Brien legte seinen Spazierstock quer über den Tisch, nahm auf der anderen Seite Platz, griff zu seiner Zeitung und schlug sie auf, als gäbe es zu dem Vorfall auf der Straße nichts weiter zu sagen.

Die Männer, die im vorderen Teil der Taverne saßen, warfen ihnen missmutige Blicke zu, doch bald schon nahmen sie ihre Gespräche wieder auf.

Eine Weile lauschte Éanna mit pochendem Herzen dem Rascheln der Zeitungsseiten. Den teuren Spazierstock auf dem Tisch empfand sie wie eine stumme Anklage. Ihr war, als fauchte der Rachen des silbernen Löwenkopfes sie geradezu an. Sie verstand noch immer nicht, was bloß in sie gefahren war, als sie vorhin versucht hatte, ihn zu stehlen. Diese Éanna, die sich an fremdem Eigentum vergriff, war ihr fremd und erschreckte sie.

Im Kamin neben ihnen brannte ein kräftiges Feuer aus dicken Holzscheiten, das anders als Torf viel Wärme ausstrahlte. Langsam wurde Éanna warm. Verstohlen zog sie die Mütze vom Kopf, nahm auch den Schal ab und schob sich beides unter ihren rechten Oberschenkel. Sie wagte nicht, die dreckigen Sachen zu dem Spazierstock auf den Tisch zu legen.

Schließlich ertrug sie das Schweigen nicht länger. »Warum habt Ihr das für mich getan?«, fragte sie leise. Der Anstand verlangte es, ihm ins Gesicht zu blicken, auch wenn sie vor Scham am liebsten im Boden versunken wäre. Sie hatte ihn bestehlen wollen, und nun hatte er sie nicht nur vor jahrelangem Gefängnis bewahrt, sondern sie auch noch zu einer Mahlzeit in diese Taverne geführt.

Patrick O'Brien ließ die Zeitung sinken. »Warum? Das ist eine gute Frage.« Er runzelte die Stirn und machte ein grüblerisches Gesicht, als müsste er erst selbst darüber nachdenken, bevor er ihr darauf eine Antwort geben konnte. »Nun, nach dieser schrecklich langweiligen Fahrt hierher hat es mir einfach Spaß gemacht, diesem aufgeblasenen Fleischer die Suppe zu versalzen. Ein Pfau hätte sich nicht mehr aufplustern können als dieser Kerl, der wohl glaubte, wunder was für eine Heldentat vollbracht zu haben.«

Es hatte ihm *Spaß* gemacht? Hatte sie ihn wirklich richtig verstanden? Sie forschte in seinem gut aussehenden Gesicht nach einem Hinweis, ob er seine Worte ernst meinte oder sich über sie lustig machen wollte. Ihr war, als könnte sie in seinen Augen, die mit ihrem tiefdunklen Blau fast die Farbe seiner Haare besaßen, ein vergnügtes Funkeln entdecken. Aber sicher war sie sich nicht.

»Nun, dann danke ich Euch, dass Ihr mir mit Eurem Spaß viele Jahre Gefängnis erspart habt, Mr O'Brien«, murmelte sie und wich seinem Blick schnell wieder aus.

»War mir ein Vergnügen«, sagte er leichthin, als hätte es sich um eine Kleinigkeit gehandelt, die keiner großen Worte bedurfte. »Wie heißt du überhaupt?«

»Éanna … Éanna Sullivan.«

»So, Éanna Sullivan«, wiederholte er ihren Namen und wiegte den Kopf, als lauschte er seinem Klang nach. »Und wo kommst du her?«

»Aus einem Dorf östlich von Galway«, antwortete sie. Mit

dem Namen hätte er sicherlich nichts anfangen können, so winzig war ihr Heimatort.

»Was ist mit deiner Familie?«

»Tot«, gab sie leise zur Antwort.

»Hmm«, machte Patrick O'Brien und ließ seinen Blick einen langen Augenblick nachdenklich auf ihr ruhen. »Mir scheint, dass du dich bei der Sache dort draußen nicht allzu geschickt gezeigt hast, wenn so ein Wichtigtuer wie dieser Fleischer dich dabei erwischt hat. Du solltest dir besser etwas anderes einfallen lassen, falls du nicht Bekanntschaft mit Gefängniswärtern machen willst. Ein so hübsches Mädchen wie du müsste dort nämlich mit allerlei Unannehmlichkeiten rechnen, wie ich gehört habe.« Er schränkte seine Worte sogleich ein: »Nun ja, zumindest *könntest* du ein hübsches Mädchen sein, wenn du dir den Dreck aus dem Gesicht waschen und dein verfilztes Haar in Ordnung bringen würdest.« Er musterte sie aufmerksam. »Deine dunkelblonden Locken, dein Gesicht ... Den Stich ins Rötliche in deinem Haar könnte man fast vergessen, genau so wie die paar Sommersprossen.« Er lehnte sich zurück. »Ja, ich glaube, eigentlich könntest du einen durchaus einnehmenden Anblick bieten. Aber der dürfte dir mehr einbringen, wenn sich dazu ein freundliches Lächeln gesellt, statt einer flinken Diebeshand – die dir ja offensichtlich nicht gegeben ist.«

Éanna starrte ihn an. Sie wurde einfach nicht schlau aus ihm. Was unter anderen Umständen ein unerhörtes Kompliment gewesen wäre und sie bis in die Haarspitzen hätte erröten lassen, klang wie eine nüchterne Bestandsaufnahme ihrer Vorzüge und Schwächen.

»Ich habe noch nie zuvor etwas gestohlen«, sagte sie und spürte, wie der Ärger über seine Worte in ihr hochzukochen begann. Aber sie ermahnte sich, ihr Temperament im Zaum zu halten. Seine Worte mochten noch so überheblich sein, er war es gewesen, der ihren Kopf aus der Schlinge gezogen hatte.

»Bitte verzeiht, dass ich versucht habe, Euch zu bestehlen«, sagte sie und senkte den Blick, damit er nicht das wütende Funkeln in ihren Augen sehen konnte.

Fast gleichgültig winkte er ab. »Du hast einfach Pech gehabt, das ist alles. Vermutlich hätte ich an deiner Stelle dasselbe getan, wohl auch mit demselben unbefriedigenden Ergebnis.« Er seufzte, als wäre ihm in diesem Zusammenhang etwas anderes Betrübliches eingefallen. »Wenn ich meinem Onkel Glauben schenken darf, bin auch ich in vielen Dingen nicht gerade der Geschickteste.«

Der Wirt näherte sich ihrem Tisch und brachte einen Teller mit Graupensuppe sowie einen Becher warmer Milch. »Ah, da kommt ja endlich dein Essen.« Patrick sah hoch. »Na dann, lass es dir schmecken und nimm dir Zeit. Du wirst ja wohl kaum in Eile sein und einen wichtigen Termin haben, den du nicht verpassen darfst.«

Éanna hielt sich nicht länger damit auf, sich über seine merkwürdige Art zu ärgern. Ihre Aufmerksamkeit gehörte jetzt einzig und allein der köstlichen, sämigen Suppe. Diesmal zwang sie sich dazu, ganz langsam Löffel für Löffel zu essen und zwischendurch nur kleine Schlucke Milch zu nehmen. Herrlich warm und nahrhaft rann ihr beides durch die Kehle und besänftigte ihren Magen.

Derweil widmete sich Patrick O'Brien wieder seiner Zeitungslektüre. Es sah so aus, als hätte er völlig vergessen, dass noch jemand mit ihm am Tisch saß. Dass er jedoch sehr wohl mitbekam, wie sie ihren Teller mit andächtiger Versunkenheit langsam leerte, zeigte sich, als ihr nur noch einige wenige Löffel geblieben waren.

Er winkte den Wirt heran, der sich mit sichtlich verdrossener Miene zu ihnen nach hinten begab.

»Noch einen Wunsch?«, fragte er mürrisch.

»In der Tat, guter Mann«, sagte Patrick O'Brien aufgeräumt, als hätte er die Unfreundlichkeit des Wirtes überhaupt nicht bemerkt. »Bringt Brot für das Mädchen. Und zwar einen ganzen Laib. Ach ja, und greift doch bitte nicht zufällig nach einem alten Kanten, sondern bringt Brot vom Tag. Es wäre mir unangenehm, wenn ich Euch wieder zurückschicken müsste, damit Ihr auch das Gewünschte bringt.« Dabei schenkte er ihm ein strahlendes Lächeln.

»Wie der junge Herr belieben!«, knurrte der Wirt, nahm den leeren Teller an sich und riss Éanna fast den Löffel aus der Hand, den sie gerade abgeleckt hatte. Kopfschüttelnd entfernte er sich, um wenig später einen frischen Brotlaib unwirsch vor Éanna auf den Tisch zu knallen. »Ist für Eure junge Dame vielleicht noch ein Port oder ein Pudding zum Nachtisch erwünscht, der Herr?«, fragte er anschließend spöttisch.

Patrick O'Brien legte kurz die Stirn in Falten. »Wo Ihr mich so fragt ...«, begann er, als überlegte er tatsächlich, ob er noch etwas für Éanna bestellen sollte. Aber dann schüttelte er den Kopf und sagte völlig unbekümmert: »Aber nein, ich glaube, das passt nicht recht zu Eurer Graupensuppe. Aber verbindlichsten Dank, dass Ihr die Freundlichkeit gehabt

habt, es anzubieten. Ihr seid wirklich ein Gastwirt nach meinem Geschmack. Werde Euch wärmstens empfehlen.« Huldvoll nickte er ihm zu und entließ ihn mit den herablassenden Worten: »Das ist alles. Geht nur wieder an Eure Arbeit. Ich werde Euch schon rufen, wenn ich noch einen Wunsch habe.«

Der Spott und die unerschütterliche Selbstsicherheit trieben dem Mann die Zornesröte ins Gesicht. Doch er sah wohl ein, dass seinem Gast einfach nicht beizukommen und schon gar nicht die unverschämt gute Laune zu verderben war. Wortlos wandte er sich ab und stiefelte zum Ausschank zurück.

»Das wäre nicht nötig gewesen, Mr O'Brien«, sagte Éanna mit Blick auf den Brotlaib, der ganz ihr gehören sollte. Plötzlich war sie wieder furchtbar beschämt. »Ihr habt schon mehr für mich getan, als ich es verdient habe.«

Ein Lächeln, das zwischen Spott und Bitterkeit lag, zeigte sich auf seinem Gesicht. »Ja, ist es nicht immer wieder beruhigend zu wissen, dass man zum Glück im Leben nicht immer das bekommt, was man verdient hat?« Und dann schien er von einem Augenblick zum anderen ihrer überdrüssig zu sein. »Also, dann lass dich nicht länger aufhalten, Éanna Sullivan«, sagte er. »Und denke daran, was ich dir gesagt habe. Finger weg von fremden Spazierstöcken und Sonstigem, was flinkere Hände und mehr Abgebrühtheit verlangt, als du jemals aufbringen kannst.« Er zwinkerte ihr zu, als wären sie Komplizen in einer lustigen Verschwörung.

Hastig sprang Éanna vom Stuhl auf, klemmte sich Schal und Mütze unter den Arm und nahm das Brot an sich. »Habt Dank für alles, Mr O'Brien. Gott segne Euch.«

»Ha!«, sagte er mit befremdlicher Fröhlichkeit. »Ich habe dir zu danken, dass du mir Gelegenheit gegeben hast, mir ein wenig die Langeweile zu vertreiben.« Und als wollte er dem noch die Krone aufsetzen, fügte er selbstironisch hinzu: »Wollen wir nicht alle Heilige werden?« Er zwinkerte ihr ein letztes Mal zu, nahm dann wieder die Zeitung zur Hand, schlug sie auf und verschwand hinter den hohen Seiten.

Éanna sah zu, dass sie schnell aus der Taverne kam. Kaum stand sie draußen auf der Straße, als ihr all das, was sie in der letzten knappen Stunde erlebt und aus dem Mund dieses Patrick O'Brien gehört hatte, unwirklich vorkam. Aber der Brotlaib, den sie fest an ihre Brust drückte, war Beweis, dass es tatsächlich so geschehen war, wie unglaublich es ihr auch erscheinen mochte.

Sie grübelte noch lange darüber nach, was für ein merkwürdiger Mensch ihr Retter und Wohltäter doch war. Wie unbekümmert und leichtfertig er über alles hinweggegangen war, um sich »ein wenig die Langeweile zu vertreiben«! Er hatte mit ihr gespielt – wie ein verzogener Bengel, dem langweilig war. Sie konnte es nicht fassen.

Aber was er auch für Beweggründe gehabt hatte, sie musste dankbar sein, wie glimpflich die Sache für sie ausgegangen war. Und insgeheim war sie auch ein bisschen stolz, dass sie sich in der Taverne nicht zu einer spitzen Erwiderung hatte hinreißen lassen. Catherine hatte sie früher oft ermahnt, ihre Zunge ja im Zaum zu halten. Und Éanna wusste, dass nicht mehr viel gefehlt hatte, und sie hätte Patrick O'Briens Wohlwollen mit ein paar Sätzen aufs Spiel gesetzt.

Trotzdem, eine Sache konnte und wollte sie nicht auf sich

sitzen lassen. Sie beschloss, sich unten am Fluss den Schmutz aus Gesicht und Haaren zu waschen und diese so sorgfältig zu kämmen, wie sich dem verfilzten Gestrüpp auf ihrem Kopf mit dem Kamm nur beikommen ließ!

Neuntes Kapitel

Éanna machte sich auf den Weg zum Fluss. So unverblümt auf ihr verdrecktes, abstoßendes Äußere hingewiesen worden zu sein, hatte sie tief getroffen, auch wenn sie es nicht recht zugeben konnte.

Dieser feine Schnösel hatte gut reden! Sollte er doch tagelang im strömenden Regen Körbe voller Steine aus dem Steinbruch schleppen und sich dann abends völlig erschöpft in ein Scalpeen verkriechen! Dann wollte sie mal sehen, wie seine feinen Kleider und sein ordentlich gekämmtes Haar aussahen!

Was seine großherzigen Wohltaten im *Schwarzen Ochsen* betraf, so hegte sie nicht den geringsten Zweifel, dass er den Verlust von den wenigen Münzen, die er dem Wirt für ihr Essen und das Brot zahlen musste, später in seiner prallen Geldbörse nicht einmal bemerken würde. Immer schneller lief sie durch die Gassen in Richtung Fluss. Sie vermied die breiten, bevölkerten Straßen mit all den jammervollen Gestalten. Das Brot hielt sie dabei unter ihrem Umhang fest an ihre Brust gepresst und vor fremden Augen verborgen.

Am Fluss suchte sie sich eine abgelegene Stelle, wo niemand Zeuge ihrer kläglichen Wäsche werden konnte. Das Brot, das ihr gute zwei, vielleicht sogar drei Tage ohne allzu quälenden Hunger versprach, legte sie auf einem großen

Stein ab, den das Regenwasser der vergangenen Tage sauber gewaschen hatte. Sorgfältig deckte sie ihren Umhang, in den sie Schal und Mütze gestopft hatte, darüber, sodass ihr kostbares Brot vor fremden Blicken geschützt sein würde. Schließlich holte sie den primitiven Holzkamm aus ihrem Beutel und kniete sich nahe an das flache Uferwasser.

Mit beiden Händen schlug sie sich das eisige Nass mehrmals ins Gesicht, um den Schmutz zu lösen und abzuwaschen. Mit ihrem Haar, das ihr in struppigen und verdreckten Strähnen bis auf die Schultern fiel, hatte sie erheblich mehr Mühe.

Immer wieder zuckte sie schmerzhaft zusammen, wenn der Kamm in den verknoteten Haaren auf zähen Widerstand stieß. Aber auch wenn am Ende noch so viele Strähnen im Kamm hängen blieben, es war Éanna egal. Was sie sich einmal in den Kopf gesetzt hatte, das führte sie auch aus.

Éanna war so mit ihrer Wäsche beschäftigt, dass sie nicht mehr darauf achtete, was am Ufer geschah. Erschrocken fuhr sie deshalb zusammen, als plötzlich links von ihr eine Gruppe junger Burschen aus den Büschen brach und rasch auf sie zukam. Sie waren zu fünft. Der jüngste mochte gerade elf oder zwölf sein, zwei vielleicht in ihrem Alter und die anderen beiden zwei, drei Jahre älter. Ihre abgerissene Kleidung und die Gesichter verrieten sofort, dass auch sie zu dem riesigen Heer der Vertriebenen gehörten.

Doch keiner von ihnen hatte diese entsetzlich ausgehöhlten Gesichter mit der papierdünnen, durchschimmernden Haut. Auch stachen nicht überall spitze Knochen unter der Haut hervor. Und wenn zwei von ihnen keine Schuhe besaßen und nur kurze knielange Hosen trugen, so zeigten ihre Beine doch noch keine Anzeichen von Spindeldürre oder gar Hautschwärze wie bei so vielen anderen, die dem Tod näher als dem Leben waren.

Einer der älteren Jungen, ein Kerl mit flammend roten Haaren und einer kantigen Kinnpartie, rief nun spöttisch: »Was haben wir denn da, Freunde? Eine Schöne beim Bade! Na, das ist doch mal was fürs Auge, findet ihr nicht?«

Einer der jüngeren lachte und meckerte dabei wie eine Ziege. »Vielleicht fragst du sie mal, für wen sich denn so schön macht, Paddy? Und was sie so von ihren Kunden nimmt!«

»Später, Hugh«, erwiderte der Bursche, der auf den Namen Paddy hörte und bei ihnen offensichtlich das Sagen hatte. »Will mir doch erst einmal den Mantel ansehen. Könnte vielleicht ein bisschen eng sein, aber man darf ja nicht wählerisch sein.«

Éanna ließ sofort ihren Kamm fallen. »Verschwindet! Lasst mich in Ruhe!«, rief sie und griff nach ihrem Umhang. Sie hätte sich ohrfeigen können, dass sie das Brot nicht in den Mantel gewickelt hatte.

Als der Laib zum Vorschein kam, lachte Paddy triumphierend auf. »Das wird ja immer besser, Kumpels. Die Schöne hat uns den Tisch gedeckt! Na, das lass ich mir gefallen!«

Éanna riss das Brot an sich, sprang auf und wollte die Flucht ergreifen. Aber damit hatten die fünf gerechnet. Rasch fächerten sie sich zu einem Halbkreis auf, aus dem es für Éanna kein Entkommen gab. Auf ein Zeichen von Paddy stürzten sie sich auch auf sie.

»Her mit dem Brot! Oder glaubst du vielleicht, du könntest

es mit uns aufnehmen?«, schrie der rothaarige Anführer. Er fackelte nicht lange, sondern hieb ihr seine Faust ins Gesicht.

Éanna taumelte zu Boden, und schon im nächsten Moment wurde ihr das Brot aus den Händen gerissen. Der Jüngste aus der Gruppe, Hugh mit dem meckernden Lachen, machte sich über ihren Beutel her, kippte ihn aus und wühlte in Éannas Habseligkeiten herum. Die alte, löchrige Decke war das Einzige, was ihm wert genug erschien, um es ihr zu stehlen.

Éanna fluchte durch die Zähne und rappelte sich auf. Den Mantel mit Schal und Wollmütze in der Innentasche durfte sie unter keinen Umständen hergeben. Ohne den warmen Umhang würde sie die nächsten Monate nicht überleben. Mit dem Mut der Verzweiflung hielt sie den Umhang mit ihrer linken Hand umklammert, während sie mit der anderen Hand um sich schlug und ihnen die Gesichter zu zerkratzen versuchte.

»Zum Teufel, lasst ihr den Umhang!«, rief einer der Älteren, der wie Paddy rötliches Haar hatte. Doch seines war eher blond als karottenrot und zudem kraus wie Putzwolle. Ihm hatte Éanna einen langen, blutigen Kratzer auf der linken Wange zugefügt. »Lasst uns mit dem Brot verschwinden, bevor ihr noch jemand zu Hilfe kommt! Sie ist doch genauso dreckig dran wie wir. Lass es, habe ich gesagt, Danny!« Damit schlug er einem der jüngeren Kameraden, der wild an Éannas Umhang zerrte, hart auf die Hand. »Aufhören, habe ich gesagt. Es reicht!«

Der rothaarige Paddy stand breitbeinig daneben. Er hatte sich das Brot unter den Arm geklemmt. »Nun reiß mal nicht das Maul so weit auf, Brendan Flynn!«, blaffte er. »Wenn hier einer sagt, was gemacht wird, dann bin ich das, klar?«

»Das kann sich aber ändern, wenn du es darauf anlegst, Paddy«, gab Brendan Flynn drohend zurück. Er sah nicht weniger kräftig aus als der Anführer der Gruppe.

»Wäre ja wohl noch schöner, wenn wir Zoff wegen so einem Weiberrock bekämen.« Paddy machte eine geringschätzige Kopfbewegung zu Éanna hin. Sie kauerte im Gras und hielt ihren Umhang umklammert, während sie mit den Tränen kämpfte. »Also lassen wir den Scheiß, Brendan. Wir hauen ab.«

Die Gruppe zog mit ihrer Beute ab, und Éannas tränenblinder Blick folgte ihnen. Doch statt sich davonzumachen, blieben die Jungen ein Stück weit entfernt in Höhe der Ufermauer stehen. Die beiden älteren, Paddy und Brendan, schienen immer noch zu streiten. Dann sah Éanna, dass der brutale Rotschopf ärgerlich ein Stück Brot abbrach und es dem anderen in die Hand drückte.

Éanna ballte die Fäuste – bereit, sich abermals zur Wehr zu setzen. Doch wenig später ließ sie die Hände erstaunt sinken. Denn Brendan schlitterte die Böschung herab, kam vor ihr zu stehen und hielt ihr den Kanten Brot hin. »Mehr als das Stück konnte ich ihnen nicht abringen«, sagte er und mied dabei ihren Blick. »Tut mir leid. Wir haben auch Hunger. Denk nicht zu schlecht von uns.«

Mit Tränen in den Augen funkelte Éanna ihn an. »Beten werde ich deshalb bestimmt nicht für dich!«

Brendan Flynn zuckte die Achseln. »Ist auch nicht nötig. Seit wann helfen uns Iren noch Gebete?«, erwiderte er.

»Pass nächstens besser auf, wenn du einen Haufen Brot ergattert hast. Dann passiert dir so was auch nicht.«

»Fahr zur Hölle, Brendan Flynn!«

Er lachte trocken auf und nickte. »Keine Sorge, bin auf dem besten Weg dorthin. Vielleicht sind wir alle ja schon längst dort angekommen, weil der Teufel Irland zu seiner Hölle gemacht hat«, sagte er sarkastisch und kehrte zu seinen Kameraden zurück.

Éanna wischte sich die Tränen aus dem Gesicht. Dann hob sie das Stück Brot auf, klopfte den Sand von der Kruste und steckte es in die Tasche ihres Mantels. Holzteller, Löffel und die Dose zum Feuermachen hatten die Jungen ihr gelassen. Und auch das Messer war noch da – es hatte sich im Stoff des Umhangs verhakt und war dort offensichtlich stecken geblieben.

So schlimm es war, dass sie den Brotlaib bis auf dieses kleine Endstück verloren hatte – sie tröstete sich damit, dass es noch viel übler hätte ausgehen können.

Außerdem hatte sie nun wahrlich keinen Anlass, sich auf das hohe Ross zu setzen, fuhr es ihr durch den Kopf. Denn sie, Éanna Sullivan, war selbst zur Diebin geworden. Und vielleicht war es nur gerecht, dass sie von anderen bestohlen worden war.

Zehntes Kapitel

Éanna verließ die Stadt im Osten, und es war das Andenken an ihre Mutter, dass sie abermals die Richtung einschlug, in der Dublin lag – viele, viele Tagesmärsche entfernt.

Sie mied die Landstraße, die von Ballinasloe hoch zum Shannon River und nach Athlone führte. Zu viele andere Hungerleider bevölkerten die Hauptstraße. In diesen stummen apathischen Todesmarsch wollte Éanna sich nicht länger einreihen. Sie fürchtete, in dieser Menge von der völligen Hoffnungslosigkeit und stumpfen Gleichgültigkeit dem Tod gegenüber angesteckt zu werden und selbst jeglichen Überlebenswillen zu verlieren.

Denn der Überlebenswille war wieder da – stärker als je zuvor. Éanna wusste nicht genau, wann sie sich dafür entschieden hatte, den Kampf von Neuem aufzunehmen. War es die Begegnung mit der Straßenbande gewesen? Waren es die Graupensuppe und das Glas Milch? Oder war es ihr Zorn über die abfälligen Bemerkungen von Patrick O'Brien oder den Diebstahl des Brotes?

Vergiss nicht, dass du eine Sullivan bist, ging es ihr wieder durch den Kopf, während sie sich ihren Weg über schmale Feld- und Wiesenpfade suchte. Ihre Mutter hatte gut daran getan, ihr das mit auf den Weg zu geben. Éanna würde nicht aufgeben. Noch nicht.

So wanderte sie durch die hügelige Landschaft, die sie an

früher erinnerte. Über die Äcker mit ihren grauen, niedrigen Steinmauern führte sie der Weg, vorbei an den brandgeschwärzten Ruinen und Trümmerhaufen, deren Anblick Éanna längst so vertraut war wie alles andere.

Sie lauschte der Stille, die über dem Land lag, und wusste, dass es nicht die friedliche Ruhe eines schönen Nachmittags war, sondern vielmehr das beklemmende Schweigen eines zerstörten Landes.

Es war die Hungerstille!

Denn nirgendwo war das Gegacker von Hühnern zu hören, kein Schwein grunzte, kein Schaf blökte auf einer Wiese, nirgendwo war das Bellen eines Hundes oder das Muhen einer Kuh zu hören, die darauf wartete, gemolken zu werden. Nichts von diesen Geräuschen, die jeden Tag das Leben der Bauern begleitet hatten, war in diesem Landstrich zu vernehmen. Es schien, als wäre ganz Irland zu einem einzigen, riesigen Grab geworden.

Schnell ging Éanna weiter.

Bald schon senkte sich das graue Tuch der Abenddämmerung auf sie herab, und als sie einem Wiesenpfad entlang eines kleinen Waldes folgte, hörte sie plötzlich den schwachen Klang einer Flöte und einer Fidel. Im ersten Moment glaubte sie, unter Halluzinationen zu leiden. Doch es war keine Einbildung. Sie erkannte sogar die Melodie, die da von den Bäumen her zu ihr herüberwehte. Es war das traurige Lied des Schäfers Liam von Connemara, der all seine Tiere verlor und dem am Schluss seiner Wanderschaft nur noch ein einziges Lamm blieb.

Sie überlegte kurz, ob sie der Musik folgen und nachsehen sollte, wer in diesen Zeiten noch die Kraft und den

Willen aufbrachte, Flöte und Fidel zu spielen. Schlechte Menschen konnten es kaum sein, die Trost bei den alten Liedern ihres Volkes suchten. Und so beschloss sie, zu ihnen zu gehen. Vielleicht hatten sie nichts dagegen, wenn sie bei ihnen die Nacht verbrachte. Nach den Erlebnissen des Tages erschien ihr das sicherer zu sein, als ganz allein irgendwo Unterschlupf zu suchen. Éanna hatte ihre Lektion am Fluss gelernt, und sie würde sie nicht mehr vergessen.

Als sie auf die andere Seite des schmalen Streifen Waldes gelangte, sah sie dort eine Kate, die nur zum Teil eingerissen war. Ein Drittel des Reetdaches hatte der Zerstörungswut der Gutsherrenknechte widerstanden. Und aus der halb herausgebrochenen Mauer der vorderen Hauswand drang Feuerschein in den Abend.

Rasch ging Éanna auf die Bauernkate zu. Als sie Augenblicke später durch die große Mauerlücke trat, erblickte sie hinten in der Ecke unter dem Restdach drei Mädchen um ein kleines Feuer sitzen. Eines der Mädchen, das ihre roten, strohigen Haare zu zwei Zöpfen zusammengebunden hatte, spielte Fidel. Dem Instrument fehlte jedoch ein Großteil des Bodens. Auch auf der Oberseite klaffte ein rissiges Loch. Und an dem Bogen, den das Mädchen mit geschlossenen Augen über die Saiten führte, fehlte ein Großteil der Bespannung. Das dunkelhaarige Mädchen, das sie auf einer kleinen Flöte begleitete, saß mit dem Rücken zur Mauerlücke am Feuer. Und das dritte Mädchen, das einen alten Männermantel trug, der für ihre magere Gestalt viel zu groß und zu lang war, zerbrach gerade eine Dachlatte, um damit das Feuer zu nähren. Jedes von ihnen war so mit seinem Tun beschäftigt, dass sie Éanna gar nicht bemerkten.

»Habt ihr was dagegen, wenn ich euch die Nacht über Gesellschaft leiste?«, machte sie sich bemerkbar.

Jäh brach das melancholische Schäferlied ab, und die drei Mädchen, die mehr oder weniger in ihrem Alter waren, fuhren erschrocken zu ihr herum.

»Éanna?«, rief im nächsten Moment das Mädchen ungläubig, das Flöte gespielt hatte. »Heilige Muttergottes, du bist es wirklich! Ich werde verrückt.«

Auch Éanna konnte ihren Augen nicht trauen, als sie Emily Farrell wiedererkannte, die nun vom Feuer aufsprang und zu ihr kam, um sie herzlich zu umarmen.

»Du lebst ja noch!«, entfuhr es Éanna in ihrer Überraschung unwillkürlich.

Emily lachte kurz auf. »Dasselbe kann ich von dir sagen. Mein Gott, ich hätte nicht geglaubt, dich noch einmal wiederzusehen! Was freue ich mich, dass du noch auf den Beinen bist! Und natürlich bleibst du!«, sprudelte sie hervor und packte sie am Arm, um sie hinüber zum Feuer zu ziehen. »Das ist Éanna Sullivan, von der ich euch erzählt habe«, rief sie den anderen beiden Mädchen zu. »Wenn sie mir damals nicht an jenem verfluchten Tag im Steinbruch geholfen hätte, wäre ich jetzt wohl nicht hier, sondern läge irgendwo am Straßenrand!«

Éanna erwiderte das zurückhaltende Nicken der beiden.

»Das ist Bridget McQuil.« Emily deutete auf das rothaarige Mädchen mit den Zöpfen. »Sie stammt aus Limerick. Und das da ist Caitlin, sie kommt irgendwo aus Clare.«

»Aus Tullig bei Kilrush«, erklärte Caitlin. Ihr alter Männermantel klaffte kurz auf, als sie sich am Feuer erhob und entblößte einen völlig abgemagerten Körper. »Und woher kommst du, Éanna?«

»Aus der Gegend um Galway.«

Emily wies mit einem Kopfschütteln in die Ecke. »Wie sie heißt, wissen wir nicht«, sagte sie. »Das arme Ding ist uns heute Nachmittag einfach gefolgt. Sie hat die ganze Zeit nicht ein Wort von sich gegeben.«

»Es geht mit ihr zu Ende«, sagte Caitlin nüchtern.

Erst jetzt bemerkte Éanna das vierte Mädchen, das in der anderen Ecke zwischen Reetmatten lag und einen entsetzlichen Anblick bot. Jeder Knochen, jede Rippe zeichnete sich unter der dünnen fahlen Haut ab. Die Augen waren tief in die Höhlen gesunken, deutlich trat der Schädel mit seinen Knochenlinien hervor. Die Lippen waren rissig und blutleer.

Doch das Schlimmste waren ihre Beine. In ihnen hatte sich immer mehr Hungerwasser gesammelt, bis die Haut dem Druck nicht mehr standgehalten hatte und aufgebrochen war. Ein Schicksal, das viele nach wochenlangem bitterstem Hungern kurz vor ihrem Tod erwartete.

Emily atmete tief durch. »Es gibt nichts, was wir noch tun könnten. Soll sie hier in Frieden sterben.« Sie griff nach einem Stock, um das Feuer anzuschüren. Der Tod war für sie alle ein viel zu vertrauter Gefährte, um sich mit dem Unabänderlichen noch lange aufzuhalten. »Komm, Éanna. Setz dich zu uns. Gleich gibt es was zu essen.« Sie wies auf einen verbeulten Blechtopf neben der Feuerstelle, der halb gefüllt war.

Éanna glaubte, ein paar Haferflocken zu erkennen, woraus der Rest bestand, konnte sie nicht sagen.

»Nein, das ist nicht nötig.« Der Brei reichte nicht einmal, um Emily, Bridget und Caitlin den Hunger zu nehmen. »Ich habe heute Mittag Essen in einer Suppenküche bekommen und noch ein Stück Brot dabei. Das ist für mich mehr als genug.« Die Geschichte ihres fehlgeschlagenen Diebstahls und der Mahlzeit im Schwarzen Ochsen wollte sie lieber für sich behalten.

»Wir teilen, was wir haben, Éanna. Keine Widerrede!«, sagte Emily energisch. »Du hast deine Kräfte im Steinbruch mit mir geteilt, obwohl du doch selbst fast am Ende warst. Hast du das etwa vergessen?«

»Mach doch nicht so einen Wirbel darum. So groß war meine Hilfe gar nicht«, murmelte Éanna verlegen und wechselte schnell das Thema. »Sagt mal, wo habt ihr denn die Flöte und die Fidel her?«

»Die Flöte hat mein Großvater geschnitzt. Er hat mir auch das Flötenspielen und all die Lieder beigebracht«, erklärte Emily stolz und strich liebevoll über das kleine, gerade handlange Instrument. »Es ist das Einzige, was mir von Zuhause geblieben ist. Für nichts auf der Welt würde ich es hergeben. Die Flöte geht mit mir ins Grab.«

»Sprich nicht von morgen«, warf Caitlin mit Galgenhumor ein.

»Und was ist mit deiner Fidel, Bridget?«, wollte Éanna wissen. »Die scheint auch schon bessere Zeiten gesehen zu haben.«

Bridget grinste schief. Durch das lange Hungern waren ihr viele Zähne ausgefallen. »Aber sie spielt. Und wenn ich aufpasse, hält der Bogen auch noch eine Weile durch. Ich habe das olle Dinge vor ein paar Wochen in einer anderen Ruine gefunden. Ein paar Lieder beim Betteln machen die Sache ein bisschen leichter.«

»Am besten wäre es, man würde dazu auch noch tanzen. Das würde den Leuten gefallen«, fügte Emily sarkastisch hinzu. »Tanzende Skelette, das wäre doch mal was anderes, was ihnen vielleicht den einen oder anderen Viertelpenny wert wäre.«

Die anderen schnaubten grimmig und starrten auf das Feuer, das langsam herunterbrannte. Jeder hing seinen Gedanken nach.

Als nur noch eine kräftige Glut vorhanden war, legte Bridget zwei etwas größere flache Steine ins Feuer. Sowie beide gut erhitzt waren, nahm sie den Blechtopf und gab etwas Brei auf den einen Stein, drückte ihn flach und röstete ihn von beiden Seiten.

Auf diese Weise verarbeitete sie auch den Rest des Breis, und am Schluss gab es für jeden zwei der kleinen Fladen. Sie waren etwas zäh und unbestimmt im Geschmack, jedoch heiß und angenehm knusprig.

Das Stück Brot, das Éanna zum Essen beisteuern konnte, teilten sie so gerecht unter sich auf wie den Brei.

»Was habt ihr da bloß zusammengerührt?«, wollte Éanna wissen, nachdem sie auch noch das winzigste Stück hungrig hinuntergeschluckt hatte. »Was war das?«

»Froschbrot«, antwortete Caitlin mit einem gleichgültigen Schulterzucken. »Zwei klein gehackte Frösche, die wir unten am Bach gefangen haben, eine Handvoll Haferflocken, einige Messerspitzen vom Boden gekratztes Mehl und noch ein paar Salzblätter. Lässt sich doch gut essen, oder?«

Froschbrot! Éanna schluckte und wünschte, sie hätte nicht

gefragt und sich ihre Illusion bewahrt, dass die Brotkuchen aus irgendwelchen *gewöhnlichen* Essensresten bestanden. »Schon, aber wenn man es nicht weiß, kriegt man es leichter runter!«, gestand sie mit einem schiefen Grinsen.

Die anderen lachten, und Bridget sagte spöttisch: »Dann frag jetzt besser nicht, was wir gestern mit einer Latte in so einem Trümmerhaufen erschlagen und über einem Feuer aufgespießt geröstet haben. Mit dem Froschbrot hast du heute allemal den besseren Tag erwischt, um auf uns zu stoßen!«

»Immerhin, das Fleisch war so weiß wie bei einem Kaninchen«, sagte Caitlin trocken.

Éanna schauderte, konnte es sich dabei doch nur um eine Ratte gehandelt haben, und war froh, dass keiner das Thema weiterverfolgte.

Den letzten Brotkuchen brachte Emily dem Mädchen in den zerfetzten Reetmatten. Doch dieses hob nicht einmal den Kopf, geschweige denn, dass sie die Lippen öffnen konnte. Sie benetzten ihre aufgesprungenen Lippen mit etwas Wasser und deckten sie mit Éannas zerschlissenem Umhang zu. Mehr konnten sie nicht für sie tun.

Bevor sie sich zum Schlafen hinlegten, bat Éanna darum, dass Emily und Bridget noch etwas spielten. Sie hatte so lange keine Musik gehört, dass ihr Wunsch danach größer noch als der Hunger war. Gerne griffen die beiden zu ihren Instrumenten und spielten zwei Lieder. Eines gehörte zu den Balladen, die Éannas Mutter über alles geliebt hatte. Bei den ersten Takten liefen Éanna die Tränen übers Gesicht.

Wie viel war an diesem Tag passiert, so viel, dass es den

Schmerz über den Tod ihrer Mutter fast überdeckt hatte. Doch nun – am heruntergebrannten Feuer, die klagenden Flötentöne im Ohr –, da überkam die Trauer Éanna mit einer Macht, dass es sie schier schüttelte.

Wie oft hatte Catherine das Lied auf den Lippen gehabt, früher, als der Vater noch lebte und die Hungersnot noch in weiter Ferne war.

Es hieß *A Youth and an Irish Maid* und erzählte die Geschichte eines jungen Mannes, der seinem geliebten Mädchen namens Molly eröffnete, dass er nach Amerika auswandern wird. Und auch wenn er dort viele schöne Mädchen träfe, würde er doch immer nur an sie denken.

Lange nachdem der letzte Ton verklungen war, weinte Éanna noch immer, und sie schämte sich nicht dafür. Es war schon spät, als sie sich endlich zu den anderen Mädchen ans Feuer legte und einschlief.

Das fremde Mädchen starb irgendwann in der Nacht, ohne einen Laut von sich zu geben. Ihr Lebenslicht erlöschte so still, wie sie den drei anderen gefolgt war.

Am nächsten Morgen kratzten sie mit Messern, Löffeln und den Zacken durchgebrochener Dachlatten hinter der Ruine so etwas wie eine Mulde aus dem Boden. Für ein richtiges Grab hatten sie weder die Kraft noch die richtigen Gerätschaften. Sie legten die Tote in die Mulde, deckten sie mit Reet zu und beschwerten das Ganze mit Bretterresten und Steinen aus den Trümmern des Hauses.

Gemeinsam sprachen sie das Vaterunser, das Ave Maria und zwei Gebete, die sie alle von würdigeren Begräbnissen her kannten. Und zum Schluss sagte Emily etwas, das so seltsam klang, dass Éanna es nie mehr vergessen sollte.

»Zuerst sterben die Iren, dann die Sterne.«

Dann zogen sie weiter und Éanna mit ihnen. Es war gut, nicht mehr allein zu sein und in Emily so etwas wie eine Freundin gefunden zu haben.

Elftes Kapitel

Neun Tage streiften sie wie verirrte Schafe gemeinsam durch das Land westlich des Shannon River, immer auf der Suche nach Essen und einem trockenen, windgeschützten Platz für die Nacht.

Wann immer sie auf einen zerstörten Hof stießen, bogen sie vom Weg ab und sahen nach, ob sie in der Kate nicht etwas finden konnten, das sich vielleicht irgendwie verwerten ließ. Aber fast immer kehrten sie mit leeren Händen wieder auf den Weg zurück.

Éannas Plan, nach Dublin zu gehen, rückte in weite Ferne. Sie wusste, wie wenig Chancen sie hatte, allein auf der Straße zu überleben, und jeden Tag dankte sie Gott, dass er sie in jener trostlosen Nacht in die verlassene Kate geführt hatte, in der sie Emily, Bridget und Caitlin gefunden hatte.

Die Bettelei in den größeren Siedlungen, durch die sie kamen, brachte trotz der Musik von Emily und Bridget nicht viel ein. Selten einmal fiel eine Münze in die Teller, die Éanna und Caitlin den Bewohnern hinhielten. Manchmal hatten sie am Schluss nur ein paar Brocken Brot oder einige Löffel voll Haferflocken gewonnen. Die Leute hatten selbst nicht genug.

Die neunte Nacht verbrachten sie in einem der Geisterdörfer, deren Einwohner Opfer der Massenräumungen geworden waren. Ein Haus nach dem anderen stach mit seinem abgedeckten Dach, dem eingestürzten Giebelkamin und den Trümmern halb eingerissener Hauswände wie erstarrte Skelette in den klaren und kalten Nachthimmel.

In einem der am wenigsten zerstörten Häuser suchten sie Unterschlupf, kochten sich Suppe aus Nesseln, die sie am Wegesrand gefunden hatten, und löffelten die wässrige Brühe aus ihren Holzschalen.

»Wir hätten damals nach Amerika auswandern sollen, als wir noch unser Auskommen und sogar noch ein Schwein und eine Kuh hatten«, sagte Emily versonnen, nachdem sie ihren Teller sorgfältig abgeleckt hatte. »Damals wäre es noch gegangen. Andere aus unserem Dorf hatten es schon gewagt.«

Bridget seufzte verträumt. »Ja, Amerika oder Kanada. Aber besser noch Amerika, da soll es schon viele Iren geben.«

»Es heißt, dort ist jeder sein eigener Herr und kann sich so viel fruchtbare Erde nehmen, wie er nur will. Es gibt unendlich viel davon«, fuhr Emily begeistert in ihrer Träumerei fort. »Wenn man nur hart zu arbeiten gewillt ist, kann dort jeder sein Glück machen. Die Engländer haben nichts mehr zu sagen!«

Éanna ließ sich von Emilys und Bridgets Träumereien anstecken. »Wenn es auch nur halb so schön und man da nur halb so frei wäre, wie man es sich erzählt, muss es ein herrliches Land sein!«

»Man bräuchte Flügel, die einen über den Ozean brächten«, sagte Bridget mit einem schweren Seufzer. »Denn sonst wüsste ich nicht, wie einer von uns nach Amerika kommen sollte.«

»Ich komme nach Amerika!«, erklärte Emily entschlossen.

Caitlin lachte spöttisch auf. Sie hatte sich zurückgehalten. »So? Was du nicht sagst! Weißt du denn überhaupt, was so eine Passage nach Amerika im Zwischendeck solch eines Auswandererschiffes kostet?«

Emily zuckte die Achseln. »Lass es kosten, was es will. Andere haben es auch geschafft. Irgendwie und irgendwann kriege ich das Geld schon zusammen.«

»Ich sag es dir«, fuhr Caitlin fort. »Die billigsten Tickets im Zwischendeck kosten drei Pfund und zehn Shilling. Damit darfst du dann auf einen stinkenden wasserziehenden Kahn der Engländer, auf dem du noch schlechtere Chancen hast, am Leben zu bleiben, als hier. Fünf Pfund sind der normale Preis für einen Yankeesegler. Und auch dann ist die Überfahrt noch alles andere als eine gemütliche Segelpartie übers Meer, darauf kannst du dich verlassen.«

»Fünf Pfund?«, stieß Bridget erschrocken hervor. »Wir haben in der ganzen letzten Woche ja noch nicht einmal einen einzigen Shilling zusammengebettelt!«

»Aber das ist noch nicht alles«, fuhr Caitlin fort, als wollte sie ihnen unbedingt noch die allerletzten Illusionen zerstören. »Man braucht nämlich zusätzlich noch einen hübschen Batzen Geld, weil die Verpflegung an Bord dieser Schiffe so miserabel ist, dass sich die Kapitäne mit den Betreibern dieser elenden Suppenküchen fast die Hand zur Bruderschaft reichen könnten. Deshalb muss man selbst dafür sorgen, dass man auf der Überfahrt nicht verhungert und zu Fischfutter wird!«

Fast hasste Éanna sie in diesem Augenblick dafür, dass sie ihnen mit ihren nüchternen, fast gehässigen Vorhaltungen die Freude am Träumen verdorben hatte.

»Und wennschon«, erwiderte Emily trotzig. »Ich komme nach Amerika, darauf könnt ihr Gift nehmen! Ich werde hier nicht verrotten, irgendwo als Frau eines Kleinpächters mein Leben fristen und jedes Jahr aufs Neue Angst davor haben, dass die Kartoffeln wieder einmal schwarz und verfault aus der Erde kommen.«

Caitlin verzog das Gesicht. »Das redet sich so leicht daher. Aber würdest du uns vielleicht verraten, wie du an so viel Geld kommen willst, wo wir doch Tag für Tag Mühe haben, nicht an Hunger zu krepieren?«, fragte sie.

»Ich würde alles dafür tun, damit ich auf so ein Schiff und nach Amerika komme!« Emily hatte die Augenbrauen zornig zusammengezogen.

»Alles?«, hakte Caitlin nach.

Emily hielt ihrem anzüglich fragenden Blick stand. »Ja, alles«, bekräftigte sie.

»Auch ...«, setzte Éanna zu einer Frage an, stockte jedoch sofort und führte den Satz nicht zu Ende.

»Ja, wenn es sein muss, auch *das,* Éanna«, kam sofort Emilys Antwort. Sie alle wussten, was damit gemeint war.

Éanna starrte die Freundin an. Sie konnte nicht glauben, was sie hörte. Jungfräulichkeit war für ein irisches Mädchen das höchste Gut, so waren sie von ihren Müttern und Großmüttern erzogen worden.

»Na, wenn das so ist«, sagte Caitlin nur gedehnt und blickte mit einem vielsagenden Grinsen zu Éanna und Bridget.

Doch keiner von ihnen erwiderte ihren Blick. Sie waren viel zu betreten über Emilys wilde Entschlossenheit.

Emily machte dem Gespräch ein Ende, indem sie zu ihrer Flöte griff und geradezu trotzig eine lustige Melodie anstimmte. Bridget nahm sie schnell auf, während Caitlin sich mit verschlossener Miene in ihren überlangen Männermantel wickelte und in die Glut des Feuers starrte.

Zwölftes Kapitel

Sie passierten die Stadt Portuma, die am Ufer des Shannon River lag. In einer Suppenküche setzte man ihnen eine dünne Suppe aus Maismehl und etwas Kohl vor, und Éanna war erleichtert, als sie erfuhr, dass nicht jede Hilfsorganisation so fanatisch war wie die in Ballinasloe. Keiner verlangte von ihnen, dass sie ihren Glauben verleugneten.

Am nächsten Tag folgten sie dem Fluss für einige Meilen und suchten nach Beeren. Aber sie fanden nicht einen Strauch, der nicht schon längst von anderen bis auf die letzte essbare Frucht abgepflückt gewesen wäre. Und so wandten sie dem Flussufer den Rücken zu und kehrten wieder zurück ins Hinterland.

Am Nachmittag gelangten sie in eine Gegend, in der die Kleinpächter offensichtlich von der Vertreibung verschont geblieben waren. Ein Teil der Katen stand noch unberührt von jeder Zerstörung.

Als der schmale, von Steinmauern eingefasste Weg sie nahe an einem dieser Häuser vorbeiführte, blieb Éanna abrupt stehen.

»Seht doch!«, rief sie erschrocken und deutete auf eines der Fenster. »Da! Die Zwiebel!« Auf der Fensterbank lagen gut sichtbar die Hälften einer Zwiebel.

»Verdammt!«, stieß Caitlin hervor. »Das hat uns gerade noch gefehlt!«

Keiner von ihnen dachte in diesem Moment daran, dass dort Essen lag. Jeder von ihnen wusste, was das Zeichen zu bedeuten hatte. Viele Iren glaubten fest daran, dass man nur eine aufgeschnittene Zwiebel über Nacht auf der Fensterbank liegen lassen müsse, um am nächsten Tag anhand ihrer Verfärbung sehen zu können, ob die Bewohner der Kate vom Schwarzen Fieber befallen waren.

»Kein Wunder, dass sich noch niemand getraut hat, die Leute zu vertreiben«, murmelte Emily beklommen. »Hier ist das Schwarzfieber ausgebrochen!«

Typhus, von den Einheimischen zumeist nur Schwarzes Fieber genannt, gehörte neben der Cholera zu den gefährlichsten und tückischsten Krankheiten, die man sich nur vorstellen konnte. Sie war in höchstem Maße ansteckend und ging zumeist tödlich aus. Was erst scheinbar harmlos mit Unwohlsein, Kopf- und Rückenschmerzen begann und dann schnell in Fieber und Schüttelfrost überging, führte in wenigen Tagen dazu, dass sich auf dem Körper erst graue und dann fast schwarze Flecken bildeten. Schließlich setzten unerträgliche Schmerzen ein, auf die bald das Delirium und der Tod folgten.

Wo eine Familie von Typhus befallen wurde, da zerstörte die Angst vor der Ansteckung nicht selten alle Bande. Oft ließ man den Kranken allein in der Kate und reichte ihm zweimal am Tag Wasser und Essen hinein. Um nicht in Kontakt mit der Krankheit zu kommen, befestigte man an einer langen Holzstange einen Topf und schob diesen durch Tür oder Fenster. Ruckte keine Hand mehr am Ende der Stange oder blieben Essen und Wasser im Topf zurück, wusste man, dass der Tod eingetreten war.

Und genau das sahen sie, als sie um die Biegung kamen und ihr Blick auf die Kate zu ihrer Rechten fiel. Dort stand ein Mann mit solch einer langen Stange und schob sie gerade durch das Fenster. Zwei halbwüchsige Kinder kauerten abseits bei einem Gebüsch am Boden.

»Anne? Anne? Du musst am Stab rucken! Anne? Hörst du mich? In Gottes Namen, gib mir ein Zeichen, dass du noch lebst!«, hörten sie den Mann verzweifelt rufen.

»Bloß nichts wie weg von hier, bevor uns einer von denen nahe kommen kann«, rief Caitlin entsetzt, raffte die Schöße des langen Mantels und rannte los, so schnell ihre Beine sie tragen konnten.

Éanna warf dem Mann einen mitleidigen Blick zu, doch nach einigem Zögern folgte sie Emily und Bridget, die schon vorausgehastet waren. Die Angst vor dem Schwarzen Fieber war weitaus größer als vor dem Hunger. Keiner wollte eines so grässlichen Todes sterben.

Aber die Mädchen kamen nicht weit. Kaum hatten sie die nächste Hügelkette erklommen, als ihr Blick auch schon auf ein kleines Dorf zu ihren Füßen fiel. Eine Kompanie Soldaten war dort unten angerückt, wo der schmale Weg hinter der kleinen Ansammlung Häuser in eine der größeren Landstraßen mündete, und hatte sich nach beiden Seiten aufgefächert. Bayonette steckten am Lauf ihrer Gewehre, und die Männer hatten sich Tücher vor Mund und Nase gebunden.

Das gesamte Gebiet von einem kleinen Waldstück zur Linken bis hin zum Dorf auf der rechten Seite war durch die Rotröcke abgesperrt.

Ein junger Offizier stand auf der Ladefläche eines Pferdewagens, der quer auf der Straße hinter den vorderen Soldaten in Stellung gebracht worden war. Er rief den zwei, drei Dutzend Einheimischen zu, dass niemand diese Linie passieren dürfe.

»Euer Bezirk steht ab sofort unter Quarantäne!«, schrie er. »Zurück! Zurück habe ich gesagt! Wagt es nicht, auch nur einen Schritt näher zu kommen. Zwingt uns nicht, auf euch zu schießen!«

»Was jetzt?«, fragte Bridget und sah sich hastig um. Ihr Atem ging schwer.

»Wir können versuchen, den Weg wieder zurückzulaufen und drüben im Westen aus der Gegend zu verschwinden«, schlug Éanna vor.

Emily schüttelte den Kopf. »Da werden jetzt bestimmt auch schon Rotröcke angerückt sein, damit hier keiner rauskommt und das Schwarzfieber in die Nachbargemeinde schleppt.«

Caitlin nickte. »Emily hat recht. Wir würden unsere Kräfte nur sinnlos vergeuden. Ich schlage vor, wir versuchen stattdessen, durch den Wald zu entwischen.« Sie deutete auf die Bäume. Soldaten standen dort, doch zwischen ihnen klafften große Lücken. »Sie haben wohl weniger Mann abkommandiert, als sie eigentlich bräuchten.«

»Aber wie kommen wir ungesehen zum Wald hinüber?«, fragte Emily skeptisch. »Sowie die Rotröcke sehen, dass wir über die Wiese angerannt kommen, werden sie die Lücken schließen und uns abfangen.«

»Wir können uns hinter der Feldmauer anschleichen«, schlug Éanna vor. Sie wies nach links. »Von dort, wo sie am Bach abknickt und hinter der Linie der Soldaten weiterläuft, ist es nur noch ein Sprung bis zu den ersten Bäumen.

Und wenn wir nur schnell genug sind ...« Sie ließ den Satz offen und zuckte die Achseln. Was hieß nach all den vielen Hungerwochen bei ihnen schon schnell?

»Worauf warten wir noch?«, fragte Caitlin. »Versuchen wir unser Glück! So schnell werden die verfluchten Rotröcke nicht einmal auf uns Iren schießen. Mit ihren Gewehren wollen sie den Leuten doch bloß Angst einjagen.«

»Hoffentlich!«, murmelte Emily.

So unauffällig wie möglich zogen sie sich von der Hügelkuppe zurück. Als sie sich außer Sicht befanden, sprangen sie über die Feldmauer zu ihrer Linken, liefen geduckt quer über das dahinter liegende Feld und stiegen an ihrem Ende über eine weitere Steinmauer, die sich mit einigen Bögen über den Hügel erstreckte und an ihrem Fuß auf jene Feldmauer stieß, die sie zum Waldrand bringen würde.

Auf allen vieren krochen sie über den Boden, immer im Schutz der Mauer. Näher und näher robbten sie sich heran. Durch kleine Ritzen zwischen den Steinen blitzte manchmal ein Soldatenbein oder ein Stück von den roten Uniformen vor ihnen auf.

Doch sie erreichten unbemerkt die Stelle, wo die Mauer kurz vor einem kleinen Bachlauf in einem rechtwinkligen Knick abbog. Schräg vor ihnen lag der Wald.

»Am besten teilen wir uns auf, sowie wir im Wald sind«, raunte Emily. »Sonst haben sie leichtes Spiel mit uns und treiben uns im Handumdrehen wieder zusammen.«

Bridget nickte. »Gute Idee. So machen wir es!«

»Wo wollen wir uns treffen, wenn wir uns im Wald verlieren?«, fragte Éanna.

»In Laurencetown«, schlug Caitlin vor. »Das ist hier in der

Gegend die nächste Stadt. Wenn ihr auf keinen trefft, den ihr nach dem Weg fragen könnt, marschiert einfach stur nach Nordwesten. Dann stoßt ihr früher oder später zwangsläufig auf die Landstraße. Weiter als sieben, acht Meilen dürften es von hier nicht sein.«

»Treffpunkt ist die Suppenküche, wenn es da eine gibt«, bestimmte Éanna. »Wenn nicht, sehen wir uns auf dem Marktplatz wieder!«

»Abgemacht!«

»Viel Glück!«, flüsterte Éanna Emily zu, die neben ihr am Boden kauerte.

»Dir auch.«

»Los«, gab Caitlin das Zeichen. »Lauft, was ihr könnt, wenn ihr euch nicht das Schwarzfieber fangen wollt!« Damit sprang sie auf, war mit einem Satz über den Bach und rannte auf den Wald zu.

Éanna, Bridget und Emily folgten ihr auf dem Fuße.

Doch in dem Moment, in dem Éanna hinter der Steinmauer hervorsprang, merkte sie, wie wagemutig ihr Plan in Wirklichkeit war.

Vom Hügel aus hatten sie nicht richtig abschätzen können, wie weit der Waldrand von der Mauer entfernt war. Sie hatten kaum die Hälfte der Wegstrecke zurückgelegt, da kam es Éanna vor, als wolle das Herz in ihrer Brust schier zerbersten. Der Hunger hatte längst seinen Tribut gefordert; ihr ausgelaugter Körper gehorchte ihr nicht mehr so willig wie früher.

Und dennoch trieb die Angst sie vorwärts, diese alles beherrschende Panik, die ihr im Nacken saß und sie ihre letzten Kräfte mobilisieren ließ.

Die Alarmschreie gellten, als sie die ersten Bäume noch nicht erreicht hatten.

»Halt! Zurück!«, brüllte jemand. »Stehen bleiben, oder es wird geschossen!«

Éanna hörte die Worte, doch sie dachte nicht daran, etwas darauf zu geben. Lieber wollte sie sich erschießen lassen, als sich der Gefahr auszusetzen, in den Wochen der Quarantäne mit Typhus angesteckt zu werden. Unbeirrt rannte sie weiter – genau wie die anderen drei neben ihr.

»Robinson! Gray! Watkins!«, schrie der Offizier auf dem Fuhrwerk. »Feuer!«

Mit scharfem Krachen entlud sich die Salve aus den Gewehren der drei Soldaten, die ihnen am nächsten waren.

Die Kugel sirrten hoch über sie hinweg und schlugen mit einem dumpf klatschenden Geräusch in die Stämme vor ihnen ein. Offenbar hatten die Rotröcke Befehl erhalten, bei der ersten Salve über die Köpfe zu zielen, sozusagen als letzte Warnung.

Éanna spürte dennoch, wie der Schreck ihr in die Glieder fuhr, aber vielleicht hatte es auch etwas Gutes, denn obschon sie es nicht für möglich gehalten hatte, wurde sie abermals schneller.

Lauf! Das war alles, was ihre Gedanken beherrschte. Lauf noch schneller! Sie biss die Zähne zusammen und zwang sich weiter. Sie hatte nur diese eine Chance, und sie würde sie nutzen!

Und plötzlich war er da, der rettende Waldrand. Gemeinsam brachen erst Caitlin, dann Emily, Bridget und zuletzt Éanna durch das Unterholz und verschwanden hinter den ersten Baumreihen.

Gleich darauf schlug Éanna mit keuchendem Atem einen scharfen Haken nach links und stieß Augenblicke später auf eine Art Hohlweg. Sie stürzte den kleinen Abhang zu ihm hinunter, wäre dabei fast über eine Wurzel gestolpert, hetzte durch die laubgefüllte Schlucht, erklomm an ihrem Ende die kurze Böschung auf der linken Seite und rannte mit zunehmend stechenden Schmerzen in der Brust weiter.

Wütende Schreie und Zurufe der Soldaten schallten durch den Wald. Drei, vier weitere Schüsse krachten.

Doch weder die Stimmen noch die Kugeln kamen ihr nahe. Erst als die Seitenstiche schier unerträglich wurden, gönnte sich Éanna hinter einem Dickicht eine kurze Atempause. Mit fliegendem Atem lauschte sie in den Wald, ob ihr jemand gefolgt war. Doch das wilde Geschrei entfernte sich, statt näher zu kommen. Aber noch wollte sie sich nicht darauf verlassen, dass sie wirklich entkommen war. Sowie die Schmerzen etwas nachgelassen hatten, lief sie weiter und achtete darauf, die Richtung beizubehalten, um sich nicht zu verirren oder womöglich im Kreis und den Soldaten in die Arme zu laufen.

Es schien eine Ewigkeit zu dauern, bis sie den Waldsaum auf der anderen Seite endlich erreicht hatte. Mit schmerzverzerrtem Gesicht hielt sie auf die nächste Hügelkette zu, um so rasch wie möglich aus dem Blickfeld ihrer Verfolger zu kommen.

Sie wusste nur zu allzu gut, dass sie keine Chance mehr haben würde, wenn jetzt noch einer der Soldaten hinter ihr auftauchen würde. Éanna war am Ende ihrer Kräfte.

Doch sie hatte Glück. Kein Rotrock tauchte früh genug in ihrem Rücken auf, um noch einen Blick von ihr erhaschen zu können. Mit pfeifendem Atem erreichte sie die Hügelkuppe und war endlich auf der anderen Seite – in Sicherheit.

Éanna wusste im Nachhinein nicht mehr, wie viel Zeit vergangen war, bis sie die halb eingerissene Kate fand, in der sie sich völlig erschöpft in den Dreck sinken ließ. Sie hatte jegliches Gefühl dafür verloren, wo sie war und wie viele Stunden verstrichen sein mochten, seit sie sich von den Freundinnen getrennt hatte.

Nur das eine wusste sie sicher: Sie hatte es geschafft – sie war entkommen – den Soldaten und damit der Quarantäne und dem Schwarzen Fieber, das jenseits des Waldes wütete.

Dreizehntes Kapitel

Fast drei Tage harrte Éanna in Laurencetown aus. Von morgens bis abends pendelte sie zwischen der Suppenküche und dem Marktplatz hin und her, immer in der Hoffnung, wenigstens auf Emily zu treffen.

Aber mit jeder Stunde, die verging, ohne dass eine der Gefährtinnen an den vereinbarten Treffpunkten der Stadt auftauchte, sank auch die Hoffnung, sie je wiederzusehen. Entweder war ihre Flucht durch den Wald gescheitert und man hatte sie in den Quarantänebezirk zurückgetrieben, oder aber sie waren von den Soldaten kaltblütig niedergeschossen worden. Die Vorstellung, dass Emily oder Bridget möglicherweise gar nicht mehr lebte, weil sie im Wald den Tod gefunden hatten, bereitete ihr fast körperliche Schmerzen. Die beiden waren ihr in den anderthalb Wochen ihrer gemeinsamen Wanderschaft ans Herz gewachsen. Und auch wenn sie die scharfzüngige Caitlin nicht mochte, so wünschte sie ihr ganz gewiss nicht den Tod.

Éanna lebte in diesen Tagen fast ausschließlich von der einen Mahlzeit, die sie in der öffentlichen Suppenküche erhielt. Das wenige, das sie sich dazu noch erbetteln konnte, zählte kaum. Zum Glück erwies sich die Mahlzeit bei der *Society of Friends*, wie sich die Hilfsorganisation nannte, als das beste Essen, das sie je in einer solchen Suppenküche vorgesetzt bekommen hatte. Es war eine ordentlich dickflüssige Brotsuppe und hielt den Hunger für viele Stunden in Schach. Bei dieser Gesellschaft der Freunde handelte es sich um Quäker aus Dublin. Diese Menschen unternahmen keinen Versuch, den Mittellosen und Hungernden zu ihrem strengen Glauben bekehren zu wollen.

Aber den Männern dieser Gesellschaft, die am Eingang den Einlass überwachten, fiel sie doch schon bald unangenehm auf. Weil sie sich dort so viele Stunden des Tages herumtrieb, argwöhnten sie, sie wolle sich erneut in die Schlange mogeln und sich eine zweite Tagessuppe erschleichen. Die Folge war, dass sie am dritten Tag barsch abgewiesen wurde, weil der Mann glaubte, sie erst vor Kurzem schon einmal in der Menge gesehen und zum Essen vorgelassen zu haben. Alle Beteuerungen, dass dem nicht so war und sie auf dem Platz nur auf jemanden gewartet hatte, halfen nichts. Die bösen Blicke, die sie von vielen Leidensgefährten aus der Menge trafen, taten ein Übriges dazu, damit sie sich schnell von dort wegstahl.

Éanna beschloss, die Stadt noch am selben Tag zu verlassen und nach Athlone zu wandern, das etwa zwei Tagesmärsche weiter oben im Norden lag. Die Hoffnung, ihre Freundinnen in Laurencetown zu treffen, hatte sie inzwischen aufgegeben. Aber Emily hatte des Öfteren von Athlone gesprochen, und vielleicht hatte sie es geschafft, sich bis dorthin durchzuschlagen?

Doch auch in den Suppenküchen Ahtlones fand sich keine Spur von den Freundinnen, und so machte sich Éanna nach einigen Tagen erneut auf den Weg, diesmal an der Ostseite des Shannon River entlang.

Während ihrer Zeit in Laurencetown hatte Éanna an das

Versprechen zurückgedacht, das sie Catherine gegeben hatte. Sie zweifelte mehr denn je daran, dass Dublin ein gutes Ziel war, denn selbst wenn sie die Stadt erreichte und tatsächlich die McCarthys finden sollte – in so furchtbaren Zeiten wie diesen würde Maggie dort wohl kaum mit offenen Armen empfangen werden!

Und dennoch trieb es sie voran. Denn so hatte sie wenigstens ein Ziel vor Augen, wenn es auch noch so unwahrscheinlich erschien, dass Éanna es je erreichen sollte.

Das erste Mal seit dem Tod ihrer Mutter war Éanna für lange Wochen allein auf der Straße der Sterne unterwegs, und was das bedeutete, das sollte sie nur allzu rasch erfahren. Es ging in den Dezember, und jetzt fanden sich kaum noch genug Beeren, Nesseln und Nüsse, mit denen sie den Hunger bekämpfen konnte. Mit milderem Wetter war auch nicht zu rechnen, sondern eher mit Schnee. An manchen Tagen war die Luft schon so kalt, dass Éannas Atem wie Dampf aus dem Mund kam, und der Himmel sah so aus, als würde es gleich zu schneien beginnen.

Der Hunger wurde immer größer. Die paar Almosen, die sie in größeren Ansiedlungen erbettelte, und gelegentlich das Essen einer Suppenküche reichten bei Weitem nicht, um sie bei Kräften zu halten. Und dabei lagen die langen Wintermonaten erst noch vor ihr. Jeden Tag fragte sie sich voller Bangen, wann wohl der Morgen kam, an dem sie irgendwo unter einem Gebüsch oder einer Ruine erwachte und nicht mehr die Energie aufbrachte, um aufzustehen und ihre Wanderschaft auf der Suche nach ein bisschen zu essen fortzusetzen.

Manchmal stand sie tatsächlich kurz davor, sich aufzugeben. Es war, als hörte sie in sich eine lockende Stimme, die ihr sanft zuredete, doch einfach liegen zu bleiben, sich nicht mehr weiter über diese schreckliche Straße der Sterne zu quälen und still darauf zu warten, dass der Rest Leben in der Kälte langsam aus ihr wich und der Tod sie von all dem erlöste. Hatte ihre Mutter nicht selbst gesagt, dass Sterben gar nicht so schlimm war? Und wen gab es denn noch auf der Welt, der sie vermissen würde, wenn sie nicht mehr lebte? Und wofür, für welche Zukunft sollte sie auch kämpfen? Wofür lohnte es sich, am Leben zu bleiben? Nur um die Qual noch weitere Monate zu ertragen?

Aber letztlich widerstand sie diesen tückischen Einflüsterungen jener fremden Éanna in ihr, die lieber aufgeben als weiterkämpfen wollte. Und dann zwang sie sich stöhnend, durchgefroren und mit steifen Gliedern auf die Beine, um einem neuen langen Tag ins abweisende Gesicht zu sehen und zu versuchen, Essen zu finden und am Leben zu bleiben.

Und dann kam jener eisige Tag, als der Irrweg ihrer Wanderschaft sie aus den Slieve Bloom Mountains zu der Stadt Mountmellick brachte. Und endlich einmal sah es wieder danach aus, als ob das Schicksal es gut mit Éanna meinen würde.

Je näher Éanna der Stadt kam, desto hübscher und ansehnlicher wurden die Häuser am Wegesrand. Tatsächlich war die Gegend hier weitaus wohlhabender als die Landstriche weiter unten im Süden, doch sie hatte keine Augen für den protzigen Reichtum hinter den hohen Hecken. Éanna war viel zu sehr damit beschäftigt, sich ihre nächste Mahlzeit zusammenzusuchen. Und so konnte sie ihr Glück kaum fassen, als diese ihr fast wie von selbst in den Schoß fiel.

Sie hatte noch nicht den Marktplatz erreicht, um sich nach einer Suppenküche umzusehen, als der Duft von frisch gebackenem Brot sie in einer Seitenstraße innehalten ließ. Mit knurrendem Magen sah Éanna durch das halb offen stehende Tor einer Bäckerei und beobachtete, wie ein Gehilfe Säcke mit Brot auf die Ladefläche eines leichten einachsigen Wagens lud. Ein Sack schien nicht richtig zugebunden gewesen sein, denn als der Gehilfe wegging, bemerkte er nicht, dass ein Brot herausgerutscht war.

Éanna zögerte keinen Moment. Sich heimlich ein Brot zu nehmen, war etwas anderes, als einen kostbaren versilberten Spazierstock zu stehlen. Und was konnte ihr auch schon groß drohen, sogar wenn sie dabei erwischt wurde? Höchstens ein paar grobe Tritte, Hiebe und Verwünschungen.

Kaum war der Gehilfe durch die Hintertür wieder in der Bäckerei verschwunden, als Éanna auch schon durch das Tor und hin zum Wagen stürzte, das Brot aufhob, es sich unter ihren Umhang steckte und machte, dass sie wieder aus dem Hof und aus der Stadt kam.

Erst als sie sich ein gutes Stück außerhalb befand, hielt sie Ausschau nach einem sicheren Platz, wo sie auch die Nacht verbringen konnte. Schließlich fiel ihr eine windschiefe Feldscheune ins Auge, die sie beinahe übersehen hätte, weil sie recht versteckt hinter einigen Bäumen stand. Das dazugehörige Gehöft, das etwas weiter unterhalb lag, sah verlassen aus. Wer hier vorbeikam und so wie sie einen Unterschlupf für die Nacht suchte, würde sich vermutlich für die Kate entschließen.

Die Brettertür der Scheune fehlte, und Éanna spähte erst einmal vorsichtig hinein, ob sie im Innern vielleicht auf Tote stoßen würde. Zu ihrer Erleichterung war die Feldscheune bis auf ein wenig dreckiges Stroh, ein paar alte Tröge und die Reste eines alten Feuers leer.

Sie kratzte das bisschen Strohdreck zu einem kleinen Haufen an der Längswand links vom Eingang zusammen, setzte sich auf dieses bescheidene Polster, das sie später beim Schlafen ein wenig vor der Bodenkälte schützen würde, und holte das Brot hervor.

Andächtig strich sie über den langen, knusprigen Laib. Sie wollte die Vorfreude möglichst lange ausdehnen, bevor sie zum Messer griff und das Brot anschnitt. Wie köstlich würde es gleich sein, das Endstück in den Händen zu halten, es langsam in Stücke zu brechen und diese dann im Mund zergehen zu lassen!

Sie wünschte, Emily wäre jetzt an ihrer Seite gewesen. Als sie das letzte Stück des ersten Viertels zerkaut und heruntergeschluckt hatte, schloss sie mit einem wohligen Seufzen die Augen und hing dem köstlichen Nachgeschmack in ihrem Mund nach. Nicht, dass ihr Hunger damit gestillt worden wäre. Aber sie wollte sich den Rest aufsparen.

Nur wenig später fielen ihr die Augen zu, obwohl mit dem Einbruch der Dunkelheit erst in gut zwei Stunden zu rechnen war. Als sie aus dem Schlaf hochschreckte, war es draußen immer noch hell. Im ersten Moment wusste sie nicht, was sie aus dem Schlaf gerissen hatte. Doch dann hörte sie Männerstimmen und raues Gelächter. Und die Stimmen kamen schnell näher.

Panik erfasste Éanna. Sie sprang auf, klemmte sich das

Brot unter den linken Arm und wollte schon kopflos aus der Scheune rennen. Doch dann fiel ihr Blick durch eine Ritze in der Bretterwand auf eine der Gestalten, die über das Feld kamen und zielstrebig auf die Scheune zuhielten. Es war ein junger, kräftiger Mann mit einem roten Haarschopf.

Éanna riss die Augen auf. Sie konnte nicht glauben, was sie da sah! Es war kein anderer als Paddy, dieser brutale Kerl, der sie mit seiner Bande vor einigen Wochen in Ballinasloe am Flussufer überfallen, ihr schon einmal einen Laib Brot entrissen und ihr mit der Faust ins Gesicht geschlagen hatte! Wie konnte es sein, dass sie nun schon zum zweiten Mal auf die Bande stieß – und jedes Mal ausgerechnet dann, wenn eine glückliche Fügung sie in den Besitz eines Brotes gebracht hatte.

Fieberhaft überlegte sie, was sie tun sollte. Noch zwanzig, dreißig Schritte und die Bande würde in der Tür stehen. Weglaufen war hoffnungslos. Paddy und auch die anderen sahen noch kräftig genug aus, um sie schnell einzuholen. Nein, sie musste eine andere Möglichkeit finden.

Sie spürte das Messer, das sie seit jenem Überfall stets griffbereit und an Steinen gut geschärft in der Innentasche ihres Mantels bei sich trug. Der Holzgriff drückte gegen ihren Oberarm. Abermals spähte sie durch das morsche Holz. Die Bande war schon ganz nah.

Plötzlich schoss ihr ein Gedanke durch den Kopf.

Sie riss das Messer aus der Manteltasche und warf sich bäuchlings in den Strohdreck, den Kopf halb darin vergraben und mit dem Körper nahe an der Wand. Dabei verkrümmte sie ihren Körper noch schnell ein wenig und spreizte auch das linke Bein ab, damit ihre Stellung unnatürlich aussah. Das Messer hielt sie vor der Brust fest umklammert.

»Heilige Muttergottes, steh mir bei!«, flüsterte sie leise, dann war die Bande auch schon heran.

Vierzehntes Kapitel

Mann, da liegt ja auch schon wieder eine Leiche herum«, hörte Éanna eine verdrossene Stimme sagen. »Da hätten wir ja auch gleich unten in der Kate bleiben können.«

»Die hier stinkt wenigstens noch nicht«, erwiderte ein anderer und lachte.

»Dir mag es ja reichen, mir aber nicht. Wir bekommen auch so schon genug Leichen zu Gesicht. Da muss ich nicht auch noch nachts eine neben mir liegen haben. Kommt, lasst uns einen anderen Platz für die Nacht suchen«, schlug eine dritte Stimme vor.

Éanna horchte auf. Das war die Stimme von dem Jungen mit dem rötlichen Kraushaar, der ihr ein Stück des Brotes zurückgebracht hatte.

»Immer langsam, Brendan«, meldete sich der Anführer der Bande zu Wort. »Wollen hier doch erst einmal sehen, ob die nicht noch was bei sich hat, was wir gebrauchen können. Ihre Stiefel sind schon mal ganz passabel. Die können wir bestimmt für ein paar Pence versetzen. Und der Mantel ist auch nicht übel.«

»Vielleicht lebt sie ja noch?«, sagte ein anderer.

»Quatsch!«, widersprach Paddy. »Die ist hin. Sieh doch, wie verkrümmt sie daliegt. Die ist so tot, wie eine Leiche nur tot sein kann!«

Ein schmerzhafter Stiefeltritt traf Éanna fast im selben Augenblick in die Seite. Sie musste alle Willenskraft aufbieten, um jegliche Reaktion darauf zu unterdrücken.

»Stimmt. Aber lange kann sie noch nicht hinüber sein«, sagte die Jungenstimme und lachte meckernd. Éanna wäre beinahe zusammengezuckt, als sie im nächsten Moment eine kalte Hand auf ihrem nackten Bein spürte, das sie schräg von sich gestreckt und dabei entblößt hatte. Sie biss sich auf die Lippen. Ihr Herz jagte und schlug so laut in ihrer Brust, dass sie meinte, jeder müsse es hören können. Sie atmete ganz flach. Es fiel ihr jedoch unsagbar schwer, reglos liegen zu bleiben und nicht aufzuspringen.

»Mensch, die ist ja noch richtig warm, Paddy!«, rief der Junge überrascht.

»Mach mal Platz, du Furz«, tönte der Anführer. »Lass mich sehen.«

Ihr wild hämmerndes Herz wollte Éanna schier die Brust sprengen. Jetzt kam es darauf an, dass sie blitzschnell reagierte. Andernfalls hatte sie keine Chance.

Als Paddy sich zu ihr hinunterbeugte und sie an der Schulter fasste, machte sie sich so schwer wie möglich. Doch noch bevor er sie auf den Rücken gezerrt hatte, schoss ihr linker Arm schon zu seinem Kopf hoch. Ihre Hand fuhr in sein strohdickes karottenrotes Haar und verkrallte sich mit aller Kraft in seinem Schopf. Fast gleichzeitig riss sie das Messer hoch und setzte es ihm an die Kehle.

»Rühr dich bloß nicht von der Stelle!«, fauchte sie. All ihre unerträgliche Anspannung und Angst lagen in diesem wilden, gellenden Schrei. »Eine falsche Bewegung und ich steche dich ab!«

Entsetzt riss Paddy die Augen auf und erstarrte in seiner

gebückten Haltung, als wäre er von einer Sekunde auf die andere zu Stein geworden.

Die vier anderen wichen erschrocken zurück. Fassungslos sahen sie zu, wie die scheinbar Tote in Wirklichkeit noch überaus lebendig war.

»Heiliger Lazarus!«, stieß einer von ihnen hervor. »Das ist doch die Schickse, die wir in Ballinasloe unten am Fluss ausgenommen haben. Die hat uns reingelegt!«

»Mach bloß keine Dummheiten mit dem Messer«, keuchte Paddy. Er hatte offenbar den ersten Schock inzwischen überwunden, wagte jedoch nicht, sich zu bewegen. Vorsichtig schielte er hinunter auf die Klinge, die zwischen Kinn und Adamsapfel gegen seine Kehle drückte. »Okay, du hast uns getäuscht und mich ganz ordentlich erschreckt«, sagte er beschwichtigend. »Nicht schlecht gemacht. Aber jetzt nimm schon das verfluchte Messer weg! Du hast doch nicht den Mumm, mir die Kehle durchzuschneiden.«

»Stell mich auf die Probe!«, zischte Éanna. »Ich stech zu, das verspreche ich dir! Und jetzt komm schön langsam mit mir hoch. Wenn du irgendeinen Trick versuchst, hast du die längste Zeit Leute überfallen und ausgeraubt.« Dabei richtete sie sich langsam auf, ohne ihren festen Griff in seinem Haar zu lockern und den Druck ihres Messers zu verringern.

»Du bluffst!«, fauchte Paddy, gehorchte jedoch. »Wenn du das wirklich tust, werden dich meine Kumpel in der Luft zerreißen, darauf kannst du Gift nehmen. Sobald sie mit dir fertig sind, wirst du wünschen, du wärst schon längst irgendwo in einem Graben krepiert!«

»Wirklich?«, fragte Éanna gedehnt und gab sich alle Mühe,

das Zittern ihrer Hand zu unterdrücken. »Meinst du tatsächlich, die haben noch Lust, sich mit mir anzulegen, wenn du vor ihren Füßen an deinem Blut ersäufst?« Und damit er begriff, dass sie ihre Drohung ernst meinte, zog sie ihm die scharfe Schneide ein kurzes Stück über die Kehle – und ritzte ihm die Haut auf. Ein dünner Faden Blut trat aus dem Schnitt hervor.

Schmerzhaft zuckte Paddy zusammen. »Verdammt! Du bist ja verrückt!«, stieß er hervor.

»Kann schon sein«, erwiderte Éanna mit fester Stimme. »Jedenfalls war das meine letzte Warnung. Beim nächsten Mal bleibt es nicht bei einem harmlosen Ritzer, das schwöre ich dir!«

Nun stand unverhohlene Angst in seinen Augen. Von seiner großspurigen Art war nicht mehr viel übrig geblieben.

Es war Brendan Flynn, der Kraushaarige, der nun beschwichtigend die Arme ausstreckte. »Schon gut. Wir glauben dir ja, dass du es ernst meinst«, versicherte er hastig. »Lass ihn los, und wir verschwinden! Du hast unser Ehrenwort!«

Éanna lachte spöttisch auf. »Du meinst, das Ehrenwort von fünf gemeinen Dieben, die zusammen über ein Mädchen herfallen? Vergiss es.«

Schamröte stieg Brendan ins Gesicht. »Also gut, sag du, wie wir die Sache ohne Blutvergießen aus der Welt schaffen können. Du hast das bessere Argument in der Hand.«

»Das will ich wohl meinen«, fauchte Éanna, während sie fieberhaft überlegte, wie sie sich heil aus dieser Angelegenheit manövrieren sollte. Sie musste sich schleunigst etwas einfallen lassen!

»Ja, sag, was wir tun sollen«, gab Paddy kleinlaut von sich. Angstschweiß stand ihm auf der Stirn.

»Alle raus aus der Scheune!«, befahl Éanna kurz entschlossen. »Aber schön langsam und einer nach dem anderen. Hübsch im Gänsemarsch! Und glaubt ja nicht, mich da draußen überrumpeln zu können! Ihr bleibt in einer Reihe. Ich will euch alle immer im Blick haben, ist das klar?«

Brendan Flynn und die drei anderen nickten.

»Und du gehst genauso langsam vor mir her, Paddy! Vergiss dabei bloß nicht, dass ich dir das Messer nur einmal über die Kehle ziehen muss, wenn du irgendeinen dummen Trick versuchst«, warnte Éanna ihn.

»Bin ja nicht blöd«, gab dieser mürrisch zurück.

»Dann bewegt euch!«

Ganz langsam, so wie sie es verlangt hatte, gingen sie nacheinander aus der Scheune.

Éanna schob Paddy vor sich her. Dabei zog sie seinen Kopf weit nach hinten in den Nacken, damit er erst gar nicht auf dumme Gedanken kam. Kurz vor dem morschen Türrahmen blieb sie stehen und zwang auch Paddy zum Anhalten.

Der Rest der Bande war bereits im Freien. Die vier Jungen sahen sich nun zögernd um, unschlüssig, wie sie sich verhalten sollten.

»Macht, dass ihr davonkommt«, rief Éanna. »Und zwar geradewegs über das Feld und dort auf der anderen Straßenseite über den Hügel.«

»Was ist mit Paddy?«, wollte Brendan wissen.

»Den lasse ich gehen, sowie ich keinen von euch mehr sehe.«

»In Ordnung.« Der Kraushaarige wandte sich seinen Gefährten zu. »Verschwinden wir. Wir warten hinter dem Hügel auf ihn.«

»Und kommt mir bloß nicht noch einmal unter die Augen!«, rief Éanna ihnen drohend nach.

Brendan Flynn drehte sich noch einmal um und erwiderte mit einem schiefen Grinsen: »Werden uns alle Mühe geben, Mädchen.«

Éanna wusste, dass mit dem Verschwinden der vier Jungen ihr Dilemma noch längst nicht gelöst war. Sie sah dem verkniffenen Gesicht von Paddy an, welche Wut in ihm kochte, dass ein Mädchen wie sie ihn in ihre Gewalt gebracht und vor seiner Bande gedemütigt hatte. Vermutlich sann er schon jetzt darauf, sich dafür zu rächen.

»Sie sind weg, so wie du es verlangt hattest«, sagte er mit zusammengebissenen Zähnen, als seine Komplizen endlich hinter dem Hügel aus ihrer Sicht verschwanden. »Du kannst mich laufen lassen. Für mich ist die Sache damit gegessen. Werde dir das auch nicht nachtragen.«

»Was bin ich doch erleichtert!«, erwiderte Éanna spöttisch. »Bestimmt willst du mir dein Ehrenwort darauf geben, oder?«

Sie zog ihn zurück in die Scheune. »Runter auf die Knie«, befahl sie ihm und zwang ihn auf den Boden.

Im Halbdunkel der Scheune sah sie sich suchend um. Und tatsächlich, nicht weit von ihr entfernt fand sie, wonach sie Ausschau gehalten hatte. Ein ganzes Bündel alter Stricke, mit denen man in besseren Zeiten das Heu und Stroh zusammengebunden hatte, lag in der Ecke neben den alten Futtertrögen.

»Dort hinüber.« Keinen Fingerbreit war die Messerspitze

weggerückt, und so blieb Paddy nichts anderes übrig, als Éannas Worten zu folgen.

Sie griff mit der linken Hand nach den Stricken. Das Band war zwar schon alt und an einigen Stellen abgenutzt, aber es war aus widerstandsfähigem Material gefertigt.

»Handgelenke zusammen!« Paddy murrte und versuchte, sich zur Seite zu rollen, aber Éanna war schneller. Sie spürte, wie die Spitze des Messers abermals in seine Haut drang, diesmal ein gutes Stück tiefer. Paddy keuchte, als sie ihn packte und die Stricke unerbittlich um seine Handgelenke wand.

»Leg dich neben den Futtertrog«, wies sie an, als sie endlich zufrieden war, und dann kamen seine Fußgelenke an die Reihe, die sie schließlich an den schweren Trögen festband.

Endlich war die Arbeit getan, und Éanna richtete sich erleichtert auf. Um sich zu befreien, musste der Kerl hier auf die Hilfe seiner Bande hoffen, so viel war sicher.

Ein Stück weit ließ Éannas Anspannung nach, und fast stahl sich ein Lächeln über ihr Gesicht, als sie Paddy betrachtete, der sich am Boden hin- und herwand. Wie gut tat es doch, diesen Angeber so hilflos auf dem Boden zu sehen!

»Du verfluchtes Miststück!«, zischte er. Sein Gesicht lag halb im dreckigen Lehmboden, doch die Worte waren deutlich zu vernehmen. »Dafür wirst du büßen. Eines Tages erwische ich dich, und dann wirst du dafür bezahlen, du mieses Flittchen.«

»Versuch es, aber dann wirst du nicht mit ein paar kleinen Kratzern davonkommen, das verspreche ich dir.« Éanna schenkte ihm ein honigsüßes Lächeln. Dann drehte sie sich um, griff nach dem Brot und ihrem Bündel und machte, dass sie aus der Scheune kam.

Vorsichtig spähte sie nach rechts und nach links, doch als sie sah, dass die Luft rein war, rannte sie, so schnell sie konnte, quer über das Feld in Richtung Straße – weg von dem Hügel, hinter dem Paddys Gefährten warteten.

Bald fing sie vor Anstrengung an zu keuchen, doch sie dachte nicht daran, langsamer zu werden. Éanna wusste nur allzu genau, dass Paddys Bande mit allen Wassern gewaschen war. Wahrscheinlich waren sie längst auf dem Weg zurück zur Scheune. Vielleicht würden sie ihren Anführer jeden Moment befreit haben?

Doch trotz ihrer Sorge, dass einer von ihnen sie schnappen könnte, war Éanna wie berauscht von ihrem Erfolg, es Paddy und den anderen Kerlen gezeigt zu haben.

Ein Mädchen gegen fünf Jungs, das machte ihr so schnell keiner nach!

Éanna wusste später nicht mehr, ob es an ihrem Hochgefühl oder an der Erschöpfung gelegen hatte, dass ihre Aufmerksamkeit schließlich nachließ und sie langsamer wurde. Und so merkte sie erst, als es zu spät war, dass sich ihr jemand von hinten näherte.

Zu Tode erschrocken fuhr sie herum und riss das Messer aus der Innentasche, bereit, sich abermals zu verteidigen.

Fünfzehntes Kapitel

Sachte«, hörte sie ihren Gegenüber sagen. Unter dem Rotschopf blitzten zwei grüne Augen sie an. Doch es war nicht etwa Paddy, der sich von seinen Fesseln befreit hatte. Es war Brendan Flynn.

Éanna versuchte verzweifelt, ihre aufkommende Panik herunterzuschlucken. Der Kampf mit Paddy hatte seine Spuren hinterlassen, und sie wusste nur zu genau, dass sie einer neuerlichen Auseinandersetzung schwerlich mehr gewachsen war.

»Fass mich ja nicht an! Sonst wird es dir wie Paddy ergehen!«, schrie sie und hörte selbst die Mutlosigkeit und Ohnmacht in ihrer Stimme. Voller Furcht blickte sie sich um, ob sich die anderen seiner Bande bereits von hinten angeschlichen hatten.

Brendan trat einen Schritt zurück und hob beide Arme, wie um anzuzeigen, dass sie nichts zu befürchten hätte.

»Du brauchst keine Angst zu haben«, sagte er. »Zumindest nicht vor mir.«

Éanna wich weiter zurück. Der Schreck saß ihr so tief in den Gliedern, dass sie niemandem über den Weg getraut hätte und schon gar nicht einem von Paddys Bande. Das Messer in ihrer Hand zitterte.

»Hör mir zu«, sagte er. »Ich bin allein.« Er sah sich sichernd um. »Fragt sich nur, wie lange. Die anderen sind zurück zur

Scheune, um Paddy zu helfen. Ich hab mich abgesetzt.« Er zögerte einen Moment, dann grinste er schief. »Ehrlich gesagt, hab ich schon lange die Schnauze voll von Paddy und seinen großspurigen Taten. Aber glaub mir, ich kenne ihn nur zu gut. Es wird nicht lange dauern, bis er hier auftaucht. Du tätest besser dran, wenn du hier schleunigst verschwindest.«

»Ach, und was denkst du, hatte ich gerade vor?« Éanna ballte die leere Hand zur Faust. Was bildete sich dieser Kerl eigentlich ein?

»Wenn du ihm wirklich entwischen willst, hast du die falsche Richtung eingeschlagen«, erwiderte Brendan ruhig. Er deutete auf die Landstraße, die Éanna fast erreicht hatte. »Hier werden sie dich als Erstes suchen. Und sie finden dich. Du hast Paddy vor allen anderen bloßgestellt, das wird er kaum auf sich sitzen lassen.«

»Und wer bist du?«, fragte Éanna zornig. »Mein Retter in der Not, *Brendan Flynn?«*

»Schau an! Du hast dir also meinen Namen gemerkt, ja?« Wieder dieses schiefe Grinsen.

»Nicht nur den, sondern ich habe auch nicht vergessen, wozu du und deine Freunde fähig seid«, brach es aus ihr heraus. Die ganze Enttäuschung über ihre missglückte Flucht lag darin. »Also wage es nicht, mir zu nahe zu kommen, wenn du nicht mit der Klinge hier schmerzhaft Bekanntschaft schließen willst!«

»Hältst du mich für so einfältig, dass ich versuche, mich mit einer kaltblütigen Messerstecherin wie dir anzulegen?« Ein wenig Spott lag in seiner Stimme. »Außerdem würde ich dann wohl kaum hier herumstehen und mich mit dir streiten, oder?«

Das sprach nun in der Tat dafür, dass er ihr nichts Böses wollte. Und es nahm ein wenig von ihrer Angst. Aber vielleicht war das ja nur eine besonders hinterlistige Art, sie in Sicherheit zu wiegen, um den anderen Zeit zu geben, sie einzuholen?

Doch seine Taten straften ihre Vermutungen Lügen. Denn plötzlich packte Brendan sie am Arm.

»Sie kommen«, flüsterte er warnend. Und tatsächlich: Hinter dem Hügel näherten sich wütende Stimmen. Paddys Flüche waren weithin zu vernehmen.

Brendan sah ihr ins Gesicht. »Vertrau mir«, sagte er eindringlich. Jeglicher Spott war aus seiner Stimme verschwunden. »Komm mit!«

Éanna zögerte. Sollte sie ihm glauben? Sicher, er hatte ihr schon einmal geholfen, als er an den Fluss zurückgekehrt war und ihr das Stück Brot gegeben hatte. Andererseits war er ein Mitglied von Paddys Bande, und was von denen zu halten war, das brauchte Éanna sich nicht zu überlegen. Nur – hatte sie denn eine Wahl? Vorhin war der Überraschungsmoment auf ihrer Seite gewesen. Jetzt sah die Sache anders aus.

Sie wusste, dass Paddy und seine Freunde weitaus kräftiger waren als sie. Selbst wenn sie jetzt wegrannte, würde es tatsächlich nicht lange dauern, bis Paddy sie eingeholt hätte.

Brendan hatte ihre Antwort gar nicht abgewartet. Er strebte mit schnellen Schritten auf ein dichtes Gebüsch zu, das in einiger Entfernung neben einer niedrigen Mauer wucherte. Dabei sah er sich nicht einmal nach Éanna um – und das erfüllte sie nur noch mehr mit Wut. Was bildete sich dieser Kerl eigentlich ein?

Die Stimmen kamen näher. Gleich würden Paddy und die anderen in Sichtweite sein. Und damit wäre es auch um Éanna geschehen.

Sie musste ihre Entscheidung treffen – und zwar jetzt. Mit ein paar Sätzen war sie hinter dem Gebüsch. Doch dahinter wartete niemand. Brendan war wie vom Erdboden verschluckt.

»Wo in Gottes Namen ...?«, flüsterte sie. Aber da tauchte der Rotschopf mit den blitzenden Augen plötzlich zu ihren Füßen auf. In seinem Haar hingen ein paar Zweige und Blätter.

Ein Scalpeen! Fast hätte sie die mit Sträuchern und Erde abgedeckte Höhle übersehen, in der er Zuflucht gesucht hatte.

»Beeil dich«, drängte er, und nun zögerte Éanna nicht mehr länger. Mit einem Satz war sie bei ihm – keine Sekunde zu spät. Denn von den Hügeln her näherten sich nun raue Jungenstimmen, und noch während Brendan über ihr die Zweige zurechtzog, hörten sie Paddy so wütend schnauben, als stünde er direkt neben ihr.

»Ich sag euch, sie ist in diese Richtung gelaufen. Wir werden sie bald einholen«, versicherte einer der Bande.

»Brendan hält sie bestimmt schon fest«, kam es von dem mit der Ziegenstimme. »Hoffentlich macht er Hackfleisch aus ihr.«

Éanna sog die Luft ein. Brendan legte beruhigend die Hand auf ihren Arm und deutete mit einem heftigen Kopfschütteln an, dass sie von ihm nichts zu befürchten hätte.

»Nichts wie los, Leute!«, brüllte Paddy. »Dem Miststück werde ich persönlich eine Lektion erteilen. Heute noch.«

Lange, nachdem die Stimmen in der Ferne verstummt waren, saß Éanna neben ihrem Retter in dem dunklen Erdloch und lauschte dem Pochen ihres Herzens. Das Messer hielt sie noch immer krampfhaft umklammert.

Endlich rappelte sich Brendan mit schmerzverzerrtem Gesicht auf und kletterte aus dem Scalpeen. Éanna folgte ihm zögernd und blinzelte, als sie ans helle Tageslicht trat.

»Hast du Hunger?« Er stand breitbeinig vor dem Scalpeen und schaute in Richtung Landstraße.

Éanna verdrehte die Augen. »Sterben Iren tagtäglich wie die Eintagsfliegen?«, antwortete sie mit einer Gegenfrage, deren Antwort genauso auf der Hand lag wie die zu seiner Frage. »Wie kannst du denn nur so etwas Blödsinniges fragen?«

»Also, dann lass uns gemeinsam was dagegen unternehmen!«, schlug er vor.

Sie sah ihn von der Seite an. »Warum tust du das?«, fragte sie zweifelnd. »Warum hilfst du mir?«

Er schüttelte lachend den Kopf. »Vielleicht, weil ich an die Macht des Schicksals glaube?«, sagte er leichthin. »Oder denkst du, es ist ein Zufall, dass wir uns wieder über den Weg gelaufen sind?«

Éanna wollte gerade zu einer spöttischen Erwiderung ansetzen, als sie sich auf die Lippen biss. Egal, was sie von ihm dachte. Wenn er nicht gewesen wäre, hätte Paddy sie jetzt bereits in seinen Fingern.

»Verrätst du mir deinen Namen?«, fragte er schließlich und schulterte sein Bündel. »Meinen kennst du ja schon.« Er blinzelte ihr zu, aber es wirkte nicht anzüglich, sondern so, als meinte er es wirklich ernst.

Prüfend sah sie auf die Klinge in ihrer Hand, bevor sie entschlossen ihren Umhang zur Seite schlug und das Messer wegsteckte. »Ich heiße Éanna«, sagte sie und sah ihn an. »Éanna Sullivan.«

Er grinste. »Na, ohne deine Klinge vor der Nase geht es mir doch gleich bedeutend besser, Éanna Sullivan. Sich mit dir anzulegen, ist keinem zu raten. Mir ist lieber, du bist auf meiner Seite.«

»Warum sollte ich auf deiner Seite sein?«, fragte sie zurückhaltend. »Ich kümmere mich um meine Angelegenheiten. Und genau das solltest du auch tun.«

Brendan Flynn sah sie prüfend an. Ein düsterer Schatten legte sich über sein Gesicht. »Schade«, sagte er, und es klang, als meinte er es ehrlich. »Aber wie du willst. Es ist deine Entscheidung.« Mit diesen Worten ließ er sie einfach stehen und lief in Richtung Straße.

Éanna schaute ihm sprachlos hinterher. »Warte«, rief sie, und Tränen der Wut traten ihr in die Augen. »Was meinst du damit, es ist meine Entscheidung? Etwa dass ich auf der Straße lebe und mich allein gegen gemeine Gauner wie Paddy und dich zu Wehr setzen muss? Ist es meine Entscheidung, dass ich so schrecklichen Hunger habe, dass ich sogar Ratten und anderes Getier essen würde? Ist es meine Entscheidung, dass meine Mutter elendig in einem Scalpeen wie diesem hier verreckt ist?« Sie keuchte auf, und plötzlich konnte sie die Tränen nicht mehr zurückhalten. »Du redest von Entscheidungen, dabei bist du Ire!« Hilflos ging sie in die Knie, als ihr ganzer Körper von Schluchzern geschüttelt wurde.

Sie hörte nicht, wie Brendan zu ihr zurückkehrte. Doch

plötzlich spürte sie eine Hand auf ihrem Rücken, warm und tröstlich.

»Du hast recht«, sagte er sanft. »Aber gib mir eine Chance. Und dann zeig ich dir, dass wir Iren vielleicht doch etwas entscheiden können.«

Sechzehntes Kapitel

Am nächsten Tag führte Brendan sie auf der Straße nach Mountmellick. Éanna trottete schweigsam und erschöpft neben ihm her. Sie war zu müde, um sich noch ein weiteres Wortgefecht mit ihm zu liefern oder wegzulaufen.

Gestern Abend hatte sie vergeblich protestiert, als Brendan sie ausgerechnet wieder zu der Scheune gebracht hatte, in der die Bande auf Éanna gestoßen war. Doch die Dämmerung war schon fast in die Nacht übergegangen, und Éanna hatte wohl oder übel nachgeben müssen. Brendan hatte ihr zwar versichert, dass Paddy hier als Allerletztes nach ihr suchen würde, doch sie hatte trotz allem schlecht geschlafen, das Messer immer griffbereit. Inzwischen glaubte sie nicht mehr, dass auch Brendan ihr an den Kragen wollte, aber sie war weit davon entfernt, ihm ihr Vertrauen zu schenken.

Éanna sah hoch, als er plötzlich vor ihr stehen blieb und prüfend ein stattliches Cottage musterte, das auf der anderen Straßenseite halb hinter hohen Hecken verborgen lag. Éanna selbst war gestern auf dem Weg nach Mountmellick hier vorbeigekommen. Es schien ihr eine halbe Ewigkeit her zu sein.

»Was hast du eigentlich vor?«, fragte sie.

Brendan blickte prüfend in Richtung Stadt. »Komm erst einmal von der Straße weg. Wir dürfen hier nicht zu lange herumstehen. Das könnte uns den Fischzug vermasseln.«

Éanna zögerte kurz, folgte ihm dann jedoch hinter ein Gebüsch. »Was denn für einen Fischzug?«, fragte sie misstrauisch.

»Den Fischzug, den wir machen werden, wenn Charles Aykroyd, der da drüben in dem Haus wohnt, gleich von seinem Einkauf in der Stadt zurückkommt«, teilte Brendan Flynn ihr mit und deutete hinüber auf das Cottage

»Aha. Und wer ist dieser Mann?«, fragte Éanna nach. Konnte dieser Brendan nicht einmal eindeutig sagen, worum es ging? Sie spürte, wie der Zorn über ihn erneut in ihr hochkochte.

»Na ja – wir sind schon eine Weile in der Gegend gewesen, bevor wir auf dich gestoßen sind«, erklärte er. »Da hab ich ein bisschen meine Augen und Ohren offen gehalten.«

Er sah ihren argwöhnischen Blick. »Keine Angst, Paddy oder die anderen haben davon nichts mitbekommen«, erklärte er hastig. »Ich wollte mich wirklich schon länger von ihnen trennen, aber allein ist man in diesen Zeiten nicht besonders gut dran.« Er runzelte seine rötlichen Augenbrauen, sodass sie fast eine Linie bildeten.

»Aber nun bin ich ja nicht mehr allein, und eigentlich hatten Sie, schöne Frau, nach dem ehrenwerten Charley Aykroyd gefragt«, fuhr er in einem fröhlicheren Tonfall fort. »Der Mann ist der willige Handlanger von Lord Cosgrove, der hier in der Gegend dafür gesorgt hat, dass die Kleinpächter seiner Lordschaft vertrieben wurden.«

»Und was hast du vor, wenn der Mann aus der Stadt zurückkommt? Du wirst doch hoffentlich nicht so töricht sein, ihn überfallen zu wollen, oder?«

Brendan schüttelte den Kopf. »Ich bin doch kein Verbrecher«, wehrte er entrüstet ab. »Nein, ich habe es nur satt, um ein paar Almosen zu betteln. Ich habe eine bessere Idee, um an Essen zu kommen.«

»Und die wäre?«

»Ich habe diesen feinen Herrn, der offenbar nicht weiß, was Hunger ist, in den letzten Tagen bei seinen Einkäufen in Mountmellick beobachtet. Beim Metzger und Bäcker sieht man am besten, wer sich noch immer einen reich gedeckten Tisch leisten kann.«

»Und was dann?«

»Dann bin ich ihm unauffällig gefolgt und habe mich in der Gegend nach einem günstigen Versteck umgesehen.« Er lugte aus dem Gebüsch hervor, um zu prüfen, ob sich auf der Straße schon etwas tat.

»Wenn ich richtig liege, dürfte Charley Aykroyd jeden Moment vom Einkaufen zurückkommen, und zwar wie immer mit einem prall gefüllten Korb. Wir müssen einfach auf eine günstige Gelegenheit warten, um ihn ein bisschen zu erleichtern.« Er bedachte Éanna mit einem breiten Grinsen. »Natürlich dürfen wir nicht zu unverschämt sein. Denn sonst wird er sich die Mühe machen, in die Stadt zu fahren und die Polizei zu holen.«

»Und du bist sicher, dass das gut geht?«, fragte Éanna zweifelnd nach.

»Nein, bin ich nicht«, gab er fröhlich zu. »Aber zu zweit haben wir eine Riesenchance, richtig fette Beute zu machen«, versicherte er.

Éanna sah ihn von der Seite an, und langsam ging ihr auf, dass er ihr doch nicht ganz so uneigennützig zur Hilfe gekommen war, wie er gestern behauptet hatte.

»War ich etwa auch Teil dieses Plans?«, fragte sie entgeistert.

»Ach Unsinn«, behauptete er leichthin. »Wie sollte ich denn von dir wissen? Aber ich sagte ja schon, dass ich an den Wink des Schicksals glaube.«

Éanna wollte zu einer sarkastischen Erwiderung ansetzen, als sie plötzlich lachen musste. Brendan sah so unbekümmert aus, dass sie ihm nicht wirklich böse sein konnte.

»Also, was ist, machst du mit, Éanna?«

Sie brauchte nicht lange zu überlegen. Der Hunger gab die Antwort schon vor. »Wenn du einen Plan hast, der sich auch ausführen lässt, bin ich dabei«, erwiderte sie fest.

»Es ist ganz simpel«, versicherte er und erzählte ihr in knappen Worten, was er vorhatte.

Éanna machte ein bedenkliches Gesicht. »Das ist aber ein Plan mit reichlich vielen Löchern.«

»Weißt du was Besseres?«, fragte er nach.

Sie schüttelte den Kopf.

»Wenn es dir zu gefährlich ist, versuche ich es allein.«

»Nein, auf keinen Fall. Ich mache mit.«

Er grinste erleichtert. »Kein Wunder, dass Paddy gegen dich nicht den Hauch einer Chance hatte«, sagte er bewundernd. »Komm, ich zeige dir, wo du dich drüben beim Haus am besten verstecken kannst.«

Éanna schlich im Schutz der Büsche hinter ihm her und überquerte auf sein Zeichen hin die Straße. Er führte sie zu einer Gruppe hoher Rhododendren, die den Garten an der Ecke des Grundstücks zur Straße hin begrenzte. Von dort hatten sie einen guten Blick auf den Hof mit dem Stall.

Kaum kauerten sie hinter den Sträuchern, als auch schon

Hufschlag von der Straße aus der Richtung von Mountmellick zu ihnen drang.

»Das wird er sein!«, raunte Brendan. »Es geht los. Denk dran, was ich gesagt habe. Nur ganz wenig aus dem Korb nehmen, dann ist die Gefahr, dass wir verfolgt werden, nicht so groß. Wir treffen uns dort drüben im Schutz der Bäume.« Er wies schräg über die Straße auf die dunkle Silhouette des Waldes, der sich über das ansteigende Gelände bis in die Berge erstreckte.

Sie nickte nur, weil sie vor Aufregung kein Wort herausbrachte, und dann huschte Brendan Flynn auch schon davon.

Angespannt und mit wild pochendem Herzen, kauerte Éanna hinter den Rhododendren, während der Hufschlag rasch näher kam. Jetzt hörte sie auch das Rattern des Wagens und das Knirschen von Sand und Gestein unter den eisenbeschlagenen Rädern. Sie betete darum, dass nicht die Ehefrau oder irgendein Bediensteter aus dem Haus eilen und damit ihren Plan zunichtemachen würde.

Augenblicke später bog ein leichter Einspänner durch die Einfahrt zwischen den hohen Hecken. Der gedrungene Mann auf dem Sitz lenkte den Wagen vor die Seitenwand der Stallung, sprang ab und spannte den Braunen aus. Kaum führte er das Pferd am Halfter in den Stall, als auch schon Brendan auftauchte und über den Hof zur Stalltür eilte. Dabei gab er ihr verstohlen ein knappes Handzeichen.

Éanna sprang sogleich hinter den Büschen hervor, rannte geduckt zum Haus, huschte unter dem Fenster hinweg und lief auf den Wagen zu. Ängstlich warf sie einen Blick zur Haustür, doch noch war sie allein auf dem Hof.

»Was willst du, Bursche? Bei mir wird nicht gebettelt!«, hörte sie eine unwirsche Stimme aus dem Stall.

»Habt Mitleid, Herr«, jammerte Brendan Flynn. »Gebt mir nur eine Handvoll Hafer. Mehr will ich gar nicht. Nur ein wenig Hafer in meine Schüssel!«

Éanna schlich zwischen Wagen und Stallwand entlang. Solange Brendan es schaffte, den Hausherrn abzulenken, konnte sie unbemerkt an den Einkaufskorb gelangen. Doch nicht auszudenken, wenn etwas schiefging! Das Herz schlug ihr bis in den Hals, als sie in die Kutsche lugte. Da war ein Weidenkorb, gleich unter der rechten Sitzbank. Und tatsächlich – er war bis oben mit Lebensmitteln voll gepackt!

»Mach, dass du verschwindest, Kerl!«, tönte es aus dem Stall. »Sonst setzt es was mit der Peitsche! Für Gesindel wie dich gibt es in der Stadt die Suppenküche!«

»Herr, seid nicht so hartherzig! Was fehlt Euch denn, wenn Ihr mir nur ein wenig Hafer in meine Schüssel gebt«, bettelte Brendan Flynn.

»Was? Du hergelaufener Strolch wagst es, mich hartherzig zu nennen?«, fiel Charles Aykroyd ihm wutschnaubend ins Wort. »Das ist ja wohl der Gipfel der Unverschämtheit! Ich werde dich lehren, was Respekt heißt!«

Éanna zögerte nicht länger. Ganz oben auf den Einkäufen lag ein schwerer Klumpen, eingewickelt in braunes Packpapier. Ein Knochen ragte heraus. Kurz entschlossen zog Éanna daran und hielt eine ganze Hammelkeule in der Hand!

Sie spürte, wie sich ihr Gaumen schmerzhaft zusammenzog, als sie sich das Diebesgut unter ihren Umhang schob und sich beeilte, aus dem Hof und in die Deckung der Büsche und Hecken zu kommen.

Sie war noch nicht ganz um die Hausecke herum, als sie hinter sich hörte, wie die Tür aufgerissen wurde und eine Frauenstimme rief: »Was geht da vor sich, Charles? Macht der Bursche dir Ärger? Soll ich Cormac Bescheid sagen? Er ist hinten beim Holz!«

Das war knapp!, schoss es Éanna durch den Kopf. In Windeseile rannte sie hinüber zu den Büschen, brach durch eine Lücke in der hohen Hecke und lief zum Wald hinüber. Sie konnte ihr Glück noch gar nicht fassen. Sie hatte tatsächlich eine ganze Hammelkeule ergattert!

Wenig später tauchte Brendan bei ihr am Waldrand auf. Er rieb sich die linke Schulter und den Arm, während er durch das Unterholz stiefelte.

»Sag bloß, er hat wirklich mit der Peitsche nach dir geschlagen?«, rief sie erschrocken.

Er nickte. »Und dabei nicht schlecht getroffen. Aber das gibt sich schnell wieder.« Er starrte auf die Beute, die sie unter ihrem Umhang hervorzog. »Sei's drum – damit lässt es sich gleich viel leichter ertragen.«

Plötzlich hatte er es genauso eilig wie Éanna. »Lass uns irgendwo weiter oben im Wald einen sicheren Platz finden, wo wir unbesorgt ein Feuer machen und uns dieses Festessen schmecken lassen können!« Und dann fügte er noch mit einem geradezu übermütig fröhlichen Gesichtsausdruck hinzu: »Weißt du was? Ich glaube, du bringst mir Glück, Éanna Sullivan!«

Siebzehntes Kapitel

Der felsige Übergang, auf den sie bei ihrer Suche nach einem günstigen Lagerplatz im Wald gestoßen waren, bot guten Schutz vor Entdeckung und hielt auch den kalten Wind in ihrem Rücken ab.

Vor ihnen lag ein Hammelknochen, abgeschabt und abgenagt bis auf den letzten Rest Fleisch. Das restliche Brot vom Vortag hatten sie zwischen sich aufgeteilt.

Éanna fühlte sich so satt und wohl wie schon lange nicht mehr. Dass einige Fleischstücke am Knochen noch etwas roh gewesen waren, hatten ihr und auch Brendan nichts ausgemacht. Sie hatten sich zurückgehalten, die Keule nicht zu früh vom Feuer zu nehmen. Aber irgendwann hatten sie es nicht länger ausgehalten, den herrlichen Duft der brutzelnden Hammelkeule in der Nase zu haben und zu sehen, wie das Fett zischend in die Glut tropfte.

»Das alle Tage, und ich würde mich nicht mehr beklagen!«, seufzte Éanna verträumt und sank gegen die gebogene Wand des Felsvorsprungs. »Und freitags dafür einen Laib Brot!«

»Ja, so könnte man es aushalten.« Brendan gab einen Rülpser von sich. »Und so schwer sollte es doch jetzt auch gar nicht mehr sein, jeden Tag einen gut gefüllten Magen zu haben!«

Sie runzelte die Stirn und wandte ihm den Kopf zu. »Du

glaubst doch nicht im Ernst, dass du jetzt jeden Tag so viel Glück hast, oder?«

»Nein, aber das brauchen wir auch gar nicht«, antwortete er und warf ihr ein spöttisches Grinsen zu. »Denn die Hungersnot ist doch schon seit dem Sommer vorbei. Seitdem herrscht in Irland endlich wieder eitler Sonnenschein, und in jeder Kate gibt es jetzt wieder ordentlich was zu essen!«

Verwirrt sah sie ihn an. »Was redest du denn da für einen Unsinn? Dir scheint das viele Fleisch wohl nicht gut bekommen zu sein!«

»Ach, dann ist diese freudige Nachricht vom Ende der Hungersnot noch gar nicht zu dir durchgedrungen?«, fragte er spöttisch und schüttelte den Kopf. »Ja, wo hast du dich denn bloß die ganze Zeit herumgetrieben, Éanna Sullivan?«

»Was soll das?«, fragte Éanna ärgerlich. »Willst du dich über mich lustig machen, oder was?«

»Nein, ganz und gar nicht!«, beteuerte Brendan. Seine Stimme war ernst geworden. »Ich kann es dir sogar schwarz auf weiß zeigen. Denn so stand es in der alten Zeitung, die ich vor ein paar Tagen gefunden habe.« Er holte ein verschmiertes und völlig zerknittertes Zeitungsblatt aus seiner Manteltasche. »Offenbar ist die britische Krone es leid geworden, uns mit ihren vorzüglichen Suppenküchen zu beglücken und so ungeheuer viel Geld für ihre ungeliebten irischen Untertanen auszugeben. Und damit wir ihnen nicht mehr länger auf der Tasche liegen, ist das Parlament in London auf die fabelhafte Idee gekommen, die Hungersnot in unserem Land einfach abzuschaffen – und zwar per Dekret.«

»Das kann nicht sein!«, stieß Éanna ungläubig hervor.

»Es ist aber so! Du kannst es selber nachlesen, wenn du mir nicht glaubst. Die feinen Herrn Minister haben nämlich nur mal eben einen kurzen Blick auf die Ernteschätzungen der Großgrundbesitzer geworfen, und demnach hat Irland im Sommer und Herbst eine Rekordernte an Getreide eingefahren. Und mit dem Vieh steht es auch zum Allerbesten!«

»Aber das bleibt doch nicht im Land und wird schon gar nicht an die Hungernden ausgegeben, sondern fast alles nach England und anderswohin verschifft!«, protestierte Éanna.

»Zst, zst, zst!«, machte Brendan und schüttelte dabei den Kopf, als hätte sie da etwas sehr Einfältiges von sich gegeben. »Aber wer wird denn angesichts der wunderbaren Nachrichten so kleinlich sein und sich mit solch einer läppischen Nebensache aufhalten? Die britische Regierung ist jedenfalls nicht so kurzsichtig gewesen wie du dummes Irenmädchen. Für sie stand eine Rekordernte auf dem Papier, und das hat ihnen gereicht, um das Ende der Hungersnot festzustellen.«

»Diese Schweine im feinen Tuch!«, zischte Éanna. »Was muss bloß in ihren Köpfen vor sich gehen, dass sie das Elend überhaupt nicht kümmert?« Sie warf den Kopf zurück. »Mein Vater hat immer für die Landsleute gesprochen, die zu den Waffen gegriffen und versucht haben, eine Rebellion zu entfachen und Irland von den Engländern zu befreien«, sagte sie. »Früher konnte ich ihn nicht verstehen, aber jetzt würde ich nicht eine Sekunde zögern und selber eine Waffe in die Hand nehmen, wenn es zu einem Aufstand käme!«

»Ja, ein freies Irland, in dem die britische Krone nichts mehr zu sagen hat und uns nicht mehr demütigen und ausbeuten kann, das wäre ein Ziel, wofür es sich zu kämpfen lohnen würde!«, pflichtete Brendan ihr bei. »Und irgendwann ist es auch so weit. Eines Tages werden wir sie aus dem Land jagen!«

Doch sie wussten beide, dass dieser Tag wohl noch in weiter Ferne lag und der Traum eines freien, unabhängigen Irlands nichts weiter als ebendas war: ein Traum.

»Was hast du jetzt vor?«, fragte Brendan nach einer Weile vorsichtig.

Éanna zuckte die Achseln. »Irgendwie den Winter überleben und im Frühjahr auf Arbeit hoffen, was sonst?«

»Was hältst du davon, wenn wir zusammenbleiben und gemeinsam auf Beutezug gehen?«, schlug er vor. »Hier im Osten geht es vielen Leuten noch richtig gut, und zu zweit lässt sich manches einfacher organisieren, als wenn man es allein versuchen muss.«

Éanna zögerte. Sie dachte an den gestrigen Abend und das, was er gesagt hatte.

Gib mir eine Chance. Und dann zeig ich dir, dass wir Iren vielleicht doch etwas entscheiden können.

Und hatte er nicht recht behalten? Hatte sie ihm nicht ihren wohlgefüllten Magen zu verdanken – das erste Mal seit Wochen? Und auch wenn sie gestern noch bereit gewesen war, mit einem Messer auf ihn loszugehen, hatte der heutige Tag für sie etwas verändert. Sie wusste nicht, wann sie ihr Misstrauen ihm gegenüber verloren hatte, aber irgendetwas tief in ihr drängte danach, sich ihm anzuschließen.

»Nun? Sag schon Ja!«, drängte er.

Sie nickte. »Wir versuchen es«, sagte sie schlicht.

Mit einem breiten Grinsen der Erleichterung streckte er ihr seine Hand hin. »Ich verspreche dir, dass du es nicht bereuen wirst, Éanna Sullivan!«

Sie ergriff seine dargebotene Hand und erwiderte das Grinsen. »Auf die nächste Hammelkeule oder was immer wir ergattern können, Brendan Flynn!«

Achtzehntes Kapitel

Bis in die Mitte des Dezembers hinein machte Éanna mit Brendan die Gegend um Mountmellick mit ihren kleinen Beutezüge unsicher. Dabei achteten sie darauf, nach jedem gelungenen Raub von Lebensmitteln sofort die Himmelsrichtung zu wechseln. Hatten sie an einem Tag im Westen der Stadt zugeschlagen, beeilten sie sich, in das Umland östlich von Mountmellick zu kommen. Waren sie zwei Tage später im Süden erfolgreich gewesen, kundschafteten sie die Bewohner der Häuser im Norden aus.

Sie wussten, dass mit jedem Tag die Gefahr wuchs, erwischt zu werden. Man würde sich gegenseitig von den dreisten Diebstählen erzählen, einander warnen und ihnen womöglich mithilfe der Polizei oder wachsamen Bediensteten das Handwerk legen wollen.

Genau das trat auch ein. Als sie an zwei Tagen hintereinander nur um Haaresbreite ihrer Ergreifung entkamen und am folgenden Mittag plötzlich vor der Suppenküche zwei Konstabler auftauchten und jeden in der Menge musterten, da war ihnen klar, dass man jetzt gezielt nach ihnen suchte. Und das bedeutete, dass sie aus Mountmellick und dem Umland verschwinden mussten.

Schleunigst setzten sie sich nach Süden ab und trafen gerade noch rechtzeitig in der Stadt Mountrath ein, um Zeuge zu werden, wie dort eine aufgebrachte Menge halb verhungerter Männer, Frauen und Kinder unter wildem Geschrei über zwei mit Mais beladene Fuhrwerke herfiel.

Die Soldaten, die den Transport begleiteten und schützen sollten, schrien Warnungen und fuchtelten, am Rande einer Panik, mit ihren Bayonetten herum. Aber sie wagten es doch nicht, in die Menge zu schießen. Sie waren nur zu sechst, während mittlerweile mindestens hundert Elendsgestalten einen Ring um sie und die beiden Wagen gebildet hatten. Viele der Frauen und Männer hatten sich mit Piken, Mistgabeln, Knüppeln, Torfspaten, scharfkantigen Steinen und angespitzten Ästen bewaffnet. Und sie zeigten sich entschlossen, davon auch Gebrauch zu machen, falls die Rotröcke den Weg nicht endlich freigaben.

Die Eskorte begriff, dass sie auf verlorenem Posten stand, und sie beeilte sich, dem wütenden Mob zu entkommen und mit den beiden Kutschern das Weite zu suchen.

Éanna, die mit Brendan in der hinteren Reihe gestanden hatte, wurde von dem wilden Chaos aus schreienden Männern und Frauen, die die Fuhrwerke stürmten, mitgerissen. Doch es war nicht das Jubeln von triumphierenden Siegern, sondern das schrille Geschrei von ausgehungerten Menschen, die um ihren Anteil an der Beute fürchten. Die Säcke wurden von den Wagen gezerrt und von Dutzenden gieriger Hände aufgerissen.

»Versuch, ein paar Handvoll zu erwischen!«, hörte sie Brendan noch rufen, dann verschwand er in dem rücksichtslosen Gedränge.

Der Mais ergoss sich auf die Straße. Jeder dachte nur an sich und wollte möglichst viel an sich raffen. In dem wüsten rücksichtslosen Gedränge, das ein Kampf jeder gegen jeden war, wurde so manchem der zusammengeraffte Mais wieder aus den Händen oder der Mantelkuhle geschlagen, in die er geschaufelt worden war. Und viele stopften sich in ihrem quälenden Hunger die Maiskörner gleich roh in den Mund und würgten sie hinunter. Sie hörten nicht auf die eindringliche Warnung der wenigen Vernünftigen, die ihnen zuriefen, dass sie davon Krämpfe und Durchfall bekommen würden.

Éanna blieb der Atem weg, als ein Mann ihr den Ellenbogen in die Seite rammte. Sie keuchte auf.

Sie hatte längst aufgegeben, an den Mais kommen zu wollen. Jetzt ging es nur noch darum, nicht von der Menge niedergetrampelt zu werden.

Was hatte der Hunger bloß aus den Menschen gemacht, fragte sie sich, während sie sich einen Weg zurückbahnte.

Dass sie und so unsäglich viele andere schon qualvoll lange wie die Tiere lebten, daran hatte sie sich fast gewöhnt. Neu und verstörend war die Erkenntnis, dass sie nun aber auch begannen, wie die Tiere ohne jedes Gewissen gegenseitig übereinander herzufallen!

Am Rand des Marktplatzes traf sie auf Brendan, der einige Hände voll Körner aus dem Dreck der Straße hatte aufsammeln können.

Ein Gutteil davon verloren sie später wieder, als sie den Mais in einem alten Blechtopf außerhalb der Stadt kochten. Éanna kannte das Getreide nur vom Hörensagen – amerikanische Hilfsorganisationen brachten es nach Irland –, und als sie es kochte, sprang sie erschrocken vom Feuer zurück.

»Was passiert damit?«, rief auch Brendan entsetzt, als die

Körner plötzlich zu explodieren schienen und wie Geschosse nach allen Seiten aus dem Topf sprangen.

Éanna griff zu einem ihrer Holzteller und deckte damit den Topf ab, doch da war schon ein gutes Drittel der Körner aus ihm entwichen. Bis der Rest dann endlich weich gekocht war, dauerte es ewig.

Hinterher lagen sie zusammen am Feuer, und Éanna musste daran denken, dass es noch gar nicht so lange her war, dass sie Brendan die Pest und die Krätze an den Hals gewünscht und ihn für einen skrupellosen Strauchdieb gehalten hatte. Doch nun hatten sie bereits schon so viel miteinander erlebt, dass sie sich gar nicht mehr vorstellen konnte, wie es ohne ihn gewesen war.

Seit den schrecklichen Wochen zwischen Athlone und Mountmellick wusste Éanna, was Einsamkeit wirklich bedeutete. Und sie wollte sie nicht noch einmal erleben.

In den ersten Tagen ihrer gemeinsamen Wanderschaft hatten sie so gut wie nichts von ihren persönlichen Gefühlen und dem Schicksal ihrer Familien preisgegeben. Nun jedoch begannen sie, einander immer mehr zu vertrauen. Und mit diesem Vertrauen kam die Bereitschaft, dem anderen auch das zu erzählen, was sie nur mit großem innerem Schmerz auszusprechen vermochten.

Éanna erzählte ihm, was Granny Kate ihr in jener Sommernacht prophezeit und wie sie nacheinander ihre Geschwister, den Vater und zuletzt die Mutter verloren hatte. Sie erzählte ihm auch von dem Versprechen, das sie Catherine auf dem Sterbebett gegeben hatte.

»Kurz bevor sie ihre Augen schloss, musste ich ihr mein Wort geben, dass ich in Dublin nach Verwandten von mir suchen würde«, sagte sie und schluckte schwer, als sie sich an jene Nacht in dem Scalpeen erinnerte. »Ich kenne diese McCarthys gar nicht – meine Mutter selbst hatte sie über zwanzig Jahre lang nicht gesehen. Aber falls es mir gelingen sollte, mein Versprechen irgendwann zu halten und nach Dublin zu gehen – wo könnte ich in einer so großen Stadt anfangen zu suchen – noch dazu nach Leuten mit diesem Allerweltsnamen?«

Brendan Flynn nickte. Sein mitfühlender Blick ruhte auf ihr, und sie schwiegen einen Moment.

»Es ist noch gar nicht so lange her, da habe ich auch davon geträumt, in die Stadt zu gehen«, sagte er sehnsüchtig. »Mein Vater hat mir von Dublin erzählt. Er war für kurze Zeit dort, Jahre bevor er meine Mutter geheiratet hat. Er hat oft von der St.-Patricks-Kathedrale gesprochen und sie mir in den glühendsten Farben beschrieben. Damals ist er jeden Tag dort gewesen und hat Kerzen für die Verstorbenen angezündet.« Er schwieg einen Moment lang und seufzte dann tief. »Aber Dublin können wir uns aus dem Kopf schlagen. Ich habe von einigen gehört, die es versucht haben. Die Stadt ist überfüllt von Bettlern und Hungergestalten unserer Sorte. Da sind wir hier noch besser dran.«

Éanna nickte niedergeschlagen. Ähnliche Gedanken waren ihr auch schon durch den Kopf gegangen. »Was ist mit deinem Vater geschehen?«, fragte sie schließlich.

Und Brendan begann zu erzählen.

Éanna erfuhr, dass er aus einem Dorf südlich von Loughrea stammte, was gar nicht allzu weit von ihrer Heimat lag. Seine Familie und all die anderen Kleinpächter waren wie die Sullivans Opfer einer Massenräumung geworden, wie sie von so vielen gewissenlosen Grundherrn im Land angeordnet worden war.

»Aber mein Vater hat sich nicht damit abfinden wollen und dachte gar nicht daran, tatenlos zusehen, wie sie uns das Dach vom Kopf nahmen«, sagte Brendan bedrückt. »Er hatte schon immer ein sehr hitziges Temperament, und das ging an jenem Morgen mit ihm durch, als der Verwalter mit seinen Schergen auf unserem Hof auftauchte. Er hat sich den Männern in den Weg gestellt und versucht, sie an der Zerstörung unserer Kate zu hindern. Daraus ist dann sehr schnell eine wüste Prügelei geworden.«

»Er hat sich gegen die Männer des Grundherrn zur Wehr gesetzt?«, fragte Éanna entsetzt. »Aber er muss doch gewusst haben, wie sinnlos so etwas ist!«

Brendan verzog das Gesicht zu einer bitteren Miene. »Natürlich war es sinnlos. Und er hat es auch gewusst. Dass er gegen die Soldaten nicht die geringste Chance gehabt hatte, war schon auf den ersten Blick klar gewesen. Aber das hat ihn nicht gekümmert. Er wollte einfach nicht ohne Widerstand und wie ein geprügelter Hund das Feld räumen. Aber genau das ist dann der Fall gewesen. Denn die Männer haben brutal mit ihren Knüppeln auf ihn eingeschlagen.«

»War es sehr schlimm?«, fragte sie leise.

Brendan nickte. »Sie haben ihm eine Kniescheibe zertrümmert und einen Arm gebrochen. Er hat es danach dann auch nicht mehr lange gemacht. Und meine Mutter, die da schon im siebten Monat war, ist kurze Zeit später bei der Geburt des Kindes gestorben. Das Baby ist keine Woche alt geworden.« Er machte eine kurze Pause und holte tief Luft. Es fiel ihm sichtlich schwer, davon zu sprechen. »Ich habe wirklich alles versucht, meine beiden kleinen Geschwister irgendwie durchzubringen. Aber es war Winter, gerade Anfang Januar, und sie sind krank geworden. Gegen das Fieber, das sie bekommen haben, konnte ich nichts machen. Ich habe sie zusammen begraben.«

Éanna schwieg. Was hätte sie auch dazu sagen sollen? Es war eine Geschichte, die er mit ihr und so vielen anderen Iren teilte, die mit ihren Erinnerungen durch das Land irrten. Nach tröstenden Worten suchen zu wollen, wäre lächerlich gewesen. Für solche Schicksale gab es keinen Trost. Dem wurde einzig Schweigen gerecht. Das verband mehr als tausend Worte, von denen jedes schal und verfehlt klingen würde.

Doch es verband Éanna und Brendan bald viel mehr als nur das gemeinsame Schicksal, ihre Heimat und ihre Familie verloren zu haben und nun ohne Hoffnung über die Straße der Sterne zu ziehen.

In Mountrath waren sie mit ihren Beutezügen weit weniger erfolgreich als in Mountmellick. Auch spielte das Wetter nicht mit. Kalter Regen ging in diesen Tagen über das Land nieder. Und die Leute hatten es nach ihren Einkäufen eilig, ins Haus zu kommen. Da blieb kein Korb mehr lange genug draußen in einem Hof stehen, um sich anschleichen und etwas herausstehlen zu können. Und die Suppenküche in der Stadt bot nur eine klägliche dünne Mahlzeit.

»Wir müssen uns etwas anderes einfallen lassen«, sagte Éanna bitter enttäuscht und von Hunger gequält, als sie wieder einmal leer ausgegangen waren.

»Dann wird uns wohl nichts anderes übrig bleiben, als im

Wald des hiesigen Grundherrn zu wildern«, schlug Brendan nach kurzem Grübeln vor.

»Willst du vielleicht Schlingen auslegen?«, fragte sie. »Du weißt doch, wie scharf die Wildhüter aufpassen. Mit denen ist nicht zu scherzen. Die machen kurzen Prozess, wenn sie einen Wilderer schnappen!«

»Ich habe auch nicht an Rotwild gedacht, sondern an Fische«, erwiderte Brendan. »In den Bächen und Flüssen der Bergwälder wird es jetzt noch Forellen geben. Die holen wir uns!«

Und das taten sie. Brendan wusste, wie sie die Fische ohne allzu viel Mühe fangen konnten. Sie kratzten Kalk zusammen, der sich überall leicht finden ließ, suchten sich tief im Wald einen vielversprechenden Bach, der weit genug vom nächsten Herrenhaus entfernt seine Bahn durch den dunklen Forst zog. Dann bauten sie aus ineinander verschränkten Ästen und Zweigen eine kleine Barriere quer durch den Wasserlauf, ohne ihn jedoch zu stauen. Anschließend kippten sie den Kalk eine gute Strecke weiter oberhalb von diesem groben Gitter in den Bach. Der Kalk vergiftete das klare Wasser, und nach einer Weile schwammen die Fische tot und bäuchlings auf der Oberfläche der Barriere entgegen, wo sie ihre Beute nur noch einsammeln mussten.

Endlich hatten sie wieder einmal genug zu essen. Sie hatten sogar das Glück, auf eine kleine Höhle zu stoßen. Dort nahmen sie die Fische aus, spießten sie auf zurechtgeschnittene Äste und brieten sie über dem Feuer. In der Höhle verbrachten sie auch die Nächte. Eine dicke Schicht Laub diente ihnen als Unterlage, und mit Kiefernzweigen deckten sie sich zu.

Vier Tage ging es ihnen richtig gut. Doch das Wissen, reichlich Nahrung zu finden und mit der Höhle einen geschützten Unterschlupf zu haben, stellte eine gefährliche Verlockung dar. Denn es machte sie unvorsichtig.

Als sie sich in der Abenddämmerung des fünften Tages wieder einmal auf Fischfang begaben, wären sie beinahe einer dreiköpfigen Gruppe von Wildhütern in die Arme gelaufen. Sie mussten auf den Kalk aufmerksam geworden sein, der sich im unteren Teil des Bachlaufes sammelte. Die Wildhüter stiefelten durch das dichte Unterholz und erklommen den Hang, der zwischen ihnen lag. Sie waren mit Flinten und Knüppeln bewaffnet.

»Da oben sind die Wilderer!«, brüllte einer der Wildhüter und deutete auf sie. »Colin, lass die Hunde frei! Die schnappen wir uns!«

»Lauf!«, schrie Brendan. »Lauf, was du kannst! Aber durch den Bach, Éanna! Immer im Wasser bleiben, hörst du? Da fällt es den Hunden nicht so leicht, unsere Spur aufzunehmen!«

Éanna zerrte ihren Umhang hoch, sprang mit dem Beutel über der Schulter in den breiten Bach und rannte, so schnell sie konnte, durch das Wasser. Die Angst ließ sie die eisige Kälte gar nicht bewusst wahrnehmen, die in ihre Schuhe drang und an ihren Beinen hochstieg.

Brendan folgte ihr dicht auf den Fersen und feuerte sie mit Zurufen an, jetzt bloß alle Kraft zu mobilisieren, um ihr Leben zu laufen und ja nicht im steinigen Bett zu stolpern und zu stürzen.

Aber sie wussten beide, wie gering ihre Chancen waren, mit heiler Haut davonzukommen. Den Wildhütern konnten sie ja vielleicht noch entfliehen, aber den Hunden würden sie nicht davonlaufen können. Das Dickicht und die zunehmende Dunkelheit machten ihren Spürnasen nicht viel aus.

Lautes Kläffen schallte durch den Wald.

»Wir schaffen es nicht!«, keuchte Éanna, während das Wasser unter ihren Füßen nur so wegspritzte. »Die Hunde werden uns gleich eingeholt haben!«

»Das werden wir ja sehen!«, rief Brendan grimmig zurück. »Aber bleib um Gottes willen im Bach!«

»Was hast du vor?«

»Ich gebe den Bluthunden etwas zu tun, was sie hoffentlich lange genug ablenken und beschäftigen wird, dass wir entkommen können«, antwortete Brendan, während er sich im Laufen schon den Umhang von den Schultern riss und ihn im nächsten Moment rechts vom Bach zwischen die Bäume schleuderte.

»Brendan!«, stieß sie entsetzt hervor. »Du kannst doch nicht deinen Mantel ...«

»Red nicht, lauf!«, rief er. »Die Hunde werden sich erst einmal auf den Umhang stürzen und ihn in Fetzen reißen! Und bis die Wildhüter bei ihnen sind und sie wieder auf unsere Fährte gebracht haben, sind wir hoffentlich ... schon über dem Berg.« Die Sätze kamen jetzt nur noch abgehackt. »Dann flüchten wir links die kleine Felsschlucht hinunter ... und durch den anderen Bach an ihrem Ende ... Mit ein bisschen Glück hängen wir sie in der Schlucht endgültig ab!«

Brendans Mantel rettete sie an diesem Abend. Wie Brendan gehofft hatte, stürzten die Hunde sich mit lautem Gebell auf die Kleidung und balgten sich um diese.

Dass es so und nicht anders sein musste, verriet ihnen das

wilde Kläffen, das merklich hinter ihnen zurückblieb. Die letzte Bestätigung waren drei Schüsse. Denn als die Wildhüter sahen, dass sich die Hunde vor ihnen zu ihrer Rechten um etwas balgten, während sie, die beiden Wilddiebe, ihre Flucht fortsetzten, feuerten sie ihre Jagdflinten auf Brendan und Éanna ab. Doch es war sinnlos vergeudetes Schießpulver und Blei. Auf diese Entfernung wäre im dichten Wald sogar ein Zufallstreffer geradezu ein Wunder gewesen.

Als Brendan und Éanna auf der anderen Seite des Bergrückens die schmale, mit Schotter gefüllte Felsschlucht hinunterstürzten, konnten sie das Bellen der Hunde kaum noch hören. Dennoch hasteten sie weiter, sprangen am Fuß des felsigen Einschnitts in den nächsten Bach und folgten ihm noch eine gute halbe Meile. Erst dann wagten sie es, ihre Flucht über trockenen Waldboden fortzusetzen.

Éanna war fast am Ende ihrer Kräfte. Aber Brendan wollte nichts von einer Ruhepause wissen. »Wir haben sie jetzt wohl abgehängt, aber wir dürfen dennoch nicht stehen bleiben, Éanna!«

»Aber ich habe schreckliche Seitenstiche!«, stieß sie mit schmerzverzerrtem Gesicht hervor und presste die Hände gegen den Leib.

»Hilft nichts!«, beharrte er, selbst heftig nach Atem ringend. »Wir dürfen nicht stehen bleiben! Wenn wir unsere Füße nicht bald trocken bekommen, holen wir uns den Tod! Und ein Feuer können wir hier unmöglich machen!«

»Du hast ja recht«, murmelte sie und merkte erst jetzt, wie die Kälte von den nassen Beinen in ihren Körper hochkroch. »Und jetzt hast du nicht einmal mehr einen Mantel! Warum hast du das bloß getan?«

»Es war die einzige Möglichkeit, die Spürhunde abzuschütteln und den Wildhütern zu entkommen«, sagte er schlicht.

Éanna warf ihm einen dankbaren Blick zu, während sie an seiner Seite durch den Wald stolperte. »Das werde ich dir nie vergessen, Brendan. Damit hast du mir vermutlich das Leben gerettet!«

»Uns!«, korrigierte er sie sogleich. »Mein Hals stand ja wohl auch auf dem Spiel!«

»Aber wenn du allein gewesen wärst, hättest du bestimmt viel schneller fliehen können. Ich bin nicht so schnell wie du.«

Brendan zuckte die Achseln. »Hauptsache, wir sind ihnen entkommen!« Und mit seinem etwas schiefen Grinsen fügte er dann noch hinzu: »Außerdem bin ich dir ja auch noch was schuldig gewesen – du weißt schon, wegen damals in Ballinasloe!«

»So? War da was?«, gab sie sich verwundert. »Also, ich kann mich an nichts erinnern.«

Brendan lachte. »Wirklich? Nun, das soll mir mehr als recht sein«, sagte er, und seine Augen strahlten sie an.

Es war schon tiefe Nacht, als sie jenseits des Waldes auf die Ruine einer Bauernkate stießen. Ein Mauereckstück bot ein wenig Schutz. Durchfroren durchwühlten sie die Trümmer, zerrten Reet aus dem Dreck und trugen alles an Latten- und Balkenresten zusammen, was sie finden konnten. Dann machten sie in der Ecke ein Feuer, um sich daran aufzuwärmen und ihre nassen Sachen so gut es eben ging trocken zu bekommen.

Für eine Weile ließ es sich mit dem Feuer unter dem offenen Sternenhimmel aushalten. Aber das wenige Holz aus den Trümmern verbrannte viel zu schnell. Und als schließlich auch noch die Glut in sich zusammenfiel und immer mehr erkaltete, griff die Nacht mit unbarmherzig eisiger Hand nach ihnen.

Éanna war elendig müde, als sie sich an der Feuerstelle zusammenrollte, doch ihr Magen knurrte und ihr war so kalt, dass sie keinen Schlaf finden konnte. Sie dachte an die Wintermonate, die vor ihnen lagen, und ihr Herz begann vor Beklemmung und Angst zu rasen. Wie sollten sie bloß die lange Zeit bis zum nächsten Frühling überstehen, ohne zu verhungern oder zu erfrieren? Und ob es ihnen dann besser gehen würde, falls sie den Winter überlebten, war so ungewiss wie alles andere in ihrem Leben.

Plötzlich spürte sie, wie Brendan von hinten an sie rückte und seinen Körper gegen ihren Rücken presste.

Sie zuckte bei der unerwarteten Berührung zusammen und wurde augenblicklich steif.

»Was tust du da?«, stieß sie erschrocken hervor.

Sofort rückte er wieder von ihr ab. »Entschuldige«, hörte sie ihn in ihrem Rücken verlegen murmeln. »Es ... es war wirklich nicht so gemeint, wie du jetzt wohl annimmst. Mir . . . mir ist nur so kalt, und da dachte ich, wir . . . wir könnten uns gegenseitig wärmen. Ich wollte dir nicht zu nahe rücken.«

Éanna biss sich schuldbewusst auf die Lippen. Er hatte seinen Mantel geopfert und in die Büsche geworfen, um die Hunde von ihrer Fährte zu locken, und sie hatte ihm nicht einmal angeboten, ihren Umhang mit ihm zu teilen! Schnell drehte sie sich mit brennenden Wangen zu ihm um, was er in der Dunkelheit gottlob nicht sehen konnte. »Nein, mir muss es leid tun, Brendan«, versicherte sie hastig. »Wie dumm und gedankenlos von mir! Komm her, wir teilen uns meinen Mantel!« Damit schmiegte sie sich an seine Seite, zerrte ihren Mantel unter sich hervor und schlug eine Hälfte über ihn. Es war wenig genug, aber doch besser als gar nichts.

»Danke, Éanna«, flüsterte er kaum vernehmlich. Doch sein Mund war ihrem Gesicht so nahe, dass es auch nicht mehr als eines Flüstern bedurfte.

»Versuch, ein wenig zu schlafen«, gab sie leise zurück. Die Beklemmung und die Angst, die ihr eben noch die Brust zugeschnürt hatten, wichen von ihr, und dann überfiel sie auch schon der Schlaf.

Als sie im Morgengrauen mit steifen Gliedern erwachte, lagen sie noch immer eng aneinandergeschmiegt. Ihre Mantelhälfte war jedoch verrutscht, und der kalte Wind pfiff über ihre entblößten Beine. Aber Éanna wagte nicht, sich zu bewegen, denn sie befürchtete, Brendan aufzuwecken, wenn sie den Arm hob.

Er hatte sich im Schlaf noch mehr zu ihr hingedreht, und sein Arm lag jetzt quer über ihr, mit seiner Hand auf ihrer Schulter. Es war, als umarme er sie im Schlaf. Und sie spürte seinen Atem an ihrem Hals.

Der Morgen mochte grau und ungemütlich sein und ihre Beine ungeschützt der Kälte ausgesetzt. Doch in diesen wenigen Minuten, die bis zu seinem Erwachen verstrichen und in denen sie reglos unter seinem Arm lag, erfüllte sie auf einmal eine wunderbare innere Wärme. Ihr war, als könnte sie ewig so liegen bleiben.

Und mit einem Mal wusste sie, dass es mit Brendan Flynn wieder jemanden in ihrem Leben gab, dem sie ihre tiefe Zuneigung schenken konnte – und ihm so nahe zu sein wie jetzt, weckte in ihr ein verwirrend neues Gefühl, das fast an Glück grenzte.

Neunzehntes Kapitel

Statt für einen elenden Hungerlohn irgendwelche idiotische Straßen bauen zu lassen, die ins Nichts führen, dort auch enden und wohl noch in hundert Jahren unvollendet bleiben, hätten sie mal lieber diese Landstraße hier anständig ausbessern sollen«, grollte Brendan, als sie am Vormittag durch den Matsch der vom Regen völlig aufgeweichten Straße nach Carlow wateten.

»Es wird wohl keinen hübschen Steinbruch in der Nähe geben, wo sie uns faule Iren ordentlich hätten quälen können«, sagte Éanna. »Und ohne zermürbendes Steineklopfen und schwere Körbe auf dem Rücken geht es bei diesen Arbeitsprogrammen offenbar nicht. Da könnten wir uns ja auf die faule Haut legen und den Hungerlohn fast im Schlaf verdienen.«

Er nickte grimmig. »Du sagst es! Ohne einen Steinbruch wäre das für uns irische Faulpelze ja auch wirklich eine zu leichte Arbeit gewesen!«

Éanna gab einen schweren Stoßseufzer von sich. »Und doch wünschte ich, es gäbe diese Arbeitsprogramme noch und wir könnten uns ein paar Tage lang was verdienen.«

»Hast du vergessen, dass für uns Iren jetzt eigentlich rosige Zeiten angebrochen sind?«, gab er sarkastisch zurück.

Sie winkte müde ab. »Fang nicht wieder davon an, Brendan«, sagte sie niedergeschlagen. »Wir können noch so wütend darüber sein, es bringt doch nichts. Lass uns lieber hoffen, dass es in Carlow eine anständige Suppenküche gibt.«

Für eine Weile kämpften sie sich schweigend nebeneinander durch den glitschigen Dreck. Sie mussten aufpassen, wohin sie traten. Der Schlamm war stellenweise so rutschig, als hätten sie flüssige Seife unter den Schuhen.

»Vielleicht sollten wir noch einmal überlegen, ob es nicht doch sinnvoll wäre, nach Dublin zu wandern und dort nach meinen Verwandten zu suchen. So weit von hier ist es gar nicht mehr«, sagte Éanna. Seit sie Brendan von dem Versprechen an ihre Mutter erzählt hatte, wollte ihr die Stadt nicht mehr aus dem Kopf gehen. Und auch wenn sie selbst ahnte, wie sinnlos so ein Unterfangen ausgehen konnte – etwas nagte an ihr, dass sie das Wort, das sie ihrer Mutter gegeben hatte, nicht hielt.

Er warf ihr einen skeptischen Blick zu. »Hast du denn nicht selber gesagt, dass ihr schon seit über zwanzig Jahren keinen Kontakt mehr mit diesen McCarthys gehabt habt? Vielleicht leben sie längst woanders?«

»Ja, schon …«

»Und falls sie noch immer in Dublin sind und wir sie wirklich unter all den McCarthys der Stadt finden würden, was soll uns das groß bringen? Die werden sich bedanken, wenn du plötzlich auftauchst und Hilfe von ihnen erwartest.«

»Ich erwarte ja nichts.«

»Ich sage dir, was im besten Fall passiert.« Brendan hatte sich richtig in Rage geredet. »Sie werden ein saures Gesicht machen, dir notgedrungen eine schnelle Mahlzeit vorsetzen, vielleicht noch ein paar Pence in die Hand drücken und dir dann sehr schnell zu verstehen geben, dass sie selbst nicht genug haben, um nun auch noch einen weiteren Fresser durch den Winter zu bringen.«

Éanna ließ den Kopf hängen. Er hatte ja recht. Genau diese Befürchtungen waren es gewesen, die sie ihr Ziel nicht weiter hatten verfolgen lassen.

Brendan sah sie von der Seite an und plötzlich war seine Miene schuldbewusst. Er schien zu ahnen, was in ihr vorging.

»Es tut mir leid, Éanna«, sagte er und biss sich auf die Lippen. »Aber hier draußen gibt es wenigstens noch verlassene Katen, Schuppen und Scalpeens, wo man einen einigermaßen erträglichen Schlafplatz finden kann. In Dublin nehmen die Leute für die schäbigsten Quartiere drei Pence *pro Nacht,* Éanna. Woher sollen wir das Geld nehmen? Und mit welcher Arbeit sollen wir uns da durchschlagen? Hast du etwas gelernt, um irgendwo in einer Fabrik Chancen auf eine Anstellung zu haben?«

»Nein«, murmelte sie niedergeschlagen.

»Ich auch nicht«, sagte er bitter. »Ich weiß, wie man ein Feld pflügt, Kartoffeln anpflanzt, eine Kuh melkt, ein Schwein schlachtet, aus Lehm und Zweigen eine Hauswand baut und Torf sticht. Darauf bin ich auch stolz. Aber von solchen Leuten vom Land wie uns ist Dublin geradezu überschwemmt.«

Éanna nickte bedrückt. »Vergiss, dass ich davon angefangen habe, Brendan. Irgendwie wird es schon weitergehen.«

»Ich wünschte, ich hätte nicht recht! Glaube mir«, erwiderte er und berührte sie kurz am Arm, als wollte er sich dafür entschuldigen, dass er ihr mit wenigen Sätzen die Hoffnung genommen hatte. »Aber vielleicht können wir in Carlow die Masche durchziehen, mit der wir in Mountmellick so guten Erfolg hatten? Es kann auch ruhig schneien. Hauptsache, es gibt nicht wieder tagelang Regen wie in der letzten Zeit. Denn dann bleibt uns nur das Wildern.«

Éanna holte tief Luft. »Aber vorher sorgen wir dafür, dass du wieder zu einem neuen Mantel kommst«, erwiderte sie energisch. »Notfalls müssen wir so tun, als wollten wir wirklich unserem Glauben abschwören und uns von diesen Eiferern und Katholikenhassern bekehren lassen. Denn dafür spendieren einem diese Leute ja Decken und warme Kleidung.«

»Ich denke nicht daran, diesen verfluchten Rattenfängern auf den Leim zu gehen und mich von ihnen bekehren zu lassen – nicht einmal zum Schein! Außerdem ist es noch gar nicht so kalt. Dein Schal hält schön warm.«

Éanna sah ihm in die Augen. »Mir kannst du nichts vormachen, Brendan«, sagte sie.

Er grinste sie an und hob abwehrend die Arme. »Anderenfalls wirst du mich wahrscheinlich wieder mit deinem Messer bedrohen, oder?«

Entrüstet stemmte sie die Hände in die Hüften, doch auch wenn er lachend über die Sache hinweggegangen war, machte sie sich noch immer Sorgen. Ohne warmen Mantel würde Brendan nicht über den Winter kommen.

Die ansteigende Straße vor ihnen führte in einem weiten Bogen zu einem Einschnitt hinauf, der zwei Hügelgruppen trennte. Als sie kurz darauf über diesen Sattel kamen, fiel ihr Blick auf ein Fuhrwerk, das auf der anderen Seite hinter der recht scharfen Biegung von der matschigen Straße abgekommen war. Die Kutsche hing mit der rechten Seite halb im Graben und saß mit den Rädern bis über die Naben tief im Schlamm. Es hätte nicht viel gefehlt, und der Wagen wäre vollends auf die Seite gekippt.

Die gefährliche Neigung hatte jedoch schon ausgereicht, um unter dem Druck der Ladung die Abdeckplane aufreißen, das obere Seitenbord bersten und einen Gutteil der Fracht von der Ladefläche rutschen zu lassen. Die beiden Zugpferde waren ausgespannt worden, um nicht mitgerissen zu werden, falls der Wagen doch noch gänzlich auf die Seite kippte.

Das Fuhrwerk hatte kleine 10-Gallonen-Fässer geladen, von denen jetzt gute zwei Dutzend im Dreck des Straßengrabens verteilt lagen. Zwei Männer stampften fluchend durch den Schlamm, zogen die Fässer aus dem Matsch und wuchteten sie hinter dem schräg im Graben hängenden Fuhrwerk auf die Straße. Denn bevor sie damit beginnen konnten, die Fässer wieder aufzuladen, mussten sie den Wagen erst einmal wieder auf die Straße bringen, das gesplitterte Seitenbrett notdürftig reparieren und auf der Ladefläche wieder Ordnung in die restliche, verrutschte Fracht bringen. Die Männer hatten also noch ein gutes Stück Arbeit vor sich.

Vor dem verunglückten Fuhrwerk hatte eine braun lackierte Kutsche angehalten. Die beiden ausgespannten Pferde waren an das rund gebogene Eisengestänge der Gepäckhalterung gebunden, die auf die Rückseite der Kabine montiert war und unter den breiten Lederriemen eine schwere wetterfeste und mit Eisenbändern beschlagene

Reisekiste barg. Der Kutschenschlag stand offen, und jemand hockte dort auf der ausgeklappten Treppe und war seelenruhig damit beschäftigt, etwas in ein ledergebundenes Buch zu schreiben.

Éanna war noch so in Gedanken, dass sie sowohl dem Fuhrwerk als auch der Kutsche und dem Mann auf der Trittstufe nur flüchtige Beachtung schenkte. Doch als sie sich schon fast auf der Höhe des Fuhrwerks befanden, hob Éanna den Kopf und schenkte dem fremden Mann in dem offen stehenden Kutschenschlag einen aufmerksameren Blick.

Im nächsten Moment traf sie fast der Schlag. Denn der Reisende, der da auf der Trittstufe der Kutsche hockte und zu ihr herüberblickte, war ihr ganz und gar nicht fremd, sondern der junge Herr, dem sie in Ballinasloe den Spazierstock hatte stehlen wollen!

Zwanzigstes Kapitel

Unwillkürlich blieb Éanna stehen und starrte zu Patrick O'Brien hinüber, der ihren Blick mit einem nicht weniger überraschten Gesichtsausdruck erwiderte.

»Was ist?«, fragte Brendan verwundert.

Bevor sie ihm antworten konnte, rief Patrick O'Brien ihr auch schon mit fröhlichem Spott zu: »Schau an, wer da heranspaziert kommt! Wenn das nicht Éanna Sullivan ist! Bei Gott, der Tag mag grau und triste sein, aber an Überraschungen mangelt es heute wahrlich nicht!«

»Der Kerl kennt dich?«, stieß Brendan verblüfft hervor. »Sag bloß, das ist euer einstiger Grundherr?«

Éanna schüttelte den Kopf. »Nein, aber das erkläre ich dir später«, raunte sie ihm zu und ging nun rasch weiter. Als sie das Fuhrwerk passierten, sah sie, dass auf jedem der Fässer ein weißer, mit Schablone aufgetragener zweizeiliger Schriftzug aufgemalt war. Die obere Zeile trug den Namen *Black Cloud* und darunter stand *Edmund Wexford Brewery – Dublin*. Sie fragte sich, ob dieser Brauereibesitzer Edmund Wexford womöglich der Onkel war, von dem Patrick O'Brien in der Taverne von Ballinasloe gesprochen hatte. Und ob er wohl in dessen Geschäften mit den Fässern unterwegs war, die offensichtlich Dunkelbier enthielten.

»Es freut mich, dich noch immer auf freiem Fuß zu sehen, Éanna Sullivan«, fuhr Patrick O'Brien mit einem vergnügten

Schmunzeln fort. »Dann scheinst du dir ja meinen Rat zu Herzen genommen und dich auf klügere Betätigungen verlegt zu haben.«

»Ich weiß nicht, ob Ihr schon mal davon gehört habt, aber man nennt das ganz schlicht betteln, Mr O'Brien«, erwiderte Éanna bissig und blieb auf seiner Höhe stehen. Ihr Blick fiel auf die linke Seitentasche seines Mantels, dessen Kragen mit Pelz besetzt war. Die Klappe war nach innen geschlagen, und aus der Tasche ragte der Griff eines Trommelrevolvers. Hinter ihm auf der Sitzband lagen ein zweiter Revolver und eine doppelläufige Schrotflinte. Seit geraumer Zeit wagte sich kaum noch ein Geschäftsreisender auf die Landstraßen Irlands, ohne sich vorher gut mit Schusswaffen ausgerüstet zu haben.

Patrick O'Brien nickte und klopfte sich mit seinem Bleistift gegen die oberen Zähne. »Ja, so was in der Art ist mir schon mal zu Ohren gekommen«, antwortete er und musterte Brendan. »Aber so bitter das auch sein mag, es dürfte immer noch bekömmlicher sein, als im Gefängnis zu sitzen oder mit einem dieser Sträflingsschiffe auf dem Weg nach Australien zu sein, meinst du nicht auch?«

»Wovon, zum Teufel, redet ihr?«, zischte Brendan mit wachsender Verwunderung. »Und woher kennt ihr euch bloß?« Auch er hatte die Waffen bemerkt, die der junge Herr mit sich führte.

»Nicht jetzt«, gab Éanna leise zurück.

»Ihr wollt nach Carlow?«, fragte Patrick O'Brien.

»Das habt Ihr gut erraten. Wie scharfsinnig von Euch! Oder habt Ihr vielleicht schon den herrlichen Duft gerochen, der von der Suppenküche mit ihren einladend angeketteten

Blechtellern und Löffeln kommt?«, fragte sie spitz zurück. »Ihr solltet Euch mal das Vergnügen gönnen, Euch dort anzustellen und Euch nach drei, vier Stunden Wartezeit einen Blechteller wässriger Suppe vorsetzen zu lassen.«

»Keine schlechte Idee«, gab er unbekümmert zur Antwort, als wäre ihm der Sarkasmus völlig entgangen. »Das muss ich mir notieren, Éanna. Das mit den angeketteten Tellern und Löffeln könnte wirklich ein interessantes Kapitel abgeben und die Wartezeit wert sein.«

Brendan tippte sich an die Stirn. »Sag mal, hat der sie da oben noch alle beisammen?«, zischte er ihr zu.

Anstelle einer Antwort legte sie ihm beruhigend ihre Hand auf den Arm und fragte an Patrick O'Brien gewandt: »Ein Kapitel von was?«

Patrick O'Brien tippte mit seinem Bleistift auf die Seite seines aufgeschlagenen Buches. »Von dem Buch hier, das ich schreibe«, teilte er ihr leichthin mit, als verstünde sich das von selbst. »Habe schon eine ganze Menge zusammengetragen.«

Éanna machte ein verblüfftes Gesicht. »Ihr seid Schriftsteller und schreibt Bücher?«

Patrick O'Brien lachte etwas verlegen. »Na ja, dies für meine Person schon jetzt in Anspruch zu nehmen, wäre wohl doch etwas vermessen. Aber ich hoffe zumindest, eines Tages Schriftsteller zu sein und mich schon auf dem besten Weg dorthin zu befinden. Und ich werde es schaffen, auch wenn es mich noch so viele Jahre kostet, bis mein erstes Buch verlegt wird! Aber lass das bloß nicht meinen Onkel hören! Der alte bärbeißige Edmund hofft noch immer, dass ich einmal in seine Fußstapfen trete, seine Firma übernehme und ein genauso geschäftstüchtiger Bierbrauer werde wie er. Nur was kann ich dafür, dass meine Tante ihm zwar zwei hübsche Töchter, aber nicht den ersehnten Stammhalter und Erben geschenkt hat?«

Éanna schüttelte den Kopf. Er sprach zu ihr, als gehörte sie seiner privilegierten Klasse an und nicht jener niederen gesellschaftlichen Schicht, die sein Onkel in Dublin nicht einmal am hinteren Dienstboteneingang seines Hauses dulden würde.

»Ihr seid also gar kein Schriftsteller, sondern reisender Vertreter Eures Onkels für Schwarzbier?«, fragte sie nach.

»Ja, das trifft es recht genau«, bestätigte er und fuhr mit fröhlicher Unbekümmertheit fort: »Und nicht gerade der tüchtigste Vertreter, wie ich gestehen muss. Denn mich interessiert das Geschäftliche nicht die Bohne, es ödet mich vielmehr an. Was natürlich nicht gerade hilfreich ist, wenn man hartgesottene Gastwirte dazu bringen soll, neue Kunden der *Edmund Wexford Brewery* zu werden und einem ein paar Fässer Black Cloud abzunehmen. Aber so liegen die Dinge nun mal. Und ich denke auch nicht daran, mein Leben der Herstellung und dem Verkauf von Bier zu widmen. Allein schon die Vorstellung ist ein Albtraum!«

»Ihr habt wirklich ein entsetzlich schweres Los«, bemerkte Brendan verdrossen. »Gleich rührt Ihr mich zu Tränen!«

Patrick O'Brien nickte ungerührt. »Du sagst es! Denn dummerweise lässt sich Onkel Edmund nicht entmutigen, mir sein Gewerbe und seine Firma schmackhaft machen zu wollen. Er besteht darauf, dass ich das Geschäft von der Pike auf lerne. Deshalb schickt er mich nun schon seit Wochen kreuz und quer durch das Land. Bis Weihnachten muss ich noch auf

Reisen bleiben. Und im Januar geht's dann hinter ein Schreibpult im Kontor – es sei denn, mir fällt bis dahin noch etwas ein, wie sich dieser bittere Kelch abwenden lässt.«

»Ja, wie hart das Brot ist, das Ihr Euch verdienen müsst, sieht man Euch an«, höhnte Brendan. »Sich in einer gepolsterten Kutsche von Taverne zu Taverne durchs Land fahren, sich dabei von vorn bis hinten bedienen zu lassen und Notizbücher vollzukritzeln, das ist ja auch eine entsetzlich aufreibend schwere Arbeit! Ihr müsst wirklich sehr verzweifelt sein, dass Euer reicher Onkel Euch ein so bitteres Schicksal auferlegt hat.«

»Jedes Leiden ist eben immer auch eine Frage der ganz eigenen Perspektive und Lebensvorstellungen, wenn du verstehst, was ich damit sagen will«, erwiderte Patrick O'Brien, und zum ersten Mal klang er ein wenig von oben herab.

Brendan verzog nur geringschätzig den Mund.

Éanna hatte dem kurzen Wortwechsel zwischen Brendan und Patrick O'Brien nur mit halbem Ohr zugehört. Denn ihre Gedanken beschäftigten sich noch immer mit der überraschenden Erklärung von Mr O'Brien, Schriftsteller werden und Bücher schreiben zu wollen. Das kam ihr völlig absurd vor und faszinierte sie doch zugleich auch, weil es ihrem eigenen Leben mit all seinen Nöten so fremd und fern war wie die blendende Sonne dem grauen stumpfen Mond. Denn wenn sie ihn richtig verstanden hatte, machte er sich nichts aus der gesicherten Zukunft, die sein Onkel ihm mit der Übernahme seiner Brauerei bot. Er wollte ein Leben in Sicherheit und Wohlstand ausschlagen! Und das war etwas, das ihre Vorstellungskraft überstieg.

»Und was soll das für ein Buch werden, das Euch wichtiger ist als das, was Euch Euer Onkel zu bieten hat?«, wollte Éanna wissen. »Was schreibt Ihr dafür alles auf?«

»Nun, alles, was ich auf meinen Fahrten sehe und erlebe«, lautete Patrick O'Briens Antwort. »Und das ist in diesen Zeiten nicht eben wenig, wie du dir wohl vorstellen kannst.«

»Dann hoffe ich, dass Ihr auch genug Stifte und Papier dabeihabt, um alles schön aufschreiben zu können! Wie gut es uns faulen Iren wieder geht und wie wunderbar es doch ist, dass die Hungersnot in unserem Land endlich ein Ende gefunden hat!«, sagte Brendan verächtlich.

»Du scheinst mich für einen Engländer zu halten«, erwiderte Patrick O'Brien mit einem Anflug von Gekränktheit. »Aber dem ist nicht so. Auch ich bin Ire.«

Brendan lachte höhnisch auf. »Ihr seid etwas ganz anderes, ganz gewiss! Komm, lass uns gehen, Éanna!« Er zog sie am Arm. »Sonst erreichen wir Carlow nicht mehr vor der Abenddämmerung! Außerdem kann ich dieses dumme Geschwätz nicht länger ertragen!«

»Na dann, viel Glück mit dem Schwarzbier Eures Onkels und mit Eurem Buch, Mr O'Brien«, sagte Éanna, die nicht so unhöflich sein wollte wie Brendan. Sie hatte noch immer das Gefühl, in der Schuld dieses Mannes zu stehen, der sie vor Gefängnis und Verbannung bewahrt hatte. Und im Gegensatz zum letzten Mal, als sein Spott sie nur noch mehr verunsichert und geängstigt hatte, fand sie heute, dass er durchaus anziehend sein konnte. Er hatte Humor und war zudem in der Lage, sich über sich selbst lustig zu machen. Und vor allem gab er ihr nicht das Gefühl, von denkbar niedrigstem Stand und eines derart persönlichen Gespräches nicht wert zu sein.

»Wartet!«, rief Patrick O'Brien, legte sein ledergebundenes Journal rasch aus der Hand und zog seine Geldbörse heraus.

Brendan wandte sich demonstrativ ab und ging einfach weiter. Sein Stolz verbot es ihm, von diesem Kerl auch nur einen Viertelpenny entgegenzunehmen.

Éanna erlaubte sich diesen Stolz nicht und ging sofort zur Kutsche hinüber. Sie glaubte, ihren Augen nicht trauen zu dürfen, als er ihr vier Shilling in die Hand drückte. Sprachlos blickte sie auf die Münzen.

»Wie heißt dein Freund?«

»Brendan Flynn.«

»Ich weiß nur zu genau, was er von mir hält, und du vermutlich auch. Und sicher glaubt ihr beide, gute Gründe dafür zu haben«, sagte er leise und atmete tief durch. Zum ersten Mal sahen seine Züge ernst aus, der unbeschwerte und spöttische Ausdruck war verschwunden. »Aber die Dinge sind im Leben nicht immer so, wie es den Anschein hat, Éanna Sullivan! Da ist man oft allzu leicht mit seinem Urteil bei der Hand. Aber was rede ich da. Sieh zu, dass du deinen Freund einholst. Und viel Glück! Du wirst es gebrauchen können!«

»Gottes Segen für Eure Güte, Mr O'Brien!«, murmelte sie und schloss die Hand um die vier Geldstücke. Sie konnte ihr Glück kaum fassen.

Sofort war da wieder der Spott in Augen und Stimme. »Na, ein Dutzend neue Abnehmer für das blöde Bier meines Onkels würden mir schon reichen!«

Éanna eilte hinter Brendan her.

»Du bist mir vielleicht ein Blödmann!«, rief sie ihm ärgerlich zu. »Wie kannst du ihm bloß den Rücken kehren und den stolzen Mann spielen, wo er uns Geld geben wollte? Du hast ihn bestimmt für eingebildet gehalten. Aber in Wirklichkeit bist du viel hochmütiger als er!«

»Und?«, fragte Brendan grimmig. »Was hat er denn springen lassen? Einen Penny? Oder hat sich dieser Lackaffe vielleicht sogar zu zwei Pence hinreißen lassen?«

»Nein, er hat mir *vier Shilling* geben, du Sturkopf!«, stieß sie hervor und hätte ihn beinahe vor Freude umarmt. »Hier, sieh doch! Vier Shilling! Weißt du, was das bedeutet?«

Verblüfft blieb er stehen und starrte ungläubig auf das Geld, das sie ihm in ihrer offenen Hand unter die Nase hielt. »Ja, eine Menge Brot!«, murmelte er verlegen und schüttelte den Kopf, hätte er Patrick O'Brien ein solch großes Geldgeschenk doch niemals zugetraut.

»Nein, das bedeutet, dass du in Carlow erst einmal einen warmen Mantel bekommst! Keine Widerrede! Er hat das Geld *mir* gegeben. Du warst ja zu stolz dazu. Und deshalb entscheide ich jetzt auch, was wir damit machen!«

»Also, hör mal ... «

»Nein, du hörst mir zu!«, unterbrach sie ihn energisch. »Wir gehen in Carlow zum nächsten Pfandleiher und suchen den besten und wärmsten Umhang aus, den er zu bieten hat! Und einen eigenen Schal kriegst du auch!«

»Und du sagst, *ich* wäre stur? Aber wenn du unbedingt darauf bestehst, machen wir es so«, stimmte er scheinbar brummig zu, doch in dem Blick, den er ihr dabei zuwarf, las sie Dankbarkeit – und noch etwas anderes, das Widerhall in ihrem Herzen fand und ihr das wunderbare Gefühl gab, als hätte er seine Hand zärtlich auf ihr Gesicht gelegt.

Und dann erzählte sie ihm, woher sie Patrick O'Brien kannte und was sie ihm über diese vier Shilling hinaus verdankte.

Einundzwanzigstes Kapitel

Es war spürbar kälter geworden, als sie in die Nähe von Carlow kamen. Ihr Atem bildete kleine Wölkchen in der frostkalten Luft, und Éanna sah, dass Brendan ohne wärmenden Mantel und Schal bitterlich fror.

Das Weihnachtsfest stand vor der Tür, aber von festlicher Stimmung konnte keine Rede sein. Kurz vor der Stadt stießen sie auf Soldaten, die ihnen entgegenritten. Augenblicklich beeilten sie sich, dass sie von der Landstraße kamen und Schutz hinter einem großen Weidenbaum suchten.

»Heiliges Kanonenrohr!«, rief Brendan mit einer Mischung aus Staunen und tiefem Groll. »Sieh dir das nur an! Das ist ja eine richtige Wagenkolonne, die da aus der Stadt kommt! Das müssen ja mindestens fünfzehn, sechzehn schwere Fuhrwerke sein! Und hast du schon einmal so viele Soldaten als Eskorte auf einmal gesehen? Ich jedenfalls nicht!«

»Ich auch nicht«, erwiderte Éanna. »Das kann dann nur ein Getreidetransport sein, wenn die Wagen unter so schwerer Bewachung stehen!«

»Das sind Dragoner vom Regiment der Scots Greys«, stellte Brendan fest, als der lange Bandwurm aus fast zwanzig hoch beladenen Fuhrwerken und einer Eskorte von mindestens vierzig, fünfzig schwer bewaffneten Soldaten näher rückte.

Eine Vorhut von zwei Scots Greys ritt dem Transport etwa fünfzig Yard voraus. Ihre Aufgabe bestand zweifellos darin, das Gelände vor der Kolonne beidseitig der Landstraße im Blick zu behalten und nach Hinweisen zu suchen, ob sich irgendwo eine Menge hungernder Bauern zusammenrottete, um über die Getreidewagen herzufallen.

Die Dragoner saßen auf prächtigen grauen Pferden. Scharlachrote Umhänge reichten den Männern von den Schultern bis über die Knie und bedeckten die Rücken ihrer Tiere.

Die Scots Greys trugen Gewehre mit aufgesetzten Bayonetten und an der Seite lange Säbel, die von ihren breiten Gürteln bis zu den Füßen herabhingen. An den hohen Stiefeln trugen sie blank polierte, bedrohlich aussehende Sporen.

Hinter der Vorhut folgte vor den ersten Fuhrwerken ein zehnköpfiger Zug Infanteriesoldaten mit gezückten Säbeln sowie zwei Konstabler. Nach jeweils vier Wagen kam ein weiterer Trupp Fußsoldaten. Die Flanken des Transports wurden von berittenen Scots Greys gesichert. Das Ende der Kolonne bildeten noch einmal zehn Infanteristen sowie eine Nachhut aus vier Dragonern, die wie die Vorhut einen Abstand von gut fünfzig Yard einhielt, um den Rücken des langen Zuges zu sichern. Begleitet wurde der Vorbeimarsch von dem Geschrei der Kutscher auf den Fuhrwerken, die dabei ihre Peitschen über den Köpfen der Zugtiere knallen ließen.

»So weit ist es also schon gekommen, dass eine ganze Kompanie bis an die Zähne bewaffneter Soldaten nötig ist, um eine Ladung Mehl oder Getreide zu bewachen«, sagte

Brendan düster, als die Kolonne an ihnen vorbeigezogen war und sie wieder auf die Landstraße zurückkehrten.

»Wie du schon mehrfach gesagt hast, es sind eben rosige Zeiten in Irland angebrochen«, erwiderte Éanna sarkastisch.

»Ja, wir freuen uns darüber noch zu Tode, wenn es so weitergeht«, knurrte Brendan düster.

Dass die starke Bewachung des Transports keine übertriebene Schutzmaßnahme war, sahen sie, als sie endlich in Carlow eintrafen. In der kleinen Stadt, die an den Ufern des Bourne lag, drängte sich das hungernde Landvolk durch die Straßen. In Carlow endete die Eisenbahnlinie der *Irish South Western*, die von Dublin ins Hinterland führte. Dementsprechend viele Reisende, überwiegend Geschäftsleute, stiegen hier aus den Zügen. Auch trafen ständig Kutschen ein, um Reisende abzuholen oder zu den abfahrenden Zügen zu bringen. Denn so groß die Not der einfachen Kleinpächter auf dem Land auch sein mochte, so boten sich für Kaufleute, Händler und Agenten doch noch immer zahlreiche Möglichkeiten, von diesem Elend zu profitieren und gerade dank der Hungersnot blendende Geschäfte zu machen.

Es herrschte ein unglaubliches Kommen und Gehen und Gewimmel, und die Menge an Bettlern rund um den großen Bahnhofsvorplatz war unüberschaubar. Ein jeder hoffte darauf, den wohlbetuchten Ankommenden oder Abreisenden ein Almosen entlocken zu können. Die Kutschen wurden sogleich von Dutzenden Elendsgestalten umringt, kaum dass sie zum Stehen gekommen war. Jeder versuchte, den anderen mit seinen inständigen Bitten zu übertönen und sich nach vorn zu drängen.

»Es wird für Euer Ehren ein glücklicher Tag werden, wenn Ihr mir ein kleines Handgeld gebt!«

»Ihr seid ein Gentleman, das kann jeder sehen! Ihr werdet Euer Herz nicht vor meinem Elend und dem meiner hungernden Kleinen verschließen!«

»Ein Penny! Nur ein Penny, Euer Ehren! Gott wird Euch für Eure Großherzigkeit segnen!«

Es war ein entsetzliches Schauspiel, das sich ihren Augen bot. Und obwohl Brendan und Éanna schon oft genug Zeuge derartig beklemmender Selbsterniedrigungen geworden waren, hatten diese Szenen doch nichts von ihrer erschütternden Wirkung verloren.

Denn viele der Männer und Frauen beschränkten sich nicht nur auf flehendliches Betteln, sondern zerrten dabei auch noch ihre Lumpen zur Seite, um ihre offenen Geschwüre und andere Wunden zu entblößen. Dadurch hofften sie, sich gegenüber den anderen Bettlern einen Vorteil zu verschaffen.

»Diese Bilder müssten Königin Victoria und die Herrn Minister in London sehen! Vielleicht würden sie es sich dann noch einmal überlegen, weiterhin vom Ende der Hungersnot zu sprechen!«, murmelte Brendan und ballte die Fäuste in ohnmächtigem Zorn.

»Sie werden das wahre Elend unseres Landes niemals zu Gesicht bekommen, weil sie es überhaupt nicht sehen wollen«, sagte Éanna. »Aber schon darüber zu reden, ist sinnlos. Lass uns lieber nach dem nächsten Pfandleiher und dann nach der Suppenküche Ausschau halten.«

Sie brauchten nicht lange nach einem Pfandleiher zu suchen. In einer nahen Seitenstraße stießen sie gleich auf drei solche Läden, in denen sie die Angebote und Preise vergleichen konnten.

Die Pfandleihen quollen nur so über von all den Sachen, die von ihren einstigen Besitzern nach und nach versetzt worden waren, um dem Hunger noch einmal für eine Woche oder auch nur für einen Tag zu entkommen. Vom Boden bis unter die Decke stapelten sich Kessel, Pfannen, Krüge, Spiegel, Waschbretter, Nachtgeschirr und was sonst noch zum Hausrat gehörte. Andere Fächer waren mit allen nur möglichen Werkzeugen sowie Scheren und Messern vollgestopft. Dazu kamen hohe Stapel mit Decken, Tüchern und Bettzeug. Alles, was die Kleinpächter auch nur für ein paar Pence hatten versetzen können, hatte seinen Weg in diese Geschäfte gefunden.

Verbissen feilschten Éanna und Brendan mit den Pfandleihern. Erst der dritte erklärte sich unter großem Lamentieren bereit, Mantel und Schal zu dem von ihnen angebotenen Preis abzugeben, obwohl dieser Kaufpreis ihn angeblich um jeden Profit brächte.

Éanna wusste es besser. »Wenn wir Euch draußen auf dem Bahnhofsplatz mit einer Bettelschale antreffen, werden wir vielleicht anfangen, Euch Glauben zu schenken!«, sagte sie bissig und nahm die sechs Pence entgegen, die ihnen nach dem Einkauf von Mantel und Schal für Brendan noch blieben.

Aber letztlich überwog doch die Freude, dass es gelungen war, mit dem Geld von Patrick O'Brien einen warmen Wollmantel sowie einen dicken Schal für Brendan zu erstehen. Und sie wollte besser nicht an die Armen denken, die in ihrer großen Not diese Sachen hatten versetzen müssen.

»Danke, dass du das für mich getan hast, Éanna«, sagte Brendan, als sie wieder auf der Straße standen und er sich den Schal um den Hals wickelte. »Die meisten hätten an deiner Stelle das Geld für sich behalten und gemacht, dass sie damit davonkommen. Ist ja auch keinem zu verdenken.«

»Erstens bin ich Éanna Sullivan und nicht ›die meisten‹. Und zweitens besteht wirklich kein Grund, dass du so einen Wind darum machst«, wehrte sie schnell ab. »Du hast schließlich deinen Mantel geopfert, um uns beiden zur Flucht zu verhelfen. Und mehr ist dazu auch nicht zu sagen.«

Carlow war nicht nur Endpunkt der Eisenbahnstrecke aus Dublin und eine bedeutende Garnisonsstadt, sondern sie gehörte auch zu den Hochburgen besonders bekehrungssüchtiger Protestanten im Land. Das merkten sie sehr schnell, als sie deren Suppenküche fanden und sich in die wartende Menge einreihten.

So wie Éanna es schon bei den wiedergeborenen Freunden Jesu in Ballinasloe erlebt hatte, so rechthaberisch eifernd und demütigend wurden sie auch von den lutherischen Wohltätern in Carlow behandelt. Auch sie untersagten das Sich-Bekreuzigen vor dem Essen und jegliche Anrufung der Muttergottes und der Heiligen. Sie griffen auch nicht weniger streng und unerbittlich durch als ihre Glaubensbrüder in Ballinasloe. Sowie sie jemanden ertappten, der ihren Anweisungen zuwiderhandelte, musste dieser seinen Platz an den Tischen räumen und den Schuppen der Suppenküche verlassen, ganz gleich, wie elend er auch aussah.

»Da können wir ja von Glück reden, dass heute nicht Freitag ist«, raunte Éanna mit mühsam beherrschtem Zorn, als sie nach zwei Stunden des Wartens mit dem nächsten Schwung Hungerleider eingelassen wurden. »Denn dann hätten sie uns ganz bewusst irgendwelche Fleischreste in die Suppe gemischt, nur um uns zu demütigen!«

»Ich glaube nicht, dass Gott so kleinkrämerisch ist und sich mit solchen lächerlichen Nichtigkeiten beschäftigt, während wir Iren vor Hunger wie die Fliegen krepieren«, sagte Brendan nachdenklich, während sie an den Tischen entlanggingen und zu den anderen aufschlossen, die vor ihnen die Bänke füllten. »Er wird schon wissen, dass ich keine andere Wahl und jeden Löffel Essen bitter nötig habe.«

Éanna ließ den Blick quer durch das große Brettergebäude schweifen, das früher als Lagerhalle genutzt worden war. Wie viele doch in diesen Suppenküchen Zuflucht suchen müssen, dachte sie angesichts der Menschenmenge.

Plötzlich blieb ihr Blick am Ausgang auf der anderen Seite hängen. Dort verließen gerade die Hungergestalten, die vor ihnen abgespeist worden waren, den lang gestreckten Schuppen.

Éanna kniff die Augen zusammen. Ein Mädchen in der Menge kam ihr bekannt vor, obwohl sie ihr nur den Rücken zudrehte. Sie reckte sich, um besser sehen zu können. Das Mädchen blickte sich halb um, und Éanna presste sich die Hand auf die Lippen. Das da vorn war Emily!

»Emily!«, rief Éanna ungeachtet des Lärms um sie herum. Sie war außer sich vor Freude, endlich auf ihre verschollene Freundin gestoßen zu sein! Doch im gleichen Moment verschwand das Mädchen schon aus der Tür und damit aus ihrem Blickfeld.

Brendan, der vor ihr ging, drehte sich zu ihr um und warf ihr einen fragenden Blick zu.

»Da drüben ist Emily Farrell gewesen, von der ich dir erzählt habe!«, rief Éanna ihm aufgeregt zu.

»Wo?« Verwirrt blickte Brendan in die Richtung, in die Éanna deutete.

»Sie war bei denen, die vor uns ihre Suppe bekommen haben, und ist gerade durch die Hintertür hinaus! Ich muss sie unbedingt einholen!«

Éanna wollte sofort hinüber auf die andere Seite, um Emily nachzulaufen. Aber eine der beiden weiblichen Aufpasser, unter deren steifen Hauben die verhärmten Gesichter alter Jungfern saßen, trat ihr in den Weg. »Bleib gefälligst in deiner Reihe und setz dich an den Tisch, der dir zugewiesen wurde! Hier gibt es keine Sonderplätze!«, herrschte sie Éanna an.

»Aber ich will doch nur . . .«

Weiter kam sie nicht. »Kannst du nicht hören? Zurück in deine Reihe!«, schnitt ihr die andere grob das Wort ab. »Oder du kannst sehen, woher du eine warme Mahlzeit bekommst!«

Brendan ergriff ihren Arm und zog sie von ihnen weg. »Zu spät, Éanna. Da kommst du jetzt nicht durch. Und es bringt auch nichts, wenn du versuchst, dich gegen den Strom zurück zum Eingang durchzukämpfen«, sagte er, während die Menge der Hungernden hinter ihnen nachdrängte. »Bist du dir denn sicher, dass es Emily war?«

Éanna sah ihn verzweifelt an. Noch wenige Augenblicke zuvor war sie felsenfest davon überzeugt gewesen, die Freundin erkannt zu haben. Doch jetzt fragte sie sich, ob es vielleicht nur die eigene Hoffnung gewesen war, die ihr das Bild vorgegaukelt hatte. Sicher – falls sie noch am Leben war, erschien es Éanna nicht unwahrscheinlich, dass sich Emily in Carlow befand.

Die Hungernden Irlands schlugen nur allzu oft dieselben Wege ein – es zog sie in die gleichen Städte. Dass Éanna und Brendan sich wiedergetroffen hatten, war kein so großer Zufall gewesen, wie er es immer behauptet hatte. Aber je länger sie darüber nachdachte, desto unähnlicher wurde das Mädchen am Ausgang der wahren Emily. Es musste also doch nur Wunschdenken gewesen sein.

Bitter enttäuscht sank Éanna vor einem angeketteten Blechteller mit angekettetem Blechlöffel neben ihm auf die Bank.

»Wir gehen sie suchen«, versprach Brendan. »Gleich nach dem Essen gehen wir sie suchen.«

»Es wäre so schön«, murmelte Éanna niedergeschlagen. »Du würdest Emily bestimmt mögen!«

»Ich mag dich, Éanna«, sagte er und schenkte ihr einen Blick, der ihr unter die Haut ging. »Und das reicht mir.«

Sie errötete. »Und ich dich«, gab sie leise zurück und schlug schnell den Blick nieder. Ihr war, als stände ihr Gesicht lichterloh in Flammen, so brannten ihr die Wangen. Sie war froh, dass um sie herum ein so lautes Gerede und Geklapper herrschte und dass schon wenig später das Essen ausgeteilt wurde. Denn sie wusste nicht, was sie von diesen verwirrend neuen Gefühlen halten und wie sie mit ihnen umgehen sollte. Das, was sie für Brendan empfand, hatte bislang noch kein anderer Mensch in ihr geweckt.

Nach dem Essen machten sie sich auf die Suche nach Éannas früherer Gefährtin, aber sie fanden keine Spur von ihr in der Stadt, und Éanna musste sich wohl oder übel damit abfinden, dass sie ein Opfer ihrer eigenen Täuschung geworden war.

Von ihrem restlichen Geld kauften sie Haferflocken und Brot, und so verließen sie Carlow, um sich abermals in den Hügeln und Wäldern einen Lagerplatz zu suchen.

Es war bitterkalt, als sie sich zum Schlafen hinlegten, und Éanna dankte Gott, dass sie gerade im richtigen Moment den Mantel hatten kaufen können, der nicht nur Brendan den Tag über wärmen konnte, sondern ihnen beiden noch zusätzlich eine dicke Schlafdecke bot.

In der Nacht begann es zu schneien. Als sie am nächsten Morgen vor die alte Scheune traten, in der sie Zuflucht gefunden hatten, sah das Land völlig verändert aus. Der Schneefall musste schon vor Stunden eingesetzt haben. Eine dicke weiße und scheinbar endlos weite Decke lag über dem Land und schien jeden Laut zu ersticken. Im Laufe des Tages verwandelte sich der stete Schneefall in wildes Schneetreiben, in dem man kaum noch die eigene Hand vor Augen sah. Und während sie sich mühsam durch das Unwetter vorankämpften, ahnten sie nicht, dass es ausgerechnet der Schnee sein sollte, der ihnen das schlimmste Unglück bringen würde.

Zweiundzwanzigstes Kapitel

Der Winter war mit Macht über Irland hergefallen und sollte das Land so schnell nicht wieder freigeben.

Es hatte Éanna und Brendan in die zerklüfteten Wicklow Mountains, etwa dreißig Meilen südlich von Dublin, verschlagen. In der Abgeschiedenheit der Wälder verstrichen die schneereichen Tage und eisigen Nächte. Das Weihnachtsfest kam und ging, doch es war ihnen noch nicht einmal bewusst. Zu groß war ihre Not.

Sie versuchten es abermals mit Wildern, aber die Bäche waren schnell zugefroren, und die Ausbeute an Fischen fiel immer kläglicher aus. Schlingen im Wald auszulegen, wagten sie nicht. Deshalb sahen sie sich schließlich gezwungen, sich wieder auf den Weg zu größeren Ortschaften zu machen, wo es Suppenküchen gab.

Es schneite noch immer, als sie an jenem verhängnisvollen Nachmittag aus den Wäldern auf der Südwestseite des Table Mountain kamen. Sie suchten nach der Landstraße, die sie nach Donard bringen würde. Im grauen Licht des Schneegestöbers verlor die in eisigem Schweigen erstarrte Landschaft alle scharfen Konturen. Alles schien in dem lautlos wirbelnden Weiß der Schneeflocken miteinander zu verschwimmen und sich darin aufzulösen.

Plötzlich blieb Brendan stehen. Sie hatten das sich weitende Ende eines Seitentals erreicht. Er wischte sich den

Schnee aus dem Gesicht und sah Éanna an. Sein krauses Haar lugte nass und schwer unter dem Schal hervor, den er sich um den Kopf geschlungen hatte. Er holte tief Luft. »Éanna, du hast recht gehabt«, sagte er. »So kann es nicht weitergehen. Wir haben keine andere Wahl, wir müssen nach Dublin gehen.«

Éanna war so erschöpft, dass sie nicht einmal über seinen plötzlichen Stimmungswandel wunderte. Sie nickte nur.

»Jetzt im Winter kann uns das Land nicht genug Schutz bieten«, fuhr Brendan fort. »Auch wenn wir immer mal wieder ein Scalpeen oder eine verlassene Kate als Schlafplatz finden – es hilft doch nichts, wenn wir dort jämmerlich erfrieren.« Er sah sich um. »Es ist nicht mehr weit zur Landstraße nach Donard. Von dort aus können wir Dublin in drei bis vier Tagesreisen erreichen. Vielleicht gehören wir ja doch zu den Glücklichen, die in der Stadt Arbeit finden.« Er straffte die Schultern. »Wundern würde es mich nicht. Seit ich dich kenne, bin ich schließlich ein echter Glückspilz!«

»Ich hab nicht das Gefühl, dass ich irgendjemandem Glück bringe«, gab Éanna niedergeschlagen zurück. »Aber du hast recht. Wir müssen es versuchen. Alles ist besser als das hier.«

Sie setzte sich wieder in Bewegung und stapfte mit gesenktem Kopf durch den Schnee. Die Erschöpfung umfing sie wie ein dumpfer Schmerz, der ihren Körper von Kopf bis Fuß erfasst hatte. Jeder Schritt fiel ihr so schwer, als klebten schwere Lehmbrocken an ihren Schuhen, und es gelang ihr nicht so recht, sich über ihren Entschluss zu freuen. Was machte es für einen Unterschied, wo sie hingingen? Es würde sie doch überall nur das gleiche Elend erwarten.

»Vielleicht kann ich in Dublin Arbeit beim Eisenbahnbau finden oder als Schlepper in den Hafendocks?«, sagte Brendan träumerisch. »Ich habe mal gehört, die zahlen dort richtig gut.«

Éanna wusste, wie unwahrscheinlich es war, dass Brendan tatsächlich eine solche Arbeit fand. Er selbst hatte das noch vor wenigen Wochen gesagt. Doch sollte sie ihm wirklich die Hoffnung nehmen? Er versuchte doch nur, nach vorn zu sehen! Wie konnte sie seinen unerschütterlichen Optimismus zerstören? Wenn es keine Hoffnung mehr gab, hätten sie auch keinen Grund mehr, um jeden Preis am Leben zu bleiben.

Sie dachte an Catherine, und plötzlich erschien ihr der schneegraue Nachmittag nicht mehr ganz so trüb wie wenige Augenblicke zuvor. Ja, sie würde das Versprechen an ihre Mutter einlösen, und wer wusste es schon – vielleicht war Catherine weitsichtiger gewesen, als Brendan und sie es jemals geahnt hatten?

»Wo ist diese Landstraße?«, fragte sie mit fester Stimme und tauschte einen Blick mit Brendan. Ihre Augen sprachen eine eigene Sprache, und sie spürte, dass er sie nur zu gut verstanden hatte. Er lächelte ihr zu, bevor er sich abwandte und angestrengt über das weite, vor ihnen liegende Gelände starrte. Der dichte Schneefall hatte zwar etwas nachgelassen, aber die Sicht blieb dennoch schlecht. Was sich vor ihnen erstreckte, sah nach einem großen Feld oder einer Weidefläche aus. Erhöhungen waren jedenfalls nicht auszumachen – bis auf eine lange dunkle Linie in gut zweihundert, dreihundert Schritten Entfernung schräg rechts vor ihnen.

»Ich glaube, dahinten liegt sie«, sagte Éanna plötzlich und streckte ihren Finger aus. »Siehst du dort drüben den langen grauschwarzen Streifen? Das könnte eine Feldmauer sein!«

»Wahrscheinlich führt die Straße dort direkt an der Umfriedung entlang!«, führte Brendan ihren Gedanken zu Ende.

Rasch setzten sie sich in Bewegung. Éanna wandte sich nach links, um den kürzesten Weg durch das Feld hinüber zur Mauer zu nehmen.

»He, lauf mir nicht weg!«, rief Brendan ihr scherzhaft hinterher. Er war ein Stück zurückgeblieben, weil sein Schuhriemen sich gelöst hatte. »Oder willst du mich vielleicht loswerden und dich auf eigene Faust nach Dublin durchschlagen? Wahrscheinlich bist du es, die dort das große Glück macht! Am Ende wanderst du noch nach Amerika aus!«

Éanna blieb stehen und drehte sich zu ihm um. Sie mochte noch so müde sein, Brendan schaffte es jedes Mal, sie zum Lachen zu bringen!

»Sag bloß, du traust mir das nicht zu?« Sie strahlte ihn an. »Aber vielleicht – vielleicht will ich viel lieber mit dir zusammen das große Glück machen?« Sie breitete die Arme aus. »Erst geht es nach Dublin, wo wir einen Haufen Geld verdienen werden. Und dann ...« Sie streckte sich auf die Zehenspitzen und wirbelte einmal um die eigene Achse. »Amerika!«, rief sie aus. »Wir kommen!«

»Vorsicht, Éanna!« Brendans erschrockener Aufschrei ließ sie innehalten, doch dann spürte sie auch schon selbst, wie sie wegrutschte. Es knirschte bedrohlich unter ihren Schuhen – ein Klang wie splitterndes Glas, gedämpft von der Schneedecke. Eine Schrecksekunde später folgte dem Knirschen ein lautes, berstendes Geräusch. Augenblicklich gab der trügerisch feste Boden unter ihr nach. Eiskaltes Wasser schoss aus dem Schnee hoch und umspülte ihren Fuß.

Eis!, schoss es ihr mit jähem Entsetzen durch den Kopf. Sie musste auf einen Fluss oder einen See geraten sein, dessen Oberfläche zugefroren war, aber noch keine genügend dicke Eisdecke besaß, um sie zu tragen.

»Bleib, wo du bist! Hier ist Wasser unter der Schneedecke!«, rief sie, riss ihren Fuß aus dem Eisloch und wollte sich in Sicherheit bringen.

Doch sie kam nicht einmal einen Schritt weit. Denn die Risse im Eis weiteten sich blitzschnell unter ihrem Gewicht und ließen die dünne Decke in zahllose einzelne Stücke zerspringen. Dort, wo sie ihren Fuß aufgesetzt hatte, sackten Schnee und Eis unter ihr weg.

Mit einem schrillen Aufschrei, in dem nackte Todesangst lag, verlor Éanna das Gleichgewicht. Sie stürzte mit ausgebreiteten Armen nach vorn. Vergeblich suchte sie nach Halt, und in Sekundenschnelle war sie bis über die Hüften im Wasser versunken. Die Kälte schien ihr wie mit Messern in Beine, Unterleib und Brustkorb zu stechen und raubte ihr im ersten Schreckmoment den Atem. Fast glaubte sie schon, vollends zu versinken, da stießen ihre Füße in der eisigen Tiefe plötzlich auf festen Untergrund.

Brendan hatte sich flach auf den Schnee geworfen.

»Rühr dich nicht von der Stelle!«, rief er und robbte auf sie zu. Dabei zerrte er sich den Beutel von der Schulter und warf ihn ihr mit ausgestrecktem Arm zu, ohne ihn selbst jedoch loszulassen. »Halte dich am Lederriemen fest! Kannst du stehen?«

»Ja!« Éanna konnte ein Schluchzen nicht unterdrücken. Diese Kälte – sie tat so weh –, bei Gott, sie tat so fürchterlich weh!

»Bleib ganz ruhig!«, rief er ihr beschwörend zu. »Und verlier um Himmels willen nicht deine Schuhe! Du musst ganz langsam einen Schritt vor den anderen machen, hörst du, Éanna?«

Zitternd ergriff sie den abgewetzten Lederriemen. Das eisige Wasser schwappte ihr bis an die Brust.

»Los!«, befahl er und fing an zu ziehen.

Éanna setzte sich in Bewegung, aber sie kam nicht weit. »Ich kann nicht«, weinte sie, als sie spürte, wie ihre Schuhe im Schlamm stecken blieben und sie festhielten.

»Éanna Sullivan«, sagte Brendan, und seine Stimme wurde streng vor Sorge. »Und wie du kannst! Glaub mir.«

Éanna holte tief Luft und sah nach vorn. Er hatte recht. Einen Fuß setzte sie vor den anderen, langsam und vorsichtig, und schließlich erreichte sie das Ufer.

Hastig streckte Brendan beide Arme aus und zog sie auf den sicheren Boden. Dort kauerte sie triefnass, und ihr kam es so vor, als müsste sie jeden Moment zu einem Eisblock gefrieren.

»Komm hoch«, herrschte er sie an. »Du darfst jetzt hier nicht im Schnee sitzen bleiben! Du musst dich bewegen, Éanna! Wir müssen so schnell wie möglich irgendwo einen Unterschlupf finden und ein Feuer machen, sonst ...« Brendan brach ab, zerrte sie auf die Beine und hängte sich hastig den Beutel über.

Éanna konnte ihm nicht antworten. Sie zitterte wie Espenlaub, und ihre Zähne schlugen unkontrolliert aufeinander.

»Wir müssen zurück«, stieß Brendan hervor, legte sich ihren rechten Arm um die Schulter, damit sie sich auf ihn stützen konnte. Unablässig redete er auf sie ein, während er sie auf den Weg führte, den sie gekommen waren.

»Wir sind doch vorhin an einem verlassenen Unterstand vorbeigekommen. Dort sind wir ganz gut vor dem Wetter geschützt, und ich kann ein Feuer machen. Nur den Hang hinauf, dann sind wir schon da. Du darfst jetzt nicht schlappmachen, hörst du? Mein Gott, du hast doch schon viel Schlimmeres durchgestanden. Komm, beiß die Zähne zusammen, wir haben es gleich geschafft.« Seine Stimme bekam etwas Flehendes, doch Éanna nahm es gar nicht mehr richtig wahr.

Bei dem Unterstand, zu dem Brendan Éanna mehr trug als führte, handelte es sich um einen halb offenen Wetterschutz für Schafe oder Rinder. Er schmiegte sich am Waldrand in eine Lücke zwischen den vorderen Baumreihen und war groß genug, um einer Herde von mehreren Dutzend Schafen Unterschlupf vor Wind und Wetter zu bieten.

»Du musst die nassen Sachen ausziehen!«, forderte Brendan sie auf, sowie sie den Unterstand erreicht hatten. »Tut mir leid, aber ich kann dir das nicht ersparen. Wir müssen sie am Feuer trocknen, sonst holst du dir den Tod!«

»Alles?«, stieß sie zitternd hervor.

»Ja, alles! Nun mach schon! Jetzt ist nicht die Zeit, sich zu zieren. Und dann wickelst du dich in meinen Mantel, bis deine Sachen wieder trocken sind! Beeil dich!«, drängte er sie. Er zerrte seinen Umhang von den Schultern und legte ihn für sie auf dem Boden bereit. »Ich hole inzwischen Holz und mache ein Feuer!«

Éanna wusste, dass Brendan recht hatte. Sie musste unbedingt ihre durchnässte Kleidung vom Körper bekommen, doch ihre Finger waren fast taub vor Kälte. Sie hatte Mühe, das Zittern so weit unter Kontrolle zu bringen, damit sie die Knöpfe ihres Kleides öffnen und sich die klatschnassen Sachen vom Leib zerren konnte. Endlich hatte sie es geschafft. Sie wickelte sich in Brendans Mantel und sank erschöpft in sich zusammen.

Brendan hatte indessen mehrere Arme voll Unterholz im Wald zusammengetragen und zum Unterstand gebracht. Nun riss er einige Fäden aus dem Ende seines Schals, presste sie zu einem kleinen, aber nicht allzu dichten Ball zusammen, holte Feuerstein und Schlagstahl aus dem Beutel und setzte die Stofffäden in Brand. Sowie die ersten Flammen aufzüngelten, nährte er sie mit kleinen Zweigen. Nach und nach wurde das Feuer kräftiger, sodass er es wagen konnte, dicke Äste aufzuschichten.

»Setz dich so nahe wie möglich an das Feuer!«, trug er ihr auf. »Ich bin gleich wieder zurück. Ich hole nur noch mehr Holz aus dem Wald.«

Im Laufe der nächsten Stunde schleppte er einen wahren Berg von Zweigen und Unterholz aus dem Wald heran. Er brach auch mehrere größere Äste von den Bäumen, die er auf der anderen Seite des Feuers aufstellte und ineinander verschränkte, damit sie nicht umfielen. Darüber hing er Éannas nasse Kleider. Doch es würde lange dauern, bis ihr Kleid und vor allem der dicke Wollumhang wieder trocken waren.

»Warum . . .. habe ich das. . .. bloß nicht gesehen, dass da . . . ein Teich war«, stammelte Éanna vor Kälte. Das Zittern wollte einfach nicht aufhören. So hoch das Feuer auch aufloderte, vermochte es sie doch nur von einer Seite zu wärmen. Während ihr vorn die Hitze fast die Hände versengte, kroch ihr hinten die Kälte den Rücken hoch. »Jetzt habe ich . . . uns um die Suppe in Donard . . . und dich um deinen Mantel gebracht!«

»Red doch nicht! Du hast dir nichts vorzuwerfen«, sagte er energisch. »Ich habe doch auch nichts gesehen. Wie denn auch? Bei dem Schneetreiben!«

Éanna nickte mit Tränen in den Augen und bemühte sich verzweifelt, die Lippen zusammenzupressen, damit ihre Zähne nicht allzu laut klapperten.

Brendan warf ihr einen Blick zu und erhob sich. Er legte reichlich Holz nach und kauerte sich dann neben sie auf den Boden.

»Éanna, hör mir zu«, sagte er eindringlich. »Wenn du dich mit dem Umhang zudeckst, wärme ich dich von hinten. Das wird dir bestimmt helfen.«

Éanna dachte nicht daran, dass sie unter dem Umhang nackt war. Sie zog den Mantel nach vorn und deckte sich damit zu. Im nächsten Moment spürte sie, wie Brendan sich dicht an sie schmiegte. Seine Hände legten sich von hinten fest um ihren Oberkörper.

»Du wirst sehen, es wird alles wieder gut«, versicherte er und strich beruhigend über ihre Hände. »Bald werden deine Sachen wieder trocken sein. Und ich werde auch dafür sorgen, dass das Feuer nicht ausgeht. Morgen lachen wir über das Ganze und machen uns auf den Weg nach Dublin.«

Doch Brendan irrte.

Schon in der Nacht überfiel Éanna Schüttelfrost, obwohl sie längst wieder ihre mühsam getrockneten Kleider trug und sich mit Brendan so nahe wie möglich am Feuer eingerollt hatte. Am Morgen hatte sie Fieber.

Brendan versuchte erst gar nicht, sie mit sich zu schleppen. Wie weit Donard genau entfernt lag, wusste er nicht. Und sie mit ihrem Fieber stundenlang ungeschützt der Kälte auszusetzen, wagte er erst recht nicht. Das würde ihr den Tod bringen. Im Unterstand war sie am besten aufgehoben.

»Hör zu, Éanna«, sagte er nach kurzem Überlegen und kniete sich zu ihr. »Du bleibst hier beim Feuer und schonst deine Kräfte. Ich trage so viel Holz zusammen, dass du genug zum Nachlegen hast.«

»Lass mich nicht allein zurück«, flehte sie ihn an und hielt seine Hand fest. »Gib mir nur noch ein paar Stunden, dann geht es mir vielleicht schon besser, und dann … dann können wir zusammen weiterziehen.«

»So schnell wird es dir nicht besser gehen, wenn du nicht bald etwas in den Magen bekommst, Éanna«, erwiderte er und strich ihr mit der anderen Hand zärtlich über die Wange. »Und sei ganz beruhigt: Ich lasse dich nicht zurück! Niemals! Das verspreche ich dir. Aber ich muss unbedingt etwas zu essen organisieren, sonst kommst du nicht wieder auf die Beine. Sowie ich Brot oder irgendetwas anderes aufgetrieben habe, bin ich wieder da. Also sei vernünftig, und tu, was ich dir gesagt habe.«

Sanft entzog er sich ihrem Griff und lief in den Wald. Mit tränenden Augen sah Éanna zu, wie er nach und nach einen großen Vorrat Brennholz zusammentrug, den er vom Schnee befreit hatte.

Unwillkürlich durchzuckte sie der Gedanke, dass sie etwas Ähnliches für ihre Mutter getan hatte, kurz bevor sie am Fieber gestorben war.

Brendan kehrte mit der letzten Fuhre zurück und kniete sich neben sie. »Éanna, du musst daran glauben, dass du das hier durchstehst!«, sagte er und strich ihr das feuchte Haar aus der Stirn. »Erinnere dich bloß nicht daran, wie es deiner Mutter ergangen ist. Du bist viel jünger und stärker. Du schaffst das!«

Éanna sah zu ihm hoch. Die Schmerzen tobten hinter ihren Schläfen, doch zugleich überwältigten sie seine Worte. Wie kam es, dass er genau wusste, was sie dachte? Dass er fühlte, was sie fühlte?

»Ich muss jetzt los«, sagte er leise. »Bitte hab keine Angst, wenn es Stunden dauert, bis ich wieder zurück bin. Ich bleibe nicht länger weg, als unbedingt nötig! Lass auf keinen Fall das Feuer ausgehen!«

»Pass auf dich auf!« Éannas Stimme war nur ein heiseres Krächzen. »Und versprich mir, nichts zu tun, was dich in Gefahr bringt!«

Éanna krampfte sich das Herz zusammen, als Brendan aus dem Schutz des Unterstandes trat und sich raschen Schrittes entfernte. Es hatte wieder zu schneien begonnen. Sie sah, wie er sich noch einmal zu ihr umblickte und ihr zuwinkte. Ein halbes Dutzend Schritte weiter den Hang hinunter verschluckte ihn auch schon das wirbelnde Weiß.

Dreiundzwanzigstes Kapitel

Stunde um Stunde kämpfte Éanna gegen den Schlaf an. Ihr fiebriger, geschwächter Körper verlangte immer drängender danach. Doch sie wusste, dass sie ihrem sehnlichsten Wunsch nicht nachgeben durfte. In den Schlaf zu fallen, konnte in ihrer Situation den sicheren Tod bedeuten. Wenn dabei das Feuer ausging, würde sich die Kälte mit heimtückischer Lautlosigkeit anschleichen und ihren Schlaf in eisige Betäubung verwandeln, aus der es dann kein Erwachen mehr gab.

Es war jedoch nicht allein die Angst, im Schlaf zu erfrieren, die sie wach hielt. Sie machte sich entsetzliche Sorgen um Brendan. Sie kannte ihn gut genug, um zu wissen, dass er nichts unversucht lassen würde, um Essen für sie zu beschaffen.

Was, wenn er sich überschätzte und ein zu großes Risiko einging? Wenn er bei einer Diebestour auf frischer Tat erwischt und gefasst wurde, würde sie ihn nie wiedersehen!

Es war in diesen ersten Stunden des Wartens, in denen Éanna bewusst wurde, wie viel er ihr bedeutete. Und plötzlich ahnte sie, was der Ausdruck in Wirklichkeit bedeutete – sein Herz zu verlieren. Denn die Angst um ihn bereitete ihr fast körperliche Qualen.

Und doch waren es auch genau diese Gedanken, die sie daran hinderten, schon in den frühen Morgenstunden den verzweifelten Kampf gegen die Müdigkeit zu verlieren. Aber das Fieber, das in ihr brannte, setzte ihr immer heftiger zu und schwächte mehr und mehr ihre Widerstandskraft.

Um die Mittagszeit herum fielen ihr die Lider zu, nur für wenige Sekunden zuerst, bis sie wieder hochschreckte. Der Schreck, beinahe vom Schlaf übermannt worden zu sein, hielt sie danach jedes Mal für eine Weile wach. Dann zerrte sie hektisch mehrere Äste aus dem Berg Brennholz und warf sie ins Feuer, damit es wieder kräftig aufloderte. Auch stocherte sie mit einem langen Knüppel in der Glut herum und schob die brennenden Hölzer dichter zusammen, nur um sich mit etwas zu beschäftigen, was ein gewisses Maß an Konzentration verlangte. Und mehrmals rieb sie sich Schnee ins Gesicht, damit der eisige Schock die Müdigkeit vertrieb.

Aber all das vermochte nicht zu verhindern, dass sie den ungleichen Kampf gegen die übermächtige Schläfrigkeit und das kräftezehrende Fieber letztlich doch verlor. Die Lider wurden plötzlich so schwer, dass Éanna sie nicht mehr aufbekam.

Mit einem letzten Aufflackern ihres Bewusstseins begriff sie, dass der Augenblick gekommen war, vor dem sie sich gefürchtet hatte. Und dass der Schlaf, der nun über sie triumphierte, ihr wohl nicht nur den Tod durch Erfrieren bringen würde, sondern ihr auch für immer Brendan nahm.

Verzeih mir, Brendan. Ich habe alles versucht, um wach zu bleiben und das Feuer nicht ausgehen zu lassen. Aber jetzt kann ich nicht mehr. Sei mir nicht böse, dass ich dich im Stich gelassen habe!

Das waren die letzten bewussten Gedanken, die sich in ihr formten. Sein Gesicht erschien kurz vor ihrem inneren Auge auf, und dazu blitzte die Erinnerung an jenen Moment in ihr auf, als er am Tisch der Suppenküche von Carlow zu ihr gesagt hatte: »Ich mag dich, Éanna. Und das reicht mir!« Dann überwältigte sie der Schlaf.

Vierundzwanzigstes Kapitel

Ein scharfer Schmerz bohrte sich wie eine Nadel durch die Schwärze, die seltsamerweise sowohl aus Eiseskälte als auch aus Gluthitze zu bestehen schien. Es folgte ein weiterer, noch stärkerer Schmerz aus dieser glühenden Dunkelheit, die sie umgab und die sie einfach nicht freigeben wollte. Dieser zweite stechende Schmerz weckte endgültig ihr Bewusstsein.

Éanna spürte etwas angenehm Warmes, das sich mit sanftem Druck rechts und links an ihre Wangen presste. Es dauerte einen Moment, bis ihr bewusst wurde, was sie da fühlte. Es waren Hände, die sich um ihr Gesicht gelegt hatten und ihren Kopf anhoben. Und im nächsten Moment nahm sie auch die beschwörende Stimme über ihr wahr, die mit jedem Satz verzweifelter klang.

»Éanna! ... Komm endlich zu dir! ... Kannst du mich hören? ... Éanna, wach auf! ... Herrgott, mach die Augen auf, ich flehe dich an! ... Hast du nicht gestern noch davon gesprochen, dass wir es bis nach Amerika schaffen werden? Zum Teufel, Éanna ... Tu mir das nicht an!«

Es war Brendan! Er war zurück!

Éanna schlug die Augen auf. »Was soll ... ich dir nicht antun?«, fragte sie mit schwacher Stimme und versuchte, ein Lächeln zustande zu bringen. Doch der Versuch endete in einer kläglichen Grimasse.

»Oh Gott, du lebst! Dem Himmel sei Dank!«, stieß Brendan erlöst hervor, zog ihren Kopf zu sich heran und küsste sie auf die fieberheiße Stirn. »Und ich dachte schon, ich wäre zu spät gekommen!«

Éanna sah, dass die weiße Winterlandschaft im blassen Licht einer verschwommenen Sonnenscheibe lag, die im Meer der grauen Wolken gen Westen zu treiben schien. Es hatte aufgehört zu schneien, doch dafür hatte der Wind an Kraft gewonnen. Er schnitt peitschend in die Haut im Gesicht und an den Händen. Dem Stand der Sonne nach zu urteilen, musste es zwischen zwei und drei Uhr sein. In spätestens zwei Stunden würde das einsame Seitental in den Ausläufern der Wicklow Berge im Zwielicht der Dämmerung liegen.

Zärtlich strich Brendan ihr einige Haarsträhnen aus dem Gesicht. »Was hast du mir für einen Schrecken eingejagt, Éanna! Als ich den Hang hochkam und das Feuer völlig heruntergebrannt und dich reglos daneben liegen gesehen hab, da ist mir fast das Herz stehen geblieben! Ich dachte schon, du wärst . . .« Er stockte und brachte es offensichtlich nicht über sich, das auszusprechen, was ihm schon auf der Zunge lag. Stattdessen sagte er schnell: »Den ganzen Tag habe ich mir entsetzliche Sorgen um dich gemacht, wie es dir wohl geht und ob du durchhältst!«

»Und ich habe mir solche Sorgen um dich gemacht«, brachte sie hervor. »Es tut mir leid, dass ich eingeschlafen bin und dich so erschreckt habe. Ich habe wirklich versucht, wach zu bleiben. Aber irgendwann gegen Mittag konnte ich die Augen einfach nicht länger aufhalten.«

»Schon gut, Éanna. Du musst dich doch nicht dafür entschuldigen.« Er beeilte sich, Holz auf die Glut zu werfen und das Feuer wieder ordentlich auflodern zu lassen. »Ich hätte dich einfach nicht so lange allein lassen dürfen. Aber bis in die Stadt waren es fast zwei Stunden, und leider hat es dann auch noch einige Zeit gedauert, bis ich mich in Donard umgesehen und alles Nötige organisiert hatte.«

Éanna wusste, was er damit meinte. »Ich wünschte, du hättest nicht stehlen und dich meinetwegen in Gefahr bringen müssen. Wenn dir etwas passiert wäre . . .« Éanna führte den Satz nicht zu Ende.

»Was heißt schon stehlen?«, fragte er ernst. »Wenn man stehlen *muss,* um am Leben zu bleiben, dann ist das für mich nichts, dessen ich mich schämen müsste.«

Sie nickte stumm.

»Zudem habe ich niemanden erleichtert, der den kleinen Aderlass an Essen und ein wenig Hab und Gut nicht gut verschmerzen könnte«, sagte er. Erleichtert sah sie, wie sich das wohlvertraute Grinsen auf sein Gesicht stahl. »Das gilt für das Brot und den Topf mit dem gekochten Suppenhuhn genauso wie für die beiden Pferdedecken und diesen alten Leiterwagen da!« Stolz deutete er hinter sich in die andere Ecke des Unterstands.

Éanna stützte sich auf. Erst jetzt bemerkte sie den plumpen Handkarren mit den hohen Rädern und den leicht nach außen geneigten Holzgittern als Seitenborde, den Brendan aus Donard mitgebracht hatte.

Zitternd ließ sie sich auf ihr Lager zurücksinken. »Warum hast du das nur getan?«, murmelte sie entsetzt. Das Brot und dazu auch noch ein ganzes Huhn zu stehlen, war schon riskant genug gewesen. Wenn man ihn dabei erwischt hätte, wäre ihm das Gefängnis gewiss gewesen. Doch für den Diebstahl solch eines Leiterwagens konnte ein unbarmherziger Richter eine ganz andere Strafe verhängen, nämlich den Tod durch den Strang am Galgen!

»Psst, Éanna!« Brendan legte eine Hand auf die Lippen. »Du musst dich ausruhen. Jetzt hole ich dir erst mal die Stalldecken und wickele dich gut darin ein. Und dann wärme ich dir das Suppenhuhn über dem Feuer auf! Du musst dringend etwas in den Magen bekommen!«

Éanna hatte seit zwei Tagen kaum etwas zu sich genommen, und normalerweise hätte sie alles für ein bisschen zartes Hühnerfleisch gegeben. Doch an diesem frühen Nachmittag brachte sie freiwillig nur wenige Bissen davon hinunter.

»Das reicht nicht! Von den paar Happen kommst du nicht wieder auf die Beine, Éanna! Du musst mehr davon essen!«, beschwor Brendan sie und schob ihr noch einen Löffel voll in den Mund. Sie hatte nicht die Kraft gehabt, allein zu sitzen, und so hatte er sie in seinen Schoß gezogen. Nun hielt er ihren Oberkörper mit seinem linken Arm halb aufrecht, damit sie sich beim Essen und Trinken der Hühnerbrühe nicht verschluckte. »Bitte sei vernünftig, und iss!«

Ihm zuliebe versuchte Éanna es noch einmal, und tatsächlich brachte sie noch ein bisschen von dem Huhn herunter. Doch dann hob sie die Hand.

»Sei mir nicht böse, aber ich kann nicht mehr«, keuchte sie erschöpft und sank mit dem Kopf gegen seine Brust. Sie fühlte sich völlig zerschlagen. Alle Knochen schmerzten ihr im Leib, und das Fieber bescherte ihr abwechselnd Schüttelfrost und Hitzeschübe. »Ich möchte nichts als schlafen.«

Er gab einen sorgenvollen Stoßseufzer von sich. »Das habe ich befürchtet«, sagte er bedrückt und strich dabei über ihr fieberheißes Gesicht. »Deshalb habe ich ja auch den Leiterwagen gestohlen.«

»Was?«, murmelte sie verständnislos.

»Mit deinem Fieber kannst du keinen Tag länger hier im Freien bleiben, sonst bedeutet das deinen Tod. Du brauchst ein richtiges Bett und ein Dach über dem Kopf. Und ich habe einfach nicht die Kraft, dich auf meinem Rücken den ganzen Weg hinunter in die Stadt und nach *Clifton House* zu tragen.«

Eine dunkle, unheilvolle Ahnung regte sich in Éanna, als sie aus seinem Mund den Namen *Clifton House* hörte. Er war ihr noch nie zuvor zu Ohren gekommen, flößte ihr aber Angst ein.

»Was . . . was ist das für ein Haus, in das du mich bringen willst?«, stieß sie beklommen hervor. »Und sag nicht, dass es eines dieser fürchterlichen Arbeitshäuser ist!«

Brendan atmete tief und vernehmlich durch. Und ihm war deutlich anzuhören, wie schwer es ihm fiel, die gefürchteten Worte auszusprechen. »Doch, es ist solch ein Arbeitshaus für Arme. Ich weiß, was das bedeutet, aber uns bleibt keine andere Wahl, Éanna. Alles andere wäre der sichere Tod für dich!«

»Nein!«, schrie sie entsetzt auf. Ihre Hand krallte sich in seinen Umhang. Zitternd zog sie sich an ihm hoch und sah ihn beschwörend mit fiebrigen, schreckgeweiteten Augen an. »Nein, tu mir das nicht an, Brendan! Alles, nur das nicht!«

»Éanna! Nimm doch Vernunft an! Ich mache es doch nur . . .«

Éanna ließ ihn nicht ausreden. »Kein Arbeitshaus, Brendan!«, stieß sie kurzatmig hervor. »Wenn ich dir auch nur das Geringste bedeute, wirst du mir so etwas nicht antun! Bei allem, was wir gemeinsam durchgestanden haben: Bitte bring mich nicht in dieses *Clifton Workhouse*. Lieber will ich hier sterben, als mich den Betreibern eines entsetzlichen Armenhauses auf Gedeih und Verderben auszuliefern!«

»Sag so etwas nicht«, erwiderte er nun nicht weniger heftig. Dann griff er nach ihrer Hand, die sich in seinen Mantel gekrallt hatte, löste sie aus dem Stoff und drückte ihre Finger an seine Lippen. »Oh Éanna! Natürlich bedeutest du mir etwas. Du bedeutest mir so viel mehr, als ich aussprechen kann. Ich bin nun mal nicht gut mit Worten. Aber du bist mir das Teuerste in der Welt.« Er stockte und umfasste mit beiden Händen ihre Schultern. »Und gerade weil dem so ist, werde ich nicht zulassen, dass du hier in der Kälte stirbst! Aber genau das wird unweigerlich eintreten, wenn du nicht schnellstens an einen einigermaßen warmen und wettergeschützten Ort kommst, wo man weiß, wie deinem Fieber beizukommen ist.«

Éanna sah ihn stumm an, und Tränen liefen über ihre glühenden Wangen.

Brendan erwiderte ihren Blick, und sie wusste, dass es auch ihm das Herz brach, was er ihr antun musste.

Das Arbeitshaus war der letzte Ausweg für die Hungernden auf der Straße. Doch er war auch der schlimmste.

Jeder Ire, der das Tor zu einem Arbeitshaus durchschritt, gab seine persönliche Freiheit auf und unterwarf sich bedingungslos dem gefürchtet strengen Regiment der Anstaltsleitung. Die 130 Armenhäuser Irlands waren eine Kreuzung aus Militärkaserne und Zuchthaus. Es hieß, dass man im Gefängnis auch nicht viel mehr zu erdulden habe als in einem Arbeitshaus. Das sollte all diejenigen abschrecken, die nur auf ein schnelles Almosen aus waren. Schon in den Jahren vor der großen Hungersnot hatten die Arbeitshäuser in einem äußerst üblen Ruf gestanden und waren der Albtraum eines jeden mittellosen Iren gewesen. Doch nun sollten die Zustände in diesen kasernenähnlichen, hoffnungslos überfüllten Anstalten sogar noch um einiges schlimmer sein als vorher. Daher verhungerten viele lieber auf der Straße, als ihren Fuß in solch eine Anstalt zu setzen.

»Wir haben keine Wahl, Éanna«, flüsterte er. »Das weißt du. Und wir müssen jetzt sofort aufbrechen, damit wir noch vor Einbruch der Dunkelheit dort eintreffen. Sonst stehen wir vor verschlossenen Toren.«

Die Tränen liefen Éanna noch immer über das Gesicht, als Brendan sie mitsamt den kratzigen Pferdedecken, in die er sie gewickelt hatte, vom kalten Boden hochhob und so sanft, wie es ihm möglich war, in den Leiterwagen setzte.

»Du musst doch nicht weinen, Éanna. So schlimm wird es schon nicht werden«, versuchte er, sie zu trösten, und wischte ihr die Tränen aus dem Gesicht. Seine Stimme klang jedoch belegt – vor Sorge um sie und dem, was sie beide in *Clifton Workhouse* erwartete. »Es ist doch nur für ein paar Tage. Sowie du das Fieber überwunden hast und dich wieder besser fühlst, machen wir, dass wir aus der Anstalt verschwinden und nach Dublin kommen, wie wir es geplant haben. Das verspreche ich dir!« Damit packte er das Rundholz der Deichsel, klemmte sie sich unter die linke Achsel und zog Éanna im Karren durch den hohen Schnee hinter sich her.

Fünfundzwanzigstes Kapitel

Das *Clifton Workhouse* erhob sich etwa zwei Meilen außerhalb von Donard aus der eingeschneiten winterstarren Landschaft. Es war ein gewaltiger, Furcht einflößender Komplex aus dunkelgrauem Sandstein. Man hatte ihn inmitten ebenen Farmlandes und fern von anderen mehrstöckigen Gebäuden an der Landstraße von Baltinglass nach Donard errichtet. Die völlige Leere rund um das düstere Arbeitshaus trug mit dazu bei, dass sein Anblick noch bedrohlicher und unheilvoller wirkte, als es ohnehin schon der Fall gewesen wäre.

Dicke festungsartige Mauern von gut doppelter Manneshöhe umschlossen das *Clifton Workhouse*. Der Name Arbeits*haus* wurde der Anstalt jedoch nicht annähernd gerecht, handelte es sich in Wirklichkeit doch um eine weitläufige Anlage mit mehr als nur einem Haus. Innerhalb dieser Mauern gab es drei hintereinander liegende lang gestreckte Gebäudetrakte von kasernenähnlichem Aussehen. Der mittlere und mächtigste dieser drei Trakte diente als Wohnhaus. Mit seinen vier Stockwerken und dem spitzen Giebeldach überragte er die beiden anderen Arbeitshäuser um einiges. Ein niedriger Zwischentrakt verband den hoch aufragenden Wohnkomplex mit dem hinteren, nur zweistöckigen Arbeitshaus, sodass diese drei Gebäudeteile zusammen ein H als Grundriss bildeten.

Acht große Höfe, von denen vier Platz für jeweils mehrere Hundert Menschen boten und die wie ausbruchssichere Gefängnishöfe von hohen Mauern umschlossen wurden, lagen zwischen den einzelnen Gebäuden.

Ein hohes, doppelflügeliges Tor aus schweren, mit Eisenbändern beschlagenen Balken sowie eine nicht weniger massive Seitentür zu seiner Rechten führten durch das kleinste der drei Gebäude, das gedrungene Pfortenhaus, in die Anstalt.

Brendan traf mit Éanna keine halbe Stunde vor Einbruch der Dunkelheit vor dem Tor vom *Clifton Workhouse* ein. Er war am Ende seiner Kräfte. Der Schweiß lief ihm über das Gesicht, und mit rasselnden Lungen rang er nach Atem.

Den Leiterwagen mit Éanna durch den hohen Schnee zu ziehen, hatte ihm alles an Kraft abverlangt.

Die letzte halbe Meile war die schlimmste gewesen. Er hatte nicht riskieren können, den gestohlenen Leiterwagen über die Landstraße zu ziehen, und so hatten sie die restliche Strecke notgedrungen zu Fuß zurücklegen müssen. Brendan hatte Éanna mehr tragen als nur stützen müssen.

»Mir ist so elend zumute, dass du dich wegen mir so hast abkämpfen müssen«, murmelte Éanna, als sie sich mit ihm auf das Tor des Arbeitshauses zuschleppte. In ihrer fiebrigen Benommenheit und Schwäche hatte sie sogar mit seiner Hilfe Mühe, sich auf den Beinen zu halten. Immer wieder fielen ihr die Augen zu. Sie nahm alles um sich herum wie durch einen Schleier wahr.

»Ach, Éanna! Was redest du denn da?«

»Ich wünschte . . . du hättest es nicht getan. Meine Mutter . . . hat immer gesagt, . . . dass es . . . dass es keinen tieferen Abstieg und . . . und kein entsetzlicheres Elend gibt als das Arbeitshaus.« Ihre Stimme war kaum mehr als ein Lallen.

»Doch, es gibt sehr wohl ein noch viel schlimmeres Elend«, erwiderte Brendan und strich ihr mit der freien Hand über das Gesicht. »Dich hier draußen in der Kälte zu verlieren! Das ist das größte und schlimmste Elend, das ich mir vorstellen kann. So, jetzt haben wir es gleich geschafft!«

Sie waren nicht die Einzigen, die vor dem Tor um Einlass bettelten. Dutzende Elendsgestalten belagerten das Tor, nicht wenige davon, die ihren Tod nahen fühlten und sich zumindest ein Armenbegräbnis hinter den Mauern erhofften.

Das große doppelflügelige Portal war geschlossen. Nur die schmale Seitentür stand offen. Eine bullige Gestalt mit einem breiten rabenschwarzen Backenbart wachte über das Tor. Wie Brendan den verzweifelten Zurufen aus der Menge entnehmen konnte, handelt es sich bei diesem Mann um Dudley Boyle, den Leiter vom *Clifton Workhouse*.

»Herrgott, bist du taub, Weib? Du kommst hier nicht rein! Da kannst du betteln und jammern, wie du willst! Und nimm sofort deine Hände von meinen Stiefeln, wenn du nicht meinen Prügel zu spüren bekommen willst!«, hörte Brendan, wie der Anstaltsleiter eine Frau anbrüllte. »Ich habe keinen Platz für Leute, die in meinem Haus nur sterben wollen und auf einen eigenen Sarg hoffen! Den gibt es auch bei uns schon längst nicht mehr, der Herr ist mein Zeuge!«

Nun hob Dudley Boyle den Kopf und rief in die Menge: »Für fünf, sechs ist heute noch Platz! Der Rest soll es morgen früh wieder versuchen!«

Brendan keuchte auf und verstärkte seinen Griff um Éanna. Sie taumelte, als er sie mit aller Macht vorwärtsschob. Doch Brendan ließ sich nicht beirren. Wenn die Tür zufiel, ohne dass zumindest Éanna im Arbeitshaus Aufnahme gefunden hatte, bedeutete das unweigerlich ihren Tod. Er musste unbedingt einen der letzten Plätze für sie ergattern!

Rücksichtslos bahnte er sich einen Weg durch die Menge. Dabei schreckte er auch nicht davor zurück, Stöße und Tritte auszuteilen. Auch wenn er Éanna den ganzen Weg hierhergeschleppt hatte, so befand er sich in einer erheblich besseren körperlichen Verfassung als der Großteil der anderen, die sich vor ihm am Tor drängte. Und diesen Vorteil nutzte er ohne Gewissensbisse aus. Es ging um Éannas Leben, und er hatte nicht vor, kurz vor dem Ziel aufzugeben!

Dudley Boyle hatte gerade den vierten freien Platz vergeben, als Brendan sich endlich mit Éanna an die Seitenpforte durchgedrängt hatte.

Dem Anstaltsleiter war nicht entgangen, wie wild entschlossen sich da jemand seinen Weg durch die Menge zu ihm nach vorn gebahnt hatte. Er musterte Brendan mit einem spöttischen Lächeln. »Da sieht man mal wieder, zu was zähes irisches Fleisch fähig ist! Du hast dir einen Platz bei mir wirklich redlich verdient«, sagte er anerkennend, setzte dann jedoch hart hinzu: »Aber das Mädchen da an deiner Seite, das kaum noch stehen kann, lässt du besser draußen, Bursche. Ich weiß, wann ich eine Fieberkranke vor mir habe. Und von der Sorte beherberge ich schon mehr als genug unter meinem Dach!«

Éanna zeigte keinerlei Anzeichen von innerer Regung. Völlig unbeteiligt starrte sie in den dreckigen Schneematsch zu ihren Füßen, als hätten seine Worte gar nicht ihr gegolten. Sie empfand weder Erleichterung noch Bedauern. Und als Brendan ihr verstohlen in die Seite kniff, reagierte sie nur noch instinktiv.

Sie hob den Kopf, riss die Augen auf und versuchte aus eigener Kraft zu stehen. Aber warum sie sich überhaupt dazu zwang, das wusste sie in diesem Moment schon gar nicht mehr.

»Éanna ist alles, was mir von meiner Familie geblieben ist, Mr Boyle«, beteuerte Brendan im selben Augenblick. »Ich kann doch meine Schwester nicht hier allein zurücklassen, Herr!«

Dudley Boyle zog die struppigen Augenbrauen hoch und bedachte ihn mit einem misstrauischen Blick. »Du willst ihr Bruder sein? Ihr seht mir aber nicht wie Geschwister aus!«

»Wir haben dieselbe Mutter, aber nicht den gleichen Vater«, log Brendan geistesgegenwärtig.

»So, eine Mutter, aber zwei Väter! Was du nicht sagst«, brummte der Anstaltsleiter. Unschlüssig nagte er an seiner Unterlippe, während er offensichtlich überlegte, wie er in diesem Fall entscheiden sollte.

»Und es ist auch bestimmt kein böses Fieber, das ihr zusetzt, sonst hätte ich mich schon längst bei ihr angesteckt!«, fügte Brendan hastig hinzu. Er spürte, dass es nicht viel bedurfte, um den Anstaltsleiter zu überzeugen. »Sie hat sich die letzten Tage nur erkältet und ist bestimmt schnell wieder auf den Beinen!«

Dudley Boyle sah ihm scharf in die Augen, als wollte er in seinen Gedanken lesen. Brendan hielt dem forschenden Blick stand, ohne auch nur einmal zu blinzeln.

Schließlich nickte Dudley Boyle knapp. »Also gut, ich will dir glauben. Du kannst sie mitbringen!« Er trat zur Seite und winkte sie durch das Tor. Dabei rief er über seine Schulter ins Innere des Pfortenhauses: »Foley, schreib die beiden Geschwister hier noch mit auf die Liste! So, und damit wären wir für heute vollzählig!« Der letzte, lautstark verkündete Satz galt zugleich auch all denjenigen vor dem Tor, die vergeblich darauf gehofft hatten, Einlass zu erhalten.

Seltsamerweise reagierte die abgewiesene Menge, fast an die hundert Frauen, Männer und Kinder, darauf weder mit lautem Protestgeschrei noch mit Flehen oder Klagen. Dudley Boyles harschen Worten folgte vielmehr ein jäh einsetzendes, erschreckendes Schweigen. Es war, als hätten die Menschen, von denen so manche die Nacht nicht überleben würden, von einem Moment auf den anderen nun auch noch die Kraft zum Klagen und Flehen verloren.

Ein eisiger Schauer überlief Brendan, als ihm bewusst wurde, dass beinahe auch Éanna und er zu den Ausgeschlossenen gehört hätten. Wenn er mit ihr den Unterstand am Wald oben im Seitental der Wicklow-Berge nur fünf Minuten später verlassen hätte, wäre ihr Schicksal besiegelt gewesen.

Schnell packte er Éanna unter der Achsel und schob sie an Dudley Boyle vorbei durch die Tür, die hinter ihm klirrend ins Schloss fiel.

In dem dahinter liegenden, kahlen Vorraum des Pförtnerhauses mussten sie sich in das große, gut drei Finger dicke und in Schweinsleder gebundene Wirtschaftsbuch eintragen lassen. Hinter jedem Namen stand das Datum der Aufnahme ins Arbeitshaus. Viele der Namen waren durchgestrichen. Sie trugen hinter dem ersten Datum noch ein zweites, nämlich das der Entlassung oder des Todes. Ein Kreuz hinter dem zweiten Datum wies darauf hin, dass diejenige Person im *Clifton Workhouse* gestorben war. Und Brendan sah schon auf den ersten Blick, dass sich fast hinter jedem ausgestrichenen Namen ein Datum mit einem Kreuz fand.

Der Anstaltsschreiber, der hinter einem alten Holztisch saß, tunkte seine Schreibfeder ins Tintenfass.

»Namen?«

»Brendan . . . Brendan und Éanna Sullivan.«

Im selben Moment tauchte im Durchgang hinter dem Schreiber eine Frau von matronenhafter, gedrungener Figur auf. Sie trug ein streng geschnittenes, schmuckloses Kleid aus grau-schwarz gestreiftem Tuch und eine Haube aus demselben Stoff. Das unter dem Kinn zur Schleife gebundene Band der Haube schnitt tief in ihr Doppelkinn. Der dünnlippige Mund in dem runden Gesicht war zu einer harten Linie zusammengepresst, und in den kleinen Augen stand ein zornig funkelnder Blick.

»Noch zwei, Dudley?«, rief sie verärgert und stemmte die Arme in die Hüfte. »Hatten wir nicht ausgemacht, dass wir keine neuen Hungerleider mehr aufnehmen können?«

»Reg dich nicht schon wieder so auf, Agnes«, wehrte der Anstaltsleiter den Vorwurf seiner Frau verdrossen ab. »Ein paar musste ich reinlassen. Das gehört sich nun mal so. Ein bisschen Hoffnung muss man diesen armen Kreaturen noch lassen.«

»Himmelherrgott, hast du denn vergessen, dass wir mittlerweile schon tausendachthundert Seelen aufgenommen haben? *Clifton Workhouse* ist nur für höchstens tausend Insassen gebaut worden«, hielt sie ihm vor. »Wir sind längst überbelegt!«

»Und wennschon! Finde dich damit ab, dass es jetzt eben sechs Insassen mehr sind, Weib«, sagte er schroff. »Morgen früh werden wieder einige Bettstellen leer werden! So, und jetzt sieh zu, dass deine Frauen dieses Mädchen da gründlich von Dreck und Ungeziefer säubern und dann nach oben in die Fieberstation bringen.«

Agnes Boyle rang die Hände. »Eine Fieberkranke hast du hereingelassen? Auch das noch! Als hätten wir nicht schon genug von ihnen!«

Der Anstaltsleiter achtete nicht auf sie, sondern gab Brendan mit seinem Prügel einen Stoß in die Seite. »Komm mit!«, befahl er mürrisch. »Ich bring dich hinüber ins Wohnhaus.«

Brendan zögerte. »Und was ist mit meiner Schwester?«

Dudley Boyle versetzte ihm sogleich einen zweiten, diesmal jedoch merklich kräftigeren Stoß. »Hast du es auf den Ohren, Bursche«, herrschte er ihn an. »Ich habe gerade ›Komm mit!‹ gesagt! Und wenn ich oder einer meiner Aufseher dir einen Befehl geben, hast du dem sofort Folge zu leisten! Merk dir das gefälligst! Und nun beweg dich endlich, sonst werde ich wirklich ungemütlich!« Damit packte er ihn am Mantelkragen und stieß ihn vor sich her.

Brendan drehte sich nach Éanna um. Doch der Anstaltsleiter verstellte ihm mit seiner massigen Gestalt den Blick. Und so trennte man sie unerwartet schnell und abrupt, dass ihnen nicht einmal für ein Wort des Abschieds und des Zuspruchs Zeit blieb.

Sechsundzwanzigstes Kapitel

Éanna bekam kaum noch mit, wie sie in einen feuchten, muffigen Waschraum geführt wurde, wo ihr die Kleidung abgestreift wurde.

Grobe Hände beförderten sie splitternackt und ohne Mitgefühl für ihren elenden Zustand in einen großen Holzzuber. Mehrere Eimer lauwarmen Seifenwassers, das aus einem benachbarten Zuber kam, ergossen sich über sie, bevor sie erbarmungslos abgeschrubbt wurde. Danach bekam sie grobe Anstaltskleidung verpasst, die jeder Insasse eines solchen Armenhauses tragen musste. Der Stoff des abgetragenen Kleides bestand aus kratziger schiefergrauer Wolle und besaß ein blassschwarzes Karomuster. Die Kleidung von Sträflingen in einem Gefängnis sah nicht viel anders aus.

Schließlich band man ihr ein doppeltes Stück Schnur um das rechte Handgelenk, an dem ein kleines Pappschild mit ihrem Namen befestigt war.

»Fertig«, sagte eine der Aufseherinnen, die Éanna gewaschen hatte. »Ab mit dir nach oben.«

Éanna versuchte, der Aufforderung Folge zu leisten, doch kaum hatte sie einen Schritt gemacht, gaben ihre Knie nach. Stumm stürzte sie zu Boden.

»Himmel, was glüht die vor Fieber!«, hörte Éanna eine zweite Stimme wie durch eine dichte Schicht Nebel. »Beeilen wir uns, dass wir sie auf die Beine und nach oben in die Fieberstation bringen, bevor sie uns hier noch völlig zusammenklappt, Martha!«

»Ich sage dir, die macht es nicht lange«, erwiderte die andere verdrossen. »Spätestens übermorgen steht ihr Name unten auf der Schiefertafel!«

Bis zu diesem Moment hatte Éanna noch halbwegs bewusst ihre Umgebung wahrgenommen und das, was mit ihr geschah. Doch nun zerbrach diese bewusste Wahrnehmung wie ein Glasfenster, das in tausend unterschiedlich große Splitter zersprang. Ihr war, als würde sie ein schwarzer Strudel erfassen und sie in eine Tiefe ziehen, aus es kein Entkommen gab.

Dass die beiden Frauen sie nach oben unter das Dach trugen und in dem völlig überfüllten Schlafsaal in ein kistenartiges, gerade mal schulterbreites Bett legten, bekam sie nicht mehr mit.

Und während ihr geschwächter Körper mit erbittertem Widerstand gegen den drohenden Fiebertod kämpfte, trieb ihr Geist in einem aufgewühlten Meer aus schemenhaften Bildern, unverständlichen Stimmen und wirren Gedanken. Vergangenheit, Gegenwart und Träume, alles vermischte sich miteinander. Doch nichts passte wirklich zusammen. Alles war losgerissen von dem großen Rest sinngebenden Zusammenhangs, nichts war für Éanna mehr zu greifen.

Das Erste, was Éanna Tage später wieder halbwegs bewusst wahrnahm, waren Flötentöne, die wie aus weiter Ferne an ihr Ohr drangen. Es war die Melodie der Ballade *A Youth and an Irish Maid*. Sie versuchte sich zu erinnern, wieso ihr der Flötenklang so vertraut war und warum die traurige Melodie sie so froh stimmte. Aber es gelang ihr nicht, und sie sank zurück in die Dunkelheit.

Das nächste Mal, als sie aus ihrer Traumwelt erwachte, hörte sie zwei Stimmen, die sich stritten. Und plötzlich fügte sich die vage Erinnerung zu einem Bild zusammen. Eine verlassene Kate, ein Mädchen das Flöte spielte, ein flüchtiger Eindruck in der Suppenküche von Carlow. Eine Stimme, die sie überall wiedererkennen würde. Emily Farrell!

»Nein, du irrst! Das ist ganz sicher nicht die, die du abholen sollst, Dermod Wickham! Und deshalb denke ich gar nicht daran, dir Platz zu machen!«

»Glaub nicht, ich versteh dich nicht, Emily«, brummte eine fremde Stimme. »Hast dir die letzten Tage ja wirklich viel Mühe damit gemacht, ihre Brust- und Wadenwickel ständig zu erneuern und ihr Wasser und Brühe einzuflößen. Aber es hat nichts genützt. Das ist Nummer siebenundzwanzig diese Woche.«

»Himmelherrgott, wie oft soll ich dir Holzkopf noch sagen, dass sie nicht tot und daher auch nicht die Nummer siebenundzwanzig dieser Woche ist?«

»Nun halt mal die Luft an, ja? Ich kann ja wohl noch lesen! Éanna Sullivan, der Name steht hier klar und deutlich auf meiner Liste und mit Kreide da auf dem Kopfbrett über der Bettstelle! Und wen die alte Boyle hier auf diese Liste gesetzt hat, der ist auch tot!«

»Dann ist entweder der Name auf deiner Liste falsch, oder es gibt unten in den anderen Schlafsälen noch eine andere Éanna Sullivan, die verstorben ist. Meine Freundin hier ist jedenfalls nicht tot! Aber wenn du zu blöd bist, das zu erkennen, dann beug dich doch her und fühl selber ihren Pulsschlag. Na komm, mach schon, Dermod!«

Éanna fühlte eine schwielige Hand an ihrem Hals.

»Verdammt, du hast recht! In der ist wirklich noch ein bisschen Leben!«

»Sag ich es nicht?« Das klang triumphierend. »Meine Freundin kommt durch, das weiß ich. Sie ist auf dem Weg der Besserung, das Fieber ist deutlich gesunken. Also roll den Leichensack wieder ein, und verschwinde gefälligst mit deinem Totenkarren!«

»Schon gut, schon gut«, brummte die Stimme.

Éanna spürte, wie die dunkle Schwere sie abermals umhüllte. Einmal mehr drohte sie, darin zu versinken. Doch das durfte nicht geschehen. Erst musste sie sich Emily gegenüber bemerkbar machen. Schließlich gelang es ihr mit größter Anstrengung, die Augen zu öffnen. Blinzelnd blickte sie im Dämmerlicht auf ein Gewirr von rußgeschwärzten Balken und Latten, doch sie hatte keine Ahnung, wo sie sich befand.

Stockend setzte die Erinnerung ein. Ihre Gedanken schienen sich durch ein Meer von Teer kämpfen zu müssen, um ihr Bewusstsein zu erreichen. Es dauerte einen langen Moment, bis sie endlich begriff, dass es sich bei dem Balkenwerk um den Dachstuhl des Arbeitshauses handelte und dies wohl die Fieberstation war. Sie wollte den Kopf heben, hatte jedoch nicht die Kraft dazu.

»Emily«, stieß sie mit Mühe hervor. Ihre Hand tastete nach ihrer Freundin.

Sofort beugte sich Emily zu ihr hinunter. »Éanna! Dem Himmel sei Dank!«, rief sie erleichtert und legte ihr die

Hand prüfend auf die Stirn. »Ja, das fühlt sich schon viel besser an! Du hast kaum noch Fieber. Jetzt musst du nur ordentlich essen und trinken, damit du wieder zu Kräften kommst. Ich wusste doch, dass du es schaffen würdest.«

Éanna versuchte zu lächeln. »Ich dachte, ich würde träumen, als ich deine Stimme gehört habe, Emily«, flüsterte sie und hielt nur mit größter Willensanstrengung die Augen offen. »Überall . . . überall habe ich dich gesucht, Emily. Und . . . ausgerechnet hier treffen wir uns wieder.«

»Ja, es sollte wohl so und nicht anders sein«, erwiderte Emily und gab einen Stoßseufzer von sich. »Gottlob habe ich mich gleich gemeldet, als dieser Drachen Martha Osborne vorgestern noch eine Gehilfin für die Fieberstation gesucht hat. Dafür gibt es eine Extraration Brot und einen runzligen Apfel pro Tag. Caitlin war das Risiko, sich hier bei all den Fieberkranken anzustecken, zu groß. «

»Caitlin . . . ist . . . auch hier?«

Emily nickte und verzog das Gesicht zu einer säuerlichen Miene. »Jähes Unkraut vergeht nun mal nicht so schnell wie zartere Gewächse.«

Éanna spürte, dass ihr gleich die Augen zufallen würden. »Ich habe geglaubt, ich hätte mich getäuscht ... Ich hab dich gesehen ... in Carlow ... in der Suppenküche.« Ihre Stimme war kaum noch ein Flüstern. »Was ist mit Bridget?«

Ein Schatten legte sich über Emilys Gesicht. »Wir haben hier alle drei letzte Woche Zuflucht vor dem eisigen Wintersturm gesucht. Aber Bridget hatte da schon Blut im Urin. Drei Tage später war sie tot. Es war wohl Fügung, dass Bridget nicht mehr weiterkonnte und wir hier um Aufnahme gebettelt haben. Sonst hätte ich dich hier nicht auf der

Fieberstation wiedergetroffen und mich nicht um dich kümmern können.«

»Danke … danke für alles, Emily«, hauchte Éanna. »Ohne deine Fürsorge hätte mir das Fieber … bestimmt den Tod gebracht.«

»Ach was!«, wehrte Emily ab. »Es war wenig genug, was ich für dich tun konnte. Jedenfalls glaube ich nicht, dass meine feuchten Umschläge dich gerettet haben, Éanna. Nein, das hast du selbst geschafft. Das ist deine Natur – das habe ich schon damals im Steinbruch gemerkt.« Sie strich ihr über die Stirn. »Aber jetzt schlaf wieder. Ich sehe, wie sehr dich das Sprechen noch anstrengt. Morgen geht es dir bestimmt schon ein bisschen besser, und dann haben wir Zeit genug zum Reden.«

Éannas Augenlider flatterten, und sie hatte Mühe, den Worten ihrer Freundin zu folgen. Brendan, dachte sie. Sie musste Emily unbedingt darum bitten, sich nach ihm zu erkundigen. Er würde sich um sie sorgen. Aber um diese Bitte über die Lippen zu bringen, dazu reichte ihre Kraft nicht mehr aus.

»Brendan …«

Nur seinen Namen vermochte Éanna noch zu flüstern. Dann fielen ihr auch schon die Augen zu, und sie sank in einen tiefen, ruhigen Schlaf, der sie ihrer Genesung ein weiteres kleines Stück näher brachte.

Siebenundzwanzigstes Kapitel

Am nächsten Morgen fühlte sich Éanna tatsächlich schon deutlich besser. Aber erst am Nachmittag fand sie die Kraft, Emily von Brendan zu erzählen. Eindringlich bat sie ihre Freundin, Kontakt mit ihm aufzunehmen und ihm auszurichten, dass sie das Fieber überwunden hatte und sich auf dem Weg der Besserung befand. »Er wird sicher schon ganz krank vor Sorge um mich sein!«

»Ich kümmere mich gleich morgen früh darum«, versprach Emily. »Aber du musst dich ein wenig gedulden. Es kann schon ein, zwei Tage dauern, bis Caitlin und ich herausgefunden haben, wo genau dieser Brendan Flynn, das heißt natürlich dein *Bruder* Brendan Sullivan«, sie zwinkerte ihr dabei zu, »im Männertrakt untergebracht ist und wie ich es anstellen kann, ihm deine Nachricht zukommen zu lassen.«

Verwundert sah Éanna sie an. »Was ist denn so schwierig daran?«, fragte sie.

»Männer und Frauen werden in diesem verfluchten Arbeitshaus so streng voneinander getrennt gehalten wie in einem Gefängnis«, erwiderte Emily. Ihr Gesicht war plötzlich zornig verzogen. »Das gilt für die Unterkünfte wie auch für die Mahlzeiten und die Arbeit.«

»Und das betrifft alle?«, fragte Éanna betroffen.

»Sie machen keine Ausnahme. Nicht einmal Ehepaaren ist es erlaubt, Zeit miteinander zu verbringen. Die strikte

Trennung gilt sogar für alle Kinder über sieben. Aber sei ganz unbesorgt, Éanna. Ich werde schon irgendwie dafür sorgen, dass dein Brendan Nachricht von dir erhält. Es gibt immer Mittel und Wege, um den Aufsehern ein Schnippchen zu schlagen. Und ich glaube, ich habe da auch schon eine Idee.«

»Wirklich?«, fragte Éanna hoffnungsvoll.

Emily nickte ihr zuversichtlich zu. »Außer dem Anstaltsleiter Dudley Boyle, seiner Frau, diesem herrschsüchtigen Miststück, und den beiden Oberaufsehern gibt es nämlich noch jemanden, der sich hier im Wohnhaus in *allen* Trakten frei bewegen kann – und das ist der Leichenträger Dermod Wickham.«

Éanna schluckte. »Das war doch der, der meinen Namen schon auf der Liste der Toten stehen hatte und mich in einen Leichensack stecken wollte, nicht wahr?«

»Ja, das war Dermod. Es hat da wohl eine Verwechslung oder einen Schreibfehler gegeben. Aber zum Glück war ich ja zur Stelle«, sagte Emily und fuhr hastig fort: »Dermod mag ein rechtes Raubein und Schandmaul sein, was man in seinem Beruf vermutlich sogar sein muss, wenn man dabei nicht vor die Hunde gehen will. Aber er hat sein Herz auf dem rechten Fleck. Ich werde versuchen, über ihn mit deinem Brendan Kontakt aufzunehmen.«

Éanna warf ihr einen dankbaren Blick zu.

»So, und jetzt brenne ich darauf, mehr von dem sagenhaften Brendan Flynn zu erfahren, der dir so am Herzen liegt und von dem du annimmst, dass er mittlerweile schon ganz krank vor Sorge um dich ist«, forderte Emily sie auf und lächelte sie an.

Mit leuchtenden Augen berichtete Éanna ihrer Freundin, wie sie Brendan kennengelernt und was sie beide in den letzten Wochen ihrer ziellosen Wanderung zusammen erlebt und erlitten hatten.

»Brendan hat mich stundenlang im Leiterwagen durch den Schnee gezogen. Wenn er mich nicht nach *Clifton Workhouse* geschleppt und für meine Aufnahme gesorgt hätte, wäre ich wohl schon längst tot, und wir hätten uns nie wiedergesehen«, endete sie.

Emily hatte ihr aufmerksam zugehört. »Na, dieser Brendan Flynn scheint ja nicht nur ein anständiger Kerl zu sein, sondern sich auch eine Menge aus dir zu machen«, neckte sie.

Éanna nickte. »Ja, das tut er«, sagte sie ernst. »Ich glaube, das tut er wirklich.«

»Und? Was bedeutet er *dir?«,* fragte Emily augenzwinkernd. »Nun sag schon! Hast du dich richtig in ihn verliebt?«

Éanna spürte, wie ihr die Röte ins Gesicht stieg. Sie war noch nie in ihrem Leben verliebt gewesen. Und darüber zu reden, fiel ihr fast so schwer, wie endlich offen vor sich selbst einzugestehen, dass genau das eingetreten war.

»Ja, er bedeutet mir sehr viel«, gestand sie leise. »Was ich für ihn empfinde, das ... das habe ich bisher noch für keinen anderen Menschen empfunden. Ich meine ... Sie stockte kurz und suchte nach den Worten, die richtig zum Ausdruck brachten, was sie fühlte. »Ich habe meine Mutter und meinen Vater sehr geliebt und auch Granny Kate und meine Geschwister. Aber das war etwas ganz anderes als dieses . . . dieses verstörende und aufwühlende und zugleich doch so wunderbare Gefühl, das Brendan in mir geweckt hat.«

»Na, wenn das nicht Liebe ist, will ich nicht länger Emily Farrell heißen!« Ihre Freundin seufzte wehmütig. »Ach, du bist wirklich zu beneiden, Éanna. Da weiß man doch wenigstens, für wen es sich zu kämpfen und zu überleben lohnt. Bestimmt habt ihr auch schon Pläne für die Zukunft geschmiedet!«

Éanna zögerte kurz und sagte dann etwas verlegen: »Also, wenn ich ganz ehrlich sein soll, so richtig konkret haben wir noch nicht darüber gesprochen, wie es mit uns beiden weitergehen soll, wenn wir hier heraus sind.«

»Du meinst, Brendan hat mit dir noch nicht übers Heiraten gesprochen?«

»Mein Gott, wir haben uns noch nicht einmal geküsst, Emily.« Éanna musste lachen, auch wenn es noch in der Brust schmerzte. »Geschweige denn auch nur ans Heiraten *gedacht*! Glaub mir, wir hatten mehr als genug damit zu tun, nicht zu verhungern oder zu erfrieren!«

Emily drückte voller Zuneigung ihre Hand. »Keine Sorge, wenn ihr erst wieder zusammen seid, wird der erste Kuss nicht lange auf sich warten lassen – und das Heiraten ganz bestimmt auch nicht!«

»Wir waren uns einig, dass wir nach Dublin gehen und uns dort Arbeit suchen wollen.«

Emily schaute sie skeptisch an. »Habt ihr im Ernst geglaubt, dass ihr das schafft?«, fragte sie zweifelnd. Sie seufzte. »Nun ja, früher hatte ich auch noch solche Träume. Erinnerst du dich, wie ich damals behauptet habe, dass ich einmal nach Amerika auswandern werde?« Emilys Gesicht bekam einen bitteren Ausdruck. »Was war ich doch für ein Dummkopf!«

Éanna sah sie an und schüttelte den Kopf.

Sie dachte daran zurück, wie sie mit Brendan gescherzt hatte, kurz bevor sie ins Eis eingebrochen war.

»Amerika. Wir kommen!«, hatte sie ihm zugerufen.

»Du bist kein Dummkopf, Emily«, sagte sie leise. »Träume darf man haben. Vielleicht muss man sie sogar haben.«

Für einen langen Moment schwiegen sie. Emily saß auf der Kante des Bettkastens und streichelte gedankenabwesend Éannas Hand.

Dann ging plötzlich ein Ruck durch sie. Sie atmete tief durch und ließ Éannas Hand sanft aus der ihren gleiten. »Träume sind gut und schön. Aber im Moment sollten wir uns lieber darum kümmern, dass sich dein Brendan nicht länger vor Sorge um deinen Zustand verzehrt!« Sie zwinkerte Éanna noch einmal zu, als sie ihren Krankenbesuch bei ihr mit den neckenden Worten beendete: »Es reicht ja schon, wenn er sich aus Sehnsucht nach dir verzehrt!«

Achtundzwanzigstes Kapitel

Zwei Tage später, am dritten Januar des neuen Jahres 1848, konnte Éanna früh am Morgen die Fieberstation unter dem Dach verlassen. Ihr wurde eine Bettstelle in einem der regulären Frauenschlafsäle ein Stockwerk tiefer zugewiesen. Emily hatte dafür gesorgt, dass Éanna zu ihr und Caitlin in den Nordsaal des dritten Stockes kam.

Emily holte sie eine Viertelstunde vor dem Frühstück oben ab, um sie hinunter in den Nordsaal zu bringen und ihr den Schlafplatz zu zeigen. Sie wollte nicht, dass Éanna, die noch immer recht schwach auf den Beinen war, in den weitläufigen Geschossen von Saal zu Saal irrte.

Éanna wartete bereits auf sie. »Hast du von Dermod Wickham gehört, ob er Brendan im Männertrakt gefunden und ihm meine Nachricht ausgerichtet hat?«, fragte sie gleich als Erstes. Schon am Tag zuvor hatte sie die Freundin mit Fragen gelöchert, doch Emily hatte nur lachend abgewinkt. Heute jedoch reagierte sie sichtlich gereizter.

»Du musst schon etwas Geduld haben«, sagte sie schroff, und ihr Gesicht nahm dabei einen ungewöhnlich verschlossenen Ausdruck an. »Also tu mir den Gefallen und frag nicht länger! Wir werden schon alles in Erfahrung bringen. Und jetzt komm! Bis zum Frühstück haben wir nicht mehr allzu viel Zeit. Wenn die Glocke durchs Haus schallt, müssen wir zusehen, dass wir nach unten in den Esssaal kommen. Wer nicht pünktlich erscheint, wird abgewiesen und muss bis zum Abend hungern.«

Irgendetwas an der Antwort ihrer Freundin irritierte Éanna. Außerdem hatte sie das Gefühl, Emily würde ihrem Blick ausweichen. Oder bildete sie sich das nur ein? Konnte es sein, dass Emily ihr etwas verschwieg?

Kaum war Éanna diese Frage durch den Kopf geschossen, als sie sich auch schon für ihr Misstrauen schämte. Wie konnte sie ihrer Freundin nach allem, was sie für sie getan hatte, nur so etwas unterstellen?

»Entschuldige, dass ich dir so auf die Nerven gehe«, sagte sie schuldbewusst. »Ich verspreche dir, von jetzt nicht mehr zu fragen, sondern abzuwarten, bis du was von Dermod gehört hast und von selbst davon anfängst.«

Emily winkte mit einem müden Lächeln ab. »Unsinn! Du hast keinen Grund, dich bei mir für irgendetwas zu entschuldigen«, erwiderte sie. »Ehrlich gesagt bin ich diejenige, die hier kratzbürstig ist. Ich habe heute einfach nicht meinen besten Tag, Éanna. Und jetzt lass uns gehen. Stütz dich ruhig auf mich, dann fühlst du dich sicherer. Und mach dich auf was gefasst, wenn du gleich die Schlafsäle da unten zu sehen bekommst!«

»Wie meinst du das?«

»Na, wenn du schon die Fieberstation für entsetzlich überfüllt gehalten hast, dann wirst du in den Schlafsälen wohl das Gefühl haben müssen, dass es in einer Dose voller Regenwürmer kaum viel beengter zugeht als dort.«

Emily hatte nicht übertrieben. Schon im Treppenhaus und auf dem Gang gab es kaum ein Durchkommen. Viele Insassen des Arbeitshauses waren der Enge der Schlafsäle entflohen und hatten sich in den Gängen verteilt, um dort auf den Glockenschlag zu warten. Überall kauerten oder lagen Frauen und Mädchen entlang der nackten Wände auf dem kalten Steinboden, alle in das verschlissene, triste grauschwarz karierte Tuch der Anstalt gekleidet und von langer Hungersnot gezeichnet. Mit stumpfen Augen starrten sie apathisch vor sich hin. Menschen ohne einen Funken Hoffnung, für die das Arbeitshaus zur Endstation ihres gequälten Lebens geworden war.

Éanna war mit all den entsetzlichen Bildern des Elends seit Langem vertraut. Aber in dieser Vielzahl und dermaßen dicht gedrängt auf engstem Raum erhielt das Leiden ihrer Landsleute eine völlig neue Dimension des Schreckens. Es schnürte ihr die Kehle zu, und fast fühlte sie sich schuldig, dass sie offensichtlich zu dem kleinen Teil derjenigen unter den fast zweitausend Insassen zählte, die sich trotz aller Schwäche noch in einer verhältnismäßig guten körperlichen Verfassung befanden. Zumindest hatte sie sich noch nicht völlig aufgegeben.

Im Schlafsaal bot sich ihr ein noch entsetzlicheres Bild als auf den Gängen. Er hatte einmal vielleicht hundertfünfzig Personen ein armseliges und hartes Nachtquartier bieten sollen, beherbergte nun jedoch über vierhundert Insassen.

Zu beiden Seiten eines Mittelgangs reihten sich vom Eingang bis hinten ans Ende Bretterkästen mit niedrigen Seitenborden lückenlos an den Wänden aneinander. Und fast jeder dieser Kästen, der eigentlich nur eine Person aufnehmen sollte, war nun mit drei Insassen belegt. Matratzen gab es nicht. Eine dünne Lage aus altem dreckigem Stroh diente als Unterlage auf den harten Brettern. Decken waren

Mangelware, wie Emily ihr schon berichtet hatte, und ständig Anlass zu Streitereien unter den Frauen. Nur zwei schmale gusseiserne Öfen, die morgens und abends mit einigen wenigen neuen Kohlen bestückt wurden, sorgten für einen Hauch von Wärme. Wer wie Emily, Caitlin und Éanna seinen Schlafkasten, von den meisten nur ›Schlafsarg‹ genannt, in der Nähe von einem dieser Öfen hatte, zählte zu den Glücklichen unter den Insassen.

Die Bewohner des Schlafsaals waren schon auf den Beinen und drängten in Erwartung des baldigen Glockenschlags, der zum Frühstück rief, aus ihren Schlafkästen. Eine grauschwarze Menge ausgemergelter Gestalten wogte durch den Mittelgang.

»Lass uns hier an der Tür auf Caitlin warten«, sagte Emily, die ihre Gefährtin entdeckt hatte. »Wir müssen ja doch gleich nach unten. Aber siehst du den dritten Kasten da drüben auf der rechten Seite vor dem Kohlenofen?« Sie deutete in die Richtung des vorderen Ofens.

Éanna folgte ihrem Fingerzeig und nickte stumm.

»Das ist unser Schlafsarg, der dritte gleich neben dem Ofen. Wir beide haben ihn zum Glück ganz für uns«, teilte Emily ihr mit. »Die Frau, mit der ich mir bisher den Kasten geteilt habe, ist heute im Morgengrauen einen Schlafplatz näher zum Ofen aufgerückt. Caitlin schläft dort drüben, zusammen mit der alten McCormack und ihrer Enkelin Sarah.«

Éanna schwieg. Ihr schauderte bei dem Gedanken, dass dies von nun an ihre Unterkunft sein sollte – für wer weiß wie lange Zeit. Sie erinnerte sich sehr wohl daran, was sie über das Leben hinter den hohen Mauern eines Arbeitshauses gehört hatte. Allein der Anstaltsleiter entschied darüber, wann ein Insasse das Arbeitshaus wieder verlassen durfte. Dass jeder aus freien Stücken und nur aus größter Not um Aufnahme gebeten hatte, war dabei ohne jede Bedeutung. Wer sich einmal hinter die Mauern der Anstalt begeben hatte, der hatte damit jegliches Recht auf eine freie Entscheidung verwirkt. Mit welcher Rechtfertigung das geschah, wusste Éanna nicht. Aber ob ihr das Wissen geholfen hätte? Sie bezweifelte es.

Im nächsten Moment schreckte sie aus ihren düsteren Gedanken auf. Denn da stand Catlin auch schon vor ihr und begrüßte sie auf ihre unverwechselbar sarkastische Art. »Na, auferstanden von den Toten, Éanna Sullivan?« Caitlin musterte sie mit einem spöttischen Blick. »Bist dem Tod da oben also noch mal von der Schippe gesprungen – oder gerade aus dem Leichensack gerutscht, wie Dermod wohl sagen würde. Tja, ich weiß bloß nicht, ob ich dich beglückwünschen oder bedauern soll.«

»Am besten lässt du das eine wie das andere. Ich möchte nicht, dass du dich meinetwegen unnötig quälst, Caitlin. Du hast auch so schon genug mit dir selbst zu schaffen, wie ich sehe«, erwiderte Éanna bissig.

Caitlin schenkte ihr ein breites, anerkennendes Grinsen. »Ja, das ist wieder ganz die Éanna Sullivan, wie ich sie in Erinnerung gehabt habe! Ist schon ganz in Ordnung, dass du wieder bei uns bist, wirklich!«, sagte sie und umarmte sie zu Éannas Überraschung. Doch sie tat es hastig, fast als schämte sie sich für ihre Gefühlsregung. »Sich mit Emily anzulegen, macht nämlich im Gegensatz zu dir keinen Spaß. Sie ist einfach zu lammfromm für mich und zeigt mir nie die Krallen!«

»Da hätte ich bei deinem lockeren Mundwerk ja auch viel zu tun«, erwiderte Emily trocken.

In dem Moment ertönte von unten die Glocke. Ihre durchdringend hellen Töne schallten fast schmerzhaft laut durch das Gebäude.

Emily und Caitlin nahmen Éanna in ihre Mitte, damit sie bei dem Gedränge auf den langen Steintreppen nicht umgestoßen und zu Boden gerissen wurde.

»Wenn man sieht, wie eilig es alle haben, hinunter in den zugigen Speisesaal zu kommen, könnte man meinen, dass es da gleich was Anständiges zu essen gibt. Dabei wird auch heute wieder nur elender Drecksfraß aus den rostigen Kesseln der Küche kommen!«, schimpfte Caitlin. »Welcher Teufel hat uns bloß geritten, uns freiwillig dem Elend eines Arbeitshauses auszuliefern?«

Emily verzog das Gesicht und zuckte müde die Achseln. »Der Teufel namens Hunger und Kälte, Caitlin! Und wie schrecklich die Zustände hier auch sein mögen, verhungern und erfrieren werden wir jedenfalls nicht.«

»Und für ein Stück Schlafsarg und zweimal wässrige Pampe am Tag bezahlen wir mit völliger Entmündigung und monotoner Plackerei!«, erwiderte Caitlin zornig.

Emily zuckte die Achseln. »Niemand hat uns dazu gezwungen, auch dich nicht.«

»Das ist es ja, was ich mir so zu schaffen macht! Ich muss wirklich nicht ganz bei Sinnen gewesen sein!«

»Richtig«, bestätigte Emily knapp. Dann sagte sie zu Éanna: »Sobald du die Schwelle des Speisesaals überschritten hast, darfst du auf keinen Fall mehr mit uns sprechen! Alle Mahlzeiten müssen unter völligem Schweigen eingenommen werden. Die Aufseherinnen nehmen es mit dem Redeverbot sehr genau und haben auch für verstohlenes Geflüster ein scharfes Gehör.«

»Und was geschieht mit dem, der dabei erwischt wird?«, fragte Éanna.

»Der bekommt beim ersten Mal als Verwarnung eins mit dem Rohrstock übergezogen«, gab Caitlin zur Antwort. »Und die Biester schlagen ihren Rohrstock mit Vorliebe auf die nackte Haut, wo es besonders schmerzhaft ist. Also auf die Hände oder den Nacken. Manche schlagen dir sogar ins Gesicht. Das gibt dann einen bösen roten Striemen, der wie Feuer brennt. Ich weiß, wovon ich rede!«

»Und wer das Redeverbot ein zweites Mal bricht, bekommt nicht nur Latrinendienst aufgebrummt, sondern wird auch noch von der nächsten Mahlzeit ausgeschlossen«, fügte Emily hinzu.

»Das ist ja schlimmer als in den Suppenküchen«, sagte Éanna bedrückt.

Caitlin nickte mit grimmiger Miene. »Viel schlimmer sogar! Aus den Suppenküchen ist man ja schnell wieder raus. Aber hier gibt es kein Entkommen. So gut wie alles ist verboten und wird mit harten Strafen geahndet, insbesondere Karten- und Würfelspiele, Rauchen, Alkohol und Fluchen!« Und dann gab sie aus Trotz einen ganz üblen lästerlichen Fluch von sich, mit dem sie Dudley Boyle, dessen biestige Frau und allen Aufseherinnen die Pest und Krätze an den Hals wünschte. Wohlweislich jedoch mit so leiser Stimme, dass nur Emily und Éanna diese üble Verwünschung hören konnten.

»Jetzt halte besser die Klappe!«, raunte Emily ihr zu.

Sie hatten inmitten des grau-schwarz wogenden Menschenstroms die große Halle im Erdgeschoss erreicht. Schlagartig verstummte auch noch das letzte leise Gerede in der Menge, und eine geradezu gespenstige Stille trat ein.

Beklemmung erfasste Éanna. Instinktiv wusste sie, dass diese plötzliche unnatürliche Stille um sie herum nichts mit dem Redeverbot bei den Mahlzeiten zu tun haben konnte. Die Türen des Speisesaals waren noch verschlossen. Aber was war es dann, was die Insassen der Anstalt mit einem Schlag völlig verstummen ließ?

Neunundzwanzigstes Kapitel

Zwei separate Treppenaufgänge führten von der zugigen Halle im Erdgeschoss bis unter das Dach. Eine Treppenanlage verband die Stockwerke des Frauentraktes, die andere gehörte zum Gebäudeteil der männlichen Insassen. Ein hohes Trenngitter aus dicken Eisenstäben, vor dem sich auf beiden Seiten Aufsichtspersonal der Anstalt postiert hatte, teilte die Halle in zwei Hälften. An ihrem Ende ging es rechts und links zu den Arbeitsstätten und den hoch ummauerten Innenhöfen. Schwere Holztüren sorgten für getrennte Ausgänge aus dem Wohnhaus.

Das Gitter teilte jedoch nicht nur die Halle, sondern auch eine große Schiefertafel, die an der Stirnwand des riesigen Raumes angebracht war. Dort standen auf der linken Seite mit Kreide die Namen der Toten aus dem Frauentrakt und auf der rechten die Namen der männlichen Verstorbenen.

»Das ist das Totenbuch der Anstalt«, raunte Emily. »Jeden Sonntagmorgen wird die Tafel sauber gewischt, und dann beginnt die Wochenzählung der Verstorbenen von Neuem. Das hier ist die einzige Möglichkeit zu erfahren, ob Ehemänner, Väter, Freunde oder Nachbarn noch am Leben sind!«

Beim Anblick der Schiefertafel bekam Éanna eine Gänsehaut. Insgesamt mussten es über dreißig Namen sein, die dort in zwei Kolonnen, vom Gitter getrennt, untereinander aufgelistet standen. Und dabei waren es noch zwei volle Tage hin bis zum nächsten Sonntag!

Éanna verstand nun, warum hier unten in der Halle auf einmal eine so gespenstige Stille herrschte. Viele Augenpaare um sie herum richteten sich voller Angst auf die Liste der Namen. Hastig überflog auch Éanna die Namen der Männer, die auf der anderen Seite verzeichnet waren. Ihr Herz schlug bis zum Hals, als sie am Ende der Liste angelangt war.

Er stand nicht darauf. Gott sei Dank – Brendans Name war nicht auf der Tafel!

Hoffnungsvoll reckte sie ihren Kopf und spähte durch das Gitter, das den Blick freigab auf die Männer, die jenseits des Trenngitters ihrem eigenen Speisesaal mit genauso beklemmendem Schweigen zuschlurften. Doch von Brendan war keine Spur zu sehen.

Enttäuscht folgte sie Emily und Caitlin und versuchte, der Sorge in ihrem Herzen Herr zu werden. Ihm wird schon nichts geschehen sein, beschwor sie sich. Das fühlte sie einfach. Noch wenige Tage, dann würde Dermod Nachricht von ihm bringen, da war sie sich sicher!

Wenig später saß sie mit ihren Freundinnen dicht gedrängt an einem der langen Holztische und aß unter den strengen Blicken der Aufseherinnen ihr karges Frühstück. Das Essen war so miserabel, wie Caitlin gesagt hatte. Wäre wenigstens das Essen in der Anstalt großzügiger bemessen und einigermaßen schmackhaft gewesen, wäre wohl alles andere, was ein Arbeitshaus so abstoßend und zum Albtraum eines jeden mittellosen Iren machte, leichter zu ertragen gewesen. Aber das Essen, das morgens und abends aus der dreckigen Küche mit seinen verrosteten Kesseln kam, war genauso entsetzlich wie die übrigen Zustände im *Clifton Workhouse*. Das Porridge war angebrannt und die Rührsuppe aus Maismehl abends so dünn, dass man leicht den Grund des Teller erkennen konnte. Das wenige Brot, das es dazu gab, war nicht selten angeschimmelt oder so hart, dass man es erst in der Suppe aufweichen musste, wenn man sich nicht die Zähne daran ausbeißen wollte. Und wenn einmal Milch ausgeschenkt wurde, bestand sie mindestens zur Hälfte aus Wasser. An den anderen Tagen gab es saures Dünnbier, das noch zusätzlich gestreckt war.

Man mochte in einer Anstalt wie dem *Clifton Workhouse* zwar nicht verhungern, aber das war auch schon alles, was sich zu seinen Gunsten sagen ließ. Und das war erbärmlich wenig für das alltägliche Elend und die völlige Entmündigung, die jeder Insasse dafür in Kauf nehmen musste.

Wer von den tausendachthundert Insassen noch einigermaßen bei Kräften war, musste sich sein Essen und seine Bettstelle schwer verdienen. Die Männer wurden entweder dazu verpflichtet, Steine zu Schotter zu zerschlagen, oder sie wurden an die beiden riesigen Winden geschickt, mit denen zwei Mais- und Getreidemühlen im Arbeitstrakt der Anstalt angetrieben wurden. Achtzig Männer pro Schicht waren vonnöten, um die beiden Mühlen mit ihren riesigen Mahlsteinen in Gang zu halten. Zu zweit standen sie an den dicken Holzstangen des Riesenrades, stemmten sich gegen den zähen Widerstand der Mühlsteine und gingen stur und stumpfsinnig wie Zugochsen, die keinen eigenen Willen kennen, Stunde um Stunde im Kreis. Auf die meisten noch halbwegs arbeitsfähigen Frauen wartete nicht weniger geistlos ermüdende Arbeit.

Éanna konnte noch von Glück reden, dass sie einen Platz in der Korbflechterei zugewiesen bekam, wo auch ihre Gefährtinnen arbeiteten. Die Aufseherin dort sprang nicht ganz so streng und herzlos mit ihnen um wie manch eine andere. Zwar achtete auch sie darauf, dass keiner vergaß, dass sie Insassen eines *Arbeits*hauses waren. Aber wenigstens erlaubte sie es ihnen, sich leise zu unterhalten, solange ihre Hände beim Flechten nicht stillstanden.

Es war am Nachmittag nach Éannas Entlassung aus der Krankenstation, und sie hatten ihren Dienst in der Werkstatt schon Stunde um Stunde verrichtet, als Caitlin plötzlich ihr Flechtwerk sinken ließ und Emily auffordernd ansah.

»Nun sag es ihr schon endlich!«, sagte sie. »Früher oder später musst du ja doch mit der Sprache heraus!«

Erschrocken fuhr Éanna zusammen. »Was soll sie mir sagen?«, stieß sie hervor, und wie eine heiße Woge stieg die Angst um Brendan in ihr auf.

Emily warf ihr einen gepeinigten Blick zu. »Ich muss dir ein Geständnis machen, Éanna. Ich habe dich gestern früh angelogen, als ich dir sagte, dass ich noch nichts von Dermod gehört hätte«, gestand sie mit zerknirschter Miene. »Es tut mir leid, aber ich hatte Angst, dass du noch zu schwach sein würdest, um es zu verkraften.«

Das Blut wich Éanna vor Schreck aus dem Gesicht, und ihr war, als legte sich eine Eisenklammer um ihre Brust, die ihr die Luft nahm. »Was ist mit Brendan?«, stieß sie mit erstickter Stimme hervor.

»Es ist nicht das, was du jetzt denkst«, versicherte Emily hastig.

Caitlin nickte. »Du hast doch gesehen, dass dein Liebster nicht auf der Tafel steht.«

»Was ist dann mit ihm?«, wollte Éanna wissen, nur unwesentlich beruhigt. Denn dass die Nachricht nicht gut war, lag ja auf der Hand.

»Erinnerst du dich noch an den Abend, als ich oben in der Fieberstation an deinem Bett den Wortwechsel mit Dermod gehabt habe?«, fragte Emily.

»Natürlich.«

»Nun, an dem Abend hat es unten in der Halle kurz vor dem Essen einen bösen Aufruhr gegeben, den Brendan verursacht hat«, berichtete Emily. »Denn da stand der Name Éanna Sullivan auf der Tafel der Toten.«

»Oh mein Gott!« Éanna presste sich die Hand vor die Lippen. Brendan musste sie für tot halten!

»Das war natürlich ein peinlicher Fehler«, fuhr Emily leise fort. »Die wahre Tote hieß Magdalena Sullivan. Aber diese Verwechslung ist erst später auf der Tafel korrigiert worden, und da war das Unglück schon passiert.«

In Éanna krampfte sich alles zusammen. »Was ... was für ein Unglück?«

Emily zögerte kurz. »Na ja, deinem Brendan scheint wirklich viel an dir zu liegen. Denn sonst wäre es ihm wohl nicht so unter die Haut gegangen, dass er deinen Namen da auf der Tafel gelesen hat. Er hat jedenfalls sofort verlangt, dass man ihn zu dir bringt, damit er dich ein letztes Mal sehen und Abschied von dir nehmen kann.«

Caitlin schnaubte abfällig und schüttelte den Kopf, doch

Emily brachte sie mit einem scharfen Blick dazu, ihren Mund zu halten.

»Du kannst dir ja denken, wie die Aufseher darauf reagiert haben«, sagte sie zu Éanna. »Aber dein Brendan hat auf seiner Forderung bestanden. Als daraufhin einer der Männer zu seinem Stock gegriffen und ihm einen Hieb versetzt hat, ist Brendan handgreiflich geworden. Daraus ist im Nu ein wüstes Handgemenge geworden. Es hat eine richtige Prügelei in der Halle gegeben, bei der Brendan einem der Männer die Nase mit einem Faustschlag eingeschlagen und einem anderen den rechten Arm gebrochen hat. Er war erst zu bändigen, als Dudley Boyle aufgetaucht ist und ihm eins mit seinem Prügel über den Kopf gezogen hat.«

Caitlin warf Éanna einen spöttischen Blick zu. »Du musst dir ja einen ganz schönen Hitzkopf angelacht haben!«

Éanna hörte gar nicht hin. »Was ist mit Brendan passiert, Emily?«, fragte sie atemlos.

»Eine eingeschlagene Nase und ein gebrochener Arm. Das hätte bitter für ihn ausgehen und ihn geradewegs für ein paar Jahre ins nächste Gefängnis bringen können. Aber dein Brendan hat eine Menge Glück im Unglück gehabt«, berichtete Emily. »Da es schon Abend war, hat man ihn erst einmal für die Nacht vorn im Anbau des Pfortenhauses in eine Kammer gesperrt. Am nächsten Morgen wollte Dudley Boyle ihn der Polizei übergeben. Aber irgendwie hat dein cleverer Freund es in der Nacht geschafft, aus der Kammer auszubrechen und über das niedrige Dach zu flüchten. Wie ihm das genau gelungen ist, hat Dermod nicht in Erfahrung bringen können. Boyle hat sich darüber ausgeschwiegen.

Wohl um sich nicht noch mehr zu blamieren. Jedenfalls ist dein Brendan nicht mehr hier.«

»Und inzwischen Gott weiß wie weit weg von hier!«, fügte Caitlin hinzu.

»Diese dumme Bemerkung hättest du dir wirklich sparen können.« Emily griff nach Éannas Hand und sagte tröstend: »Ich weiß, wie schwer dich das trifft. Aber wenigstens ist Brendan in Freiheit und sitzt nicht in einer Zelle. Dafür muss man nach allem, was da vorgefallen ist, doch dankbar sein.«

Erschüttert starrte Éanna ihre Freundin an. »Ich muss hier raus!«, stieß sie schließlich hervor. »Ich muss hier raus und nach Brendan suchen.«

Caitlin lachte mit grimmigem Spott auf. »Eine prächtige Idee, Éanna! Wirklich! Warum bin ich bloß noch nicht selbst darauf gekommen? Aber dein Vorschlag gefällt mir ausnehmend gut! Also dann, nichts wie auf! Worauf warten wir noch? Lassen wir diesen verfluchten Ort hinter uns und spazieren wir hinaus ins Freie«, höhnte sie. »Aber halt mal! Hast du da nicht etwas vergessen, Éanna? Mir war jedenfalls so, als säßen wir gut verschlossen hinter hohen Mauern, und der Einzige, der uns in die goldene Freiheit entlassen kann, ist unser Kerkermeister Dudley Boyle! Und der wird den Teufel tun, uns schon nach so kurzer Zeit wieder laufen zu lassen!«

Erbost funkelte Emily sie an. »Manchmal bist wirklich ein richtiges Ekel und ein noch unerträglicheres Schandmaul als Dermod Wickham, und das will etwas heißen, Caitlin!«, zischte sie aufgebracht und ballte die Fäuste. »Ab und zu müsste man dir wirklich eins aufs Maul geben, weißt du das?«

Éanna schüttelte nur wortlos den Kopf. Sie war viel zu erschüttert, als dass Caitlins Sticheleien sie hätten erreichen können. Ihre Gedanken galten allein Brendan, der sie seit drei Tagen für tot hielt. Für ihn gab es keinen Grund mehr, sich in der Nähe von *Clifton Workhouse* aufzuhalten. Er mochte sonst wo sein!

Die Vorstellung, erst in drei oder vier Monaten die Suche nach ihm aufnehmen zu können, entsetzte Éanna und krampfte ihr das Herz zusammen. Vielleicht war er inzwischen tatsächlich schon in Dublin. Aber genauso gut war es möglich, dass er der Stadt nun doch den Rücken zugekehrt hatte, nachdem Éanna nicht mehr bei ihm war. Wie sollte sie ihn nach so langer Zeit dann jemals wiederfinden?

Caitlin nahm gleichmütig ihre Arbeit wieder auf. »Ich weiß nicht, was du hast, Emily. Ich sehe die Dinge nun mal so, wie sie sind, und nenne sie auch beim Namen.«

Emily wollte gerade zu einer Erwiderung ansetzen, als plötzlich die Aufseherin mit zerfurchter Stirn zu ihnen herüberblickte. Hastig griff sie in ihren Korb und beeilte sich, mit dem Flechten fortzufahren. Aus den Mundwinkeln raunte sie Éanna zu: »Pass auf! Tu wenigstens so, als würdest du weiterarbeiten.«

Éanna nickte und tat es ihren Gefährtinnen gleich.

»Und ich sag es noch mal. Keine von uns wird hier vor dem Frühling rauskommen«, flüsterte Caitlin einige Augenblicke später, als die Aufseherin weitergegangen war. »Denkt an die Herren Großgrundbesitzer, die Dudley Boyle als Anstaltsleiter eingesetzt haben. Sie zahlen gerade mal das Allernötigste für uns. Und wenn Boyle nicht so viel wie möglich aus den paar Hundert Schäfchen aus seiner grauen Herde herausholt, die noch zu irgendeiner Art von Arbeit fähig sind, bricht hier die Versorgung völlig zusammen.«

Emily presste die Lippen zusammen und schwieg betreten. Caitlin mochte manchmal unerträglich giftig und zynisch in ihren Bemerkungen sein. Aber was sie gerade gesagt hatte, entsprach der niederschmetternden Wahrheit.

Lange fiel kein Wort zwischen ihnen. Minuten verstrichen unter bedrückendem Schweigen. Schließlich war es Éanna, die dem ein Ende machte. Ihre Stimme war leise, doch voller Trotz. »Meinetwegen können die Fenster vergittert, die Türen verriegelt und die Mauern von *Clifton Workhouse* noch so hoch und gut gesichert sein. Ich werde einen Weg finden, um aus diesem Gefängnis zu flüchten! Und zwar bald! Das schwöre ich euch, so wahr ich Éanna Sullivan heiße!«

Dreißigstes Kapitel

Flucht. Das war im Morgengrauen Éannas erster Gedanke und abends der letzte, bevor sie neben Emily im harten Bretterkasten einschlief. Und sogar im Schlaf träumte sie davon.

Unablässig zermarterte sie sich das Gehirn nach einer Möglichkeit zum Ausbruch aus dem Arbeitshaus. Sie wollte einfach nicht akzeptieren, dass jeder Versuch sinnlos und von vornherein zum Scheitern verurteilt sein sollte. Es musste einen Weg geben, auch wenn scheinbar alles dagegen sprach!

Hatte Brendan nicht bewiesen, dass es sehr wohl möglich war, aus der Anstalt auszubrechen? Dass ihm die Flucht aus dem Pfortenhaus und aufgrund eines glücklichen Zufalls gelungen war, tat dabei nichts zur Sache. Sie ließ keine Einwände gelten. Und dabei war ganz egal, ob sie von Caitlin kamen oder sich in ihren eigenen Gedanken vorsichtig zu regen wagten. Nein, die Schlösser, Mauern und Gitter von *Clifton Workhouse* würden über sie, Éanna Sullivan, nicht triumphieren!

Doch Éannas Zuversicht wurde auf eine harte Probe gestellt. Denn zwei quälend lange Tage und viele durchwachte Nachtstunden vergingen mit unermüdlichem Grübeln, und je länger sie über Fluchtmöglichkeiten nachdachte, desto schwerer fiel es ihr, zuversichtlich zu bleiben. Das Arbeitshaus war gesichert wie eine Festung, und die Aufseher taten ihr Übriges, um sie niemals vergessen zu lassen, dass sie noch lange Monate in diesem Elend fristen würden.

Am Morgen des dritten Tages jedoch wurde alles anders. Es geschah, als Éanna sich mit Emily und Caitlin auf dem Weg nach unten in den Speisesaal befand. Gerade hatten sie den unteren Treppenabsatz im zweiten Stockwerk erreicht, als Éannas Blick auf die weit offen stehende Tür der dunklen Leichenkammer am Nordende des Ganges fiel.

Dort stand Dermod Wickham über seinen plumpen, einachsigen Totenkarren gebeugt. Zwei Insassen hatten den neuen Tag nicht mehr erlebt. Gerade hob er eine der beiden Leichen, die in derbe Jutesäcke gehüllt waren, von seinem Karren und trug sie in die Kammer.

Jeder vermied es, in die Richtung der Leichenkammer zu schauen, geschweige denn sich diesem Ort auch nur auf ein Dutzend Schritte zu nähern. Das eine wie das andere brachte Unglück, wie es unter den Insassen hieß. Und auch Éanna wollte ihren Blick schnell wieder abwenden, als ihr mit einem Mal die erlösende Idee kam, wie die Flucht aus dem Arbeitshaus zu bewerkstelligen war.

Fast im selben Moment stieß Caitlin sie an. »Komm bloß weiter!«, raunte sie ihr fast erschrocken zu und schlug hastig das Kreuz über sich. »Schau da nicht hin. Du ziehst den Tod auf dich!«

Éanna fuhr zusammen. Ihr war gar nicht bewusst geworden, dass sie unwillkürlich auf dem Treppenabsatz stehen geblieben war. »Oh nein, das genaue Gegenteil ist der Fall«, flüsterte sie Caitlin aufgeregt zu und wäre am liebsten in lauten Jubel ausgebrochen. »Die Leichenkammer ist nämlich unsere Tür in die Freiheit!«

»Was redest du denn da für einen Unsinn?« Caitlin sah sie an, als hätte sie den Verstand verloren, und auch Emily warf ihr einen verständnislosen Blick zu. »Hast du vielleicht wieder Fieber?«

Éanna lachte sie beide an. »Weder ist es Unsinn, noch habe ich Fieber. Es könnte mir nicht besser gehen. Aber was mir gerade für eine Idee gekommen ist, das erkläre ich euch nachher in der Korbflechterei.«

Emily und Caitlin hatten sichtlich Mühe, sich im Speisesaal an das strikte Redeverbot zu halten. Sie brannten darauf, von Éanna zu erfahren, welcher Einfall ihr ausgerechnet beim Anblick der Leichenkammer gekommen war. Und auch Éanna konnte es kaum erwarten, mit ihren Freundinnen zu sprechen. Noch schneller als sonst schlangen sie das dünne Porridge hinunter und konnten gar nicht rasch genug in die Werkstatt kommen.

»Nun erzähl schon!«, forderte Emily sie auf, kaum dass sie mit ihren Körben auf ihren Bänken saßen. »Was ist dir da oben eingefallen, Éanna?«

»Bestimmt etwas völlig Verrücktes, was sich überhaupt nicht durchführen lässt«, sagte Caitlin skeptisch, doch ihre Augen funkelten neugierig.

»Was wisst ihr über die Leichenkammer und wie sie benutzt wird?«, fragte Éanna und sah von einer zur anderen.

Verblüfft erwiderten die beiden ihre Blicke. Dann zuckte Emily die Achseln und antwortete: »Das, was jedes Kind schon nach ein, zwei Tagen in der Anstalt darüber weiß.«

»Und das wäre?«, beharrte Éanna.

Caitlin verdrehte genervt die Augen. »Mein Gott, da bringt Dermod alle Toten hin. Alle zwei Tage lässt Boyle den Priester aus Donard kommen. Und der sagt dann ein paar fromme Segenssprüche, bevor Dermod die Leichen auf die Bretterrutsche unter der Luke der Kammer wuchtet und sie nach unten in die große Sammelgrube befördert.«

»Später dann wirft er ein paar Schaufeln Kalk und Sand hinterher. Und zwei, drei Tage später kommen dann auch schon die nächsten Toten über die Rutsche.« Caitlin runzelte die Stirn. »Was soll diese blöde Fragerei, Éanna? Du weißt doch selber ganz genau, was diejenigen erwartet, die Dermod in die Hände fallen.«

»Stimmt, das weiß jeder. Und jeder fürchtet sich auch zu Recht davor«, räumte Éanna ein. »Aber ist dir nicht aufgefallen, dass du mir gerade unseren Fluchtweg beschrieben hast?«

Caitlin starrte sie entsetzt an. »Was meinst du?«, fragte sie.

»Natürlich die Luke in der Kammer vor der Rutsche!«, half Éanna ihr auf die Sprünge. »Das ist die einzige Öffnung in diesem verfluchten Haus, durch die man direkt nach draußen ins Freie gelangen kann! Alle die anderen Fenster befinden sich doch in den Längsfronten und gehen zu den ummauerten Innenhöfen hinaus!«

Emily machte ein verblüfftes Gesicht. »Du hast recht, Éanna! Und die Tür zur Kammer hat weder ein Schloss, noch gibt es ein Gitter vor der Luke!«

Éanna nickte eifrig. »Genau das ist es, was mir vorhin aufgefallen ist!«

»Und wennschon«, sagte Caitlin mürrisch. »Das ist deshalb

noch lange nicht das Tor zur Freiheit! Wenn du von der Rutsche in die Tiefe springst, brichst du dir mit Sicherheit die Knochen! Oder hast du vergessen, dass die Leichenkammer im zweiten Stockwerk liegt? Das ist von dort ein verflucht tiefer Sprung in die Grube!«

»Stimmt«, räumte Éanna ein, doch ihre Stimme klang nicht im Mindesten bedrückt.

Caitlin war noch nicht fertig. »Wenn du den Sprung mit heilen Knochen überstehst, wird es mit der Freiheit nichts werden – jedenfalls nicht für lange. Denn schau doch mal an dir runter! Was du da am Leib hast, ist geliehene Anstaltskleidung, mit der du überall wie ein entlaufener Zuchthaussträfling auffällst. Wenn du geschnappt wirst, sitzt du nicht nur bis zum Frühjahr hinter Anstaltsmauern fest, sondern für ein, zwei Jahre hinter Gefängnisgittern! Hast du das etwa vergessen?«

»Nein, auch das stimmt«, pflichtete Éanna ihr erneut bei und strahlte sie an. »Aber was *du* vergessen zu haben scheinst, sind die vielen Jutesäcke, die dort in der Kammer aufgeschichtet liegen und auf die nächsten Toten warten. Einen Stoß, der mir bestimmt bis auf Schulterhöhe reicht, habe ich in der Kammer gesehen! Wenn man ein gutes Dutzend von ihnen sorgfältig miteinander verknotet, braucht man gar nicht zu springen, sondern kann ohne großes Risiko an einem Seil aus Jute nach unten klettern! Und wenn man dazu noch einige Säcke aufschneidet und sie mit ein paar Jutefäden zu einem weiten Umhang zusammenflickt, dann sieht auch keiner, dass man darunter Arbeitshauskleidung trägt.« Sie machte eine kurze dramatische Pause, bevor sie triumphierend fragte: »So, und was sagst du nun,

Caitlin? Bist du jetzt immer noch der Meinung, dass die Luke da oben in der Leichenkammer nicht unser Tor zur Freiheit ist?«

Caitlin brachte nicht einen Ton heraus, sondern starrte Éanna mit offenem Mund an.

Emily dagegen vermochte ihre Begeisterung kaum zu zähmen. Fast wäre sie Éanna vor Freude um den Hals gefallen. Sie beherrschte sich jedoch im letzten Moment, bevor sie die Aufmerksamkeit der Aufseherin auf sich ziehen konnte. »Wann wagen wir es?«, raunte sie aufgeregt.

»Noch heute Nacht!« Éanna zögerte nicht einen Wimpernschlag. »Was ist mit dir, Caitlin? Bist du dabei?«

»Der Teufel soll mich holen!«, murmelte Caitlin und brachte ein verblüfftes Grinsen zustande. »Du bist wirklich nicht auf den Kopf gefallen, Éanna Sullivan, das muss ich dir lassen. Ich hätte Stein und Bein darauf geschworen, dass es keine Möglichkeit gibt, aus diesem verfluchten Haus der lebenden Toten zu kommen!«

Einunddreißigstes Kapitel

Der Tag wurde ihnen lang. Sie fieberten der Nacht und der Stunde ihrer Flucht entgegen. Viel gab es nicht zu besprechen. Und bis auf ein paar Holzsplitter aufzusammeln und sie mit dem Fingernagel halb aufzuspalten, damit sie ihnen später als primitive Nadeln für die Jutefäden dienen konnten, gab es auch nichts vorzubereiten.

Es musste ihnen einzig und allein gelingen, sich unbemerkt aus dem Schlafsaal und hinunter in die Leichenkammer zu schleichen. Ein kurzer Weg. Eine Sache von einer Minute, höchstens zwei. Immer wieder versicherten sie sich gegenseitig, dass sie eigentlich nichts zu befürchten hätten. Das Risiko, einer Aufseherin aufzufallen, hielt sogar Caitlin für äußerst gering. Nur oben auf der Fieberstation und unten in der Halle am Gang zu den stinkenden Latrinen gab es eine Nachtwache.

Die Gänge und das Treppenhaus waren so spärlich mit Talglichtern versehen, dass sie eher Mühe haben würden, ihren Weg nach unten zu finden. Und wer von den nächtlichen Latrinengängern würde ihnen Beachtung schenken, wenn sie einander im Gang oder auf der Treppe begegneten? Jeder würde ganz selbstverständlich davon ausgehen, dass ein drängendes menschliches Bedürfnis auch sie aus ihrer Bettkiste gescheucht hatte.

An diesem Tag schien die Sonne, so blass und kraftlos sie

auch über den fahlen Himmel kroch, einfach nicht im Westen verlöschen zu wollen. Und dann folgte das grässliche Essen im Speisesaal, das sich die drei Freundinnen förmlich hineinzwingen mussten. Sie waren so angespannt, dass sie nicht einmal den Hunger fühlten, der doch ohne Unterlass an ihnen nagte. Aber sie wussten, dass sie jedes Stück angeschimmelten Brotes und jeden Löffel pampiger Maissuppe bitter nötig haben würden.

Als schließlich die Glocke in der Halle den Beginn der Nachtruhe verkündete und sich alle in die Schlafsäle zu begeben hatten, begann die schlimmste Zeit des Wartens. Sie hatten ausgemacht, mindestens zwei Stunden in ihren Bettkästen auszuharren, bevor sie aufstehen und sich nacheinander hinausschleichen wollten.

Éanna wurde es zur Qual, wach und mit klopfendem Herzen auf den harten Brettern zu liegen.

Lange lag sie da und lauschte auf die Geräusche in dem völlig überfüllten Schlafsaal.

Nicht wenige wurden im Schlaf von Albträumen geplagt oder fanden überhaupt keine Ruhe. Es war ein vielstimmiger Chor aus Seufzen, Weinen und Wimmern, Stöhnen und Fetzen von Gebeten. In Éannas Ohren klang es wie die Wehklage von verlorenen Geisterseelen, die ruhelos durch die Nacht irrten, weil ihnen weder Himmel noch Hölle die Tore öffneten.

Sie dachte an Brendan, der ihr beigebracht hatte, dass es auch in den schlimmsten Zeiten möglich war, für sich selbst eine Entscheidung zu treffen. Und genau das hatte Éanna heute getan. Sie hatte sich entschieden, und es war die richtige Wahl gewesen.

Plötzlich hielt es Éanna nicht mehr länger aus. Es war ihr egal, ob die verabredeten zwei Stunden schon um waren oder nicht. Der Drang, endlich dem Schlafsaal und der Wehklage, ja dem entsetzlichen Elend des Arbeitshauses zu entkommen, wurde übermächtig. »Ich muss hier raus!«, flüsterte sie Emily zu. »Ich gehe vor, wie wir es ausgemacht haben.«

»In Ordnung! Pass bloß auf dich auf!«, raunte ihre Freundin zurück und drückte kurz ihre Hand. »Gebe Gott, dass alles gut wird.«

Mit heftig hämmerndem Herzen richtete sich Éanna auf. Als sie aus dem Bettkasten stieg und kurz nach links zu Caitlin blickte, hob diese kurz die Hand von der Brust, zum Zeichen, dass sie bereit war.

Mit gesenktem Kopf schlurfte Éanna über den Mittelgang zur Tür, die einen Spaltweit offen stand. Sie schlüpfte hinaus in den Gang.

Der Schein der Talgkerze, die auf der Höhe der Treppe in einem verrosteten Blechgehäuse an der Wand hing, reicht noch nicht einmal bis zu ihr heran. Angespannt spähte Éanna in die kalte Dunkelheit. Niemand war in Sicht! Schnell eilte sie an den zwei weiteren Schlafsälen vorbei auf die Treppe und den schwachen Lichtschein zu. Sie konnte ihr Glück kaum fassen, als sie die Treppe auf Zehenspitzen hinunterschlich und den Gang im zweiten Stockwerk genauso ausgestorben vorfand wie den im oberen Geschoss. Augenblicke später glitt sie fast lautlos aus dem kläglichen Lichtkreis am Treppenende und tauchte in den Schutz der tiefen Dunkelheit ein, die über dem hinteren Drittel des Ganges vor der Totenkammer lag.

Zitternd tastete ihre Hand über die rauen Bretter der Tür, suchte nach dem klobigen Holzriegel und fand ihn. Vorsichtig hob sie ihn an und zog die Tür auf. Es knarrte, ein tiefer, lang gezogener Laut, und Éanna erstarrte vor Schreck.

Mit angehaltenem Atem lauschte sie in die Dunkelheit. Doch weder die Warnrufe einer Aufseherin noch die Aufforderung, stehen zu bleiben, klang durch die Finsternis. Gerade wollte sie sich wieder in Bewegung setzen, als sie eine Gestalt von oben die Treppe zu ihr in den zweiten Stock herunterkommen sah.

Dann fiel das Licht der Kerze auf sie, und Éanna sah zu ihrer unsäglichen Erleichterung, dass es Emily war – und da folgte ihr auch schon Caitlin nur mit wenigen Schritten Abstand.

Als Emily bei Éanna eintraf, bedeutete sie ihrer Freundin stumm, mit ihr vor der Tür auf Caitlin zu warten.

»Was ist? Traut ihr euch ohne mich nicht in die Leichenkammer?«, fragte Caitlin spöttisch, als sie die beiden erreichte.

»Bilde dir bloß nichts ein«, zischte Emily.

»Ja, wir haben genauso wenig Angst davor wie du«, flüsterte auch Éanna gereizt. »Es ist nur wegen der Tür. Sie knarrt. Und es reicht ja wohl, wenn sie gleich noch ein zweites Mal knarrt, anstatt sechs Mal! Und jetzt kommt!«

Ohne dass ein weiteres Wort fiel, schlichen sie hintereinander in die Kammer. Der Raum maß gerade mal vier Schritte im Quadrat. Er lag halb im milchig blassen Licht des aufgehenden Mondes, das durch die breite Fensteröffnung fiel. Die beiden hölzernen Schlagläden waren nach außen aufgeklappt, damit die Winterkälte ungehindert eindringen konnte.

Behutsam zogen sie die Tür bis auf einen drei Finger breiten Spalt zu sich heran. Dann holte Éanna ein Stück Weidenrute aus ihrem Kleid, die Emily durch den Spalt zwischen Rahmen und Tür schob und den Riegel damit anhob. Schließlich zog Éanna die Tür fest zu, und Emily sorgte mit dem dünnen Stecken dafür, dass sich der Holzriegel auf der anderen Seite langsam in die Halterung senkte.

Einen Moment lang standen sie schweigend an der Tür, als wüssten sie nicht, weshalb sie sich an diesen Ort geschlichen hatten und welche Aufgabe sie hier erwartete.

Es war nicht Angst vor den fünf Toten, die auf der rechten Seite in Jutesäcken in drei Schichten aufeinanderlagen, die sie einige Sekunden lang schweigend verharren ließen.

Der Tod war für keinen Iren, ganz gleich welchen Alters, etwas Fremdes oder gar Anstößiges, vor dem man sich zu verbergen suchte und über den man nicht sprach. In den vergangenen zwei Jahren der Hungersnot hatte Éanna, Caitlin und Emily zu viele von ihnen zu Gesicht bekommen, und die wenigsten davon waren so gnädig verhüllt wie diese fünf.

Éanna wusste nicht, was die anderen dachten, aber bei ihr war es eine ganz eigenartige Mischung aus Mitleid, aus Trauer um ihre verstorbene Familie und aus Dankbarkeit, dass es mit ihr nicht so weit gekommen war – und aus dem stummen Bittgebet, dass sie und Brendan diesem Schicksal auch in Zukunft noch lange entkommen mochten.

»Machen wir uns an die Arbeit«, brach Caitlin das Schweigen. »Es gibt einiges zu tun!«

Ohne groß miteinander zu reden, begannen sie damit, Säcke von dem hohen Stapel auf der linken Seite zu nehmen und mit doppelten Knoten aneinanderzubinden. Sie achteten darauf, dass sie die Knoten nicht zu nahe an den Enden der Jutebahnen anbrachten. Lieber nahmen sie es in Kauf, fast dreimal so viele Säcke für das Seil miteinander verknoten zu müssen wie gedacht. Danach machten sie sich hastig daran, aus weiteren Säcken grobe Umhänge zusammenzuflicken. Diese Arbeit nahm erheblich mehr Zeit in Anspruch, als sie gedacht hatten. Vier aufgerissene Säcke waren nötig, um daraus einen Mantel zu fertigen, der ihnen bis auf die Füße fiel.

»Seid ihr bereit?«, wisperte Éanna endlich und stopfte ihren Flickenmantel in einen der letzten Säcke. »Dann müssen wir uns nur noch unserem Seil anvertrauen und in die Freiheit klettern.« Sie knotete das obere Ende ihres Strickes um einen der dicken Eisenstäbe der Schlaglädenscharniere.

Dann atmete sie einmal tief durch und wechselte einen letzten Blick mit Emily und Caitlin. »Ich probiere es aus«, flüsterte sie. »Wenn es sicher ist, folgt ihr mir nach.«

Ohne eine Antwort abzuwarten, gab sie sich einen Ruck und kletterte in die brusthohe Luke. Sie ergriff das Seil, das links von der Bretterrutsche hinabhing, ruckte noch einmal prüfend an dem Strang aus Leichensäcken an und stieß sich dann ab.

Langsam, Hand über Hand, ließ sie sich in die Tiefe hinab. Nach wenigen Augenblicken merkte sie, dass ihr der Schweiß trotz der Kälte über die Augen rann. Sie verfluchte sich dafür, dass sie vergessen hatte, wie geschwächt sie noch durch ihre Krankheit war.

»Nicht nach unten schauen«, flüsterte es von oben, und

verblüfft stellte Éanna fest, dass es nicht etwa Emily war, die sie aufmunterte, sondern Caitlin. Sie biss die Zähne zusammen und hangelte sich weiter abwärts.

Caitlin hatte recht. Den Anblick der tiefen Grube musste sie sich ersparen, auch wenn Kalk und Erde über den dort begrabenen Toten vom *Clifton Workhouse* lagen. Sie konzentrierte sich jetzt nur darauf, dass es vor der Grube und längs der Mauer, die sich an dieser Stelle mit der Nordwand des Wohnhauses verband, noch einen schmalen Streifen festen Bodens gab.

Als sie sich eine knappe Körperlänge unterhalb der schräg abwärts weisenden Bretterrutsche befand, kam aus dem Strang über ihr ein leises, aber doch vernehmlich scharfes Geräusch. Es klang nach reißendem Stoff, und Éanna fuhr ein eisiger Schreck durch die Glieder.

Für einen kurzen Moment hing sie reglos vor Entsetzen am Seil. Sie rechnete damit, dass der Jutestrang im nächsten Augenblick über ihr auseinanderriss und sie in die Tiefe stürzte. Doch als nichts geschah und alles still blieb, kletterte sie weiter, ohne auch nur noch einmal innezuhalten. Dass sie dabei mit den Knien und Ellbogen an der rauen Hauswand entlangschabte, nahm sie in ihrer Aufregung kaum wahr. Und plötzlich hatte sie festen Boden unter den Füßen.

»Jesus, Maria und Joseph, habt Dank!«, stieß sie erlöst hervor und bekreuzigte sich. Sie gab Emily, die schon oben in der Luke kauerte, das Zeichen, ihr den Sack mit den Umhängen zuzuwerfen und sich dann an den Abstieg zu wagen.

Sicher und behände wie ein Affe hangelte sich ihre Freundin zu ihr nach unten. Das Seil hielt.

Ausgerechnet Caitlin, die sich als Letzte am Seil herabließ, hatte weniger Glück. Bei ihrem Abstieg riss der Jutestrang kurz unterhalb der Luke. Sie kam jedoch mit dem Schrecken davon. Denn in dem Moment baumelten ihre Füße schon kurz über Éannas und Emilys Köpfen. Und als das Seil mit einem unangenehm ratschenden Geräusch in die Brüche ging, griffen die Freundinnen geistesgegenwärtig zu, fingen sie gerade noch rechtzeitig auf und verhinderten, dass sie über den Rand des schmalen Erdstreifens und in das Massengrab stürzte.

»Heiliger Christopherus, das war aber knapp!«, stieß Emily mit gedämpfter Stimme hervor. »Das hätte böse enden können. Wie gut, dass du schon so weit unten warst.«

»Knapp gerettet, ist auch gerettet!«, erwiderte Caitlin trocken. »Aber das hat man davon, wenn man anderen den Vortritt lässt! Man sollte eben immer zuerst an sich denken.«

»Das ist mal wieder typisch für dich, Caitlin«, raunte Emily kopfschüttelnd. »Du könntest ja auch dankbar sein, dass wir dich rechtzeitig aufgefangen haben. Stattdessen musst du so einen dummen Spruch von dir geben!«

»Lass es gut sein, Emily. Wir wissen doch, dass sie nicht anders kann.« Éanna sah sich hastig um. Der Mond hatte sich hinter den Wolken verborgen, und die Landschaft um sie herum war in dichte Finsternis gehüllt. Éanna atmete auf. Das Schlimmste war geschafft. Die Freiheit hatte sie wieder!

»Hier.« Sie zerrte den Sack mit ihren Umhängen auf. »Beeilt euch.«

Hastig zogen die drei ihre Mäntel über die Anstaltskleidung und machten sich daran, im Schutz der niedrigen Büsche und Sträucher in Richtung Landstraße zu laufen.

Éanna fuhr ein Schauder über den Rücken, als sie daran dachte, wie es Brendan wohl ergangen war, als er vor einigen Tagen hier entlanggekommen war. Er hatte geglaubt, Éanna wäre tot! Wie hätte sie sich gefühlt, hätte sie von seinem Tod erfahren? Sie schluckte. Seine Verzweiflung und Trauer waren etwas, dass sie fast körperlich spüren konnte.

Ich schwör es dir, Brendan, sagte sie insgeheim zu sich selbst. Ich werde dich finden. Und dann wird endlich alles gut.

»Wo soll es hingehen, wenn wir die Landstraße erreichen?«, flüsterte Caitlin von hinten.

Éanna sah sich nicht einmal um. »Nach Dublin«, sagte sie mit fester Stimme. »Natürlich nach Dublin.«

Noch wusste sie nicht, dass ihre Flucht schon am Mittag des folgenden Tages ihr schnelles Ende finden sollte.

Zweiunddreißigstes Kapitel

Sie waren die ganze Nacht über die Landstraße nach Norden marschiert und hatten sich nur wenige Ruhepausen gegönnt. Bei Tagesanbruch würde man im *Clifton Workhouse* ihre Flucht bemerken, und zu dieser Stunde wollten sie möglichst viele Meilen zwischen sich und das Arbeitshaus gebracht haben.

Erst als sie die kleine Stadt Ballymore Eustance erreichten, fühlten sie sich einigermaßen sicher. Denn während das *Clifton Workhouse* zum Verwaltungsbezirk Wicklow gehörte, lag Ballymore Eustace schon im westlich daran angrenzenden Kildare County.

Zum ersten Mal seit vielen Tagen bekamen sie wieder eine anständige Mahlzeit in den Magen – in einer Suppenküche, in der das Essen um einiges besser war als im Arbeitshaus. Anschließend machten sie sich daran, ihre Wanderung nach Dublin fortzusetzen. Gute zwanzig, fünfundzwanzig Meilen Weg lagen bis zu ihrem Ziel noch vor ihnen. Doch als sie die Suppenküche gerade verlassen hatten und über den Vorplatz gingen, passierte Éanna ein Missgeschick, das alles für sie verändern sollte.

Éanna stolperte.

Sie stolperte über einen zu lang herabhängenden Zipfel ihres Umhangs, der ihr ein wenig nach links verrutscht war, kam aus dem Tritt und versuchte noch verzweifelt, das

Gleichgewicht zu halten. Doch zu spät. Sie stürzte zu Boden, und im Fallen verhedderte sich ihr linker Fuß im Umhang. Mit einem entsetzlichen Laut rissen die groben Nähte der zusammengeflickten Jutesäcke.

Emily war innerhalb eines Augenblickes bei ihr, doch sie konnte nicht mehr verdecken, was alle auf dem Platz sahen: dass Éanna unter den zerrissenen Säcken die Kleidung eines Arbeitshauses trug.

»Seht mal, entlaufene Arbeitshäusler!«, rief jemand hinter ihnen mit einer Mischung aus Schadenfreude und Geringschätzung, kaum dass sich Éanna hastig aufgerappelt und nach der abgerissenen Hälfte ihres Juteumhangs gegriffen hatte.

Vermutlich wären Éanna, Emily und Caitlin mit dem Schrecken und einigen weiteren spöttischen Zurufen davongekommen. Doch wie das Schicksal es wollte, befanden sich gerade zwei Konstabler in ihrer Nähe. Die beiden Polizisten fassten sie sogleich scharf ins Auge und setzten sich zu ihnen in Bewegung.

»Stehen bleiben, ihr drei!«

»Verdammt, lauft!«, rief Caitlin entsetzt. »Nichts wie weg, sonst sind wir geliefert!«

In panischer Angst rannten sie los. Sie wussten, was ihnen drohte, wenn sie gefasst wurden, nämlich im besten Fall Rückkehr ins Arbeitshaus, vermutlich aber eher ins Gefängnis. Die Angst vor dem einen wie dem anderen machte ihnen Beine und mobilisierte all ihre Kräfte.

Doch jetzt zollte die Krankheit, die Éanna erst vor ein paar Tagen überwunden hatte, sowie die kräftezehrende Flucht ihren Tribut. Kaum war sie in die nächste Seitenstraße gerannt, hatte sie einer der kräftigen Konstabler von hinten gepackt.

Éanna unterdrückte ein Schluchzen, als sie sich verzweifelt gegen den eisernen Griff des Polizisten wehrte. Inständig hoffte sie, dass wenigstens Caitlin und Emily davongekommen wären. Doch wenige Augenblicke später kam der zweite Konstabler hinzu. Er hielt Éannas Gefährtinnen im Genick gepackt.

»Die beiden haben dummerweise eine Sackgasse erwischt«, sagte er grinsend zu seinem älteren Kollegen. »Ein hübscher Fang, Arthur! Gleich drei Ausreißerinnen auf einen Schlag!«

Doch der Konstabler, der Éanna erwischt hatte, winkte ab. Auf dem breiten Gesicht des Mannes, der um die fünfzig sein mochte und dem ein buschiger Schnurrbart wie ein Vorhang aus eisengrauem Haar halb über den Mund wucherte, zeigte sich ein mitleidiger Ausdruck. »Drei halb verhungerte Mädchen, die es nicht länger im Arbeitshaus ausgehalten haben. Nicht gerade ein Fang, auf den man als Polizist in diesen Zeiten stolz sein kann, William«, brummte er missmutig. »Ich hasse diese Art von Arbeit!«

»Aber sie muss getan werden«, beharrte der junge Konstabler.

Arthur seufzte. »Ja, das muss sie wohl. Also dann, bringen wir sie aufs Revier und nehmen erst einmal ihre Personalien auf. Dann sehen wir weiter.«

»Bitte, in Gottes Namen, lasst uns laufen«, flehte Éanna, und auch Emily und Caitlin verlegten sich auf inständiges Betteln, Gnade vor Recht ergehen zu lassen. Sie beteuerten hoch und heilig, dass sie sich im Arbeitshaus nichts hatten zuschulden kommen lassen und dass sie nur davongelaufen waren, weil sie es dort nicht mehr hatten aushalten können.

Wäre der ältere, gestandene Konstabler allein gewesen, er hätte womöglich ein Einsehen gehabt. Aber sein überaus diensteifriger junger Kollege pochte auf das Gesetz.

Wenig später saßen Éanna, Emily und Caitlin wie ein Häufchen Elend in dem Verhörzimmer des örtlichen Polizeireviers auf einer harten Bank. Ihre Flucht war nach nicht einmal vierundzwanzig Stunden in Freiheit zu Ende. Ihr Schicksal schien besiegelt. Man würde sie nach Aufnahme ihrer Personalien und Nennung des Arbeitshauses, aus dem sie entlaufen waren, wohl erst einmal in eine der Zellen der Wache sperren. Womöglich brachte man sie aber auch noch am selben Tag ins nächste Gefängnis. Ihr Prozess würde nicht lange auf sich warten lassen. Der Diebstahl von Anstaltskleidung wurde im Schnellverfahren abgeurteilt. Und dann warteten ein, zwei Jahre Gefängnis auf sie.

Der junge Konstabler William brannte sichtlich darauf, das Verhör vorzunehmen und das Protokoll zu schreiben. Doch Arthur Doherty, wie der Konstabler mit vollem Namen hieß, dachte nicht daran, ihm die Sache zu überlassen.

»Das übernehme ich«, beschied er ihn knapp. Und bevor sein Kollege Einwände erheben konnte, befahl er dem Jüngeren: »Du gehst jetzt besser wieder auf die Straße und machst draußen weiter die Runde!«

Der Polizist funkelte ihn an, aber dem Befehl seines ranghöheren Kollegen konnte er sich schlecht widersetzen. »Na ja, wenn diese Diebinnen dir irgendwelchen Ärger machen sollten, brauchst du ja bloß Tommy aus der Wachstube zu dir zu rufen!«

Arthur Doherty warf ihm einen gereizten Blick zu. »Danke für den guten Ratschlag, William! Darauf wäre ich nach einunddreißig Dienstjahren wirklich nicht gekommen«, gab er bissig zurück. »Und nein, ich habe nicht vor, sie laufen zu lassen, kaum dass du aus der Tür bist! Du brauchst also erst gar nicht mit Tommy zu tuscheln und ihm zu raten, bloß gut Augen und Ohren offen zu halten. Und nun verschwinde schon, bevor mir noch der Kragen platzt.«

Das Blut schoss dem jungen Polizisten ins Gesicht. Und er beeilte sich, schnellstens aus dem Zimmer und ihm aus den Augen zu kommen.

»So, und nun zu euch armen Pechvögeln! Bringen wir das unerfreuliche Geschäft hinter uns, das mir so wenig Spaß macht wie euch, aber nun mal leider getan werden muss. Wenn wir damit fertig sind, lasse ich euch einen Becher mit heißem Tee bringen«, sagte Arthur Doherty und gab einem Seufzer von sich. »Sagt mir eure Namen, euer Alter, woher ihr kommt und aus welchem Arbeitshaus ihr weggelaufen seid. Du da drüben fängst an!« Er wies mit seinem Stift auf Caitlin.

Éanna kämpfte mit der Angst. Sie konnte nicht glauben, dass mit ihrem Missgeschick alles verloren sein sollte. Wenn es zum Prozess kam, würde sie Brendan nie wiedersehen! Und diese Vorstellung entsetzte sie mehr als alles andere. Sie zermarterte ihr Hirn nach einer Lösung. Es musste doch eine Möglichkeit geben, Arthur Doherty irgendwie umzustimmen? Es war ja nur allzu offensichtlich, wie sehr es dem Konstabler widerstrebte, sie hinter Gitter zu bringen.

Plötzlich kam ihr ein Gedanke, ein Gedanke so verrückt, dass sie im ersten Moment fast den Kopf geschüttelt hätte. Doch er ließ sie nicht los. Gut, verrückt über alle Maße mochte er ja wirklich sein – vielleicht sogar lächerlich. Aber was hatte sie zu verlieren? Auch wenn sie damit scheiterte und am Ende sogar eine höhere Straße in Kauf nahm, Éanna musste es einfach versuchen.

»Was ist, wenn wir das Geld für die Strafe und die Anstaltskleidung aufbringen könnten?«, platzte sie aufgeregt heraus und unterbrach den Konstabler mitten in seiner Befragung. »Bleibt uns dann das Gefängnis erspart?«

Verblüfft wandte Arthur Doherty ihr den Kopf zu. »Sicher. Entrichtung der Geldstrafe innerhalb von vierundzwanzig Stunden oder Gefängnis, so lautet das Gesetz. Aber wenn ihr auch nur einen Bruchteil von dem Geld hättet, würdet ihr euch schon längst irgendwo andere Kleidung besorgt haben.«

»Das ist richtig, Konstabler Doherty«, sagte Éanna. »Wir besitzen nicht einen Viertel Penny. Aber ich kenne jemanden, der die Strafe für uns bezahlen wird.«

Nun sah nicht nur der Konstabler sie ungläubig an, sondern auch Emily und Caitlin starrten zu ihr herüber, als hätte sie den Verstand verloren.

»Ist das ein Verwandter, von dem du annimmst, er könnte euch auslösen?«, fragte Arthur Doherty stirnrunzelnd nach.

Éanna schüttelte den Kopf und biss sich kurz auf die Lippen, bevor sie mit der Sprache herausrückte: »Ich habe vor einiger Zeit einen Gentleman kennengelernt. Sein Name ist Patrick O'Brien. Ich bin ihm in den letzten Monaten mehrmals begegnet, und er ist mir sehr wohlgesinnt gewesen. Er hat mir Geld gegeben. Beim letzten Mal sogar vier Shilling!«

Während sich Emily und Caitlin verständnislos ansahen, trat ein mitleidiger Ausdruck in die Augen des Konstablers. »Das ist von diesem Gentleman Patrick O'Brien zweifellos sehr anständig gewesen. Aber wir reden hier nicht von ein paar Shilling, sondern von einigen Pfund, die zu entrichten sind, wenn es nicht zum Prozess kommen soll. Zudem scheint mir diese ... nun ja ... Bekanntschaft mit diesem Gentleman doch wohl nur sehr flüchtig zu sein, habe ich recht?«

Éanna zog es vor, darauf nicht einzugehen. »Glaubt mir, Patrick O'Brien wird mich und meine Freundinnen ganz sicher auslösen, wenn er weiß, in welcher Klemme ich stecke«, beharrte sie. »Ich bin felsenfest davon überzeugt. Wollt Ihr uns wirklich für Jahre im Gefängnis sitzen sehen, wenn es doch einen Ausweg gibt?«

Arthur Doherty sah sie mit scharfem, prüfendem Blick an und nagte kurz an seiner Unterlippe, bevor er fragte: »So, so. Felsenfest überzeugt, sagst du?«

Éanna nickte heftig. »Wenn Ihr ihm Nachricht gebt, wird Mr O'Brien die Strafe für uns alle bezahlen, so viel ist sicher!« In Gedanken schickte sie ein Stoßgebet gen Himmel, dass der Allmächtige ihr die Halblüge gnädig verzeihen möge.

»Und wo finde ich diesen Gentleman namens Patrick O'Brien«, wollte der Konstabler wissen. Seine Miene war noch immer skeptisch.

»In Dublin! Bei seinem Onkel Edmund Wexford, dem dort eine Brauerei gehört. Mr O'Brien soll sie eines Tages übernehmen«, sprudelte Éanna hervor. »Er hat genug Geld, um die Strafe zu bezahlen.«

Der Konstabler lachte trocken auf. »Das will ich wohl glauben, wenn es so ist, wie du sagst. Aber wie, bitte schön, stellst du dir vor, dass ich deinen Gentleman benachrichtige? Dublin liegt nicht gerade um die nächste Ecke, sondern fast eine gute halbe Tagesreise mit der Kutsche entfernt.«

»Ihr müsst ihm ein Telegramm schicken.«

Der Konstabler war einen Moment lang sprachlos, während Caitlin und Emily nur noch den Kopf schüttelten. Wenn die Situation nicht so verzweifelt gewesen wäre, hätte Éanna über die verblüfften Mienen lachen müssen.

Sie hockte hier auf dem Revier – in der armseligen Kleidung des Arbeitshauses – mit einem Fuß im Gefängnis und bat um ein Telegramm!

»Du scheinst nicht zu wissen, was so etwas kostet«, sagte der Konstabler schließlich. »Ich müsste es aus meiner eigenen Tasche bezahlen. Das ist keine Kleinigkeit für einen Mann wie mich. Wenn sich dann herausstellt, dass du dich geirrt hast und dein vermeintlicher Gönner gar nicht daran denkt, deinetwegen nach Ballymore Eustace zu eilen und euch auszulösen …« Er machte eine kurze Pause, bevor er warnend fortfuhr: »Dann stehst du nicht nur wegen Diebstahls von Anstaltskleidung vor dem Richter, sondern auch noch wegen Täuschung der Obrigkeit und Betrug! Das bringt dir Verbannung nach Australien ein, glaube es mir!«

Bei dieser scharfen Warnung wurde Éanna flau im Magen. Diebstahl *und* Betrug! Als Sträfling verbannt nach Australien, ans Ende der Welt! Das wäre das Ende jeglicher Hoffnung.

Sie zögerte nur kurz, doch dann nahm sie allen Mut zusammen. »Ich weiß sehr gut, was mir dann blüht, Konstabler«, sagte sie mit fester Stimme. »Aber Ihr werdet Euer Geld zurückbekommen, bis auf den letzten Pence. Mr O'Brien wird kommen. Ich beschwöre Euch, glaubt mir, und schickt das Telegramm an ihn.« Sie hatte nun Tränen in den Augen. »Er wird kommen!«

Abrupt stand Arthur Doherty auf und ging eine Weile schweigend hinter dem Tisch auf und ab. Er rang sichtlich mit sich, was er von der Sache halten sollte. Nervös zwirbelte er die langen Enden seines Schnurrbartes, die bis ans Kinn hinunterreichten.

Éanna wagte kaum zu atmen. Und auch Emily und Caitlin, die dem Wortwechsel erst mit zunehmender Verwirrung, zum Schluss jedoch mit neuer Hoffnung gefolgt waren, wagten keinen Ton von sich zu geben. Reglos hockten sie auf der Bank und beteten, dass der Konstabler sich erweichen ließ.

So unvermittelt, wie sich der Konstabler von seinem Sitz erhoben hatte, so unvermittelt blieb er plötzlich vor Éanna stehen. »Also gut, ich werde das Telegramm aufgeben!«, erklärte er knurrig. »Aber gnade dir Gott, wenn das alles nur Luftgespinste gewesen sind und nichts dabei herauskommt!«

Éanna wurde fast schwindelig vor Freude. »Ich danke Euch für Eure Güte, Konstabler«, stieß sie mit tränenerstickter Stimme hervor.

»Du dankst mir besser nicht zu früh, Mädchen. So, und jetzt sag, was ich diesem Patrick O'Brien nach Dublin kabeln soll«, forderte er sie auf und griff zu Stift und Papier.

»Aber komm mir nicht mit einem langen Sermon, verstanden? Jedes Wort kostet Geld. Es muss also kurz und knapp sein.«

Éanna überlegte kurz. Dann sagte sie ihm, wie die Nachricht auf dem Telegramm lauten sollte.

Der Konstabler stutzte. »Bist du dir sicher, Mädchen?«, fragte er nach.

Éanna nickte und wiederholte den Text noch einmal. Der Konstabler betrachtete das Papier vor sich, auf dem er die Worte notiert hatte. »Mhm, kurz und knapp hast du dich wirklich gefasst. Aber bist du dir sicher, dass es das ist, was ich an die Edmund Wexford Brauerei in Dublin und zu Händen von Mr Patrick O'Brien telegrafieren soll?«, fragte er verwundert. »Vielleicht solltest du es noch einmal ändern. Ich meine, der letzte Satz ist schon ein wenig merkwürdig.«

Éanna schüttelte den Kopf. »Nein«, sagte sie beharrlich. »Mr O'Brien wird schon wissen, was damit gemeint ist!«

Der Konstabler zuckte die Achseln. »Wie du willst. Es ist dein Kopf, den du riskierst! Ich gehe jetzt damit aufs Telegrafenamt. Und du betest besser, wie du noch nie in deinem Leben gebetet hast, dass Mr O'Brien wirklich der ist, für den du ihn hältst.« Er rief nach seinem Kollegen Tommy in der angrenzenden Wachstube und ließ sie in eine der Zellen im hinteren Teil des Reviers einsperren.

Dreiunddreißigstes Kapitel

Kaum war die Gittertür hinter ihnen zugefallen und verriegelt, als Éanna auch schon von Emily und Caitlin mit Fragen bestürmt wurde. Sie wollten wissen, wer dieser mysteriöse Gentleman und Brauereierbe Patrick O'Brien war, wo und wann und unter welchen Umständen sie ihn kennengelernt hatte und was sie bloß so sicher machte, dass er sie vor dem Gefängnis bewahren würde.

Éanna erzählte es ihnen.

Caitlin machte ein ungläubiges Gesicht. »Und das ist alles?«, stieß sie erschrocken hervor, als Éanna geendet hatte. »Auf diese beiden läppischen Begegnungen setzt du deine Hoffnung, dass er mehrere Pfund für uns springen lässt? Ich kann es nicht glauben! Du musst sie wirklich nicht mehr alle beisammenhaben.« Sie tippte sich an die Stirn. »Und ich habe wirklich geglaubt, wir hätten eine Chance. Himmel, wie kann man nur so einfältig sein?«

Auch Emily sah betroffen aus. »Mein Gott, das hätte ich nicht gewagt, Éanna. Das kann doch nur ein böses Ende für dich nehmen.«

Caitlins Vorwürfe und Emilys Bestürzung trafen Éanna zutiefst. Nicht, weil sie sich von ihnen verletzt fühlte, sondern weil sie selbst plötzlich ernüchtert war. Wie ein Kartenhaus stürzte ihre Zuversicht, dass Patrick O'Brien aus Dublin kommen und sie retten würde, in sich zusammen. Was hatte sie bloß im Verhörraum geritten? Sie wusste ja noch nicht einmal, ob Mr O'Brien sich überhaupt in Dublin aufhielt. Vielleicht hatte sein Onkel ihn wieder auf eine dieser Werbereisen übers Land geschickt. Sogar wenn er ihr hätte helfen wollen, was ihr selbst mit jedem Moment immer unwahrscheinlicher erschien, würde ihn ihre Nachricht in diesem Fall viel zu spät erreichen, um sie vor Gefängnis und Verbannung retten zu können.

»Und ob das für sie ein böses Ende nimmt, Emily! Éanna kann noch froh sein, wenn sie sich mit dieser idiotischen Idee nicht selbst den Strick gedreht hat.« Caitlins Blicke sprühten vor Zorn. Offenbar fühlte sie sich von Éanna betrogen. »Ein Gentleman von Stand aus Dublin, der die Brauerei seines Onkels erbt, soll an ihrem Schicksal interessiert sein?« Verächtlich lachte sie auf. »Hast du denn völlig vergessen, wer und was du bist? Schau dich doch mal an, Éanna Sullivan! Du bist ein Nichts und Niemand! Ein ausgehungertes, dreckiges und mittelloses Straßenmädchen, von denen es überall in Irland nur so wimmelt. Na, ich wünsche dir viel Vergnügen in Australien.«

»Jetzt reicht es aber!«, rief Emily nun erbost. »Nimm bloß nicht den Mund so voll, Caitlin. Vielleicht war es leichtsinnig, was sie getan hat. Aber sie hat es wenigstens versucht. Außerdem hast du wohl vergessen, dass du noch immer im *Clifton Workhouse* sitzen würdest, wenn Éanna uns nicht zur Freiheit verholfen hätte!«

»Von wegen Freiheit!« Caitlin spuckte auf den Zellenboden. »Die dumme Kuh bringt uns geradewegs ins Gefängnis.«

Emily hob drohend die geballten Fäuste. »Noch ein Wort,

und ich zeige dir, was ich von dir halte – du gehässiges, undankbares Biest«, zischte sie.

»Pah!«, stieß Caitlin abschätzig hervor und verzog sich in die hinterste Ecke, wo sie sich auf den Boden hockte und mit finsterer Miene auf das Zellengitter starrte.

Emily legte Éanna ihren Arm um die Schulter. »Nimm es nicht so schwer. Vergiss ihr böses Geschwätz. Ich weiß, du hast es nur gut gemeint. Bestimmt wird es nicht so bitter kommen, wie Caitlin es an die Wand gemalt hat«, sagte sie. »Konstabler Doherty ist ein anständiger Mann. Der hätte uns vorhin bestimmt laufen gelassen, wenn dieser Sturkopf William nicht bei ihm gewesen wäre. Und wenn er auch das Geld fürs Telegramm verliert, so glaube ich einfach nicht daran, dass er das an die große Glocke hängt und dich dafür büßen lässt.«

Zweifelnd sah Éanna ihre Freundin an. »Ich wünschte, ich könnte so sicher sein wie du«, murmelte sie niedergeschlagen und kämpfte mit den Tränen. »Wenn ich doch nur nicht über meinen eigenen Umhang gestolpert wäre!«

»Das hätte jedem von uns passieren können.«

»Aber es ist nun mal *mir* passiert.« Jetzt weinte Éanna wirklich. »Und damit habe ich euch alle mit reingerissen. Auch wenn ich um die Verbannung herumkomme, werde ich Brendan niemals wiederfinden.«

Emily seufzte. »Warte doch erst einmal ab, was wird. Noch ist nicht aller Tage Abend«, erwiderte sie und wusste selbst, wie schwach dieser Trost in den Ohren ihrer Freundin klingen musste.

Stunde um Stunde verstrich, ohne dass Konstabler Doherty sich bei ihnen blicken ließ. Und das war ein schlechtes

Zeichen. Wenn Patrick O'Brien das Telegramm erhalten und sein Kommen umgehend zurückgekabelt hätte, hätten sie davon inzwischen längst erfahren.

Als sich die abendliche Dunkelheit über das Städtchen senkte, öffnete sich die Tür zu ihrem Zellentrakt. Konstabler Tommy erschien. Doch er brachte ihnen keine Nachricht, sondern eine Kanne mit heißem Tee, drei Blechbecher sowie reichlich frisches Brot und einige Scheiben Käse.

»Mehr ist für Inhaftierte nicht vorgesehen«, teilte er ihnen mit einem bedauernden Achselzucken mit.

Weder Éanna noch Emily wagten, ihn nach Konstabler Doherty zu fragen. Und auch Caitlin hielt den Mund. Sie fürchteten, Éanna mit ihren Fragen noch tiefer in die Bredouille zu bringen. Vielleicht hatte Arthur Doherty vorgezogen, die Sache mit dem Telegramm für sich zu behalten?

»Nun iss schon was, Éanna!«, forderte Emily sie auf, als der Polizist sich wieder entfernt und sie Brot und Käse gerecht in drei Portionen aufgeteilt hatte. »Es bringt doch nichts, den Kopf hängen zu lassen. Und an ein solches Festmahl kommen wir so schnell nicht wieder.«

»Ich kann nicht«, wehrte Éanna gequält ab und vergrub den Kopf in ihren Händen.

Caitlin schlürfte den heißen Tee so laut, dass niemand die Schritte weicher Stadtschuhe hörte, die plötzlich über den Gang kamen. Erst als jemand vor dem Zellengitter stehen blieb, setzte das Mädchen ihre Tasse ab. Plötzlich hätte man eine Nadel fallen hören können.

»Oh mein Gott!«, entfuhr es Emily fassungslos. Dann stieß sie Éanna an und raunte erregt: »Sag bloß, das ist er?«

Éanna hob den Kopf und riss die Augen auf. Ihr war, als träfe sie ein Blitz, der von einer Sekunde auf die andere alle Qual und Verzweiflung und Selbstvorwürfe in ihr auslöschte und sie mit einem Gefühl unbeschreiblicher Erleichterung erfüllte.

Es war Patrick O'Brien, der auf der anderen Seite des Zellengitters stand! Er hatte sich seinen Spazierstock mit dem Silberknauf sowie ein paar hellbraune Lederhandschuhe unter die linke Achsel geklemmt und hielt ein Telegramm in der Rechten. Eine sanft gewellte Locke seines vollen schwarzen Haars fiel ihm in die Stirn, und sein Gesicht war sichtlich vor Kälte gerötet.

Er hob leicht die Augenbrauen, warf einen kurzen Blick auf das Telegramm in seiner Hand, schaute dann Éanna an und fragte mit einem spöttischen Lächeln auf den Lippen: »Entschuldigt die Störung. Aber bin ich hier richtig bei einer gewissen Éanna Sullivan, die für ihre Rettung vor dem Gefängnis mit ihrem Leben bezahlen will?«

Vierunddreißigstes Kapitel

Eine Hand rüttelte sie sanft an der Schulter, und Éanna erwachte aus ihrem wirren Traum. Sie schlug die Augen auf und blickte mit schläfriger Benommenheit in das Gesicht von Patrick O'Brien.

Éannas bewusste Wahrnehmung setzte erst mit ein, zwei Sekunden Verzögerung ein. Dann jedoch riefen ihr das Rattern und Rütteln, das Knirschen der eisenbeschlagenen Räder über dem Geröll der Landstraße, der trommelnde Hufschlag eines Vierergespanns edler Pferde und die kehligen Rufe des Kutschers jäh in Erinnerung, dass sie sich auf dem Weg nach Dublin befand. Und zwar in der herrlich gepolsterten Kutsche von Mr Patrick O'Brien!

Emily und Caitlin war diese Bequemlichkeit nicht vergönnt. Ihnen hatte er bei ihrem Aufbruch Plätze auf dem Kutschbock zugewiesen, wenn sie auch mit Decken gegen den eisigen Fahrtwind gut versorgt waren. Sie, Éanna, hatte er dagegen mit dem Hinweis, dass sie ja wohl noch einiges zu klären hätten, aufgefordert, zu ihm in die Kutsche zu steigen. Und das hatten sie in der Tat.

Dass Patrick O'Brien das Telegramm nicht nur erhalten, sondern sich tatsächlich sofort zu ihnen auf den Weg nach Ballymore Eustace gemacht und seinen Kutscher dabei zu größter Eile angetrieben hatte, kam Éanna auch jetzt noch wie ein Wunder vor. Und er hatte es nicht allein dabei belassen, auf der Wache die Strafe für sie drei zu begleichen und dem Konstabler Doherty die Kosten für das Telegramm mit einem großzügigen Aufschlag zu ersetzen.

Nein, Patrick O'Brien hatte ihnen auch noch in einem nahen Gasthof ein Quartier für die Nacht bezahlt. Zudem hatte er seinem Kutscher am Morgen Geld gegeben und sie mit ihm zum nächsten Pfandleiher geschickt, damit sie sich dort jede eines der besseren Kleider sowie einen warmen Umhang, Schal und Mütze aussuchen konnten. Und nun brachte er sie mit seiner Kutsche sogar nach Dublin.

Éanna fuhr sich über die Augen und setzte sich auf der Polsterbank auf. »Entschuldigt, ich muss wohl kurz eingeschlafen sein«, sagte sie verlegen.

»Kurz.« Patrick O'Brien lachte belustigt auf. Er saß ihr gegenüber auf der Rückbank, die Beine lässig übereinandergeschlagen. Er hielt ein Buch in den Händen, das in helles Leder gebunden und mit farbig marmorierten Deckeln versehen war. Aus den Seiten ragte ein Stück des Telegramms heraus, wohl als Lesezeichen. »Ich weiß zwar nicht, was für dich kurz ist, aber du hast fast die ganze Fahrtstrecke nach Dublin verschlafen, Éanna Sullivan«, sagte er spöttisch.

Ungläubig sah Éanna ihn an. »Was? Ich habe die ganze Zeit geschlafen? Das kann nicht sein!«, entfuhr es ihr.

»Tja, glaub mir mal. Es ist keine halbe Stunde mehr bis in die Stadt. Du scheinst wirklich sehr erschöpft gewesen zu sein, dass dich das Gerüttel auf der schlechten Straße nicht aus dem Schlaf geholt hat.« Er zwinkerte ihr zu. »Ich hätte dich weiterschlafen lassen, wenn es denn nicht allmählich an der Zeit wäre, dass wir uns über das unterhalten, was du mir mit deinem Telegramm zugemutet hast. Falls du nichts dagegen hast?«

Das Blut schoss ihr vor Verlegenheit ins Gesicht. »Ich weiß, es war unverschämt und unverzeihlich von mir, Euch damit zu belästigen und Euch zu bitten, mir und meinen Freundinnen zu helfen«, gestand sie und senkte den Blick. »Ihr habt schon so viel Gutes für mich getan. Aber ich war verzweifelt und wusste mir einfach nicht anders zu helfen.«

»Nun, unverschämt und unverzeihlich würde ich dein Telegramm an mich nicht gerade nennen«, erwiderte O'Brien in seinem munteren Plauderton, der Éanna schon bei ihrer ersten Begegnung in Ballinasloe so verwirrt hatte. »Mir sind dabei vielmehr die Worte ›einfallsreich‹ und ›verwegen‹ in den Sinn gekommen. Wobei ich jedoch gestehen muss, dass andere an meiner Stelle wohl zu einer etwas weniger freundlichen Einschätzung gekommen wären. Denn wer die Sicherheit des Vertrauten und die strengen Regeln seines Standes über alles schätzt und sich nicht von den ungewissen Gewässern des Fremden locken lässt, dem dürfte wohl zu deinem Telegramm das Wort ›unverfroren‹ eingefallen sein.«

Éannas Gesicht brannte nun wie Feuer. »Und das war es ja wohl auch«, murmelte sie.

»Und zu deinem Glück, wie ich wohl sagen darf! Denn andernfalls wäre ich kaum so neugierig gewesen, mich deiner Sache unverzüglich anzunehmen und ihr auf den Grund zu gehen.« Er grinste. »Und damit wären wir nun beim eigentlichen Thema: Denn da gibt es schon noch einige Fragen, auf die doch ganz gern eine Antwort von dir hätte.«

»Wenn Ihr damit das schrecklich viele Geld meint, das Ihr für mich und meine Freundin habt ausgeben müssen …«, begann Éanna mit belegter Stimme und hob den Kopf.

»Ich meine erst einmal etwas ganz anderes«, fiel Patrick O'Brien ihr ins Wort und zog dabei das Telegramm aus dem Buch. Er faltete es auseinander und warf einen Blick auf den kurzen Text, obwohl er ihn zweifellos längst auswendig kannte. Und dann las er ihn laut vor, als wollte er ihr noch einmal in Erinnerung rufen, was sie ihm hatte telegrafieren lassen.

»Nach Flucht aus Arbeitshaus gefasst + stop + Auf Wache in Ballymore Eustace + stop + Rettet mich vor Gefängnis + stop + Bezahle mit meinem Leben + stop + Éanna Sullivan.

Er ließ das Telegramm sinken und sah sie mit dem ihm eigenen spöttischen Lächeln an. »Ich muss sagen, dass mich die ersten drei Sätze nicht ganz unberührt gelassen haben. Doch ich bin mir sehr im Zweifel, ob ich mich gestern wirklich in großer Eile auf den Weg nach Ballymore Eustace gemacht hätte, wenn es diesen letzten mysteriösen, ja geradezu paradoxen Satz ›Bezahle mit meinem Leben‹ in dem Telegramm nicht gegeben hätte. Und nun hoffe ich, dass deine Erklärung, was du damit meinst, nicht allzu enttäuschend für mich ausfällt!«

Éanna war auf diese Frage vorbereitet. Sie hatte Zeit genug gehabt, sich Gedanken zu machen, was sie ihm darauf antworten sollte. Nun straffte sie die Schultern und holte tief Luft. »Meine Mutter und ich sind im September letzten Jahres von unserem Pachtland vertrieben worden«, begann sie zögernd. »Bis dahin habe ich nur unser Dorf und seine nähere Umgebung gekannt. Wie es in einer Stadt zugeht und wie richtige Häuser und Geschäfte aussehen, habe ich mir nie so richtig vorstellen können.«

Patrick O'Brien musterte sie irritiert. »Ach ja?«, fragte er, und Éanna sah ihm an, dass er sich keinen Reim aus ihren Worten machen konnte. Doch sie ließ sich nicht beirren.

»In den letzten Monaten bin ich auf der Suche nach Arbeit und etwas Essen durch mehrere größere Städte gekommen«, fuhr sie hastig fort. »Dort habe ich vor Geschäften gestanden und die Auslagen bewundert, ohne die meisten Sachen jedoch benennen zu können, die ich gesehen habe. Vieles war mir so fremd, dass ich gar nicht wusste, was ihr Sinn und Zweck war.«

Patrick O'Brien legte die Stirn in Falten, und seine Finger trommelte ungeduldig auf dem Buch. Doch diesmal unterbrach er sie nicht.

»Manchmal bin ich auch vor besonders schönen Häusern stehen geblieben und habe versucht, mir vorzustellen, was sich wohl hinter den Fenstervorhängen verbirgt. Wie die Räume aussehen und was ihre Bewohner dort tun und wie sie leben.« Éanna hielt einen Moment lang inne. »All diese Vorstellungen – meine Bilder im Kopf –, nun, sie dürften größtenteils falsch sein. Denn ich habe nicht die geringste Ahnung von all dem, weil ich noch nie in solch einem Haus war. Selbst wenn ich einmal eines kurz betreten und mich dort umschauen dürfte, selbst dann wüsste ich noch immer nicht, wie es dort zugeht. Dem werdet Ihr mir doch gewiss zustimmen, nicht wahr?«

»Mhm«, machte Patrick O'Brien. Seine Stimme und Miene verrieten seine Ungeduld. »Ja, damit dürftest du zweifellos recht haben. Nur weiß ich beim besten Willen nicht, was das mit dem Inhalt deines Telegramms zu tun haben soll, insbesondere mit dem Versprechen, für deine Rettung mit deinem Leben bezahlen zu wollen?«

Éanna wagte ein zaghaftes Lächeln. »Es hat sehr viel damit zu tun, Mr O'Brien«, versicherte sie. »Denn habt Ihr mir nicht damals, als ich Euch kurz vor Carlow auf der Landstraße wiedergetroffen habe, davon erzählt, dass Ihr Schriftsteller werden wollt? Und dass Ihr dafür alles in Euer Notizbuch aufschreibt, was Ihr bei Euren Fahrten durch Irland seht und erlebt?«

»Sicher, das tue ich, und ich hoffe, dass mein Vorhaben auch bald gelingt«, erwiderte Patrick O'Brien. »Auch wenn ich zugeben muss, dass ich diesen Stoff über die Hungersnot in unserem Land nur schwer in den Griff bekomme. Aber ich begreife noch immer nicht, worauf du hinauswillst.«

Sie zögerte kurz. Was sie ihm nun sagen musste, würde ihm womöglich gar nicht gefallen. Sie fürchtete, ihm mit ihren nächsten Worten das Gefühl zu geben, von ihr getäuscht worden zu sein. Doch sie musste es aussprechen, denn sie hatte ihm nichts anderes zu bieten.

»Ich will darauf hinaus, dass es niemals ein gutes, geschweige denn wahres Buch werden wird«, sagte sie ihm geradeheraus ins Gesicht. »Auch wenn Ihr noch so brillant mit Worten umgehen könnt, was ich nicht bezweifle, dann fehlt euch doch etwas ganz Entscheidendes. So wie ich vor den Auslagen der Geschäfte und den wunderschönen Häusern stehe und nur die Fassade sehe, so könnte auch Ihr nur von außen auf das blicken, was die Hungersnot angerichtet und aus uns gemacht hat. Ihr wollt etwas beschreiben, was

Ihr überhaupt nicht kennt und was Ihr nicht versteht. So wie ich Euer Leben nicht kenne und nicht verstehe.«

Ein schockierter Ausdruck trat auf sein Gesicht, und er wollte zu einer Erwiderung ansetzen, doch Éanna hob die Hand. Sie war noch nicht fertig. »Was wisst Ihr, was es bedeutet, wenn einem das Dach über dem Kopf eingerissen und man aus seinem Heim vertrieben wird? Wenn man auf der Straße und von der Straße lebt? Wenn man hilflos zusehen muss, wie die Eltern und Geschwister elendig an Hunger und Fieber zugrunde gehen? Wenn man in Erdlöchern hausen muss? Wenn man bei Wind und Wetter für einen Hungerlohn im Steinbruch schuften muss? Wenn man vor Hunger fast wahnsinnig wird? Wenn man so verzweifelt und am Ende ist, dass man um Aufnahme in einem so entsetzlichen Ort wie das Arbeitshaus bettelt? Was also wisst Ihr, der Ihr bestimmt noch nie am eigenen Leib erlebt habt, was Hunger und Kälte und Hoffnungslosigkeit bedeuten, was wisst Ihr über uns und unser Elend, dass Ihr meint, ein Buch darüber schreiben zu können?« Sie rang nach Atem. Die letzten Fragen hatte sie nur noch hervorgestoßen.

Verblüffung und fast so etwas wie Betroffenheit vertrieben den schockierten Ausdruck von seinem Gesicht. Lange Zeit sagte er nichts, sondern sah nur aus dem Fenster auf die vorbeifliegende Landschaft. Endlich wandte er ihr wieder seinen Blick zu.

»Nicht, dass es mir gefällt, was du mir da an den Kopf wirfst«, sagte er nachdenklich. »Aber ich muss gestehen, dass an deinen Vorhaltungen leider viel Wahres dran ist. Und wer weiß, vielleicht ist das genau der Grund, warum ich nicht mit meinem Manuskript vorankomme.«

Éanna fiel ein Stein vom Herzen. Sie hatte mit ihrer Einschätzung über Patrick O'Brien recht behalten. »Ich habe Euch im Telegramm versprochen, für meine Rettung mit meinem Leben zu bezahlen, Mr O'Brien. Ihr könnt es haben, wie wenig es auch wert sein mag.«

Nun begriff er, und seine Augen blitzten begeistert auf. »Du bietest mir die *Geschichte* deines Lebens an, richtig? Und bist du auch wirklich gewillt, mir darüber ausführlich Rede und Antwort zu stehen und mir alles geduldig zu erzählen?«

»Nicht nur die Geschichte meines Lebens, Mr O'Brien. Ich werde Euch alles erzählen, was Ihr wissen wollt. Das verspreche ich Euch bei allem, was mir heilig ist«, sagte sie feierlich. »Wie unser Leben früher in Galway war, wie die Hungersnot über uns gekommen ist und alles, was danach geschehen ist. Mehr habe ich Euch nicht zu bieten, Mr O'Brien. Meine Erinnerungen sind alles, was mir geblieben sind, und die sollt Ihr haben.« Sie biss sich auf die Lippen, denn aus einem unerfindlichen Grund war ihr plötzlich nach Weinen zumute.

Patrick O'Brien bemerkte es nicht. Er klatschte vielmehr vergnügt in die Hände und lachte über das ganze Gesicht. »Ich bin sicher, dass deine Erinnerungen und dein Wissen über all diese Dinge für mich nicht mit Gold aufzuwiegen sind. Das ist vermutlich genau das, was ich brauche, um endlich mit meinem Manuskript voranzukommen!« Dann stutzte er, zog die Stirn kraus und fragte fast argwöhnisch: »Aber du weißt doch hoffentlich auch, was das für dich bedeutet, nicht wahr?«

»Was meint Ihr damit«, fragte Éanna beunruhigt zurück.

»Nun, du wirst mir eine Menge zu erzählen haben, und ich werde mir dabei nicht wenige Notizen machen müssen. Das wird viele Stunden, vielleicht sogar Tage in Anspruch nehmen, und ich bin entschlossen, dich ..«

»Aber bitte nicht heute, Mr O'Brien«, fiel Éanna ihm ins Wort. »Erst muss ich in der Stadt nach meinem ... nach Brendan suchen. Er glaubt, dass ich tot bin. Ich muss ihn so schnell wie möglich finden! Bitte – verlangt nicht von mir, dass ich Euch noch heute Rede und Antwort stehe!«

Beschwichtigend hob er die Hand. »Keine Angst, das lag auch nicht in meiner Absicht. Es dürfte sowieso sinnvoller sein, wenn ich dich am Anfang immer nur für ein, zwei Stunden befrage und danach erst einmal einige Tage lang meine Notizen dazu studiere und mir Gedanken darüber mache. Etwa, ob ich zu irgendeinem Punkt noch weitere Einzelheiten brauche oder ob ich etwas Wichtiges zu fragen vergessen habe. Solche Dinge eben.«

»Mir soll es recht sein. Sagt mir nur, wann und wo ich zur Stelle sein muss, und ich werde da sein«, erwiderte Éanna schlicht.

Patrick O'Brien überlegte kurz. »Du wirst dir in Dublin gewiss eine Arbeit suchen. Wir werden uns deshalb jeden Sonntag auf eine gute Stunde bei mir treffen. Über die genaue Uhrzeit werden wir uns schon einig werden«, schlug er vor, während die Kutsche schon durch die ersten südwestlichen Wohnbezirke von Dublin ratterte.

Éanna nickte. Was immer er von ihr verlangte, sie würde es tun. Sie stand unendlich tief in seiner Schuld, und sie wollte fortan keine Mühen scheuen, um wenigstens einen kleinen Teil davon abzutragen.

»Wir werden uns nicht im Haus meines Onkels treffen, sondern in meinem Zimmer in der O'Connell Street«, fuhr er fort. »Das ist eine nördliche Seitenstraße vom Rutland Square auf der linken Flussseite. Die Straße ist leicht zu finden, denn den nahen Rutland Square kennt jeder Dubliner. Ich werde dir die Adresse aufschreiben.« Er riss ein Blatt Papier aus seinem Buch. »Onkel Edmund weiß nichts von diesem Zimmer, und es ist auch besser so, wenn es dabei bleibt. Es ist mein geheimes Refugium, wo ich mich im Schreiben übe und meinen eigenen Träumen nachhänge, die nicht das Geringste mit seiner Brauerei zu tun haben.«

Er kritzelte eine Adresse auf den Zettel und reichte ihn Éanna, die ihn sorgfältig zusammenfaltete und in ihrem Kleid verstaute.

»Weißt du schon, wo du mit deinen beiden Freundinnen die Nacht verbringen wirst?«, fragte Patrick O'Brien.

Éanna verzog das Gesicht. Er war so verwöhnt, dass er noch nicht einmal bemerkte, wie verletzend seine Frage war. Weder kannte sie jemanden in Dublin, noch hatte einer von ihnen Geld genug, um die schäbigste Kammer im schrecklichsten Wohnloch der Stadt bezahlen zu können. Und das wusste er auch. »Wir werden schon etwas finden, wo wir uns verkriechen können«, gab sie achselzuckend zurück.

Er schenkte ihr ein fröhliches Grienen, als wüsste er, was ihr soeben durch den Kopf gegangen war. »Das wird nicht nötig sein. Ich kenne eine sehr einfache, aber ehrbare Pension auf der Thomas Street kurz hinter dem St. James Tor. *Journey's End* ist ihr Name, und sie wird von der resoluten Witwe Elizabeth Skeffington geführt. Sie nimmt nur weibliche Logiergäste in ihrem Haus auf, und ihre Kammern sind sauber. Ihr seliger Mann war Kapitän eines stolzen Dreimasters und befuhr die Indienroute, ist aber sehr früh auf See geblieben und hat ihr nur eine spärliche Rente hinterlassen. Mrs Skeffington ist deshalb auf die bescheidenen Einnahmen aus ihrer Pension angewiesen.«

»Ja, aber . . .«, setzte Éanna an.

Patrick O'Brien ließ sie erst gar nicht ausreden. »Ich weiß, ich weiß. Ihr habt kein Geld, um auch nur die dürftigste Unterkunft in Dublin bezahlen zu können. Aber zum Glück ist Onkel Edmund mit seinen finanziellen Zuwendungen an mich alles andere als kleinlich.« Er machte eine kurze Pause. »Was sich natürlich schnell ändern kann, wenn er endlich begreift, dass sein Traum nicht mein Traum ist und ich nicht daran denke, mein Leben im Kontor seiner Brauerei zu verbringen.« Er seufzte. »Wie auch immer, das alles soll dich nicht interessieren. Jedenfalls werde ich euch dort erst einmal für zwei Wochen unterbringen. Das gibt deinen Freundinnen Zeit, sich in der Stadt Arbeit und ein neues Logis zu suchen, und dir, deinen Brendan zu finden.«

Éanna war von so viel großherziger Güte zutiefst gerührt und zugleich beschämt. Hatte sie ihn denn nicht förmlich dazu gezwungen, indem sie ihm im Wissen um seine Hilfsbereitschaft, aber auch seine Neugier dieses wahrlich unverfrorene Telegramm geschickt hatte?

»Ihr seid zu gut zu uns, Mr O'Brien. Ich weiß nicht, wie ich . . . wie wir Euch das jemals danken, geschweige denn es wiedergutmachen können«, murmelte sie mit feuerroten Wangen.

»Oh, täusche dich mal ja nicht, Éanna Sullivan«, sagte er lachend. »Ich tue das keineswegs aus reiner Mildtätigkeit, sondern vielmehr aus blankem Eigennutz. Denn jetzt weiß ich, wo du steckst – und dass du mir mit deiner Geschichte nicht so leicht durch die Finger schlüpfen kannst. So, und mehr Worte wollen wir darüber auch nicht verlieren. Lass uns lieber darüber reden, wann ich dich am kommenden Sonntag zu unserem ersten Gespräch dort erwarten kann.«

Nur wenige Minuten später brachte Donnelley die Kutsche auf der Thomas Street vor der Pension *Journey's End* zum Stehen. In Éannas Augen war es ein stattliches Haus mit zwei kleinen Erkern an den Seiten, das ein wenig zurückversetzt von der Straße lag und einen umzäunten Vorgarten hatte. Fast wurde ihr bange bei dem Gedanken, dass sie tatsächlich dort zwei Wochen Kost und Logis erhalten sollte. Noch nie zuvor hatte sie ein richtiges, aus Steinen errichtetes Haus mit Vorhängen, hölzernen Böden und einzelnen Zimmern betreten, geschweige denn dort gelebt – das Arbeitshaus einmal ausgenommen. In der elterlichen Kate im Galway County hatte es nur einen einzigen Raum gegeben, mit festgestampftem Lehmboden und einer offenen Feuerstelle.

Patrick O'Brien forderte Éanna und ihre Gefährtinnen auf, noch einen Moment in der Kutsche zu warten. Er wollte erst unter vier Augen mit Mrs Skeffington reden, ihr die Situation erklären und das Geschäftliche mit ihr regeln.

Es dauerte nicht lange, dann kehrte er wieder zu ihnen zur Kutsche zurück. »So, das wäre geklärt. Mrs Skeffington wird sich eurer annehmen, jeder von euch bekommt seine eigene Kammer.«

Emily und Caitlin kletterten vom Kutschbock und bedankten sich stockend und verlegen für alles, was er für sie getan hatte.

Patrick O'Brien machte ihrem Gestammel ein schnelles Ende, indem er sie schon zu Mrs Skeffington ins Haus schickte. Dann wandte er sich Éanna zu, die nicht weniger beklommen vor ihm auf dem Bürgersteig stand.

»Kein Wort des Dankes mehr, Éanna!«, sagte er, bevor sie den Mund aufmachen konnte. »Doch eine Frage musst du mir noch beantworten, bevor ich dich zu deinen Freundinnen ins Haus gehen lasse.«

Éanna sah ihn an.

»Was hat dich bloß so sicher gemacht, dass ich auf dein Telegramm hin etwas zu deiner Rettung unternehmen würde?«, wollte er wissen und sah sie gespannt an.

Éanna errötete unter seinem forschenden Blick. »Ich ... ich weiß nicht. So genau kann ich es Euch auch nicht sagen«, stammelte sie. »Aber da ... da war etwas in Euren Augen ... und in der Art, wie Ihr in der Taverne und auf der Landstraße mit mir gesprochen und mir von Euch erzählt habt ... Ich hatte das Gefühl, dass Ihr anders seid als all die anderen feinen Herren Eures Standes. Dass Ihr mehr zu geben bereit seid als ... als nur ein Almosen an ein dreckiges Straßenmädchen.«

Lange sah er sie an, dann nickte er mit einem eigenartigen Lächeln, das sie nicht recht zu deuten wusste. »Du scheinst mich besser zu kennen, als ich mich selbst, Éanna Sullivan. Und ich bin froh, dass du das in mir gesehen und mir in deiner Not das Telegramm geschickt hast«, erwiderte er bedächtig und einmal ohne dieses spöttische Lächeln auf den Lippen. »So, und jetzt geh zu deinen Freundinnen und lass dir von Mrs Skeffington deine Kammer zeigen. Wir sehen uns Sonntag bei mir in der O'Connell Street.« Damit sprang er in die Kutsche, die sich auf sein Klopfzeichen augenblicklich wieder in Bewegung setzte.

Éanna blieb auf der Straße stehen – inmitten des Lärms der großen Stadt, die sie schon jetzt mit Staunen erfüllte, und sah dem Wagen nach. »Gott segne Euch, Patrick O'Brien!«, flüsterte sie. Und plötzlich hatte sie Tränen in den Augen, als ihr einmal mehr an diesem Tag bewusst wurde, welches Wunder ihr widerfahren war.

Sie dachte an Catherine und das, was sie wohl dazu gesagt hätte, wenn sie wüsste, auf welch verschlungenen Wegen es ihre Tochter doch noch geschafft hatte, nach Dublin zu kommen. Sie wäre stolz auf sie gewesen, das wusste Éanna genau.

Und es war dieses Hochgefühl, dass sie sicher sein ließ, dass sie auch Brendan in der Stadt finden würde.

Fünfunddreißigstes Kapitel

Noch am Nachmittag ihrer Ankunft machte sich Éanna auf die Suche nach Brendan. Sie nahm sich gerade genug Zeit, um sich von der wahrlich resoluten Mrs Skeffington scharf in Augenschein nehmen, sich ihre Kammer zeigen und sich von ihr erklären zu lassen, welches Betragen Mrs Skeffington von ihren Hausgästen erwartete.

Dass ihre Suche am Tag ihres Eintreffens und auch am folgenden ergebnislos verlief, entmutigte sie nicht. Mit so viel Glück hatte sie erst gar nicht gerechnet. Sie war realistisch genug, um zu wissen, dass ihre Suche nach Brendan in einer so großen Stadt wie Dublin fast der sprichwörtlichen Nadel im Heuhaufen glich. Allein sich in dieser Großstadt am Fluss Liffey einigermaßen zurechtzufinden und in Erfahrung zu bringen, wo sich die Wohnbezirke der Armen und einfachen Tagelöhner befanden, kostete viel Fragerei und Stunden des Herumirrens.

Caitlin hatte für Éannas Entschlossenheit, nach Brendan in diesem unglaublichen Menschengewimmel an den Docks und in dem Labyrinth der Elendsviertel von Dublin zu suchen, nicht das geringste Verständnis.

»Ich weiß wirklich nicht, was so Besonderes an deinem Herzchen Brendan Flynn sein soll«, sagte sie schon am zweiten Tag mit einer Mischung aus Gehässigkeit und Belustigung. »Warum vergisst du diesen Burschen nicht? Der hat dir doch nichts zu bieten. Dagegen scheint dieser Dandy O'Brien ja wohl eine Schwäche für dich zu haben. Der Himmel mag wissen wieso, aber dass er an dir einen Narren gefressen hat, liegt wohl auf der Hand. Also wenn du schlau bist, hältst du dich an den. Aus dem naiven Weichling ist ordentlich was rauszuholen, wenn man es nur geschickt anfängt.«

Am liebsten hätte Éanna ihr daraufhin eine schallende Ohrfeige verpasst. Aber sie zog es vor, Caitlins Sticheleien zu ignorieren. Dass Caitlin an ihrer Stelle alles daran gesetzt hätte, Patrick O'Briens Großherzigkeit mit allen Tricks auszunutzen, verwunderte sie nicht.

In Ballymore Eustace hatte sie sich gegenüber Éanna nur mühsam ein paar knappe Worte des Dankes abgerungen. Und sogar die hatten einen bissigen Unterton gehabt. Fast schien es ihr lieber gewesen zu sein, wenn Patrick O'Brien nicht gekommen wäre und sie mit ihren Vermutungen recht behalten hätte.

Und so war Éanna fast erleichtert, als sich Caitlin schon am zweiten Tag ohne ein Wort des Abschieds davonmachte. Wie ihnen Mrs Skeffington mit kühler Entrüstung berichtete, hatte sie dreist darauf bestanden, sich das Geld ausbezahlen zu lassen, das Mr O'Brien für die zwei Wochen vorgestreckt hatte. Sie hatte keine Ruhe gegeben, bis sie ihren Willen bekommen hatte.

»Seien wir froh, dass sie weg ist und uns nicht länger mit ihrem gehässigen Gerede in den Ohren liegt«, sagte Emily trocken, als sie davon erfuhren. »Sie wird uns bestimmt nicht fehlen.«

Éanna pflichtete ihr bei. Es kümmerte sie wenig, wie undankbar sich Caitlin verhalten hatte. Sie hatte einzig und allein ihre Suche nach Brendan im Sinn, und diese Suche stellte sie über alles andere.

Doch als sie auch nach drei Tagen noch immer keinen Hinweis auf sein Verbleiben in Erfahrung gebracht hatte, begann sie, unruhig zu werden. Konnte es sein, dass er sich vielleicht doch nicht nach Dublin durchgeschlagen hatte? Hatte er ein anderes Ziel im Kopf gehabt, nachdem er Éanna für tot gehalten hatte?

Sie erinnerte sich daran zurück, was er über Dublin gesagt hatte. War es nicht allein seine Verzweiflung an jenem schrecklichen Tag in der Nähe von Carlow gewesen, die ihn zu seinem Stimmungswandel getrieben hatte?

In der Nacht zum Samstag kam die Wende. Éanna hatte sich schlaflos in ihrem Bett hin- und hergewälzt. Nach den vielen Nächten auf dem Boden oder in dem hölzernen Schlafsarg des Armenhauses erschien es ihr immer noch wie ein unglaubliches Geschenk, in einem richtigen Bett schlafen zu dürfen. Auch die Kammer, die ein echtes Glasfenster aufwies und die sie ganz allein bewohnte, erfüllte sie jedes Mal von Neuem mit Staunen.

Doch es war nicht die ungewohnte Bequemlichkeit, die Éanna um den Schlaf brachte. Sondern ein neuer, ein elektrisierender Gedanke, der sie plötzlich durchzuckte.

Es war etwas, das Brendan ihr zu Beginn ihrer Bekanntschaft erzählt hatte, in den Wäldern von Mountrath. Nämlich dass sein Vater, Jahre bevor er seine Mutter geheiratet hatte, für kurze Zeit in Dublin gewesen war und dass er ihm die St.-Patricks-Kathedrale in den glühendsten Farben beschrieben hatte. In jener Nacht hatte Brendan zu ihr gesagt:

»Damals ist mein Vater jeden Tag dort gewesen und hat Kerzen für die Verstorbenen angezündet.«

Und in diesem Moment wusste sie, wo und wie sie Brendan finden konnte, sofern er tatsächlich nach Dublin gekommen war.

Éanna konnte es nicht erwarten, dass der neue Tag anbrach und sie sich auf den Weg zur Kathedrale machen konnte. Sie war wild entschlossen, notfalls den ganzen Tag bis in die Nacht auf den Stufen des Portals auszuharren.

Der Januarmorgen war eisig kalt, und nicht eine Wolke zeigte sich am zögerlich heller werdenden Himmel, als Éanna mit wehendem Umhang durch die Straßen eilte. Als sie den Vorplatz des majestätischen Gotteshauses erreichte, traf sie auf viele andere Gläubige, die aus den umliegenden Vierteln zusammenströmten, um die Frühmesse zu besuchen. Sie war jedoch die Einzige, die oben neben dem mächtigen Eingangsportal in der beißenden Kälte stehen blieb und mit jagendem Herzen nach Brendan Ausschau hielt.

Wann würde er kommen? Würde er *überhaupt* kommen? War er tatsächlich in der Stadt? Was, wenn er irgendwo weiter flussabwärts bei den Werften und Überseekais Arbeit und Unterkunft gefunden hatte?

Éanna trat von einem Bein auf das andere, blies mit dampfendem Atem in ihre Hände, um sie etwas zu wärmen, und ließ dabei ihren Blick unablässig von einem zum anderen Kirchgänger schweifen, der sich auf dem Vorplatz der Kathedrale näherte. Es war schwer, im fahlen Dämmerlicht des jungen Tages und unter den tief in die Stirn gezogenen Mützen und dicken Schals Gesichtszüge auszumachen.

Plötzlich fiel ihr Blick auf eine Gestalt, die aus einer Seitenstraße zu ihrer Linken auftauchte. Irgendetwas an diesem Mann, der mit der Rechten seinen Umhang vor der Brust zuhielt und mit gesenktem Kopf auf die Kathedrale zuhastete, kam ihr bekannt vor. Und instinktiv wusste sie, dass es Brendan war.

»Brendan!« Sie schrie seinen Namen, so laut sie konnte. Die missbilligenden Blicke, die sie von allen Seiten trafen, nahm sie überhaupt nicht wahr. Und wenn sie ihr bewusst geworden wären, hätte es sie nicht gekümmert. Mit Jubel in der Brust sprang sie die Stufen hinunter und auf ihn zu. »Brendan! . . . Brendan!«

Der Mann blieb stehen. Doch er rührte sich nicht von der Stelle und gab auf ihre Zurufe keine Antwort.

»Brendan! Warte!«, rief sie ein weiteres Mal. Schon war sie bei ihm angelangt und packte ihn an der Schulter. Er drehte sich zu ihr um, aber als Éanna in das Gesicht des Mannes mit den krausen roten Locken blickte, hätte sie die Enttäuschung fast von den Füßen gerissen.

Er sah ihm ähnlich – gewiss –, doch er war viel älter als Brendan.

»Warum so stürmisch, meine Schöne? Du brauchst keine Sorge zu haben, auf dich würde ich jederzeit warten«, sagte der Mann lachend, und es hätte nicht viel gefehlt, dass Éanna ihn vor Wut und Ohnmacht geohrfeigt hätte. Doch im letzten Moment hielt sie sich zurück. Er konnte ja nichts dafür, dass er nicht der war, für den sie ihn gehalten hatte.

Stumm vor Verzweiflung wandte sie sich ab und nahm ihren Posten am Portal wieder auf.

Doch Brendan kam nicht.

Er kam nicht an diesem Tag, und er kam auch nicht am nächsten Tag.

Der Sonntag verstrich, und am Nachmittag besuchte Éanna Patrick O'Brien in seinem geheimen Zimmer in der O'Connell Street. Eine Stunde lang erzählte sie von ihrer Heimat in dem kleinen Dorf in Galway. So gut es ging, beantwortete sie seine begierigen Fragen, aber sie war mit dem Herzen nicht bei der Sache. Zu sehr brannte sie darauf, wieder zum Kirchplatz zu kommen. Was, wenn es Brendan ausgerechnet jetzt in die Kathedrale zog? Vielleicht konnte er nur einmal in der Woche eine Kerze anzünden, weil seine Arbeitsstelle zu weit entfernt lag?

Kaum war die Stunde verstrichen und Éanna hatte sich von Mr O'Brien verabschiedet, raste sie auch schon wieder zurück an ihren angestammten Platz.

Doch auch an diesem Sonntag wartete Éanna vergeblich bis in die späten Abendstunden.

In der darauffolgenden Woche war es Emily, die sich immer größere Sorgen um die Freundin machte. Sie beschwor Éanna, sich zusammen mit ihr Arbeit zu suchen, denn die Zeit, in der sie freie Kost und Logis bei Mrs Skeffington hatten, neigte sich dem Ende zu.

»Es hat doch keinen Sinn, Éanna«, sagte Emily leise. Sie saßen zusammen in Éannas kleiner Kammer. Der Morgen graute vor dem Fenster, und Éanna zog gerade ihren Umhang an, um sich abermals auf den Weg machen. »Meinst du nicht, du musst jetzt an dich denken?«

Éanna schüttelte störrisch den Kopf und antwortete mit einer Gegenfrage. »Erinnerst du dich daran, dass ich dir damals im Steinbruch geholfen habe?«

Emily nickte. »Das werde ich dir nie vergessen.« Sie blickte die Freundin voll Dankbarkeit an.

»Damals habe ich daran geglaubt, dass man im Leben immer etwas zurückbekommt.« Sie sah Emily fest an. »So unwahrscheinlich es auch sein mochte.«

Emily nickte nachdenklich. »Und dann haben wir uns wiedergetroffen.«

»Und du hast mein Leben gerettet!« Éanna wandte sich zur Tür. »Mit Brendan ist es ähnlich. Wenn ich nur fest genug daran glaube, dann werde ich ihn finden. Ich weiß es einfach.«

Sie schulterte ihr Bündel und öffnete die Tür der Kammer. »Ich muss los«, sagte sie.

Der Tag zog sich wie die vorangegangenen in die Länge, und die Winterkälte hielt Dublin immer noch im eisernen Griff. Doch Éanna hatte ihren neuen warmen Mantel an, und sie spürte die Kälte nicht, wenn sie an Brendan dachte.

Und auch wenn ihre Augen bereits nach wenigen Stunden tränten, musterte sie doch jeden Kirchgänger mit der gleichen Intensität.

Erst in den Abendstunden – als die blasse Sonne bereits untergegangen war – geriet ihre Zuversicht und damit ihre Aufmerksamkeit ins Wanken. Morgen war der letzte Tag in der Pension von Mrs Skeffington. Und was dann? Éanna wusste es nicht. Vielleicht hatte Emily recht. Bis jetzt hatte sie jeden Gedanken an eine Zukunft ohne Brendan hartnäckig beiseitegeschoben, aber sobald der heutige Tag verstrichen war, würde sie sich den Tatsachen stellen müssen.

Du musst daran glauben, beschwor sie sich. Du musst fest daran glauben.

Hinter ihr wurde das Kirchenportal geöffnet.

»Entschuldigen Sie«, hörte sie eine zaghafte Stimme, und es gab ihr einen Stich ins Herz. »Sie … Sie erinnern mich an jemanden, den ich einmal gekannt …«

Weiter kam er nicht. Éanna wirbelte herum und da stand er vor ihr. Sein rotes Haar stand genauso widerspenstig von seinem Kopf ab wie damals, als sie ihn kennengelernt hatte. Er sah schmaler aus, als sie ihn in Erinnerung hatte, und die Schatten unter seinen Augen schimmerten dunkelviolett.

Aber es gab keinen Zweifel. Es war Brendan.

Er stand wie erstarrt, die Augen weit aufgerissen. »Was in aller Welt … Éanna?« Es kam zögernd, als könnte er seinen Augen nicht trauen, und so musste es ihm ja auch vorkommen.

»Ich bin es wirklich, Brendan!«, schluchzte sie und fiel ihm im nächsten Moment um den Hals. »Wirklich, ich bin es.«

»Éanna.« Das war das Einzige, das er herausbrachte, als er sie jetzt festhielt, als wolle er nie mehr loslassen.

»Éanna? … Éanna«, stammelte er viel später. »Mein Gott, du lebst!« In seiner Stimme lag unbeschreibliches Glück. Er sah sie an und strich ihr über die Wange, ganz zart, als könne er immer noch nicht glauben, was geschehen war.

Irgendwann liefen sie los, Hand in Hand durch die Straßen von Dublin. Plötzlich blieb sie stehen und umfasste seine Schultern.

»Kurz bevor ich ins Eis eingebrochen bist, da hast du vorausgesagt, dass ich mich auf eigene Faust nach Dublin durchschlagen werde. Und dass ich dort das große Glück mache.«

Er grinste sie schief an, dieses ganz besondere Grinsen,

das Éanna so liebte. »Na ja, eine Voraussage würde ich das nicht gerade nennen«, erwiderte er.

Sie sah ihn ernsthaft an. »Aber du hast recht gehabt. Ich habe es geschafft. Ich bin auf eigene Faust nach Dublin gekommen. Und ich habe das große Glück gemacht.« Sie schluckte, bevor sie sich einmal um die eigene Achse drehte. Ihre Haare wirbelten im kalten Nachtwind.

»Erinnerst du dich auch noch an meine Worte danach?«

Er nickte und strahlte sie an. Zärtlich strich er über ihr Gesicht, und als Éanna seine warmen Lippen auf ihrem Mund spürte, wusste sie: Was auch immer noch kommen mochte und wie schwer es ihnen auch fallen würde, Arbeit zu finden, es würde gut sein.

(Band zwei der Éanna-Sullivan-Saga erscheint im Frühjahr 2008 unter dem Titel ***»Stürmische See«*** im Arena Verlag)

Anmerkungen zur Hungersnot in Irland 1845–1850

In den Jahren der Hungersnot starb fast jeder dritte Ire entweder direkt an Unterernährung oder indirekt an Kälte, Typhus, Cholera und anderen damit zusammenhängenden Krankheiten. Bei einer Bevölkerung von etwas mehr als acht Millionen belief sich die Zahl der Toten auf annähernd zwei Millionen. Eine weitere Million wanderte aus, zumeist in die USA und Kanada. Bis 1910 wuchs die Zahl der Auswanderer auf fünf Millionen.

Exakte Angaben über die genaue Zahl der Toten lassen sich nicht ermitteln. Bis 1864 gab es in Irland keine gesetzliche Vorschrift, Geburten und Todesfälle zu registrieren. Zudem zeigte die britische Krone während dieser wohl größten humanitären Katastrophe des 19. Jahrhunderts kein Interesse daran, die genaue Todeszahl zu ermitteln.

Mehr als 70 % von Irlands Großgrundbesitzern, fast ausschließlich Engländer und Mitglieder der anglikanischen Kirche, vermieden es, sich in dieser Zeit vor Ort auf ihren Ländereien von dem Horror der Hungersnot ein eigenes Bild zu machen. Sie zogen es vor, ihr Geld in London, Paris und anderswo auszugeben, auf ihrem Land Massenräumungen durch ihre Agenten und Verwalter vornehmen zu lassen und die oftmals ruinierten, hoch verschuldeten Besitzungen dem höchstbietenden Käufer zu überlassen.

Erst durch die Empörung des Auslands sah sich die britische Krone im Frühjahr 1847 gezwungen, die irischen Häfen für Hilfslieferungen aus Amerika und dem europäischen Kontinent zu öffnen. Bis zu diesem Zeitpunkt war jedes ausländische Schiff gezwungen, zuerst einen englischen Hafen anzulaufen, wo die Fracht dann gegen entsprechend hohe Gebühren auf britische Schiffe umgeladen und von ihnen nach Irland transportiert wurden. Die enormen Profite der britischen Zwischenhändler und Schiffseigner waren der Regierung in London wichtiger, als durch zügige und ausreichende Hilfsmaßnahmen die Not der Iren zu lindern.

Wenn es auch keine konkreten Hinweise darauf gibt, dass die britische Regierung die Ausrottung ihrer unliebsamen irischen Untertanen bewusst betrieben hat, so gibt es jedoch zahlreiche unverblümte Äußerungen britischer Minister und anderer einflussreicher Politiker, die das Massensterben in Irland für einen »von Gott gesandten Segen und Lösung der sogenannten irischen Frage« bezeichneten und dieses Massensterben wie ein nicht zu änderndes Naturereignis hingenommen haben.

Sir Charles Trevelyan, zu jener Zeit britischer Finanzminister, erklärte gar 1846, dass es sich bei der Hungersnot nicht um ein physisches Übel handele, sondern »um das moralische Übel des selbstsüchtigen, perversen und verdorbenen Charakters des irischen Volkes«. Und er fuhr fort, die Angelegenheit sei zwar sehr ernst, »aber wir sind in der Hand der Vorsehung und ohne jede Möglichkeit, die Katastrophe abzuwenden, so sie denn eintrifft«. Dass zu diesem Zeitpunkt schon eine halbe Million Menschen der Hungersnot zum Opfer gefallen war, rechtfertigte es in seinen Augen offenbar noch längst nicht, schon jetzt vom Eintreffen ebendieser Katastrophe zu sprechen. Man kann es nur als menschenverachtenden Zynismus bezeichnen, dass er in diesem Zusammenhang noch sein Bedauern hinzufügte, dass die Iren die Hoffnungslosigkeit ihrer Situation nicht zu »würdigen« wüssten: »Es ist eine besondere Härte für dieses arme Volk, darüber in Unkenntnis zu bleiben, dass es sich bei dieser Maßnahme um Gottes Vorsehung handelt.« Und so verwundert es auch nicht, dass die entsetzliche Hungersnot mit ihrem Massensterben noch lange als »örtliche Notlage« bezeichnet wurde.

Die völlige Ausbeutung und Ausblutung Irlands ging denn auch all die Jahre unvermindert weiter. Selbst als die Ausmaße der Katastrophe nicht mehr schönzureden waren, verließ für jedes Schiff, das aus Amerika als Hilfslieferung Maismehl nach Irland brachte, weiterhin mindestens ein halbes Dutzend Schiffe ebendiese Häfen, beladen mit irischem Getreide, Hafer und Vieh. Diese Ausfuhren beliefen sich auf viele Millionen englische Pfund. Die britische Regierung sah keinen Anlass, von ihrer Politik des »natürlichen freien Handels« abzugehen und die gewaltigen Profite der Händler zu unterbinden. Dass die Regierenden anderer europäischer Länder, wie zum Beispiel Deutschland, bei nicht annähernd so verheerenden Hungersnöten die Ausfuhr heimischer Lebensmittel sofort untersagt und sie der eigenen Bevölkerung zugeführt hatten, nahm man in England nicht als Vorbild. Hier pochte man unbeirrt vom Massensterben auf das Recht des freien Unternehmertums, das seine Waren nun einmal dorthin verkaufte, wo sie den größten Gewinn brachten.

Die völlig unzureichenden Suppen, die der hungernden Bevölkerung schließlich von den öffentlichen Suppenküchen der britischen Krone vorgesetzt und als große Mildtätigkeit sowie als »exzellent« in der britischen Presse gepriesen wurden, hatten pro Mahlzeit einen Wert von gerade einmal drei Farthings, also nur drei Viertel eines Penny. Sie deckten damit bestenfalls ein Viertel der Nahrung, die zum Überleben nötig war.

Um dieser Perversion und Skrupellosigkeit der Regierung in London noch sozusagen die britische Krone aufzusetzen, stellten all diese viel zu spät eintreffenden und völlig unzulänglichen Hilfsmaßnahmen – im Gegensatz zu den Lieferungen aus Amerika, Kanada und dem europäischen Kontinent – kein »Geschenk« dar, sondern alle anfallenden Kosten wurden als Darlehen betrachtet, das vom überlebenden irischen Volk mit Zins und Zinseszins später zurückzuzahlen war.

In den 130 hoffnungslos überfüllten Arbeitshäusern Irlands für die Ärmsten der Armen wurden 1847 zum Höhepunkt der Hungersnot durchschnittlich *wöchentlich* 26 Tote pro 1000 Insassen verzeichnet. Ein Arbeitshaus wie das Clifton Workhouse in meinem Roman registrierte in dieser Zeit jede Woche 50 Tote und mehr. In manchen Arbeitshäusern lag die Sterbequote sogar bei 25 % innerhalb von zwei Monaten!

In seinen Briefen und Reportagen an die Zeitungsredaktion des *Manchester Examiner*, die später als Buch mit dem Titel *»Irlands großer Hunger«* erschienen, schrieb der Engländer Alexander Somerville, der Irland 1847 bereiste: »Langwierigen Beschreibungen der Leiden des Volkes brauche ich hier keinen Raum zu geben. Denn alles, was über die Landbevölkerung des Westens zu sagen ist, lässt sich schon den Worten Elendshütten, Hunger, Lumpen, Rheuma, Entkräftung, Krankheit und Tod entnehmen. Alles, was über den Landadel . . . zu sagen ist, kann man den Worten Schlösser, Stolz, Untätigkeit, Leichtsinn, Armut und Verschuldung entnehmen. Es gibt kaum einen Zustand zwischen den beiden Extremen oder eine Mittelschicht.« Und an anderer Stelle schreibt Somerville in die Heimat: »An dem Ort, an dem ich dies hier niederschreibe, kriechen die Menschen buchstäblich auf ihre Gräber zu, und vor Leibschmerzen quellen ihnen die Augen aus den Höhlen . . .« Und zur Untätigkeit der herrschenden Klasse in Irland und England stellt er fest: »Das solcherart ungestraft bleibende Handeln der irischen Gutsverwalter, der politisch aktiven Protestanten, geht so weit, dass sie keinerlei Gefühl der Furcht oder Scham mehr kennen. Wovor sollten sie sich auch fürchten? Sie hatten alle Macht und auch das Gesetz auf ihrer Seite, ebenso alle Vertreter von Macht und Gesetz, angefangen beim Lord Primate von ganz Irland und dem irischen Lord Lieutenant bis hinunter zum Henker.«

Bei der Beschreibung dieses fast unvorstellbaren und noch schwerer in die Handlung eines Jugendromans zu fassenden Elends habe ich mir nach gewissenhafter Abwägung eine größtmögliche Zurückhaltung auferlegt und mich auf das Notwendigste in der Beschreibung beschränkt. Dieses dürfte jedoch immer noch genügen, um ein realistisches Bild der Hungersnot beim Leser zu erzeugen. Das ganze Ausmaß des alltäglichen Grauens während des Massensterbens in aller drastischen Härte zu schildern, ist jedoch in diesem Rahmen kaum darstellbar.

Wer sich detailliert über die grauenvollen Jahre der irischen Hungersnot informieren möchte, dem sei die Lektüre der folgenden Bücher anzuraten, die zugleich auch den Großteil meiner Quellen zu diesem Roman bilden: *»The Great Hunger«* von Cecil Woodham-Smith, *»Black Potatoes – The Story of the Great Irish Famine, 1845–1850«*, von Susan Campbell Bartoletti; *»The Great Irish Potato Famine«*, von James S. Donnelly, JR; *»The Irish Famine – An Illustrated History«*, von Helen Litton; *»Paddy's Lament«*, von Thomas Gallagher; *»Irlands großer Hunger – Briefe und Reportagen aus Irland während der Hungersnot 1847«*, von Alexander Somerville.

Leonie Britt Harper,
im Dezember 2006

Éanna

Stürmische See

Erstes Kapitel

Als die Morgensonne über der Irischen See aufstieg, traf sie auf einen wolkenlosen Himmel. Ihre ersten Strahlen ließen das Blau des Firmaments wie frostig klares Gletschereis aufleuchten. Die Sonne vertrieb die rußgetränkten Schatten der Nacht aus Dublin und suchte sich ihren Weg bis in die Thomas Street. Hier schickte sie einen ihrer Strahlen durch ein kleines Glasfenster im ersten Stock eines Wohnhauses nahe des St.-James-Tors.

Er fiel in eine winzige Kammer, die einfach, aber behaglich eingerichtet war, und wanderte langsam über den blank gescheuerten Dielenboden bis zu einem schmalen Bettgestell.

Éanna Sullivan spürte die Wärme auf ihrem Haar und vergrub ihren roten Lockenschopf tiefer in die Kissen. Doch das helle Licht, das ihre Kammer erfüllte, machte es ihr unmöglich, sich noch einmal umzudrehen und weiterzuträumen. Obwohl sie ihre Lider entschlossen zusammenpresste, blendete es sie.

Verschlafen setzte sie sich auf und gähnte.

Nach Tagen, an denen die fahle, kraftlose Wintersonne es nicht vermocht hatte, die tief hängende und schmutzig graue Wolkendecke über Dublin aufzureißen, erschien ihr dieser strahlende Sonntagmorgen wie ein Wunder.

Und genau das war er – ein Wunder, dachte sie und dabei

durchzuckte sie ein jähes Glücksgefühl, als ihr wieder bewusst wurde, was gestern Abend geschehen war.

Zwei lange Wochen hatte sie in Dublin Tag für Tag nach ihrem Liebsten Brendan Flynn gesucht, nachdem das Schicksal sie erbarmungslos auseinandergerissen hatte.

Und jeden Abend war sie ernüchtert und verzweifelt in die Pension zurückgekehrt. Irgendwann hatte sie die Hoffnung beinahe aufgegeben, unter den unzähligen Hungerleidern, die aus allen Teilen des Landes nach Dublin geströmt waren, diesen einen zu finden.

Und doch war ihr gestern das Unmögliche gelungen!

Brendan Flynn, der siebzehnjährige kraushaarige Rotschopf aus der Gegend südlich von Loughrea.

Der Mann, an den sie ihr Herz verloren hatte – und der endlich in ihr Leben zurückgekehrt war!

Rasch schwang sie die Beine aus dem Bett und schlich in ihrem Unterhemd in Richtung Kammertür. Sie bemühte sich darum, möglichst leise aufzutreten, da sie sich denken konnte, was die gestrenge Pensionswirtin Elizabeth Skeffington sagen würde, wenn sie mitbekäme, dass Éanna im Begriff war, im Unterhemd über den Flur zu huschen, um ihre Freundin Emily in der gegenüberliegenden Kammer zu wecken. Aber was sie ihrer besten Freundin und Weggefährtin zu sagen hatte, duldete keinen Aufschub!

Emily wach zu bekommen war gar nicht so einfach. Murrend zog die Freundin sich die Bettdecke über den Kopf, als Éanna leise ihren Namen rief und sie an der Schulter rüttelte. »Emily, wach endlich auf!«, drängte sie.

Emily schlug die Augen auf und ließ die Bettdecke bis unter das Kinn sinken.

»Warum sollte ich?«, murrte sie schlecht gelaunt. »Hast du vergessen, was für ein Tag ist? Heute müssen wir die Pension verlassen.«

Eine kalte Hand griff nach Éannas Herz, doch sie ließ sich nicht entmutigen. Nicht jetzt. Nicht heute. Nachdem sie Brendan gefunden hatte, war alles möglich!

»Wir müssen dankbar sein, dass uns Patrick O'Brien die Pension so lange bezahlt hat«, erwiderte sie und dachte an ihren Wohltäter, dem sie alles zu verdanken hatte. »Außerdem habe ich Neuigkeiten!«

Emily blinzelte sie verschlafen an, bevor ihr aufging, was ihre Freundin meinen könnte. »Sag bloß, du hast –?«

Éanna blickte geheimnisvoll lächelnd auf sie herunter. »Wenn du wissen willst, was passiert ist, wirst du schon aufstehen und mich zum Frühstück begleiten müssen!«, sagte sie triumphierend. »Wir sehen uns dann unten.« Sie blinzelte ihrer Freundin zu und eilte ohne ein weiteres Wort in ihre eigene Kammer zurück, wo sie sich schnell frisch machte und ihr schlichtes Wollkleid überzog. Dann fühlte sie sich bereit für den neuen Tag und stieg die Treppe ins Erdgeschoss des Hauses hinunter.

Éanna hatte damit gerechnet, dass die Pensionswirtin an diesem Morgen nicht gut auf sie zu sprechen sein würde. Schließlich war sie am vorherigen Abend erst sehr spät nach Hause zurückgekehrt. Und ihre Ahnung täuschte sie nicht.

»Wo hast du dich nur die ganze Nacht herumgetrieben? Dies ist eine ehrbare Pension und ich dulde keine Mädchen, die nachts auf der Straße herumlungern«, stellte Elizabeth

Skeffington sie in dem ihr eigenen barschen Tonfall zur Rede, kaum dass Éanna den Frühstücksraum betreten hatte.

Die Wirtin war eine stämmige Frau mit kräftigen Oberarmen und dunklem Bartflaum auf Oberlippe und Kinnpartie. Ihre schmucklos schwarze Witwenkleidung, die sie seit dem Tod ihres Mannes vor mehr als zehn Jahren trug, sowie ihr dicker, geflochtener Haarkranz auf dem Kopf unterstrichen die Strenge ihrer Gesichtszüge und ihrer Stimme.

Éanna wollte gerade zu einer Erwiderung ansetzen, als Emilys dunkelbrauner Haarschopf hinter der Tür zum Esszimmer hervorlugte. Die Freundin schnitt im Rücken von Missis Skeffington eine Grimasse.

Angesichts von Missis Skeffingtons grimmiger Miene war Éanna jedoch alles andere als zum Lachen zumute. »Ich hätte dich längst auf die Straße setzen sollen«, fuhr die Wirtin sie an. »Du hast es nur Mister O'Briens Güte zu verdanken, dass ich dich und Emily überhaupt bei mir dulde.«

Schnell setzte Éanna eine zerknirschte, schuldbewusste Miene auf. Sie wusste, dass die Wirtin sich nur dann besänftigt zeigen würde, wenn sie das Gefühl hatte, dass Éanna ihr Fehlverhalten aufrichtig bereute. »Es tut mir schrecklich leid, dass ich Euch habe warten lassen, Missis Skeffington«, versicherte sie deshalb schnell und griff als Erklärung für ihr langes Wegbleiben zu einer Notlüge. »Aber nach der Messe habe ich in der Kirche gebetet und darüber die Zeit vergessen.«

»Dafür wäre ja auch tagsüber Zeit genug gewesen!«, wies die Wirtin sie missmutig zurecht, um dann etwas nachsichtiger hinzuzufügen: »Aber wenn du für dein Seelenheil gebetet hast, ist es kein Wunder, dass es so lange gedauert hat!«

Éanna senkte schamhaft den Blick wie eine reuige Sünderin. Aber sie hatte ihr Ziel erreicht. Die Pensionswirtin ließ sie in Frieden.

Wenig später saß Éanna im Esszimmer der Pension und ließ sich den heißen, stark gesüßten Tee sowie das Porridge schmecken. Nur für einen kurzen Moment durchfuhr sie der Gedanke, dass dieser unerhörte Luxus, nämlich eine eigene Kammer mit einem richtigen Bett und warmen Decken sowie zwei sättigende Mahlzeiten am Tag zu haben, nun zu Ende war. Wie schnell hatte sie den Hunger und das Elend der letzten Monate vergessen! Wie ein schlimmer Traum erschienen ihr das Leid, der Hunger, die Verzweiflung, die sie seit dem Tod ihrer Mutter erlitten hatte. Doch sie wusste, dass ohne Mister O'Brien, den das Schicksal ihr in den letzten Monaten mehrfach als Retter in der Not geschickt hatte, all das undenkbar gewesen wäre. Ja, überhaupt, dass sie es bis nach Dublin geschafft hatten, war nur ihm zu verdanken.

Sie dachte kurz daran, was Brendan wohl sagen würde, wenn er davon erfuhr, wie ihr Wohltäter ihr, Emily und Caitlin geholfen hatte. Doch sie schob den Gedanken schnell zur Seite.

Emily griff nach ihrem Löffel und begann ihr Porridge zu essen. »Nun erzähl schon!«, drängte sie ungeduldig. »Sag bloß, du hast deinen Liebsten endlich wiedergefunden!«

Éanna nickte und strahlte sie voller Glück an. »Er ist mir direkt in die Arme gelaufen, vor der St.-Patricks-Kathedrale!«

»Ich will jede Einzelheit wissen! Lass bloß nichts aus!«, drängte ihre Freundin. »Habt ihr euch geküsst?«

»Nicht so laut!«, zischte Éanna erschrocken und warf einen

schnellen Blick hinüber zur halb offen stehenden Küchentür. Doch von dort kam noch immer geschäftiges Klappern und Klirren von Besteck, Töpfen und Geschirr. »Wenn Missis Skeffington Wind von der Geschichte mit Brendan bekommt . . .«

Emily grinste. »Also ihr *habt* euch geküsst!«, raunte sie und hing wie gebannt an den Lippen ihrer Freundin. »Wie war es?«

Éanna wurde unter ihrem Blick verlegen und ihre Wangen röteten sich. »Mein Gott, du fragst Sachen!«, erwiderte sie ausweichend. Sie wollte das, was sie dabei empfunden hatte und noch immer in sich fühlte, mit keinem anderen teilen. Nicht einmal mit Emily. »Es war . . . es war einfach wunderschön.«

Emily machte ein enttäuschtes Gesicht. »Nur ein einziger Kuss? War er denn wenigstens leidenschaftlich, dein Brendan?«

»Ja, und es waren mehrere«, sagte Éanna widerstrebend, aber irgendwie auch mit Stolz, und nun brannten ihre Wangen erst richtig.

»Hört, hört! Das klingt schon besser!«, sagte Emily und rückte ganz nahe an sie heran.

Éanna griff wieder zu ihrem Löffel. »Brendan und ich haben uns für die Frühmesse heute Morgen in St. Patricks verabredet, um uns endlich erzählen zu können, was uns in den Wochen seit unserer Trennung alles zugestoßen ist. Dazu war gestern Abend ja keine Zeit, weil ich in die Pension zurückmusste!« Erschrocken blickte Éanna auf. »Wie spät ist es eigentlich? Schaffe ich es noch bis zur Messe?«

Emily nickte beruhigend. »Wenn du jetzt sofort aufbrichst, wirst du rechtzeitig dort sein. Schade nur, dass wir unser Gespräch dann später fortsetzen müssen. Ich habe nämlich auch Neuigkeiten. Du wirst es kaum glauben, wenn ich es dir erzähle!«

»Was denn?«

Emily schenkte ihr ein verschmitztes Lächeln. »Nein, für dich ist es jetzt Zeit, Brendan zu treffen. Aber wenn du wiederkommst, möchte ich alles ganz genau wissen. Dann revanchiere ich mich auch, versprochen!«

Hin- und hergerissen sah Éanna ihre Freundin an. Sie hätte so gerne gewusst, was Emily ihr zu sagen hatte, aber sie konnte Brendan nicht warten lassen. Entschlossen sprang Éanna auf und umarmte ihre Freundin zum Abschied. »Bis später also. Und vergiss nicht, was du mir erzählen wolltest!«

Emily schüttelte lachend den Kopf. »Keine Sorge. So gute Nachrichten vergisst man nicht.«

Éanna war dermaßen in Eile, als sie das *Journey's End* verließ, dass sie den Jungen in der schmalen Toreinfahrt erst bemerkte, als es bereits zu spät war. Der Zusammenstoß war schmerzhaft und riss sie abrupt aus ihren verträumten Gedanken.

Der Junge war für sein Alter von kleiner Gestalt, hatte ein blasses Gesicht, eine kecke Adlernase und eine freie Stirn, unter der helle lebhafte Augen hervorleuchteten. Dickes schwarzes Haar fiel ihm wirr und breit auf die Schultern. Auf dem Kopf trug er einen alten schwarzen Hut, der so durchlöchert war, als wäre er das Ziel mehrerer Ladungen Schrot gewesen. Bekleidet war er mit einem verschlissenen und viel zu weiten Schwarzrock, der ihm bis über die Knie reichte. Im Gegensatz zu seinem vergleichsweise kräftigen Oberkörper wirkten seine Beine in den löchrigen Flickenhosen wie dünne, krumme Stecken. Was nicht verwunderte, wenn man wusste, dass seine Beine schwer verkrüppelt waren und er sich nur auf seinen selbst gezimmerten Holzkrücken vorwärtsbewegen konnte.

»Mir scheint, Ihr seid mit Euren Gedanken ganz woanders, Miss!«, rief er ihr lachend zu und rieb sich die Stirn. Er klang dabei so munter und unbeschwert, als wäre er an diesem kalten Morgen einem warmen Bett entstiegen und hätte gerade ein üppiges Frühstück verzehrt.

Éanna, die eine kurze Entschuldigung gemurmelt hatte und schon im Begriff gewesen war weiterzueilen, hielt inne und blickte den abgemagerten Jungen genauer an. Irgendetwas an ihm brachte eine Saite in ihr zum Klingen, die an jenem dunklen Tag verstummt war, als ihr kleiner Bruder für immer von ihnen gegangen war. Er rührte ihr Herz und so lächelte sie ihn an und schüttelte seine Hand, als er seinen schwarzen Hut vor ihr zog und eine Verbeugung andeutete. »Neill Duffy, Miss. Stets zu Euren Diensten.«

»Schön, dich kennenzulernen, Neill. Ich bin Éanna Sullivan. Du bist mir hier bisher noch gar nicht aufgefallen. Und an dich würde ich mich bestimmt erinnern!«, zog Éanna ihn lachend auf.

Neill schüttelte den Kopf. »Könnt Ihr gar nicht, Miss. Ich schlafe erst seit heute dahinten.« Damit deutete er auf einen Hausflur, wenige Meter von der Toreinfahrt des *Journey's End* entfernt. »Und das hier ist mein neues Revier.« Er hob seine Krücken an und gab ihr so zu verstehen, dass er seinen Lebensunterhalt bestritt, indem er um Almosen bettelte.

»Aber sag, was ist dir bloß zugestoßen, dass deine Beine dir den Dienst versagen?«, fragte Éanna mit einem Blick auf seine Krücken behutsam nach.

»Tja, bis vor zwei Jahren war mit meinen Beinen alles in Ordnung. Doch dann bin ich unter ein umstürzendes Fuhrwerk geraten und danach war für mich die Arbeit im Steinbruch schnell zu Ende.«

Éanna rührte die Art, in der Neill ihr seine Geschichte erzählte. Kein Hauch von Bitterkeit war in seiner Stimme zu hören und sie fühlte das übermächtige Bedürfnis, etwas für ihn zu tun. Doch was konnte das schon sein? Sie hatte ja selbst keinen Penny in der Tasche! Da fiel ihr das herrliche Frühstück ein, das sie wenige Minuten zuvor noch genossen hatte. Sicher konnte die Wirtin nichts dagegen haben, wenn sie Neill einen Kanten Brot nach draußen brachte.

Doch so einfach wie gedacht ließ sich diese nicht überzeugen.

»So! Und jetzt willst du dem Burschen da draußen vermutlich ein morgendliches Almosen bringen!«, knurrte sie übellaunig, nachdem Éanna ihr Neills Geschichte erzählt hatte.

Éanna nickte. »Wenn Ihr so gütig seid, mir das zu erlauben, wäre ich Euch sehr dankbar. Der Herrgott wird es Euch gewiss vergelten, Missis Skeffington.«

Die Wirtin gab einen ärgerlichen Seufzer von sich, als hätte sie alle Plagen der Welt zu tragen, aber der Appell an die Nächstenliebe der Witwe tat schließlich den gewünschten Dienst. »Also gut!« Sie holte ein paar trockene Kanten aus dem Brotkorb.

Éanna murmelte hastig einen Dank und griff nach den Scheiben. Im Hinauseilen hörte sie Missis Skeffington ärgerlich vor sich hin murmeln: »Wird Zeit, dass dieses Hungerpack mein Haus verlässt. Gehört sich nicht für Mister O'Brien, sich damit abzugeben.«

Doch Éanna achtete nicht auf ihre Worte. Schon war sie auf der Straße und bei Neill.

»Damit geht die Sonne für mich ein zweites Mal auf, Miss Sullivan!«, bedankte sich der Junge mit strahlendem Gesicht. »Jetzt kann der Tag kommen.«

»Ich hoffe, es wird ein guter für dich, Neill.«

Er lächelte sie zuversichtlich an. »Ich nehme ihn, wie er kommt, Miss.«

Éanna wurde erschrocken bewusst, wie viel Zeit inzwischen vergangen sein musste. Ein gemütlicher Spaziergang durch die Stadt würde es nun nicht mehr werden, wenn sie rechtzeitig zur Messe in St. Patricks sein wollte. Sie verabschiedete sich hastig von Neill und eilte die St. Thomas Street entlang.

Alles, woran sie denken konnte, war: Brendan, Brendan, Brendan! In wenigen Augenblicken würde sie den Menschen wiedersehen, der ihr alles auf der Welt bedeutete und der ihr auf ungestüme Art zu verstehen gegeben hatte, dass er das Gleiche für sie empfand. Éannas Wangen färbten sich rot, als sie an seine Küsse dachte, und wurden noch röter, als sie sich eingestand, dass sie es kaum erwarten konnte, erneut von ihm geküsst zu werden.

Zweites Kapitel

Schon von Weitem entdeckte Éanna Brendans leuchtenden Schopf unter den anderen Kirchgängern, die vor der St.-Patricks-Kathedrale in kleinen Grüppchen beisammenstanden und sich unterhielten. Er sah sich suchend nach allen Seiten um und ein Strahlen ging über sein Gesicht, als er sie schließlich erblickte. Mit schnellen, entschlossenen Schritten bahnte er sich einen Weg durch die Menge und kam auf sie zu. Dann standen sie sprachlos vor Glück einander gegenüber. Brendan ergriff ihre Hände und fand als Erster seine Sprache wieder.

»Éanna, die ganze Nacht habe ich kaum geschlafen! Ich musste mich immer wieder fragen, ob ich mir unsere gestrige Begegnung nur eingebildet habe! Aber jetzt weiß ich, dass es kein Traum war! Wir haben uns wirklich wiedergefunden. Und ich verspreche dir, dich nie mehr gehen zu lassen!«

In Brendans Stimme schwang so viel Gefühl mit, dass Éanna die Tränen in die Augen traten.

Ihr Blick fand den seinen und so standen sie eine Weile zusammen und erst allmählich nahmen sie die Welt um sich herum wieder wahr. Die Menge bewegte sich bereits auf das Portal der Kathedrale zu. Widerwillig schlossen sie sich den übrigen Kirchgängern an, die St. Patrick zur Messe betraten.

Der Januarmorgen war so kalt, dass Éannas Atem sogar im Innern der Kathedrale wie Dampf von ihren Lippen wehte. Doch sie achtete nicht auf die Kälte. Auch die Leuchtkraft der bleiverglasten Kirchenfenster, deren vielfarbige Pracht sich durch den Einfall der aufgehenden Morgensonne immer stärker entfaltete, war ihr nicht bewusst. Und sogar während der heiligen Messe nahm sie die meiste Zeit nicht wahr, was vorn am Altar und um sie herum geschah.

Zwar sprachen ihre Lippen die vertrauten Gebete, Anrufungen und Fürbitten und sie schlug an den vorgeschriebenen Stellen das Kreuz, stand von der Bank auf oder kniete sich auf die Fußbank. Aber wirklich bewusst tat sie nichts von alledem.

Es erschien ihr wie eine Ewigkeit, bis die Messe zu Ende war und die Gemeinde sich erhob. Nur sie und Brendan blieben sitzen, als hätten sie sich insgeheim abgesprochen.

Seine Hand suchte die ihre.

»Brendan! Du kannst dir gar nicht vorstellen, wie es ohne dich war«, flüsterte sie. »Ich hatte solche Angst, dich für immer verloren zu haben!« Mit großen Augen sah sie ihn an. »Ich hatte Angst, dass du allein unseren Traum verwirklichst und nach Amerika aufbrichst.«

»Und ich habe dich all die Zeit für tot gehalten, Éanna!«, brach es aus Brendan heraus. »Mein Gott, ich habe geglaubt, ich hätte dich zu spät nach *Clifton House* gebracht und du wärst in diesem verdammten Arbeitshaus gestorben!«

Éanna lief eine Gänsehaut über den Rücken. Sie wollte nicht an die Zeit in *Clifton House* erinnert werden oder an das, was vorher geschehen war.

Nachdem ihnen beiden Hunger und Krankheit in kürzester Zeit Eltern und Geschwister genommen hatten, waren sie und Brendan bis zu ihrer jähen Trennung wochenlang gemeinsam durch das Land geirrt, waren wie Hunderttausende andere mittellose Hungerleider zu dem menschlichen Treibgut geworden, das überall in Irland die »Straßen der Sterne« bevölkerte. So nannte man beschönigend jene Landstraßen, die Heimat für die zahlreichen Obdachlosen geworden waren.

Es war die Kartoffelfäule, die Irland die schrecklichste Hungersnot aller Zeiten gebracht hatte, indem sie eine Ernte nach der anderen vernichtete. Die Kartoffel war seit Generationen die Hauptnahrung der armen Landbevölkerung gewesen und nun führte der Ernteausfall unweigerlich zu einer nationalen Katastrophe. Noch nie zuvor hatte das Schicksal Irland mit einer solch vernichtenden Geißel heimgesucht wie in diesen Jahren. Ganze Landstriche waren entvölkert und die Menschen litten unvorstellbares Elend. Auf den Friedhöfen war längst kein Platz mehr für all die Toten. Der Anblick von Leichen, von vor Hunger und Krankheit ausgezehrten Körpern war für Éanna und Brendan zum schauerlichen Alltag geworden und es hätte nicht viel gefehlt und sie beide hätte das gleiche Schicksal ereilt.

Éannas Gedanken kehrten zu jenen Wochen zurück, in denen sie mit Brendan täglich verzweifelt nach ein wenig Essen gesucht hatte und nach einem nächtlichen Unterschlupf, der sie dem Wind und dem Wetter des einsetzenden Winters nicht schutzlos auslieferte. Und diese Wochen grausamster Not hatten sie und Brendan weit über die bloße Kameradschaft hinaus zusammengeschmiedet. Aus der anfänglichen Abneigung und dem berechtigten Misstrauen, das sie ihm entgegengebracht hatte, war schnell Freundschaft geworden und irgendwann in den Wäldern der Wicklow-Berge war ihre Liebe zueinander entbrannt.

Aber dann hatte Éanna hohes Fieber bekommen und Brendan war gezwungen gewesen, sie ins Armenhaus zu bringen, wo sie getrennt worden waren.

»Erinnerst du dich an die große Schiefertafel in *Clifton House?*«, fragte Brendan und seine Stimme zitterte. »Eines Tages stand dort, wo jeden Morgen die Namen der Verstorbenen angeschrieben wurden, dein Name! Von da an war auch ich innerlich wie tot.« Er umklammerte ihre Hände, als wollte er sie nie wieder freigeben.

Éanna sah ihm an, dass er sie gern in seine Arme geschlossen und geküsst hätte, und ihr ging es genauso.

Doch derlei intime Liebesbezeugungen gehörten sich nicht in einer Kirche. Daran änderte auch nicht, dass sich nur noch einige wenige Gläubige in der Kathedrale aufhielten, die in stille Gebete vertieft hier und da in den Bankreihen knieten oder vor den Seitenaltären Kerzen aufstellten.

»Ich selbst habe erst später erfahren, dass einer der Wärter meinen Namen fälschlicherweise auf die Tafel geschrieben hatte«, flüsterte Éanna ihm zu. »Caitlin und Emily haben mir davon erzählt.«

»Sag bloß, du hast deine beiden Freundinnen ausgerechnet in der Hölle von *Clifton House* wiedergetroffen?«, fragte er überrascht.

Sie nickte. »Ja, auch sie haben in ihrer Not keinen anderen Ausweg gewusst, als in diesem unmenschlichen Arbeitshaus Zuflucht vor dem Verhungern und Erfrieren zu suchen. Jedenfalls haben sie mir von der Namensverwechslung erzählt und von der heftigen Prügelei, die du dir an jenem Morgen mit den Aufsehern geliefert hast. Und dass dir gerade noch rechtzeitig die Flucht gelungen ist, bevor sie dich wegen schwerer Körperverletzung vor Gericht stellen und in ein Gefängnis stecken konnten.«

Er schnitt eine wütende Grimasse. »Diese Schweinehunde! Sie haben mich provoziert!«

Éanna nickte. Sie hatte am eigenen Leib erfahren, wie grob und herrisch das Personal der Anstalt mit den Insassen von *Clifton House* umgesprungen war. Als hätten sie durch ihre bittere Armut ein Verbrechen begangen, das es hinter den Mauern des Armenhauses zu sühnen galt!

Brendan atmete tief durch. »Wenn du wüsstest, was ich mir nach meiner Flucht für Vorwürfe gemacht habe! Ich kann noch gar nicht richtig glauben, dass . . . dass dieses Wunder wirklich geschehen ist und du wahrhaftig lebst!«

»Ich kann es auch nicht glauben. Es kommt mir alles wie ein Traum vor und dieser Traum ist viel zu schön, um wahr zu sein«, erwiderte Éanna und aufs Neue lief ihr eine Träne über das Gesicht, das noch immer von den Monaten schwerster Entbehrungen gezeichnet war. »Endlich sind wir wieder zusammen!«

»Ja, es ist das schönste Geschenk, das ich mir denken kann. Und egal, was uns jetzt noch bevorsteht, es schreckt mich nicht halb so sehr wie noch vor wenigen Stunden«, sagte er, beugte den Oberkörper vor und hob ihre Hände verstohlen an seine Lippen, um einen Kuss auf ihre Fingerkuppen zu hauchen.

Éanna war, als strömte eine herrlich feurige Hitze von ihren Fingerspitzen aus bis hoch in die Arme, um sich dann in ihrer Brust auszubreiten und in jede Faser ihres Körpers vorzudringen.

»Aber sag mal, wie hast du es überhaupt geschafft, aus *Clifton House* . . .«, setzte Brendan wissbegierig zu einer weiteren Frage an.

In dem Moment tauchte neben ihnen im Gang ein Kirchendiener auf, der einen knöchellangen schwarzen Kittel trug und mit Besen, Schaufel und feuchtem Feudel bewehrt war.

Der spindeldürre Mann warf ihnen von der Seite her einen nicht eben freundlichen Blick zu, als sähe er ihnen an, dass sie nicht um eines zusätzlichen Gebetes willen nach der Messe dort sitzen geblieben waren. Und während er sich nun in der Reihe direkt vor ihnen mit Besen und Feudel nicht eben lautlos zu schaffen machte, blickte er immer wieder mit verkniffener Miene zu ihnen herüber, als warte er darauf, dass sie sich endlich von der Bank erhoben und ihrer Wege gingen.

Éanna und Brendan dachten jedoch nicht daran, sich jetzt schon wieder der eisigen Januarkälte auszusetzen. Sie hatten sich noch so viel zu erzählen! Und so blieben sie einfach schweigend nebeneinander sitzen und ignorierten die missmutigen Blicke des Kirchendieners.

Während sie darauf warteten, dass der Bedienstete der Sache überdrüssig wurde und endlich aus ihrer Hörweite verschwand, überließ sich Éanna voll Dankbarkeit dem beglückenden Gefühl, Brendan an ihrer Seite zu wissen.

»Na endlich!«, raunte Brendan, als der Kirchendiener die Lust daran verlor, sie mit seinen Blicken zum Verschwinden bewegen zu wollen, und sich mit einem Kopfschütteln zum Fegen in die nächste Bankreihe begab.

Dann wandte er sich wieder Éanna zu. »Wie habt ihr es bloß geschafft, aus dem Armenhaus zu fliehen?«, fragte er. »Denn dass sie euch einfach so haben gehen lassen, kann ich mir nach allem, was ich da gesehen und erlebt habe, beim besten Willen nicht vorstellen.«

»Das haben sie auch nicht. Wir sind nachts ausgebrochen!«, berichtete sie ihm nicht ohne Stolz.

Brendan fuhr sichtlich der Schreck in die Glieder. »Allmächtiger, du hättest dabei den Tod finden können!«

»Ach was, wirklich in Gefahr waren wir erst, als uns die Polizei schon am nächsten Tag in Ballymore Eustace aufgriff, aufs Revier schleppte und dort in eine Zelle sperrte. Unsere Anstaltskleidung hatte uns verraten.«

»Aber dann muss euch doch eine Anklage wegen Diebstahls gedroht haben!«

Éanna nickte. »Genau dieses Schicksal erwartete uns. Denn von uns wurde verlangt, dass wir für die Anstaltskleidung bezahlten.«

»Und wie seid ihr dann freigekommen?«, fragte Brendan erstaunt. »Ihr hattet doch sicher nicht genug Geld, um euch freizukaufen!«

Éanna lachte bitter auf. »Wir hatten nicht einmal genug Geld, um uns auch nur einen Kanten Brot zu kaufen!«

Dann zögerte sie einen Moment. Sollte sie Brendan wirklich die Wahrheit darüber erzählen, wie sie der Gefängnisstrafe entgangen waren? Sie hatte ein flaues Gefühl in der Magengegend und ihr Herz begann zu rasen. Man musste kein Hellseher sein, um zu erraten, dass Brendan ganz und gar nicht gefallen würde, was sie im nächsten Moment zu sagen hatte. Sie wich seinem erwartungsvollen Blick aus, als sie all ihren Mut zusammennahm und fortfuhr. »Ich habe einen der Konstabler, der Mitgefühl mit uns hatte, dazu überreden können, in meinem Namen ein Telegramm an Mister O'Brien nach Dublin zu schicken. Darin habe ich ihn gebeten, uns auszulösen.«

Brendans Stirn legte sich in Falten. Er starrte sie an, als glaubte er, sich verhört zu haben. »Du meinst doch wohl nicht etwa *Patrick* O'Brien, diesen Lackaffen, oder?«, fragte er und fuhr voller Groll fort: »Diesen Schwätzer, den wir damals auf der Landstraße nach Carlow getroffen haben? Der Kerl, der da herausgeputzt wie ein Dandy in der Tür seiner Kutsche saß und seelenruhig irgendwelchen Schwachsinn in sein teures Notizbuch gekritzelt hat, während sich seine Bediensteten um das umgestürzte Fuhrwerk gekümmert und die verstreuten Bierfässer aus dem Schlamm des Straßengrabens gezogen haben? Redest du von *diesem* Patrick O'Brien?«

Éanna hatte mit seiner ablehnenden Reaktion gerechnet. Brendan hatte nach der kurzen Begegnung mit Mister O'Brien auf der Landstraße nach Carlow keinen Hehl daraus gemacht, dass dieser ihm unsympathisch war. Aber dass er dermaßen verbissen reagierte, überraschte und betrübte sie doch.

»Nein, von einem Schwätzer oder Lackaffen rede ich nicht!«, erwiderte sie und hatte Mühe, ihren Unmut zu verbergen. Denn das Letzte, was sie an diesem Morgen ihres Wiedersehens wollte, war ein hässlicher Streit. Aber unwidersprochen hinnehmen konnte sie seine harten Worte auch nicht. Deshalb fügte sie ruhig hinzu: »Ich rede von jenem Patrick O'Brien, der schon einmal Mitleid mit uns hatte und uns vier Shilling gegeben hat, von denen wir *dir* einen warmen Umhang sowie einen Schal und eine Mütze kaufen konnten. Von *diesem* Mann, der dich vermutlich vor dem Erfrieren bewahrt hat, rede ich und von keinem anderen!«

Schlagartig verfinsterte sich Brendans Gesicht. Er ließ ihre Hände los und völlig unbeeindruckt von ihrer sanften, aber doch unmissverständlichen Zurechtweisung blaffte er: »Und diesen aufgeblasenen Schnösel, der sich von seinem reichen Onkel und Brauereibesitzer aushalten lässt, hast du um Hilfe angefleht?«

Éanna schluckte unwillkürlich. »Ja, genau das habe ich getan! Aber du tust ihm unrecht, Brendan!«, versicherte sie nachdrücklich. »Er mag ein junger Herr von Stand mit einigen etwas überspannten Ideen sein, aber ein aufgeblasener Schnösel ist er nicht! Denn wäre er das, würde ich jetzt nicht hier bei dir sein, sondern im Gefängnis sitzen!«

»So! Was du nicht sagst!«, kam es bissig von Brendan zurück. »Und dieser gelackte Bursche hat auf dein Telegramm hin alles stehen und liegen lassen, ist zu euch nach Ballymore Eustace geeilt und hat euch alle drei ausgelöst?«

»Ja, genau das hat er getan.«

»Dann wird er es wohl auch gewesen sein«, fuhr Brendan sarkastisch fort, »der dir in seiner unendlichen Güte diese teuren Winterkleider spendiert hat. Ich habe dich ein wenig anders in Erinnerung, was dein Äußeres angeht.«

Éanna nickte geduldig. »Mister O'Brien hat uns mit seiner Kutsche zum nächsten Pfandleiher fahren lassen, wo wir uns Kleider aussuchen durften.« Und um diesen Teil ihres

Berichtes so schnell wie möglich zum Abschluss zu bringen, fügte sie gleich noch hinzu: »Danach hat er nicht nur mich, sondern uns *drei* mit seiner Kutsche nach Dublin gebracht und dafür gesorgt, dass wir nicht auf der Straße leben mussten, sondern zumindest für die ersten beiden Wochen eine Unterkunft in der Stadt hatten und damit Zeit, Arbeit und ein billiges Logis zu finden.«

»Was du nicht sagst!«

»Ja, er hat uns drei im *Journey's End* untergebracht, einer kleinen, ehrbaren Pension auf der Thomas Street kurz hinter dem St.-James-Tor. Geführt wird sie von der Witwe Elizabeth Skeffington. Sie nimmt aber nur weibliche Pensionsgäste bei sich auf und sie führt ihr Haus mit sehr strenger Hand, das kannst du mir glauben! Deshalb ist Caitlin auch schon nach drei Tagen wieder ausgezogen und sonst wohin verschwunden.« Was nicht ganz stimmte. Denn ihre ehemalige Weggefährtin Caitlin war es allein darum gegangen, den Rest des Geldes in die Hände zu bekommen, die Mister O'Brien Missis Skeffington für zwei Wochen Kost und Logis im Voraus bezahlt hatte. Und das war ihr auch gelungen.

Éanna und Emily waren trotzdem erleichtert gewesen, als sich die undankbare Caitlin aus dem Staub gemacht hatte. Ihre Hetzerei hatte sich kaum noch ertragen lassen.

Éanna blickte Brendan an, doch er schien sich nicht für Caitlin zu interessieren. Mit verkniffener Miene starrte er zurück. »So, und das Geld für die Unterkunft in dieser kleinen, ehrbaren Pension kommt also auch aus dem Geldbeutel dieses spendierfreudigen feinen Herrn!«, stieß er dann abfällig hervor.

»Das habe ich dir doch gerade gesagt. Von wem hätte es

denn auch sonst kommen sollen?« Sie hatte Mühe, ihren Zorn zu beherrschen.

»Kann es sein, dass du in deiner Geschichte etwas ausgelassen hast?«, fragte er argwöhnisch.

»Nein, habe ich nicht! Was soll diese Frage überhaupt?« Jetzt klang auch ihre Stimme unverhohlen gereizt.

»Und dieses haarsträubende Märchen soll ich dir abnehmen? Ich soll dir glauben, dass dieser Patrick O'Brien, dem du bis dahin nur zweimal kurz begegnet bist, das alles einfach aus reiner Herzensgüte und christlicher Nächstenliebe für dich und die beiden anderen Mädchen getan hat?«

Bestürzt sah sie ihn an. »Du glaubst mir nicht?«, stieß sie fassungslos hervor. »Um Gottes willen, du wirst doch wohl nicht eifersüchtig auf Mister O'Brien sein, nur weil er mir, Emily und Caitlin geholfen hat?«

Er verzog keine Miene. »Kann es sein, dass du mir damals nicht alles über dich und diesen feinen jungen Herrn erzählt hast?«

Éanna holte tief Luft und ballte die Fäuste. »Brendan! Das kann doch wohl nicht dein . . .«

Er ließ sie nicht ausreden. »Wenn dem so ist, wäre es jetzt an der Zeit, dass du mir endlich reinen Wein einschenkst! Ich lasse mich nicht für dumm verkaufen, Éanna!«

Wenn er ihr mit der Hand ins Gesicht geschlagen hätte, es hätte sie nicht mehr verletzen können. Zornesröte stieg ihr ins Gesicht und sie sprang abrupt von der Kirchenbank auf. Die Tränen, die ihr in die Augen schossen, konnte sie kaum noch zurückhalten.

»Und ich mag es nicht, wenn man mich der Lüge bezichtigt!«, fauchte sie ihn an. »Zwischen mir und Mister O'Brien ist nichts vorgefallen, dessen ich mich schämen müsste! Ich habe nichts zu beichten, weder dir noch einem Priester. Und wenn du Idiot mir in deiner blödsinnigen und völlig grundlosen Eifersucht nicht glauben willst, ist dir nicht zu helfen, Brendan Flynn!«

Erschrocken und sichtlich erblasst sah er zu ihr auf. Ihm schien bewusst zu werden, dass er zu weit gegangen war. Aber noch bevor er sich entschuldigen konnte, schleuderte sie ihm entgegen: »Ich dachte, du würdest mir nach allem, was wir zusammen durchgemacht haben, vertrauen . . . so wie ich dir vertraue . . . und . . . und du würdest wissen, was ich für dich empfinde. Aber da habe ich dumme Gans mich wohl gehörig in dir getäuscht! Wie unverzeihlich von mir, dass ich seit meiner Ankunft in Dublin von morgens bis abends überall in der Stadt nach dir gesucht habe, anstatt mich um eine Arbeit zu kümmern! Aber diesen Fehler werde ich kein zweites Mal machen, darauf kannst du Gift nehmen!« Damit wandte sie sich mit einem Ruck von ihm ab, stürzte aus der Kirchenbank und rannte dem Ausgang entgegen.

Ihr war, als bräche eine Welt zusammen. Brendan, der Mann, den sie zu kennen geglaubt hatte, den sie über alles liebte und nach dem sie sich so gesehnt hatte, hielt sie für eine Lügnerin und Betrügerin!

Nie wieder wollte sie auch nur ein Wort mit ihm wechseln!

Drittes Kapitel

Für einen langen Moment war Brendan wie gelähmt. Dann sprang auch er auf und rannte los. In seiner Hast stolperte er beinahe über seine eigenen Füße, fing sich mit einem unterdrückten Fluch wieder und lief auf die Straße. Er sah gerade noch Éannas rotblonden Haarschopf hinter einer Hausecke verschwinden.

»Éanna! So warte doch!«, rief er ihr bestürzt hinterher. »Lauf nicht weg! . . . Das habe ich doch gar nicht so gemeint! . . . Éanna, bitte! . . . Warte! . . . Es tut mir leid! . . . Bleib in Gottes Namen stehen und lass uns reden!«

Als er sie endlich eingeholt hatte, schlug sie seine Hand weg.

»Lass mich! Ich will mit dir nichts mehr zu tun haben! Geh mir aus dem Weg!«, schluchzte sie, stieß ihn zur Seite und lief weiter.

Brendan gab jedoch nicht auf und es gelang ihm schließlich, ihre Arme mit festem Griff zu packen und sie zum Stehenbleiben zu zwingen.

Éanna wehrte sich, doch gegen seine Kraft kam sie nicht an. »Ich schreie das ganze Viertel zusammen, wenn du mich nicht sofort freigibst!«, drohte sie ihm.

»Um Himmels willen, nimm doch Vernunft an! Es tut mir leid, was ich da gesagt habe, Éanna! Ich könnte mich selbst dafür ohrfeigen!«

»Lass mich los, dann übernehme ich das Ohrfeigen gern für dich!«, zischte sie.

»Bitte, Éanna! Sei nicht so hart! Ich flehe dich an, verzeih mir und gib mir eine Chance, es wiedergutzumachen!«, beschwor er sie inständig. »Ich habe es wirklich nicht so gemeint! Das versichere ich dir bei allem, was mir heilig ist!«

»Oh doch, du hast es so gemeint!«, widersprach sie zornig und ihre Augen funkelten ihn böse an. »Versuch erst gar nicht, das abzustreiten! Wie konntest du mir nur so etwas Unwürdiges zutrauen!«

Zerknirscht blickte er zu Boden. »Du hast ja recht«, gestand er reumütig und redete hastig weiter. »Und du hast auch allen Grund, wütend auf mich zu sein. Ich weiß selber nicht, was da plötzlich über mich gekommen ist. Es . . . es ist mir einfach so herausgerutscht. Du weißt doch, dass mein Temperament manchmal mit mir durchgeht.« Er blickte sie flehend an. »Verzeih meine Dummheit, Éanna.«

»Ich denke nicht daran!«

»Bitte, sei nicht so hart, Éanna! Ich . . . ich war einfach wütend auf diesen O'Brien. Ich war wütend, dass ausgerechnet so ein wohlhabender Schnösel wie er und nicht ich es gewesen sein soll, der dich vor dem Gefängnis gerettet und so viel Gutes für dich getan hat«, murmelte er kleinlaut.

»Du hast überhaupt keinen Grund, auf irgendjemanden eifersüchtig zu sein!«, erwiderte sie, schon ein wenig versöhnter.

Brendan wagte es nun, ihre Arme loszulassen. Zärtlich wischte er ihr die Tränen vom Gesicht, während er leise sagte: »Ich bin wirklich ein Idiot. Aber ich bin ein Idiot, der . . . der dich liebt, Éanna!« Leidend wie ein geprügelter Hund sah er sie an.

Noch nie hatte er so deutlich mit Worten ausgedrückt, was er für sie empfand. Seine Liebeserklärung traf sie mitten ins Herz. Und ihr Zorn fiel so rasch in sich zusammen, wie er kurz zuvor in ihr aufgeflammt war.

»Ach, Brendan«, flüsterte sie aufgewühlt. »Ich liebe dich doch auch. Aber was du da gerade . . .«

Bevor sie weitersprechen konnte, nahm er sie in seine Arme und verschloss ihren Mund mit seinen Lippen. Und nur zu bereitwillig überließ sie sich der Glückseligkeit, die sie durchflutete und sie alles vergessen ließ, was eben noch zwischen ihnen gestanden hatte.

Es war ein inniger Kuss, der ihre Versöhnung besiegelte. Hinterher kamen sie ohne viel Worte überein, diese unschöne Szene zu vergessen. Was ihnen nicht ganz gelang, denn der Schock über das Vorgefallene saß ihnen noch in den Gliedern und überschattete das lang ersehnte Wiedersehen.

»Ich wünschte«, sagte Brendan bedrückt, »ich könnte jetzt, wo wir uns endlich gefunden haben, noch länger bei dir bleiben. Aber leider geht das nicht. Ich habe gleich eine Verabredung.« Er warf einen schnellen Blick hoch zur Kirchturmuhr. »In zehn Minuten muss ich los.«

Éanna machte ein enttäuschtes Gesicht. »Ist die Verabredung denn wirklich so wichtig?«

»Sehr wichtig. Um zwölf erwartet mich mein Kumpel Aidan Macaulay an der Schleuse vom Royal Canal«, antwortete Brendan. »Das ist drüben auf dem Nordufer bei den

Docks und Überseekais. Aidan will mir eine Arbeit vermitteln, und zwar in der Fleischfabrik, in der er arbeitet.«

Éanna wusste sehr gut, wie schwierig es war, auch nur irgendeine Arbeit zu finden. »Oh Brendan, das ist doch wundervoll. Was für eine Arbeit wird das sein?«

»Das weiß ich nicht so genau«, meinte Brendan. Aber es klang so, als wolle er der Frage ausweichen. »Ich weiß nur, dass Aidan gestern Abend drüben in der Combe Street eine Messerstecherei beobachtet hat, bei der ein Arbeiter aus der Fabrik schwer verletzt wurde. Dieser Mann wird heute nicht zur Arbeit erscheinen. Das ist meine Chance, endlich wieder zu ein paar Shilling zu kommen.«

»Ich wünsche dir so sehr, dass du Glück hast«, sagte Éanna mit einem schweren Seufzer. Sie dachte an Emily, die schon seit ihrer Ankunft erfolglos nach einer Arbeit suchte, egal, wie schlecht sie bezahlt sein mochte. Aber seit die Hungersnot Jahr für Jahr aus fast allen Teilen des Landes Abertausende heimatlos gewordener Hungerleider in die Stadt trieb, waren freie Stellen so rar geworden wie mildtätige englische Großgrundbesitzer. Wo immer in Dublin Arbeit vergeben wurde, strömten sofort Dutzende, wenn nicht gar Hunderte zerlumpter Kinder, Männer und Frauen zusammen und machten sich gegenseitig den Platz streitig. Selbst Arbeiten, die weniger an Lohn einbrachten, als man auch bei größter Entbehrung zum Überleben brauchte, fanden in Windeseile genug Verzweifelte, die für ein paar Pence am Tag alles zu geben bereit waren. Die Armenviertel Dublins konnten den unablässigen Ansturm des mittellosen Landvolkes längst nicht mehr auffangen. Dabei waren diese Viertel nun wahrlich nicht klein. Und sie wuchsen von

Tag zu Tag und fraßen sich wie stinkende, wuchernde Geschwüre immer tiefer in den Leib der Stadt.

»Wer ist dieser Aidan Macaulay?«, fragte Éanna. »Und wieso will er ausgerechnet dir diese Arbeitsstelle vermitteln? Kennt ihr euch von früher?«

»Nein, aber er kommt aus Loughrea, also gar nicht weit von meinem Heimatdorf entfernt. Ich habe ihn auf der Landstraße kurz vor Dublin kennengelernt«, berichtete Brendan ihr. »Wir haben uns gleich gut verstanden und er hat mir Unterschlupf gewährt – in einem miesen Kellerloch in der Cross Stick Alley, das er sich gerade noch leisten kann. Die Cross Stick Alley ist eine stinkende Gasse drüben in den Liberties.« Er machte eine abfällige Handbewegung. Die Liberties waren eines der berüchtigsten Armenviertel Dublins. Es begann gleich hinter der St.-Patricks-Kathedrale und würde dieses majestätische Bauwerk bald von allen Seiten umschlossen haben, wenn es so weiterging.

Brendan zog eine Grimasse, als packte ihn plötzlich Ekel. »Mein Gott, was bin ich jetzt doch froh, dass du in dieser Pension wohnen kannst. Denn in dieses dreckige Loch hätte ich dich auf keinen Fall mitnehmen können!«

»Ist es wirklich so schlimm?« Enttäuschung stand in Éannas Augen. Sie hatte gehofft, dass die Zeit der Trennung nun vorbei war. »Emily und ich müssen schon heute eine andere Bleibe suchen, denn die zwei Wochen, für die uns Patrick O'Brien die Unterkunft in der Pension bezahlt hat, sind vorbei.«

Brendan legte die Stirn in Falten, doch gleich machte er wieder eine aufmunternde Miene. »Sorg dich nicht! Wir finden eine Lösung. Wenn ich bald mehr verdiene und du vielleicht auch Arbeit findest, können wir irgendwo ein Zimmer für uns beide mieten.«

»Ich fange gleich heute an, Arbeit zu suchen«, versprach Éanna und zwang sich zu einem zuversichtlichen Lächeln.

Doch vor Brendan konnte sie ihre Mutlosigkeit nicht verstecken. Er schaute ihr tief in die Augen. »Du weißt doch, worüber wir so oft gesprochen und was wir uns fest vorgenommen haben, nicht wahr?«

Éannas Augen leuchteten auf. »Ja, wir werden nach Amerika auswandern!« Sie wollte lieber nicht darüber nachdenken, in welch weiter Ferne dieses Ziel lag. Denn auch die billigste Passage war nicht unter drei, vier Pfund pro Kopf zu haben. Und so viel Geld zusammenzusparen war selbst dann noch ein mühsames und langwieriges Unterfangen, wenn man eine leidlich gut bezahlte, feste Arbeitsstelle hatte *und* sich jeden Penny vom Mund absparte!

Brendan schenkte ihr ein zuversichtliches Lächeln. »Irgendwie schaffen wir es schon, Éanna.« Er ergriff ihre Hände und drückte sie. »Ich weiß es ganz sicher! Und wenn auch du den Glauben daran nicht verlierst, wird keine Macht der Welt uns davon abhalten können, unseren Traum in die Tat umzusetzen!«

»Ich glaube ja daran!«, versicherte sie und erwiderte sein Lächeln tapfer, obwohl ihr das Herz schwer war.

»Gut!« Er strahlte sie an und gab ihr einen schnellen Kuss. Schon wollte er loslaufen, als ihm etwas Wichtiges einfiel und er sich noch einmal zu ihr umdrehte.

»Mach dir keine Sorgen wegen der Unterkunft. Ich werde mich umhören und zur Not nehme ich dich doch mit in unser gemütliches Kellerloch.« Brendan grinste unverhohlen.

»Komm heute Abend so gegen acht in die Meath Street!«, trug er ihr noch hastig auf. »Das ist eine der größeren Straßen im Westteil der Liberties. Ist ganz leicht zu finden. Frag nach *Charley's Shebeen*. Das ist eine illegale Kellertaverne. Die kennt dort jeder, der da wohnt. Der Zugang befindet sich in einer Seitengasse zwischen zwei Mietshäusern. Keine Sorge, du findest es schon. Außerdem werde ich Ausschau nach dir halten.«

»Und was hast du dort zu schaffen, wenn das eine illegale Taverne ist?«, fragte sie ebenso verwundert wie beunruhigt.

Er zuckte die Achsel. »Ich verdiene mir da nachts noch ein paar Pence Handgeld. In der Not frisst der Teufel Fliegen. Aber das erklär ich dir alles heute Abend!« Er gab ihr einen letzten Kuss und rannte los.

Éanna blickte ihm mit gemischten Gefühlen nach, bis er auf der anderen Seite des Platzes um eine Straßenecke bog und aus ihrer Sicht verschwand. Sie war froh und dankbar, dass sie Brendan endlich wiedergefunden hatte. Und dass er ihr ganz offen seine Liebe gestanden und sie so leidenschaftlich geküsst hatte, hätte sie unter anderen Umständen wunschlos glücklich gemacht.

Aber ihre Freude wurde von der schmerzlichen Erkenntnis getrübt, dass Brendan ihr nicht vertraute. Denn er konnte sich noch so oft entschuldigen. Er hatte sie verletzt und die Wunde würde nicht so schnell wieder heilen.

Plötzlich fiel es ihr siedend heiß ein, dass sie Brendan etwas ausnehmend Wichtiges verschwiegen hatte. Obwohl der Begriff *verschwiegen* nicht der richtige Ausdruck dafür war. Denn sie hatte ihm diesen Teil ihrer Geschichte eigentlich gar nicht vorenthalten wollen. Sie war nur durch seinen Eifersuchtsausbruch nicht mehr dazu gekommen, ihm davon zu erzählen. Nämlich das, was sie Patrick O'Brien in dem Telegramm als Gegenleistung für sein rettendes Eingreifen in Ballymore Eustace versprochen hatte. Und dass sie ihn deshalb heute und an den folgenden Sonntagnachmittagen in seiner Unterkunft in der Dorset Street aufsuchen und dort viel Zeit mit ihm verbringen würde.

Was würde Brendan bloß sagen, wenn er *davon* erfuhr?

Viertes Kapitel

In Gedanken versunken, machte sich Éanna auf den Rückweg zur Pension. Wie konnte sie Brendan ihre Abmachung mit Patrick O'Brien schonend beibringen? Nach und nach erwachte die Stadt zum Leben und Éanna spürte die Müdigkeit schwer in ihren Gliedern sitzen. Sie schenkte dem Trödelmarkt, der schon zu dieser frühen Stunde den breit angelegten Platz um die Kathedrale von allen Seiten dicht umschloss, kaum Beachtung. Es gab sie mittlerweile an jeder Straßenecke in den Armenvierteln, diese improvisierten Märkte mit ihren erbärmlichen Bretterbuden, Verkaufskarren oder einfach auf dem Boden aufgetürmten Kleiderbergen.

Da häuften sich abgetragene Wollkleider und grobe Kattunkittel, Hemden und Hosen, zusammengenäht aus unterschiedlich farbigen Lumpenstücken, verschossene Schals sowie löchrige Schuhe, Hüte und Hauben, von Motten zerfressene Fracks und Seidenkleider, die aus dem Abfall vornehmer Häuser ihren Weg zu den Trödlern genommen hatten, und allerlei Lumpen, die hier irgendwann doch noch ihre Käufer fanden. Denn diese schäbigen Trödelmärkte waren die Kleiderkammern der Armen.

Éanna folgte zügigen Schrittes der Francis Street in Richtung Liffey River. Diese breite Straße führte in die etwas wohlhabenderen Wohn- und Geschäftsviertel am rechten

Flussufer. Aber man stieß auch hier auf Schritt und Tritt auf ausgemergelte Menschen, die von der Hungersnot entwurzelt waren und sich nach Dublin geflüchtet hatten. Lumpen schlotterten um die abgemagerten Körper, spitze Knochen traten unter der Haut hervor und die stumpf blickenden Augen lagen in tiefen, knöchernen Höhlen. Überall kauerten Bettler jeden Alters vor den Hauswänden, in den Tordurchgängen und an den Straßenecken. Ging ein Fremder vorbei, streckten sie ihm nur stumm ihre Hand oder ihre Bettelschale entgegen. Viele hatten aber selbst das Betteln aufgegeben und lagen nur reglos da.

Éanna litt mit ihnen. Fast fühlte sie sich schuldig, dass sie warme Kleidung am Leib trug und sie in der Pension ein zwar einfaches, aber sättigendes Frühstück genossen hatte. Sie wusste nur zu gut, wie sich quälender Hunger und Kälte anfühlten. Auch was es bedeutete, bei jedem Wind und Wetter auf der Straße zu leben. Und obwohl die Hungersnot schon ins dritte Jahr ging und sie diesen entsetzlichen Bildern Tag für Tag begegnete, erschütterte sie das Elend immer wieder von Neuem.

Als sie die Straßenkreuzung erreichte, an der es rechts in die High Street und links in die Thomas Street ging, sah sie auf der gegenüberliegenden Straßenseite eine Mietkutsche stehen. Ihr Besitzer hatte dem Pferd gerade den Futtersack vorgebunden. Und alle Bettler und vorbeikommenden Lumpengestalten, die sich gerade in der Nähe aufhielten, blickten voller Neid zu dem Pferd hinüber, das sich über sein Futter hermachte.

Rasch wandte Éanna sich ab und beeilte sich, zur Pension zu kommen. Ihre Gedanken kehrten zu Brendan zurück und zu der Frage, ob sie ihm am Abend von ihrer Abmachung mit Patrick O'Brien erzählen sollte.

Doch je länger sie darüber nachgrübelte, desto klüger erschien es ihr, es so lange wie möglich vor ihm geheim zu halten. Brendan hegte auch so schon genug Misstrauen gegen Mister O'Brien und die Privilegien seines Standes. Zusammen mit seiner Hitzköpfigkeit und Eifersucht konnte das eine gefährliche Mischung sein und alles zerstören, was ihnen beiden kostbar war.

Vielleicht gelang es ihr ja, ihr Versprechen gegenüber Mister O'Brien zu halten, ohne dass Brendan jemals etwas davon erfahren musste. Und womöglich wurde O'Brien ihrer Treffen ja schon nach zwei oder drei Sonntagnachmittagen überdrüssig. Das war nicht nur möglich, sondern vielmehr höchstwahrscheinlich. Denn junge Männer seines Standes, denen es an einer Vielzahl vergnüglicher Ablenkungen wahrlich nicht mangeln konnte, verloren gewiss schnell das Interesse an einem einfachen und mittellosen Bauernmädchen wie ihr.

Ja, so würde es sein! Warum also unnötig eine Auseinandersetzung mit Brendan heraufbeschwören, wenn es sich vermeiden ließ? Ihr würde schon eine plausible Erklärung einfallen, warum sie an diesen zwei, drei Nachmittagen nicht mit Brendan zusammen sein konnte. Wie es aussah, würden sie tagsüber sowieso keine Zeit füreinander haben. Zumal wenn es auch ihr gelingen sollte, eine regelmäßige Arbeit zu finden.

Sie hatte die Pension erreicht, aber bevor sie hineinging, hielt sie noch einmal kurz inne. Nachdem sie Brendan nun endlich gefunden hatte, musste die Arbeitssuche Vorrang vor allem anderen haben, nahm sie sich fest vor. Denn nur wenn sie beide Arbeit hatten und hart sparten, würde ihr Traum von der Auswanderung nach Amerika eines Tages in Erfüllung gehen. Und dass dieser Traum greifbar nahe war, bewiesen fast täglich Hunderte ihrer Landsleute, die sich auf den Überseekais drängten und an Bord eines der vielen amerikanischen, englischen und irischen Segelschiffe gingen, um ihr Glück jenseits des Ozeans zu suchen.

Éanna fühlte sich ein wenig erleichtert, als sie zu dem Schluss gekommen war, dass Brendan nichts von ihren heimlichen Treffen mit Patrick O'Brien erfahren musste. Und auf Emilys Stillschweigen würde sie blind vertrauen können.

Das liebe Gesicht ihrer Freundin blickte Éanna schon neugierig entgegen, als sie die Treppen zu ihrer Kammer im *Journey's End* erklomm. »Schnell, Éanna, komm in mein Zimmer!«, rief Emily ihr aufgeregt zu und packte sie am Arm, um sie hinter sich her in ihre Kammer zu ziehen. Dann schloss sie die Tür und drehte sich zu Éanna um, die sich langsam aus ihrem Mantel schälte, bevor sie sich erschöpft aufs Bett fallen ließ.

»Und, was ist passiert? Nun sag schon! Ich sehe doch an den Sorgenfalten auf deiner Stirn, dass du über irgendetwas nachgrübelst.«

Éanna seufzte. »Da hast du vollkommen recht.« Erleichterung durchströmte sie, als ihr bewusst wurde, dass sie mit ihren Sorgen nicht alleine war. Sie hatte eine wunderbare Freundin an ihrer Seite, deren Loyalität sie sich gewiss sein konnte. Und so begann sie zu erzählen, was sich nach der Messe zwischen ihr und Brendan ereignet hatte.

Emily blickte nachdenklich drein, als Éanna mit ihrem Bericht am Ende war. »Dein Liebster wird also heftigst von Eifersucht geplagt, ja? Und du glaubst wirklich, dass er das in Zukunft besser im Griff hat?«, fragte sie skeptisch.

»Er hat es mir versprochen.«

»Na, ich weiß nicht. Eifersucht ist nicht so leicht auszureißen wie ein Bündel Unkraut, Éanna! Zumal da noch die Sache mit Mister O'Brien hinzukommt. Dass du ihm das verheimlichen willst, mag ja richtig sein. Fragt sich nur, ob es nicht doch irgendwann herauskommt. Und dann steckst du ganz dick im Schlamassel!«, prophezeite Emily.

»Das kriege ich schon hin, wenn du nur den Mund hältst und mir dabei hilfst!«, versicherte Éanna.

»Na klar tue ich das. Ist doch Ehrensache!«, versprach Emily. »Aber eine Garantie ist das noch lange nicht, dass die Sache damit auch wirklich gut ausgeht.«

»Darüber will ich mir heute nicht den Kopf zerbrechen. Jetzt will ich erst einmal hören, was du zu erzählen hast«, lenkte Éanna von dem unerfreulichen Thema ab.

Emily sah sie mit zweifelnder Miene an, respektierte dann jedoch ihren Wunsch und nickte.

»Gut, du musst es wissen«, sagte sie, dann kehrte auch schon der fröhliche Ausdruck auf ihr Gesicht zurück. »Und ehrlich gesagt – ich platze auch bald, wenn ich meine Neuigkeiten nicht endlich loswerde. Gestern Abend habe ich mit Sarah und Ria gesprochen, den beiden Plunkett-Schwestern aus Kerry, die sich am Ende des Gangs eine Kammer teilen.«

Éanna nickte. Sie hatte bisher nur wenige Worte mit den beiden Mädchen gewechselt. Nicht weil sie ihr unsympathisch gewesen wären, sondern weil sie von morgens bis abends fieberhaft nach Brendan gesucht hatte. Und bei den Mahlzeiten duldete ihre Wirtin keine Unterhaltung, weil das angeblich nur den Hang zur Schwatzhaftigkeit nährte. Aber sie wusste, dass Emily sich mit ihnen ein wenig angefreundet hatte.

»Und?«

Emily grinste. »Hast du gewusst, dass ihr großer Bruder, der es schon vor einem Jahr nach Amerika geschafft hat, ihnen jeden Monat Geld schickt, damit sie nicht irgendwo in einem feuchten Kellerloch hausen müssen?«

»Nein, ich habe nur mitbekommen, dass sie eine gute Arbeitsstelle in einer Fabrik haben.«

Emily verzog das Gesicht. »Von dem Lohn dort hätten sie doch nie und nimmer ihr Zimmer hier bezahlen können.«

Éanna zuckte die Achseln. »Dann können sie dankbar sein, dass sie so einen verantwortungsbewussten großen Bruder haben, der sie nicht vergessen hat«, sagte sie und fragte sich insgeheim, warum Emily ihr das alles erzählte.

»Ja, Sarah und Ria können Gott wahrlich auf Knien für ihren Bruder danken!«, bekräftigte Emily. »Denn gestern haben sie wieder Geld von ihm erhalten. Diesmal jedoch nicht nur einen Zuschuss für die Pensionskosten, sondern sage und schreibe sechzehn Pfund und zehn Shilling! Also mehr als genug Geld für zwei Passagen nach Amerika und zusätzliche Kleidung und Reiseproviant!«

Éanna gab einen Stoßseufzer von sich. »Ich gönne es ihnen und wünschte, einer von uns hätte auch so einen Bruder. Aber was hat das mit uns zu tun, Emily?«

»Liegt das denn nicht auf der Hand?«, fragte ihre Freundin

zurück. »Mein Gott, sie werden morgen schon Tickets kaufen und sich auf dem nächsten Segler einschiffen. Und das heißt, dass sie ihre Arbeit in der Tuchspinnerei von *Maynard & Sons* aufgeben. Da werden dann auf einen Schlag zwei Stellen frei! Und sie haben mir versprochen, uns morgen früh mit zur Fabrik zu nehmen, damit wir die Ersten sind, die sich um diese beiden Stellen bewerben! Na, ist das nicht eine tolle Nachricht? Mit ein bisschen Glück haben wir schon morgen Arbeit!«

»Ist das wahr?«, stieß Éanna ungläubig hervor.

»Meinst du, mit solchen Sachen mache ich Scherze?«, fragte Emily entrüstet. »Das ist so wahr, wie ich hier sitze und gleich eine Fliege in deinem offenen Mund landet!«

Schnell klappte Éanna ihren Mund zu. Dann fiel sie ihrer Freundin um den Hals. Emily und sie durften hoffen, endlich Arbeit zu finden!

Doch es sollte noch besser kommen. Emily teilte ihr voller Freude mit, dass sie auch eine Bleibe für sie beide gefunden hatte.

»Eine gute Bekannte der Schwestern bewohnt mit ihren beiden halbwüchsigen Töchtern zwei Zimmer«, berichtete sie aufgeregt. »Diese Frau, ihr Name ist Alice Stapleton, arbeitet auch in der Spinnerei und ihre beiden kleinen Töchter verdienen noch ein karges Zubrot in einer Wäscherei. Aber das reicht vorn und hinten nicht und deshalb sucht sie jemanden, mit dem sie die Miete teilen kann. Sie hat zu allem Unglück vor zwei Monaten ein drittes Kind zur Welt gebracht, das nun eines ihrer Mädchen tagsüber hüten muss. Und außerdem hat sie ihr Mann vor ein paar Tagen sitzen lassen. Andere Hausbewohner haben gesehen, wie er an

Bord einer Fähre nach Liverpool gegangen ist. Keiner erwartet, dass er sich hier jemals wieder blicken lässt, am allerwenigsten wohl seine Frau.«

»Was für ein Lump, allein auszuwandern und seine Frau mit drei Kindern sich selbst zu überlassen!«, sagte Éanna voller Abscheu.

Emily pflichtete ihr bei. »Von dieser Sorte Ehemänner gibt es leider genug. Aber so zynisch es auch klingen mag, so hat dieser Schweinehund uns doch unfreiwillig zu einer Unterkunft verholfen«, sagte sie nüchtern. »Für das Zimmer, das Alice vermieten will, verlangt sie nur einen Shilling und sechs Pence die Woche. Das können wir uns gerade noch leisten.«

»Wie ist dieses Zimmer?«, wollte Éanna wissen. »Und in welcher Straße wohnt Alice?«

»Das Mietshaus steht in der Ash Street.«

»Also in den Liberties!« Éanna verzog das Gesicht, bis ihr einfiel, dass sie dort Brendan näher sein konnte.

Emily zuckte die Achseln. »Was hast du erwartet? Aber das Zimmer ist ganz in Ordnung. Ich habe es mir heute schon angesehen. Es liegt zwar ganz oben im sechsten Stock und hat leider nur ein winziges Fenster, das auf den Hinterhof hinausgeht. Aber es gibt wenigstens keinen Schimmel an den Wänden und ist auch nicht von Ungeziefer bevölkert. Und mehr können wir ja wohl für einen Shilling und sechs Pence die Woche kaum verlangen, oder?«

»Das ist natürlich wahr«, räumte Éanna ein. »Und wenn du sagst, dass es ganz annehmbar ist, soll es mir mehr als recht sein.«

»Alice wird mit ihren Kindern in der Küche wohnen, wenn

wir das kleine Hinterzimmer nehmen. Aber wir können die Küche mitbenutzen und uns mit ihr über ein gemeinsames Essen absprechen«, fügte Emily noch hinzu. »Bezahlen brauchen wir zusätzlich nur unseren Anteil an Kohlen und was sonst noch an Kosten anfällt. Das kommt dann billiger. Denn ob nun fünf Kartoffeln im Topf kochen oder ein paar mehr, macht keinen großen Unterschied.«

Éanna schaute sie bewundernd an. Sie konnte nicht glauben, was ihre Freundin alles bedacht hatte. Plötzlich sah ihre Zukunft in Dublin rosiger aus, als sie es jemals zu hoffen gewagt hatte.

»Gut!«, meinte Emily. »Dann gebe ich Missis Skeffington sofort Bescheid, dass wir wie angekündigt ausziehen werden.«

Die Sachen waren schnell gepackt. Mit einem wehmütigen letzten Blick verabschiedete sich Éanna von der Kammer, die ihr in den vergangenen zwei Wochen Zuhause und Zuflucht gewesen war. Es war Zeit, wieder auf eigenen Füßen zu stehen und den Luxus eines eigenen Bettes und des regelmäßigen reichhaltigen Frühstücks hinter sich zu lassen.

Als sie die Treppe hinunterkam, wartete Emily schon auf sie. Gemeinsam wünschten sie der Pensionswirtin alles Gute und bedankten sich bei ihr für ihre Gastfreundschaft. Und die Herzlichkeit, mit der dies geschah, schien die Wirtin endlich doch zu rühren.

»Schon recht«, brummelte sie, »euch beiden alles Gute auf eurem Weg. Möge der Herr euch segnen.« Und damit öffnete sie die Haustür für ihre beiden ehemaligen Gäste, die in den sonnigen Sonntagnachmittag hinaustraten und sich voller Hoffnung Richtung Liberties und Ash Street wandten.

Fünftes Kapitel

Das dunkle Treppenhaus des heruntergekommenen Mietshauses stimmte Éanna schon gleich darauf ein, was sie im sechsten Stock erwarten würde. Denn es stank nach einer Mischung aus Urin, nassen Kleidern und Essensgerüchen. Zudem waren die Bretter zahlreicher Treppenstufen morsch und das wackelige Geländer war genauso wenig vertrauenerweckend. Sie wollte besser nicht daran denken, was es bedeutete, wenn man nachts den Abort auf dem Hinterhof aufsuchen musste. Sollte Alice ihnen keinen eigenen Nachttopf zur Verfügung stellen können, würde das wohl eines der ersten Dinge sein, die sie sich kaufen mussten.

Alice begrüßte sie mit fast überschwänglicher Freude, als hätte sie befürchtet, sie könnten es sich noch im letzten Moment anders überlegt haben und nicht erscheinen. Sie war eine abgehärmte Frau Mitte dreißig, sah jedoch gute zehn, fünfzehn Jahre älter aus. Von der Not gezeichnet waren auch Pamela, mit elf Jahren das älteste der drei Geschwister, sowie die neunjährige Peggy. Stumm und mit bleichen Gesichtern, denen schon längst das tägliche Elend jeglichen Rest von kindlicher Unbekümmertheit und Freude ausgetrieben hatte, beäugten die Mädchen die neuen Untermieterinnen. Das wenige Wochen alte Baby lag, in dreckige Tücher gewickelt, in einer Ecke und schrie.

Das Hinterzimmer, in dem bisher Alice und ihr Mann geschlafen hatten, war gerade mal so groß wie die kleinste Kammer in der Pension. Viel mehr als das verrostete Eisengestell für ein Doppelbett, das Éanna und Emily dort vorfanden, passte nicht hinein. Rechts und links war gerade noch genug Platz, dass man sich zwischen Wand und Bett hindurchzwängen konnte. Ein Brett, das an der Wand angebracht war und in das ein halbes Dutzend Nägel getrieben war, musste als Garderobe herhalten. Und die schmale Luke, die ihnen als Fenster diente, schloss nicht mehr richtig. Zudem war ein Stück Fensterglas herausgebrochen und jemand hatte als Notbehelf ein Stück Holz über das Loch genagelt.

»Das Bettgestell und die Matratze habe ich euch gelassen!«, sagte Alice Stapleton, als hätte sie ihnen damit einen großen Gefallen getan. Dabei passte das Gestell schlichtweg nicht in die Küche, die für sie und die drei Kinder nun auch Wohnraum und Schlafstätte war. Sie würden nachts den schäbigen Tisch und die Stühle vor das Fenster rücken müssen, um auf dem Dielenboden ihre Decken für ihr Nachtlager ausbreiten zu können. »Für Laken, Decken und Kissen müsst ihr selber sorgen. Aber ich gehe gern mit euch zu unserem Pfandleiher Mister Pearse. Da kriegt ihr die Sachen am billigsten, ihr habt mein Wort drauf.«

Emily erklärte sich umgehend bereit, die Sachen am Abend zu besorgen. »Ich weiß ja, dass du schon etwas Besseres vorhast«, neckte sie Éanna. Anschließend setzten sie sich mit Alice Stapleton an den Küchentisch und beredeten, was sie gemeinsam kochen und wie viel sie fürs Essen ausgeben würden.

Schließlich aber waren sie alle zufrieden mit dem, was sie ausgehandelt hatten. Und Éanna überschlug schnell im Kopf, dass sie nach Abzug ihres Anteils Miete und Essen wohl noch rund einen halben Shilling pro Woche für die Überseepassage weglegen konnte. Immer vorausgesetzt, dass sie am nächsten Morgen als Spinnerin in der Fabrik anfangen konnte.

Die frühe Nachmittagssonne warf ein glitzerndes, flirrendes Licht auf die dunklen Fluten des Liffey, als Éanna sich auf den Weg zu Patrick O'Brien machte. Sie ging über die langen Kais am rechten Ufer und folgte dem Strom flussabwärts. Die Dorset Street, wo Patrick O'Brien sie erwartete, lag auf dem anderen, dem Nordufer. Hinter dem Aston-Kai bog sie nach links auf die Queens Bridge ab, die sich in elegant geschwungenen Steinbögen über den Fluss spannte. Auf der Mitte der Brücke blieb sie kurz auf der Hafenseite an der steinernen Balustrade stehen und nahm das faszinierende Panorama in sich auf. Für ein Mädchen vom Land wie sie, das sich zum ersten Mal in seinem Leben in einer Hafenstadt befand, war der Anblick immer wieder aufs Neue überwältigend.

Selbst am Sonntag herrschte auf dem Liffey und an den zahllosen Landungsbrücken beidseits des Flusses geschäftiges Treiben. Lastkähne, kleine Kutter, Barkassen, Ruderboote, Dampfschiffe mit rauchenden Schloten und Segelschiffe aller Art und Größe, wohin das Auge auch blickte! Es war ein ständiges Kommen und Gehen, auf dem Wasser wie an Land. Hier wurde ein plumpes Kohlenschiff entladen, dort warf gerade eine stolze Bark mit einer Ladung Vieh die

Leinen los, an der nächsten Landungsbrücke arbeitete die Mannschaft einer vom Sturm gezeichneten Brigg an der Beseitigung der Schäden und schon ein kurzes Stück weiter strömten gut zweihundert Auswanderer mit ihrem kümmerlichen Hab und Gut auf ein englisches Fährschiff, das sie erst nach Liverpool bringen würde, um von dort mit einem größeren Segler die Überfahrt nach Amerika anzutreten. Und gleich dahinter rollten Fässer auf einen Küstenschoner. An manchen Stellen konnte man hinter all den Lastkrähnen sowie den Masten, Segeln und Schloten der Schiffe kaum die prachtvollen Gebäude erkennen, die das rechte Flussufer säumten.

Doch heute fiel es Éanna schwer, sich an dem malerischen Anblick zu erfreuen. Ein ungutes Gefühl machte sich in ihr breit, fast vermeinte sie, bohrende Blicke in ihrem Rücken zu spüren. Ärgerlich schalt sie sich selbst. So ein Unsinn! Wer hätte schon ein Interesse daran haben können, sie zu beobachten? Es war eindeutig ihr schlechtes Gewissen gegenüber Brendan, das sich da meldete. Je schneller sie ihr Treffen mit Mister O'Brien hinter sich brachte, desto eher würde sich die ganze Sache erledigt haben und damit auch ihre Gewissensbisse.

Was für eine lebendige und wunderschöne Stadt Dublin doch sein könnte, wenn es dieses fürchterliche Elend nicht gäbe, dachte sie noch und ging dann schnell weiter.

Die Queens Bridge mündete auf dem Nordufer in die Sackville Street, eine Prachtstraße mit einer langen Front gepflegter Häuserfassaden. Eine hohe schlanke Säule, gekrönt von einer Statue, die Admiral Nelson darstellte, erhob sich auf halber Strecke in der Mitte der breiten Promenade. Hier begann eine andere Welt. Éanna bestaunte die vielen exklusiven Geschäfte, die den flanierenden Passanten und betuchten Kunden durch ausladende Markisen Schutz vor Sonne und Regen boten. Über das Kopfsteinpflaster ratterten herrschaftliche Equipagen, Einspänner, gediegene Mietdroschken und Fuhrwerke. Die Straße war bevölkert von Dienstboten und Laufburschen sowie elegant gekleideten Dubliner Bürgern, herausgeputzten Seeoffizieren und britischen Soldaten in rot leuchtenden Uniformen, die den sonnigen Tag zu einem Spaziergang und Schaufensterbummel nutzten.

Alle versuchten sie geflissentlich, die vielen zerlumpten Bettler zu ignorieren, die auf ein Almosen hofften und es immer wieder schafften, den Konstablern zu entkommen, die sie mit Knüppeln zu vertreiben versuchten.

Je näher Éanna ihrem Ziel kam, desto unruhiger wurde sie. Fast wünschte sie jetzt, das Telegramm nicht geschickt zu haben. Was natürlich unsinnig war. Denn dann hätte sie jetzt mit Emily und Caitlin im Gefängnis gesessen. Und Brendan hätte sie vermutlich niemals wiedergesehen.

Andererseits musste sie sich auch eingestehen, dass sie sich insgeheim darauf freute, Patrick O'Brien zu treffen. Denn er war so völlig anders als alle Menschen, denen sie in ihrem Leben bisher begegnet war. Er war auf eine aufregende Art unberechenbar und offenherzig.

Sie brauchte nur an ihre erste Begegnung in Ballinasloe zu denken! Da hatte sie ihm in ihrer Not seinen versilberten Spazierstock stehlen wollen und war dabei von einem feisten Fleischer auf frischer Tat ertappt worden. Sofort hatte es einen Menschenauflauf gegeben und ihr Schicksal war damit eigentlich schon besiegelt gewesen. Doch er hatte sie nicht vom herbeigerufenen Konstabler abführen lassen, sondern ganz im Gegenteil sogar vor dem Gefängnis bewahrt! Und anschließend hatte er sie, zerlumpt, wie sie war, auch noch zum Essen in die Taverne eingeladen.

Auch bei ihrer zweiten Begegnung auf der Landstraße nach Carlow hatte er sich völlig anders benommen, als sie es von einem jungen Herrn seines Standes erwartet hätte. Nicht nur, dass er sich erneut selbstverständlich und ohne jeglichen Standesdünkel mit ihr unterhalten hatte, als gäbe es zwischen ihnen keine unüberbrückbare gesellschaftliche Kluft. Nein, er hatte ihr sogar in beiläufigem Plauderton höchst persönliche Dinge anvertraut. Er hatte ihr erzählt, dass er darunter litt, eines Tages die Nachfolge seines Onkels Edmund Wexford antreten und dessen gut gehende Brauerei übernehmen zu sollen, und er vielmehr davon träumte, sein Leben der Schriftstellerei zu widmen.

Ja, aufregend unberechenbar und offenherzig, das traf es sehr gut! Und zudem sah O'Brien auch noch blendend aus mit seinen fein geschnittenen und doch männlichen Gesichtszügen, seinem sanft gewellten schwarzen Haar und den ungewöhnlich dunkelblauen Augen, deren Blick einem durch und durch gehen konnte.

Éanna wurde im nächsten Augenblick bewusst, was für Gedanken ihr soeben durch den Sinn gegangen waren.

»Du bist schon eine Närrin«, murmelte sie vor sich hin, als sie den Park am Rutland Square hinter sich ließ und in die Dorset Street einbog. Obschon gar nicht weit von der Sackville Street entfernt, hob sich diese Straße doch schon deutlich von deren Glanz und Eleganz ab. Hier überwog der

Anblick von zwar ansehnlichen, aber nicht übermäßig vornehmen Bürgerhäusern und Geschäften, für die man nicht unbedingt eine prall gefüllte Geldbörse brauchte. Doch selbst die Waren in diesen Läden waren für Éanna und ihresgleichen unerschwinglich.

Wenig später stand sie vor dem Haus, in dem Patrick O'Brien ohne das Wissen seines Onkels eine Unterkunft angemietet hatte, um sich dort ungestört seiner geheimen Leidenschaft, dem Schreiben, zu widmen. Das Haus hatte helle Ziersteine im dunkelbraunen Mauerwerk, reichte fünf Stockwerke hoch und hatte große hohe Fenster, die jeweils rechts und links von schmalen Halbsäulen mit einem Kapitell eingefasst waren.

Nie hätte Éanna sich getraut, von sich aus den Fuß in solch ein Haus zu setzen. Alles, was sie kannte, waren primitive reetgedeckte Bauernkaten aus Zweiggeflecht und Lehm, in denen es für die ganze Familie samt dem wenigen Vieh nur einen einzigen Raum mit einer offenen Feuerstelle gab und wo der Fußboden aus festgetretener Erde bestand. Schon die schlichte Pension in der Thomas Street war für sie der Inbegriff von Luxus gewesen. Aber neben einem solchen stattlichen Gebäude hätte sogar das *Journey's End* ärmlich gewirkt.

Drei Stufen führten zum Hauseingang hoch. Zum Glück stand die rotbraune Holztür, die mit reichem Schnitzwerk verziert war, weit offen. Éanna wusste nicht, ob sie sich getraut hätte, den schweren bronzenen Türklopfer zu betätigen.

Mit pochendem Herzen wagte sie sich in den Hausflur, dessen Wände bis etwa auf Brusthöhe mit cremefarbenen

Kacheln verkleidet waren. Von draußen drang ein helles Lachen an ihr Ohr. Einen Moment lang hielt sie inne. Dann packte sie die Furcht, ein Hausmeister oder eine Art Portier könnte im nächsten Moment erscheinen und sie zur Rede stellen. Deshalb raffte sie schnell ihr Kleid und ihren Umhang zusammen und eilte die breite Treppe hinauf.

»Dritter Stock, erste Tür gleich rechts vom Treppenaufgang!«, hatte Patrick O'Brien ihr erklärt. »Auf dem Messingschild an der Tür ist mein Monogramm eingraviert. Großes P, großes O. Ist nicht zu verfehlen!«

Augenblicke später stand Éanna vor seiner Tür. Ihr Herz jagte, schlug ihr bis in den Hals und das nicht allein wegen der Eile, mit der sie die vielen Stufen erklommen hatte.

Sie schloss kurz die Augen und atmete zwei-, dreimal tief durch. Dann gab sie sich einen Ruck, hob die Hand und klopfte mit den Fingerknöcheln beherzt an die Tür.

Sechstes Kapitel

Kaum war ihr Klopfen im Treppenflur verklungen, als auch schon die Tür aufging und Patrick O'Brien vor ihr stand. Fast im selben Augenblick schlug hinter ihm im Zimmer eine Uhr mit dunklem, wohltönendem Klang die volle Stunde.

Mit einem belustigten Lächeln sah er sie an. »Wie schön! Nach dir kann ich demnächst meine Uhren stellen, Éanna!«, begrüßte er sie. Er hatte den linken Daumen in die kleine Seitentasche seiner hellblauen Seidenweste gehakt, die einen wunderschönen Kontrast zu seinem Anzug aus feinem dunkelblauem Cordstoff und der bauschigen rubinroten Krawatte bildete. Und seine Rechte zog nun eine goldene Uhr an einer ebenso goldenen Kette aus der rechten Westentasche und ließ den Deckel aufspringen. »So pünktlich wie du ist noch nicht einmal Yates, der Butler meines Onkels!«

Lässig stand er so in der Tür, nach der neusten Mode gekleidet wie ein Dandy. Ein junger Herr von Stand, der sein Leben lang auf Kosten anderer lebte – und, fuhr es ihr durch den Kopf, der auch zu nichts anderem taugte, wie Brendan jetzt wohl gesagt hätte.

Éanna war so aufgeregt, dass sie erst einmal schlucken musste, bevor sie ein Wort herausbringen konnte. »Ich bin gekommen, um mein Versprechen einzuhalten, Mister O'Brien«, sagte sie mit steifer Förmlichkeit.

Seine dunklen Augenbrauen hoben sich mit seinen Lippen

leicht zu einem ironischen Gesichtsausdruck. »Und ich dachte, du wärst gekommen, um mir mit meinem Buch auf die Sprünge zu helfen und mir die Augen für meine bisherige Ignoranz zu öffnen«, erwiderte er spöttisch.

»Das dürfte wohl auf dasselbe hinauslaufen, Mister O'Brien«, gab sie impulsiv zurück und schlug dann fast erschrocken die Hand vor den Mund, als ihr bewusst wurde, dass ihre Antwort nicht weit von einer Beleidigung entfernt war.

Er fand an ihrer Erwiderung jedoch nichts Unerhörtes, vielmehr lachte er schallend auf. »Touché! Es geht doch nichts über ein erfrischend klares Wort aus einem hübschen Mund! Jetzt weiß ich auch, was mir die letzten Tage gefehlt hat und warum ich mich so auf dein Kommen gefreut habe!« Amüsiert gab er die Tür frei und machte eine einladende Bewegung. »Aber komm doch bitte erst einmal herein, bevor du auf deine charmante Art fortfährst, mein Selbstbewusstsein zu untergraben. Im Sitzen erträgt sich manches leichter, wie mich die Erfahrung gelehrt hat – die Schreibtischarbeit im Kontor meines Onkels selbstredend ausgeschlossen!«

Einmal mehr verwirrt von seiner Art, mit Leichtigkeit Scherzhaftes mit ernsten Angelegenheiten zu verbinden und dabei auch noch eine gute Portion Selbstironie zu beweisen, trat Éanna an ihm vorbei in sein Refugium, wie er es nannte.

Augenblicklich stellte sie fest, dass es eine gewaltige Untertreibung gewesen war, als er in der Kutsche von »einem Zimmer« gesprochen und dabei den Eindruck erweckt hatte, es handele sich lediglich um eine kleine bescheidene Kammer. Denn wie Éanna jetzt sah, bestand sein Refugium in Wirklichkeit aus mindestens zwei großen Räumen, die durch einen breiten Durchgang mit Rundbogen miteinander verbunden waren. Und sie wusste nicht, was sie an der Ausstattung der Räume zuerst bewundern sollte. Sprachlos vor Überwältigung blickte sie sich um.

Nie zuvor hatte sie so viele wunderbare und teure Dinge gesehen. Ob es die schweren Samtvorhänge mit den dicken Quasten oder die hauchzarten Gardinen vor dem Fenster waren; der schräg zum einfallenden Licht stehende und mit Papieren, Notizbüchern und Zeitungen übersäte Schreibtisch, die halbhohe Holzvertäfelung der Wände und die gestreiften Tapeten; der kostbare Teppich mit dem kunstvollen Muster vor ihren Füßen, der Kamin mit dem Marmormantel zu ihrer Rechten, das Gemälde mit dem Porträt einer jungen Frau, die eine Rose mit einer aufspringenden Knospe in der Hand hielt, der lederbespannte und farbig bemalte Globus in seinem hüfthohen Messinggestell, die herrliche Standuhr in der Zimmerecke, das dunkelrote Samtsofa mit den muschelartigen Füßen und hohen Seitenlehnen an der gegenüberliegenden Zimmerwand, die beiden mit ledergebundenen Büchern vollgestellten Regale rechts und links vom Durchgang, das Messingbett mit der seidenen Überdecke im Nebenraum – egal, worauf ihr staunender Blick auch fiel, jedes Stück musste mehr wert sein, als ihre Familie jemals in Galway ihr Eigen genannt hatte!

Éanna zuckte zusammen und fuhr aus ihrem sprachlosen Staunen auf, als sie plötzlich eine Hand auf ihrer Schulter spürte. Erschrocken fuhr sie zu Patrick O'Brien herum.

»Was ... was wollt Ihr?«, stieß sie hervor und ihr Blick flog zur Tür.

Es zuckte um seine Mundwinkel, als wüsste er, welche Befürchtung ihr in diesem Moment durch den Kopf schoss. »Nichts Unschickliches, bei meiner Ehre, was immer die wert sein mag! Nur deinen Mantel, Schal und Mütze, wie ich es gerade schon einmal zu dir gesagt habe«, beruhigte er sie. »Es sei denn, du hältst das für anstößig und möchtest hier die versprochene sonntägliche Nachhilfestunde vermummt bis zu den Ohren verbringen? Das dürfte recht ungemütlich werden.« Dabei wies er auf das prasselnde Feuer im Kamin.

Sie errötete und merkte erst jetzt, wie warm es in dem Zimmer war. »Entschuldigt, aber ich habe nicht gehört, dass Ihr mich zum Ablegen aufgefordert habt«, sagte sie verlegen und öffnete hastig die Schließen ihres Wollmantels.

»Von einer Aufforderung kann auch keine Rede sein. Ich hatte dich vielmehr darum gebeten, dir beim Ablegen deiner warmen Wintergarderobe behilflich sein zu dürfen«, stellte er schmunzelnd richtig. »Doch ich habe den Eindruck, du warst in dem Moment ein wenig abgelenkt von dem funkelnden Ballast, diesen schönen toten Dingen, mit dem diese Räume vollgestellt sind. Nicht gerade ein Kompliment für meine Person, will mir scheinen.«

Verständnislos sah Éanna ihn an, während sie ihm nun wortlos ihren warmen Umhang überließ und sich dann schnell von Schal und Mütze befreite. Seine Bemerkung über den funkelnden Ballast und die toten Dinge gab ihr Rätsel auf. Das war mal wieder einer dieser höchst merkwürdigen Sätze aus seinem Mund, die sie nicht verstand. Sie konnte nicht einmal davon träumen, jemals auch nur einen Bruchteil von diesem »Ballast« zu besitzen!

»Mach es dir schon mal in einem von den Sesseln vor dem Feuer bequem. Ich hole nur schnell von hinten den Tee«, forderte er sie auf, während er ihre Sachen über eine Lehne des Sofas legte. »Ich hoffe, er ist nach deinem Geschmack und löst dir gleich die Zunge. Im Augenblick scheint sie dir noch etwas schwer im Mund zu liegen. Aber ich bin guter Dinge, dass du mit deinen Geschichten flugs Licht in das trübe Dunkel meiner kläglichen Existenz als Schriftsteller bringen wirst!« Mit diesen Worten verschwand er im angrenzenden Zimmer.

Éanna schüttelte den Kopf. Sie wusste nicht, ob er sich über sie lustig machen wollte. Was sollte es denn einen Herrn wie ihn kümmern, ob ihr sein Tee schmeckte? Noch nie hatte sie jemand danach gefragt, ob dieses oder jenes nach ihrem Geschmack sei. Und noch nicht einmal Missis Skeffington, die doch für ihre Dienste bezahlt wurde, hatte ihre Logiergäste danach gefragt, ob ihnen die Kost schmeckte, die auf den Tisch kam. Das erwartete auch niemand, nicht einmal im Traum. Jeder von ihnen wusste, woher er kam und wo sein Platz war. Dass Mister O'Brien ihr überhaupt irgendetwas anbot, war schon ungewöhnlich genug, sogar wenn es nur ein Glas Wasser gewesen wäre. Aber was konnte man bei ihm schon gewöhnlich nennen?

Zögernd und fast ängstlich nahm Éanna auf der Kante eines der beiden schweren Sessel Platz. Aus dem Nebenzimmer mit dem Messingbett kam das Knarren einer Tür. Sie folgerte daraus, dass es noch einen dritten Raum gab. Vermutlich eine kleine Küche. Und womöglich gehörte auch noch ein Waschkabinett dazu, das es in solch vornehmen Häusern geben sollte, wie sie gehört hatte.

Als sie den Kopf nach links wandte, wo ein niedriger, runder Beistelltisch stand, fiel ihr Blick auf das Telegramm, das sie vor gut zwei Wochen an den jungen Mann hatte kabeln lassen. Es lag auf einem Notizbuch, das O'Brien zusammen mit mehreren angespitzten Bleistiften dort bereitgelegt hatte.

Sie brauchte es nicht in die Hand zu nehmen, um zu wissen, wie der Text lautete und welches Versprechen sie ihm mit ihrem telegrafischen Hilferuf gegeben hatte. Und doch konnte sie nicht anders, als genau das zu tun.

Kaum hatte sie das Papier in die Hand genommen, als Mister O'Brien auch schon hinter ihr stand. Er sah sofort, was sie in der Hand hielt, und zitierte den Text aus dem Gedächtnis: *»Nach Flucht aus Arbeitshaus gefasst – stopp – Auf Wache in Ballymore Eustace – stopp – Rettet mich vor Gefängnis – stopp – Bezahle mit meinem Leben – stopp – Éanna Sullivan!«* Lachend stellte er einen kleinen Klapptisch, dessen Kanten und Scharniere aus Messing gearbeitet waren, zwischen den beiden Sesseln ab. Auf dem Tischchen standen eine rundbäuchige Teekanne, zwei Tassen mit Untertellern, eine Zuckerdose und eine Schale mit Gebäck. Das Geschirr war aus feinstem weißem Porzellan mit einem tintenblauen Muster. Es war Porzellan von jener erlesenen Art, wie es sie in Dublin nur in den vornehmen Geschäften auf der Sackville Street zu kaufen gab.

Und während er Zucker in die Tassen gab und sie dann mit Tee füllte, fuhr er beschwingt fort: »Kein Wunder, dass du mich damit nach Ballymore Eustace gelockt hast! Wahrlich ein Geschenk des Schicksals, das dich in mein Leben gebracht hat! Denn du hast vollkommen recht gehabt mit dem, was du mir auf dem Weg nach Dublin vorgeworfen hast. Nämlich dass ich niemals ein wahrheitsgetreues Buch über die Hungersnot unseres Landes zustande bringen werde, wenn ich nichts über euer hartes Leben und die alltäglichen Plagen der Kleinpächter weiß. Seitdem verstehe ich auch, warum ich in den letzten Wochen mit meinem Manuskript trotz meiner vielen Notizen und Skizzen kein Stück weitergekommen bin! Es war einfach nicht genug, dass ich auf meinen Werbereisen für Onkel Edmunds neues Schwarzbier dicke Notizbücher mit meinen Beobachtungen vollgeschrieben habe. Denn das, was ich gesehen habe, war nur Fassade, nur Oberfläche. Von all dem, was dahinterliegt, fehlt mir die ausreichende Kenntnis.« Er setzte die Kanne ab. »Nun denn, es ist fortan deine Aufgabe, mir alles zu erzählen, was ich wissen muss, damit ich endlich etwas zu Papier bringen kann, das dem Elend unseres Landes gerecht wird!«

Éanna hatte nur mit halbem Ohr hingehört, weil sie viel zu fasziniert war von dem wunderschönen, hauchzarten Porzellan. Als er ihr nun eine Tasse hinhielt, wagte sie nicht, sie zu berühren. Sie fürchtete, der Unterteller könnte schon unter dem leichtesten Druck ihrer Finger zerbrechen.

»Was für wunderschöne Dinge Ihr habt!«, entfuhr es ihr unwillkürlich, gefolgt von dem verlegenen Eingeständnis: »Aber ich weiß nicht, wie . . . wie man damit umgeht und sie richtig anfasst.«

Verdutzt sah er erst sie an, dann starrte er auf die Tasse in seiner Hand. Plötzlich überschattete ein zorniger Ausdruck sein Gesicht.

»Wunderschön?« Er lachte bitter auf. »Nein, das sind Dinge, die einen zum Sklaven machen, wenn man sich ihrer heimtückischen Verlockung nicht früh genug erwehrt!« Und mit einer jähen, wütenden Bewegung schleuderte er den Unterteller mitsamt der vollen Tasse in den Kamin, wo sie an der Rückwand unter Klirren und Zischen zerschellten.

Erschrocken sprang Éanna auf. »Warum habt Ihr das getan?«, stieß sie hervor.

Einen Augenblick stand Patrick O'Brien reglos da, den Blick auf das Feuer und die Scherben gerichtet. Dann wandte er den Kopf und sah den verstörten Ausdruck auf ihrem Gesicht.

»Verzeih! Ich wollte dich nicht erschrecken. Es tut mir leid. Bitte setz dich wieder! Mich so gehen zu lassen, ist gewöhnlich nicht meine Natur. Eher dürfte man mir Zögerlichkeit und Unentschlossenheit in den wichtigen Belangen des Lebens nachsagen, wie ich fürchte. Aber mir sitzt wohl der Streit mit meinem Onkel von heute Morgen noch in den Knochen!«, entschuldigte er sich hastig und sichtlich bestürzt von seiner unbeherrschten Handlung. »Aber es ist schon wahr, dass solche Besitztümer einen Menschen zu ihrem Sklaven machen können. Und nichts anderes als das ist es, was mein Onkel mit all seinen Zuwendungen erreichen will, nämlich mich an ihn und seine verfluchte Brauerei zu ketten! Und ich finde immer noch nicht den Mut, diese Ketten abzuwerfen und ihm offen ins Gesicht zu sagen, dass er nicht auf mich bauen kann.« Er fuhr sich über sein Haar, ehe er tief Luft holte und sich sichtlich zusammennahm. »Aber das dürfte wohl von keinem allzu großen Interesse für dich sein. Und nun nimm bitte wieder Platz, Éanna! Ich hole dir rasch eine neue Tasse!«

Schnell war er wieder zurück, goss Tee ein, gab einen Löffel Zucker dazu, entschuldigte sich dabei noch einmal für sein unbeherrschtes Benehmen und versicherte seinem Gast, dass das Porzellan in ihren Händen schon nicht zu Bruch gehen werde.

Diesmal nahm Éanna ihm die Tasse ab, wenn auch noch immer mit einem unguten, bangen Gefühl. Vorsichtig nippte sie am Tee, der köstlich schmeckte, um die Tasse dann schnell auf dem Tisch neben sich abzustellen.

»Schmerzt es Euch denn nicht, so etwas Kostbares mutwillig zu zerstören?«

»Meinen wenigen Talenten und Stärken mögen entschieden mehr Schwächen gegenüberstehen. Aber Unbeherrschtheit ist eine jener Schwächen, die ich zumindest nicht dazuzählen muss, schon gar nicht als alltägliche Gewohnheit«, sagte er noch einmal entschuldigend. »Aber was kostbar ist und was nicht, ist wohl immer eine Frage der Sichtweise. Ich werde bald eine neue Tasse kaufen. Obwohl Kenneth es vermutlich nicht einmal merken würde, wenn bei seiner Rückkehr ein halbes Dutzend Tassen von seinem Geschirr fehlen.«

Éanna machte ein verständnisloses Gesicht.

Ihr Gegenüber lachte auf. »Ach, das hatte ich wohl nicht erwähnt! Diese kleine Wohnung hier gehört nicht mir, sondern einem guten Freund aus Oxford-Tagen. Er ist auf Reisen und hat sie mir überlassen, damit ich mich fern meines Onkels dann und wann ein paar Stunden dem Schreiben widmen kann. Kenneth dürfte zurzeit in Ägypten sein und die Pyramiden besteigen oder auf dem Nil schippern. Zum Glück wird es wohl noch etwas dauern, bis er zurückkommt. Ich begleiche indessen pünktlich die Miete. Und bis auf das Porträt meiner seligen Mutter«, er wies dabei auf das Gemälde über dem Kamin, »einen Haufen Bücher und ein paar andere Kleinigkeiten gehört mir von dem ganzen Tand hier nichts.«

»Tand?« Éanna schüttelte den Kopf. »Ich verstehe Euch immer weniger, Mister O'Brien.«

Er lachte sie an. »Dann befindest du dich mit meinem Onkel, meiner Tante und ihren beiden wehleidigen Töchtern, die nur noch ihren Debütantinnenball nächstes Jahr in ihren hübschen hohlen Köpfchen haben, in allerbester Gesellschaft«, spottete er. »Aber lassen wir das. Fangen wir mit der Arbeit an! Ich kann es kaum erwarten, dass du mir von deinem Leben erzählst!« Damit griff er zu Notizbuch und Stift. »Am besten fängst du damit an, mir dein Leben und das deiner Familie vor der Zeit der Hungersnot zu beschreiben. Und sei dabei bitte so genau, wie es dir deine Erinnerung nur irgendwie erlaubt. Denn was dir unwichtig erscheint, könnte für mich von Interesse sein!«

Éanna errötete. Ihr bescheidenes Leben fand sein Interesse. Sie musste lächeln, wusste aber nicht, was sie darauf antworten sollte. Also begann sie zu erzählen, erst stockend, dann jedoch immer flüssiger und mit wachsender Selbstsicherheit. Sie erzählte, wie sie in Galway aufgewachsen und wie ihr hartes, karges Leben auf dem kleinen Stück Pachtland gewesen war. Und sie war bald so in ihren Erinnerungen versunken, dass sie nicht bemerkte, dass Patrick O'Brien zwischendurch immer wieder Stift und Notizbuch sinken und seinen Blick wie gebannt auf ihrem Gesicht ruhen ließ, als könnte er sie gar nicht lange genug ansehen.

Siebtes Kapitel

Éannas Redefluss wurde jäh unterbrochen. Gerade erzählte sie von jener verhängnisvollen Sommernacht vor bald drei Jahren, in der sie mit ihrer Großmutter Kate die unheimlichen blauschwarzen Nebelschleier beobachtet hatte, die vom Hügel herabgewallt waren und das Kartoffelfeld eingehüllt hatten.

»Granny Kate wusste schon in dieser Nacht, dass die Kartoffeln in der Erde verfaulen würden und uns ein harter Winter bevorstand«, erinnerte sie sich und ihre Stimme war fast zu einem Flüstern geworden. »Und so kam es dann auch. Der dicke bläuliche Nebel wich drei schrecklich lange Tage nicht vom Land. Und als er sich endlich auflöste, da waren die Kartoffelpflanzen wie kraftlos in sich zusammengefallen. Blätter und Stiele hatten sich schwarz verfärbt und ein entsetzlicher Gestank von Fäulnis . . .«

Weiter kam sie nicht. Denn in diesem Moment hämmerte jemand mit einem harten Gegenstand draußen im Hausflur gegen die Tür. Und eine aufgekratzte Männerstimme rief: »Schluss für heute mit dem Geschreibsel für die Ewigkeit, alter Knabe! Irlands schmachvolle Knechtschaft unter dem Stiefel Englands wird nicht mit Feder und Tinte beendet, sondern allein von Männern der Tat!«

Und eine andere Stimme rief lachend: »Kommt, Freunde!

Erobern wir diese sturmreife Bastion schnöder Federkiele und Tintenfässer!«

Bevor Mister O'Brien »Herein!« rufen konnte, flog die Tür auch schon auf und drei Männer seines Alters und ebenso elegant gekleidet stürmten ins Zimmer. Dabei fuchtelten sie mit ihren versilberten Spazierstöcken durch die Luft, als hielten sie blanke Klingen in den Händen. Doch als sie Éanna sahen, blieben sie abrupt stehen.

»Schau an, schau an!«, rief einer der Männer überrascht und musterte sie mit einem breiten Grinsen. »In was für ein reizendes Beisammensein sind wir denn da hereingeplatzt?«

»Reizend fürwahr! Was für ein hübsches Vöglein ist dir da ins Netz gegangen, alter Knabe?« Das kam von dem größeren der drei, der ein goldenes Brillengestell mit runden Gläsern trug. Seine Augen, die in einem herben Gesicht saßen, taxierten sie von oben bis unten.

»Mir scheint, du hast deinen Geschmack ein wenig gewechselt«, bemerkte nun der dritte im Bunde anzüglich, der von hagerer Gestalt war und einen noch recht spärlichen, aber langen rötlichen Backenbart trug.

»Hüte deine lockere Zunge, Lovett! Und du auch, Cecil!«, wies Mister O'Brien die beiden ärgerlich zurecht und sprang aus dem Sessel. »Wo habt ihr bloß euren Anstand gelassen? Und hat man euch nicht beigebracht, erst auf das Herein zu warten, bevor man fremde Zimmer betritt?«

»Wir bitten untertänigst um Nachsicht, verehrter Schreiberling«, entschuldigte sich der erste Sprecher mit feixender Miene. »Aber wir dachten, du würdest schon geschniegelt und gespornt und mit ungeduldig scharrenden Hufen unserer Ankunft harren. Oder hast du vergessen, dass wir für halb fünf verabredet waren?«

Éanna konnte kaum glauben, dass es schon so spät sein sollte. Aber ein schneller Blick zur Standuhr sagte ihr, dass seit ihrem Eintreffen bei Patrick O'Brien in der Tat schon geschlagene anderthalb Stunden verstrichen waren.

»Was ist, Patrick? Willst du uns nicht endlich deine ... deine reizende Bekanntschaft vorstellen?«, fragte der Brillenträger süffisant. »Wir brennen darauf, Näheres über deine geheimnisvolle Unbekannte zu erfahren!«

»Das ist Miss Éanna Sullivan«, stellte Patrick O'Brien sie nun mit leicht verdrossener Miene vor und erklärte mit nachdrücklich steifen Worten: »Sie ist aus Galway vertrieben worden und erst einige Tage in Dublin. Sie sucht hier in der Stadt nach ihrem Verlobten, von dem sie im Dezember getrennt worden ist.«

Éanna, die sich auch schnell von ihrem Sitz erhoben hatte, murmelte hastig und mit glühenden Wangen: »Und ich habe ihn gestern Abend endlich gefunden.«

Patrick O'Brien warf ihr einen kurzen verblüfften Seitenblick zu, um dann fortzufahren: »Miss Sullivan ist so freundlich, mir mit Geschichten aus ihrer Heimat dabei zu helfen, die Hintergründe der Hungersnot und das Leben der Kleinpächter besser zu verstehen.« Dann wandte er sich zu Éanna und stellte ihr mit brummiger Stimme die Namen seiner drei Freunde vor: »Und diese ungehobelten Burschen im feinen Tuch sind Lovett Delaney ...«, er wies dabei auf den Mann mit der goldgerahmten Brille, »... Cecil McGraw ...«, seine Hand deutete kurz auf den Stutzer mit dem spärlichen rötlichen Backenbart, »... und Thomas Garrick.«

Éanna nickte ihnen mit wachsender Verlegenheit zu und strich nervös eine Haarsträhne zurück, weil sie nicht wusste, wo sie ihre Hände lassen sollte. Sie fühlte sich unwohl in der Gegenwart dieser arroganten Fremden.

»Also kurz gesagt: die Blüte und Hoffnung des jungen Irland und der Schrecken Albions!«, fügte Thomas Garrick überheblich hinzu.

»So, Ihr seid also erst wenige Tage in der Stadt, Miss Sullivan?«, richtete Delaney, der Brillenträger, sogleich das Wort an sie. Dabei legte er eine kurze, aber merkliche Pause hinter dem »Miss« ein, als wollte er ihr zu verstehen geben, dass ein solch einfach gekleidetes Mädchen wie sie auf diese Anrede eigentlich keinen Anspruch habe. »Nun, dann werdet Ihr vermutlich noch gar nicht wissen, was die großen runden Türme auf den Anhöhen der Dublin Bay zu bedeuten haben, nicht wahr?«

Éanna schüttelte nur stumm den Kopf. Sie hatte keine Ahnung, wovon er überhaupt sprach. Weder hatte sie bislang die Dublin Bay noch einen dieser Türme zu Gesicht bekommen. Und verstohlen ging ihr Blick zu ihren Sachen hinüber, die auf der Lehne des Sofas lagen.

Sie empfand die Demütigung in Delaneys Worten und überlegte, wie sie sich so schnell wie möglich aus der unangenehmen Lage befreien konnte.

»Nun, manche Iren glauben noch immer, die Wehrtürme sollen unser Land vor Feinden schützen. Aber in Wirklichkeit sind sie zum Schutz gegen die Franzosen oder Amerikaner da, falls sie uns Iren im Kampf gegen unsere Unterdrücker einmal zu Hilfe kommen sollten«, erklärte Lovett Delaney mit sarkastischem Tonfall. »Aber ob mit oder ohne fremde Hilfe, eines Tages werden wir das schändliche Joch der Engländer abwerfen und sie aus dem Land jagen!« In seinen Augen stand auf einmal blanker Hass.

»Ja, zum Teufel mit den verfluchten Engländern! Die ganze Stadt wimmelt nur so von ihren Rotröcken, damit wir auch zu keiner Tages- und Nachtstunde vergessen, wer die Herren des Landes sind!«, grollte daraufhin Cecil McGraw. »In die Luft sprengen sollte man die Martello-Türme!«

»Dein brennender Ehrgeiz, die Briten aus dem Land zu vertreiben, in Ehren, Cecil«, entgegnete Patrick O'Brien spöttisch. »Aber vielleicht sollte man doch einige Nummern kleiner anfangen und erst einmal die Nelsonsäule, dieses Schandmal unserer Stadt, in die Luft jagen!«

»Ein wahres Wort, Patrick!«, pflichtete Lovett Delaney ihm grimmig und mit zornig funkelnden Augen bei. »Darüber sollte man sich wirklich Gedanken machen. Es ist schon schlimm genug, dass wir seit Jahrhunderten mit Straßennamen leben müssen, die genau jene englischen Staatsmänner, Generäle und Admirale verherrlichen, die uns ihre Knechtschaft aufgezwungen haben!«

In den Blicken und Worten der Männer lag etwas, das Éanna gar nicht gefiel. Auch sie verabscheute die Fremdherrschaft der britischen Krone und ihre kaltherzige Tatenlosigkeit angesichts der unvorstellbar großen Hungersnot. Aber was sollte dieses hasserfüllte Gerede von Aufstand und Rebellion schon bringen? Hatte es nicht bereits genug Blutvergießen gegeben und hatte sich Irlands Schicksal seitdem zum Besseren gewandt?

»Ich muss jetzt wirklich gehen, Mister O'Brien«, sagte sie mit erstickter Stimme. »Es ist schon sehr spät für mich geworden und ich möchte nicht unpünktlich zum Essen zu Hause eintreffen.« Den Hinweis, dass sie über ein Heim verfügte und nicht irgendwo in einem Hauseingang übernachtete, hatte sie sich nicht verkneifen können.

»Natürlich! Entschuldige, dass ich dich so lange in Beschlag genommen habe. Aber die Zeit ist wirklich wie im Flug vergangen, Éanna«, erwiderte er und holte ihre Sachen vom Sofa.

Schnell warf sie sich ihren Umhang um. Mütze und Schal nahm sie in die Hand. Sie war lange genug den geringschätzigen Blicken der drei Männer ausgesetzt gewesen und wollte nur noch weg.

»Nächsten Sonntag zur selben Zeit?«, raunte Mister O'Brien ihr zu, als er ihr die Tür öffnete.

Éanna nickte wortlos.

»Einen vergnüglichen Abend noch, *Miss* Sullivan!«, rief Delaney ihr spöttisch zu. »Und unsere Empfehlung unbekannterweise an Euren wiedergefundenen Verlobten!«

Die anderen beiden lachten wie über einen besonders gelungenen Witz.

Schnell und mit gesenktem Kopf huschte sie hinaus in den Flur. Als die Tür hinter ihr ins Schloss fiel und sie kurz stehen blieb, um sich den Schal um den Hals zu schlingen, hörte sie, wie Mister O'Brien seine Freunde wütend anfuhr.

»Was fällt euch arroganten Tölpeln bloß ein, euch so unmöglich aufzuführen und Miss Sullivan so von oben herab zu behandeln? Dieses anständige Mädchen hat mehr Charakter in ihrem kleinen Finger als einer von euch im Kopf. Und dazu hat sie in ihrem Leben schon mehr geleistet, als ihr drei zusammen wohl jemals zustande bringen werdet!«, herrschte er sie aufgebracht an. »Am liebsten würde ich euch . . .«

Was er am liebsten mit ihnen getan hätte, bekam Éanna nicht mehr mit. Denn da eilte sie schon die Treppe hinunter. Sie konnte gar nicht schnell genug hinauskommen, um ihr erhitztes Gesicht in der kalten Luft zu kühlen.

Achtes Kapitel

Ein mulmiges Gefühl beschlich Éanna, als sie sich am Abend auf den Weg zu *Charley's Shebeen* machte. Schon bei Tag waren ihr die Liberties ein wenig unheimlich vorgekommen. Doch nach Einbruch der Dunkelheit wirkte das überfüllte Armenviertel auf sie noch um ein Vielfaches bedrückender und bedrohlicher, ja fast unwirklich, wie ein mit Rauch und Gestank erfülltes Labyrinth, ein Vorhof der Hölle auf Erden.

Éanna hastete an baufälligen Gebäuden und finsteren, kaum gepflasterten Gassen und Höfen vorbei. Es stank nach Fäkalien, Urin und verfaulenden Abfällen. Hier waren die Ratten die wahren Herrscher. Wie ein Heer von blitzschnell hin und her huschenden Schatten bevölkerten sie das Viertel.

An den Ecken der breiteren Straßen und vor den zahllosen Tavernen und Fuselstuben brannten Pechfackeln oder Teerfeuer in Steinschalen. Dort kauerten im Licht der flackernden Flammen Dutzende von halb nackten Gestalten, die ein paar Kartoffeln, alte Wollsocken oder sonst irgendwelchen Trödel zu verkaufen versuchten. Dirnen jeden Alters lungerten in Hauseingängen und Torbögen. Und schon zu dieser frühen Abendstunde wankten betrunkene Männer und Frauen durch die Straßen. Sie gehörten zu jenen glücklichen Elenden, die ihren kümmerlichen Lohn sogleich in billigen Gin, Branntwein und Bier umgesetzt hatten, um ihren Kummer zu ertränken.

Éanna konnte kaum glauben, dass sie erst vor wenigen Stunden in Mister O'Briens luxuriöser Wohnung gesessen und Tee aus kostbaren Porzellantassen getrunken hatte. Es war, als hätte sie eine weite Reise gemacht, und doch befand sie sich immer noch in derselben Stadt.

Schnellen Schrittes eilte sie die Meath Street hinunter. Ihr Blick suchte auf beiden Seiten der Straße nach Brendan, konnte ihn aber nirgends entdecken. Kurz bevor sie die Straßenkreuzung erreichte, wo die Meath auf die berüchtigte Combe Street stieß, sprach sie einen alten Mann an. Er saß vor einem Mietshaus auf einem Holzschemel und rauchte eine langstielige Tonpfeife.

»Könnt Ihr mir sagen, wo ich *Charley's Shebeen* finden kann, guter Mann?«, fragte sie höflich.

Der zahnlose Alte musterte sie mit gefurchter Stirn. *»Charley's Shebeen?* Das ist kein Ort für dich, Mädchen!«, nuschelte er mit kratziger Stimme. »Jedenfalls siehst du mir nicht so aus, als hättest du bei dem Gesocks, das sich da herumtreibt, etwas verloren!«

»Ich weiß, aber ich muss jemandem eine Nachricht überbringen«, log sie.

Der Alte zuckte die Achseln. »Am Durchgang zu diesem üblen Loch bist du schon ein gutes Stück vorbei. Der ist da drüben, gleich hinter Matlocks Todesfalle!« Dabei deutete er quer über die Straße auf ein Mietshaus, das mit seiner rissigen Fassade so aussah, als stünde es kurz vor dem Einsturz.

Éanna dankte ihm, lief auf die andere Straßenseite hinüber und stand Augenblicke später vor dem schmalen Durchgang zwischen den beiden Mietshäusern. Die schmale Schlucht zwischen den nackten Backsteinwänden war kaum breit genug, dass zwei Personen einander passieren konnten, ohne sich aneinander vorbeizwängen zu müssen. Vom hinteren Ende drangen ein schwacher Lichtschein und raukehlige Stimmen aus einem Kellereingang in die finstere Gasse.

Gerade wollte Éanna sich hineinwagen, als zwei Gestalten lachend aus dem Kellereingang kamen und in den Durchgang traten. »Brendan?«, rief sie, glaubte sie ihn doch im Kellerlicht erkannt zu haben. »Bist du das?«

»Éanna!«, kam es sogleich zurück.

Er war es wirklich! Schnell eilte er zu ihr, gefolgt von seinem Begleiter, der von untersetzter, gedrungener Gestalt war und das lange dunkle Haar im Nacken zu einem Zopf gebunden trug.

»Ich dachte, du wolltest nach mir Ausschau halten«, sagte sie mit leichtem Vorwurf in der Stimme.

»Das habe ich auch. Ich stehe eigentlich immer hier an der Ecke als Aufpasser. Aber dann hat mich Charley kurz zu sich gerufen, damit ich ihm dabei helfe, ein neues Fass in seine Schenke zu schleppen«, entschuldigte er sich und gab ihr einen flüchtigen Kuss.

»Dann ist dir verziehen«, sagte sie lächelnd und wünschte sich, er würde sie noch einmal so küssen wie am Morgen, als sie alles um sich herum vergessen hatten.

Der Fremde, der hinter Brendan aus der Gasse trat, blieb bei ihnen stehen und sah sie mit einem breiten Grinsen an.

»So, du bist also Éanna Sullivan!«, sprach er sie an. »Hab

schon ’ne Menge von dir gehört.« Sein Atem roch sogar aus zwei Schritten Entfernung noch intensiv nach Bier.

»Ja?« Fragend sah sie Brendan an.

»Das ist Aidan Macaulay, von dem ich dir heute Morgen erzählt habe«, stellte Brendan ihr seinen Begleiter vor.

Freundlich nickte sie Aidan zu. »Und, hat Brendan die Stelle in der Fleischfabrik bekommen?«, erkundigte sie sich aufgeregt. »Er hat mir nämlich erzählt, dass du ihm zu einer Arbeit verhelfen wolltest.«

»Na ja«, dämpfte Aidan Macaulay ihre Erwartungen, »mehr als eine kleine miese Beschäftigung war leider nicht drin.«

Brendan zuckte die Achseln. »Arbeit ist Arbeit, Aidan. Und ich kann jeden lausigen Penny gebrauchen.«

»Und was ist das für eine Arbeit?«, wollte Éanna wissen.

Brendan verzog das Gesicht zu einem schiefen Grinsen. »Ich bin da nun für sechs Pence der sonntägliche Rattenfänger.«

Éanna machte ein verdutztes Gesicht. »Der Rattenfänger?«

Brendan winkte ab. »Frag besser nicht weiter, Éanna. So genau willst du es gar nicht wissen, glaube mir!«

»Doch, will ich schon«, widersprach sie.

»Warum erzählst du es ihr denn nicht, wenn sie es unbedingt hören will?«, fragte Aidan Macaulay spöttisch. »Oder ist dein rosiges Herzchen vielleicht so empfindlich, dass es ihr gleich auf den Magen schlägt?«

Éanna spürte Zorn in sich aufsteigen. Wie konnte er nur so abfällig von ihr reden?

Brendan warf Aidan einen ärgerlichen Blick zu. »Ich will nicht, dass sie sich vor mir ekelt.«

»Und ich dachte, ihr beide hättet schon viel Schlimmeres zusammen durchgestanden, als dass sie deine Arbeit als

Rattenfänger groß erschüttern könnte!«, stichelte Aidan Macaulay.

Brendan machte eine unwillige Handbewegung. »Was hat denn das damit zu tun?«

Éanna legte ihre Hand auf seinen Arm. »Was immer es ist, was du als Rattenfänger tun musst, Brendan, ich werde mich ganz sicherlich nicht vor dir ekeln!«, versicherte sie.

»Also gut«, sagte Brendan widerwillig. »Du musst wissen, dass es in dieser Konservenfabrik einen Haufen Löcher in den Wänden gibt, vor allem unten in den Kellerräumen, wo sich die Ratten verbergen.«

»Und wo sie sich vermehren wie die Kaninchen«, warf Aidan grinsend ein.

Brendan nickte mit grimmiger Miene und fuhr dann fort: »Die großen ausgewachsenen Biester sind schlau und lassen sich nicht so leicht fangen. Tja, und deshalb muss man nach den Nestern mit ihren Jungen suchen und erst einmal die herausholen. Manchmal stößt man dabei auf zehn bis fünfzehn junge Ratten. Und dann . . .« Er zögerte und schluckte.

Aidan verdrehte die Augen. »Mein Gott, stell dich doch nicht so an! Dann wirft man die verdammte Brut eben in einen Eimer mit kochendem Wasser und macht aus ihnen eine dicke, geleeartige Brühe. Und wenn die abgekühlt ist, schmiert man sich das Zeug auf die Hand und auf den Arm bis hoch zum Ellbogen und greift dann wieder in das Loch. Der Geruch lockt sofort die großen Ratten aus ihren tiefen Verstecken und dann kann man sie packen, herausziehen und totschlagen. So, das ist die Arbeit eines Rattenfängers!«

Éanna wurde bei der Beschreibung dieser ekelhaften Prozedur nun doch blass und verspürte ein würgendes Gefühl in der Kehle.

»Zum Glück gibt es ausreichend Schmierseife und eine Bürste. Damit wasche ich mir das Zeug hinterher ordentlich ab«, versicherte Brendan. Denn er sah ihrem Gesicht an, dass sie es bereute, ihn nach den Einzelheiten gefragt zu haben. »Aber hart verdient sind die sechs Pence schon. Und sowie ich irgendwo eine feste Arbeit finde, höre ich als Rattenfänger auf, das verspreche ich dir!«

»Du vergisst, dass du dir für jede besonders kräftige Ratte was dazuverdienen kannst«, erinnerte ihn Aidan. »Tim McCorry drüben in der Combe Street zahlt dir drei Pence für jede fette Ratte mit einem kräftigen Gebiss, die du ihm bringst. Er lässt in seiner Spelunke seine Hunde auf sie los und jeder kann wetten, wer wem die Gurgel durchbeißt. Und . . .«

»Es reicht, Aidan!«, fiel Brendan ihm schroff ins Wort. »Ich habe keine Lust, die wenige Zeit, die ich mit Éanna verbringen kann, mit diesem Rattenscheiß zu vergeuden!«

Aidan reagierte auf die Zurechtweisung mit einem spöttischen Augenzwinkern. »Habe schon verstanden, Kumpel. Du willst mit deiner kleinen Turteltaube allein sein«, sagte er und schlug ihm vertraulich auf die Schulter. »Will dann auch nicht länger stören. Muss mich jetzt sowieso auf die Socken machen. Also dann, bis später bei uns im heimeligen Kellerloch!« Und zu Éanna sagte er anzüglich: »Treibt es nicht zu wild, Herzchen!« Damit schlenderte er davon.

Éanna sah ihm mit zusammengezogenen Augenbrauen nach. »Ein seltsamer Bursche, mit dem du dich da zusammengetan hast. Ist nicht gerade das, was ich einen angenehmen Freund nennen würde, wenn du mich fragst.«

»Dass er mein Freund ist, habe ich auch nicht behauptet«, erwiderte Brendan. »Wir helfen uns nur gegenseitig, das ist alles. Und wenn er auch ein recht raubeiniger Kerl ist, so ist er alles in allem doch ganz in Ordnung. Immerhin lässt er mich bei sich schlafen und hat sich für mich bemüht. Und er wird sich erkundigen, ob er für dich und Emily noch einen Platz auftreiben kann.«

»Das braucht er nicht mehr«, sagte Éanna. »Stell dir vor, ich habe gute Nachrichten, Brendan! Emily und ich werden sehr wahrscheinlich in der Spinnerei *Maynard & Sons* unten am Grand Canal arbeiten können.«

»Ist das wahr?«, stieß er freudig hervor und ergriff ihre Hand. »Wie habt ihr das denn angestellt?«

Ausführlich erzählte sie ihm von den beiden Plunkett-Schwestern und deren älterem Bruder, der ihnen aus Amerika Geld für ihre Überfahrt geschickt hatte. Und sie berichtete ihm von einem langen Gespräch, das Emily und sie am frühen Abend in der Pension mit Ria und Sarah Plunkett gehabt hatten.

»Sie haben uns wichtige Ratschläge für die Arbeit an den Maschinen gegeben. Aber vor allem haben sie versprochen, uns morgen früh mit in die Fabrik zu nehmen und ein gutes Wort bei Mister Cooley einzulegen. Er ist für die Einstellungen zuständig, zusammen mit der Oberaufseherin Elenore Paddington«, sagte sie. »Bei beiden sind sie gut angesehen, wie sie versichert haben, und das glaube ich ihnen auch. Ria und Sarah gehören nicht zu jenen Leuten, die den Mund vollnehmen und sich in ein falsches Licht setzen. Jedenfalls sind sie sehr zuversichtlich, dass wir mit ein wenig Glück ihre Arbeitsstellen bekommen.«

Brendan war begeistert. »Mein Gott, das wäre ja wunderbar, wenn wenigstens du schon eine feste Anstellung hättest!«

»Na ja, besonders fürstlich ist der Lohn aber nicht, der da gezahlt wird«, schränkte Éanna ein. »Wir müssen morgens um sieben anfangen und bis um sechs an den Maschinen stehen. Und für die elf Stunden Plackerei sechs Tage die Woche gibt es gerade mal sechs Shilling und sechs Pence. Da bleibt nicht viel, was man für eine Amerikapassage sparen könnte.«

Dieser Einwand, so berechtigt er auch war, konnte seine Freude jedoch nicht zu trüben. »Aber es ist ein hoffnungsvoller Anfang, Éanna!«

Sie nickte. »Und außerdem sind wir die Sorge los, wo wir unterkommen sollen. Denn Alice Stapleton, eine Bekannte der Schwestern, die ebenfalls in der Spinnerei arbeitet, hat ein Zimmer an Emily und mich vermietet!«

Für einen flüchtigen Moment war Éanna versucht, Brendan auch von ihrer Abmachung mit Patrick O'Brien und ihrem Besuch bei ihm zu erzählen. Aber schon im nächsten Augenblick gewann wieder die Furcht die Oberhand, damit nur neuen Streit heraufzubeschwören. Die sonntäglichen Treffen in der Dorset Street blieben besser ihr Geheimnis.

»Da fällt mir ein riesengroßer Stein vom Herzen! Ich hätte dir wirklich nur ungern zugemutet, in dem Loch zu wohnen, das Aidan und ich uns teilen.« Brendan strahlte sie liebevoll an. »Und überleg mal! Wenn ich jetzt auch noch eine richtige Arbeit finde, kann ich die vier Pence, die mir Charley jede Nacht zahlt, sparen. Zusammen sollten wir dann jede Woche einen, vielleicht sogar zwei Shilling für die Überfahrt zurücklegen können.«

Éanna wollte sich jetzt nicht ausrechnen, wie viele Monate sie durchhalten mussten, bis sie die nötigen zehn bis vierzehn Pfund zusammenhatten, die eine Überfahrt kosten würde. Und damit war es ja beileibe nicht getan. Außerdem würden sie sich neben einer zweiten Garnitur Kleider eigenen Reiseproviant kaufen müssen. Denn es war bekannt, dass viele Schiffe während der langen Reise nur klägliche Rationen an die Passagiere im Zwischendeck austeilten, die kaum zum Überleben reichten.

»Wofür bezahlt dich dieser Charley überhaupt?«, fragte Éanna, um nicht mehr daran denken zu müssen, in welch unerreichbarer Ferne ihr gemeinsamer Traum lag.

»Dafür, dass ich hier an der Ecke der Gasse stehe und ihn früh genug warne, sowie ein Konstabler auftaucht«, erklärte er. »Denn was er da unten betreibt, ist eine illegale Schenke. Wenn er erwischt wird, wandert er ins Gefängnis. Deshalb muss er die Kellertür verrammeln, wenn sich hier ein Konstabler herumtreibt, und dafür sorgen, dass seine Zecher sich möglichst ruhig verhalten.«

»Und er zahlt dir nur lumpige vier Pence dafür, dass du hier die halbe Nacht in der Kälte stehst?«, sagte sie empört. »Das ist genauso ein Hungerlohn wie der, den man dir für das Rattenfangen bezahlt.« Voller Mitgefühl sah sie ihn an und streichelte seine Hand.

Er verzog das Gesicht. »Es gibt Schlimmeres. Außerdem muss ich hier nur bis Mitternacht aushalten. Dann wird es sogar den Prügelknaben von Konstablern zu kalt, um noch durch die Viertel zu streifen und nach Opfern zu suchen. Und ich weiß ja, wofür ich das alles mache.« Er lächelte sie an. »Hast du eine Ahnung, was in Amerika ein Morgen fruchtbares Land kostet?«

»Nein, woher auch?«

»Aber ich! Ich habe vorhin ein Stück Zeitung in die Hand bekommen. Eine ganze Seite mit Anzeigen von Schiffsagenten und Meldungen über Schiffe, die Auswanderer nach Amerika bringen, und all solche Sachen. Und dazwischen war auch ein kleiner Artikel über einen Landstrich in Amerika, der sich Wisconsin nennt. Da soll es noch massenhaft gutes und billiges Ackerland geben. Jedenfalls soll der Morgen dort einen Dollar und fünfundzwanzig Cent kosten.«

»Ist das nun viel oder wenig?«, fragte sie unsicher nach.

»Ich habe jemanden gefragt, der sich mit der amerikanischen Währung auskennt. Der hat mir gesagt, dass ein Morgen umgerechnet fünf Shilling und drei Pence kostet.«

»Das muss aber auch erst einmal verdient sein!«, gab Éanna zu bedenken.

Er lachte sie an. »Ja, hier in Irland hätten wir gewiss nie eine Chance, genug Geld für ein paar Morgen Land und ein kleines Häuschen zusammenzusparen. Aber in Amerika soll jeder, der hart zu arbeiten bereit ist, sich diesen Traum schon nach wenigen Jahren erfüllen können! Stell dir mal vor, wie das wäre, wenn wir uns eine eigene kleine Farm aufbauen könnten! Nicht Kleinpächter sein, die von Verwaltern und Großgrundbesitzern geknechtet und ausgebeutet werden, sondern Herren über eigenes Land!«

Nur zu gern ließ sich Éanna von ihm zum Träumen verführen. In der Zeit, die ihnen blieb, malten sie sich aus, wie es sein würde, als freie Menschen in einem freien Land leben zu können, einem Land mit weiten und fruchtbaren Feldern, so weit das Auge reichte.

Doch in dieser Nacht träumte Éanna nicht von einem eigenen kleinen Bauernhof in Amerika, sondern wurde von einem entsetzlichen Albtraum heimgesucht. Sie sah sich zusammen mit Brendan in finsteren und verwinkelten Kellergängen, in denen sie auf Rattenjagd gingen. Sie hatten die Arme mit dem schauderhaften Gebräu beschmiert, das Aidan beschrieben hatte. Und als sie beide wieder einmal ihre Arme in die klaffenden Mauerlöcher steckten, wurden sie von Dutzenden scharfer Rattenzähne gebissen. Es waren so viele Bestien, dass es aus der Falle kein Entrinnen mehr gab.

Mit einem Schrei und in kalten Schweiß gebadet erwachte sie aus dem Albtraum. Danach fand sie nicht wieder in den Schlaf zurück. Wach und voller Angst, was ihr der neue Tag wohl bringen mochte, lag sie neben Emily im Bett und wartete mit klopfendem Herzen darauf, dass die Zeit zum Aufstehen endlich kam.

Neuntes Kapitel

Der Morgen brachte ihr und Emily Glück – und zugleich neues Elend.

Dass die beiden Plunkett-Schwestern dem Fabrikleiter Graham Cooley nur wenige Minuten vor Arbeitsbeginn mitteilten, dass er sie aus seiner Lohnliste streichen könne, ihm aber sofort zwei arbeitsfähige Nachfolgerinnen präsentierten, erwies sich als geschickter Schachzug. Zwar hätte sich Mister Cooley auch zwei andere aus den gut vierzig, fünfzig Mädchen und Frauen heraussuchen können, die sich jeden Morgen in der Hoffnung auf eine Anstellung auf dem Hof vor der Fabrikhalle einfanden. Aber dass Éanna und Emily schon vor ihm standen und er sich nicht erst hinaus in die Kälte begeben musste, war für sie von großem Vorteil. Zu ihren Gunsten sprach auch, dass sie nicht so ausgehungert und in Lumpen gekleidet waren wie all die anderen Bewerberinnen auf dem Fabrikhof.

Der Fabrikleiter machte deshalb auch keine Umstände.

»Also gut, dann wollen wir es mit euch beiden probieren. Was ihr an Lohn zu erwarten habt, werdet ihr ja schon wissen, nehme ich an.« Er hob fragend die Augenbrauen.

Éanna und Emily nickten. »Ja, Mister Cooley«, sagten sie wie aus einem Mund.

»Dann kommt mit!«, forderte er sie auf. »Ich bringe euch zu Missis Paddington. Sie wird euch eure Plätze zuweisen und jemanden von den älteren Frauen zu euch schicken, damit sie euch in eure Arbeit einweist.« Und ohne die beiden Plunkett-Schwestern noch eines Blickes zu würdigen, führte er sie eiligst aus seinem Büro.

»Viel Glück! Und bis auf bald in New York!«, rief Ria ihnen im Gang zur Fabrikhalle noch zu. »Ihr habt ja die Adresse unseres Bruders. Meldet euch, wenn ihr es über den Großen Teich geschafft habt!«

Graham Cooley schnaubte geringschätzig. »Was für kindische Träume die Leute haben! Amerika!«, knurrte er und schüttelte den Kopf. »Als ob da die Straßen mit Gold gepflastert wären und einem die gebratenen Tauben nur so ins Maul fliegen würden! Das Letzte, auf das die Amerikaner warten, ist eine Schwemme zerlumpter irischer Einwanderer! Da wird für den Dollar genauso hart gearbeitet wie hier für den Shilling!«

Emily und Éanna warfen sich verstohlene Blicke zu. Emily sagte geflissentlich: »Damit habt Ihr sicherlich recht, Mister Cooley. Deswegen bleiben wir auch lieber hier in Irland, zumal wir doch jetzt gute Arbeit haben.«

»Du sagst es«, pflichtete Éanna ihr bei. Sollte der Fabrikleiter glauben, was er wollte, solange sie bei ihm nur in Lohn und Brot standen!

Der Lärm, der aus der angrenzenden Fabrikhalle drang, wurde immer größer. Und als Graham Cooley eine schwere, breite Eisentür aufzog und sie mit ihm die Halle betraten, war der Krach kaum noch auszuhalten. Alice hatte ihnen schon die Zustände in der Fabrik beschrieben, aber so schlimm hatten sie es sich nicht vorgestellt.

Es schlug ihnen eine Schwüle entgegen, die ihnen im ersten Moment den Atem raubte. Ihnen war, als befänden sie sich in einem riesigen Backofen. Die Hitze kam von den mit Dampfkraft angetriebenen Spinnmaschinen, die dicht an dicht in sechs langen Reihen standen.

Die Arbeit hatte bereits begonnen. Bleiche Mädchen und Frauen, mindestens hundert an der Zahl und zumeist in Lumpenkleidern und mit teils geröteten und entzündeten Augen, eilten zwischen den ratternden Spinnmaschinen mit ihren sirrenden Spulen und den in wildem Rhythmus vor- und zurückschnellenden Raufen hin und her.

»Heilige Muttergottes, stehe uns bei!«, entfuhr es Éanna. Doch weder Emily noch Graham Cooley hörten es bei dem ohrenbetäubenden Lärm, der sie von allen Seiten umtoste.

»Wartet hier!«, schrie der Fabrikleiter ihnen zu und lief zu einer hochgeschossenen, hageren Frau mit einem schmalen krähenähnlichen Gesicht hinüber. Wie sich herausstellte, handelte es sich um Elenore Paddington, »die Sklaventreiberin«, wie sie von den Arbeiterinnen genannt wurde und vor der Ria und Sarah sie gewarnt hatten. Die Oberaufseherin war nur mit einem weiten ärmellosen Kittel aus grauem Kattun bekleidet, trug auf dem Kopf eine weit ausladende Haube aus steifem Stoff und hielt in der rechten Hand eine biegsame Gerte.

Mister Cooley schrie der Oberaufseherin etwas ins Ohr, deutete dabei auf Éanna und Emily und kam dann mit ihr zurück. Wortlos eilte er an ihnen vorbei, offensichtlich bestrebt, diesem infernalischen Krach so schnell wie möglich zu entkommen.

Miss Paddington musterte sie kurz mit kritischem Blick. Dann schrie sie ihnen zu: »Für jedes Mal, wenn ihr eure Maschinen verlasst und zum Abort geht, wird euch ein Farthing vom Lohn abgezogen. Habt ihr das verstanden?« Mühelos durchdrang ihre schneidende Stimme den betäubenden Lärm in der Halle.

Éanna und Emily nickten eingeschüchtert.

»Dann kommt jetzt mit!«, kommandierte die Oberaufseherin.

Im Eilschritt führte sie sie in den schmalen Gang der vierten Maschinenreihe. Dort tippte sie einer hageren Frau, die um die dreißig sein mochte und ein eiterndes Geschwür auf der rechten Wange hatte, im Vorbeihasten mit ihrer Gerte auf die Schulter. Einer besonderen Anweisung bedurfte es offensichtlich nicht. Denn die Frau wusste sofort, was von ihr erwartet wurde. Miss Paddington wies dann auf einige Maschinen weiter unten, machte kehrt und verschwand.

Die Frau mit dem Geschwür im Gesicht schrie ihnen zu, dass ihr Name Mary Kinnally sei und sie ihnen nun zeigen werde, was sie zu tun und an den Maschinen zu beachten hatten, damit es zu keinen Spinnfehlern oder gar Ausfällen der Maschinen kam.

Viel war es nicht, was sie an diesem Morgen lernen mussten. Ihre Arbeit an den Spinnmaschinen verlangte keine besonderen Fähigkeiten – ausgenommen einer, und das war die Fähigkeit, elf Stunden am Tag und sechs Tage die Woche lang die eintönige Arbeit, die drückende Schwüle und den infernalischen Lärm zu ertragen. Das Schlimmste aber war, dass feinste Flusen in der Luft herumschwirrten, die in Mund und Nase drangen und zum Husten reizten. Unter den vielen Arbeiterinnen, die versuchten, sich davor zu schützen, indem sie sich feuchte Tücher vor Mund und Nase banden, entdeckte Éanna plötzlich Alice. Der aufmunternde Blick, den diese ihr schenkte, gab ihr leider nur kurz Kraft. Schon bald war sie vollauf damit beschäftigt, der Versuchung zu widerstehen, zu einer der Wassertonnen zu gehen, die an den Enden der Reihen standen, und sich schnell einen großen Blechbecher voll Wasser zu schöpfen. Tat man es zu oft, musste man die Arbeit unterbrechen, um den Abort aufzusuchen. Und das kostete jedes Mal einen Farthing. Ein Farthing allein mochte ja nicht groß ins Gewicht fallen. Aber in einer Woche summierten sich diese Abzüge zu einigen schmerzhaften Pence, für die man schon ein Brot hätte kaufen können.

Folglich versuchten Éanna und Emily, den wertvollen Rat der Plunkett-Schwestern zu beherzigen, sich, so oft es ging, nur den Mund auszuspülen und das Wasser wieder auszuspucken. Auch hatten die Freundinnen einen kleinen Kiesel dabei, den sie im Mund hin und her bewegten, um den Speichelfluss anzuregen. Alice hatte ihnen den Rat gegeben, notfalls einfach den Urin an den Beinen hinablaufen zu lassen, so wie sie es auch bei Mary und vielen anderen in ihrem Gang beobachteten. Diesem Beispiel zu folgen widerstrebte ihnen jedoch.

Éanna mühte sich redlich, hatte jedoch schon am ersten Tag allergrößte Schwierigkeiten, die elf Stunden zu überstehen. Dass ihr bald Rücken, Arme und Beine schmerzten, hätte sie noch klaglos hingenommen. Auch den Lärm und die Schwüle konnte sie ertragen. Doch die vielen Flusen, die ihr unentwegt in die Atemwege drangen und Hustenanfälle verursachten, wurden immer mehr zur Qual. Da half es auch wenig, dass sie dankbar den Streifen Tuch annahm, den Mary ihr brachte und den sie sich vor Mund und Nase band.

»Ich habe weiß Gott noch nie in meinem Leben harte Arbeit gescheut und scheue sie heute weniger denn je. Aber ich weiß nicht, ob ich diese ständigen Erstickungsanfälle noch einen Tag länger aushalten kann, geschweige denn Woche um Woche«, gestand sie ihrer Freundin, als sie um sechs Uhr im Strom der anderen Fabrikarbeiterinnen hinaus ins kalte Freie wankte. Sie fühlte sich erschöpft und zerschlagen wie selten zuvor. »Lieber würde ich für denselben Lohn wieder in einem Steinbruch arbeiten wie damals, als wir uns das erste Mal begegnet sind.«

»Na, ich weiß nicht, ob ich mich darum reißen würde«, erwiderte Emily skeptisch, die den Tag sehr viel besser überstanden hatte. »Ich bin sicher, dass du dich genauso daran gewöhnen wirst wie all die anderen, die sich mit uns in der Halle plagen. Das gibt sich schon, du wirst sehen.«

Éanna seufzte bedrückt. »Ich wünschte, ich könnte daran glauben«, murmelte sie niedergeschlagen.

Sie war an diesem Abend so erschöpft, dass sie nicht einmal die Kraft fand, sich nach dem Abendessen zu einem kurzen Gang zu Brendan aufzuraffen. Sie wollte nichts weiter als schlafen.

Am zweiten Tag erging es ihr in der Spinnerei noch schlimmer als zuvor. Immer öfter hatte sie das Gefühl, keine Luft mehr zu bekommen, und glaubte, ersticken zu müssen. Der Hustenreiz plagte sie und sie lief so oft zur Wassertonne, dass sie an diesem Tag gleich fünfmal den Abtritt aufsuchen musste und ganze fünf Farthing Lohn verlor. Hinzu kam, dass sie immer wieder unter heftigen und langen Hustenanfällen litt, während derer sie ihre Maschinen unbeaufsichtigt lassen musste. Mehrmals wurde sie von der Aufseherin in ihrem Gang ermahnt und am späten Nachmittag gab ihr Miss Paddington eine Verwarnung.

»Reiß dich gefälligst zusammen und mach nicht so ein Theater!«, schrie die Oberaufseherin sie an und versetzte Éanna mit ihrer Gerte einen schmerzhaften Hieb auf den linken Oberarm. »Wenn du so weitermachst, lasse ich dich noch vor dem Wochenende aus der Lohnliste streichen, merk dir das!« Worauf noch ein zweiter Hieb folgte.

Sowohl Emily als auch Brendan, zu dem sie trotz aller Erschöpfung an diesem Abend gegangen war, redeten ihr aufmunternd zu. Die offensichtliche Besorgnis in Brendans Augen, als er eine nach Luft ringende Éanna in seine Arme schloss, taten ihr gut. Und auch die liebevollen Worte, die er in ihr Ohr flüsterte, linderten ihr Leid ein wenig. Es gelang ihm sogar, sie durch einige Clownerien abzulenken und zum Lachen zu bringen.

Aber alles gute Zureden und verzweifelte Wollen half nicht. Der folgende Vormittag in der Spinnerei war eine einzige Qual mit dementsprechend vielen Ausfällen und Zurechtweisungen. Kurz nach der zweiten Mittagsstunde jagte Miss Paddington sie mit Gertenhieben aus dem Gang und schickte sie zu Mister Cooley, damit sie sich den Lohn für zweieinhalb Tage auszahlen ließ – minus der elf Farthing Abzüge, die sie in dieser Zeit auf ihrer Karte notiert hatte.

»Du setzt deinen Fuß nicht wieder in diese Spinnerei!«, schrie sie ihr voller Verachtung nach. »Geh auf die Straße betteln! Vielleicht taugst du ja wenigstens dazu!«

Mit kaum zweieinhalb Shilling in der Tasche und wieder

arbeitslos stand Éanna wenig später auf der Straße. Ihre Verzweiflung kannte keine Grenzen, während sie ziellos durch die Straßen Dublins irrte. Schließlich sank sie an einem Trümmergrundstück auf den Rest einer Mauer, schlug die Hände vors Gesicht und ließ ihren Tränen freien Lauf. Sie schämte sich ihres Versagens und wusste nicht, was sie Brendan am Abend erzählen sollte. Sie hatte ihre einzige Einkommensquelle verloren und damit jede Hoffnung, jemals dem Hunger und dem Elend der letzten Monate entfliehen zu können. Der Traum von einem neuen Leben in Amerika schien unerreichbar geworden. Sie wusste ja nicht einmal, wovon sie nun Essen und Miete bestreiten sollte!

Zehntes Kapitel

Éanna wusste nicht, wie lange sie schon dort an der Mauer gekauert hatte, als sie plötzlich eine zarte Berührung an ihrer Schulter spürte. Sie nahm die Hände von ihrem tränenüberströmten Gesicht und hob den Kopf. Und da sah sie Neill auf seinen Krücken vor sich stehen! Er balancierte auf der einen und hatte sie mit der anderen sanft angestoßen.

»Was ist Euch bloß zugestoßen, dass Ihr so verzweifelt weinen müsst, Miss Sullivan?«, fragte er betroffen und klemmte sich nun wieder beide Holzkrücken unter den Arm. »Noch vor ein paar Tagen habt Ihr doch mit der Sonne um die Wette gestrahlt.«

»Ach, Neill«, sagte sie aufschluchzend und wischte sich die Tränen vom Gesicht. »Es hätte alles so wunderbar sein können. Doch ich habe es einfach nicht länger ausgehalten.«

»Und was ist es, was Ihr nicht länger habt aushalten können?«, fragte der Junge.

»Die Arbeit in der Spinnerei unten am Grand Canal«, antwortete sie und erzählte mit stockender Stimme, dass sie ihren lange herbeigesehnten Arbeitsplatz nach nicht einmal drei Tagen schon wieder verloren hatte und nicht wusste, was werden sollte. »Warum konnte ich bloß nicht durchhalten wie meine Freundin Emily und all die anderen Frauen und Mädchen, die da tagaus, tagein an den Maschinen stehen? Wo es doch so schwer ist, überhaupt Arbeit zu finden, und ich schließlich für Miete und Essen aufkommen muss!«

»Das ist natürlich bitter, Miss Sullivan«, sagte Neill Duffy mitfühlend. »Aber ich bin sicher, dass Ihr Euer Bestes in der Spinnerei gegeben habt. Und wenn es dann trotz allem nicht gereicht hat, dann sollte es wohl einfach nicht sein. Also macht Euch nicht selber das Herz schwer. Ich bin sicher, dass Ihr schon bald eine andere Arbeit findet.«

Éanna wusste, dass er sie trösten wollte, doch sie war zu verzweifelt, um die Zuversichtliche zu spielen. »Aber was könnte das schon sein, Neill?«, fragte sie stattdessen mutlos.

»Hmm«, machte er und nagte an seiner Unterlippe, während er nachdachte. Doch so schnell schien auch ihm keine rechte Lösung einzufallen.

Das Knirschen von Rädern auf dem einfachen Lehmpfad ließ beide aufblicken. Ein Mann, der einen Karren hinter sich herzog, näherte sich ihnen langsam. Éanna erkannte an den Lumpen und Knochen auf seinem Wagen, dass es sich um einen Tugger handeln musste. Diese Männer und Frauen zogen mit ihren Karren durch die Vorstädte und über das Land und sammelten überall Altkleider, abgelegte Schuhe, Knochen und andere Dinge ein, die sich noch irgendwie verwerten ließen. Mit ihnen belieferten sie dann die Händler der Trödel- und Kleidermärkte.

Die Tugger mit ihren klobigen Kastenkarren waren in Dublin allgegenwärtig. Aber bisher wäre es Éanna nie in den Sinn gekommen, sich selbst als Lumpensammlerin zu versuchen. Doch in diesem Moment erschien ihr der Mann mit dem Karren wie ein Fingerzeig Gottes. In seiner großen Güte hatte er ihr einen Ausweg gezeigt!

Auch Neill war begeistert von der Idee.

»Das müsste Euch doch liegen, Miss Sullivan«, rief er im Brustton der Überzeugung aus. »Ihr habt ein so freundliches und einnehmendes Wesen. Wenn Ihr an die Dienstbotentür eines vornehmen Hauses klopft und nach Altkleidern bittet, wird es jedem, der nicht gerade ein Herz aus Stein hat, schwerfallen, Euch ohne ein paar abgelegte Sachen weiterziehen zu lassen.«

Éanna lachte. Doch schon einen Moment später griff die Ernüchterung nach ihr.

»Ich wüsste gar nicht, wie ich an so einen Karren kommen, geschweige denn wie ich einen Händler finden soll, der mir die Sachen abkauft«, sagte sie. »Sofern ich denn überhaupt genug Altkleider zusammenbetteln kann. Auch habe ich gar keine Ahnung, was man für die einzelnen Sachen bekommt.«

»Das habt Ihr im Handumdrehen heraus, Miss Sullivan!«, versuchte Neill sie zu beruhigen. »Und was einen Abnehmer angeht, so kenne ich da einen vertrauensvollen Händler, der Euch bestimmt nicht übers Ohr hauen wird. Sein Name ist Ebenezer Lahiffe. Er hat seine eigene Truppe von Tuggern. Ich glaube, er stellt ihnen sogar die Karren! Seinen Laden hat er auf dem New Market, genau gegenüber der Gasse, durch die man zur Mill Street kommt. Ihr werdet ihn leicht finden. Haltet bloß Ausschau nach einem breitschultrigen, kräftigen Mann, dem ein schwarzer Vollbart bis auf die Brust fällt.«

Unschlüssig sah Éanna ihn an. »Du meinst also wirklich, ich sollte mich als Tugger versuchen?«

»Wenn es Euch nichts ausmacht, bei Wind und Wetter unterwegs zu sein, ist es das, was ich Euch raten würde!«, bekräftigte er.

Sie lachte auf. »Ich bin doch gar nichts anderes gewohnt, als bei jedem Wind und Wetter draußen zu sein.«

»Dann seht zu, dass Ihr zu Mister Lahiffe kommt!«, forderte Neill sie auf. »Was habt Ihr schon groß zu verlieren? Und sagt ihm, dass ich Euch geschickt habe. Nicht dass mein Wort bei vielen in der Stadt etwas wert wäre. Aber bei Mister Lahiffe könnte es Euch doch von Nutzen sein.«

»Du hast recht. Zu verlieren habe ich wahrlich nichts«, räumte Éanna ein und erhob sich mit einem Ruck. »Also gut, ich werde zu Ebenezer Lahiffe gehen und mit ihm reden.« Sie dankte Neill für seinen Zuspruch und den Rat.

»Ihr werdet bestimmt heute schon mit einem Karren losziehen, Miss Sullivan!«, gab er ihr mit der ihm eigenen unverwüstlichen Zuversicht mit auf den Weg. »Und mich würde es nicht wundern, wenn Ihr schon nach kurzer Zeit mit Eurem Erfolg alle anderen Tugger von Dublin in den Schatten stellt!«

Sie musste über seine maßlose Übertreibung lachen. Aber es machte ihr doch das Herz ein wenig leichter, dass er solch großes Vertrauen in sie setzte. Schon etwas froher gestimmt, verabschiedete sie sich von ihm.

Wenig später erreichte sie den großen, lang gestreckten Platz von New Market. Den Laden von Ebenezer Lahiffe hatte sie schnell gefunden. Bei dem Altkleiderladen handelte es sich jedoch nicht um ein richtiges Geschäft im Erdgeschoss eines Wohnhauses, sondern um eine recht primitive, wenn auch geräumige Bretterbude. Sie war mit Kleidung und Lumpen aller Art bis unter die Decke vollgestopft.

Der Händler war ein Bär von einem Mann und hatte das breite Kreuz der Lastenträger im Hafen. Er trug den typisch irischen Schwarzrock und sein wild wuchernder Vollbart reichte ihm wie eine dunkle Wollmatte bis auf die Mitte der Brust. Als Éanna zu ihm trat, war er gerade damit beschäftigt, alte Schuhe und Stiefel mit löchrigen Sohlen und Rissen als Paar zusammenzubinden und über eine Stange zu hängen.

Mit vor der Brust gekreuzten Armen hörte er sich an, was sie zu ihm führte. Sein Blick war eindringlich, aber nicht unfreundlich.

»So, dein Name ist also Éanna Sullivan und du möchtest für mich als Tugger arbeiten«, fasste er zusammen. »Nun, das lässt sich machen. Ich habe noch zwei Karren, für die mir tüchtige Tugger fehlen. Gib mir drei Shilling und du kannst zeigen, was in dir steckt.«

»Drei Shilling?«, stieß sie bestürzt hervor. »Aber davon hat Neill Duffy überhaupt nichts gesagt! So viel Geld habe ich nicht, Mister Lahiffe!«

Überrascht hoben sich seine buschigen Augenbrauen. »Neill hat dich zu mir geschickt?«

Sie nickte. »Ja, das hat er. Aber dass es mich drei Shilling kostet, um bei Euch anfangen zu können, das hat er mit keinem Wort erwähnt.«

»Die behalte ich ja auch nicht ein, sondern sind nur Kaution für den Karren, den ich meinen Tuggern stelle«, erklärte er. »Wenn sich nach einer Woche herausgestellt hat, ob du für die Arbeit taugst oder nicht, bekommst du das Geld zurück.«

Sie ließ den Kopf hängen. »Das hilft mir aber jetzt nicht.«

»Wie viel kannst du denn als Kaution zahlen?«

»Zwei Shilling und neun Pence sind alles, was ich habe«,

murmelte sie niedergeschlagen, zog die Münzen aus ihrer Manteltasche und hielt ihm ihr ganzes Hab und Gut hin.

»Dann will ich mich bei dir mit nur zwei Shilling begnügen, weil Neill dich geschickt hat«, sagte er wohlwollend und nahm die beiden Shillingstücke aus ihrer ausgestreckten Hand. »Der Junge hat ein gutes Auge für Menschen.«

Éannas Gesicht hellte sich auf. »Danke, Mister Lahiffe! Ich werde Euch bestimmt nicht enttäuschen!« In Gedanken schickte sie ein Stoßgebet gen Himmel, dass es auch wirklich so sein würde.

Lahiffe holte aus der Tiefe seines Bretterschuppens einen klobigen, zweirädrigen Karren, der mit seinen hohen Bretterwänden an allen vier Seiten und mit den beiden Haltestangen wie eine unförmige Schubkarre aussah. An jeder Außenwand stand in verblasster weißer Farbe die Aufschrift *Ebenezer Lahiffe's Waste Salvage* sowie die Nummer 9.

»So, das ist jetzt dein Wagen, Tugger Éanna Sullivan! Ich denke, du weißt, wie das Geschäft läuft.«

»Na ja, mehr oder weniger.«

»Du ziehst morgens mit dem Karren los und bringst mir am Abend alle Altkleider, Lumpen und jeden anderen Trödel, den du auftreiben kannst. Aber versuche es erst gar nicht hier in der Stadt. Da haben schon andere Tugger ihr Revier abgesteckt, und wenn du denen in die Quere kommst, kann dich das teuer zu stehen kommen. Manche sind schneller mit dem Messer zur Hand als betrunkene Matrosen in einer Hafentaverne!«, warnte er sie. »Am besten suchst du dir eine Route in den Vororten und auf dem Land.«

Sie nickte.

»Was die Bezahlung betrifft, so bemisst sich die bei Lumpenkleidern, alten Schuhen, Knochen und so weiter nach Gewicht«, fuhr er fort. »Für besondere Einzelstücke, die noch gut erhalten sind, kriegst du vierzig Prozent von dem Preis, für die ich sie nach der Reinigung weiterverkaufe. Über all das können wir später noch reden. Aber einen guten Rat will ich dir jetzt schon geben.«

Erwartungsvoll sah sie ihn an.

»Ich mache meinen Tuggern faire Preise und haue keinen übers Ohr. Da kannst du jeden meiner Leute fragen«, versicherte er. »Aber dafür erwarte ich dasselbe von dir und allen anderen, die für mich arbeiten! Wen ich dabei erwische, dass er heimlich Sand und Dreck in Hosen- und Manteltaschen steckt, sie mit Wasser tränkt oder gar Steine durch Saumlöcher steckt, damit die Waage am Abend ein höheres Gewicht anzeigt, den werfe ich aus meiner Truppe. Und glaube mir, ich kenne jeden schmutzigen Trick, auf den man nur kommen kann, um ein paar Pence mehr herauszuschlagen! Also versuche es besser erst gar nicht! Wenn du dich daran hältst und lange Wege nicht scheust, werden wir beide gut miteinander auskommen!«

Éanna beteuerte, dass sie derlei Betrügereien niemals versuchen würde.

Er nickte knapp. »Das wird sich ja schnell zeigen. Aber bevor du losziehst, solltest du deinen guten Mantel hier bei mir lassen. Denn für einen Tugger, der an den Hintertüren der besseren Häuser etwas für seinen Wagen erbetteln will, sieht er einfach nicht ärmlich genug aus. Ich gebe dir einen anderen, der warm genug ist, aber besser zu einem Tugger passt. Abends kriegst du deinen wieder zurück.«

»Ganz wie Ihr meint, Mister Lahiffe«, antwortete sie, obwohl sie sich äußerst ungern von ihrem schönen, flickenlosen Mantel trennte.

Der Händler wählte aus seinem Vorrat an wintertauglichen Umhängen einen aus rossbrauner Wolle aus. Er wies mehrere große Flicken sowie einige Löcher und ausgefranste Säume auf. Aber der Stoff war dick und würde ebenso gut vor Wind und Kälte schützen wie ihr eigener Mantel.

»Das gefällt mir schon besser«, sagte Mister Lahiffe zufrieden, als sie ihm ihren Mantel überlassen und sich das alte, abgetragene Stück über die Schultern gelegt hatte. »Ja, so machst du den richtigen Eindruck auf die Leute: ein ärmliches, jedoch angenehm sauberes Tuggermädchen mit einem ansprechenden Gesicht! Mit einem freundlichen, aber zurückhaltenden Lächeln und höflichen Worten solltest du keine Schwierigkeiten haben, auf deinen Runden genug zusammenzubekommen, um bei mir ein ordentliches Auskommen zu haben. Also dann, zieh mit deinem Karren los und versuch dein Glück, Tugger Éanna Sullivan!«

Éanna legte die Hände um die gebogenen Griffenden der Haltestangen, schob den Karren an und zog los – voller Bangen, ob sie als Tuggermädchen auch wirklich bestehen oder wieder so kläglich scheitern würde wie in der Spinnerei.

Elftes Kapitel

Éanna hatte sich keine Illusionen darüber gemacht, was für ein mühseliges Unterfangen es sein würde, ihren Karren täglich mit Lumpen, Altkleidern und anderen noch verwertbaren Dingen zu füllen. Doch die Arbeit eines Tuggers stellte sich als noch härter und erschöpfender heraus, als sie es sich in der ersten Stunde ausgemalt hatte.

Dem Rat des Händlers folgend, versuchte sie ihr Glück erst gar nicht im inneren Bezirk von Dublin, sondern zog mit ihrem Handwagen in südwestlicher Richtung aus der Stadt, in die schon recht ländlichen Wohnbezirke von Ranelagh und Rathmines. Allein der Weg dorthin kostete sie einige Zeit. Mit dem klobigen Karren kam sie nicht halb so schnell voran, als wenn sie zügig hätte ausschreiten können.

Bei den ersten elf Bürgerhäusern, an deren Hintertüren sie klopfte und mit vor Scham stammelnder Stimme um abgelegte Sachen und ausrangierten Hausrat bettelte, war ihr nicht der geringste Erfolg beschieden.

»Ich habe schon gestern einem von euch einen Armvoll gegeben«, teilte ihr eine Haushälterin mit.

Bei einem anderen Haus hatte die Köchin, die ihr öffnete, keine Zeit. Und beim nächsten schickte man sie mit den Worten weg, es doch in ein paar Tagen noch einmal zu versuchen. Denn dann sei die Hausherrin wieder zurück, ohne deren Zustimmung man nichts weggeben könne. Und so ging es in einem fort.

Bei ihrem zwölften Versuch gab man Éanna einen schmutzigen Beutel mit dicken Knochen. Dafür würde es, wenn Ebenezer Lahiffe sie an einen Seifensieder weitergab, bestenfalls einen halben Penny geben. Und zu dieser Zeit stand die Sonne schon weit im Westen. Dennoch blieb Éanna nichts anderes übrig, als sich noch weiter von der Stadt zu entfernen, wenn sie am Abend mit einer halbwegs annehmbaren Ausbeute zu Lahiffe zurückkehren wollte. Und so schob sie den Karren fast im Eilschritt über die unebenen und von Schlaglöchern übersäten Straßen.

Als sie eine Stunde nach Einbruch der Dunkelheit erschöpft am New Market eintraf, war ihr Karren nicht einmal zu einem Drittel gefüllt. Ein paar Knochen, dreckige Lumpen sowie eine löchrige Arbeitshose und zwei Paar ausrangierte Hausschuhe waren alles, was sie mitbrachte.

Umso überraschter war sie, als Ebenezer Lahiffe beim Anblick ihrer Ausbeute anerkennend ausrief: »Respekt, Miss Sullivan! Das ist ja beachtlich, was du da an deinem ersten Tag zusammengetragen hast! Zumal es schon früher Nachmittag war, als du losgezogen bist!«

Dann wollte er wissen, in welcher Gegend sie ihr Glück versucht hatte.

Sie sagte es ihm und brachte ihn dadurch noch mehr zum Staunen.

»Da bist du gewesen und hast dennoch so viel mitgebracht?«, staunte er. »Heiliger Patrick, Schutzpatron aller Tugger und Altkleiderhändler! Du scheinst mir wirklich das Zeug zu einem tüchtigen Tuggermädchen zu haben! Die ganze Gegend rund um Ranelagh und Rathmines gehört zum festen Revier von zwei Tuggerfrauen, die für den alten Pembroke arbeiten. Du kannst wirklich von Glück reden, dass du keiner von ihnen über den Weg gelaufen bist. Die hätten dir das Gesicht zerkratzt, wenn nicht gar noch Übleres angetan!«

Éanna erschrak im Nachhinein, freute sich andererseits jedoch auch über sein Lob. Da war es ein bisschen leichter zu ertragen, dass sie an diesem Tag nur neun Pence verdient hatte.

»Das wird schon besser, verlass dich darauf«, tröstete Mister Lahiffe. Er händigte Éanna ihren Mantel aus und gab ihr einige gute Ratschläge, welche Route sie am nächsten Tag einschlagen sollte. »Die Strecke hoch zur Dublin Bay und die Route über die Ortschaften an der Küste im Süden der Stadt bis hinunter nach Dun Laoghaire und Killiney dürften ertragreicher sein. Die meisten Tugger scheuen die weiten Wege aus der Stadt. Aber du bist offensichtlich gut bei Kräften. Du musst allerdings früh losziehen. Denn der lange Rückweg ist mit einem vollen Karren nur schwer zu bewältigen.«

»Das schreckt mich nicht ab! Und wenn Ihr meint, dass es sich lohnt, will ich es dort gern versuchen«, sagte Éanna ohne Zögern. »Wann kann ich morgen meinen Karren holen?«

»Um halb sechs schließe ich meinen Laden auf.«

»Dann werde ich um halb sechs zur Stelle sein!«

Er schmunzelte und nickte. »Das habe ich mir schon gedacht. Dann also bis morgen um halb sechs, Éanna!«

Müde, aber von neuer Zuversicht erfüllt, beschloss sie, auf dem Heimweg einen kleinen Abstecher zu ihrer ehemaligen Pension einzulegen. Sie hoffte, dort auf Neill zu treffen, bei dem sie sich bedanken wollte. Und tatsächlich fand sie ihn am Torbogen vor. Vollkommen verblüfft blickte er auf die zwei Pence, die sie ihm in die Hand drückte. Seinen Widerspruch ließ sie nicht gelten.

»Du hast sie dir redlich verdient. Ohne deine Hilfe wäre ich wahrscheinlich immer noch auf der Suche nach Arbeit«, sagte sie.

»Gott segne Euch für Eure Güte, Miss Sullivan!«

»Und dich nicht weniger, Neill!«, erwiderte Éanna. Dann machte sie sich auf den Weg nach Hause, wo Emily sie schon voller Unruhe und Sorge erwartete.

Wie erleichtert war die Freundin, als sie hörte, dass der Tag für Éanna doch noch eine Wendung zum Guten genommen hatte!

Auch Brendan, den sie nach dem Essen trotz ihrer großen Müdigkeit unbedingt sehen musste, war voller Anerkennung, dass sie den Mut aufgebracht hatte, sich als Tugger zu verdingen.

Seine Augen blickten besorgt, als sie ihm erzählte, dass sie in einem fremden Revier auf Beutezug gegangen war.

»Keine Angst, Brendan, ab morgen werde ich in einer anderen Gegend unterwegs sein und mir ein eigenes Revier erobern«, versuchte Éanna ihn zu beruhigen.

Brendan musste nun doch lachen und seine Augen blitzten sie an, als er sagte: »Éanna, die Eroberin. Das ist mein Mädchen. Sie werden dir alle zu Füßen liegen. So wie ich es tue.« Damit griff er sich dramatisch gespielt an die Brust und ließ sich auf die Erde sinken. Doch die Kälte des eisigen Winterbodens führte dazu, dass er sehr schnell wieder auf den Beinen stand.

Wieder ernst geworden, fügte er hinzu: »Manchmal liegt eben gerade im Scheitern die Chance auf etwas viel Besseres. Man muss sie nur sehen und ergreifen, so wie es mir mit dir ergangen ist, mein Liebling.« Mit diesen Worten zog er sie zärtlich in seine Arme und für eine ganze Weile vergaßen sie alles um sich herum.

Zwölftes Kapitel

Die Tage auf der Landstraße wurden Éanna lang und verlangten ihr viel Kraft und Ausdauer ab. Sie war eisigen Winden und Schneegestöber ausgesetzt. Aber schlimmer noch als die Härte der Naturgewalten war die Einsamkeit. Wie oft wünschte sie sich in jenen langen Stunden der Wanderschaft, jemanden an ihrer Seite zu haben, mit dem sie reden und ihr Leid teilen konnte. Aber es trat ein, was Mister Lahiffe ihr prophezeit hatte. Viel öfter als in unmittelbarer Nähe der Stadt stieß ihre Bitte nach Lumpen, Altkleidern und anderem an den Hintertüren der Landhäuser und Gehöfte auf offene Ohren. Schon am Freitag, ihrem dritten Tag als Tugger, kehrte sie zum ersten Mal mit einem vollen Karren in die Stadt zu Mister Lahiffe zurück. Und die Fuhre brachte ihr fast zwei Shilling ein, weil sich unter den vielen Lumpen auch noch zwei recht gute Hosen und eine Schürze mit nur drei kleinen Brandlöchern befanden. Sie war fast außer sich vor Freude. Wenn es in etwa so weiterging, würde sie entschieden mehr verdienen, als ihr die qualvolle Arbeit in der Spinnerei jemals eingebracht hätte!

Als Éanna sich an diesem Tag auf den Weg zu Brendan machte, sah sie ihm schon von Weitem an, dass irgendetwas vorgefallen sein musste. Denn er ging mit sichtlicher

Unruhe vor dem Durchgang zu der illegalen Kellerschenke auf und ab, was sonst eigentlich gar nicht seine Art war.

Kaum hatte er sie erblickt, eilte er ihr auch schon entgegen. Dass er damit seinen Posten als Aufpasser aufgab, schien ihn nicht zu kümmern. Ihr war, als könnte er es nicht erwarten, ihr etwas ganz Wichtiges mitzuteilen – und zwar etwas Erfreuliches. Denn er strahlte über das ganze Gesicht.

»Rate mal, was mir heute passiert ist!«, rief er ihr schon von Weitem zu.

»Sag bloß, du hast Arbeit gefunden!«, gab sie zurück, augenblicklich von seiner Freude angesteckt.

»Volltreffer, mein Engel!«, bestätigte er lachend, schlang in seinem Überschwang die Arme fest um sie und wirbelte sie mehrmals im Kreis herum. »Und zwar nicht nur irgendeine mies bezahlte Drecksarbeit. Ich arbeite jetzt unten im Hafen, wo täglich die Kohlenschiffe aus England entladen werden, in einer Kolonne Schauerleute! Und das sind keine Tagelöhner, die mal Arbeit haben und mal nicht, sondern sie sind die Kerntruppe der *Liverpool Newcastle Coal Company*, des größten Kohlenimporteurs der Stadt! Denen geht das ganze Jahr lang nicht für einen Tag die Arbeit aus.«

»Oh Brendan! Ich freue mich ja so für dich!«, sagte Éanna aus vollem Herzen und gab ihm einen Kuss.

»Für uns!«, verbesserte er sie. »Denn weißt du, was ich da verdienen kann, wenn ich auch noch die zusätzliche Sonntagsschicht von acht bis um vier mitmache? Zwölf Shilling!«

»Heißt das, dass du mit der ekligen Rattenfängerei in der Konservenfabrik aufhörst?«

»Das heißt es ganz sicher, mein Schatz!«, versicherte er.

»Hoffentlich gibst du dann auch dieses elende nächtliche Herumstehen als Aufpasser auf«, hoffte sie. »Denn wenn du Tag für Tag Kohlen schaufeln und schleppen musst, brauchst du deinen Schlaf!«

»Mal sehen, wie ich es schaffe«, sagte er hin- und hergerissen. »Vier Pence sind nun mal vier Pence. Und ganze zwölf Shilling werden es auf den Kohlendocks letztlich dann doch nicht sein. Denn nach der Plackerei auf den Kohlenschiffen sehe ich hinterher wie der schwarze Mann aus, nicht einmal du würdest mich unter all dem Kohlenstaub wiedererkennen. Da hilft nur ein Gang ins Waschhaus am Hafen, um das Zeug von der Haut zu bekommen. Was jeden Tag einen Penny kostet. Und ich werde auch nicht umhinkommen, mir eine billige Arbeitshose und eine Arbeitsjacke zuzulegen. Denn nach ein paar Tagen kriegt man den Kohlendreck beim besten Willen nicht aus den Sachen gebürstet. Aber diese Ausgaben müssen nun mal sein.«

»Dann such dir gleich morgen was bei Mister Lahiffe aus!«, schlug sie ihm vor, voller Stolz, ihm eine Hilfe sein zu können. »Ich werde ihn bitten, dir einen Vorzugspreis zu machen!«

»Das wäre fabelhaft«, sagte er aufgekratzt.

Éanna lachte glücklich, doch plötzlich nahm sie aus den Augenwinkeln eine rasche Bewegung wahr. Hinter ihnen im Durchgang raschelte etwas, dann war wieder alles still.

»Was war das?«, fragte sie, plötzlich beunruhigt. Ihr war in dieser Umgebung nicht ganz geheuer, auch wenn sie Brendan an ihrer Seite wusste.

»Was denn?«, fragte er leichthin.

Éanna starrte auf den dunklen Durchgang, doch dann

schüttelte auch sie den Kopf. Jetzt sah sie plötzlich schon Gespenster!

Entschlossen nahm sie Brendan in den Arm und gleich war ihr wieder wohler zumute.

Als Éanna später auf der Matratze unter der warmen Decke lag, sich in ihr Kopfkissen kuschelte und sich vorstellte, es sei Brendans Brust, an die sie sich schmiegte, erfüllte sie ein tiefes Glück. Sie vermochte sich kaum daran zu erinnern, wann sie sich das letzte Mal so wunderbar gefühlt hatte. Die warnende Stimme in ihrem Kopf, die sie darauf hinwies, dass bald ihr nächster Besuch bei Mister O'Brien anstand, und die bezweifelte, dass es der richtige Weg war, Brendan diese Treffen zu verschweigen, ignorierte sie geflissentlich. Die Wahrscheinlichkeit, dass Brendan kein Verständnis zeigen würde, wenn sie ihm die Wahrheit sagte, war einfach zu groß. Womöglich würde er ihr nicht einmal glauben! Die ganze Sache war auch zu absurd. Ein Gentleman von Stand, der sich die Geschichte eines einfachen Bauernmädchens anhörte. Wer hatte davon je gehört? Éannas Entschluss stand fest: Von ihr würde Brendan kein Wort erfahren!

Dreizehntes Kapitel

Am nächsten Sonntag machte sich Éanna voller Unruhe auf den Weg zu Patrick O'Brien in die Dorset Street. Nach den Stunden in der kargen und engen Wohnung von Alice Stapleton, zwischen deren Wänden sich Hoffnungslosigkeit und Not eingenistet zu haben schienen wie anderswo der Schimmel, würde sie den kurzen Besuch in seinem wunderschönen Reich noch mehr genießen als bei ihrem ersten Treffen.

Sie freute sich so sehr auf das Zusammentreffen, dass sie sich sogar einen kleinen Scherz erlaubte. Sie traf einige Minuten vor drei in dem Haus ein, wartete jedoch vor seiner Zimmertür mit dem Anklopfen, bis sie den ersten Schlag der Standuhr vernahm.

Schon nach ihrem ersten Klopfzeichen flog die Tür von innen auf, als hätte auch er auf der anderen Seite gestanden, die Hand schon auf dem Türknauf.

»Erzähl mir nicht, du wärst eben erst die Treppe hochgekommen, Éanna! So pünktlich kann man gar nicht sein, schon gar nicht zweimal hintereinander!«, rief er ihr mit einem vergnügten Augenzwinkern zu. »Gib zu, du hast draußen gewartet, bis du den Glockenschlag gehört hast!«

Sie errötete. »Wie käme ich dazu, vor Eurer Tür herumzulungern, Mister O'Brien?«, wich sie einer direkten Antwort geschickt aus, konnte sich aber ein Lächeln nicht ganz verkneifen.

»Bist du auch bereit, das zu beschwören?«, fragte er mit spöttisch hochgezogenen Augenbrauen und ließ sie eintreten. An diesem Tag trug er einen herrlichen Hausmantel aus gesteppter weinroter Seide mit breitem goldfarbenem Revers. Éanna musste sich eingestehen, dass er darin umwerfend aussah.

»Ich denke nicht daran, mich zu versündigen. Denn in der Bibel steht, dass man nicht unnötig schwören soll, Mister O'Brien!«, erwiderte sie schlagfertig.

»Na, ich habe da meine berechtigten Zweifel, dass in der Bibel irgendetwas von ›unnötigem Schwören‹ steht«, wandte er ein und schloss dabei die Tür. »Ich will dir das dennoch gnädig durchgehen lassen, aber nur unter einer Bedingung!«

»Und was soll das für eine Bedingung sein?«

»Dass du dich heute dazu durchringen kannst, mich nicht ständig mit ›Mister O'Brien‹ anzusprechen, als wäre ich ein ältlicher Onkel, dem schon die Haarbüschel aus Nase und Ohren wachsen, und dich fortan mit einem schlichten ›Patrick‹ begnügst!«

Nun wurde die Färbung ihrer Wangen noch dunkler. »Jemandem wie mir steht es nicht zu, einen Herrn von Eurem Stand . . .«

»Von wegen Herr von Stand! Dummes Zeug!«, fiel er ihr mit einem spöttischen Auflachen ins Wort. »Meine selige Mutter hat schon in ihrer Jugend nichts auf dieses anachronistische Getue gegeben. Sie hat den gesellschaftlichen Skandal nicht gescheut und zum Entsetzen ihrer Familie darauf bestanden, weit unter ihrem Stand . . .«, er betonte diese Worte voller Ironie, ». . . zu heiraten. Mein Vater ist nur ein kleiner Buchhändler gewesen, ein Mann von zwar blendendem Aussehen und bewundernswertem Wissen, aber in den Augen der sogenannten feinen Gesellschaft letztlich doch nur ein armseliger Krämer. Seinesgleichen durften und dürfen ihre Häuser bestenfalls durch den Dienstboteneingang betreten und ihre Geschäfte im Zimmer des Butlers oder der Haushälterin abwickeln. Doch die Salons bekommen sie nicht zu sehen, geschweige denn, dass man ihnen einen Platz an der Tafel des Speisezimmers anbietet!«

Das offenherzige Eingeständnis seiner niederen Abstammung väterlicherseits verblüffte sie, wie es ihr zugleich auch schmeichelte. »Also daher Eure große Liebe für das geschriebene Wort.«

Er nickte, nun mit ernster Miene. »Ja, denn das geschriebene Wort ist das Tor zur Welt, Éanna. Und in den Worten steckt mehr Kraft und Macht als in Hunderten von Regimentern schwer bewaffneter Soldaten!«, erklärte er leidenschaftlich. »Das hat mich mein Vater gelehrt.«

»Davon verstehe ich leider nichts«, gestand sie. »Und ich weiß auch nicht, was anachronistisch bedeutet, Mister . . .« Sie stockte noch im letzten Moment, biss sich kurz auf die Lippen und fügte dann mit brennenden Wangen hinzu: ». . . Patrick.«

»Du siehst, die Erde hat sich nicht unter dir aufgetan und dich verschluckt!« Und vergnügt fuhr er fort: »Anachronistisch ist es, wenn du mich mit ›Mister O'Brien‹ und nicht mit ›Patrick‹ ansprichst, Éanna. Weil diese Art von Ehrerbietung der Vergangenheit angehört, auch wenn manche mit aller Gewalt an dieser Tradition festhalten wollen, weil es ihre Macht unterstützt.«

»Erlaubt Ihr mir eine Frage zu Eurer Familie?«

»Nur zu!«, forderte er sie auf.

»Ihr habt von Eurem Vater gesprochen und dass die Heirat Eurer Mutter mit ihm wohl ein großer Skandal gewesen sei . . .«

»Das kann man wohl sagen. Die Familie hat meiner Mutter nie verziehen. Sie ist vor sechs Jahren gestorben, ohne dass sie sich versöhnt hätten. Meine Mutter hat die unstandesgemäße Heirat mit meinem Vater förmlich von ihren Eltern erpresst, indem sie absichtlich schwanger geworden ist!«

»Oh!«, entfuhr es Éanna, denn über diese Dinge sprach man nicht, schon gar nicht mit Menschen, die nicht zur eigenen Familie oder zu den engsten Freunden zählten. Andeutungen waren das Äußerste, was gerade noch als schicklich galt. Sie fasste sich aber sofort wieder. »Wie kommt es dann, dass Euer vermögender Onkel sich dennoch Eurer angenommen hat und sogar möchte, dass Ihr eines Tages die Leitung seiner Brauerei übernehmt?«

»Onkel Edmund war der Einzige, der immer zu meiner Mutter gehalten hat, wenn auch nicht offen, so doch zumindest heimlich. Sie war seine einzige Schwester und er hat sie von klein auf sehr geliebt. Ihr früher Tod hat ihn tief getroffen. All das rechne ich ihm hoch an. Auch dass er es mir ermöglicht hat, gute Schulen und die Universität in Oxford zu besuchen«, sagte er. »Aber dass er mich zu seinem Nachfolger auserkoren hat, dürfte wohl vor allem damit zu tun haben, dass ihm zu seinem großen Kummer ein eigener Stammhalter verwehrt geblieben ist. Wobei ich als Nachfolger keineswegs auch Erbe sein werde! Ich soll unter seiner Oberaufsicht lediglich die Geschäftsführung übernehmen, weil er sich mit seinem angegriffenen Herzen das Alltagsgeschäft nicht mehr zumuten will. Aber seine älteste Tochter ist gerade fünfzehn geworden und wird im nächsten Jahr das heiratsfähige Alter erreichen. Sobald mein Onkel für sie eine gute Partie gefunden hat, wird er mir den Mann seiner Tochter über kurz oder lang als Direktor vor die Nase setzen. Und damit genug für heute zu Onkel Edmund und diesen vertrackten Familienbeziehungen! So, und jetzt leg ab und mach es dir vor dem Feuer gemütlich. Ich hole indessen den Tee, der ja bei unserer Geschichtenstunde keineswegs fehlen darf.« Er schenkte ihr ein erwartungsfrohes Lächeln.

Nur zu gern folgte sie seiner Aufforderung, legte ab und setzte sich vor dem Kamin in einen der herrlich bequemen Polstersessel. Und an diesem Sonntagnachmittag war ihr im Umgang mit dem edlen Porzellan schon erheblich weniger bang zumute als am Sonntag zuvor. Sie wagte es sogar, zwei Plätzchen von dem köstlichen Buttergebäck zu nehmen, das sich auch diesmal auf dem Beistelltisch fand.

Sie setzte ihre ausführliche Erzählung an dem Punkt fort, an dem sie am Sonntag zuvor von seinen drei Freunden so grob unterbrochen worden waren.

Im Nu verflog die beschwingte Leichtigkeit der ersten Minuten, als ihre Erzählung die Erinnerung an den Tod ihrer Großmutter Kate heraufbeschwor und an den ihres kleinen Bruders Sean, der ihr wenig später ins Grab gefolgt war.

Sie versuchte, die Trauer zu beherrschen, die ihr scharf wie ein Messer ins Herz schnitt. Aber sosehr sie sich auch bemühte, die Tränen zurückzuhalten, es gelang ihr nicht. Als sie Patrick den langsamen Tod ihres Vaters schilderte, brachen sie sich endgültig Bahn.

Sofort legte Patrick Notizbuch und Stift zur Seite und zog ein mit feiner Spitze besetztes Taschentuch aus seinem Hausmantel. »Hier, nimm, Éanna«, sagte er und drückte es ihr in die Hand. »Es tut mir leid, dass du wegen mir noch einmal diese entsetzliche Zeit durchleben musst. Ich wünschte, ich könnte es dir ersparen. Und vielleicht wäre es besser, wenn wir . . .«

»Nein, Ihr sollt alles wissen. Das habe ich Euch versprochen und so will ich es Euch auch erzählen«, fiel sie ihm schluchzend ins Wort und wischte sich die Tränen aus dem Gesicht. In ihrem tiefen Kummer übersah sie, dass das Taschentuch aus edlem spitzengesäumtem Batist war. »Gebt mir nur einen Augenblick, damit . . . damit ich mich wieder fassen und . . . und weitererzählen kann.«

»Nimm dir so viel Zeit, wie du möchtest, Éanna«, sagte er voller Mitgefühl. »Ich wünschte, ich könnte mehr für dich tun und dich deinen Schmerz vergessen lassen. Aber ich weiß, dass nichts diese Art von Kummer aus der Welt schaffen kann.«

Éanna saß mit gesenktem Kopf im Sessel, schnäuzte sich und presste das Taschentuch auf ihre Augen, doch die Tränen mochten sich nicht stillen lassen. Deshalb entging es ihr auch, mit welch sehnsüchtigem Blick Patrick sie ansah und wie er mit einer zögerlichen Bewegung die Hand nach ihr ausstreckte.

Und dann strich er ihr ganz sanft über das Haar. Es war eine sehr scheue, fast unmerkliche Berührung. Seine Fingerspitzen übten so gut wie keinen Druck aus. Dennoch lag eine große Zärtlichkeit in ihnen.

Für einige wenige Sekunden, die Éanna wie eine Ewigkeit

erschienen, saß sie reglos da und ließ es geschehen – dankbar für das warme Gefühl der Verbundenheit, das sie bei seiner Berührung verspürte.

Dann jedoch erschrak sie über sich selbst und das, was er soeben in ihr geweckt hatte, das nicht sein durfte, und ihr Herz begann wild zu schlagen. Die Hitze der Verlegenheit und Beschämung stieg ihr ins Gesicht. Abrupt hob sie den Kopf, entzog sich dabei seiner Hand, die sofort zurückfuhr, und bemerkte jetzt erst, was für ein kostbar zartes Gewebe sie da in der Hand hielt.

»Oh mein Gott, das . . . das hättet Ihr mir nicht geben dürfen!«, rief sie betroffen und zugleich doch auch dankbar dafür, dass sie den Aufruhr in ihr hinter Bestürzung verbergen konnte. »Jetzt habe ich Euer kostbares Tuch beschmutzt!« Verlegen starrte sie auf den Stoff. Ihm das Tuch einfach wieder in die Hand zu drücken, erschien ihr in höchstem Maß ungehörig.

»Ach was, mach dir doch jetzt darüber keine Gedanken!«, beruhigte er sie. »Es ist doch nur ein Taschentuch. Behalte es nur.«

»Nein, das kann ich nicht!«, entgegnete sie erschrocken. »Nur ein Taschentuch? Ihr wisst nicht, was Ihr da sagt! Ich kann unmöglich so etwas Kostbares annehmen! Wer mich damit sieht, müsste glauben, ich hätte es gestohlen.«

»Ich bestehe aber darauf, Éanna!«, erwiderte er, korrigierte sich jedoch im nächsten Moment. »Besser gesagt, es würde mich freuen, wenn du mir erlaubst, dir damit ein kleines Geschenk zu machen. Es ist letztlich doch nur eines von diesen toten Dingen.« Er zwinkerte ihr dabei zu.

Sie zögerte. Noch nie in ihrem Leben hatte sie etwas so

Wunderschönes und Kostbares besessen und die Verlockung, es nun behalten zu dürfen, war groß.

»Bitte, weise mein bescheidenes Geschenk nicht zurück!«, bat er eindringlich.

»Ist es Euch denn auch wirklich ernst damit?«, fragte sie, noch immer zweifelnd, ob sie ein solches Geschenk wirklich guten Gewissens annehmen durfte.

»Ja, es . . . es würde mir viel bedeuten, wenn du es annimmst, Éanna!«, versicherte er. »Und nun steck es endlich ein!«

Da gab sie ihren Widerstand auf. »Nur weil Ihr darauf besteht, Patrick«, murmelte sie, was jedoch mehr der Beruhigung ihres Gewissens diente als an ihn gerichtet war. »Und dabei stehe ich auch so schon genug in Eurer Schuld, für all das, was Ihr für mich und für Emily und Caitlin getan habt.«

Die Erwähnung ihrer beiden Gefährtinnen, die er zusammen mit ihr vor dem Gefängnis bewahrt hatte, bewirkte, dass er sich mit der Hand an die Stirn fuhr. »Mein Gott, ich habe ja ganz vergessen, dich zu fragen, ob du inzwischen Arbeit gefunden hast!«

Nicht ohne Stolz teilte Éanna ihm mit, dass sie und Emily inzwischen in Lohn und Brot standen und sich eine Unterkunft in der Ash Street teilten.

»Das freut mich. Aber es hätte mir wirklich nichts ausgemacht, dafür zu sorgen, dass ihr noch länger im *Journey's End* logieren könnt.«

»Eure Großherzigkeit ehrt Euch, Patrick«, erwiderte sie. »Aber so ist es mir lieber und Emily auch. Wir haben gottlob Arbeit und können wieder selber für uns sorgen. So soll es auch bleiben.«

Er ahnte, was sie ihm damit zu verstehen geben wollte, und nickte. »Nichts ist schlimmer und zerfrisst die Seele mehr, als von Almosen leben zu müssen, wie üppig sie auch ausfallen und wie gut sie auch gemeint sein mögen. Und ich weiß, wovon ich rede!«, erwiderte er mit einem bitteren Unterton in der Stimme. »Also bewahre dir deinen Stolz, Éanna! Wer sich seinen Stolz abkaufen lässt, gibt damit letztlich auch seine Ehre und Selbstachtung auf! Ich hoffe, dass ich die Kraft und den Willen finde, mich vor diesem unwürdigen Schicksal zu bewahren. Dem Himmel sei Dank, dass mich eine glückliche Fügung mit dir zusammengebracht hat!«

Verständnislos sah sie ihn an. Denn sie konnte sich beim besten Willen nicht vorstellen, was sie damit zu tun haben könnte, dass er seine Selbstachtung nicht verlor.

Patrick sah ihr wohl an, was ihr durch den Kopf ging. »Ja, du hast schon richtig gehört! Du hast mir für manches in meinem Leben die Augen geöffnet, und zwar nicht allein, was meine Unwissenheit über die Hintergründe der Hungersnot angeht. Und wenn ich höre, was du in deinem Leben schon durchgemacht hast und wie tapfer du bist, fühle ich mich beschämt.«

Die Wendung, die ihr Gespräch genommen hatte, beunruhigte und ängstigte Éanna. Sie hatte das Gefühl, als würde sie sich auf unsicherem Eis bewegen, das jeden Moment unter ihr aufbrechen konnte. Und nach allem, was an diesem Nachmittag schon geschehen war, drängte es sie, wieder sicheren Boden unter ihren Füßen zu spüren.

»Dafür gibt es sicherlich nicht den geringsten Anlass. Ihr werdet schon selbst sehr gut wissen, was Ihr tun und was

Ihr besser lassen müsst«, sagte sie deshalb, um schnell betont sachlich fortzufahren: »Und wenn Ihr nichts dagegen habt, würde ich Euch jetzt gern weiter von dem berichten, was nach dem Tod meines Vaters und meiner anderen Geschwister in unserem Dorf vorgefallen ist. Sonst kommen wir heute nicht mehr zu der Massenräumung, die unser Grundherr letztes Jahr angeordnet und zu unserer Vertreibung geführt hat.« Und in Gedanken fügte sie hinzu: Und sonst werden wir nie mit meiner Geschichte fertig! Was in ihrem Hinterkopf sofort die Frage auslöste, ob sie das denn wirklich wünschte. Eine Frage, die sie schnell wieder aus ihren Gedanken verdrängte.

Er machte eine schuldbewusste Miene. »Natürlich! Entschuldige, dass ich immer wieder abschweife und dich mit meinen persönlichen Problemen belästige, die dir lächerlich erscheinen müssen. Also dann, zurück zum eigentlichen Thema!« Entschlossen griff er wieder zu Stift und Notizbuch.

An diesem Sonntag brach Éanna ihren Bericht um Punkt vier Uhr ab, was Patrick sehr bedauerte. Sie ließ sich jedoch nicht dazu überreden, länger zu bleiben. Sie gab vor, sich mit ihrer Freundin Emily verabredet zu haben, weil sie noch einiges gemeinsam zu besorgen hätten. In Wirklichkeit hatte sie allerdings jede Menge Zeit, weil Brendan sie erst nach halb fünf am Hafen vor dem Waschhaus erwartete.

Aber ihr Gefühl sagte ihr, dass sie die Zeit bis dahin bitter nötig haben würde, um bis zu ihrem Wiedersehen mit Brendan einen kühlen Kopf zu bekommen und innere Distanz zu dem zu gewinnen, was an diesem Nachmittag zwischen ihr und Patrick geschehen war.

Vierzehntes Kapitel

Um ihr inneres Gleichgewicht wiederzufinden, aber auch um sich nicht die ganze Zeit der Kälte auszusetzen, suchte Éanna eine nahe gelegene Kirche auf.

Dort opferte sie einen halben Penny, um für die Verstorbenen ihrer Familie eine Kerze anzuzünden, und suchte innere Ruhe im Gebet. Das machte es ihr leichter, der Versuchung zu widerstehen, das wunderschöne Taschentuch hervorzuholen, um den feinen Stoff durch ihre Finger gleiten zu lassen und die edle Spitze der Säume zu bewundern.

Um kurz vor halb fünf brach sie zu den Docks und Kaianlagen des Hafens auf, der auch am Sonntag von geschäftigem Leben und Treiben erfüllt war. Denn nicht Sonn- und Werktage bestimmten den Verkehr der meisten Schiffe, sondern der Wechsel der Gezeiten.

Die letzten Lichtstrahlen der untergehenden Sonne fielen auf die Spitzen des dichten dunklen Stangenwerks der am Ufer und in den Docks vertäuten Schiffe. Es roch nach frisch angelandetem Fisch, nach feuchtem Segeltuch und Farbe, nach würzigem Tabak und nach dem Rauch der Tranleuchten, Paraffinlampen und Pechfackeln, die überall im Hafenbereich angezündet wurden, damit die Arbeit auch nach Einbruch der Dunkelheit weitergehen konnte.

Éanna passierte das Zollhaus und schlenderte am Kai entlang stromabwärts, vorbei an dem ersten großen, rechteckigen Wasserbecken, dem Old Dock.

Ihr Gang führte sie an hohen, lang gestreckten Warenlagern vorbei, jenen »Kathedralen der Kaufleute«, wie der Volksmund beschönigend die wenig ansehnlichen Gebäude nannte. Fast überall war man damit beschäftigt, Waren in Kisten, Säcken, Tonnen und Ballen in die Magazine zu schaffen oder Fuhrwerke mit ihnen zu beladen. Viel Stadtvolk und nicht weniger Seeleute und Soldaten trieben sich auf den Kais und in den Seitengassen herum, wo Hafentavernen, billige Absteigen für einfache Matrosen und so manches Freudenhaus lagen.

Das Waschhaus hatte Éanna rasch gefunden. Brendan wartete schon auf sie, und als sie sich umarmten und sich küssten, stieg ihr der frische Duft der Seife in die Nase, mit der er sich nach der Arbeit beim Kohlendock gründlich gewaschen hatte.

»Du riechst gut«, flüsterte sie ihm ins Ohr und nahm sich vor, gelegentlich auch einen Penny von ihrem Verdienst für einen Gang ins nächste öffentliche Waschhaus auszugeben.

»Und du *schmeckst* noch viel besser«, gab er zurück und strich ihr mit der Kuppe seines Zeigefingers über die Lippen, die noch die Feuchtigkeit seines Kusses trugen. »Davon werde ich nie genug bekommen!«

Sie errötete leicht und lachte verlegen. »Das will ich auch hoffen!«

»Was hältst du davon, wenn wir uns ein Stündchen ins Warme setzen?«, schlug er vor. »Es gibt dahinten an der Ecke zur Guild Street eine nette Teestube, wo . . .«

Sein Satz blieb vorerst unbeendet. Denn in diesem Moment rief eine überraschte Stimme, die Éanna sofort wiedererkannte, hinter ihnen: »Sieh mal einer an, wer sich hier so alles herumtreibt! Wenn das nicht unser einfallsreiches Galway-Mädchen Éanna ist, müssten mich meine Augen schon sehr täuschen!«

Augenblicklich löste sich Éanna aus Brendans Armen und fuhr herum. Es war niemand anderes als Caitlin, die mit herausforderndem Hüftschwung auf sie beide zukam.

Ihre einstige Gefährtin hatte sich in den Wochen, die seit ihrem Auszug aus der Pension vergangen waren, sehr verändert – und zwar zu ihrem Vorteil, zumindest was ihre äußere Erscheinung anging. Sie musste in dieser Zeit gut und reichlich zu essen gehabt haben. Denn ihr einst abgemagerter Körper hatte augenfällige weibliche Rundungen angenommen. Das nussbraune Haar unter dem kleinen, mit Nadeln kokett schräg festgesteckten Hut, den man auch mit größter Nachsicht nicht als die richtige Kopfbedeckung für diese Jahreszeit bezeichnen konnte, war hübsch frisiert. Völlig unpassend für die Winterzeit war auch der lächerlich kleine, zusammengerollte Sonnenschirm, dessen verblichener geblümter Stoff erkennen ließ, dass er schon bessere Zeiten gesehen hatte.

Éanna sah, dass Caitlin sich Augen und Lippen geschminkt hatte, wenn auch nicht übermäßig, und zur Betonung ihrer hohen Wangenknochen auch noch rötlichen Puder aufgetragen hatte. Was jedoch deutlicher als alles andere an ihr zu erkennen gab, welch anrüchigem Gewerbe sie nachging, war ihr auffälliges blau-gelb gestreiftes Mieder, das sie unter ihrem weit offen stehenden Umhang zur Schau stellte. Es war nicht nur eng geschnürt, sondern besaß auch noch einen tief angesetzten Ausschnitt, der unschicklich viel von ihren Brüsten zeigte.

»So sieht man sich wieder«, sagte Éanna zur Begrüßung reserviert und alles andere als erfreut, der einstigen Weggefährtin ausgerechnet zusammen mit Brendan zu begegnen.

»Dublin ist eben auch nur ein Dorf, Kleine«, erwiderte Caitlin spöttisch. Dabei schob sie ihren Umhang mit der linken Hand ganz zur Seite und legte die Hand auf ihre Hüfte. »Und? Was treibst du so? Wilderst du vielleicht in meinem Revier, Schätzchen?«

Éanna fiel auf diese beleidigende Frage so schnell keine passende Antwort ein. Und so kam ihr nur ein verdattertes, lahmes »Wie?« über die Lippen.

»Na, glaubst du vielleicht, ich spaziere am Sonntag nur so zum Spaß durch die Gegend?«, gab Caitlin vielsagend zurück und warf Brendan einen aufreizenden Blick zu.

Éanna schoss das Blut ins Gesicht. Caitlins dreiste Schamlosigkeit, mit der sie sich in aller Öffentlichkeit präsentierte, verschlug ihr die Sprache.

Doch Brendan schien nichts dabei zu finden, denn er lachte belustigt auf.

Bevor Éanna sich fassen konnte, hatte Caitlin sich auch schon an Brendan gewandt und fragte völlig ungeniert: »Sag bloß, du bist Brendan Flynn! Der Brendan Flynn, den unser blasses Blümchen hier im Vorbeigehen von der Wiese gepflückt hat?«

»Der bin ich in der Tat«, antwortete Brendan mit breitem Grinsen. »Aber ein blasses Blümchen würde ich Éanna nun wahrlich nicht nennen, sondern eher eine stolze wilde Rose.«

»Ich glaube, das reicht jetzt, Caitlin!«, griff Éanna ein. Sie wollte Caitlin so schnell wie möglich loswerden, sonst kam dieses Biest noch auf die Idee, das Gespräch auf Patrick zu bringen. »Wir müssen weiter!«

Caitlin beachtete sie gar nicht, sondern hielt ihren spöttischen Blick ungerührt auf Brendan gerichtet. »Hätte nicht gedacht, dass unsere Éanna einen so guten Geschmack in Sachen Männer hat. Dachte eher, sie hält es mit der langweiligen und schlichten Sorte. Wie man sich doch irren kann. Hoffe nur, deine Wildrose hält nach dem Pflücken auch das, was die schlichte Knospe verspricht, wenn du verstehst, was ich damit meine.« Sie lachte hell auf.

Jetzt reichte es Éanna. »Halt endlich dein elendes Maul und mach, dass du verschwindest!«, fuhr sie Caitlin an. »Wir beide haben uns nichts mehr zu sagen! Wenn du es schon nicht lassen kannst, dann belästige besser andere mit deinem Geschwätz! Von der Sorte treibt sich ja bestimmt genug in *deinem Revier* herum!«

Caitlin zeigte sich von Éannas Ausbruch nicht im Geringsten beeindruckt. »Gut, dass du mich daran erinnerst, mich allmählich wieder um mein Geschäft zu kümmern, Herzchen«, sagte sie völlig gelassen. »Aber wenn dich doch mal die Sehnsucht nach mir plagt, dann findest du mich dahinten in der Taverne *Zum Ross und Reiter*. Dort habe ich auch mein Zimmer und meine Tür steht allen gut aussehenden Männern offen.« Und dabei tippte sie Brendan mit ihrem Sonnenschirm spielerisch vor die Brust.

»Ich hoffe, du wirst irgendwann an deinem widerlichen Geschwätz ersticken, du Schlange!«, empörte sich Éanna und hätte ihr am liebsten rechts und links eine kräftige Ohrfeige verpasst. Wütend packte sie ihren Freund am Arm und zog ihn mit sich.

»Ach, du schlichtes Gemüt!«, rief Caitlin ihr nach und ihr schallendes Gelächter hallte noch lange über den Kai.

»Wie tief muss man eigentlich gesunken sein, um sich so ... so widerlich zu benehmen?« Éanna konnte sich kaum beruhigen.

Brendan sah sie erstaunt an. »Mein Gott, Éanna, das ist doch kein Grund, so aus der Haut zu fahren und sich die gute Laune verderben zu lassen!«

Abrupt blieb sie stehen und funkelte ihn entrüstet an. »Was, das ist kein Grund? Sag bloß, du hast ihr schlüpfriges Gerede und diese abscheuliche Art, sich zur Schau zu stellen, auch noch lustig gefunden?«

»Herrgott, mach doch aus einer Mücke keinen Elefanten! Und wenn du dich jetzt über ihr Betragen ärgerst und dir den Abend verderben lässt, hat sie genau das erreicht, was sie wollte«, redete er ihr zu. »Sie verhält sich genau wie all die anderen Dirnen, die sich hier im Hafenviertel herumtreiben und Jagd auf Freier machen. Es gehört zum Geschäft und manche legen sich sogar eine noch viel deftigere Sprache zu und sparen auch nicht mit obszönen Gesten, glaub mir.«

»Was du nicht sagst«, antwortete sie spitz. Sie war alles andere als besänftigt, denn sie hatte sehr wohl Brendans ungenierten Blick auf Caitlins fast entblößten Busen bemerkt.

»Ich bitte dich, Éanna!« Brendan grinste sie an. »Du glaubst doch nicht ernsthaft, dass ich an eine Person wie sie einen zweiten Blick verschwende. Denkst du vielleicht, es wäre das erste Mal, seit ich hier im Hafen arbeite, dass solche Mädchen wie Caitlin mir Angebote machen?«

»Nein, natürlich nicht«, murmelte sie und senkte den Kopf. Denn plötzlich wurde ihr klar, dass ihre Empörung und Wut nur bedingt mit Caitlins neuer Erwerbstätigkeit zusammenhingen. Sie war schlichtweg eifersüchtig gewesen. Wie sehr hatte sie sich über Brendans grundlose Eifersucht aufgeregt, ihm vorgeworfen, er vertraue ihr nicht. Und nun hatte sie selbst seine Liebe in Zweifel gezogen. Wenn auch nur für einen kurzen Augenblick.

Brendan hob ihr Kinn sanft mit einem Finger an, sodass sie ihm in die Augen sehen musste. Was er in ihrem Blick las, schien ihm zu gefallen. Lächelnd zog er sie auf. »Ist da etwa jemand eifersüchtig?« Und etwas ernster fügte er hinzu: »Éanna Sullivan, dafür hast du nicht den geringsten Anlass. Es gibt für mich nur eine einzige Frau, die ich von ganzem Herzen liebe, und das bist du.«

Brendans Worte zeigten sogleich ihre Wirkung. Éanna spürte, wie ihr Herz wieder leicht und frei wurde, und sie nickte, als er ihr versicherte: »Über diese dummen Anmachen geht man am besten mit einem Lachen hinweg. Ich will mit diesen Frauen wirklich nichts zu schaffen haben, das kannst du mir glauben. Aber ich verurteile sie auch nicht. Schließlich versuchen sie nur, durchs Leben zu kommen. Mit uns beiden hat dieser Vorfall rein gar nichts zu tun und wir sollten uns nicht den gemeinsamen Abend verderben lassen.«

Mit Tränen in den Augen sah sie ihn an. »Ich liebe dich von ganzem Herzen, Brendan. Es tut mir leid, dass ich dich meine dumme Eifersucht habe spüren lassen«, entschuldigte sie sich leise.

»Dann lass uns nicht mehr darüber reden, meine stolze wilde Rose«, sagte er zärtlich, strich ihr über die Wange und gab ihr einen Kuss. »So, und jetzt wird nicht geweint, sondern bei *Brannigan's* an der Guild Street ein schöner heißer Tee getrunken. Und ein paar Schmalzgebackene müssen heute auch noch drin sein. Man kann nicht immer nur sparen!«

»Das klingt fabelhaft. Auch wenn ich mir eigentlich gar nichts anderes mehr zu wünschen brauche. Ich hab ja dich«, sagte sie leichthin. Doch sie meinte es aus tiefstem Herzen.

Er hob den Zeigefinger. »Halt, das stimmt nicht! Du hast da etwas Wichtiges unterschlagen! Nämlich Amerika und die Morgen Land, die wir uns irgendwann in Wisconsin kaufen werden!«

Damit brachte er Éanna wieder zum Lachen. Aber sosehr sie sich auch in *Brannigan's Teestube* bemühte, das Zusammentreffen mit Caitlin zu vergessen, so wollte ihr Letzteres doch nicht gelingen.

Fünfzehntes Kapitel

Eine Stunde später machten sie sich auf den Heimweg. Brendan brachte Éanna bis nach Hause in die Ash Street. Er folgte ihr in den dunklen Flur, wo sie unter dem noch finsteren Treppenaufgang Küsse und Zärtlichkeiten austauschten. Beiden fiel es unendlich schwer, voneinander zu lassen und sich für den Tag zu trennen.

Und als Éanna die Treppe hinaufstieg, war sie trotz aller sehnsüchtigen Gefühle dankbar für die Umstände, die dazu geführt hatten, dass sie nicht ein Zimmer mit Brendan teilte, sondern zusammen mit Emily bei Alice zur Untermiete wohnte.

Nacht für Nacht aneinandergeschmiegt in einem Bett zu liegen hätte eine Versuchung dargestellt, der sie beide sicher nicht hätten widerstehen können. Und da Emily bei ihrem kargen Lohn in der Spinnerei weiterhin darauf angewiesen war, dass Éanna die Untermiete mit ihr teilte, hatte sie gegenüber Brendan eine gute Entschuldigung, warum es erst einmal bei ihrer räumlichen Trennung bleiben musste. Dass Brendan sie bisher nicht gedrängt hatte, es Emily zu überlassen, mit wem sie ein Zimmer teilte, rechnete sie ihm hoch an.

Das Essen, das Éanna und Emily an diesem Abend in der Küche der Stapletons genossen, war einfach und nicht sonderlich schmackhaft. Dabei brachte Alice zu Kartoffeln und ein wenig Kohl einen halben gekochten Schweinskopf auf den Tisch. Neben gebratenen Schweinefüßen war das einer der wenigen Leckerbissen, den sie sich bei ihrem Einkommen gerade noch leisten konnten. Aber es fehlte arg an der nötigen Würze.

Sobald es die Höflichkeit erlaubte, zogen sich die beiden Freundinnen in ihre kalte Kammer zurück und legten schnell ihre Kleidung ab. Dabei berührte Éanna verstohlen das feine Spitzentaschentuch in ihrer inneren Manteltasche. Gerne hätte sie es ihrer Freundin gezeigt, die es sicherlich gebührend bewundert hätte. Aber irgendwie erschien es ihr klüger, Patricks Geschenk auch vor Emilys Augen verborgen zu halten. Nicht weil sie Zweifel an deren Verschwiegenheit gehabt hätte, sondern um ihre Treffen mit Patrick nicht wieder zum Thema zu machen.

Als sie unter den klammen, muffigen Decken lagen, berichtete sie ihrer Freundin flüsternd von ihrer Begegnung mit Caitlin.

»Das wundert mich gar nicht, dass Caitlin sich so unmöglich aufgeführt hat . . . und dass sie anschaffen geht«, sagte Emily und räusperte sich. An manchen Tagen verfolgte sie der quälende Husten, den sie aus der Fabrik mitbrachte, bis in die Nacht. »Ich könnte sie mir auch nicht bei uns in der Fabrik oder als Tugger vorstellen. Jemand wie sie sucht sich immer den leichtesten Weg. Und seltsamerweise kommen Leute wie Caitlin damit auch durch. Das gibt einem manchmal schon zu denken. Und ich frage mich gerade, wer von uns dreien die Klarsichtigere ist und wer zu den Dummen gehört.« Wieder hustete sie.

»Emily! Das kann doch nicht dein Ernst sein!«

»Ist es aber! Ich will irgendwann raus aus diesem Elend und genau wie du und Brendan nach Amerika! Aber glaubst du im Ernst, dass ich bei dem lächerlichen Lohn, der in der Spinnerei für diese Plackerei gezahlt wird, jemals diese sechs, sieben Pfund zusammenkratzen kann, die ich für die Überfahrt brauche?« Sie strich sich das Haar aus der Stirn. »Darüber können doch endlose Jahre vergehen und ich glaube nicht, dass ich das so lange an den Maschinen aushalte. Du weißt doch selbst, wie es da zugeht und wie schnell die Paddington die Frauen wieder auf die Straße setzt, wenn sie krank werden oder das Tempo nicht mehr halten können.«

Éanna seufzte schwer. Wie recht Emily doch hatte. Sie wünschte, sie hätte ihrer Freundin etwas Tröstliches sagen können. Aber wie sie es auch drehte und wendete, da gab es nichts, was sich beschönigen ließ. Denn auch Emily würde mehrere Jahre lang unglaublich hart schuften müssen, um irgendwann auswandern zu können. Und in dieser Zeit durfte sie auf keinen Fall krank werden.

»Bei euch beiden liegen die Dinge zum Glück etwas anders«, sagte Emily. »Denn wenn Brendan seine Arbeitsstelle im Hafen behält und du als Tugger weiterhin so gut bist, dann bekommt ihr beide das Geld sehr viel schneller zusammen. Ich gönne euch das von Herzen, aber für mich sieht es sehr viel düsterer aus!«

Éanna musste daran denken, was Emily in jener Nacht gesagt hatte, als sie sich zum ersten Mal getroffen hatten. Damals, als sie auf der Straße gelebt und sich ein dürftiges Essen geteilt hatten, während neben ihnen dieses fremde Mädchen starb, dessen Namen sie noch nicht einmal kannten.

Emily sah sie an und erriet, was Éanna in diesem Moment beschäftigte.

»Ja, ich stehe immer noch zu dem, was ich einmal gesagt habe«, bekräftigte sie. »Ich will nach Amerika – und zwar um jeden Preis! Auch wenn das heißt, dass ich den Weg einschlagen muss, den Caitlin und so viele andere vor mir gewählt haben!«

»Und das könntest du wirklich, dich an wildfremde Männer zu verkaufen?«, fragte Éanna beklommen und schauderte bei der Vorstellung.

»Warum nicht? Natürlich ist es eine dreckige und widerwärtige Arbeit und bestimmt würde ich mich ekeln. Aber wenigstens wird eine Dirne gut bezahlt«, erwiderte Emily mit bestürzender Sachlichkeit. »Und wie sonst soll ein Mädchen wie ich aus diesem Elend herauskommen? Oder hast du vielleicht eine bessere Idee?«

»Nein«, gestand Éanna niedergeschlagen.

»Wir beide mögen Caitlin nicht besonders. Aber einen miesen Charakter zu haben, heißt nicht, auf den Kopf gefallen zu sein. Und ich bin überzeugt, dass es auch unter Dirnen genug anständige Menschen gibt – wie es auch unter den scheinbar so ehrbaren Bürgern jede Menge Lumpen und Schinder gibt, die um ihres Profites willen skrupellos über Leichen gehen!« Sie drehte sich entschlossen um, wie um deutlich zu machen, dass das Thema für sie beendet war. »Und jetzt lass uns schlafen!«

Éanna konnte lange nicht in den Schlaf finden. Unruhig drehte sie sich von einer Seite auf die andere. Und als der Schlaf dann doch endlich kam, verfolgte Caitlin sie sogar in ihren Träumen. Da war sie es, die ihr Patricks Spitzentaschentuch aus den Händen riss und damit triumphierend zu Brendan ins Waschhaus lief.

Der Februar brachte eisige Tage und Nächte und auch im März schien das Wetter sich immer noch nicht entscheiden zu können, ob es dem gequälten Land und seinen Notleidenden endlich etwas mildere Temperaturen schenken sollte. Zum Glück blieben jedoch heftige Schneefälle aus. Éanna war dankbar dafür, denn so musste sie sich auf ihren langen Wegstrecken nicht auch noch durch Schneewehen kämpfen. Ihre Arbeit war auch so schon beschwerlich genug.

Aber das, was sie abends bei Ebenezer Lahiffe ablieferte, lohnte die Mühsal. Nicht ein einziges Mal lag der Wert der erbettelten Sachen unter einem Shilling. Meist konnte ihr der Händler gute anderthalb Shilling auszahlen und nach einigen besonders ertragreichen Fahrten auf der Straße nach Dun Laoghaire waren es sogar über zwei Shilling. Es erfüllte sie mit Stolz, dass sie damit fast so viel verdiente wie Brendan. Und noch mehr freute sie, dass sie viel mehr davon sparen konnte, als sie es jemals geglaubt hätte.

Mehr als einmal auf ihren langen Wegstrecken, an denen sie an den Elendsfiguren und Bettlern vorbeikam, die die Straßen nach wie vor bevölkerten, dachte sie an ihre quälenden Zweifel, überhaupt nach Dublin zu kommen. Niemals hatte sie geglaubt, dass es in dieser riesigen Stadt besser um sie bestellt sein würde als auf dem Land, wo man immer eine Hütte oder eine verlassene Scheune zum Übernachten gefunden hatte. Einzig und allein ihrer verstorbenen Mutter war es zu verdanken gewesen, dass Éanna sich überhaupt in die Stadt aufgemacht hatte. Denn Katherine Sullivan hatte Éanna auf dem Sterbebett das Versprechen abgenommen, nach Dublin zu gehen.

Éanna hatte nicht den Versuch gemacht, die entfernten Verwandten zu suchen, die sie hier angeblich haben sollte. Sie hatte ihre Hilfe nicht gebraucht.

Sie hatte sich allein durchgeschlagen und darauf war sie stolz.

Und so zog sie Morgen für Morgen los und dankte dem Herrgott für die Gaben, die er ihr beschert hatte. Bei aller Sparsamkeit vergaß sie in dieser Zeit auch nicht Neill, dem sie so viel schuldig war. Wenn sie im Morgengrauen dick vermummt ihren Karren abholte, scheute sie nicht den Umweg zu seinem Schlafplatz in der Thomas Street, um ihm einen halben Penny in die Hand zu drücken. Es war ein morgendliches Ritual, das ihr so wichtig war wie sein »Gott segne Euch, Miss Sullivan!«.

Wie unzählige andere Notleidende in der Stadt, die sich nicht einmal ein Kellerloch in den Liberties als nächtliche Unterkunft leisten konnten, verbrachte Neill die Nacht in einem Hausflur. Alte Zeitungen waren seine Matratze und seine Zudecken, die er morgens sorgfältig zusammenfaltete und bis zum Abend in eine Ecke legte. Und keiner der Bewohner rührte sie an oder nahm sie gar weg. Es war in Dublins Mietshäusern längst ungeschriebenes Gesetz, dass die Hausflure als nächtliche Notquartiere für die Ärmsten der Armen dienten, solange sie Ruhe wahrten und sich bei Tagesbeginn wieder auf die Straße begaben.

Die Tage und Wochen verstrichen für Éanna in einem eintönigen Gleichmaß. Lediglich die abendlichen Treffen mit

Brendan und die sonntäglichen Besuche bei Patrick brachten eine angenehme Abwechslung. Emily ging weiterhin ihrer Arbeit in der Spinnerei nach und verlor auch über ihr Vorhaben, sich das Geld auf Caitlins Weise zu verdienen, kein Wort mehr. Éanna hoffte, dass ihre Freundin doch zu große Skrupel hatte, um diesen Schritt zu tun.

Trotzdem begann sie, sich ernstlich Sorgen um ihre Freundin zu machen. Obwohl Emily nicht klagte, sah Éanna ihr doch an, wie sehr sie sich in der Spinnerei plagte. Ihre Augen entzündeten sich und ihr Gesicht nahm mehr und mehr das krankhafte Aussehen an, das so viele andere Mädchen und Frauen in der Fabrikhalle hatten. Auch quälte sie immer heftigerer Husten, der sich erst in den frühen Morgenstunden legte.

»Das gibt sich schon wieder«, spielte Emily ihr Leiden herunter.

Aber Éanna glaubte nicht daran. Es war nur eine Frage der Zeit, bis sie in der Spinnerei nicht mehr würde mithalten können und von Miss Paddington unbarmherzig durch eine andere ersetzt würde. Und sie fürchtete, dass ihre Freundin sich sicher schon Gedanken darüber machte, was danach kam.

Während sie auf der Landstraße unterwegs war, zermarterte Éanna sich das Gehirn, was sie tun könnte, um ihrer Freundin zu helfen. Doch immer wieder kam sie zu dem Ergebnis, dass es nichts gab, was sie oder Brendan auf Dauer für Emily tun konnten.

Umso wichtiger war es für Éanna, dass Brendan ihre Sorgen teilte.

»Emily ist eine Kämpfernatur«, versuchte er ihr Mut zu machen. »Sie wird es sicher noch eine ganze Weile in der Fabrik aushalten. Und wir werden weiter überlegen, wie wir ihr helfen könnten. Wer weiß, vielleicht kommt dir auf deinen Streifzügen ja etwas zu Ohren. Jemand, der eine Küchenhilfe sucht, zum Beispiel. Wir dürfen die Hoffnung nicht aufgeben!«

Verzagt sah Éanna ihn an. »Emily geht es jetzt schon richtig schlecht, Brendan! Ihr Husten wird von Tag zu Tag schlimmer.«

»Es ist eine bodenlose Ungerechtigkeit, dass Menschen wie Emily sich in der Spinnerei zu Tode schuften, während die hohen Herrschaften sich in das feine Tuch kleiden und erhobenen Hauptes durch die Straßen flanieren! So kann es doch auf Dauer nicht weitergehen. Es wird wirklich Zeit, dass endlich etwas geschieht. Jemand sollte diesen Leuten von Stand etwas mehr Benehmen beibringen! Notfalls sogar mit Gewalt.«

Mit funkelnden Augen machte Brendan seiner Empörung über die unzumutbaren Arbeitsbedingungen in der Fabrik Luft.

Éanna verstand seine Wut nur allzu gut. Doch für derlei Überlegungen war in ihrem Kopf im Moment kein Platz. Ihre Gedanken wurden allein von einer Frage beherrscht: Was konnte sie bloß für ihre Freundin tun?

Sechzehntes Kapitel

In der darauffolgenden Nacht machte Éanna kein Auge zu, denn Emily hustete sich die Seele aus dem Leib. Und irgendwann zwischen Mitternacht und Morgengrauen fasste Éanna einen Entschluss. Er war verzweifelt, das musste sie zugeben, doch ihr fiel nichts anderes ein.

Ebenezer Lahiffe zeigte sich sichtlich überrascht, sie zum ersten Mal so früh und auch nur mit halb vollem Karren vor seinem Laden eintreffen zu sehen. Er stellte ihr jedoch keine Fragen und zahlte ihr rasch die zehn Pence aus, die ihr eingesammeltes Gelumpe gerade mal wert war. Er sah ihr die Unruhe an, die sie erfüllte.

Voller Bangen, Patrick vielleicht gar nicht in seinem Refugium anzutreffen, eilte sie durch die Südstadt Dublins, hastete über die Brücke und die Sackville Street hinauf in die Dorset Street. Sie war völlig außer Atem, als sie endlich in die Dorset Street einbog und Augenblicke später das Wohnhaus erreichte. Dennoch nahm sie auch die Treppen hinauf in den dritten Stock, im Eilschritt und mit wehendem Umhang, und stand dann endlich vor der Tür.

Doch bevor sie anklopfen konnte, hörte sie aus der Wohnung erregte Stimmen. Patrick hatte offenbar Gäste. Und es war nicht zu überhören, dass er sich mit seinem Besuch stritt.

»Und ich sage euch noch einmal, dass es mich nicht interessiert, was ihr euch dabei gedacht habt!«, hörte sie seine wütende Stimme durch die Tür. »Verdammt noch mal, das war damals doch nur so dahergeredet! Es wäre mir nie in den Sinn gekommen, dass ihr das für bare Münze nehmen und in die Tat umsetzen würdet! Warum habt ihr nicht erst mit mir darüber gesprochen, bevor ihr das Zeug besorgt habt?«

»Du willst doch jetzt bloß kneifen, weil du ein verdammter Maulheld bist und nicht den nötigen Mumm aufbringst, deinem hochtrabenden Gequatsche und Geschreibsel endlich einmal Taten folgen zu lassen!«, antwortete ihm darauf eine nicht weniger wütende Stimme, die Éanna als die des Brillenträgers Delaney wiedererkannte.

»Wenn ich ein Maulheld bin, seid ihr ausgemachte Schwachköpfe!«, donnerte Patrick zurück. »Als ob ihr damit auch nur irgendetwas bewirken könntet, was das Risiko wert wäre! Ihr müsst nicht ganz bei Trost sein, das zu glauben!«

»Es ist zumindest ein deutliches Zeichen und eine Warnung an die verfluchten Engländer!«, mischte sich da eine dritte erregte Stimme ein, die dem flaumroten Backenbart McGraw gehörte.

»Was ihr vorhabt, wird kein Zeichen sein, das auch nur einen Deut an Irlands Unterdrückung ändert, sondern euch geradewegs ins Gefängnis bringen«, prophezeite Patrick ihnen barsch. »Mein Gott, habt ihr denn auch gar nichts aus unserer blutigen Geschichte gelernt, ihr Einfaltspinsel? Wenn ihr glaubt, damit zu Helden zu werden, dann irrt ihr euch gewaltig. Die Helden, die unser Land braucht, müssen aus einem ganz anderen Holz geschnitzt sein als ihr!«

»Das wird sich ja zeigen, du Feigling!«

»Das trifft mich nicht, Lovett! Und jetzt will ich kein Wort mehr von dem hirnrissigen Plan hören! Auf mich könnt ihr jedenfalls nicht zählen und dabei bleibt es«, antwortete Patrick entschieden. »Seht zu, dass ihr das verdammte Zeug so schnell wie möglich wieder loswerdet, bevor es euch zum Verhängnis wird! Und mehr ist dazu nicht zu sagen. Also lasst euch nicht länger aufhalten.«

Einen Moment lang herrschte Stille hinter der Tür. Dann hörte Éanna polternde Schritte. »Wir sprechen uns noch, Patrick O'Brien!«, versicherte Delaney drohend.

Éanna trat hastig von der Tür zurück, die nun jeden Moment aufgehen musste. Sie huschte den kurzen Gang hinunter und erklomm die Stufen, die hinauf in das nächste Stockwerk führten. Gerade befand sie sich auf halber Treppe, als unten die Tür aufgerissen wurde. Schnell kauerte sie sich auf den Absatz und presste sich in den Schatten der Wand.

Voller Wut und mit einem Knall ließ Delaney die Tür hinter sich ins Schloss fallen. »Verdammter besserwisserischer Waschlappen!«, fluchte er wutentbrannt. »Erst nimmt er das Maul so voll, und wenn es dann ernst werden soll, versteckt der Feigling sich hinter seinen Büchern und seinem blödsinnigen Gekritzel! Mit dem Kerl bin ich fertig!«

»Ja, aber was machen wir jetzt?«, hörte Éanna McGraw besorgt fragen. »Er weiß doch alles! Und wer garantiert uns, dass er den Mund hält und nicht auf dumme Gedanken kommt? Nach dem, was er uns da gerade an den Kopf geworfen hat, traue ich ihm nicht mehr!«

»Der wird schon sein blödes Maul halten, darauf kannst du

Gift nehmen! Ich werde dafür sorgen, dass er weiß, was ihm blüht, wenn er uns verpfeift!«, stieß Delaney grimmig hervor.

»Und wie?«

»Ganz einfach, wir schicken ihm einen Whiteboy«, antwortete Delaney und stiefelte die Treppe hinunter. »Dann wird er wissen, dass mit uns und unseren Freunden nicht zu spaßen ist. Ich denke doch nicht daran . . .« Seine Stimme und die von McGraw verhallten im Treppenhaus.

Éanna fuhr ein gehöriger Schreck in die Glieder, als sie das Wort »Whiteboy« hörte. In Irland wusste jedes Kind, was ein Whiteboy war. Es handelte sich um einen Mann, der einer rebellischen Geheimorganisation angehörte, sich das Gesicht geschwärzt hatte und ein weißes Kleid trug. Derjenige, den er nachts besuchte, wusste, dass er eine Warnung erhalten hatte. Eine Warnung, die er besser ernst nahm, wenn ihm etwas an seinem Leben lag.

Und so einen Whiteboy wollte Delaney Patrick schicken!

Éanna rief sich die Worte der Männer ins Gedächtnis. Worum war es bei dem Streit gegangen? Lag die Vermutung nicht nahe, dass Patrick in irgendeinen Plan aufständischer Iren verwickelt war? Vielleicht auch ohne sein aktives Zutun, ja ohne sich dessen vielleicht bewusst gewesen zu sein. Aber das machte die Angelegenheit für ihn nicht weniger gefährlich.

Mehrere Minuten lang verharrte sie auf dem Treppenabsatz und überlegte, was sie jetzt tun sollte. Es schien ihr ratsamer, sich wieder davonzuschleichen. Denn gewiss hatte er jetzt Wichtigeres zu bedenken, als sich ihre Geschichten anzuhören. Doch dann erinnerte sie sich an die vergangene

Nacht und sie wusste, dass sie nicht anders konnte, so ungünstig der Zeitpunkt auch sein mochte! Schließlich stieg sie die Treppe wieder hinunter und klopfte schließlich doch an seine Tür.

Als Patrick auf ihr Klopfen hin die Tür öffnete und Éanna sein zorngerötetes Gesicht sah, erschrak sie und bereute ihren Entschluss sofort. Wenn sie doch wenigstens eine Stunde hätte verstreichen lassen! Aber das hätte ihr vor dem Klopfen einfallen müssen!

»Was zum Teufel . . .!«, stieß er aufgebracht hervor, brach jedoch mitten im Satz ab, als er sah, wer ihm da einen Besuch abstatten wollte. »Éanna? . . . Was tust du denn hier?« Er klang nicht gerade abweisend, aber auch längst nicht so freundlich wie sonst.

»Entschuldigt . . . ich . . . ich komme Euch wohl sehr . . . ungelegen! Es . . . es war wirklich dumm von mir, einfach . . . einfach so bei Euch hereinzuplatzen.« Sie stammelte vor Verlegenheit. »Verzeiht, ich gehe wohl besser wieder.« Damit wandte sie sich zum Gehen.

»Um Himmels willen, nein! Bleib!«, rief er und erwischte sie gerade noch rechtzeitig am Arm, um sie festzuhalten und ihr zu versichern: »Du kommst mir nie ungelegen, Éanna! Das müsstest du doch längst wissen! Und entschuldige meinen barschen Ton. Ich dachte, es wäre jemand anderes, den ich so sehr zum Teufel wünsche, wie ich deine Gesellschaft schätze wie keine andere! Und jetzt komm schon herein.«

»Wenn Ihr wirklich meint, dass ich Euch nicht bei wichtigeren Dingen störe . . .«, murmelte sie.

»Für dich habe ich immer mehr als nur einen Augenblick

Zeit«, sagte er und hielt noch immer ihren Arm, als wollte er sichergehen, dass sie ihm nicht davonlief. »Ich wünsche jeden Sonntag, du würdest länger bleiben, falls du das noch nicht bemerkt haben solltest. So, und nun lass dich nicht länger hereinbitten.« Mit diesen Worten zog er sie sanft zu sich in die Wohnung, schloss die Tür und gab Éanna dann erst frei.

Als er ihr den Mantel abnehmen wollte, schüttelte sie den Kopf. »Danke, aber das ist nicht nötig. So lange wird es nicht dauern.«

Er machte ein enttäuschtes Gesicht. »Und ich dachte schon, du würdest etwas Licht und Freude in einen Tag voller Widerwärtigkeiten bringen«, bedauerte er. »Aber lassen wir das. Sag also, was dich so unverhofft zu mir bringt. Irgendetwas wirst du doch auf dem Herzen haben.« Und mit einem etwas schiefen Lächeln fügte er hinzu: »Wenn es nicht daran liegt, dass du mich unbedingt noch vor dem nächsten Sonntag wiedersehen willst.«

Éanna nahm all ihren Mut zusammen. »Ich bin gekommen, weil ich mir keinen anderen Rat weiß, als Euch um Hilfe zu bitten«, begann sie und berichtete ihm hastig, welche Sorge sie umtrieb und was sie sich für ihre Freundin erhoffte. »Ich weiß, wie ungehörig es ist, Euch nach allem, was Ihr schon für uns getan habt, nun auch noch damit zu belästigen. Aber ich bin es Emily einfach schuldig, es versucht zu haben, auch wenn ich damit Euren Unmut auf mich ziehe.«

»Ach, Éanna.« Patrick schüttelte mit einem schweren Seufzen den Kopf. »Hättest du mir doch schon viel eher davon erzählt. Du hättest mich jederzeit um Hilfe bitten können! Auch für dich selbst«, erwiderte er. »Ich bin schon oft versucht gewesen, dir eine Arbeitsstelle in der Brauerei anzubieten. Aber ich habe es gelassen, weil ich deinen Stolz kenne und wusste, dass du es aus eigenen Stücken schaffen willst.«

»Heißt das, Ihr könnt etwas für Emily tun?«, fragte sie und sah ihn voller Hoffnung an.

»Natürlich! In der Brauerei meines Onkels wird sich ganz sicher etwas für sie finden, zumal wir die Produktion gerade ordentlich steigern konnten. Denn das neue Schwarzbier ist gut angenommen worden, was allerdings nichts mit meinen Verkaufsfahrten zu tun hat«, sagte er mit einem ironischen Lächeln. »Ich werde gleich morgen mit Mister Tallowick reden, der für die Einstellungen zuständig ist. Sag deiner Freundin, sie soll sich morgen gegen Mittag bei ihm einfinden und sich ihre Arbeit zuweisen lassen. Ich werde dafür sorgen, dass sie eine gute Stelle und auch einen anständigen Lohn erhält, soweit das eben machbar ist.«

»Ich weiß nicht, wie ich Euch für Eure Güte jemals danken soll!«, sagte Éanna und schluckte schwer.

»Ich schon«, murmelte Patrick kaum hörbar, der neben dem Globus stand und mit einer Hand über die Markierungen ferner Länder strich.

Éanna wagte nicht zu fragen, was er damit meinte. Sie spürte ihren Herzschlag bis in den Hals hinauf.

Ein langer Augenblick verstrich, ohne dass einer von ihnen ein Wort gesagt hätte. Dann gab Patrick dem Globus einen Stoß, sodass er um seine Achse wirbelte.

Éanna räusperte sich. »Dann will ich Euch auch nicht länger aufhalten. Ich möchte Emily sofort die wunderbare Nachricht überbringen. Seid noch einmal von Herzen gedankt. Wir werden immer in Eurer Schuld stehen«, sagte sie hastig und wandte sich zum Gehen.

Als sie die Hand auf den Türknauf legte und die Tür öffnete, war er mit einer raschen Bewegung an ihrer Seite. Und dann lag seine Hand auf der ihren.

»Du hast nie in meiner Schuld gestanden und wirst es auch niemals«, sagte er mit leiser Stimme. »Du hast mir in all den vielen Wochen unendlich viel mehr gegeben als ich dir. Und liebend gern würde ich für dich da sein wollen, wenn du mich nur ließest, Éanna!«

Fast blieb ihr der Atem weg. Und ein Schauer durchlief sie, als sie begriff, was diese Worte bedeuteten. Ein verstörendes Gefühl stieg wie eine heiße Stichflamme in ihr auf. Sie erschrak vor dem, was in diesem Moment mit ihr geschah. Das konnte einfach nicht sein. Es durfte nicht sein!

Schnell zog sie ihre Hand unter der seinen hervor und tat, als hätte sie nicht gehört, was er soeben gestanden hatte. »Bis Sonntag, Patrick!« Ihre Stimme zitterte. Und ihr Gesicht brannte vor innerer Hitze, als sie fast fluchtartig aus seiner Wohnung stürzte.

In ihrer Eile bemerkte sie die schlanke Gestalt nicht, die sich in einem benachbarten Torbogen an die Wand drückte und mit nachdenklichem Blick zu ihr hinübersah. In diesem Moment beherrschte Éanna allein die Gewissheit, dass sie Patrick nicht wiedersehen durfte.

Siebzehntes Kapitel

Ich darf Mister O'Brien nicht wiedersehen!«, sagte sich Éanna wieder und wieder, während sie aufgewühlt durch die Straßen lief. Und wäre schon tags darauf Sonntag gewesen, sie hätte wohl nicht noch einmal ihren Fuß in die Nähe der Dorset Street gesetzt. So jedoch blieben ihr vier Tage Zeit, um zu einer endgültigen Entscheidung zu gelangen. Und diese Entscheidung fiel ihr weitaus schwerer, als sie es sich selbst eingestehen wollte. Denn wenn sie ehrlich zu sich selbst war, fühlte auch sie sich zu Patrick hingezogen und das machte ihr Angst.

Wie konnte es sein, dass solche Gefühle für diesen Mann in ihrem Herzen Platz hatten? Ihre Liebe gehörte doch allein Brendan! Was trieb Patrick O'Brien für ein Spiel mit ihr? Sie musste dem ein Ende bereiten.

Und war der Zeitpunkt nicht schon längst gekommen? Sie hatte ihm so viel über ihr Leben erzählt und damit hatte sie ihr Versprechen erfüllt. Dass Patrick dennoch immer neue Fragen zu stellen vermochte, diente ihm lange nicht mehr dazu, Wissenslücken zu füllen. Damit bezweckte er doch nur, dass sie sich weiterhin trafen. Und schon vor zwei Wochen hatte er ihr voller Freude berichtet, dass er durch ihre Erzählungen endlich den roten Faden für sein Buch gefunden habe und er mit der Niederschrift schon weit vorangekommen sei.

Aber bereits am nächsten Tag meldete sich in ihr eine andere Stimme vehement zu Wort. Und diese hielt ihr vor Augen, dass Patrick sich ihr gegenüber nicht ungehörig benommen hatte. Verdiente er es wirklich, dass er am Sonntag vergeblich auf sie wartete?

Wovor hatte sie denn Angst? Vor ihm oder vielmehr vor sich selbst? Traute sie etwa der Stärke ihrer Liebe zu Brendan so wenig? Wenn dem so war, würde diese Liebe auch ohne Patrick keinen Bestand haben. Zweifelte sie jedoch nicht daran, dann gab es auch keinen vernünftigen Grund, sich feige vor ihrem Wohltäter zu verstecken! Das war sie ihm schuldig, nach dem, was er alles für sie und für Emily getan hatte.

Nein, sie musste die Sache mit Anstand beenden! Das war sie Patrick schuldig und dazu gehörte, dass sie ihm noch einmal unter die Augen trat und sich so von ihm verabschiedete, wie er es verdient hatte.

Éanna durchlitt schlaflose Nächte voll innerer Zerrissenheit. Und wenn sie abends mit Brendan zusammen war, fiel es ihr unsäglich schwer, sich zusammenzunehmen und sich nichts von dem anmerken zu lassen, was sie quälte. Dass sie nicht so fröhlich wie sonst war, entging ihm dennoch nicht.

»Éanna, willst du mir nicht endlich sagen, was los ist? Egal, was es ist, du weißt doch, dass ich immer für dich da bin!« Sein fragender Blick verursachte ihr nur noch stärkere Bauchschmerzen. Aber sie hielt an ihrem Entschluss fest, ihm nichts über ihre Treffen mit Patrick zu erzählen, und beruhigte ihn damit, das wechselhafte Wetter mache ihr zu schaffen und ihre Ausbeute sei nicht so gut gewesen. Und

Letzteres war nicht einmal gelogen, war sie doch ohne jeden Antrieb in diesen Tagen und brachte selten einen vollen Karren nach Dublin zurück.

Ein Lichtblick war allein Emilys Freude darüber, der Tortur der Spinnerei entkommen zu sein. Ihre Freundin hatte ihr hoch und heilig versprochen, absolutes Stillschweigen darüber zu bewahren, wem sie ihre neue Arbeitsstelle in der Wexford-Brauerei verdankte.

Mister Tallowick hatte sie jenen Arbeitern zugeteilt, deren Aufgabe es war, die aus den Tavernen und Gasthöfen zurückgebrachten leeren Bierfässer gründlich zu säubern, damit sie wieder neu gefüllt werden konnten. Es war zwar keine allzu leichte Arbeit, aber doch nichts im Vergleich zu der Plackerei in der ungesunden Luft der Spinnerei. Zudem erhielt sie jetzt einen ganzen Shilling mehr an Wochenlohn und das schenkte ihr neue Zuversicht.

Endlich kam der Sonntag und mit ihm der Tag, an dem Éanna ihre Beziehung zu Patrick, welcher Art sie auch immer gewesen sein mochte, mit Anstand beenden musste.

Jede der vielen Stufen, die sie bis zu seiner Wohnung im dritten Stock erklimmen musste, kostete sie Überwindung. Mehrmals blieb sie stehen und rang mit sich, ob sie nicht vielleicht doch besser umkehren sollte. Aber sie zwang sich weiterzugehen. Ein letztes Zögern vor seiner Tür und dann hallte ihr viel zu kräftiges Klopfen unwiderruflich durch das Treppenhaus.

Diesmal war alles anders, als Patrick ihr öffnete und sie hereinbat. Keine Anspielung darauf, dass sie gute zehn Minuten über der verabredeten Zeit war. Kein strahlendes Lächeln auf seinem Gesicht. Es brannte kein Feuer im Kamin und es wartete kein Tee auf sie. Zudem hatte sie den Eindruck, dass sich in der Wohnung einiges verändert hatte.

»Du bist also doch noch gekommen«, sagte er, aber seine Miene blieb ernst. »Ich hätte wissen müssen, dass du nicht einfach so wegbleibst. Das hätte dir nicht ähnlich gesehen.«

Éanna blickte ihn scheu an. Wie müde er aussah! Ganz als hätte auch er die letzten Nächte wenig Schlaf bekommen. »Nein, es hätte sich auch nicht gehört, wo Ihr so gut zu mir und zu Emily und Caitlin gewesen seid, Mister O'Brien«, antwortete sie steif.

»Sind wir jetzt wieder bei Mister O'Brien angekommen?«, fragte er mit einem schmerzlichen Gesichtsausdruck. »Kann es denn nicht bei Patrick bleiben, Éanna?«

»Nein, es ist besser, dass jeder weiß, wo sein Platz ist«, erwiderte sie und hoffte, dass man das Zittern ihrer Stimme nicht heraushörte. Sie musste sich einfach nur an das halten, was sie sich vorgenommen hatte, dann würde alles gut werden. Sie hob den Kopf. »Es wird nach diesem Besuch keine Gelegenheit mehr geben, Euch so zu nennen.«

»Du bist also gekommen, um dich zu verabschieden«, stellte er traurig fest.

Sie nickte. »Ja, für immer.«

Er lachte freudlos auf. »Nichts ist für immer, Éanna.«

»Mein Abschied schon.« Sie holte tief Luft und versuchte, sich an die Worte zu erinnern, die sie sich zurechtgelegt hatte. »Ich möchte Eure Zeit nicht länger in Anspruch nehmen . . .«

»Gönne mir noch einige Minuten, wenn es schon für mich bald keine Gelegenheit mehr geben soll, dich zu sehen«, fiel er ihr ins Wort. »Denn da ist noch einiges, was ich dir unbedingt mit auf den Weg geben möchte. Ich habe letzte Nacht das Manuskript fertiggestellt!«

Sie hatte sich geschworen, sich nicht von ihm verunsichern zu lassen. Doch die Mitteilung, dass er die Arbeit an seinem Buch vollendet hatte, ließ sie aufhorchen. Sie konnte nicht einfach so darüber hinweggehen.

»Das ist eine wunderbare Nachricht. Ich freue mich so für Euch. Ich hoffe, Ihr findet für Euer Manuskript jemanden, der es verlegt, und viele, die Euer Buch kaufen werden«, wünschte sie ihm und dieser Wunsch kam von Herzen.

»Wir werden sehen. Aber falls es so eintrifft, verdanke ich es dir, Éanna.«

Sie schüttelte den Kopf. »Das glaube ich nicht. Ihr habt das Buch geschrieben, und was immer daraus wird, es ist allein Euer Verdienst. Ich habe Euch nur erzählt, was Ihr von unzähligen anderen da draußen auf den Straßen auch und vielleicht sogar noch besser hättet in Erfahrung bringen können.«

»Doch ohne dein Telegramm wäre ich nie auf den Gedanken gekommen, mein Projekt wiederaufzunehmen«, widersprach er. »Dein Vorbild hat mir gezeigt, wie wichtig es für mich ist, meinen eigenen Weg zu gehen. Selbst auf die Gefahr hin, die wohlwollende Unterstützung meines Onkels zu verlieren.« Er räusperte sich. »Aber lassen wir das. Erzähl mir lieber, bevor du gehst, wann es dir . . . und Brendan möglich sein wird, nach Amerika auszuwandern.«

Sie zögerte und zuckte dann die Achseln. »Wir sparen, was wir eben können. Es wird aber noch lange Zeit dauern, bis es so weit ist.«

»Dann erlaube mir, dass ich dir zum Abschied ein letztes Zeichen meiner Dankbarkeit und Verbundenheit gebe«, sagte er. Dabei fuhr seine Hand in die rechte Rocktasche und zog eine kleine lederne Geldbörse hervor, die mit einem dünnen Bändchen zugeschnürt war. »Nimm das bitte. Es wird es dir und Brendan leichter machen, euren Traum in die Tat umzusetzen.«

»Das kann ich nicht annehmen!«, wehrte sie erschrocken ab.

»Doch, das kannst du sehr wohl«, beharrte er und redete hastig weiter, um sie erst gar nicht zu Wort kommen zu lassen. »Du hast es dir mehr als verdient. Und lass dich jetzt nicht von falschem Stolz leiten, Éanna! Für dich mag es viel Geld sein. Aber für meinen Onkel, dem ich all meine finanziellen Mittel verdanke, ist diese Summe nicht der Rede wert. Und auch ich kann sie gut entbehren. Also nimm sie schon, in Gottes Namen! Oder ist dein Stolz etwa so groß, dass du vergisst, was du damit auch Brendan antust, wenn du das Geld jetzt ablehnst? Ist es dir das wert, dass du ihn noch für Gott weiß wie lange Zeit zu harter Arbeit verdammst, obwohl ihr dem Elend hier längst hättet entfliehen können? Was ist, wenn er einen Unfall hat oder krank wird? Wirst du dann noch immer voller Stolz zu dir sagen: Und wennschon! Ich war mir zu schade, das Geld zu nehmen. Sag, bist du so hochmütig, Éanna Sullivan?«

Sie schwieg, blass und beschämt. Denn sie wusste, dass sie niemals damit leben könnte, sollte dies tatsächlich eintreten.

Er schüttelte den Kopf und sah sie liebevoll an. »Nein, das

bist du nicht«, gab er die Antwort für sie. »Und deshalb wirst du das Geld jetzt auch nehmen.«

Éanna leistete keinen Widerstand mehr, als er ihr die Geldbörse in die Hand drückte.

»Und da du endlich dabei bist, deine Vernunft über deinen Stolz zu stellen, habe ich noch eine letzte Bitte an dich«, fuhr er fort. »Und zwar möchte ich, dass du deinen endgültigen Abschied von mir auf den nächsten Sonntag verschiebst. Nein, warte! Lass mich erst ausreden. Ob du dann auch wirklich kommst oder nicht, bleibt dir ja sowieso überlassen.«

Éanna hatte den Mund geöffnet, um zu protestieren, folgte jedoch seiner Aufforderung und verharrte in verstörtem Schweigen.

»Ich habe mir sagen lassen, dass Bücher in New York doppelt so viel einbringen wie hierzulande«, sagte er. »Und da ich sowieso gerade dabei bin, meinen Bestand an Büchern durchzugehen und alles Entbehrliche auszusortieren, möchte ich dir am nächsten Sonntag einige dieser Bücher überlassen, damit ihr sie in New York für gutes Geld verkaufen könnt. Ich würde sie so oder so verschenken. Denk darüber nach, Éanna. Bitte!« Und bevor sie wusste, wie ihr geschah, und sie noch ein Wort des Dankes murmeln konnte, hatte er sie auch schon zur Tür hinausgeschoben und sie hinter ihr geschlossen.

Éanna brauchte lange, bis sie an diesem Nachmittag den Mut fand, die Geldbörse zu öffnen und nachzuschauen, wie viel Geld sie enthielt. Und dafür kam für sie kein anderer Ort infrage als die Stille und das Halbdunkel einer Kirche, wo sie sicher sein konnte, dabei nicht beobachtet zu werden.

Ihre Finger zitterten so sehr, dass sie Mühe hatte, den Knoten der Lederschnüre zu öffnen, die den Beutel verschlossen hielten. Endlich hatte sie es geschafft. Mit angehaltenem Atem griff sie hinein. Sie fühlte eine kleine Rolle Geldscheine und ihr Herz begann zu jagen, als sie die Geldnoten auseinanderfaltete und sah, welche Summe sie da in ihren Händen hielt.

Es waren *fünfzehn* Pfund! Mit ihren eigenen Ersparnissen war das mehr als genug für zwei Passagen im Unterdeck eines Auswandererschiffes!

Achtzehntes Kapitel

Brendan hielt es erst für einen Scherz. Doch als er das Leuchten in ihren Augen bemerkte, blieb ihm das Lachen im Hals stecken. »*Was* hast du in der abgewetzten Weste gefunden?«, stieß er ungläubig hervor. »Das kann nicht sein!«

»Es ist aber wahr!«, erwiderte sie und hielt ihm ihre eigene Börse aus Stoff hin. Patricks Lederbeutel hatte sie wohlweislich auf der Kirchenbank liegen gelassen. »Hier, überzeug dich selbst davon. Es sind fünfzehn Pfund auf den Penny genau!«

Entgeistert sah er sie an. »Allmächtiger!«, murmelte er und wurde ganz blass im Gesicht. »Das ist ja . . .« Ihm fehlten die Worte und er schüttelte fassungslos den Kopf.

Wenig später saßen sie bei *Brannigan's* an einem der hintersten Ecktische. Und kaum hatten sie ihren Tee vor sich stehen, als Brendan sie auch schon drängte, ihm alles über ihren unglaublichen Fund zu erzählen.

Noch lange hatte Éanna in der Kirche gesessen und sich überlegt, wie sie ihren angeblichen Fund erklären konnte.

»Viel gibt es da eigentlich gar nicht zu erzählen«, sagte Éanna und brauchte ihre Aufregung nicht vor ihm zu verbergen. Unter diesen Umständen war sie ja nur zu verständlich. »Ich habe die alte wattierte Seidenweste schon gestern mit einem ganzen Bündel von anderen Altkleidern bekommen. Und zwar unten im Süden an der Küste, als ich kurz vor Dun Laoghaire von meiner üblichen Route abgewichen bin. Da stieß ich dann auf ein stattliches Landhaus, wo ein junger englischer Landjunker gerade den Haushalt auflösen ließ, um das Anwesen zu verkaufen, wie ich den Bemerkungen der Bediensteten entnehmen konnte. Und in dem Bündel, das er mir achtlos in den Karren werfen ließ, fand ich später beim Durchsehen ebendiese alte Seidenweste mit dem Monogramm.«

Éanna wollte schon von vornherein jeglichen Zweifel daran ausräumen, dass es sich um das Geld vermögender Leute handelte. Denn die würden es schließlich nicht vermissen.

»Ich habe die Weste nicht mit dem anderen Plunder bei Mister Lahiffe abgegeben, sondern für mich behalten, weil ich Neill damit eine Freude machen wollte«, fuhr Éanna fort. »Aber bevor sie der Junge bekommen sollte, habe ich sie noch ein wenig ausgebessert und einige der Risse im Stoff zugenäht. Und dabei bin ich auf die Geldscheine gestoßen. Sie müssen wohl aus der Seitentasche, die unten aufgerissen war, zwischen die Wattierung gerutscht sein. Und wer immer jener Herr gewesen sein mochte, dem diese Seidenweste mit dem Monogramm R.M.S. gehörte, er musste schon vor langer Zeit vergessen haben, dass er einmal diese Geldscheine in die Seitentasche gestopft hatte. Und das ist schon die ganze Geschichte.«

Brendan konnte es noch immer nicht so recht glauben, dass sie angeblich durch eine Laune des Schicksals in den Besitz von fünfzehn Pfund gelangt waren.

»Mein Gott, Éanna! Was hat mir das Schicksal doch für einen unglaublichen Glückspilz geschenkt! Womit habe ich dich bloß verdient? Jetzt können wir nach Amerika auswandern!« Er ergriff ihre Hände über den Tisch hinweg und drückte sie, sichtlich überwältigt, dass vorerst alle Sorgen ein Ende hatten und der Verwirklichung ihres sehnlichsten Wunsches nun nichts mehr im Wege stand.

»Ja, es ist ein wunderbares Geschenk«, erwiderte sie und dachte dabei an Patrick, dem sie das zu verdanken hatten. Wieder meldete sich ihr schlechtes Gewissen, das ihr auf dem Weg seit der Kirche keine Ruhe gelassen hatte. Es bohrte und nagte an ihr. Wie konnte sie Brendan so dreist anlügen? Andererseits: Hatte sie eine Wahl? Sie tat es ja für sie beide: für sich und Brendan.

»Nicht auszudenken, wenn du das Geld nicht gefunden und die Weste dem Jungen geschenkt oder sie mit den anderen Altkleidern bei Lahiffe abgeliefert hättest!«, sagte er.

»Dann hätten wir eben nichts davon gewusst.«

Brendan lachte. »Auch wieder wahr! Komm, lass uns schnell den Tee austrinken und uns dann erkundigen, wann das nächste Auswandererschiff ausläuft.«

Die Kontore der Schiffsagenten hatten noch alle geöffnet. Doch ihre Erkundigungen ergaben, dass ein Segler erst vor wenigen Stunden die Leinen im Hafen losgemacht und Kurs auf Amerika genommen hatte. Auf den nächsten beiden Auswandererschiffen waren schon alle Passagen vergeben. Freie Plätze im Zwischendeck gab es nur noch für die Dreimastbark Metoka. Aber die lag noch nicht im Hafen und segelte erst in frühestens zehn Tagen ab.

»Dann sollten wir eines der Fährschiffe nach Liverpool nehmen, die regelmäßig drüben vom Eden-Kai ablegen.

Das machen doch die meisten. Denn in Liverpool soll es ja nur so von englischen und amerikanischen Schiffen wimmeln, die Auswanderer nach Amerika bringen«, schlug Brendan vor. »Die Überfahrt mit dem Dampfer dauert weniger als einen Tag und kostet pro Kopf zehn Shilling und mit einem Segler sogar nur fünf. Die können wir uns doch leisten.«

»Das ist eine gute Idee!« Éanna sah auf das geschäftige Treiben des Hafens. Sie konnte noch immer nicht recht glauben, was in den letzten Stunden geschehen war. Amerika! So unvorstellbar es war – sie würden sich aufmachen nach Amerika.

Doch ein älterer Seemann, der ihre Worte zufällig mit angehört hatte, riss sie aus ihren Träumen. »Von wegen gute Idee!«, lachte er grimmig auf. »Das würde ich an eurer Stelle besser sein lassen. Ihr scheint nicht zu wissen, wie es bei so einer Überfahrt nach Liverpool zugeht.«

Brendan und Éanna blieben stehen und sahen ihn verdutzt an.

»Und wieso rätst du uns davon ab, Seemann?«, wollte Brendan wissen.

»Dass die Überfahrt angeblich nur einen knappen Tag dauert, gehört zu den Märchen, die die Schlepper ihren ahnungslosen Kunden aufbinden«, sagte der Mann abfällig. »Die Rechnung mit dem knappen Tag geht nur auf, wenn das Schiff schnell und die See spiegelglatt ist. Und wann ist die Irische See schon ruhig? Um diese Jahreszeit dauert so ein Törn meist an die dreißig Stunden.«

Brendan zuckte die Achseln. »Und wennschon. Ein paar Stunden mehr machen auch keinen großen Unterschied.«

Der Seemann schenkte ihm einen mitleidigen Blick. »Mein Junge, du scheinst noch nie die Planken eines Schiffes unter den Füßen gehabt, geschweige denn dreißig Stunden lang bei rauer See ungeschützt an Deck eines Fährschiffes gestanden zu haben. Da nimmt das Schiff nach jedem Wellental ordentliche Brecher über, und bevor du noch den Rosenkranz ganz gebetet und dich ausgekotzt hast, bist du bis auf die Haut durchnässt. Und dann stehst du da deine dreißig Stunden ungeschützt an Deck, eingepfercht zwischen hundert anderen armen Seelen, und bibberst dir die Seele aus dem Leib. Kannst von Glück reden, wenn du dir nicht den Tod dabei holst! Also wenn euch danach der Sinn steht, dann nur zu! Frohe Überfahrt!« Damit tippte er sich spöttisch an die Stirn und ging seines Weges.

»Dem Himmel sei Dank, dass wir dem Seemann über den Weg gelaufen sind!« Éanna sah dem Alten bestürzt nach.

Auch Brendan schien ernüchtert. »Davon habe ich ja nichts gewusst«, sagte er entschuldigend.

»Dann sollten wir uns doch besser noch diese zehn Tage gedulden und die Metoka nehmen, was meinst du? So haben wir auch genügend Zeit, all das zu besorgen, was man auf der langen Seereise mit an Bord nehmen sollte.«

»Es wird uns wohl nichts anderes übrig bleiben«, stimmte er ihr zu.

»Aber wir sollten uns heute schon zwei Tickets für die Metoka sichern.«

Éanna nickte. Schnell hatten sie einen Anwerber gefunden, der sie unter vollmundigen Lobpreisungen der Metoka in das Kontor seines Arbeitgebers führte. »Ein prächtiges Schiff, liebe Leute! Schnell wie ein Adler. Ihr werdet Euch so bequem und sicher fühlen wie in Abrahams Schoß! Die Metoka ist der unangefochtene Stolz der Meere, zum Neid der Konkurrenz, die nichts Gleichwertiges anzubieten hat! Aber überzeugt euch nur selbst!«, tönte er und gab ihnen einen seiner Handzettel, auf der die Zeichnung eines stolzen Dreimasters mit eleganten Linien gedruckt war. »Ihr hättet keine bessere Wahl treffen können!«

Über dem Eingang der Schiffsagentur, die schräg gegenüber vom *Queen's Timber Yard* lag, hing ein großes Schild. Auf ihm stand der Name *Briddle & Gibbons,* rechts und links eingerahmt von zwei prächtigen Dreimastern, die mit geblähten Segeln und schäumender Bugwelle durch die See pflügten. Ein hagerer Kontorangestellter mit einem Kneifer auf der Nase nahm sich ihrer in der sehr gediegen eingerichteten Verkaufsstelle an. Auch er war voll des Lobes für die Metoka und beglückwünschte sie, dass sie sich für dieses Schiff entschieden hatten.

»Das wären dann fünf Pfund und sechs Shilling für jeden von euch«, teilte er ihnen nach einigen allgemeinen Informationen über das Schiff mit.

»Und wie sieht es während der Reise mit der Verpflegung aus?«, wollte Brendan wissen.

»Ihr werdet sehr zufrieden sein. Die Verpflegung könnte nicht besser sein«, versicherte ihnen der Mann. »Aber das könnt ihr hier im Einzelnen nachlesen, wenn ihr euch darauf versteht.« Damit nahm er einen gelblichen Zettel von etwa doppelter Handgröße aus einem Fach und schob ihnen das Blatt über die Kontorstheke zu.

»Da machen Sie sich mal keine Sorgen«, erwiderte Brendan und nahm das Blatt entgegen, um die Auflistung genau zu studieren. Éanna sah ihm dabei über die Schulter, als er laut vorlas: »Wöchentliche Rationen an Passagiere im Zwischendeck: zweieinhalb Pfund Schiffszwieback, ein Pfund Mehl, fünf Pfund Haferflocken, zwei Pfund Reis, zwei Unzen* Tee, jeweils ein halbes Pfund Zucker und Melasse, ein Pfund Schweinefleisch, ein Pint** Essig sowie täglich sechs Quart*** Trinkwasser.« Er nickte zufrieden. »Na, das sieht doch ganz ordentlich aus.«

»Üppig ist das nun aber auch nicht gerade«, schränkte Éanna ein, die mit Zahlen besser im Kopf umzugehen verstand als Brendan. »Das reicht gerade mal, um den größten Hunger und Durst zu stillen!«

»Hat ja auch keiner behauptet, dass man davon Speck ansetzen kann! Eine Zwischendeckspassage ist nun mal keine Luxus-Reise«, sagte der Kontorangestellte spitz.

»Schon gut!«, knurrte Brendan, steckte den Zettel weg und holte ihr Geld hervor. »Gebt uns zwei Tickets fürs Zwischendeck.«

Der Mann nahm die Scheine entgegen, gab ihnen ihr Wechselgeld heraus und händigte ihnen dann zwei Tickets aus. Darauf war ein kleiner Abdruck der Metoka zu sehen, darunter stand der Agenturname *Briddle & Gibbons* sowie mit Tinte und in geschwungener Handschrift *Dublin – New York, April 1848*. Der Angestellte trug ihnen auf, sich in einer Woche nach dem genauen Abreisetermin der *Metoka* zu erkundigen.

---

* 1 Unze entspricht 28,35 Gramm.
** 1 Pint entspricht 0,56 Liter.
*** 1 Quart entspricht 0,95 Liter.

Als sie wieder draußen auf dem Kai standen, fielen sie sich spontan in die Arme und vollführten einen kleinen Freudentanz.

Endlich ließ Brendan sie los und Éanna holte tief Luft. Was bei Patrick passiert war, dass sie Brendan belogen hatte, all das war vergessen! Es zählte einzig, dass sie eine Schiffspassage nach Amerika gebucht hatten! Eine Fahrt in ein neues Land und in ein freies Leben!

Neunzehntes Kapitel

Es wurde Éanna schwer ums Herz, als sie Emily an diesem Abend erzählte, dass sie mit Brendan schon in zehn Tagen ein Schiff nach Amerika besteigen würde. Ihre Freundin hatte Mühe, ihre Bestürzung vor ihr zu verbergen. Sie hatte fest damit gerechnet, dass sie noch mindestens für den Rest des Jahres zusammen sein und sich dieses Hinterzimmer bei den Stapletons teilen würden. Emily hatte Tränen in den Augen, als sie tapfer beteuerte, sich für sie und Brendan zu freuen und ihr den unglaublichen Glücksfund von Herzen zu gönnen.

Éanna hatte auch ihrer Freundin die Geschichte von der alten Seidenweste erzählt, die ihr angeblich bei einer Haushaltsauflösung in die Hände gefallen war. Sie brauchte dabei nicht einmal von dem abzuweichen, was sie Brendan erzählt hatte. Denn Emily hatte die Mittagsstunden in der Stadt verbracht, während sie, Éanna, tatsächlich zu Nadel und Faden gegriffen hatte. Doch nicht um die Weste, sondern um ihren alten Tuggermantel auszubessern.

»Ich wünschte so sehr, auch du könntest mit uns auf die *Metoka* kommen«, versicherte Éanna traurig, denn sie wusste, wie Emily sich jetzt fühlte. Nicht nur, weil sie sich nun dringend nach jemandem umhören musste, der sich fortan mit ihr die Untermiete für das Hinterzimmer teilte. »Aber vielleicht schaffst du es ja, schon bald nachzukommen. Das hier wird es dir ein wenig leichter machen, das Geld dafür schneller zusammenzubekommen.« Und damit drückte sie ihr ein kleines Goldstück von der Größe eines Shillings in die Hand.

Emily machte große Augen. »Das ist ja ein Sovereign*! Das kann ich nicht annehmen, Éanna!«, wehrte sie ab. »Ihr braucht doch selber jeden Shilling für Proviant und was man sonst noch so mit an Bord bringen muss!«

»Nein, der Sovereign ist für dich. Das habe ich so mit Brendan abgesprochen«, versicherte Éanna und schloss die Hand ihrer Freundin mit sanftem Druck um das Goldstück. »Wir kommen mit dem Rest des Geldes schon zurecht. Und an Neill haben wir auch gedacht. Jeder, der uns am Herzen liegt, soll wenigstens ein klein wenig von unserem Geldsegen abbekommen.«

Nun gewann Freude die Oberhand über Emilys tiefe Niedergeschlagenheit. Denn dieser Sovereign brachte sie ihrer eigenen Auswanderung ein gewaltiges Stück näher. »Ach, Éanna, das werde ich dir nie vergessen!«, sagte sie unter Tränen. »Du wirst mir so schrecklich fehlen! So eine wie dich werde ich nie wiederfinden!«

»Sag so etwas nicht!«

»Doch, und es ist die Wahrheit!«, beharrte Emily. »Was wäre denn aus mir geworden, wenn du dich nicht immer für mich eingesetzt hättest? Wo wäre ich ohne dich? Vermutlich noch immer in diesem grässlichen Arbeitshaus oder im Gefängnis!«

---

* 1 Sovereign entsprach 20 Shilling oder 240 Pence. Seinen Namen verdankte das Goldstück dem Kopf der Königin, der auf die Münze geprägt war.

»Davor habe nicht ich dich bewahrt, sondern Mister O'Brien«, erinnerte Éanna sie.

»Aber wäre er auch dann gekommen, wenn *ich* ihm das Telegramm geschickt hätte? Ganz davon abgesehen, dass ich erst gar nicht auf diese verrückte Idee gekommen wäre, geschweige denn den Schneid besessen hätte, diesen Konstabler dazu zu überreden, das Geld für das Telegramm vorzustrecken!«, hielt Emily ihr vor. »Nein, ohne deinen Einfallsreichtum und deinen Mut säße ich jetzt in irgendeinem dunklen, finsteren Loch.«

»Mag schon sein, aber lass uns nicht von alten Zeiten reden, sondern lieber Pläne schmieden, wie wir uns in New York treffen können«, lenkte Éanna schnell ab. »Was hältst du davon, statt nach Amerika erst einmal nach Kanada auszuwandern? Ich habe gehört, die Passagen seien auf diesen Schiffen erheblich billiger. Das Ticket soll es schon für drei Pfund und ein paar Shilling geben.«

Emily machte ein skeptisches Gesicht. »Kanada? Ich weiß nicht. Das ist doch Franzosenland. Da verstehe ich nicht einmal die Sprache.«

»Aber dann wärst du immerhin schon auf der anderen Seite vom Atlantik. Und wie man sich erzählt, kann man sich dann über Land oder auf Flussbooten nach Amerika und bis nach New York durchschlagen. Das machen viele so. Und ich wette, dass es dir auch gelingt!«, sagte Éanna zuversichtlich.

Sie redeten noch lange in ihrer Kammer darüber, wie Emily es am besten anstellen sollte, und überlegten, wie sie sich in New York wiederfinden konnten, in dieser großen Stadt, deren Einwohnerzahl diejenige Dublins angeblich um ein Mehrfaches übertraf. Dieses lange Gespräch linderte Emilys Schmerz, bald ohne Éanna zu sein, ging es doch um ihr baldiges Wiedersehen und ihre gemeinsame Zukunft in Amerika.

Sowohl Brendan als auch Éanna gaben ihre Arbeit erst einmal nicht auf, obwohl sie es sich hätten leisten können. Denn jeder Shilling, den sie sich jetzt noch dazuverdienten, würde es ihnen in New York leichter machen, Fuß zu fassen und eine anständige Unterkunft bezahlen zu können. Im Gegensatz zu vorher machte sich Éanna jedoch nun eine gute Stunde früher als bisher auf den Rückweg nach Dublin. In den gemeinsamen Stunden kümmerten sie sich um ihre Besorgungen und holten die besten Angebote für ihren zusätzlichen Reiseproviant ein. Dabei achteten sie darauf, dass die Lebensmittel nahrhaft, sättigend und haltbar waren und wenig Platz einnahmen. Es war bekannt, dass es in den Auswandererquartieren im Zwischendeck reichlich beengt zuging.

Sie kamen auch überein, nur wenig Brot mit an Bord zu nehmen, da ein größerer Vorrat auf See sicherlich schnell Schimmel ansetzen und verderben würde. Mit großem Bedacht gaben sie in den folgenden Tagen einen Großteil ihres restlichen Geldes für Haferflocken zum Anrühren von Porridge und Reis sowie harten Zwieback und geräucherte Würste aus. Dazu kamen noch ein kleiner Sack mit Zucker und ein Beutel Tee. Auf den Trödelmärkten erstanden sie für Éanna ein zweites Kleid, einen Unterrock, Leibwäsche und Strümpfe und auch für Brendan Kleidung zum Wechseln. Dazu kamen zwei Teller und Becher aus festem Blech, zwei Töpfe, eine Pfanne, zwei solide Messer, Gabeln und Löffel, Näh- und Flickzeug und noch einiges andere. Um nicht alles einzeln schleppen zu müssen und es an Bord auch gut unter Verschluss zu haben, kauften sie gleich am ersten Tag eine große Blechkiste, die innen mit Latten verstärkt war und deren Inhalt sich durch ein Vorhängeschloss vor Dieben schützen ließ. Sie würden sich erst am Tag ihrer Abreise zwei mit Stroh gefüllte Säcke für die Kojen kaufen müssen, denn davon wurden auf den Kais bei den Anlegestellen der Auswandererschiffe jederzeit genügend angeboten.

Die Kiste und all ihre anderen Einkäufe brachten sie zu Mister Lahiffe, der sich gegen ein kleines Entgelt bereit erklärte, ihr Hab und Gut bis zur Abreise in seinem Schuppen in Verwahrung zu nehmen. Denn Brendan hielt es für zu gefährlich, die Sachen so lange in Aidans Kellerloch aufzubewahren. Und die Kammer in der Ash Street erschien ihnen auch nicht sicher genug.

Die Woche verging über all den vielen Besorgungen und Dingen, die es vor der Abreise zu bedenken gab, wie im Flug. Éanna war froh darüber – denn so hatte ihr schlechtes Gewissen keine Gelegenheit, sich bohrend zu Wort zu melden. Fast glaubte sie schon selbst an das Lügenmärchen mit der Weste und dem Fund. Doch dann kam der Sonntag. Und Éanna wusste, dass Patrick sie zum allerletzten Mal in der Dorset Street erwartete.

»Wie schön, dass du mich noch besuchen kommst, Éanna«, sagte Patrick. Er hatte ihr sofort die Tür geöffnet, als ob er sie ein letztes Mal direkt dahinter erwartet hätte. In seinen

Augen leuchtete es, doch ein trauriger Zug hatte sich um seine Mundwinkel eingegraben.

Es ist das letzte Mal, beschwor sich Éanna insgeheim und zwang sich zu einem Lächeln. Jetzt werden sich unsere Wege endgültig trennen. Und dreitausend Meilen Ozean sind eine gute Gewähr dafür, dass wir uns nie wieder begegnen würden.

Wie kam es nur, dass sie nicht froh sein konnte?

»Ich hatte schon befürchtet, du wärest mittlerweile schon auf hoher See«, brach Patrick ihr Schweigen.

»Das nächste Schiff, für das wir Tickets bekommen konnten, war die Metoka und die läuft frühestens am Mittwoch aus«, erklärte sie und sah die großen Lücken in den Bücherregalen hinter ihm. Auch war sein Schreibtisch völlig leer geräumt.

»Also noch drei Tage bis zum großen Schritt in ein neues Leben«, sagte er mit einem Lächeln, dem aller Spott und Übermut fehlte, den sie so an ihm gemocht hatte. »Du wirst es sicherlich nicht erwarten können, Dublin hinter dir zu lassen.«

»Dublin schon, aber nicht unbedingt meine Heimat«, erwiderte sie zögernd. »Es hat ja seine guten Gründe, warum wir auswandern.«

»Natürlich, von diesen Gründen hast du mich mehr als überzeugt an den letzten Sonntagnachmittagen, an die ich noch oft denken werde«, sagte er wehmütig.

»Ich doch genauso, Patrick«, entfuhr es ihr unwillkürlich und sie spürte, wie ihr die Röte ins Gesicht stieg.

Nimm dich zusammen, Éanna, beschwor sie sich.

Er blickte auf. »Nun, das versöhnt mich ein ganz klein wenig damit, dass die Sonntage von nun an für mich sehr öde sein werden«, sagte er mit weicher Stimme. »Die Sonntage, an denen du nicht mehr bei mir sein wirst.«

»Das ist für uns beide auch gut so.« Sie wusste nicht, woher plötzlich die harschen Worte gekommen waren, aber sie sah, wie sie ihn trafen.

Er blickte sie schmerzerfüllt an und schüttelte dabei den Kopf. Dann wandte er sich schnell ab und trat zum Sofa, auf dem ein mit fester Kordel verschnürtes Paket lag.

»Das hier sind die Bücher, die ich dir versprochen habe. Es ist eine sechsbändige Gesamtausgabe der Werke von Sir Walter Scott. Es sind sehr schöne, in Leder gebundene Bände mit Goldschnitt, die einiges wert sein dürften, zumal ihre Seiten noch nicht aufgeschnitten sind«, erklärte er.

»Und Ihr seid Euch sicher, dass Ihr sie wirklich entbehren könnt?« Éanna war froh über die Ablenkung. Die Bücher gaben ihnen die Gelegenheit, das Gespräch wieder auf ungefährliche Bahnen zu lenken.

»So sicher, wie ich dich nicht vergessen werde, Éanna. Als mein Onkel sie mir vor einigen Jahren zu Weihnachten zum Geschenk gemacht hat, war es ihm wohl entfallen, dass er mich schon zu Beginn meiner Oxford-Zeit mit genau demselben Präsent beehrt hatte.« Patrick lachte und plötzlich klang wieder etwas von seinem alten Ich durch, dem spöttischen und ein wenig blasierten Mann, den Éanna kennengelernt hatte. »Aber vielleicht hat er es auch extra gemacht, um mich nicht mit einer weiteren fesselnden Lektüre in meinem Wunsch zu bestärken, einem solchen Autor nacheifern zu wollen. Nur ein ausgemachter Dummkopf stellt einem schon reichlich Betrunkenen noch einen vollen Krug auf den Tisch. Und Onkel Edmund ist alles andere als ein Dummkopf. Er findet, ich hätte nun lange genug meinen Flausen nachgegeben. Erst gestern Morgen hat er mir das noch einmal eindeutig zu verstehen gegeben. Éanna, meine Tage in Dublin sind ebenfalls gezählt.« Er gab Éanna die Bücher. »Hier, nimm sie und schlage einen guten Preis in New York für sie heraus. Ich habe sie mehrfach eingewickelt. Zwischen den Lagen von gewachstem Papier wirst du beim Auspacken auch noch eine Lage geteertes Segeltuch finden. Die Bücher werden also auf See keinen Schaden nehmen, nicht einmal dann, wenn sie dem Salzwasser direkt ausgesetzt werden.«

Éanna war gerührt, dass er nichts dem Zufall überlassen hatte. »Ihr beschämt mich«, sagte sie und schlug den Blick nieder. »Wie sehr wünschte ich, ich könnte irgendetwas tun, um Euch zu zeigen, wie dankbar ich Euch bin.«

Patrick zögerte kurz, dann sagte er mit leiser Stimme: »Wenn es dir mit diesem Wunsch wirklich ernst ist, dann erlaube mir, dass ich dir zum Abschied einen Kuss gebe. Nur einen einzigen Kuss, den ich mir so lange schon von dir wünsche, Éanna!«

Sie erschrak nicht und sie wich auch nicht vor ihm zurück. Der kurze Weg zur Tür hinter ihr war unverstellt. Sie hätte mühelos hinauslaufen können. Doch nichts dergleichen tat sie. Sie sah ihn nur an, als wäre etwas eingetreten, das unabänderlich gewesen war und einfach hatte kommen müssen. Das Blut rauschte in ihren Ohren und ihr Herz begann zu rasen. Irgendwo in ihr formte sich Widerstand. Aber sie stand einfach nur da.

Patrick wartete und erwiderte ihren Blick wortlos. Als sie

noch immer nichts sagte, deutete er ihr Schweigen als stumme Zustimmung. Und dann nahm er ihr Gesicht zärtlich in beide Hände und senkte seinen Mund auf ihre Lippen.

Ein Gefühl von Schwindel überkam Éanna, als sie seinen Mund spürte und er sie küsste, wie noch kein Mann sie zuvor geküsst hatte, auch Brendan nicht. Und dann durchfuhr es sie wie ein Stromschlag, bis in die Zehenspitzen, als seine Zungenspitze ihre Lippen berührte und sie mit leichtem Druck teilte. Und zu ihrer tiefen Beschämung würde sie nie vergessen, dass er und nicht sie es war, der diesen betörenden Kuss beendete.

Als Patrick sie schließlich freigab, war ihr, als erwachte sie aus einem Tagtraum und als wankte der Boden unter ihren Füßen. Fassungslos über das, was geschehen war und was sein Kuss in ihr ausgelöst hatte, taumelte sie zur Tür. Sie brachte keinen Ton über die Lippen und starrte ihn benommen an.

Patrick stand reglos da und blickte sie an. Nicht ein Wort fiel in diesen letzten Momenten.

Endlich fand Éanna ihre Fassung wieder, sodass sie die Tür öffnen und sich in das Halbdunkel des Treppenhauses flüchten konnte. Erst auf dem untersten Treppenabsatz sank sie auf die Stufen und presste das heiße Gesicht an die kalte Wand.

Nach Atem ringend saß sie da, erschüttert und verstört über das, was soeben geschehen war, was sie *zugelassen* hatte – und was sie doch mit nur einem einzigen Wort hätte verhindern können, hätte verhindern *müssen!*

Wie hatte das nur passieren können? Und wie hatte es

sein können, dass sein Kuss einen solchen Sturm der Gefühle in ihr hatte auslösen können, wo sie doch Brendan liebte?

Minutenlang rührte sie sich nicht von der Stelle und suchte nach einer Erklärung, nach einer Entschuldigung für diesen kurzen Moment der Schwäche. Aber sie fand keine. Dass sie bei allem das Buchpaket mit festem Griff am Kordelband gehalten und es neben sich abgesetzt hatte, wurde ihr erst jetzt bewusst.

Langsam legte sich der ärgste Sturm in ihrem Innern ein wenig und sie versuchte, sich damit zu beruhigen, dass es sich letztlich doch nur um einen Kuss gehandelt hatte, der wohl nun einmal der unabänderliche Preis für ihre und Brendans Freiheit gewesen war. Ein Kuss, der nichts daran änderte, dass ihre Liebe einzig und allein Brendan galt und dass sie gut daran tat, Patrick so schnell wie möglich zu vergessen.

Als sie hoch oben eine Tür zufallen und zwei Frauenstimmen im Treppenhaus hörte, griff sie rasch nach den Büchern und lief die restlichen Stufen hinunter. Vor der Haustür schlug ihr ein kalter Wind entgegen, der feinen Nieselregen mit sich trug. Hastig klemmte sie sich das Paket unter den linken Arm, um ihren Schal zu binden. In dem Moment fiel ihr Blick auf die Gestalt, die sich auf der gegenüberliegenden Straßenseite aus dem Schutz einer Toreinfahrt löste und zu ihr über die Straße kam.

Sie erschrak. Es war Brendan. Und sein Gesicht war finsterer als die Regenwolken, die über Dublin heraufzogen.

Zwanzigstes Kapitel

Wie ein gereizter Stier stürmte Brendan quer über die Straße auf Éanna zu. Dabei geriet er fast unter die Räder einer zweispännigen Mietdroschke. Dem Fluch des Kutschers schenkte er keine Beachtung.

»So also verbringst du deine Sonntagnachmittage!«, schleuderte er ihr voller Wut entgegen, kaum dass er ihre Straßenseite erreicht hatte. »Und ich Dummkopf habe es erst nicht glauben wollen, dass du mich so schändlich betrügst!«

Das Blut wich ihr vor Entsetzen aus dem Gesicht. »Brendan! Bitte lass mich erklären . . .«

»Da gibt es nichts zu erklären! Ich habe doch Augen im Kopf! Du hast dich für diesen Lackaffen O'Brien mit der dicken Geldbörse zur Dirne gemacht!«, fiel er ihr ins Wort und gab ihr eine schallende Ohrfeige.

Der Schlag ins Gesicht traf sie nicht halb so hart wie seine Worte. »Das . . . das ist nicht wahr!«, stammelte sie.

»Erzähl mir doch nichts! Und ob das wahr ist!«, fauchte er sie an, außer sich vor Zorn. »Auf deine Lügen falle ich nicht mehr herein! Ich bin dir gefolgt, Éanna, weil ich es erst nicht für möglich gehalten habe, was Caitlin mir heute Morgen erzählt hat. Mein Gott, für was für einen Tölpel musst du mich gehalten haben? Nie hätte ich so etwas von dir erwartet!«

Caitlin! Wie konnte das sein? Woher wusste ausgerechnet Caitlin, wo sie war?

Hatte ihre ehemalige Weggefährtin ihr etwa hinterherspioniert? Aber warum sollte sie so etwas tun?

Éanna wirbelten die Gedanken nur so durch den Kopf, suchten verzweifelt einen Ausweg aus dem Schlamassel.

»Du tust mir unrecht!«, rief sie verzweifelt. »Es ist nichts zwischen mir und Patrick O'Brien vorgefallen, dessen ich mich schämen müsste.«

»Was du nicht sagst!«, höhnte er und zerrte ihre beiden Tickets für die Metoka aus seiner Manteltasche. »Und was ist hiermit? Willst du vielleicht immer noch auf deiner Lügengeschichte beharren, du hättest das Geld in einer alten Weste gefunden? Von ihm hast du die fünfzehn Pfund erhalten, gib es doch zu!«

»Das stimmt«, gestand sie gequält. »Aber er hat es mir aus freien Stücken gegeben und nicht für das, was du glaubst.«

»Dieser O'Brien kennt sich bestimmt bestens damit aus, wie man mittellose Mädchen beeindruckt und ins Bett bekommt. Der gibt einem dahergelaufenen Bauernmädchen nicht einfach eine solche Summe, ohne dass sie dafür bezahlt.« Er lachte verächtlich.

»Es ist aber die Wahrheit!«, beteuerte sie und die Tränen schossen ihr in die Augen. »Ich schwöre es bei allen Heiligen.«

»Nimm in meiner Gegenwart nie mehr das Wort heilig in den Mund!«, unterbrach er sie. »Denn dir scheint nichts heilig zu sein, schon gar nicht das, was wir miteinander hatten . . . oder besser gesagt, was ich Idiot *glaubte*, was wir einander bedeuten!«

»Brendan! Ich flehe dich an! Lass mich erklären, warum ich dir meine Besuche bei Mister O'Brien verschwiegen habe!«, beschwor sie ihn unter Tränen. »Ich weiß, dass das nicht richtig war und dass es dich sehr verletzen muss. Aber was immer dir Caitlin erzählt hat, stimmt nicht ... oder ist nur die halbe Wahrheit. Und wenn du mir nur ein, zwei Minuten Zeit gibst, dir alles zu erklären ...«

»Die Zeit kannst du dir sparen!«, fuhr er ihr schroff über den Mund. »Ich weiß, wann ich betrogen worden bin. Hier hast du deinen dreckigen Dirnenlohn wieder!« Er knüllte die beiden Tickets zusammen und warf ihr das Papierknäuel mit einer Geste der Verachtung vor die Füße. »Um nichts in der Welt will ich dank deines Hurenlohns nach Amerika kommen! Ich werde es auch allein schaffen, darauf kannst du Gift nehmen!« Und damit stürmte er davon.

Hastig bückte sich Éanna nach den Tickets, die der Wind fortzutragen drohte, steckte sie ein und lief ihm nach. »Brendan, gib mir doch in Gottes Namen eine Chance, die Sache richtigzustellen!«, bettelte sie mit tränenerstickter Stimme und versuchte mit ihm Schritt zu halten. »Es ist wirklich nicht so, wie du denkst! Ich habe ihm doch nur von meinem Leben erzählt, weil er das für sein Buch brauchte. Ich schwöre beim Grab meiner Mutter und allen, die mir lieb und teuer waren, dass ich dich nicht betrogen habe.«

Abrupt blieb er stehen, fuhr zu ihr herum und starrte sie mit grauer, verkniffener Miene an. »Du willst wahrhaftig hoch und heilig schwören, dass du dich fast drei Monate lang heimlich mit diesem Stutzer getroffen und ihm nur irgendwelche Geschichten erzählt hast?«, fragte er höhnisch.

So genau Éanna auch wusste, dass es ihre Lage noch

schlimmer machen musste, jetzt musste sie endlich die Wahrheit sagen. Sie durfte nicht noch einmal den Fehler machen, Brendan zu belügen. »Mister O'Brien hat . . . hat mir heute einen Kuss zum Abschied gegeben!«, sagte sie ehrlich, fügte aber sofort hinzu: »Ich habe ihn nicht dazu aufgefordert, sondern es ist einfach geschehen, das musst du mir glauben! Sonst war nichts zwischen uns!«

»Ich glaube dir gar nichts mehr!«, stieß er hervor. »Noch vor wenigen Augenblicken hast du geschworen, dass nichts gewesen sein soll! Und nun gibst du zu, dass du dich von ihm hast küssen lassen. Gott allein weiß, mit welchen schmutzigen Geständnissen du noch herausrücken wirst! Da lob ich mir eine ehrliche Dirne wie Caitlin. Bei der weiß man, was einen erwartet, wenn man sich mit ihr einlässt! Die steht wenigstens zu dem, was sie tut, und versucht nicht, einem Sand in die Augen zu streuen!«

»Aber . . .«

»Nein, spar dir deine Lügen, Éanna! Mir reicht es!« Er schrie sie nun regelrecht an, das Gesicht zu einer Maske unbändiger Wut verzerrt. »Ich will nichts mehr davon hören, hast du das endlich begriffen? Ich habe dir nichts mehr zu sagen! Ich will nichts mehr mit dir zu tun haben und dich auch nicht wiedersehen!«

Er drehte sich auf dem Absatz um und rannte los.

»Brendan, ich liebe dich doch! Nur dich!« Ungläubiges Entsetzen darüber, dass er es wirklich ernst meinen könnte, lag in ihrem verzweifelten Aufschrei.

Doch Brendan rannte unbeirrt weiter.

Éanna versuchte verzweifelt, ihm zu folgen. Aber es war sinnlos, ihn einholen zu wollen. Schon war er im Menschengewimmel verschwunden. Sie machte noch zwei, drei taumelnde Schritte, dann konnte sie nicht mehr. Ihre Beine versagten ihr den Dienst. Und von einer unsäglichen Verzweiflung überwältigt, sank sie schluchzend auf das regennasse Pflaster und überließ sich dem heftigen Weinkrampf, der ihren Körper schüttelte.

Sie hatte Brendan und seine Liebe verloren!

Und es war einzig und allein ihre Schuld.

Einundzwanzigstes Kapitel

Éanna konnte sich später nicht mehr daran erinnern, wie lange sie dort auf dem Boden gekauert hatte. Irgendwann war sie aufgestanden und wie betäubt durch die Stadt geirrt.

Emily fand sie am frühen Abend weinend auf dem Bett ihrer Kammer. Und es kostete ihre Freundin viel Geduld und gutes Zureden, bis Éanna ihr alles erzählt hatte. Sie beichtete ihr, woher die fünfzehn Pfund wirklich kamen, und unterschlug ihr auch nicht Patricks innigen Kuss, behielt jedoch für sich, welchen Aufruhr der Gefühle er in ihr ausgelöst hatte.

Bestürzt hörte Emily ihrem stammelnden Bericht zu, der immer wieder von neuen Weinkrämpfen unterbrochen wurde. Und nachdem sie alles erfahren hatte, war sie versucht, die Freundin daran zu erinnern, dass sie ihr schon im Januar davon abgeraten hatte, die Treffen mit Patrick vor Brendan geheim zu halten. Sie tat es jedoch nicht. Denn sie wusste, dass Éanna sich längst schreckliche Vorwürfe machte.

»Ich kann nicht glauben, dass alles verloren ist«, versuchte sie, die Freundin zu trösten. »Brendan liebt dich doch.«

»Nein, nicht mehr«, schluchzte Éanna. »Er will nichts mehr von mir wissen! Er hat mich sogar geohrfeigt! Niemals hätte ich es für möglich gehalten, dass er mich einmal schlägt!

Mein Vater hat nie seine Hand gegen meine Mutter erhoben!«

Emily seufzte. »Das hätte er auch nicht tun dürfen. Damit hat er sich versündigt. Aber das wirst du ihm verzeihen müssen.«

»Aber es geht doch gar nicht darum, ob ich ihm verzeihe, sondern ob *er* es tut!«, erwiderte Éanna verzweifelt.

»Das wird er bestimmt«, gab Emily sich zuversichtlich. »Glaub mir, er ist jetzt tief verletzt, weil er sich von dir betrogen fühlt und weil Caitlin, dieses Miststück, ihm Gott weiß was für schreckliche Geschichten erzählt hat. Aber wenn sein Zorn sich erst einmal gelegt hat und er in Ruhe über alles nachdenkt, wird er dich anhören. Du bedeutest ihm viel zu viel, als dass er dich einfach aufgeben würde. Letztlich wird seine Liebe doch stärker sein und alles wird wieder ins Lot kommen.«

»Ach Emily, wenn ich nur daran glauben könnte.« Éanna wischte sich die Tränen aus dem Gesicht. »Brendan ist so dickköpfig und stolz.«

»Und wennschon. Seine Liebe wird ihn schon zur Vernunft bringen. Außerdem will er doch auch mit der Metoka nach Amerika. Du wirst sehen, es wird alles wieder gut!«, redete Emily ihr zu.

Aber es wurde nicht gut. Am nächsten Morgen lief Éanna schon im Morgengrauen in die Cross Stick Alley, traf dort jedoch weder Brendan noch Aidan an. Auch im Hafen war Brendan nicht aufzufinden. Auf den Kohlenkais erfuhr sie von einem der Männer aus seiner Kolonne, dass er seit dem vorherigen Tag nicht mehr zur Arbeit erschienen war.

Den ganzen Tag lief sie durch die Stadt, immer in der Hoffnung, ihm zufällig zu begegnen. Als sie am Abend zum wiederholten Mal in die Cross Stick Alley ging, traf sie zumindest auf Aidan.

Dieser bedachte sie mit einem wenig mitfühlenden Blick. »Keine Ahnung, wo Brendan steckt. Aber warum versuchst du es nicht mal bei dieser Caitlin drüben im *Ross und Reiter*? Da dürftest du mehr Glück haben«, schlug er ihr spöttisch vor und ließ sie mit einem dreckigen Lachen stehen.

Ihr war, als hätte er ihr mit seinen Worten ein Messer in die Brust gestoßen.

Nachdem sie sich wieder einigermaßen gefasst hatte, war sie drauf und dran, sich tatsächlich der Demütigung auszusetzen, Caitlin in der zwielichtigen Taverne aufzusuchen und sie nach Brendan zu fragen. Sie wagte sich bis in die Straße, in der die Hafenschenke lag. Aber dann brachte sie es doch nicht über sich, sie zu betreten. Was hätte es ihr denn auch gebracht? Caitlin war die Letzte, die Mitleid mit ihr haben und ihr helfen würde. Und falls Brendan wirklich bei ihr war, würde er sie kaum in das Zimmer der Dirne lassen und sich anhören, was sie ihm sagen wollte.

Éanna trieb sich die halbe Nacht vor der Taverne herum und dann noch bis weit nach Mitternacht vor dem Mietshaus in der Cross Stick Alley. Doch von Brendan keine Spur.

Er schien konsequent die Orte zu meiden, an denen sie ihm hätte begegnen können. Einen Tag vor der Abreise nach Amerika musste Éanna den Tatsachen ins Auge sehen. Brendan dachte nicht daran, sich mit ihr zu versöhnen und sich mit ihr auf der Metoka einzuschiffen. Er wollte in Amerika kein neues Leben beginnen, jedenfalls nicht mit ihr.

»Er lässt dich nur noch eine Nacht leiden. Pass auf, morgen

wartet er an der Anlegestelle auf dich und dann kommt alles wieder ins rechte Lot«, sagte Emily, um ihr Mut zu machen.

»Nein, das wird er nicht!«, widersprach Éanna. »Wenn er sich mit mir hätte versöhnen wollen, hätte er es längst getan. Und deshalb wirst du morgen mit mir an Bord der Metoka gehen!«

»Bist du von Sinnen? Das kannst du nicht machen! Darauf lasse ich mich auch nicht ein!«, rief Emily geradezu erschrocken. »Das sind eure Tickets!«

»Nein, es sind *meine*, Emily! Bezahlt von meinem *Dirnenlohn,* falls du das vergessen haben solltest«, antwortete sie voll Bitterkeit. Zu ihrer Verzweiflung waren nun auch Zorn und Trotz gekommen. »Und deshalb kann ich damit tun und lassen, was ich will! Wenn Brendan mich so wenig liebt, dass er den Stab über mich bricht, ohne mich auch nur ein einziges Mal in Ruhe anzuhören, dann soll es wohl so sein! Vielleicht ist es gut so, dass ich nicht erst später erkennen muss, wie sehr ich mich in ihm getäuscht habe. Und damit ist alles gesagt, was es dazu zu sagen gibt, Emily. Mein Entschluss steht fest. Das zweite Ticket ist für dich. Du kannst dich jetzt so sehr sträuben, wie du willst, du kommst morgen mit auf die Metoka, so wahr ich Éanna Sullivan heiße.«

Zweiundzwanzigstes Kapitel

Am nächsten Morgen brachte Éanna kaum einen Bissen hinunter. Und nur weil Emily sie drängte, sich nicht mit leerem Magen auf der Metoka einzuschiffen, nahm sie ein wenig Porridge zum Tee.

Alice Stapleton und ihre beiden älteren Töchter blickten neidisch auf die zwei jungen Frauen. Von Auswanderung konnten sie nur träumen. Nie würde Alice genug Geld für vier Tickets sparen können, auch wenn Kinder unter vierzehn nur den halben Preis zahlten. Für sie war es nur ein schwacher Trost, dass Éanna ihr die volle Untermiete für die folgende Woche auszahlte.

Éanna und Emily klemmten sich ihre fest zusammengeschnürten Deckenrollen unter den Arm. Éanna nahm Patricks Buchpaket in die Hand und Emily den Nachttopf, den sie unter allen Umständen mit an Bord des Schiffes nehmen wollte. »Wer weiß, wozu der gut ist!«

Éanna zuckte nur die Achseln und so machten sie sich auf den Weg. Als sie bei Mister Lahiffe vorbeikamen, um die Blechkiste mit ihrem Proviant und die Bündel mit ihrem anderen Hab und Gut abzuholen, ließ er es sich nicht nehmen, vom Nachbarladen einen jungen Tagelöhner herbeizurufen, damit dieser ihnen das Gepäck in einem seiner Lumpenkarren bis zur Anlegestelle brachte. Er wusste mittlerweile von dem Zerwürfnis zwischen Éanna und Brendan und bemühte sich um aufmunternde Worte. Auch versicherte er ihr, dass er einen so tüchtigen Tugger wie sie zwar nur ungern ziehen lasse, ihr aber in der Neuen Welt von Herzen alles Gute wünsche.

»Du wirst deinen Weg schon machen und auch dein Glück finden, Éanna«, sagte er zum Abschied. »Euch beiden Gottes Segen für eure Reise!«

Auf dem Weg zum Hafen kauften sie sich Unterlagen für ihre Kojen. Der Händler versuchte, ihnen erst Daunendecken oder zumindest mit Rosshaar gefüllte Matratzen aufzuschwatzen. Aber Éanna ließ sich nicht darauf ein. Sie hatte erfahren, dass weder das eine noch das andere für eine acht- bis zehnwöchige Überfahrt im Zwischendeck taugte. Sie bestand auf zwei einfachen mit Stroh gefüllten Jutesäcken. Nach Feilschen war ihr jedoch nicht zumute. Und wenn Emily sich nicht rasch eingemischt hätte, hätte sie für die beiden Strohsäcke einen viel zu hohen Preis gezahlt.

Schweigend zogen sie durch die Straßen und überquerten den Fluss. Emily wusste, was ihre Freundin quälte. Aber als sie sich dem ersten Dock näherten, brach sie das Schweigen.

»Vergiss nicht, was wir ausgemacht haben, Éanna!«, sagte sie mit entschlossener Stimme. »Wenn Brendan jetzt doch an der Anlegestelle auf dich wartet, dann bekommt er das andere Ticket und ich sehe zu, dass ich zu Alice zurückkomme, bevor sie eine andere Untermieterin gefunden hat!«

»Er wird nicht da sein«, erwiderte Éanna knapp.

Emily beließ es dabei.

Die Metoka lag ein kurzes Stück hinter der Schleuse vom Royal Canal vertäut. Éanna und Emily verstanden nicht viel von Schiffen. Deswegen konnten sie auch nicht beurteilen, ob es sich bei der Dreimastbark um einen guten Segler handelte oder um ein sogenanntes *coffin ship*[*]. So nannte man jene Schiffe, auf denen der Tod während der Überfahrt ein regelmäßiger Gast war. Auf sie machte die Metoka mit ihrem kräftig gewölbten Rumpf, den himmelstürmenden Masten, dem dichten Gewirr von Takelage, Leinen und Tauen und den weiß gestrichenen Decksaufbauten einen vertrauenerweckenden Eindruck. Ja, sie sah fast so prächtig aus wie auf den Handzetteln der Anwerber und den großen Reklamebildern des Kontors.

Auf dem Kai wartete schon eine große Menschenmenge darauf, über die Gangway auf das Schiff gelassen zu werden. Dutzende von fliegenden Händlern hatten sich mit ihren Bauchläden und Karren unter die Passagiere des Zwischendecks gemischt, um noch in letzter Minute mit der Einfalt und Gutgläubigkeit der aufgeregten Leute Geschäfte zu machen. Lauthals und redegewandt priesen sie ihre Gerätschaften, Salben und Tinkturen gegen die Seekrankheit an.

Unwillkürlich hielt Éanna Ausschau nach Brendan. Einmal schlug ihr Herz höher, als sie sah, wie sich eine Gestalt ihren Weg durch die Menge bahnte. Doch dann erkannte sie an den Krücken, dass es Neill war.

»Du Lieber«, sagte sie und hatte Tränen in den Augen. »Dass du hierher kommst, uns zu verabschieden.«

»Gott schütze Euch, Miss Éanna und all Eure Gaben«, sagte

[*] Bedeutet wörtlich übersetzt »Sargschiff«, entspricht etwa dem deutschen Begriff des »Seelenverkäufers«.

er und lächelte sie fröhlich an. »Die Leute in Amerika können sich glücklich schätzen, Euch dazuhaben!«

»Ach Neill.« Sie musste lachen, obwohl ihr Herz doch so schwer war. »Wie werde ich dich vermissen!« Sie umarmte ihn fest.

Neill humpelte hinüber zum Kai, um die Metoka in Augenschein zu nehmen, und Éanna war, als ob sich eine dunkle Wolke vor die wärmende Sonne geschoben hatte. Nun war es unwiederbringlich so weit.

»Warte hier!«, sagte sie zu Emily. »Ich gehe ins Kontor hinüber, um Brendan von der Liste streichen und deinen Namen draufsetzen zu lassen!«

Bevor die Freundin noch etwas erwidern konnte, hastete sie davon.

Im Kontor, in dem sich Dutzende von Menschen mit allerlei Anliegen drängten, ging es laut und hektisch zu. Sie musste eine ganze Weile warten, bis sie endlich an der Reihe war. Der Angestellte, an den sie schließlich geriet, zeigte nicht das geringste Interesse daran zu erfahren, warum er den Namen Brendan Flynn streichen und nun dafür Emily Farrell auf die Liste setzen sollte.

»Hat sie ein gültiges Ticket?«, wollte er nur wissen.

Als Éanna das bejahte, fuhr er mit dem Finger über die Passagierliste und überschrieb Brendans Namen mit Emily Farrell. Dann rief er auch schon nach dem nächsten Wartenden.

Éanna kehrte zu Emily zurück. Sie drückte dem Tagelöhner drei Pence in die Hand. »Du kannst jetzt gehen. Auf das Schiff können wir die Sachen auch alleine tragen.«

Sie mussten eine geschlagene Stunde warten, bevor die

Einschiffung begann. Währenddessen war die Mannschaft damit beschäftigt, die Metoka nach blinden Passagieren zu durchsuchen. Es kam nur allzu oft vor, dass sich die verzweifelten Menschen, die nicht das Geld für die Überfahrt aufbringen konnten, in den Tagen der Übernahme von Proviant und Fracht an Bord schlichen. Und tatsächlich stöberte man zwei Männer auf. Einer von ihnen hatte sich ganz unten in der Bilge versteckt und dementsprechend erbärmlich stank er auch. Doch er lachte, als ihn die Seeleute von Bord trieben. Der andere wehrte sich mit Händen und Füßen und beteuerte, er könne sich die Überfahrt durch harte Arbeit an Bord verdienen. Für seinen zähen Widerstand handelte er sich Schläge mit einem Tauende ein und schließlich musste er von zwei kräftigen Matrosen gepackt und vom Schiff geschleift werden.

Dann erschien oben an der Gangway ein breitschultriger Seemann mit kahlem Schädel und narbigem Gesicht in Begleitung von zwei stämmigen Matrosen. Mit lauter und befehlsgewohnter Stimme stellte er sich als James Sarfield, Bootsmann der Metoka, vor. Danach gab er das Zeichen zur Einschiffung.

Sofort ergriff jeder sein Gepäck und mehr als zweihundertfünfzig Auswanderer drängten gleichzeitig zur Gangway, über die sie sich wie durch ein Nadelöhr aufs Schiff zwängen mussten. Nicht wenige schienen zu fürchten, die Bark könne ohne sie ablegen. Es kam zu Rempeleien, derben Rippenstößen, gegenseitigen Verwünschungen und einigem Gelärme, das der bullige Bootsmann James Sarfield jedoch immer noch zu übertönen wusste.

Als Éanna und Emily endlich mit ihren Habseligkeiten an

Deck angelangt waren, wurden sie von dem barschen Befehl des Bootsmanns empfangen: »Alles dort hinüber! Hinter das Seil auf der Steuerbordseite! Zum *roll call** nach Steuerbord hinter das Tau!«

Mittschiffs war ein dickes Tau vom Großmast bis zum Aufgang des erhöhten Achterdecks gespannt. Es teilte den Bereich in zwei etwa gleich große Hälften. Alle hatten sich hinter dieses Tau zu begeben. Und mehrere Seeleute wachten mit grimmigen Mienen darüber, dass sich auch jeder damit beeilte.

Es gelang den beiden jungen Frauen, einen Platz in einer der vorderen Reihen zu ergattern und ihn in dem Gedränge und Geschiebe auch zu behaupten. Ein Raunen ging durch die Menge, als die Reisenden sich auf dem Schiff umschauten. Allein der Anblick der hohen Masten mit ihren weit ausgreifenden Rahen, die über ihnen wie das Gewölbe einer Kathedrale bis in die Wolken zu reichen schienen, machte auf sie alle einen überwältigenden Eindruck. Und die Kinder unter ihnen, die sich an die Hände ihrer Väter oder die Kleider ihrer Mütter klammerten, starrten mit offenen Mündern zu ihnen hinauf.

Emily reckte sich, um Neill ein letztes Mal zuzuwinken. Doch plötzlich hielt sie inne. »Mein Gott, sieh doch nur!« Sie stieß Éanna in die Seite. »Das ist Brendan! Allmächtiger! Fast hätte ich ihn nicht wiedererkannt, so schlimm, wie er zugerichtet ist!«

Éannas Kopf fuhr mit einem Ruck herum und blickte zur Gangway hinüber. Da stand Brendan, mit einem bescheide-

---

* Appell, (Kontroll-)Aufruf

nen Proviantbeutel über der Schulter und einem Strohsack unter dem Arm, im Strom der Passagiere. Und er sah wirklich schlimm aus, als wäre er in eine Schlägerei verwickelt gewesen. Sein linkes Auge war angeschwollen, seine Unterlippe aufgeplatzt und dazu kamen noch mehrere blutunterlaufene Schürfwunden im Gesicht. Zudem hatte er sich Stoffstreifen um seine Handknöchel gewickelt, die dunkle Flecken aufwiesen, als wäre Blut durch die Bandage gesickert.

Sosehr Éanna sich auch sorgte und fragte, wie er sich diese Verletzungen wohl zugezogen hatte, so überwog doch die unbeschreibliche Freude, ihn zu sehen. Er würde mit ihr die Überfahrt antreten! Wie er das Wunder vollbracht hatte, in nur drei Tagen zu einem Ticket für die Metoka zu kommen, war ihr in diesem Moment gleichgültig. Sie würde sich mit ihm versöhnen können, denn sie hatten viele Wochen Zeit, alles aus der Welt zu schaffen, was zwischen ihnen stand. Und hier auf dem Schiff würde er ihr auf Dauer nicht aus dem Weg gehen können!

Freude und Hoffnung fielen jedoch jäh in sich zusammen, als sie sah, wer dicht hinter Brendan auftauchte. Scharf sog Emily die Luft ein, denn auch sie hatte Caitlin erkannt. »Ich glaub es nicht!«, stieß sie empört hervor. »Wie kann sie es nur wagen, uns unter die Augen zu treten! Und dann auch noch an der Seite von Brendan!«

Éanna hörte es kaum. Denn in diesem Moment fing Brendan ihren Blick auf. Er hielt ihm stand, ohne dass sich nur ein Muskel in seinem Gesicht rührte. Dann wandte er sich ab und reihte sich auf der anderen Seite der Abtrennung in die Menge ein.

Caitlin dagegen genoss ihren Auftritt sichtlich. Sie hob die Hand, winkte ihnen fröhlich zu und machte sogar einen kleinen Bogen, um in ihre Nähe zu kommen und ihnen scheinheilig zuzurufen: »Éanna! . . . Emily! Wie schön, dass wir jetzt wieder zusammen sind wie in alten Zeiten. Wird mit euch an Bord bestimmt nett werden. Na dann, bis später!« Damit eilte sie Brendan nach und legte ihm mit demonstrativer Vertraulichkeit ihre Hand auf die Schulter.

»Ich bringe diese tückische Schlange um!«, zischte Emily wutentbrannt.

»Wenn ich dir da nicht zuvorkomme«, murmelte Éanna mit zittriger Stimme und wachsbleichem Gesicht.

Es dauerte noch eine ganze Weile, bis alle Zwischendeckpassagiere an Bord waren und sich mit ihrem teils sehr sperrigen Gepäck hinter das Tau begeben hatten. Der Kontorvorsteher mit dem Nasenkneifer kam als Letzter die Gangway hoch und händigte dem Ersten Offizier der Metoka, einem sehnig schlanken Mann namens Christy Cavendish, die mehrseitige Liste der Auswanderer aus.

Zur selben Zeit zeigte sich auch zum ersten Mal Captain Caleb Crimshaw. Er war ein Mann um die fünfzig, von gedrungener Gestalt und mit wettergegerbtem Gesicht, schmalen Lippen, scharf geschnittenen Zügen und kühlen Augen. Die blank polierten Messingknöpfe seines nachtblauen Rockes blitzten wie aufgenähte Goldstücke. Er hielt Distanz zu der dicht gedrängten Menge armselig gekleideter und abgemagerter Auswanderer. Steif wie ein Ladestock, mit auf dem Rücken verschränkten Armen und völlig ausdruckslosem Gesicht stand er oben auf dem Achterdeck vor dem Ruderhaus und verfolgte das Geschehen mittschiffs. Er würde auf See oberster Richter und Herr über Leben und Tod sein, ein *Master under God,* wie man die Kapitäne nannte. Auch einige der im Achterschiff untergebrachten Kabinenpassagiere versammelten sich, um das nun folgende Schauspiel zu beobachten.

»Wessen Name aufgerufen wird, der tritt mit seinem Gepäck vor Mister Sarfield, händigt sein Ticket aus, folgt seinen Anweisungen und begibt sich nach der Leibesvisite auf die andere Seite der Abtrennung!«, teilte ihnen der Erste Offizier mit schneidender Stimme mit.

»Bei allen seligen Märtyrern, das kann ja Stunden dauern!«, stöhnte jemand.

Und ein anderer versicherte trocken: »Das wird es auch.«

Christy Cavendish rief den ersten Auswanderer auf. »Phelim Gillespie! Vortreten!«

Ein älterer Mann in Lumpen, der schwer an seinem Gepäck zu tragen hatte, drängte sich durch die Menge nach vorn.

»Nun komm schon und zeig deine Knochen!«, rief der Bootsmann ihm ungeduldig zu.

Viel mehr als Haut und Knochen hatte Phelim Gillespie auch nicht vorzuweisen.

»Mach den Mund auf!«, forderte ihn der Bootsmann auf. »Und streck die Zunge heraus! Zeig deine Hände! . . . Leg Mantel und Unterkleider ab, damit ich deinen Hals und deine Brust sehen kann!«

Diese Gesundheitsprüfung sollte gewährleisten, dass keine ansteckenden Krankheiten an Bord eingeschleppt wurden. Selbst Frauen und unverheiratete Mädchen, von denen die meisten gemäß den Sitten ihres Landes noch nie gegenüber Fremden auch nur den Ansatz ihrer Brust entblößt hatten, mussten diese erniedrigende Prozedur über sich ergehen lassen.

Als zwei junge, alleinstehende Schwestern das sahen, begannen sie zu weinen und zu jammern. Nie würden sie sich dieser Schändung ihrer Ehre aussetzen.

Worauf jemand bissig bemerkte: »Guter Gott, wenn die jetzt schon gleich in Ohnmacht fallen, weil sie ihre Ehre für beschmutzt halten, was soll denn erst werden, wenn sie sehen, dass sie mit fremden Männern ihre Betten teilen müssen. Oder glauben diese naiven Dinger vielleicht, sie hätten da unten einen hübschen Vorhang um ihre Koje?«

Emily warf ihrer Freundin einen besorgten Blick zu. »Wir müssen nachher aufpassen, dass wir möglichst unter den Ersten sind, wenn sie uns ins Zwischendeck lassen«, raunte sie ihr zu. »Und am besten suchen wir uns eine Koje in der Nähe von Leuten mit Kindern.«

Éanna nickte nur. Sie stand noch immer unter dem Schock, Brendan mit Caitlin gesehen zu haben. Waren die beiden jetzt etwa ein Paar? Verzweifelt versuchte sie, die Bilder, die bei dieser Vorstellung vor ihrem geistigen Auge entstanden, zu verdrängen.

Die Gesundheitsprüfung und die Kontrolle des Gepäcks zogen sich wie befürchtet mehrere Stunden hin. Manche Passagiere hatten große Seekisten, ein paar sogar Fässer als Gepäck an Bord bringen lassen. Eins der Fässer, das angeblich nur Salz und Heringe enthalten sollte, untersuchten die Seeleute näher. Dabei stellten sie es kurzerhand auf den Kopf und schon Augenblicke später schrie jemand von innen um Hilfe. Als man den Deckel öffnete, kroch eine schlaksige Gestalt aus dem Fass, von oben bis unten mit Salz bedeckt.

Der Mann hatte jedoch Glück im Unglück. Denn seine vier Gefährten, die ihn auf diese Weise auf die Metoka hatten bringen wollen, waren willens und fähig, die Passage für ihren Freund nachträglich zu entrichten.

Ein anderer Passagier, ein Bursche von etwa sechzehn Jahren, hatte sich nur ein halbes Ticket gekauft und behauptete steif und fest, erst dreizehn zu sein. Er musste sein Bündel packen und das Schiff verlassen, denn er hatte kein Geld, um die Differenz nachzuzahlen. Von Bord gewiesen wurde auch eine Frau mit hohem Fieber, der ihr Ehemann unter stummem Weinen folgte, sowie ein anderer Passagier, der vergeblich versucht hatte, eine Vielzahl eiternder Geschwüre vor den prüfenden Blicken des Bootsmanns zu verbergen.

Und so kam es, dass es bereits auf die Mittagszeit zuging, als schließlich alle Reisenden auf der anderen Seite der Absperrung standen. Endlich wurde die Luke zum Zwischendeck geöffnet, das für die nächsten vierzig bis fünfzig Tage Schlaf- und Wohnraum für zweihundertfünfzig Männer, Frauen und Kinder sein würde.

Und das, was sie da sahen, ließ manch einen vor Bestürzung aufstöhnen.

Dreiundzwanzigstes Kapitel

Es war allen klar gewesen, dass das Zwischendeck nur eine karge Unterkunft bieten würde. Dennoch reagierten viele Reisende entsetzt, als sie in den mit Tranleuchten kläglich erleuchteten Raum traten. Zu beiden Seiten der sich nach außen wölbenden Rumpfwände erstreckten sich lange Reihen von zweistöckigen Kojen, primitive kastenförmige Bettgestelle, die aus billigstem Fichtenholz gezimmert waren. Die Bretter waren rissig und kaum bearbeitet, sodass man leicht Gefahr lief, sich bei einer unbedachten Bewegung über das Holz einen Splitter unter die Haut zu treiben.

In der Mitte erstreckte sich eine zweite Doppelreihe Kojen über die ganze Länge des Zwischendecks. Die schmalen Durchgänge zwischen den Reihen waren im Nu mit allerlei Gepäck versperrt, sodass kaum noch ein Durchkommen war. Und die Decke mit ihrem dicken, quer laufenden Spantenwerk war so niedrig, dass nur Kinder und Kleinwüchsige aufrecht stehen konnten, ohne sich die Köpfe zu stoßen.

»Heilige Muttergottes!«, entfuhr es Éanna, als sie stehen blieb, um sich umzusehen.

»Zwei Leute teilen sich einen Kojenkasten«, rief einer der Seeleute, der das Chaos überwachte.

Emily lachte bitter auf. »Da hat man ja in einem Sarg noch mehr Platz als hier!«

»Nur keine Sorge, Herzchen!«, rief ihr ein Matrose spöttisch zu. »Je länger wir auf See sind, desto mehr Platz gibt es!«

Etliche der Reisenden bekreuzigten sich hastig. Sie wussten nur zu gut, dass einige von ihnen Amerika nie zu Gesicht bekommen würden.

Éannas Blick suchte in dem Gedränge nach Brendans rötlichem Haarschopf, konnte ihn in dem Halbdunkel jedoch nicht entdecken.

»Da drüben ist noch eine der oberen Kojen frei!«, raunte Emily Éanna hastig zu. »Die nehmen wir uns! Oben ist besser, als immer jemanden über dem Kopf zu haben. Und wer weiß, wie es nach ein paar Tagen unten am Boden aussieht!«

Sie ließ einfach den Griff der Kiste los, die sogleich auf die Planken krachte und damit den Durchgang versperrte. Ohne sich um den Protest der von hinten drängelnden Menschen zu kümmern, lief sie schnell zu der unbelegten Koje hinüber und warf ihre Säcke auf das obere Brettergestell, bevor ihr ein anderer zuvorkommen konnte. Dann erst kehrte sie zu Éanna zurück und half ihr mit dem restlichen Gepäck. Die Kiste passte gerade noch unter das untere Brettergestell.

»Diese Kojen entsprechen nicht den gesetzlichen Vorschriften, Seemann! Und mit denen kenne ich mich aus!«, protestierte ein hochgewachsener Mann, der unter der niedrigen Decke nur gebückt stehen konnte. Er musste Zimmermann oder Schreiner sein, denn er hatte aus seinem mitgebrachten Werkzeugkasten eine Messlatte hervorgeholt und die Kojen ausgemessen. »Je vier Personen stehen sechs mal sechs Fuß* zu, so verlangt es das Gesetz! Und die Weite dieser Kojen beträgt gut drei bis vier Inch weniger als die durchschnittliche Rückenbreite eines erwachsenen Mannes! Ich verlange für mein Geld, dass ich auch den Raum erhalte, der mir zusteht!«

Zustimmendes Gemurmel erhob sich um ihn herum. Und jemand bemerkte bissig: »Vermutlich nimmt der Captain ja an, dass irische Auswanderer nur auf der Seite liegend schlafen!«

Einer der Seeleute schnauzte den Mann mit der Messlatte an: »Du kennst dich aber nicht gut genug mit den Vorschriften aus, du Krawallbruder! Denn sonst wüsstest du, dass Schiffe, die Post der Royal Mail transportieren, von diesen Vorschriften befreit sind. Und glaub mir, die Metoka hat ein paar Postsäcke an Bord! Also halt gefälligst dein Maul! Und lass dir noch eins gesagt sein: Mit Unruhestiftern wie dir fackelt Captain Crimshaw nicht lange!«

Der Mann warf dem Matrosen einen wütenden Blick zu, war jedoch klug genug, seinen Zorn hinunterzuschlucken und es nicht auf eine weitere Konfrontation ankommen zu lassen.

Auch unter den anderen Passagieren regte sich Unmut. Einige Frauen und Mädchen schluchzten verzweifelt auf, denn es gab keine Möglichkeit, sich vor neugierigen Blicken zu schützen. Die Kojen standen dicht an dicht, nur notdürftig getrennt durch niedrige Latten, die verhindern sollten, dass man bei Seegang in die Nachbar-Koje rollte.

---

* 1 Fuß entspricht etwa 30,5 cm.

Man brauchte lediglich die Hand auszustrecken, schon konnte man die Schulter des Nachbarn berühren.

So manche junge Frau beteuerte, ihre Kleidung stets anbehalten zu wollen und lieber jede Nacht sitzend auf ihrer Kiste zu verbringen, als Schulter an Schulter mit einem Fremden in der Koje zu liegen.

»Wenn die wüssten«, kommentierte jemand, »dass es für uns alle oben am Bugsprit nur ganze zwei Wasserklosetts gibt. Und dass man da zwangsläufig von der hochspritzenden Gischt durchnässt wird.«

Éanna überhörte den zynischen Kommentar. Ihre Gedanken waren noch immer einzig und allein bei Brendan. Wo war er bloß? Was war in der letzten Nacht mit ihm passiert? Schließlich hielt sie es nicht länger in ihrer Koje aus.

»Wo willst du hin?«, fragte Emily, obwohl sie längst ahnte, was Éanna vorhatte.

»Mich umsehen.«

»Warte noch ein wenig«, versuchte Emily, sie zurückzuhalten. »Lass Brendan Zeit. Wo er doch mit Caitlin zusammen . . .« Sie ließ den Satz unbeendet.

Aber da war Éanna schon im Gedränge verschwunden. Sie musste Brendan sehen und irgendwo hier im Zwischendeck musste er ja sein!

Schließlich fand sie ihn und Caitlin auf dem Gang, der die beiden Kojenreihen an Backbord voneinander trennte. Als sie sich zu ihnen vordrängte, sah sie, dass sich die beiden heftig stritten. Sie standen einander schräg gegenüber, eines der Brettergestelle zwischen sich.

»Was soll das? Du hast es mir versprochen, Brendan!«, hörte sie Caitlin erbost sagen. »Also sag diesem blöden Pickelgesicht da, dass er gefälligst seinen Strohsack nimmt und mir den Platz neben dir überlässt!«

»Gar nichts habe ich dir versprochen!«, gab Brendan knurrig zurück. »Ich bleibe hier. Ich kann mir ja wohl noch meinen Kojenplatz aussuchen, wo ich will!«

Caitlin funkelte ihn zornig an. »Du scheinst wohl schon vergessen zu haben, wem du es zu verdanken hast, dass du nach Amerika auswandern kannst, Brendan Flynn!«, zeterte sie.

»Und du scheinst das hier vergessen zu haben!«, erwiderte Brendan ungehalten und deutete auf sein zugerichtetes Gesicht. »Mir ist das Ticket nicht in den Schoß gefallen, ganz im Gegensatz zu dir. Und das kannst du ruhig wörtlich nehmen! Und jetzt hör endlich auf mit deinem Gegeifer! Ich bleibe hier und damit Schluss jetzt!«

Éanna fühlte Genugtuung bei diesen Worten. Caitlin hatte wohl fest damit gerechnet, dass Brendan auf der Überfahrt einen Kojenkasten mit ihr teilte. Dass er zumindest räumlich auf Distanz zu ihr ging, weckte einen Funken Hoffnung in ihr.

Caitlin bemerkte Éanna zuerst. »Was lungerst du hier herum?«, fauchte sie. Von ihrem höhnischen Triumph, mit dem sie ihr oben an Deck begegnet war, fand sich nichts mehr in Blick und Stimme. Einen Moment vermeinte Éanna, sogar eine gewisse Verletztheit darin zu erkennen. »Wenn du glaubst, Brendan wieder an deine Leine legen und umgarnen zu können, dann hast du dich aber gehörig geschnitten!«

»Halt den Mund, Caitlin! Ich brauche keinen, der für mich das Reden übernimmt!«, schnitt er ihr das Wort ab und wandte sich dann Éanna zu, ohne dass sich sein Gesicht bei ihrem Anblick im Mindesten aufgehellt hätte. »Was willst du?«

»Mit dir reden, Brendan«, antwortete sie beklommen.

»Da gibt es nichts mehr zu reden!«, beharrte er. »Wie oft soll ich dir das noch sagen?«

Éanna schluckte. »Ich freue mich, dass du nun doch mit der Metoka nach New York segelst. Wie hast du es geschafft, an ein Ticket zu kommen?«

»Das würdest du wohl gerne wissen!«, giftete Caitlin. »Aber dieses Geheimnis behalten Brendan und ich schön für uns!«

Brendan machte eine unwillige Handbewegung. »Habe ich dir nicht gesagt, dass du den Mund halten sollst, Caitlin?«, erinnerte er sie müde und blickte dann wieder Éanna an. »Was hast du überhaupt hier unten zu suchen?«

Verständnislos sah sie ihn an.

»Na, ich hätte erwartet, dass du deinem reichen Schnösel hier auf der Metoka sein hübsches Kabinenbett wärmen würdest«, sagte er herausfordernd.

»Was redest du denn da?«, stieß Éanna verstört hervor.

»Spiel doch nicht die Ahnungslose, Éanna!«, sagte er ärgerlich. »Du weißt doch ganz genau, dass sich dein feiner Mister O'Brien hier auf dem Segler eingeschifft hat – aber natürlich in der ersten Klasse, wie es einem Herrn seines Standes gebührt!«

Patrick sollte auch an Bord sein? In all den Monaten, in denen sie ihn besucht hatte, hatte er nie ein Wort darüber verloren, dass er Irland verlassen wollte! Doch dann fiel ihr ein, was er bei ihrem letzten Treffen gesagt hatte. »Das ... das glaube ich nicht!«, brachte sie stammelnd hervor.

Brendan zuckte die Achseln. »Glaub meinetwegen, was du willst. Ich jedenfalls habe gestern, als ich mir mein Ticket geholt habe, mit eigenen Augen gesehen, wie er an Bord gegangen ist und sich sein Gepäck hat nachtragen lassen. Der Kerl kann froh sein, dass er da schon oben auf der Gangway war, sonst hätte ich ihm mit meinen Fäusten gezeigt, was ich von ihm halte. Und jetzt lass uns in Ruhe und geh wieder an deinen Platz zurück.« Damit wandte er ihr den Rücken zu und kletterte in seine Koje.

»Ja, vielleicht lässt er ja schon nach dir suchen, damit du ihm in seiner Kabine ein wenig die Zeit vertreibst!«, rief Caitlin schadenfreudig. »Wie das geht, hast du ja wohl inzwischen gelernt!«

In der Umgebung war man auf den Wortwechsel aufmerksam geworden und die teils spöttischen, teils empörten Blicke und Kommentare trieben Éanna eine dunkle Schamröte ins Gesicht. Schnell machte sie, dass sie davonkam, und nur mühsam konnte sie ihre Tränen unterdrücken. Sie brauchte eine Weile, bis sie sich wieder in der Gewalt hatte. Erst dann kehrte sie zu Emily zurück.

Ihre Freundin konnte es kaum glauben, dass sich Patrick O'Brien auch auf der Metoka aufhalten sollte.

»Wie viel muss ihm an dir liegen, dass er nicht einmal vor einer Passage über den Atlantik zurückschreckt, um in deiner Nähe bleiben zu können«, sagte sie, ihre Stimme zu einem Flüstern gesenkt. Sie wollte nicht, dass jeder in ihrer Nähe mithörte.

»Ach, Emily! Was redest du denn da für einen Unsinn! Aus diesem Grund wird er ganz sicherlich nicht nach Amerika reisen«, gab Éanna ebenso leise zurück. Sie musste an den

Streit denken, den sie an Patricks Wohnungstür mitbekommen hatte, und an die Sache mit dem Whiteboy. War dies womöglich der Grund für seine Reise? Vielleicht hatte man ihm nach seinem Leben getrachtet und er war bei einer überstürzten Flucht auf dieses Schiff geraten?

»Na ja, vielleicht bist du nicht der *alleinige* Grund«, räumte Emily ein. »Aber ich wette, dass er sich schon etwas dabei gedacht hat, sich für die Metoka zu entscheiden. Denn er hätte es sich ja wohl leicht erlauben können, eine Passage auf einem Dampfer zu bezahlen. Dann wäre er um einiges schneller und bequemer an sein Ziel gekommen!«

Das war ein berechtigter Einwand. Und Éanna musste sich insgeheim eingestehen, dass der Gedanke ihr guttat, dass er sich vielleicht auch ihretwegen für die Metoka entschieden hatte.

»Aber warum zerbrechen wir uns jetzt den Kopf darüber?«, fuhr Emily munter fort. »Mister O'Brien weiß ja, dass du hier im Zwischendeck bist. Bestimmt wird er nach dir Ausschau halten. Dann wird er dir schon erzählen, warum er an Bord ist. Und es würde mich nicht überraschen, wenn es sehr wohl mit dir und diesem leidenschaftlichen Kuss zu tun hat, den er dir am Sonntag gegeben hat.«

Bei diesen Worten schoss Éanna die Röte ins Gesicht und gleichzeitig fühlte sie ein Ziehen in der Brust, das ihr das Herz schwer machte. Hatte Patrick O'Brien nicht schon genug angerichtet?

Andererseits: Was konnte Patrick für Brendans bodenlose Eifersucht? Er hatte nichts Unrechtes getan – bis auf diesen einzigen Kuss. Und sie wusste nur zu genau, dass ein Wort, ein Blick von ihr genügt hätte, ihn daran zu hindern.

Emily lachte, als sie die Verlegenheit der Freundin sah. »Du brauchst doch deshalb nicht gleich rot zu werden!«, neckte sie. »Ich an deiner Stelle würde es mir zehnmal überlegen, ob ich dem Werben eines Mannes wie Mister O'Brien viel Widerstand entgegensetzen würde. Zumal seine Gefühle für dich offenbar ehrlich sind. Nicht einmal den Anflug eines Versuchs hat er unternommen, dich zu verführen.«

Éanna setzte zu einer Erwiderung an, doch Emily kam ihr zuvor. »Ich weiß, ich weiß, du liebst nicht ihn, sondern deinen verbohrten und hitzköpfigen Brendan. Der dich nicht nur geohrfeigt, sondern sich zu allem Übel auch noch mit Caitlin eingelassen hat. Und das wirft nicht gerade ein gutes Licht auf ihn, wenn du mir diese Bemerkung erlaubst.«

Im Stillen gab Éanna ihr recht. Dennoch nahm sie Brendan vor ihrer Freundin in Schutz. »Er hat es ja nur getan, weil er sich ... nun ja, an mir rächen wollte. Anders kann ich es mir nicht erklären. Sonst hätte es ihn doch nie zu einer wie ihr getrieben!«, verteidigte sie ihn.

»Ach, und das entschuldigt alles?« Emily zog die Augenbraue hoch. »So schnell würde ich es ihm nicht verzeihen, dass er sich sofort in die Arme dieser Dirne geworfen hat! Deshalb gebe ich dir auch den guten Rat, ihm jetzt bloß nicht nachzulaufen! Lass ihn ruhig eine Zeit lang in Ruhe und tu so, als ob er dir gleichgültig geworden wäre. Auf See wird er schon einen klaren Kopf bekommen und sicher bald bereuen, was er getan hat. Verlass dich drauf.«

»Dein Wort in Gottes Ohr!«, seufzte Éanna.

»Und um dieses durchtriebene Biest Caitlin brauchst du dir keine Gedanken zu machen«, versicherte Emily. »Wenn Brendan wirklich der Mann ist, für den du ihn hältst, dann wird es nicht allein bei getrennten Kojen bleiben, sondern dann wird er schon bald nichts mehr mit ihr zu schaffen haben wollen. Falls aber nicht, dann ist er deiner Liebe nicht wert! Und dann tust du besser daran, ihn so schnell wie möglich zu vergessen – und dich an Mister O'Brien zu halten.«

Éanna musste Emily hoch und heilig versprechen, sich ihren Rat zu Herzen zu nehmen. Sie sah ja ein, dass sie sich nur lächerlich machte, wenn sie Brendan nachlief und ihn weiter anbettelte, ihr zuzuhören. Doch leider fiel es ihr trotz allem nicht leicht, ihrem Geliebten fernzubleiben.

Schon in den wenigen Stunden, die Éanna und Emily auf dem Schiff verbracht hatten, war die Luft im Zwischendeck von einer Vielzahl unangenehmer Gerüche erfüllt. Es gab kein einziges Bullauge. Frische Luft und Licht konnten allein durch die Luke des Niedergangs in das Massenquartier eindringen. Doch die Auswanderer machten sich wenig Gedanken darüber, wie es schon nach wenigen Tagen unter solchen Bedingungen im Zwischendeck auszuhalten sein würde, denn keiner konnte erwarten, dass es endlich losging.

Als der Gezeitenwechsel am späten Nachmittag einsetzte, erschallte an Deck schließlich das Kommando, die Leinen der Metoka loszuwerfen. Und erst jetzt gaben die beiden Wache stehenden Seeleute, die bis zum Ablegen der Bark niemanden heraufgelassen hatten, die Ausstiegsluke frei. Augenblicklich setzte ein Massenansturm auf den einzigen Zugang nach oben ein.

Éanna und Emily kämpften sich in dem Gedränge langsam

zur Luke vor. Denn auch sie wollten einen letzten Blick auf ihre Heimat werfen, die sie höchstwahrscheinlich nie wiedersehen würden. Als sie das Hauptdeck erreichten, wimmelte es dort schon von Mitreisenden. Das Vorschiff, von wo aus man den besten Rundblick hatte, war längst belegt. Aber immerhin gelang es ihnen, eine freie Stelle an der Steuerbordreling zu finden.

Unter der Führung eines Lotsen, der dem Steuermann am mächtigen Speichenrund des doppelseitigen Ruders knappe Befehle für den Kurs zurief, legte die Metoka vom Kai ab und glitt hinaus auf den Fluss. Noch hatte die Bark kaum Segeltuch gesetzt. Die dunkle Strömung des Liffey übernahm einen Gutteil der Arbeit, den Dreimaster aus dem Hafen hinunter in die Dublin Bay zu tragen.

Éanna versuchte, Patrick auf dem Achterschiff ausfindig zu machen. Dort hatte sich die bedeutend kleinere Menschengruppe der Kabinenpassagiere erster und zweiter Klasse eingefunden. Aber sosehr sie sich auch bemühte, sie konnte ihn nicht entdecken. Es standen zu viele Menschen zwischen ihr und dem Seil hinter dem Großmast, das die Erste- und Zweite-Klasse-Passagiere von den Reisenden des Zwischendecks trennte, um einen ungehinderten Blick zu haben.

Éanna sah hinaus auf das Land, das an ihnen vorbeizog, das Land ihrer Jugend und ihrer Vorfahren. Und mit einem Mal wurde all das, was in den letzten Tagen und Wochen geschehen war, unwichtig. Jeder Kummer verblasste vor den Erinnerungen an ihre Familie und ihre Heimat, während der Fluss sich immer mehr weitete, in die Dublin Bay ergoss und schließlich in der Irischen See verlor. Éanna gedachte derer, die sie hier zurückließ, ihres Vaters und der Mutter, die in einem Armengrab an der Straße der Sterne verscharrt lag. »Ich habe es geschafft, Mutter«, flüsterte sie leise. »Ich habe es geschafft!«

Auch die anderen Auswanderer hatten Tränen in den Augen.

»Niemals werden wir wieder ein Land von so schönem Grün sehen wie unser geliebtes Irland«, sagte eine Frau mittleren Alters, die neben ihrem Mann und zwei halbwüchsigen Jungen stand. Ihre Kinder blickten mit großen Augen über die Reling, sichtlich im Zwiespalt, ob sie sich auf dieses ferne Land Amerika freuen sollten oder ob doch die Sehnsucht nach ihrer Heimat überwog.

Der Lotse war indessen von Bord gegangen und die Mannschaft enterte in der Takelage auf, um die Segel an den Rahen loszuwerfen. Wie ein kraftstrotzendes Reitpferd, dessen Zügel man locker gelassen hatte und das nun bereitwillig in den Galopp fiel, hob sich die Bark unter dem Druck der geblähten Segel aus der See und schnitt mit rauschender Bugwelle durch die eisigen Wogen.

»Der Herr hat es nicht anders gewollt, Liebes«, antwortete der Vater mit dem Fatalismus eines Mannes, der es schon längst aufgegeben hatte, mit dem Schicksal zu hadern. »Aber Irland wird bleiben, wie es ist, auch wenn wir schon längst unter der Erde liegen.«

»Ich hätte niemals das Land meiner Väter und Vorväter verlassen sollen«, klagte ein älterer Auswanderer. »Gott allein mag wissen, wo nun mein Grab sein wird! Vielleicht irgendwo dort draußen auf hoher See, an einem namenlosen Ort!«

Éanna fröstelte im kühlen Abendwind. Rasch fielen die felsigen Ufer der Dublin Bay mit ihren zerklüfteten Klippen hinter ihnen zurück.

Das Abendlicht gewährte ihnen noch einen letzten Blick auf das schroffe, steinige Howth Head und das einsam vor der Küste liegende Eiland Ireland's Eye. Vom Vordeck drang eine melancholische Melodie zu ihnen herüber, die jemand auf seiner Fiedel spielte. Es war die traurige Ballade *Eileen A Noon*[*], mit der die Iren den Tod eines ihrer Helden beklagten. Sofort nahmen einige die Melodie auf und sangen leise:

»Die Nacht ist rau und kalt, die Winde jagen, Robert A Noon ...
Viel kälter mag mein Herz im Busen schlagen, Robert A Noon ...
Nie wird mir die heitre Sonne wieder scheinen, nie kann mein Herz mehr erwärmen meinen ... Robert A Noon ...

Oh, es ist kalt, erstorben – gleich dem deinen, Robert A Noon ...
Ich möchte nie von diesem Ort mich trennen, Robert A Noon ...
Ach, welchen andern soll ich Heimat nennen? Robert A Noon ...«

Éanna merkte gar nicht, dass ihr die Tränen über das Gesicht liefen. Dann versank die Küste Irlands im Dunkel der Nacht und es gab um sie herum nur noch die lange, tiefe Einsamkeit des unermesslichen Meeres.

[*] Übersetzt bedeutet »A Noon« so viel wie »Meines Herzens geheimer Schatz«.

Vierundzwanzigstes Kapitel

Nicht einer der Iren im Zwischendeck hatte vor dieser Reise jemals den Fuß auf ein Schiff gesetzt. Als Bauern und Handwerker waren sie festen Boden unter ihren Füßen gewohnt. Und nun sahen sie sich dem unablässigen Auf und Ab der Metoka hilflos ausgesetzt.

Es half weder, das Schaukeln einfach zu ignorieren, noch, sich ihm anpassen zu wollen. Denn die Kräfte von See und Wind, die auf das Schiff einwirkten, folgten keinem gleichbleibenden Rhythmus. Und die unausbleibliche Folge war, dass der Körper, aus seinem gewohnten Gleichgewicht gebracht, darauf mit zunehmendem Unwohlsein reagierte und der Magen zu revoltieren begann.

Innerhalb weniger Stunden gab es im Zwischendeck kaum jemanden, der nicht unter der Seekrankheit litt. Auch Éanna und Emily blieben von ihr nicht verschont. Aber Éanna hatte das Glück, dass es bei ihr nur bei einer schweren Übelkeit blieb, die es ihr fast unmöglich machte, auch nur wenige Bissen Zwieback länger als ein paar Minuten im Magen zu halten.

Dagegen gehörte ihre Freundin zu jenen Gequälten, die sich bald nicht mehr aus ihrer Koje erheben konnten und die sich nur noch wünschten, sich niemals auf dieses Schiff begeben zu haben.

Éanna kümmerte sich um Emily, so gut es ging. Doch viel

konnte sie nicht für die Freundin tun. Mit kalten Lappen und tröstenden Worten war ihre Qual nicht zu lindern. Emily verweigerte auch das kleinste Stück Zwieback, reagierte bald kaum noch und stierte apathisch an die Decke.

Das Zwischendeck glich schon am zweiten Tag einem riesigen, verdreckten Krankenlager. Nur noch wenige brachten die Kraft und den Willen auf, sich zu den Toiletten am Bugsprit zu schleppen oder sich über die Reling zu übergeben. Und es waren nicht nur Kinder, die sich einfach dort erleichterten, wo sie gerade standen oder lagen.

Schon am Morgen des zweiten Tages herrschte im Zwischendeck ein entsetzlicher Gestank. Die Planken in den Gängen waren glitschig von Schleim, Erbrochenem und Urin.

Éanna versuchte, nur durch den Mund zu atmen, als sie, von einem neuen Übelkeitsanfall gepackt, zwischen den Bettreihen zum Ausgang wankte. Als sie sich an Deck Richtung Lee übergab, erntete sie spöttische und abfällige Blicke von einigen Seeleuten. Aber sie und die wenigen Mitpassagiere, die mit ihr an der Reling standen, ignorierten die Schadenfreude der Matrosen.

Nachdem sie alles ausgespuckt hatte, ging es ihr ein wenig besser. Sie hielt sich an einem Tau der Takelage fest, das zu den Rahen des Großmastes hochführte. Der kühle, salzig schmeckende Wind tat ihr gut. Und es half ihr, den Blick auf den Horizont zu richten, um einem erneuten Anfall von Übelkeit vorzubeugen.

Auf einmal hörte sie Patricks gepresste Stimme zu ihrer Rechten. »Meinst du nicht auch, wir haben der See allmählich genug geopfert?«, sprach er sie an. »Ich für meinen Teil finde jedenfalls, dass sich Neptun damit endlich zufriedengeben sollte!«

Seine Stimme zu hören und ihn so unverhofft auf der anderen Seite des Trennseils zu sehen, war ein Schock für sie.

»Ihr seid also tatsächlich an Bord!«, sagte Éanna, nachdem sie sich ein wenig gefasst hatte. Sie trat einen Schritt näher zu ihm an das Seil, ohne dabei jedoch ihre Hand von der Reling zu nehmen. »Brendan hat sich nicht getäuscht.«

Er rang sich ein schwaches Lächeln ab. »Ja, es muss wohl recht überraschend sein, mich ausgerechnet auf diesem Schiff zu sehen«, sagte er. »Aber wenn du jetzt annimmst, ich hätte dir etwas verschwiegen, dann kann ich dir versichern, dass die Reise auf der Metoka wahrlich nicht Teil meiner Lebensplanung war. Ich gestehe, deine Entschlossenheit, dein Glück in der Neuen Welt zu suchen, hat mich inspiriert und ich fing an, mit dem Gedanken zu spielen, vielleicht nicht nur Dublin, sondern sogar Irland zu verlassen. Aber dass ich nun auf der Metoka stehe, war eine überstürzte, im wahrsten Sinne des Wortes überfallartige Entscheidung!« Er lachte grimmig auf.

Éanna glaubte zu wissen, was er damit meinte. Und sie sah keinen Grund, ihre Vermutung vor ihm geheim zu halten. »Habt Ihr Irland wegen Eurer seltsamen Freunde so plötzlich verlassen?«, fragte sie. »Ist es wegen dem Whiteboy, den Mister Delaney Euch schicken wollte?«

Verblüffung zeigte sich auf seinem Gesicht, das ganz grau vor Übelkeit aussah. »Du weißt davon?«

Sie nickte. »Aber ich habe nicht mit Absicht an Eurer Tür gelauscht!«, sagte sie. »Der Zufall wollte es, dass Ihr Euch gerade mit den beiden Männern gestritten habt, als ich bei

Euch eintraf. Da konnte ich gar nicht anders, als Euren Wortwechsel mitzuhören.«

»Dann hat mich mein Gefühl also doch nicht betrogen«, sagte Patrick nachdenklich. »Ich hatte an dem Tag schon so eine Ahnung, weil du irgendwie anders warst und mich so merkwürdig angesehen hast. Aber woher hast du das mit dem Whiteboy erfahren? Den haben mir diese Schwachköpfe tatsächlich geschickt.«

Éanna sagte es ihm und wollte dann von ihm wissen, ob seine einstigen Freunde auch sein Leben bedroht hätten.

»Nun ja, ihre Warnung war mehr als deutlich. Aber ob sie dann auch wirklich so weit gegangen wären, mir die Kehle durchzuschneiden oder Ähnliches zu tun, kann ich nicht sagen. Obwohl dem einen oder anderen aus ihrer Gruppe dieser Gedanke vielleicht tatsächlich gekommen sein mag, aus Angst, ich könne ihren irrsinnigen Plan verraten.«

»Aber was war das denn für ein Plan? Oder ist das besser nicht für meine Ohren bestimmt?«

Ein sehnsüchtiges Lächeln trat auf sein Gesicht. »Dir würde ich nicht nur mein Herz, sondern auch mein Leben anvertrauen, Éanna«, sagte er leise, doch dann riss er sich sichtlich zusammen. »Warum solltest du nicht wissen, was diese Hohlköpfe sich ausgedacht haben, um den Engländern ihren Mut zur Rebellion zu beweisen? Ihnen ist nichts Dümmeres eingefallen, als sich einige Fässer Schießpulver zu besorgen, um irgendwann die Nelsonsäule auf der Sackville Street in die Luft zu jagen!«

»Was Ihr ihnen selbst vorgeschlagen habt«, erinnerte sie ihn.

Patrick verzog das Gesicht. »Ja, ich weiß. Aber hätte ich

denn wissen können, dass diese Narren meine spöttische Bemerkung für bare Münze nehmen würden? Lovett und die anderen wussten doch, wie ich zu Gewalt stehe! Mehr als einmal habe ich ihnen deutlich zu verstehen gegeben, dass ein Aufstand zu noch mehr Gegengewalt und Repressalien vonseiten der Engländer führt. Das hat uns unsere leidvolle Geschichte ja wohl zur Genüge gelehrt. Wir Iren werden die britische Besatzungsmacht nie mit Waffen vertreiben können! Wenn Irland eines Tages seine Freiheit gewinnen will, dann ist dieses Ziel nur auf dem mühseligen Weg friedlicher Verhandlungen zu erreichen. Aber diese Einsicht sucht man bei Leuten wie Lovett Delaney, Cecil McGraw und vielen anderen leider vergeblich.«

»Und was hat Euer Onkel dazu gesagt, dass Ihr Euch so plötzlich zu dieser Überfahrt nach New York entschlossen habt?«, wollte Éanna wissen.

»Getobt hat er! So wütend habe ich ihn noch nie erlebt. Von ihm darf ich nun nichts mehr erwarten, nicht einmal einen ganz bescheidenen Erbanteil. Nicht dass es mir jemals darum gegangen wäre. Mir ist es nicht leichtgefallen, ihm meinen Entschluss mitzuteilen. Und ich wünschte, ich hätte ihn nicht so bitter enttäuschen müssen«, sagte er bedrückt. »Aber es war an der Zeit, ihm endlich die Illusion zu nehmen. Ich muss mein Leben nach meinen Bedingungen und gemäß meiner eigenen Neigungen und Ziele leben. Und dazu gehört nun mal, dass ich Irland für eine Weile hinter mir lasse.«

»Aber wieso?«, fragte sie verwundert. »Ihr könnt doch auch in Irland ein Leben als Schriftsteller führen.«

Patrick schüttelte den Kopf. »Das mag für jene begabten

Autoren möglich sein, die aus sich selbst schöpfen können wie aus einem sprudelnden Quell. Ich dagegen gehöre mehr zu der Sorte Schreiberlinge, deren Kreativität erst durch äußere Einflüsse erwacht«, sagte er mit einer Mischung aus Spott und Selbstkritik. »Und ich glaube nicht, in Irland derzeit solche Anstöße zu finden. Die Neue Welt scheint mir vielversprechender zu sein. Das britische Empire ist trotz seiner Macht innerlich erstarrt und es reizt mich keineswegs, diese Erstarrung schreibend zu erkunden. Zudem es viel Fähigere als mich für diese Aufgabe gibt.« Nachdenklich blickte er über die stürmische See bis zum fernen Horizont. »Amerika dagegen ist ein Land, das in die Zukunft schaut. Die Geschwindigkeit, mit der sich dort Neues entwickelt, und die Bravour, mit der die Menschen sich dort den gewaltigen Aufgaben dieses großen Landes stellen, faszinieren mich. Ich kann es kaum erwarten, dort eigene Erfahrungen zu sammeln.«

»Vielleicht sammelt Ihr ja schon vorher genug Erfahrungen für ein neues Buch. Dafür braucht Ihr lediglich zu uns ins Zwischendeck umzusiedeln!«, schlug Éanna ihm vor und ihre Stimme klang plötzlich bissig. »Da werdet Ihr sicherlich genug finden, was sich des Aufschreibens lohnt.«

Beschämt senkte Patrick den Blick. »Ist es so schlimm?«

»Schlimmer, als Ihr es Euch vermutlich vorstellen könnt!«, versicherte sie und lachte bitter auf. »Aber wer will denn so etwas schon lesen?«

Er nahm das Stichwort auf, bot es ihm doch Gelegenheit, zu dem zurückzukehren, was ihn beschäftigte. »Das ist auch einer der Gründe, der mich zu dieser Reise nach Amerika bewogen hat. Denn für mein Manuskript werde ich weder in Dublin noch in England einen Verlag finden. Keiner lässt sich gern den Spiegel vorhalten. Aber dem amerikanischen Volk ist die irische Hungersnot nicht gleichgültig. Sonst hätte es nicht in großzügiger Hilfsbereitschaft zahllose Schiffsladungen dringend benötigter Lebensmittel nach Irland geschickt. Aber entschuldige, dass ich die ganze Zeit nur von mir rede, Éanna. Sag, wie sieht es mit dir und Brendan aus? Habt ihr schon Pläne für euer neues Leben in Amerika geschmiedet?«

»Nein, und da gibt es auch nichts mehr zu schmieden«, antwortete sie niedergeschlagen.

Patrick runzelte die Stirn. »Wie soll ich das verstehen? Das klingt ja so, als stünde es mit euch beiden nicht gerade zum Besten!«

»Dass es nicht gerade zum Besten steht, ist noch sehr untertrieben«, murmelte sie und sagte mehr zu sich selbst: »Es sind die Bücher gewesen. Ich hätte am Sonntag nicht noch einmal zu Euch kommen dürfen.«

Und ehe sie darüber nachgedacht hatte, ob es klug war, was sie tat, erzählte sie ihm, was nach ihrem Besuch vorgefallen war.

»Das habe ich nicht gewollt!«, rief er bestürzt, als sie geendet hatte. »Mein Gott, Éanna! Wie kann er nur glauben, du wärst eines . . . eines von diesen Mädchen, die sich für Geld verkaufen!«

Sie zuckte die Achseln und mied seinen Blick. »Er denkt es aber und will sich nicht einmal anhören, wie es wirklich gewesen ist. Was soll ich da noch tun?«

Er schwieg einen Moment. »Möchtest du, dass ich mit ihm rede? Es wird mir zwar nicht gerade leichtfallen, dem Mann gegenüberzustehen, den ich brennend um die Gefühle beneide, die du ihm entgegenbringst, aber diesen Canossagang bin ich dir wohl schuldig.«

Überrascht von seinem unerwarteten Angebot, hob sie den Kopf. »Patrick! Das würdet Ihr wirklich für mich tun?«

Er schnitt eine Grimasse. »Ja, und zwar so gerne, wie ich mir ein böses Geschwür aufschneiden lassen würde. Aber wenn es dir wichtig ist und du meinst, dass es dir helfen könnte, werde ich es tun. Und zwar sobald ich diese elende Seekrankheit überwunden habe!«, versprach er.

Éanna konnte nichts erwidern, so überwältigt war sie von seinem Angebot. Sie konnte sich vorstellen, was es für ihn bedeuten musste. Aber ihr würde es vielleicht die Chance geben, sich wieder mit Brendan zu versöhnen! Wenn Brendan erst die Wahrheit kannte, musste er doch wieder zu ihr kommen!

»Also gut, abgemacht! Ich rede mit ihm«, gab Patrick ihr sein Wort. »Glaube deshalb jedoch nicht, dass ich den Kuss bereue. Aber solange dein Herz an Brendan gebunden ist, gibt es für mich sowieso nichts zu erhoffen.«

Zum ersten Mal, seit Éanna unter der Seekrankheit litt, kehrte für einen Moment etwas Farbe in ihr Gesicht zurück. Sie zögerte. »Vielleicht ist es besser, Eure Hoffnung ein für alle Mal zu begraben«, sagte sie. »Das macht es leichter für Euch.«

Er lächelte. »Weshalb sollte ich, Éanna? Die Welt ist voller Wunder. Und die Hoffnung stirbt zuletzt.«

Fünfundzwanzigstes Kapitel

Sein letzter Satz hallte in Éanna nach, als sie schon längst wieder an Emilys Lager saß. Auch wenn sie wusste, dass er nicht klug handelte, konnte sie Patrick doch nur zu gut verstehen. Auch sie weigerte sich, die Hoffnung auf eine Versöhnung mit Brendan aufzugeben. Aber bevor es überhaupt dazu kommen konnte, dass Patrick seinen Teil dazu beitrug, vergingen noch viele leidvolle Tage, in denen die Seekrankheit auf der Metoka wütete. Und in dieser Zeit galt ihre Sorge einzig und allein Emily. Denn mit jedem Tag wurde ihre Freundin schwächer. Sie reagierte auf nichts, gab ihr nicht einmal mehr Handzeichen und schien dem Tod näher als dem Leben zu sein.

Doch genauso plötzlich, wie die Seekrankheit über die Auswanderer gekommen war, ließ sie auch wieder von ihnen ab. Bei Éanna geschah es in der Nacht vom vierten auf den fünften Tag auf See. Als sie erwachte, war der Grund dafür diesmal nicht Übelkeit, sondern ihr knurrender Magen. Und von einem Tag auf den anderen machten ihr die Bewegungen der Metoka nicht mehr das Geringste aus. Sie hatte über Nacht Seebeine bekommen, wie es die Seeleute nannten. Und sie hatte einen unbändigen Hunger!

Nach und nach erholten sich auch Emily und all die anderen. Wer noch vor Stunden der festen Überzeugung gewesen war, nie wieder einen Bissen über die Lippen zu bekommen, und sich den Tod herbeigewünscht hatte, vergaß all das in kürzester Zeit.

Das Zwischendeck erwachte zu neuem Leben. Das Stimmengewirr schwoll von Stunde zu Stunde stärker an. Man hörte wieder Kinderreime, Scherze und Gelächter und manch einer fand auch die Lust am Streiten wieder, wenn ihm ein Nachbar in die Quere kam. Denn überall begannen nun Teller, Töpfe und Pfannen zu klappern und es setzte ein wahrer Ansturm auf die Kochstelle auf dem Vordeck ein.

Dort hatte die Mannschaft einen primitiven Herd für die Zwischendeckpassagiere errichtet, der sich *Caboose* nannte und der fortan die einzige Feuerstelle für zweihundertfünfzig Menschen sein sollte. Er bestand aus einem rechteckigen Eisenkasten, der aus einem großen Fass mit Kohlen gefüllt wurde und an drei Seiten von Bretterwänden umschlossen war. Die Innenwände hatten die Seeleute mit einer Lage Ziegelsteine verkleidet. Obenauf lag ein Eisengitter, auf dem gerade mal ein halbes Dutzend Töpfe oder Pfannen Platz fand.

Die Kohlen wurden am frühen Morgen von einem stiernackigen Seemann namens Jack Slocum entzündet, der sich Deckskoch nannte und auch so angesprochen werden wollte. Dabei rührte er nicht den kleinsten Finger, was das Kochen anging. Seine Aufgabe bestand allein darin, morgens mit wichtigtuerischer Miene das Feuer zu entzünden und dann dafür zu sorgen, dass sich alle ordentlich hinter ihm anstellten und keiner am Herd herumtrödelte. Und obwohl erst um sieben Uhr abends das Kohlenfeuer mit einem Kübel Wasser gelöscht wurde, erhielten Dutzende von ihnen keine Gelegenheit, auf dem Herd ihr Porridge anzurühren, Reisplätzchen zu backen oder Kartoffeln zu kochen.

Jack Slocum genoss seine Macht über die Auswanderer, die sich mit ihrem Kochgeschirr hungernd und geschwächt in langen Schlangen hinter ihm drängten. Freundlichkeit oder gar Mitgefühl waren ihm fremd. Wer ihm aus irgendeinem nichtigen Grund oder aus einer Laune heraus missfiel, den stieß er grob zurück. Wer ihm schmeichelte, dem gewährte er gelegentlich den Vortritt. Und wer noch die Mittel besaß, ihn bestechen zu können, der konnte sich gleich vorn an den Herd stellen. Um das zu erreichen, ließ sich so manches junge Mädchen dazu hinreißen, ihm schöne Augen zu machen.

Jack Slocum zog schnell den Hass der Zwischendeckpassagiere auf sich.

»Wenn ich die Kraft dazu hätte, ich würde diesem Teufel das Kreuz brechen, der Herr ist mein Zeuge!«, stieß ein Mann, der vor Éanna in der Reihe stand, mit ohnmächtigem Zorn hervor.

Von allen Seiten kamen, wenn auch nur geflüstert, ähnliche Verwünschungen.

»Noch nie hat ein lasterhafterer Mann als dieser Jack Slocum ins Licht der Sonne geschaut!«

»Du sagst es, Seamus! Er ist der übelste Schurke, der jemals dem gerechten Strick des Henkers entkommen ist!«

»Pest und Krätze über ihn!«

Bis zur späten Mittagsstunde musste Éanna warten, bis sie endlich vorgerückt war und ihren Topf auf das Feuer stellen konnte. Das lange Anstehen hatte sie viel Kraft gekostet. Und sie wollte besser nicht daran denken, wie es denen ergehen mochte, die noch weit hinter ihr standen und von denen viele sich in einem körperlich schlechteren Zustand befanden als sie. Denn nicht wenige ihrer Mitpassagiere waren immer noch von der Hungersnot, der sie entkommen wollten, gezeichnet.

Éanna schwor sich, fortan nichts unversucht zu lassen, um die tägliche Wartezeit auf ein einigermaßen erträgliches Maß zu bringen. Und das bedeutete, schon in aller Herrgottsfrühe aus der Koje zu kriechen. Nur wenn sie zu den ersten zwei, drei Dutzend Leuten gehörte, die darauf warteten, dass Slocum die Kohlen anzündete, mussten Emily und sie nicht bis in den Nachmittag hinein auf etwas Warmes zu essen warten.

»Wir werden uns mit dem Anstellen und Kochen abwechseln«, versicherte Emily, als Éanna ihr am ersten Tag den Porridgebrei reichte, den sie mit ein wenig Melasse schmackhafter gemacht hatte. »Du wirst sehen, ich bin morgen schon wieder auf den Beinen!« Und gottlob behielt sie damit recht.

In den Stunden, die Éanna morgens auf ihre Kochzeit warten musste, bekam sie reichlich Gelegenheit, ihre Mitpassagiere zu beobachten. Da war etwa der Bauer aus dem Hinterland von Mayo, der sich im Zwischendeck offensichtlich von Dieben umgeben wähnte. Denn er trug nicht nur in mehreren Lagen übereinander alles am Leib, was er an Kleidung besaß, sondern auch sein sonstiges Hab und Gut. Seine Decke hatte er sich als Rolle auf den Rücken geschnallt und an mehreren Stricken, die er sich um Brust und Hüfte gewickelt hatte, hingen Becher, Töpfe, Pfanne, Werkzeug, Besteck, Beutel mit Tee, Salz und Zucker und noch vieles andere mehr. Und jeden, der ihn anzusprechen wagte, funkelte er feindselig an, als fürchtete er, von ihm beraubt zu werden.

Auf ganz andere Art stach ein immer fröhlich vor sich hin pfeifender und summender Mann aus der Menge heraus, an dem schnell der ebenso spöttische wie bezeichnende Spitzname *Dirty O'Riley* hängen blieb. Hose, Hemd und Rock waren so mit Dreck und Erde verkrustet, dass sie ganz steif von seinem hageren Leib abstanden. Aber auch Hände, Gesicht, Bart und Kopfhaar waren mit einer Dreckschicht bedeckt.

»Dieser O'Riley trägt an sich ja mehr Erde aus Irland mit sich herum, als in unseren größten Kochtopf passt«, sagte Emily fassungslos, als sie ihn das erste Mal zu Gesicht bekam, und das traf es sehr genau. »Der will wohl sein gesamtes ehemaliges Pachtland mit nach Amerika bringen!«

Als einer seiner Kojennachbarn ihn nach Tagen anredete und ihm zu verstehen gab, dass es nun wirklich an der Zeit sei, sich zu waschen, drohte ihm Tam O'Riley mit seinem dreckigen schwarzen Zeigefinger, wenn auch mit einem Augenzwinkern: »Du willst wohl, dass ich todsterbenskrank werde und Captain Crimshaw meinen Leichnam zu den Fischen schickt!« Und dann schlenderte er auch schon unter fröhlichem Pfeifen weiter über das Hauptdeck.

Die beiden Schwestern, die bald »die beiden unzertrennlichen Jungfern« genannt wurden, machten auf andere Art und Weise auf sich aufmerksam. Man sah sie immer nur zusammen, wo immer sie sich auch aufhielten und wohin sie auch gingen. Stets hielten sie sich mit verängstigter Miene an den Händen, als fürchteten sie, jeden Moment auseinandergerissen, über Bord geworfen oder gar Opfer eines Überfalls zu werden. Und wenn sie miteinander redeten, dann nur im Flüsterton, als bestünden all ihre Gespräche aus Geheimnissen.

Einer der wenigen Auswanderer, die sich mit einer natürlichen Autorität, dabei jedoch gutmütig und bescheiden unter den Mitpassagieren bewegten, war der Schmied Sean McDaid aus Ballymara in Galway. Er war groß wie ein Baum, hatte kohlrabenschwarze Haare, einen breiten Rücken und seine Hände waren so breit wie Bärentatzen. Dass alle ihn wegen seines Aussehens nur *Big Black* nannten, schien ihm nichts auszumachen. Es gab wohl kaum etwas, was ihn aus der Ruhe bringen konnte – mit einer Ausnahme, und das war der Deckskoch Jack Slocum.

Big Black war der Einzige, der es wagte, ihm die Stirn zu bieten. Als Slocum wieder einmal jemanden grob zur Seite stieß, um einen seiner Günstlinge vorzulassen, griff der Schmied ein. Er trat aus der Reihe, schritt gemächlich zu ihm nach vorn und baute sich mit seiner vollen beeindruckenden Größe und Körperkraft vor ihm auf.

»Mir scheint, du bist gerade nicht ganz bei der Sache gewesen und hast dir da einen Patzer erlaubt, der dir, wenn du über dein Verhalten nachdenkst, sicherlich leidtun wird«, sprach er ihn an, ohne dass in seiner Stimme oder in seiner Haltung eine Drohung lag. »Diese arme Frau da ist jetzt an der Reihe. Und dem da«, er deutete mit dem Kopf auf den Mann, der sich hatte vordrängeln wollen, »wirst du sagen, dass er sich gefälligst wie alle anderen hinten anstellen soll.«

Der Deckskoch kniff die Augen zusammen. »Du musst besoffen sein, Ire!«, bellte er und versuchte dabei mühsam, seine Angst zu verbergen. »Und mit meinem Denken klappt es noch sehr gut!«

Big Black blieb die Gelassenheit in Person. »Mag sein, dass ich betrunken bin, Slocum. Aber morgen bin ich wieder nüchtern und dann wird es hier einen anderen Deckskoch geben.« Dass er, Jack Slocum, dann nämlich nicht mehr an Bord sein würde, sparte er sich. Es war auch nicht nötig, diese Drohung auszusprechen.

Denn der Deckskoch wusste auch so, was ihm blühte, wenn er der ruhigen Aufforderung des Schmieds nicht folgte.

»Spiel dich bloß nicht so auf!«, fauchte er, gab aber augenblicklich der verschüchterten Frau einen Wink, an die Kochstelle zu treten. Und seinen Günstling schrie er an, was ihm bloß einfalle, einfach so an die Spitze der Schlange zu spazieren.

Von Stund an bezähmte Jack Slocum seine Willkür mit finsterer Miene, wann immer sich Big Black in der Nähe der Kochstelle aufhielt. Und der Schmied suchte sich sehr oft genau dort auf dem Vorschiff einen Platz aus, um stundenlang an seinen Schiffsmodellen zu schnitzen. Dafür konnte er sich der Gunst und Dankbarkeit der Auswanderer sicher sein.

Neben einigen anderen recht seltsamen und besonders ins Auge stechenden Gestalten war da auch noch der schlaksige junge Mann, der kaum den Mund aufmachte, barfuß ging und zerlumpte Hosen und einen viel zu großen schwarzen Rock trug, dessen Schwalbenschwänze fast bis auf die Planken reichten. Er fiel den anderen auf, weil er sich stets mit einer übergroßen Pfanne am Herd anstellte, in der er stets nur eine Handvoll Essen, eben das, was er brauchte, zubereitete.

Das entlockte eines Tages einer älteren Frau den besorgten Ausruf: »Wenn sich der arme Bursche nicht bald eine kleinere Pfanne besorgt, ist er lange verhungert, bevor wir in Amerika sind!«

Die Leute um sie herum lachten sie wegen dieser unlogischen Bemerkung nicht aus, sondern nickten nur beifällig. Es war eine typisch irische Sinnverdrehung und alle verstanden, was sie meinte. Das war die Hauptsache.

Éanna wartete tagtäglich, dass es endlich zu dem Gespräch zwischen Brendan und Patrick kam. Sie begab sich – sooft es ging und die Mannschaft es erlaubte – an Deck, immer in der Hoffnung, Patrick und Brendan am Seil stehen und miteinander reden zu sehen. Aber entweder hatte Patrick es sich anders überlegt, was sie allerdings für unwahrscheinlich hielt, oder er hatte noch keine günstige Gelegenheit gefunden.

Doch eines Tages stieg sie mit Emily gerade noch rechtzeitig an Deck, um zu sehen, wie Patrick das Seil anhob, um auf ihren Teil des Hauptdecks zu kommen. Brendan stand nur wenige Schritte von ihm entfernt an der Reling und redete mit jemandem, den Éanna nicht kannte. Von Caitlin war nichts zu sehen und dafür dankte sie dem Himmel.

»Emily, da sind Patrick und Brendan!«, raunte sie ihrer Freundin aufgeregt zu. »Gleich wird er mit ihm reden und alles aufklären!«

»Gebe Gott, dass es auch wirklich so kommt«, sagte Emily zurückhaltend. »Brendan wird nicht eben gut auf ihn zu sprechen sein, vergiss das nicht! Und ein Hitzkopf wie er lässt sich von einem Mann wie Mister O'Brien sicherlich nicht gern darüber belehren, dass er dir unrecht getan hat!«

Genauso kam es dann auch. Denn kaum war Patrick zu ihm getreten und hatte einige Worte mit ihm gewechselt, als Brendan ihn auch schon mit beiden Händen zurückstieß. Und selbst auf die Entfernung konnten Éanna und Emily hören, wie er ihm wütend zurief: »Verschwindet bloß wieder auf Eure Seite, wo Ihr hingehört! Ich will mit Euch nichts zu schaffen haben. Lügt doch einem anderen das Ohr voll mit Eurem hochnäsigen Gefasel!« Und dann stürmte er wutentbrannt davon.

Éanna wollte schon zu ihm hinüberlaufen. Doch Emily wusste das zu verhindern, indem sie ihre Freundin kurzerhand festhielt. »Tu es bloß nicht!«, riet sie ihr eindringlich. »Wenn er schon vorher nicht mit dir reden wollte, glaubst du, er ist vielleicht jetzt in der richtigen Stimmung dazu?«

Éanna biss sich auf die Lippen, um die Tränen zurückzuhalten. Es enttäuschte sie bitter, dass Patrick Brendan nicht einmal dazu hatte bewegen können, ihm auch nur eine Minute lang zuzuhören. Und sie fragte sich verzweifelt, was denn jetzt bloß noch passieren sollte, damit Brendan endlich einlenkte und sich anhörte, wie es wirklich gewesen war?

»Du musst einfach Geduld haben«, versuchte Emily sie zu trösten. »Manche Dinge brauchen ihre Zeit, um zu reifen. Und Brendan hat nun mal einen riesigen Dickkopf! Das weißt du doch.«

Éanna sagte nichts und ließ nur den Kopf hängen.

Emily versuchte sie abzulenken, indem sie betont munter

fragte: »Sag mal, hast du auch schon von der Lotterie gehört, an der wir uns beteiligen können?«

Gleichgültig zuckte Éanna die Achseln. Dass unter ihren Mitreisenden eine wahre Wettleidenschaft ausgebrochen war, hatte auch sie mitbekommen. Die Leute wetteten auf alles Mögliche. So gab es täglich eine Wette, wie viele Seemeilen die Metoka wohl am Abend zurückgelegt haben würde. Denn nach der Messung mit dem Log wurde das Ergebnis jeden Abend an Bord bekannt gegeben. Andere wetteten darauf, wann wohl der Steuermann in die Speichen des Ruders griff, um das Schiff von Steuerbordbug auf Backbordbug zu legen; wann Slocum mal wieder einen von der Kochstelle zurückwies; wie oft die Fiedler an diesem Tag diese oder jene Melodie wiederholten; welcher Seemann die Rationen austeilte; wann die unzertrennlichen Jungfern die Toilette am Bugsprit aufsuchten; wie viele Versuche irgendein Pfeifenraucher brauchte, um bei dem Wind seinen Tabak in Brand zu setzen und so weiter. Die Zahl der Wetten, bei denen es um die skurrilsten Dinge ging, ließen sich kaum noch zählen. Alles und jedes war für eine Wette gut und bezahlt wurden die Wettverluste ebenso mit allem Möglichen: mit einem hart gekochten Ei, einem halben gepökelten Codfisch, einem Löffel voll Zucker, Tee oder Melasse, einer Prise Tabak, einem Streichholz und was die Leute sonst noch hatten, um zum Zeitvertreib eine kleine Wette zu wagen. Aber von einer Lotterie hatte Éanna noch nichts gehört.

»Was soll das denn für eine Lotterie sein?«, fragte sie, mehr um Emily nicht vor den Kopf zu stoßen als aus wirklichem Interesse.

»Es geht darum, wer am genauesten die Zahl der Tage, Stunden und Minuten vorhersagen kann, wann der Ausguck Land in Sicht meldet«, berichtete Emily. »Jeder, der mitmachen will, setzt einen Penny! Und wie ich gehört habe, wollen alle dabei sein. Stell dir mal vor, was der Gewinner für nur einen Penny Einsatz bei so vielen Leuten ausgezahlt bekommt: einen ganzen Sovereign!«

Éanna machte ein skeptisches Gesicht. »Und was ist, wenn der Bursche, der auf diese clevere Idee gekommen ist, gar nicht daran denkt, das Geld auszuzahlen, und sich irgendeinen Schwindel einfallen lässt?«

Emily lachte und schüttelte den Kopf. »Das wird nicht passieren. Der Gewinn ist garantiert! Denn Big Black hat es übernommen, das Geld bis zur Auszahlung in Verwahrung zu nehmen. Und bei ihm ist es so sicher wie auf der Bank von England!«

»Das ist natürlich etwas anderes«, räumte Éanna ein und hatte dann nichts dagegen einzuwenden, dass jede von ihnen einen Penny bei dieser Lotterie riskierte. Aber sie wusste schon jetzt, dass auch ein Gewinn von zehn Goldstücken ihren Schmerz nicht lindern würde, wenn sie sich nicht noch vor der Ankunft in Amerika mit Brendan aussöhnte.

Sechsundzwanzigstes Kapitel

Bald hatten die Auswanderer an Bord der Metoka nur noch eine Sorge und die betraf die tägliche Verpflegung. Und die Sorge wuchs mit jeder Woche, mit der sich der Vorrat des eigenen mitgebrachten Reiseproviants immer mehr verringerte. Denn die Rationen, die von den Seeleuten alle paar Tage ausgegeben wurden, fielen noch dürftiger aus, als sie hätten erwarten dürfen.

Die Seeleute, die das Mehl, den Reis und den Schiffszwieback nachlässig in die hingehaltenen Töpfe und Beutel kippten, hielten sich nie an das versprochene Maß. Das allein war schon schlimm genug. Denn viele hatten sich bei ihren Einkäufen von zusätzlichem Proviant fest auf die Angaben der Schiffsagentur verlassen. Nun mussten sie zu ihrer Bestürzung auch noch feststellen, dass die Rationen von schlechter Qualität waren. Der Reis war mit auffallend viel Sand durchsetzt, das Mehl roch muffig und war voller Würmer und der Schiffszwieback so hart, dass man sich an ihm die Zähne ausbrach, wenn man ihn vorher nicht in kleine Stücke schlug oder einweichte. Und was die Rationen an Zucker, Melasse, Tee und insbesondere an Trinkwasser anging, so erreichten diese nie auch nur annähernd das ihnen zustehende Maß.

Für die Eltern minderjähriger Kinder kam noch erschwerend hinzu, dass man sie schon gleich ab Beginn der Reise um einen Teil ihrer Rationen betrogen hatte. Denn da war der Erste Offizier in Begleitung des Schiffsarztes Charles Whittaker, der sich bei der Gesundheitsprüfung zu Beginn ihrer Einschiffung nicht hatte sehen lassen, im Zwischendeck erschienen. Mit blutunterlaufenen Augen und stark nach Alkohol riechend, war er durch die Gänge geschritten und hatte dabei jedes Kind vortreten und sich seinen Namen nennen lassen.

Und immer wieder verkündete er barsch und mit dem Anspruch des studierten Arztes, dessen Urteil über jeden Zweifel erhaben ist: »Willst du mir Sand in die Augen streuen, Bauer? Deine Tochter ist doch keine sechzehn wie hier angegeben, sondern höchstens dreizehn! ... Also schreibt in Eure Liste, Mister Cavendish: Mary Bourke – zwölf! ... Und dieses dünne Bürschchen da soll zehn sein? Dass ich nicht lache! Der Kümmerling ist noch keine sieben! Notiert das, Mister Cavendish: Robert Conway – sechseinhalb!«

Und so ging es weiter. Diese angebliche »Korrektur« der Passagierliste hatte Methode. Denn wen er für unter vierzehn erklärte, der war eine »halbe Seele« und erhielt auch nur halbe Rationen. Und wessen Alter er bis auf sieben oder niedriger drücken konnte, dem stand sogar nur ein Drittel zu. Jeder dieser Passagiere, dessen Alter er so »richtigstellte«, wie er sich ausdrückte, bedeutete für Captain Crimshaw bares Geld.

Auf die Proteste und Beteuerungen der Eltern, das Alter ihrer Kinder sei genau das, was sie beim Kauf ihrer Tickets angegeben hätten, gab Charles Whittaker nichts. Er wischte sie mit verächtlicher Miene und Geste weg wie lästiges Geschmeiß. »Was wisst ihr dummes Landvolk schon, wie alt eure Kinder sind!«, sagte er abfällig. »Wenn ich euch sage, dass eure Brut jünger ist, als ihr in eurer Ignoranz zu wissen meint, dann ist es auch so!«

Wenn die Eltern ein Schriftstück ihres Pfarrers hervorholten, um das wahre Alter ihrer Kinder zu beweisen, warf der Arzt nicht einmal einen flüchtigen Blick darauf und erklärte die Papiere für gefälscht. Er drohte ihnen sogar, sie wegen versuchten Betrugs zur Rechenschaft zu ziehen, wenn sie diese »lächerlichen Fetzen« nicht schnellstens wieder verschwinden ließen und endlich Ruhe gaben. Und da sie die Allmacht von Captain Crimshaw auf der Seite von Charles Whittaker wussten, blieb ihnen nichts anderes übrig, als die Kürzung ihrer Rationen mit zusammengebissenen Zähnen hinzunehmen.

Nach dieser bösen Erfahrung kam unter den Passagieren schnell der begründete Verdacht auf, dass Captain Crimshaw auch alle anderen vorsätzlich betrog und bei der Austeilung falsche Gewichte und Schöpfbehälter verwenden ließ.

»Das sind doch nie und nimmer zwei Pfund Haferflocken!«, empörte sich Éanna, als sie nach langem Anstehen wieder einmal viel zu wenig in ihrem Behälter vorfand.

»Was juckt es mich, was dein blödes Auge dir vorgaukelt! Mach bloß, dass du weiterkommst!«, herrschte sie der Seemann an der Tonne mit den Haferflocken barsch an. »Sonst fliegst du aus der Reihe, bevor du noch Amen sagen kannst, und gehst ohne deine Ration Zwieback zurück in dein Quartier!«

»Zwieback soll das sein?«, kam es da sogleich wütend von Emily hinter ihr. »Das verfluchte Zeug müssen sie aus einem Steinbruch gebrochen haben!«

Sie büßte auf der Stelle für ihre bissige Bemerkung. Denn der Seemann schüttete ihr ihren Anteil Haferflocken nun absichtlich so schnell in den Beutel, dass ihr nicht die Zeit blieb, die Öffnung genau unter den Schöpflöffel zu bringen. Ein gutes Drittel flog daran vorbei und fiel auf die Planken. Etwas davon aufzuheben, wurde ihr nicht erlaubt.

»Los, weiter! Halt nicht die ganze Reihe auf, du tollpatschiges Weibsbild! Hier wird nicht herumgetrödelt wie auf euren stinkigen Kartoffelfeldern! Pass nächstens besser auf, wo du deine Augen hast!«

Dass man ihnen minderwertige Lebensmittel und diese auch noch in nicht ausreichender Menge austeilte, war schon bitter genug. Was jedoch noch viel schwerer wog, war, dass man sie auch bei der täglichen Zuteilung von Trinkwasser regelmäßig betrog. Sechs Quart standen jedem von ihnen laut Liste zu. Und diese mussten zum Kochen *und* zum Trinken reichen, was auch so schon äußerst knapp bemessen war. Aber sechs Quart wurden es nie, wenn sie sich diese Rationen abholten.

»Es ist schon schändlich genug, dass sie uns bei all den anderen Rationen betrügen und der Tee nur dann bis zur nächsten Austeilung reicht, wenn wir ihn zwei- oder dreimal aufgießen!«, klagte eine Frau ihrem Mann. »Aber dass wir nicht genug Wasser bekommen, ist eine Katastrophe! Was soll ich denn bloß mit all dem gesalzten Codfisch machen, den wir mitgebracht haben?«

Der Mangel an ausreichendem Wasser stellte viele vor ein unlösbares Dilemma. Denn wegen der langen Haltbarkeit von in Salz eingelegtem Fisch hatten sie sich reichlich mit dem preiswerten Nahrungsmittel eingedeckt. Aber gepökelter Fisch musste erst ordentlich gewässert werden, bevor er genießbar war. Das stellte die Auswanderer vor die Alternative, entweder genau das zu tun und anschließend nicht mehr genug Trinkwasser zu haben oder aber auf den Fisch zu verzichten und dafür hungrig zu bleiben.

Die Auswanderer im Zwischendeck lernten schnell, es bei Regen der Mannschaft nachzumachen, die dann sofort Segeltuch ausrollte und aufspannte, um das Wasser aufzufangen oder sich sofort daran zu laben und sich damit zu waschen. Sowie Regenwolken aufzogen, stürmte bald jeder mit Töpfen, Pfannen und allen möglichen Behältern an Deck, um sich möglichst viel Regenwasser zu sichern. Manche legten sogar Handtücher aus, um das Wasser hinterher aus dem Tuch zu wringen und in einem Topf aufzufangen. Und nicht wenige Frauen brachten sogar noch Unterröcke mit an Deck, um sie so ähnlich zu verwenden wie die Seeleute ihr Segeltuch. Dieses kostbare Geschenk des Himmels nannten die Leute *Glückswasser*. Nur war es ihnen leider viel zu selten beschieden, den Mangel an Wasser zu lindern.

Die zunehmend knapper werdenden eigenen Vorräte boten Éanna zu Beginn der vierten Woche einen Vorwand, sich wieder einmal in Brendans Nähe zu trauen.

»Brendan hat so wenig Proviant in seinem Sack mit an Bord gebracht, dass er jetzt kaum noch etwas davon übrig haben kann«, sagte sie eines Abends zu ihrer Freundin. »Ich muss ihm etwas von unserem Proviant bringen, Emily! Immerhin hat er ein Gutteil davon mit seinen Ersparnissen bezahlt. Deshalb steht ihm auch sein Anteil daran zu. Ich hoffe, du verstehst das und bist mir nicht böse, wenn wir uns den Gürtel noch etwas enger schnallen müssen.«

Emily verstand sehr wohl, was sie über ihr Gerechtigkeitsgefühl hinaus noch dazu bewog, einiges von ihrem Vorrat an Brendan abzutreten. Aber sie unterließ es, sie darauf anzusprechen, weil es sowieso nichts an Éannas Entschluss geändert hätte.

»Was ihm zusteht, soll er natürlich bekommen«, sagte sie deshalb. »Außerdem habe ich gar keinen Grund, dir böse zu sein. Wie könnte ich auch? Von dem wenigen Geld, das ich zuschießen konnte, hätte ich mir ja noch nicht einmal ein Halbe-Seele-Ticket leisten, geschweige denn all die anderen Sachen kaufen können. Aber überlege dir gut, was du tust und sagst, wenn du mit Brendan sprichst!«

Éanna nickte eifrig und konnte mit ihrem Topf und den Beuteln gar nicht schnell genug zu Brendan kommen. Sie hatte aus den Augenwinkeln beobachtet, wie er kurz vorher vom Deck heruntergekommen war, und wusste, dass sie ihn bei seiner Koje antreffen würde.

Als sie den Mittelgang auf der Steuerbordseite hochging, hielt sie nach Caitlin Ausschau. Erleichtert stellte sie fest, dass sie sich weder im Gang aufhielt noch in ihrer Koje. Vermutlich ging sie wieder einmal in irgendeinem dunklen Winkel oder unten im stinkenden Orlopdeck, das sich direkt unter ihrem Quartier befand und wo die Fracht der Metoka eingelagert war, ihrem Gewerbe nach. Sie und einige andere junge Frauen, die ihren Körper für jede Art von Vergünstigung an Mitpassagiere und Seeleute verkauften, konnten sich über einen Mangel an Interesse für ihre Dienste nicht beklagen. Manche trieben es sogar schamlos in der Nacht in ihren Kojen und gaben sich dabei auch keine Mühe, ihr anrüchiges Tun vor den Augen und

Ohren ihrer Landsleute in den benachbarten Kojen zu verbergen.

Brendan begrüßte sie nicht eben freundlich. Seine Miene war reserviert und seine Stimme kühl, als er knapp fragte, was sie von ihm wollte.

»Ich mache mir Sorgen, dass du nicht genug zu essen bekommst, Brendan«, sagte sie mit belegter Stimme. »Du kannst doch kaum noch was in deinem Proviantsack haben.«

»Und wennschon«, erwiderte er knapp. »Auf deine Almosen bin ich jedenfalls nicht angewiesen!«

Sein harter, abweisender Ton schmerzte sie. Éanna unterdrückte das heftige Verlangen, ihn noch einmal um eine Aussprache zu bitten. Sie wollte sich damit begnügen, wenn er sich jetzt wenigstens willens zeigte, von ihr seinen Teil der Vorräte anzunehmen. Damit wäre immerhin schon ein kleiner Fortschritt erreicht, wie sie sich in Gedanken versicherte.

»Es ist kein Almosen, Brendan«, erwiderte sie. »Du hast ja auch mit deinem Geld dafür bezahlt! Das andere ist doch fast alles für die Tickets und all die anderen Sachen draufgegangen, die wir zu den Vorräten noch gekauft haben.« Dass es sich bei dem »anderen« Geld um die fünfzehn Pfund von Patrick handelte, brauchte sie nicht ausdrücklich zu erwähnen.

Er zögerte und kämpfte sichtlich mit seinem Stolz.

»Nun nimm es schon!«, forderte sie ihn auf. »Du hast hart dafür gearbeitet und es steht dir zu, egal was du von mir denken magst! Von den schändlichen Rationen, die Captain Crimshaw an uns austeilen lässt, kannst du nicht leben!«

»Das ist wohl wahr!«, stieß er grimmig hervor und vergaß in seinem Zorn für einen Moment seinen Vorsatz, sich nicht auf ein Gespräch mit ihr einzulassen. »Aber das können wir uns nicht mehr lange gefallen lassen! Schon gar nicht, dass sie uns jeden Tag um unsere Wasserration betrügen! Da muss unbedingt etwas geschehen.«

»Was soll denn da groß geschehen?«, fragte Éanna verblüfft. »Wir sind doch der Willkür von Crimshaw und seiner Mannschaft hilflos ausgeliefert. Er kann tun und lassen, was ihm beliebt. Wir sind auf See und da gibt es niemanden, bei dem wir unser Recht einklagen könnten.«

»Das werden wir ja sehen, ob wir wirklich so hilflos sind, wie du und die englische Lumpenbande um Captain Crimshaw glauben! Dem muss endlich das dreckige Handwerk gelegt werden, wenn er sich weiterhin auf unsere Kosten die Taschen füllt!«, erwiderte Brendan mit einer Wut in der Stimme, die ihr Angst machte. »Das muss ein Ende haben! Und es wird auch etwas geschehen, darauf kannst du Gift nehmen! Und zwar schon morgen bei der Ausgabe unserer Wasserration!«

»Brendan!«, rief sie erschrocken. »Komm bloß nicht auf ...«

Er fiel ihr ins Wort, abrupt das Thema wechselnd. »Aber du hast recht, mein Geld steckt auch mit in den Vorräten. Also gib das Zeug her!«, brummte er. Damit nahm er ihr die Beutel ab und kippte den Reis aus ihrem Kochtopf in einen seiner Blechbehälter. »Die Beutel bringe ich dir später zurück.« Damit wandte er sich von ihr ab und kramte in seinen Sachen herum, als würde er etwas suchen. Aber dass es ihm nur darum ging, nicht weiter mit ihr sprechen zu müssen, war offensichtlich. Sie wandte sich traurig ab und so entging ihr, dass er kurz den Kopf hob und ihr voller Sehnsucht nachblickte.

Mit langsamen Schritten ging sie zurück aufs Deck. Sie hatte nicht gewagt, Brendan zu fragen, was er mit seinen Worten gemeint hatte. Dass er überhaupt so lange mit ihr gesprochen und den Proviant angenommen hatte, war schon ein hoffnungsvolles Zeichen.

Trotzdem machte sie sich Sorgen um ihn. Sie wusste nur zu gut, wozu er fähig war, wenn sein hitziges Temperament die Oberhand über seinen gesunden Menschenverstand gewann. Und voll Bangen sah sie dem nächsten Morgen entgegen.

Aber was immer Brendan auch durch den Kopf spukte, um zu gerecht verteilten Rationen zu kommen, er konnte es am folgenden Morgen nicht in die Tat umsetzen. Denn schon in der Nacht jagte aus Nordwesten eine unheilvoll dunkle Wolkenwand heran. Gewaltige Donnerschläge rollten wie Kanonenschüsse über die aufgewühlte, weiß schäumende See und Blitze zuckten unter fürchterlichem, scharfem Bersten aus der Schwärze, als würde das Himmelsgewölbe auseinanderbrechen. Und dann fiel der Sturm auch schon wie ein reißendes Raubtier über die Metoka her.

Siebenundzwanzigstes Kapitel

Captain Crimshaw und seine Mannschaft wurden von dem Unwetter völlig überrascht. Bevor die Seeleute aufentern und einen Großteil des Tuches einholen konnten, zerrissen auch schon mehrere Segel der Bark unter dem gewaltigen Druck der jäh herabfallenden Böen. Es klang wie Pistolenschüsse. Und die langen Fetzen, die an den Rahen noch eine Weile dem wütenden Zerren der Naturgewalt Widerstand leisteten, wehten knallend wie Peitschen im jaulenden Wind.

Wer sich von den Passagieren der Metoka zu dem Zeitpunkt an Deck aufgehalten hatte, wurde von brüllenden Seemännern in sein Quartier gejagt. Und noch bevor die Menschen im Zwischendeck richtig begriffen hatten, was vor sich ging, knallte auch schon die Ausgangsluke zu und wurde von oben verriegelt.

»Der Allmächtige sei uns gnädig!«, schrie jemand, als der Dreimaster von den ersten schweren Brechern getroffen wurde und in der See zu taumeln schien.

Überall im Halbdunkel des Zwischendecks war das furchterfüllte und zittrige Murmeln der betenden Passagiere zu hören. Unzählige Vaterunser vermischten sich mit ebenso vielen Stoßgebeten sowie dem Weinen und Schreien der Kinder zu einem wilden Chor der Angst. Auch Éanna und Emily suchten Zuflucht im Rosenkranzgebet. Sie fürchteten nicht weniger um ihr Leben als all die anderen, die mit ihnen unter Deck eingeschlossen waren und den ersten Sturm ihres Lebens auf See erlebten. Einen Sturm, von dem sie nicht wussten, wie lange er ihrem Schiff zusetzen und welche Gewalt er ihm antun würde.

Ein altes Seemannssprichwort lautet: »Sei nicht alarmiert, solange sich dein Captain nicht alarmiert zeigt!«

Das mochte zutreffen. Doch die Passagiere im Zwischendeck hatten keine Möglichkeit, Captain Crimshaw oder einen der Matrosen zu fragen, wie schlimm es um sie stand.

Sie kauerten eingepfercht in ihrem Quartier, sahen nicht, was oben geschah, und wussten auch nicht, was die Schreie und Kommandos der Seeleute über ihnen zu bedeuten hatten und was es mit all den Geräuschen auf sich hatte, dem schauerlichen Ächzen und Knirschen um sie herum, den donnernden Schlägen gegen die Bordwände, den heftigen und ruckartigen Bewegungen des Schiffes und dem schrillen Singen des Riggs.

Zudem kamen bald aus dem Frachtraum dumpfe schwere Schläge. Es klang, als hätte sich ein Teil der Ladung losgerissen und rammte nun von innen gegen die Rumpfwände. Und als ob all das nicht schon reichte, drang Wasser in ihr Quartier ein. Bei jedem schweren Brecher, der das Deck überspülte, begann es, überall durch die Planken zu sickern und Kojen, Strohsäcke und Kleidung zu durchtränken. Und mit zunehmender Dauer des Sturms wurde aus dem anfänglich harmlos erscheinenden Tröpfeln ein beständiges Rinnen.

Auch begann sich das Gepäck selbstständig zu machen. Was nicht festgebunden oder verkeilt war, löste sich von seinem Platz. Selbst die schweren Proviantkisten schlitterten über die nassen Planken und wurden bei jedem starken Schlingern und Rollen der Metoka in eine neue Richtung geschickt. Flaschen zerbarsten und das Funzellicht der beiden kläglichen Tranleuchten erlosch.

Innerhalb kurzer Zeit war das Zwischendeck zu einer finsteren Katakombe geworden, zu einem lichtlosen Gefängniskerker auf See, in dem die Auswanderer Todesängste ausstanden.

Die Sturmnacht wollte kein Ende nehmen. Jeder fürchtete um sein Leben und glaubte, das Schiff müsse jeden Augenblick auseinanderbrechen. Wenn die Bark in ein Wellental hinabstürzte und sich mit dem Bug in eine schwarze Wand aus Wasser bohrte, schien es entsetzlich lange Augenblicke so, als würde sie sich diesmal nicht wieder daraus befreien und sich aufrichten. Und wenn sie es dann wundersamerweise doch wieder tat, würde es eben der nächste Wasserberg sein, der sie endgültig unter sich begrub und ihnen allen den Tod durch Ertrinken in völliger Finsternis brachte.

Auch Éanna schloss in dieser langen Nacht mit ihrem Leben ab. Sie war überzeugt, dass kein Schiff der entfesselten Natur widerstehen konnte. Wurden die Schläge, die den Rumpf der Metoka mal an Backbord, mal an Steuerbord wie die Hammerschläge eines Riesen trafen, nicht immer wuchtiger? Wie lange konnte die Bark diesen zerstörerischen Kräften noch widerstehen?

Immer wieder wurden Frauen und Kinder, selbst recht kräftige Männer aus ihren Kojen geschleudert. Manche wurden in der Finsternis über den Mittelgang katapultiert und landeten zwischen den Mitpassagieren auf den gegenüberliegenden Brettergestellen, die unter der Wucht des Aufpralls zusammenbrachen, um schon im nächsten Moment wieder von einer unsichtbaren Kraft weggerissen und in den Gang geworfen zu werden. Und wer nicht schnell genug auf die Beine kam und sich nicht in die nächste Koje rettete, der drohte, von einer der Kisten getroffen zu werden, die wie Geschosse über die glitschigen Planken der Mittelgänge rasten.

Die gellenden Schmerzensschreie und das Wimmern der Verletzten gingen jedoch fast unter in dem infernalischen Toben des Sturms, dem Knirschen und Ächzen des Schiffes und dem Gebrüll an Deck.

Es war kurz vor Morgengrauen, als der Sturm sich endlich beruhigte. Das Heulen in der Takelage und auch das Donnern der gewaltigen Kreuzseen, mit denen die See der Metoka in der Nacht zugesetzt hatte, schwächten sich spürbar ab.

Jemand fand die beiden Tranleuchten, setzte den Docht in Brand, hängte sie wieder auf und in ihrem Licht offenbarte sich, wie viele Opfer der Sturm gefordert hatte.

Unter den Einwanderern im Zwischendick waren sieben Menschen ums Leben gekommen. Éanna hatte schon so viele Iren sterben sehen, doch noch immer konnte sie sich an den Tod nicht gewöhnen. Ob nun der Hunger oder die See ihren Landsleuten das Leben nahm – der Schmerz darüber würde sie ihr Leben lang begleiten, das wusste sie.

Den Toten wurden die Augen geschlossen und der Rosenkranz in die über der Brust gefalteten Hände gedrückt. Einige beherzte Männer und Frauen, die etwas von Wundbehandlung und dem Richten gebrochener Knochen verstanden, nahmen sich der zahlreichen Verletzten an, so gut es eben ging und mit dem Wenigen, was ihnen zur Verfügung stand.

Die Unversehrten suchten so schnell wie möglich ihre Sachen zusammen. Dabei kam es zu manch erbittertem Streit darüber, wem diese drei, vier Kartoffeln gehörten oder jener Haufen Reis, der verbeulte Topf hier oder jener Strohsack dort. Andere besahen sich die Schäden an den Gestellen der Kojen. Werkzeug wurde herausgeholt und damit begonnen, die Bretterkästen wieder herzurichten.

Doch bei all diesen Verrichtungen wog fast am schwersten, dass die Luke geschlossen blieb. Auch als einige Männer mit Fäusten von unten dagegenhämmerten und nach dem Schiffsarzt verlangten, blieb der Ausgang versperrt. Keiner der Seeleute schien ihnen antworten zu wollen, obwohl sie sich ganz in der Nähe aufhalten mussten.

Schließlich hörten sie die unwirsche Stimme des Ersten Offiziers: »Hört auf mit dem verdammten Krawall. Damit erreicht ihr ja doch nichts! Doktor Whittaker hat Besseres zu tun, als sich um eure Wehwehchen zu kümmern! Und die Luke bleibt geschlossen! Ihr steht hier nur im Weg! Erst wenn Captain Crimshaw es anordnet, wird die Luke geöffnet. Und wie es aussieht, kann das noch eine Weile dauern!«

»Der Teufel soll dein kaltes Herz holen – und Euren Captain und versoffenen Quacksalber dazu!«, brüllte ein Mann, dessen Frau sich das Bein im Sturm gebrochen hatte, in ohnmächtiger Wut nach oben.

Big Black legte ihm seine Pranke auf die Schulter. »Lass es, Rory. Es bringt nichts. Die Seelen der drei sind dem Teufel schon längst sicher!«

Was der Erste Offizier »eine Weile« genannt hatte, erwies sich für die Menschen im Zwischendeck als ein Martyrium, das noch zwei volle Tage und Nächte dauern sollte.

Dass es zum Trinken in der Zeit nur das von Hanf und Teer verdreckte Wasser gab, war noch nicht einmal das Schlimmste. Was unerträglich wurde, war der unbeschreibliche Gestank, der sich in ihrem Quartier ausbreitete. Und er war nichts im Vergleich zu den üblen Gerüchen, die in den ersten Reisetagen hier unten geherrscht hatten.

Der tägliche Gang auf die beiden Wasserklosetts vorn am Bugsprit hatte bislang jeden Überwindung gekostet. Ganz besonders den schamvollen Mädchen und Frauen, die auf ihren tugendhaften Ruf bedacht waren. Denn auf dem Vorschiff hielten sich fast immer Seeleute auf, die Segel ausflickten, Taue teerten oder mit anderen Arbeiten beschäftigt waren. Diese ließen es sich nicht nehmen, insbesondere die Hübschen und Jungen unter ihnen in Augenschein zu nehmen und ihnen mit schlüpfrigen Bemerkungen und spöttischen Anträgen die Schamröte ins Gesicht zu treiben. Dazu kam, dass die Wände um die Toiletten nicht vor Blicken schützten, denn hier und da klafften breite Ritzen zwischen den Brettern und Balken.

Wie froh war Éanna gewesen, dass Emily den Nachttopf mit an Bord gebracht hatte. Die Freundinnen hatten ihn mit einem festen Strick an einen Stützbalken ihres Kojenkastens festgebunden, damit ihnen keiner das begehrte Utensil stahl.

Éanna hatte es bislang gerne übernommen, den Nachttopf zu leeren. Wie alle anderen »Nachttopffrauen«, wie die Matrosen sie spöttisch nannten, verrichtete sie diese Arbeit nachts. Im Schutze der Dunkelheit geriet sie nicht in die Verlegenheit, dabei beobachtet zu werden. Bevor die Luke verschlossen worden war, hatte sie dann oft noch eine Weile an der Reling verharrt und den funkelnden Sternenhimmel über der scheinbar grenzenlosen See bewundert. Es waren für sie kostbare Augenblicke gewesen, wenn die Metoka unter vollen Segeln ihren Kurs durch die sanft auf und ab wogenden Wellen schnitt und ein scheinbar tiefer Frieden über dem Schiff lag. Und wenn der Mond sein silbriges Licht auf das tiefschwarze Wasser warf und es überall glitzerte, war es ihr, als glitten sie durch ein Meer aus wogendem Quecksilber.

»Seht nur, der Herr bestreut unseren Weg nach Amerika mit Diamanten!«, hatte einmal eine der Nachttopffrauen zu ihr gesagt, als sie gemeinsam auf die See hinausschauten.

Éanna waren in diesem Moment unwillkürlich die Tränen in die Augen getreten, waren doch alle Hoffnungen und Ängste auf sie eingestürmt, die sie im alltäglichen Überlebenskampf verdrängt hatte.

Doch mit diesen kostbaren Momenten nachts auf Deck war es nun vorbei, denn ihnen war nicht nur der Gang auf die Toiletten, sondern auch das Ausleeren ihrer Nachttöpfe verwehrt.

Die Kinder und Kranken waren wieder die Ersten, die sich erst gar nicht lange damit herumplagten. Sie erleichterten sich, wenn sie den Drang dazu verspürten. Und es machte bald keinen großen Unterschied mehr, wo sie es taten.

Für die Mehrzahl der Erwachsenen, die sich noch einen Rest Scham und Würde bewahrt hatten, gab es einen einzigen Ausweg: das Orlopdeck direkt unter dem Zwischendeck.

Dort erleichterte man sich einfach irgendwo zwischen der Fracht. Viele Frauen und Mädchen trauten sich wegen der Ratten immer nur zu zweit hinunter. Und sie machten laute Geräusche und traten fest auf, um die Ratten zu verscheuchen.

Um sich vor dem infernalischen Gestank zu schützen, der sich im Zwischendeck ausbreitete, verknoteten Éanna und Emily jeweils eine halbe Handvoll Tee in einem Stoffstreifen und banden ihn sich vor die Nase. Andere machten es ähnlich und versuchten es mit Melasse, Tabak und Kräutern, sofern sie noch etwas davon übrig hatten. Aber auch das half bald nicht mehr.

Die verbrauchte Luft sättigte sich mehr und mehr mit dem Gestank. Ganze Scharen von Würmern krochen aus zertretenem Mehl und Zwieback und die Toten, die man nahe bei der Luke niedergelegt hatte, begannen zu verwesen.

Die Zustände wurden so entsetzlich, dass viele der Auswanderer sich in ihre Betten verkrochen und mit wippenden Bewegungen ihres Oberkörpers apathisch vor sich hin starrten.

Als die See sich nach zwei Tagen und Nächten vollends wieder beruhigt hatte, schien Captain Crimshaw sich wieder seiner eingeschlossenen Passagiere im Zwischendeck zu erinnern, denn endlich wurde die Luke geöffnet.

Alle wollten jetzt so schnell wie möglich an Deck, um mit der frischen Luft wieder neuen Lebensmut zu schöpfen. Doch einige hatte die Erfahrung der letzten Tage in den Wahnsinn getrieben. Eine Frau, deren vierjähriges Mädchen in einer der letzten beiden Nächte gestorben war, erklomm, noch bevor sie jemand daran hindern konnte, mit ihrem toten Kind auf dem Arm die Reling und stürzte sich in die eisige See. Ihr folgte Augenblicke später ein weiterer Passagier in den Tod.

Captain Crimshaw dachte nicht daran, beizudrehen und ein Ruderboot auszusetzen, um nach ihnen zu suchen. Er veranlasste noch nicht einmal eine Seebestattung der elf Toten. Auch für einen Trauergottesdienst unter seiner Leitung sah er nicht die geringste Veranlassung. Die Metoka hatte im Sturm an mehreren Stellen im Rumpf leckgeschlagen, und obwohl die Matrosen das eindringende Wasser mithilfe der Lenzpumpen zurückhielten, wollte der Kapitän offenbar nicht eine einzige Stunde Segelzeit verlieren.

Der Segelmacher beschwerte die Toten mit Ballaststeinen aus dem Kielraum, schlug sie in ein Stück altes Segeltuch und vernähte es zu einem Leichensack. Dabei »ölte« er seine Nadel, wie es die Seeleute nannten, indem er sie beim Zusammennähen des Segeltuchs mehrfach durch die Haut der Toten zog.

Es blieb nicht einmal genug Zeit für Gebete und Gesänge. Denn schnell hatten die Seeleute ein Stück Planke zur Hand, über die sie die Leichen ins Meer beförderten.

Nie waren Zorn und Hass der Zwischendeckpassagiere auf Captain Crimshaw und seine Mannschaft größer als in dieser Stunde.

Achtundzwanzigstes Kapitel

Die Iren hatten seit Generationen gelernt, mit dem Unabänderlichen zu leben und sich dem Schicksal zu fügen, ohne jedoch ihren Stolz und ihre Würde aufzugeben. Ihr starker Glaube gab ihnen die Gewissheit, dass die Gerechtigkeit durch göttliche Fügung obsiegen und dass ihre Peiniger und Unterdrücker eine gerechte Strafe erhalten würden. Deshalb ließen sie sich auch nicht von ihrem Hass davon ablenken, sich mit praktischer Nüchternheit für das tägliche Überleben und den Erhalt der Familie einzusetzen.

Was immer sich in diesen Tagen an Wut aufgestaut hatte, es hinderte sie nicht daran, ihr Leben unter Deck wieder einigermaßen erträglich zu machen.

Auch Éanna und Emily putzten und schrubbten, froh darüber, ihr Leben wieder in die Hand nehmen zu können. Endlich konnten sie ihre schmutzigen Sachen ausziehen und waschen. Sie hatten sich längst daran gewöhnt, dass es für die Wäsche nur Salzwasser gab und die Seife keinen Schaum bildete. Um nach dem Waschen das Salz aus den Kleidern zu bekommen, schlugen sie die Sachen immer wieder auf den Planken und an der Reling aus.

Der grauenhafte Sturm und dessen Folgen hatten Éanna Brendans besorgniserregende Drohung vergessen lassen. Doch die Erinnerung kehrte am Nachmittag schlagartig zurück, als sie ihn zusammen mit einer sechsköpfigen Gruppe in der Nähe der Abtrennung sah.

Er und die Männer hatten grimmige Mienen aufgesetzt. Sie redeten leise miteinander und nickten sich entschlossen zu. Dann traten sie an das Seil, wenige Schritte von Captain Crimshaw entfernt, der mit seinem Ersten Offizier und dem Bootsmann zusammenstand und immer wieder in Richtung Fockmast deutete.

Éanna wusste sofort, dass etwas passieren würde, was immer Brendan und seine Gefährten auch im Sinn haben mochten. »Mein Gott, er wird es tun!«, raunte sie ihrer Freundin zu.

»Was denn?«, fragte Emily.

»Ich weiß es nicht! Aber ich habe das Gefühl, dass es eine schreckliche Dummheit sein wird!«

Schon im nächsten Moment rief einer der Männer in Brendans Gesellschaft mit lauter Stimme: »Captain Crimshaw, auf ein Wort, wenn Ihr erlaubt! Wir haben mit Euch zu reden!«

Sofort wurde es still auf dem Hauptdeck. Alle Augen richteten sich auf die kleine Männergruppe am Seil und den Captain mit seinen beiden Untergebenen.

»So, habt ihr das?«, blaffte Captain Crimshaw geringschätzig. »Ich wüsste nicht, was ich mit dir und deinen Burschen zu reden hätte! Wie heißt du, Kerl?«

»Tom Sheridan«, nannte der Mann seinen Namen. »Es geht um die Rationen, Captain. Um das tägliche Trinkwasser und unsere Verpflegung. Wir sind der Meinung, dass die Rationen nicht dem entsprechen, was man uns versprochen hat und wofür wir bezahlt haben. Die meisten von uns haben nicht mehr genug eigenen Proviant, um die nächsten Wochen über die Runden zu kommen. Und da wir die ersten Tage, als alle krank waren, keine Rationen erhalten haben ...«

»Keiner hat euch gesagt, ihr dürftet die Kojen nicht verlassen, um euch anzustellen!«, fiel ihm der Erste Offizier höhnisch ins Wort.

Tom Sheridan sprach schnell weiter, als fürchtete er, jeden Augenblick seinen Mut zu verlieren: »... und wir doch auch die letzten Tage wegen des Sturms nicht an Deck konnten, um unsere Rationen abzuholen, sind wir der Meinung, dass eine Extraration mehr als ...«

»Was kümmert mich deine Meinung, Mann!«, schnitt Captain Crimshaw ihm scharf das Wort ab. »Es bleibt bei dem, was ihr sonst auch bekommt! Seht bloß zu, dass ihr mir aus den Augen geht!«

Tom Sheridan und auch die anderen Männer zogen sichtlich eingeschüchtert die Köpfe ein. Nur Brendan dachte nicht daran, das Feld zu räumen.

»Gebt uns wenigstens, was uns zusteht!«, rief er zornig.

Die Augen von Captain Crimshaw verengten sich. »Was willst du damit sagen?«, zischte er.

»Das wisst Ihr doch besser als wir!«, sagte Brendan bestimmt. »Oder wisst Ihr etwa nicht, dass Eure Leute uns bei der Austeilung der Rationen betrügen? Sie verwenden falsche Gewichte und falsche Maßbehälter!«

»Pass auf, was du redest, du dreckiger Ire!«, warnte ihn der Captain. »Es wird dich bitter zu stehen kommen, wenn du es noch einmal wagst, mich oder meine Mannschaft des Betruges zu bezichtigen!«

Éanna sah sich voller Angst nach Hilfe um. Sie wünschte, Big Black wäre an Deck. Der Schmied hätte bestimmt dafür gesorgt, dass Brendan sich wie die anderen zurückziehen würde. Sie war sich sicher, dass die Männer vorher mit Big Black über ihr gewagtes Vorhaben gesprochen hatten und dass er ihnen davon abgeraten hatte. Für ihn musste die Sache damit erledigt gewesen sein. Anders konnte Éanna sich sein Fehlen nicht erklären.

»Wir wollen nur, was uns zusteht!«, beharrte Brendan entschlossen auf seinem Recht, während die anderen schon deutlich auf Abstand zu ihm gingen. Er jedoch zog nun den Handzettel mit der Liste der Rationen heraus, die ihnen der Kontorvorsteher beim Kauf ihrer Tickets ausgehändigt hatte. »Was sie uns austeilen lassen, entspricht nicht dem, was uns laut der Liste vom Kontor von *Briddle & Gibbons* zusteht!«

Zustimmendes Gemurmel kam aus der Menge der an Deck Versammelten.

Captain Crimshaw lachte verächtlich auf. »Was euch zusteht, entscheide allein ich!«, beschied er ihn mit schneidender Stimme. »Du Einfaltspinsel scheinst ja noch nicht einmal richtig lesen zu können! Denn wenn du deine Augen aufgemacht hättest, wäre dir vielleicht die Zeile aufgefallen, in der geschrieben steht: *›Diese Rationen gelten für alle Schiffe der New Dublin Line!‹* Aber dieses Schiff gehört nun mal nicht zur *New Dublin Line,* sondern zur *Bristol Merchants Shipping Company!* Und damit reicht es mir! Ich lass mir von einem hergelaufenen irischen Strolch nichts vorschreiben! Also verschwinde, bevor mir der Kragen platzt!«

Éanna sah, dass Brendan nicht daran dachte, den Worten

des Captains Folge zu leisten. Ganz im Gegenteil – nun war seine Wut einmal mehr entfacht. »Darauf hat uns niemand aufmerksam gemacht«, rief er empört aus. »Das ist Betrug! Das könnt Ihr nicht mit uns machen! Und das werden wir uns auch nicht gefallen lassen!«

»Du wagst es, mir, dem Captain der Metoka, zu drohen?« Die Stimme Crimshaws war plötzlich hart und kalt wie Stahl.

»Nennt es, wie Ihr wollt!«, erwiderte Brendan. »Aber das werden wir nicht einfach tatenlos hinnehmen, darauf könnt Ihr Euch verlassen!«

Captain Crimshaw zischte seinem Ersten Offizier und dem Bootsmann etwas zu. Und noch bevor Brendan seinen letzten Satz ganz beendet hatte, war James Sarfield auch schon bei ihm und schlug ihm die schwielige Faust mit aller Kraft ins Gesicht. Die Wucht des Hiebes schleuderte Brendan rücklings auf die Planken.

»Casey! . . . Mitchell! . . . Packt diesen Aufrührer, der es gewagt hat, gegen Captain Crimshaw eine Meuterei anzuzetteln!«, befahl der Erste Offizier. »Jetzt bekommt er, was er verdient hat!«

Éanna stockte der Atem vor Entsetzen. Sogar sie als Mädchen vom Land wusste, dass auf Meuterei der Tod stand.

Neunundzwanzigstes Kapitel

Es konnte später keiner genau sagen, warum Captain Crimshaws Urteil schließlich doch nicht Tod durch den Strang lautete.

Es mochten einige Kabinenpassagiere gewesen sein, die den Captain darauf aufmerksam gemacht hatten, dass Brendans Worte vor einem Seegericht auch anders ausgelegt werden konnten. Nämlich nicht als Drohung, seine Mitpassagiere zur Meuterei aufzuwiegeln, sondern als Entschluss, Captain Crimshaw nach ihrer Ankunft in New York bei den Seebehörden wegen Betrugs anzuzeigen.

Was immer letztlich den Ausschlag gegeben haben mochte, Éanna dankte Gott dafür, dass Brendan für sein unüberlegtes Verhalten nicht mit seinem Leben büßen musste. Denn Caleb Crimshaw beschränkte sich darauf, ihn vor angetretener Mannschaft und allen Passagieren auspeitschen zu lassen. Die Art und Höhe der Strafe ließ er durch seinen Ersten Offizier verkünden.

»Brendan Flynn, Passagier im Zwischendeck, hat es gewagt, die Autorität von Captain Crimshaw anzuzweifeln und ihn zu bedrohen. Als Strafe erhält er eine Stunde vor Sonnenuntergang ein Dutzend Schläge mit der neunschwänzigen Katze!«, verkündete Christy Cavendish. »Alle bis auf die Kranken haben auf Befehl Captain Crimshaws bei der Vollstreckung des Urteils zugegen zu sein. Wer sich weigert, dem werden für die nächste Woche alle Rationen gestrichen!«

»Dieses gewissenlose Gesindel von Seeleuten! Nicht einmal die Kinder werden vor dem blutigen Schauspiel verschont!«, zischte Emily erbost.

Éanna war viel zu erleichtert, um sich jetzt darüber Gedanken zu machen. Doch als sie dann später Zeuge der Auspeitschung wurde, flammte wilder Hass in ihr auf. Ähnliches musste Brendan empfunden haben, als er sich dazu hatte hinreißen lassen, Captain Crimshaw herauszufordern.

Zur Auspeitschung wurde Brendan mit gespreizten Armen und Beinen auf eine Gräting, ein Gitterwerk, gebunden. Dann trat der Bootsmann mit der Peitsche vor. In ihre neun Lederriemen waren kleine Knoten eingebunden, damit die Haut des Delinquenten rascher unter den Hieben aufplatzte und seine Schmerzen erhöhte.

Brendan war blass im Gesicht. Doch seine Miene zeigte Verachtung und Trotz.

Die Männer und Frauen aus dem Zwischendeck bildeten eine Wand, hinter die sie alle Kinder verbannt hatten. Sie sollten nicht sehen, was vorne geschah. Zorn und Abscheu war in den Gesichtern der Zwischendeckpassagiere, aber auch der vieler Kabinenpassagiere zu lesen.

Einige wenige blickten allerdings mit schauriger Erwartung und Schaulust der Auspeitschung entgegen. Zwei junge, vornehm ausstaffierte Männer hatten sogar kleine Fernrohre mitgebracht, damit sie alles aus der Nähe beobachten konnten und ihnen kein grausiges Detail entging.

Dagegen zeigte die Mannschaft kaum eine Gemütsregung, als hätten sie in ihrem Seemannsleben derartige Auspeitschungen schon oft erlebt.

Als der Bootsmann auf das Handzeichen des Ersten Offiziers hin vortrat und die Peitsche mit wuchtigen Schlägen auf Brendans nackten Rücken klatschen ließ, ertrug dieser die ersten vier, fünf Hiebe, ohne einen Ton von sich zu geben.

Mit aller Kraft presste er die Lippen zusammen. Doch als dann die Haut aufplatzte und jeder weitere Peitschenhieb Blut aufspritzen ließ, drang ein ersticktes Stöhnen aus seinem Mund. Und bei den letzten drei Hieben konnte er nicht anders, als gellend aufzuschreien.

Dann war es endlich vorbei.

Als man Brendan losband, gelang es ihm noch, aus eigenen Kräften aufzustehen und mit seinem aufgerissenen Rücken zwei torkelnde Schritte in Richtung der Luke zum Zwischendeck zu machen. Doch dann war er mit seiner Kraft am Ende und stürzte auf die Planken.

Éanna war eine der Ersten, die bei ihm waren. Ihn hochzuheben und nach unten zu tragen, überließ sie Big Black und jenem Tom, der mit Brendan zusammen ihren Captain zur Rede gestellt hatte.

»Habe ich euch nicht gleich gesagt, dass eine solche Aktion völlig sinnlos ist?«, raunte der Schmied Tom zu. »Ihr könnt froh sein, dass ihr noch einigermaßen glimpflich davongekommen seid!«

Tom erwiderte nichts darauf, sondern schwieg mit schuldbewusster Miene.

Ein älterer Mann, der den Kojenkasten unter dem Schlafplatz von Brendan belegt hatte, räumte seinen Platz sofort, damit er unten liegen konnte, wo es einfacher war, ihn zu verarzten.

»Ich werde seine Wunden auswaschen und ihm den Rücken verbinden!«, sagte Éanna, die sich an die Seite der Koje gedrängt hatte. Keine Macht der Welt sollte sie jetzt davon abhalten, sich um Brendan zu kümmern, nicht einmal er selbst!

»Meine Tochter und ich werden dir helfen«, meldete sich eine Frau namens Kathleen McDonald, die sich trotz aller Not ihre sanften Züge und das Wesen eines mitfühlenden, stets hilfsbereiten Menschen bewahrt hatte. Schon nach dem Sturm hatte sie bei der Betreuung der Verletzten geholfen. Ihrer Tochter, die ungefähr in Éannas Alter sein mochte, trug sie auf: »Hol uns rasch Wasser zum Auswaschen und saubere Tücher, Maggie! Dann brauchen wir auch meine Kamillensalbe. Und frag herum, wer noch einen sauberen Unterrock oder ein Hemd hat und gewillt ist, den Stoff zum Verbinden herzugeben. Erinnere die Leute ruhig daran, dass es dem Armen ja nicht allein um seine eigene Ration gegangen ist.«

»Wir können meinen Unterrock nehmen!«, bot sich Éanna sofort an. »Ich habe ihn vorhin erst angezogen. Er ist sauber.«

Kathleen nickte ihr zu. »Wir werden ihn brauchen«, sagte sie knapp. »Und es wäre gut, noch mindestens einen zweiten Unterrock oder ein sauberes Männerhemd zum Wechseln der Verbände zu haben. Also lauf schon los und hör dich um, Maggie! Aber bring erst das Wasser!«

Während Kathleen sich über Brendan beugte und die Wunden untersuchte, hob Éanna ihr Kleid über den Kopf, zog die Arme aus den Ärmeln und streifte sich den langen Unterrock von den Schultern. Dann brachte Maggie auch schon das Wasser. Auch andere opferten einen Teil von ihrem wenigen kostbaren Trinkwasser zum Auswaschen der blutigen Wunden.

Indessen hatte sich Caitlin bei ihnen eingefunden. Sie dachte jedoch nicht daran, Brendan auch nur irgendeine Hilfe oder gar Beistand anzubieten.

»Das hast du jetzt davon«, sagte sie nicht ohne eine Portion Schadenfreude. »Hättest du dich an mich gehalten, hättest du genug zu essen und keinen Grund gehabt, den Helden zu spielen!«

Éanna wirbelte herum und gab ihr, ohne auch nur einen Augenblick zu überlegen, eine schallende Ohrfeige. »Wenn du in meiner Gegenwart noch einmal deinen verkommenen Mund aufmachst und dein widerliches Gift verspritzt, schlage ich dich grün und blau!«, drohte sie ihr.

Caitlin taumelte zurück und hielt sich die brennende Wange. Wut sprühte aus ihren Augen.

Aber bevor sie etwas sagen konnte, umgab sie ein Durcheinander von zustimmenden Männer- und Frauenstimmen.

»Das wurde aber auch Zeit, dass mal endlich jemand dieser Hure den Mund stopft!«

»Du sagst es, Frederick! Und wenn sie noch einmal so etwas Hässliches von sich gibt, wird sie es mit mir zu tun bekommen!«

»Nicht nur mit dir, Rose! Ich höre mir das auch nicht länger an! Und dann bleibt es nicht bei einer Ohrfeige, da kann sie sicher sein!«

»Sie ist eine Schande und ohne jedes Scham- und Ehrgefühl!«

Caitlin war klug genug, sich angesichts der allgemeinen Empörung zurückzuziehen.

Brendan, der stöhnend auf dem Bauch in der Koje lag, hatte inzwischen mitbekommen, dass Éanna sich zusammen mit Kathleen und deren Tochter um ihn kümmerte. Doch er sprach sie erst an, als die Wunden ausgewaschen waren und Kathleen mit ihrer Tochter das blutige Wasser an Deck brachte.

»Ich muss dir wohl . . . für deine Hilfe danken«, presste er unter Stöhnen hervor. »Aber glaube ja nicht, dass sich damit . . . zwischen uns was ändert!«

»Daran habe ich nicht einen Moment gedacht«, erwiderte sie und ließ sich ihren Schmerz über seine unversöhnlichen Worte nicht anmerken. »Ich hätte auch jedem anderen beigestanden. Ich möchte nur, dass du mir erlaubst, mich um dich zu kümmern, bis es dir wieder besser geht.«

Seine Antwort ließ lange auf sich warten. »Aber nur unter der Bedingung, dass du nicht wieder mit diesem Kerl anfängst! Wenn du auch nur einmal den Namen dieses . . . dieses Widerlings erwähnst, ist es aus! Damit das klar ist.«

»Das wird nicht geschehen, Brendan!«, versprach sie schweren Herzens. »Wenn jemand von uns damit anfängt, wirst du es sein müssen.«

Éanna rechnete damit, dass Brendan die Idee von sich weisen würde. Doch er drehte nur seinen Kopf weg und presste verbissen die Zähne zusammen.

Als Éanna wenig später zu Emily zurückkehrte, tröstete sie sich damit, dass er ihr wenigstens nicht jede Hoffnung genommen hatte. Und er hatte davon gesprochen, dass es aus wäre, wenn sie nur einmal Patricks Namen erwähnte. Bedeutete das denn nicht, dass zuvor irgendetwas zwischen ihnen wieder angefangen hatte?

Dreißigstes Kapitel

Die Metoka zog noch immer Wasser wie ein löchriger Eimer. Alle Versuche, die schwer zugänglichen Lecks abzudichten, zeigten wenig Erfolg. Die Seeleute mussten sich auch weiterhin an den Lenzpumpen gegenseitig Tag und Nacht ablösen.

Das beunruhigte die Passagiere. Aber Captain Crimshaw ließ unbeirrt Kurs halten, ohne auch nur das geringste Zeichen von Unruhe zu zeigen, sodass unter den Auswanderern im Zwischendeck bald wieder die Sorge um das tägliche Essen in den Vordergrund trat.

Die mitgebrachten Vorräte waren fast alle aufgebraucht oder durch den Sturm in den Gängen verschüttet worden und im Salzwasser und Dreck verdorben.

Auch Éanna und Emily hatten kaum noch etwas in ihrer Proviantkiste und die ausgeteilten Rationen blieben weiterhin unter dem vorgegebenen Maß.

»Brendan hatte recht, dass etwas geschehen muss, wenn es nicht noch weitere Tote geben soll, bevor wir New York erreichen!«, sagte Éanna zwei Tage nach Brendans Auspeitschung zu ihrer Freundin, als sie überlegten, wie sie ihre Reste einteilen sollten.

»Wem sagst du das?«, murmelte Emily bedrückt. »Aber ändern wird sich nichts. Das hast du ja heute bei der Austeilung gesehen.«

»Das muss es aber nicht«, erwiderte Éanna. »Brendan hat es nur völlig falsch angepackt. Mir ist da vorhin eine bessere Idee gekommen, um Crimshaw zum Einlenken zu bewegen.«

Ungläubig sah Emily sie an. »Um Himmels willen, du wirst doch wohl jetzt nicht denselben Fehler machen wie Brendan?«, stieß sie erschrocken hervor.

Éanna schüttelte den Kopf. »Natürlich nicht. Ich bin doch nicht lebensmüde! Nein, ich habe es mir schon gut überlegt, wie ich es anstellen kann, ohne dabei meine Haut zu Markte zu tragen. Aber dafür brauche ich Patricks Hilfe.«

Emily gefiel es gar nicht, was ihre Freundin vorhatte, aber was sie auch versuchte, sie konnte Éanna nicht davon abbringen.

Éanna stieg an Deck und suchte nach Patrick. Das letzte Mal hatte sie mit ihm in der Nacht nach Brendans Auspeitschung gesprochen, als sie ihren Nachttopf geleert und ausgewaschen hatte. Er war tief bestürzt über den Vorfall und die grausame Strafe gewesen. Aber er hatte sich auch nicht gescheut, Brendan einen unverbesserlichen Narren und Starrkopf zu nennen, der jemanden wie sie nicht verdiente.

»Du hast ja selbst gesehen, wie er sich benommen hat, als ich mit ihm reden und die Angelegenheit aufklären wollte!«, sagte er in jener Nacht zu ihr. »Vielleicht ist es an der Zeit, dass du dir noch einmal ernstlich Gedanken darüber machst, ob das wirklich der Mann ist, der deiner Liebe wert ist! Brendan zeigt weder die Bereitschaft, Fehler zu verzeihen, noch sich zu vergewissern, ob es da wirklich etwas zu verzeihen gibt, Éanna! Das sollte dir allmählich zu denken geben!«

»Ihr habt ja recht. Aber muss ich deshalb so störrisch sein wie er? Ich kann einfach nicht glauben, dass er sich nicht doch noch besinnen wird.«

»Du gewöhnst dich besser an diesen Gedanken«, erwiderte er, um dann mit eindringlicher Zärtlichkeit fortzufahren: »Und vielleicht erlaubst du es dir dann auch, einmal in dir zu forschen, ob dein Herz wirklich so verschlossen für die Liebe eines anderen Mannes ist, der nichts lieber täte, als dir zu zeigen, wie viel du ihm bedeutest und was er . . .«

»Bitte sprecht nicht weiter!«, unterbrach Éanna ihn schnell. »Ich kann es nicht!« Und bevor sie wusste, was ihr da über die Lippen kam, fügte sie noch hinzu: »Noch nicht, Patrick!«

Den Rest der Nacht hatte sie wach und aufgewühlt in ihrer Koje gelegen und sich gefragt, wie ihr diese Antwort hatte herausrutschen können. Es verstörte sie, dass sie es in ihrem Innersten für eine Frage der Zeit hielt, bis ihre Liebe zu Brendan wanken würde und bis aus ihrer Zuneigung für Patrick mehr werden könnte.

Und ob sie nun wollte oder nicht, sie konnte nicht umhin, darüber nachzusinnen, wie es wohl wäre, wenn sie Patrick so lieben könnte, wie er es sich wünschte, und wie dann ihr Leben an seiner Seite sein mochte. Sicherlich völlig anders als mit Brendan, auch ohne den Erbteil seines reichen Onkels.

An diesem Tag aber, als sie Patrick auf dem Achterdeck ans Seil winkte, dachte sie nicht darüber nach.

»Wie geht es ihm?«, war seine erste Frage, als er bei ihr stand.

»Nicht gut, aber doch besser als gestern noch«, sagte sie,

kam dann jedoch sofort zur Sache und teilte ihm mit, was sie vorhatte. »Ich wäre Euch dankbar, wenn Ihr mir dabei helfen und beistehen würdet. Denn ich gebe zu, dass mir bei dem Gedanken, mich vor die Augen von Captain Crimshaw trauen zu müssen, schon recht mulmig zumute ist.«

Mit gefurchter Stirn und besorgter Miene hatte er ihr zugehört. »Das wäre es mir an deiner Stelle auch. Aber ich muss zugeben, dass du mal wieder auf eine raffinierte Idee gekommen bist, die gute Chancen auf Erfolg haben dürfte«, sagte er.

»Ihr meint also, ich könnte es wagen?«, vergewisserte sie sich.

»Wenn du dich genau an das hältst, was du mir erzählt hast, wird er keine Handhabe gegen dich haben. Und sollte er dir dennoch einen Strick daraus zu drehen versuchen, werde ich das zu verhindern wissen, das verspreche ich dir!«, beruhigte er sie. »Also, dann wollen wir dem Schurken mal ordentlich sein mieses Geschäft verderben!«

Als Patrick Éanna auf das Achterschiff zu Caleb Crimshaw führte, packte sie nun doch die Angst, dass es womöglich doch nicht harmlos ausgehen könnte. Aber nun war es zu spät, sich noch anders zu besinnen. Denn da verlangte der Captain auch schon zu erfahren, was sie von ihm wollten.

»Verzeiht die Störung, Captain. Aber dieses mutige Mädchen hier hat mich soeben angesprochen und mir etwas sehr Beunruhigendes mitgeteilt, das Ihr unbedingt erfahren müsst«, teilte Patrick ihm mit.

Der Captain kniff die Augen zusammen. »So? Und um was geht es?«, bellte er Éanna unwirsch an.

»Es . . . es geht da um etwas, was . . . was ich vorhin unten im Orlopdeck zufällig mitbekommen habe, Captain Crimshaw«, stammelte sie. Sie musste das eingeschüchterte und angstvolle Mädchen gar nicht erst spielen, so sehr wünschte sie sich, den Captain nie angesprochen zu haben. »Ihr wisst doch, dass . . . dass viele von uns dort hinuntergehen und . . . und . . .«

»Ich weiß sehr gut, in was für einen widerwärtigen Ort ihr das Orlopdeck verwandelt habt! Ihr haust da wie die Tiere. Aber ihr kennt es ja nicht anders!«, schnitt Caleb Crimshaw ihr mit kalter Verachtung das Wort ab. »Und jetzt komm endlich zur Sache oder verschwinde!«

»Ich . . . ich habe da etwas gehört, Captain«, fuhr Éanna nun stockend fort. »Ein Gespräch zwischen einigen Männern und was . . . was sie da besprochen haben . . . also es hat mich erschreckt und da dachte ich . . . ich müsste es Euch unbedingt melden!«

Nun hatte sie seine ungeteilte Aufmerksamkeit. »Was haben die Kerle da besprochen! Los, rede schon und lass dir nicht jedes verdammte Wort aus der Nase ziehen!«

»Da war die Rede von . . . von diesen Rationen . . . und dass es so nicht weitergehen könne, dass wir alle verhungern würden . . . und dass man handeln müsse . . . aber richtig und nicht so wie dieser Brendan, den Ihr habt peitschen lassen«, stieß Éanna hastig hervor.

»Sie haben von Meuterei gesprochen?«, zischte der Captain.

»Nein, das Wort ist nicht gefallen. Nicht ein einziges Mal. Aber . . . aber sie haben gesagt, dass sie auch ebenso gut etwas riskieren können, wo ihnen doch sowieso schon der Tod vor Augen steht. Und dass ein paar Flinten und Pistolen gegen zweihundert Passagiere nicht viel ausrichten können.«

»Das *ist* Meuterei! Aber das wird sie teuer zu stehen kommen! Ich werde sie alle an der Rah aufknüpfen lassen, die ganze Bande!«, stieß der Captain wutschnaubend hervor. »Wer sind sie? Nenn mir ihre Namen! Und wage es nicht, mir auch nur einen zu unterschlagen!«

»Ich würde es auch nicht wagen!«, versicherte Éanna mit gequälter Miene. »Aber ich kann Euch keine Namen nennen. Denn es ist dort unten doch pechschwarz und ich habe nichts sehen können.«

»Lüg mich nicht an! Du wirst sie zumindest an ihren Stimmen erkannt haben.« Er packte sie mit hartem Griff am Arm. »Also, heraus damit!«

Éanna zuckte zusammen und verzog das Gesicht vor Schmerz.

Nun griff Patrick ein. »Captain! Ihr tut dem Mädchen weh!«, protestierte er scharf. »Ist das Eure Art, ihr zu danken, dass sie den Anstand und den Mut aufgebracht hat, Euch über die Vorgänge im Zwischendeck in Kenntnis zu setzen? Sie hätte auch ganz anders handeln können!«

Mit finsterer Miene gab der Seemann ihren Arm frei. »Ich will die Namen wissen!«, verlangte er erneut.

»Ich kann sie Euch nicht sagen, der Herr ist mein Zeuge! Ich schwöre es bei allem, was mir heilig ist!«, beteuerte sie und log nicht einmal. Denn diese Männer gab es ja gar nicht. »Wie könnte ich denn auch die Stimmen von so vielen Menschen kennen? Mit den meisten habe ich noch nie auch nur ein Wort gewechselt!«

»Das glaube ich nicht! Überleg es dir gut, ob du die Meuterer wirklich nicht erkannt hast«, fauchte Caleb Crimshaw sie an. »Ich habe Mittel und Wege, es notfalls auf ganz andere Art aus dir herauszubekommen!«

»Das geht zu weit, Captain Crimshaw!« Patrick schaltete sich wieder ein. »Diese Drohung will ich nicht gehört haben! Und Ihr werdet das arme Mädchen auf der Stelle in Ruhe lassen!«

»Ihr haltet Euch da raus, Mister O'Brien!«, herrschte der Captain ihn an. »Ihr wisst wohl nicht, mit wem Ihr redet! Auf der Metoka gilt allein das, was ich sage und befehle!«

»Und Ihr wisst wohl nicht, mit wem *Ihr* redet, Captain!«, gab Patrick gelassen zurück und trumpfte nun wortgewaltig auf, indem er ihn mit seinem Redefluss förmlich überschüttete. »Ihr mögt auf dem Schiff der alleinige Herrscher sein und vielleicht auch noch die Allmacht Gottes beanspruchen, aber Ihr scheint vergessen zu haben, dass meine Familie über großen Einfluss verfügt, vor allem die meines Onkels Edmund Wexford von der gleichnamigen Brauerei. Und ganz davon abgesehen bin ich als Berichterstatter für die *Dublin Gazette* auf dem Weg nach Amerika. Ihr Herausgeber wird sich meinen Bericht über Euer skandalöses, gesetzloses Tun nicht entgehen lassen und es auf die erste Seite setzen, dessen könnt Ihr gewiss sein! Wie Ihr auch gewiss sein könnt, dass Ihr Euch dann nicht nur vor einem Gericht wiederfinden werdet, sondern es sogar bei einem höchst unwahrscheinlichen Freispruch wohl kaum noch wagen dürftet, Euch noch einmal mit Eurem Schiff im Hafen von Dublin sehen zu lassen.«

Caleb Crimshaw war das Blut ins Gesicht geschossen. Er sah aus, als würde ihn jeden Moment der Schlag treffen.

Mehrmals hatte er versucht, Patrick zu unterbrechen, doch dieser hatte unbeirrt weitergesprochen.

»Ist das jetzt alles, Mister O'Brien?«, stieß er wütend hervor. Er war sichtlich am Rand seiner Selbstbeherrschung und starrte ihn an, als wollte er ihn mit seinem stechenden Blick durchbohren.

Patrick hielt seinem Blick, ohne mit der Wimper zu zucken, stand. »Dem wäre sicher noch einiges hinzuzufügen, aber ich denke, es dürfte für den Augenblick genügen, Captain!«, erwiderte er kalt und mit der Arroganz eines Mannes aus vornehmem Haus.

»Dann könnt Ihr Euch entfernen!«, forderte Crimshaw ihn mit seinem gewohnten Kommandoton auf. Und in Richtung Éanna machte er eine abfällige Handbewegung und fügte barsch hinzu: »Und das gilt auch für dich!«

Éanna, die ihr Zittern nur mühsam unter Kontrolle gehalten hatte, konnte gar nicht schnell genug vom Achterdeck kommen. Doch Patrick holte sie ein, bevor sie unter das Seil schlüpfen und wieder auf den ihr erlaubten Teil des Hauptdecks gelangen konnte.

»Du hast dich tapfer gehalten, Éanna!«, raunte er ihr zu. »Der Captain wird es sich gut überlegen, ob er den angeblichen Meuterern besser den Wind aus den Segeln nimmt.«

»Ich hoffe inständig, dass er das auch wirklich tut!«

»Er mag ein skrupelloser Halsabschneider sein, aber ein Dummkopf ist er mit Sicherheit nicht. Er wird sich hüten, sein Schiff und sein Kommando wegen ein paar Tonnen Proviant aufs Spiel zu setzen«, versicherte Patrick. »Du hast deine Sache jedenfalls ausgezeichnet gemacht. Ich bewundere deinen Mut, Éanna.«

»Es ist nicht Mut, sondern reine Verzweiflung, die mich dazu getrieben hat«, wehrte sie ab.

»Aber du hast dabei einen kühlen Kopf bewahrt! Was man von manch einem anderen nicht gerade sagen kann!«

»Den Kopf habt Ihr mir gerettet. Ohne Euren Beistand wäre die Sache bitter für mich ausgegangen. Ihr wart wunderbar, wie Ihr den Captain zusammengestaucht und ihn in seine Schranken gewiesen habt! Was Euch da in dem Moment alles eingefallen ist! Mir wäre vor Angst nichts eingefallen.«

»Manchmal ist es schon von Vorteil, wenn man mit Worten umgehen und den Finger sofort tief in die wunden Stellen einer wackligen Argumentation bohren kann«, sagte er mit einem leisen Auflachen. »Und die wunden Stellen habe ich gottlob auch gleich gefunden. Mögen sie ihn noch lange schmerzen!«

»Stimmt es wirklich, dass Ihr für diese Zeitung schreibt?«, wollte Éanna wissen, die Hand schon auf dem Seil.

Patrick lachte leise auf. »Ach, das war wohl ein bisschen dick aufgetragen. In Wirklichkeit hatte ich nur ein kurzes Gespräch mit den Leuten von der *Dublin Gazette*. Sie waren sehr höflich und haben versichert, sich gerne anzusehen, was ich ihnen schicken würde. Mehr war da nicht. Aber das musste ich ihm ja nicht auf die Nase binden, oder? So, und jetzt geh zu deinen Leuten zurück und sei guter Hoffnung, dass Captain Crimshaw zur Einsicht kommt, dass er gar keine andere Alternative hat, als euch endlich zu geben, was euch zusteht!«

Es kam, wie er es vorausgesagt hatte. Ungläubiges Staunen und dann noch größere Erleichterung erfasste die Auswanderer aus dem Zwischendeck, als der Erste Offizier wenige Stunden später verkündete, dass es wegen der ausgefallenen Rationen während der Sturmtage nun doch eine Sonderzuteilung geben werde.

»Captain Crimshaw hat diese Entscheidung aus Großmut getroffen! Und nicht etwa, weil ihr Anspruch darauf hättet oder weil ein Krawallschläger die Unverschämtheit gehabt hat, mit einem wertlosen Stück Papier zu wedeln und zu krakeelen!«, stellte er jedoch klar, um es dann auch nicht an einer weiteren scharfen Drohung fehlen zu lassen. »Die milde Strafe, die dieser Mann erhalten hat, wird nichts sein im Vergleich zu der, die dem droht, der versucht, die Autorität von Captain Crimshaw infrage zu stellen. Es wird keine Gnade geben, merkt euch das! Wer aufwiegelt oder sich einer Meuterei anschließt, wird hängen!« Er ließ die mit eisiger Stimme und Miene ausgesprochene Warnung einige Sekunden lang verklingen. Dabei glitt sein eisiger Blick langsam über die Gesichter der vor ihm Versammelten, als wollte er jedem einzelnen von ihnen seine letzten Worte ins Gehirn brennen. Dann erst wandte er sich abrupt ab und gab den Seeleuten das Zeichen, mit der Austeilung zu beginnen.

Sie fiel noch viel üppiger aus, als Éanna und ihre Leidensgefährten es erhofft hatten.

»Mein Gott, du hast es wirklich geschafft!«, sagte Emily und lachte über das ganze Gesicht. »Du hast Crimshaw in die Knie gezwungen!«

»Sei bloß still!«, flüsterte Éanna ihr zu. »Kein Wort, verstanden? Zu niemandem! Außerdem haben wir das nicht mir zu verdanken, sondern in erster Linie Mister O'Brien! Wenn er nicht gewesen wäre, hätte Crimshaw mich doch in Ketten legen oder mir noch viel Schlimmeres antun lassen!«

»Aber du hast die Idee dazu gehabt und hast sie umgesetzt!«, beharrte Emily. »Ich hätte es mich nie und nimmer getraut.«

Éanna war insgeheim stolz auf das, was sie getan hatte. Und sie freute sich, dass vorerst die Angst vor dem ärgsten Hunger gebannt war. Denn auch die folgenden Zuteilungen und die Wasserration entsprachen fortan dem, was man ihnen vor der Abreise versprochen hatte.

Aber noch mehr freute sich Éanna darüber, dass Brendans Wunden heilten und er wenigstens mit ihr über Alltägliches redete, wenn sie ihm Essen brachte und seinen Rücken neu verband. Wie gern hätte sie jetzt endlich von ihm erfahren, wie er es innerhalb von drei Tagen geschafft hatte, an das Geld für die Überfahrt zu kommen. Doch das wagte sie nicht. Denn es hätte zu viel mit dem zu tun gehabt, was zu ihrer Trennung geführt hatte. Und irgendwie musste auch Caitlin ihre Hand im Spiel gehabt haben, wie sie einem ihrer bitterbösen Vorwürfe an Brendan hatte entnehmen können. Nein, sie wollte es nicht darauf ankommen lassen, dass er es bereute, wieder mit ihr gesprochen zu haben. Ihre Neugier musste bis zu einem späteren Zeitpunkt warten.

Ab und zu blitzte für einen Moment die alte Vertrautheit auf und es stahl sich so etwas wie ein Lächeln in sein Gesicht. Aber stets schien ihm schlagartig bewusst zu werden, was sie nun voneinander trennte, und seine Miene verschloss sich aufs Neue.

Und während Éanna Nacht für Nacht darüber nachgrübelte, wie sie Brendan trotz allem zurückgewinnen konnte, bahnte sich tief unten im Schiffsrumpf eine Katastrophe ihren Weg, von der niemand etwas ahnte.

Einunddreißigstes Kapitel

Einige Tage später ließ sich die schreckliche Wahrheit nicht länger verleugnen. Nun wussten auch die kleinsten unter den Zwischendeckpassagieren, was passieren würde. Und die Wahrheit war grausamer als all das, was sie bislang an Unbill erfahren hatten.

Wenn kein Wunder geschah, würde die Metoka mit Mann und Maus untergehen.

Tief unten im Schiffsrumpf hatten die zahlreichen Lecks dafür gesorgt, dass das Schiff immer mehr mit Wasser volllief. Die inständige Hoffnung, die Éanna mit allen anderen an Bord der Metoka teilte, hatte sich nicht erfüllt. Der Mannschaft war es nicht gelungen, endlich die Lecks abzudichten. Diese waren so zahlreich und befanden sich an dermaßen schlecht zugänglichen Stellen unten am Schiffsrumpf, dass Captain Crimshaw sich zu dem Schritt gezwungen sah, immer mehr Fracht aus dem Laderaum hieven und über Bord werfen zu lassen.

Aber auch das hatte nicht geholfen. Ein Teil der Ladung bestand aus schweren Eisenteilen, die sich während des Sturms losgerissen hatten. Sie waren von einer Seite auf die andere geschleudert worden und hatten dabei nicht nur beidseitig Planken eingedrückt, sondern auch schwere Schäden am Gerippe der Spanten verursacht. Das Flickwerk und die Lenzpumpen, an denen sich die Seeleute Tag und

Nacht abmühten, kamen einfach nicht gegen die nachdrängenden Fluten an.

Bald hatten auch die seeunerfahrenen Passagiere gemerkt, dass die Metoka langsam, aber beständig immer tiefer im Wasser lag und trotz voller Besegelung immer schwerfälliger vom Fleck kam. In dieser Zeit hielt der Captain den Ausguck hoch oben im Masttopp unablässig mit einem Mann besetzt. Er hatte dort oben Flaggen zur Hand, um sofort Notsignale geben zu können, sowie er ein Segel am Horizont ausmachte. Aber so angestrengt er auch den Horizont absuchte, er konnte kein anderes Schiff entdecken.

Der verzweifelte Kampf der Besatzung, die drohende Katastrophe abzuwenden und die Bark trotz der Schäden noch nach New York zu bringen, dauerte fast zehn Tage. Unter den Seeleuten gab es über ein Dutzend Todesfälle wegen Krankheit oder Entkräftung. Immer höher reichten die Wellen. Als das Wasser schließlich schon bei ruhiger See fast die Speigatten erreicht hatte, kam das Ende der Metoka.

An jenem verhängnisvollen Mittag lag das Schiff wie ein Stein in der Dünung und der Himmel war von grauen Regenwolken bedeckt, als Caleb Crimshaw die Nutzlosigkeit aller Bemühungen einsah und das Kommando gab, alles für die Aufgabe der Bark vorzubereiten.

Angst erfasste die Auswanderer, die das Zwischendeck in den folgenden Stunden nicht verlassen durften. Die Mannschaft brauchte allen verfügbaren Platz an Deck, um in aller Hast aus Rahen, Spieren, Planken und anderem Holz tragfähige Flöße zusammenzuzimmern, sie über Bord zu hieven, an beiden Seiten zu vertäuen und mit Wassertonnen sowie Proviant zu bestücken. Denn in die vier Beiboote würde sich nur ein kleiner Teil der Mannschaft und der Passagiere retten können.

»Wenn es nicht auch uns betreffen würde, hätte ich jetzt gesagt: Geschieht dem Mistkerl von Captain recht, dass er sein Schiff verliert!«, hörten Éanna und Emily einen Mann.

»Wie weit kann es denn noch bis zur Küste sein?«, rief eine zitternde Frauenstimme. »Müssten wir denn nicht jeden Augenblick Land sichten?«

»Jeden Augenblick wäre schön, aber dem ist leider nicht so. Ein, zwei Wochen werden es schon noch sein, wenn es stimmt, was ich gestern über unsere Positionsbestimmung gehört habe!«, teilte ihr ein anderer nüchtern mit.

Von oben drang der Lärm fieberhafter Arbeit zu ihnen nach unten: scharfe Kommandos, das Hasten nackter schwieliger Seemannsfüße über die Planken, raukehlige Zurufe, Hämmern und Sägen, das Poltern von Wassertonnen und das Quietschen von Flaschenzügen.

»Ein, zwei Wochen? Und das in einem winzigen Ruderboot oder womöglich auf einem Floß? Das ist ja eine Ewigkeit!«, stöhnte wieder ein anderer.

»Seien wir dankbar dafür, dass es nicht stürmt und wir das Schiff nicht bei Nacht und in Panik verlassen müssen!«, kam es von Big Black. »Wir werden auch Wasser und Proviant haben. Und so nahe vor der Küste Amerikas stoßen wir bestimmt bald auf ein Schiff, das uns aufnimmt!«

»Gut dreihundert Männer, Kinder und Frauen? Wie soll denn das gehen?«, murmelte Emily angstvoll. »Da müsste uns schon ein Schiff begegnen, das mit völlig leerem Zwischendeck und leeren Kabinen segelt! Und so ein Schiff gibt es nicht – es sei denn, es ist ein Geisterschiff!«

»Wir werden schon durchkommen, Emily! Irgendwie! So wie wir auch alles andere überstanden haben«, erwiderte Éanna, die nicht weniger Angst hatte als ihre Freundin. Aber sie versuchte, sich nicht von ihr überwältigen zu lassen.

»Einen Schiffsuntergang zu überstehen ist aber was ganz anderes, als auf der Landstraße zu überleben oder aus einem Arbeitshaus auszubrechen!«, wandte Emily mit kläglicher Stimme ein.

»Du irrst!«, widersprach Éanna. »Oder hast du vergessen, wie oft wir kurz vor dem Hungertod standen? Und erinnerst du dich nicht mehr an *Clifton House?* Da sah es doch so böse für mich aus, dass keiner geglaubt hat, ich würde dem Tod doch noch von der Schippe springen. Aber dem haben wir noch immer ein Schnippchen geschlagen und so wird es auch diesmal sein. Vergiss das nicht! Ich werde einfach nicht zulassen, dass einem von uns etwas zustößt, das verspreche ich dir!«

»Wenn das so ist, habe ich ja wirklich nichts zu befürchten«, sagte Emily mit einem schwachen Lächeln.

»So ist es!«, versicherte Éanna mit einer Munterkeit, zu der sie sich zwingen musste. »Und jetzt versuche ich, mich noch mal schnell zu Brendan durchzukämpfen. Vielleicht kann ich ihn ja doch noch dazu überreden, hier bei uns zu warten, bis wir endlich an Deck gehen dürfen und unsere Arche Noah besteigen können!«

Doch Éanna kam nicht einmal bis in den gegenüberliegenden Mittelgang. Überall verstopften ihre Landsleute mit ihrem Notgepäck den Gang. Der Captain hatte zwar jedem nur einen kleinen Beutel erlaubt, weil sonst Flöße und Boote überladen sein würden. Aber nicht alle hatten sich daran gehalten, sondern viel mehr zusammengepackt.

Gerade hatte Éanna sich bis in die Nähe der Luke durchgezwängt, als aus der Tiefe des Rumpfes plötzlich ein lautes berstendes Geräusch kam. Und fast augenblicklich neigte sich die Metoka mit einem spürbaren Ruck nach Steuerbord.

»Das Schiff sinkt!«, gellte es durch das Zwischendeck.

Todesangst und Panik erfassten die Auswanderer und niemand vermochte sie jetzt noch länger davon abzuhalten, an Deck zu stürzen, um der Todesfalle ihres Quartiers noch frühzeitig zu entkommen. Aber die Wachen oben an der Ausstiegsluke dachten auch gar nicht mehr daran, die Menge zurückzuhalten. Auch ihnen ging es jetzt nur noch darum, so schnell wie möglich von der Metoka zu kommen, die mit jedem Augenblick mehr Schlagseite nach Steuerbord bekam.

Éanna wurde mit der hervorbrechenden Menschenflut an Deck gespült, auf dem im Nu ein heilloses Durcheinander herrschte. Die Befehle von Captain Crimshaw und seines Ersten Offiziers, die der Panik Einhalt zu gebieten versuchten, gingen in dem wilden Geschrei und Gerenne durcheinander. Und wer sie dennoch hörte, dachte gar nicht daran, darauf zu warten, dass man ihm einen Platz auf einem der Flöße oder in einem Ruderboot zuteilte. Die Menschen stürzten an die Reling, zerrten ihre schreienden Kinder hinter sich her und stießen sich gegenseitig rücksichtslos aus dem Weg, um schnell genug das sinkende Schiff zu verlassen. »Emily? . . . Emily? . . . Brendan? Wo seid ihr?«, schrie Éanna gegen den schrillen Tumult an. Obwohl auch ihr die Angst die Brust zuschnürte, konnte sie sich nicht dazu durchringen, mit den anderen über die Reling zu klettern, um sich einen guten Platz zu sichern. Nicht ohne Brendan und Emily! Und so versuchte sie, den Wogen anflutender Menschen standzuhalten, während sie in dem wüsten Gedränge um sie herum nach den beiden suchte.

Emily wurde ihr förmlich mit einer neuen Woge an Deck stürzender Auswanderer in die Arme gespült. Schnell ergriff sie den Arm ihrer Freundin, als Emily von zwei Männern zur Seite gestoßen wurde und zu stürzen drohte.

»Wir müssen zusammenbleiben!«, rief sie ihr zu. »Hast du Brendan gesehen?«

Emily schüttelte den Kopf, das Gesicht eine verzerrte Maske unsäglicher Angst. »Deine . . . deine Bücher!«, stammelte sie. »Ich habe sie . . . mitgebracht!«

Nichts war Éanna in diesem Moment gleichgültiger als Patricks Buchpaket, das ihre Freundin mitgeschleppt hatte, wohl wissend, dass es das Kostbarste ihrer Habseligkeiten war. Zudem entdeckte sie in diesem Augenblick Brendans roten Krauskopf. Aber weil der Zugang zu ihrem Teil der Reling, wo sie mit Emily stand, schon von einer dichten Menschenmenge verstopft war, rannte er mit einer anderen Menschentraube in eine andere Richtung. Sie schrie ihm zu, doch er hörte sie nicht, sondern zog sich an der Takelage hoch und sprang auf eines der Flöße, das dort vertäut im Wasser lag.

Plötzlich stand Patrick an ihrer Seite und packte ihre andere freie Hand. »Um Himmels willen, worauf wartet ihr denn noch? Nichts wie von Bord!«, rief er. Er hatte sich eine kleine Ledertasche mithilfe eines Stricks um die linke Schulter gehängt und hielt sie dabei auch noch fest unter seinen Arm geklemmt. Was immer er darin zu retten versuchte, das Manuskript gehörte ganz sicher dazu.

Willig überließ sich Éanna seiner Führung, denn jetzt gab es nichts mehr, das sie noch auf der Metoka hielt. Und so wie er sie mit festem Griff hinter sich herzog, machte sie es mit Emily.

Patrick half ihnen, auf die Reling zu klettern. Und wie das Glück es wollte, hatten die Seeleute gerade eines der Ruderboote vom Vorschiff in die Nähe ihres Ausstiegs gezogen. Sie gehörten mit zu den Letzten, die dort noch Platz fanden.

Kaum waren sie zwischen die Ruderbänke gestürzt, als einer der drei Seeleute, die sich mit ihnen in das Boot geflüchtet hatten, auch schon die Leine loswarf und die beiden anderen das Beiboot sogleich mit ihren Riemen von der Bordwand wegstießen.

»Zurück! Zurück da oben! Hier ist kein Platz mehr! Versucht es woanders!«, brüllte der Seemann am Ruder den Auswanderern zu, die unbedingt noch mit ins Ruderboot wollten. Einige Verzweifelte glaubten, sich durch einen mutigen Sprung zu ihnen retten zu können, stürzten dabei jedoch ins Wasser.

Und die Schreie der Männer und Frauen, die im eisigen Wasser trieben und nach Hilfe riefen, vermochten die Seeleute nicht zu erweichen.

»Wir können ihnen nicht helfen!«, sagte der Seemann am Heck, der nicht nur die Ruderpinne, sondern auch das Kommando im Ruderboot übernommen hatte, auf die Aufforderung von Patrick und einigen anderen hin, doch wenigstens zwei oder drei von ihnen zu retten. »Wir sind auch so schon überladen. Es braucht der Wind nur kräftig aufzufrischen, womit auch bald zu rechnen ist, damit das Boot vollläuft! Und wem ist damit geholfen, wenn wir dann alle untergehen? Also legt euch in die Riemen und lasst bloß keinen in die Nähe, Männer!«

»Recht hast du, Jason!«, pflichtete ihm einer seiner Mannschaftskameraden bei. »Hier kommt keiner mehr rein! Das Wasser wird uns sowieso knapp werden, wenn wir länger als acht Tage durchhalten müssen! Suchen wir Anschluss an das Boot von unserem Captain! . . . Da ist es, Jason!« Er wies auf eines der beiden größeren Beiboote, das achtern hinter den Flößen ablegte.

»Aye!«, antwortete Jason und legte die Ruderpinne scharf herum. Er ließ ihr Boot einen flachen Halbbogen beschreiben, um sich so schnell wie möglich hinter das Beiboot von Captain Crimshaw zu setzen. Und auf diesem Kurs kamen sie bis auf einen Steinwurf an die drei Flöße an Steuerbord heran.

Éanna nahmen die Tränen, die ihr übers Gesicht strömten, die Sicht. Wie sehr wünschte sie sich, etwas für die armen Teufel zu tun! Wie ungerecht kam es ihr vor, dass sie einen Platz erhascht hatte, während das Schicksal zahlreichen Frauen, Männern und Kindern nicht solch ein Glück beschert hatte.

Emily tastete nach ihrer Hand. Offenbar dachte die Freundin dasselbe. Éanna erwiderte den Händedruck.

Ihr Blick wanderte über das Wasser zu dem Floß, auf das

Brendan sich geflüchtet hatte – und auf das sich noch immer Menschen zu retten versuchten. Gerade löste es sich von der Metoka und begann, bei dem Gedränge bedrohlich zu schwanken.

Jason steuerte ihr Boot an dem Floß vorbei, als vier, fünf Männer von der Reling der Bark sprangen. Zwei von ihnen stürzten mitten hinein in die Menge, die diesen Aufprall in einer kurzen verhängnisvollen Kettenreaktion nach hinten weitergab. Die Unglücklichen, die an der hinteren Kante kauerten, verloren das Gleichgewicht und stürzten vom Floß ins Wasser.

Éanna sah zu ihrem Entsetzen, dass sich auch Brendan unter ihnen befand. »Das ist Brendan! . . . Sie haben ihn vom Floß gestoßen!«, schrie sie und versuchte durch weitere Rufe, seine Aufmerksamkeit auf sich zu ziehen. »Brendan! . . . Brendan! . . . Hier! Halte durch! . . . Schwimm hier zum Boot!«

»Lass sofort das Geschrei! Das wird dir und dem armen Kerl nichts nutzen!«, kam es von Jason.

»Der Atlantik ist so kalt, wie er gnädig zu denen ist, die er verschlingt. Er macht es schnell«, bemerkte einer der beiden anderen Seeleute. »In zehn Minuten hat er es hinter sich.«

Éannas Schreie hatten Brendan erreicht und während die anderen versuchten, sich auf das Floß zu ziehen, hielt er nun auf ihr Boot zu. Mehr panisch paddelnd als schwimmend arbeitete er sich zu ihnen heran.

»Lasst ihn an Bord! Einen können wir noch aufnehmen«, beschwor einer der Auswanderer in ihrem Boot den Steuermann am Heck. Aber es war nicht Patrick, von dem diese Aufforderung kam. Er saß stumm auf der Bank vor Éanna und Emily an jener Bootsseite, die Brendan zugewandt war.

»Den Teufel werden wir tun!«, erwiderte Jason. »Los, stoßt den Burschen zurück, sonst bringt er das Boot noch zum Kentern! Dave, zieh ihm eins mit deinem Riemen über, wenn er nicht gehorcht!«

Der mit Dave angesprochene Seemann zog sein Ruder aus dem Wasser und stieß damit nach Brendan.

Éanna sah die Todesangst in Brendans Augen, der sich kaum noch über Wasser zu halten vermochte. »Lasst ihn an Bord! Er gehört zu mir!«, flehte sie mit sich überschlagender Stimme. »In Gottes Namen, lasst ihn nicht ertrinken! Bitte zieht ihn aus dem Wasser, bevor es zu spät ist!«

»Kommt nicht infrage!«, schrie Jason zurück. »Wir nehmen keinen mehr auf! Und dabei bleibt es!«

In diesem Moment richtete sich Patrick im Boot auf, griff unter seinen Umhang und hielt im nächsten Augenblick einen Revolver in der Hand. »Oh doch, diesen Mann lassen wir nicht vor unseren Augen sterben. Er kommt mit uns!«

»Habt Ihr den Verstand verloren, Mann?«, stieß Jason wutentbrannt hervor. »Was versteht Ihr schon davon, was so ein Beiboot bei schwerer See an Besatzung verkraften kann? Außerdem habe ich hier das Kommando und bestimme, was gemacht wird und was nicht. Also steckt das verdammte Ding weg!«

Patrick zog den Abzugshahn durch. Der Schuss löste sich mit scharfem Krachen. Die Kugel fauchte, schräg von oben kommend, am Kopf des Seemanns vorbei und klatschte hinter ihm ins Wasser. »Wenn du nicht gleich zur Vernunft kommst und diesen Mann dort ins Boot lässt, gibt es hier bald zwei freie Plätze!«, drohte er und seine Miene ließ keinen Zweifel daran, dass er seine Worte ernst meinte.

Jason zuckte erschrocken zusammen, als das Geschoss so nah an ihm vorbeisirrte. Das Blut wich ihm aus dem Gesicht, als er begriff, dass nicht viel gefehlt hätte, um von der Kugel getroffen zu werden – und dass in der Trommel der Waffe noch fünf weitere Kugeln nur darauf warteten, abgefeuert zu werden.

Augenblicklich schwenkte Patrick seinen Revolver zu dem anderen Besatzungsmitglied der Metoka herum, der noch immer mit seinem Ruder nach Brendan stieß. »Weg damit!«, herrschte Patrick ihn an. »Oder aus den zwei freien Plätzen werden drei! Ich werde keinen von euch ein weiteres Mal warnen!«

»Verdammter Narr! Damit schneidet Ihr Euch ins eigene Fleisch!«, zischte Dave, ließ jedoch das Ruder neben Brendan ins Wasser sinken.

Schnell wechselte Patrick den Revolver in die linke Hand, setzte sich wieder auf seinen Sitz und streckte Brendan seine Hand hin, der das Beiboot indessen mit letzter Kraft erreicht hatte und sich ans Dollbord klammerte.

»Nun mach schon und gib mir deine Hand!«, rief Patrick ihm zu.

Keuchend hing Brendan am Boot und starrte ihn einen Moment an, als könnte er nicht glauben, dass ausgerechnet dieser Mann sein Leben rettete. Dann endlich packte er zu.

»Worauf wartet ihr? Na los, helft mir, ihn ins Boot zu ziehen!«, forderte Patrick die Männer auf der gegenüberliegenden Ruderbank unwirsch auf. »Er hat so viel Recht, hier im Boot zu sein, wie jeder andere von uns!«

Nun streckten sich Brendan noch andere hilfreiche Hände entgegen, packten ihn am Arm und an seiner triefenden

Kleidung und zogen ihn wie einen schweren nassen Sack zu sich ins Boot.

Nach Atem ringend und völlig erschöpft sank Brendan gegen die kleinen Wassertonnen, die zwischen den beiden mittleren Ruderbänken in der Rundung des Rumpfes lagen.

»Danke! . . . Danke!«, stieß er abgehackt hervor, ohne dabei jemanden anzublicken, auch Patrick nicht.

Éanna war zu überwältigt von dem, was passiert war, um sprechen zu können. Stumm beugte sie sich vor und legte kurz ihre Hand auf Patricks Schulter.

»Danke«, flüsterte sie.

Patrick sah sich kurz zu ihr um. »Die Zukunft wird zeigen, ob ich ihm und dir damit wirklich einen Gefallen getan habe«, sagte er ebenso leise. »Vielleicht wäre ein schneller Tod wirklich gnädiger gewesen als das, was uns jetzt erwarten mag.« Damit wandte er sich wieder ab, behielt den Revolver vorsorglich aber noch in der Hand.

»Ein Verrückter an Bord mit einem Schießeisen, das hat uns gerade noch gefehlt!«, zischte Jason mit ohnmächtiger Wut und gab dann das Kommando, so schnell wie möglich Abstand zum sinkenden Schiff zu bekommen und sich an das Beiboot von Captain Crimshaw zu hängen.

Noch immer drangen verzweifelte Schreie über das Wasser. Mehrere Männer und Frauen, die sich vor dem Sprung ins Wasser fürchteten, hingen an Steuerbord in der Takelage, als könnten sie so ihr Leben retten. Andere krochen auf Händen und Füßen über das sich immer steiler aufrichtende Deck zur Backbordreling hinauf. Denn auch auf dieser Seite lagen Flöße vertäut. Doch in der Panik waren fast alle der Neigung nach Steuerbord gefolgt.

Die hohen Masten hingen mittlerweile schon in einem erschreckend steilen Winkel zur See weit über die Steuerbordreling hinaus. Ihr Gewicht, verstärkt durch die Hebelwirkung, versetzte der Bark kurze Zeit später den Todesstoß. Die Masten stürzten wie gefällte Bäume ins Meer, peitschten beim Aufschlag das Wasser auf und rissen jeden in die Tiefe, der von Takelage, Rahen und Segeltuch unter die Oberfläche gedrückt wurde.

Wie ein von Harpunen tödlich getroffener Wal drehte sich der leckgeschlagene Rumpf der Metoka auf die Seite, sodass ihr Kiel in die Luft aufragte. Wasser strömte durch alle Luken und das Schiff sank mit einer Schnelligkeit, die kaum einer der Überlebenden für möglich gehalten hätte. Dicke Luftblasen stiegen blubbernd aus der Tiefe auf und brachten die Wasseroberfläche für eine Weile zum Brodeln. Dann verriet nur noch ein weites Trümmerfeld aus herumtreibendem Segeltuch, Planken, Kojenstücken, Kleidern, Tonnen, Kisten und anderen Dingen, dass hier vor wenigen Augenblicken noch ein stolzer Dreimaster in der See gelegen hatte.

Éanna hatte ihren Blick abgewandt. Wieder strömten ihr die Tränen über das Gesicht und ihr kam in den Sinn, dass das Schicksal etwas war, dass sie niemals würde verstehen können.

Sie schlug ein Kreuz und begann, leise das Vaterunser zu beten.

Und nach und nach fielen die Einwanderer auf dem Boot in ihr Gebet ein.

Sie beteten für die Verstorbenen.

Und für ihr eigenes Leben.

Zweiunddreißigstes Kapitel

Die Nacht kam schnell und der auffrischende Wind brachte eine Kälte mit sich, die den vierzehn dicht gedrängt sitzenden und zwischen den Bänken kauernden Schiffbrüchigen durch Mark und Knochen ging. Laternen flammten auf den Booten und Flößen auf, die wie verlorene Irrlichter im Gewoge der Wellen auf und ab tanzten und sich immer weiter voneinander entfernten. Die beiden größeren Beiboote, von denen Captain Crimshaw eines kommandierte, verfügten über einen kleinen Notmast. Dieser wurde rasch errichtet und das Segel hochgezogen.

»Da segelt er dahin, unser ehrenhafter Captain Crimshaw!«, rief Éanna verächtlich, als die beiden Boote westlichen Kurs einschlugen und sich nicht darum kümmerten, was aus den anderen Schiffbrüchigen wurde. »Immer nur auf seinen eigenen Vorteil bedacht!«

»Hast du denn etwas anderes erwartet?«, fragte Emily und bibberte trotz ihres Umhangs im eisigen Nachtwind.

»Er ist eine Schande für seinen Berufsstand!«, pflichtete ihnen Kathleen bei, die wie sie das Glück gehabt hatte, mit ihrer Tochter Peggy im rechten Moment an der richtigen Stelle der Reling gewesen zu sein. »Verflucht soll er sein! Für seine Feigheit und dass er nicht schon viel eher damit begonnen hat, Vorbereitungen für die Aufgabe der Metoka zu treffen! Wie viele mehr hätten gerettet werden können, wenn er den Befehl nur einen Tag eher gegeben hätte!«

Auch Jason, Dave und der andere Seemann an Bord waren wütend, dass ihr Captain erst gar keinen Versuch unternommen hatte, die Flöße und Beiboote zusammenzuhalten. Sie und einige andere Männer, für die es noch Ruder gab, legten sich kräftig ins Zeug, um dem Kurs von Caleb Crimshaw zu folgen und sein Laternenlicht an der Mastspitze nicht aus den Augen zu verlieren. Aber der Wellengang kostete zu viel Kraft, auch wenn sich die Männer an den Riemen abwechselten. Und noch lange vor Mitternacht verschwanden die beiden schwächer werdenden Lichtpunkte in der nächtlichen Dunkelheit.

Die Schiffbrüchigen durchlebten eine Nacht der Angst und der folgende Tag war auch nicht besser. Im Gegenteil, denn die Wellen wurden höher und die Täler tiefer. Und wenn auch kein Sturm aufkam, so sorgte der Seegang doch dafür, dass unablässig eisiges Wasser ins Boot drang. Mit ihren Händen, mit Bechern und mithilfe einer Lederpütz, die zur Notausrüstung gehörte, mussten sie das zwischen ihren Füßen hin und her schwappende Wasser aus dem Boot schöpfen und über Bord kippen.

Es war eine endlose, kräftezehrende Arbeit. Zudem machte sich inzwischen bei allen der Durst bemerkbar. Denn Jason hatte darauf bestanden, jedem nur das eben Notwendigste an Trinkwasser zu erlauben, und dagegen hatte keiner Widerspruch erhoben. Jeder wusste, dass ihre Odyssee noch viele Tage, wenn nicht gar Wochen dauern konnte und das Wasser nicht schon in den ersten Tagen und Nächten vergeudet werden durfte.

Erst im Laufe der zweiten Nacht beruhigten sich die Wellen allmählich, sodass endlich an ein wenig Schlaf zu denken war. Und erschöpft, wie sie alle waren, sanken sie wie Marionetten, deren Zugfäden plötzlich erschlafften, in sich zusammen.

Als der zweite Morgen heraufdämmerte, lag Éanna in einer Art schmerzerfülltem Dämmerschlaf und mit verkrümmten Gliedern halb auf der Bank, halb auf den Planken des Bootes. Die Leiber der vierzehn Männer und Frauen bildeten ein ineinander verschlungenes Gewirr von Gliedmaßen, dass man auf den ersten Blick nicht hätte sagen können, zu wem dieser Arm oder jenes Bein gehörte.

Plötzlich zerriss ein Schrei die Stille des jungen Morgens. »Segel! . . . Segel am östlichen Horizont!«, gellte die Stimme, die sich vor Aufregung förmlich überschlug und alle anderen im Boot hochfahren ließ, sodass das Ruderboot fast zu kentern drohte. »Dort drüben! Drei Strich achtern an Steuerbord!«

»Jeder auf seinen Platz!«, brüllte Jason und bewahrte das Beiboot durch eine schnelle Gegenbewegung mit der Ruderpinne vor dem Leckschlagen.

»Allmächtiger!«, rief jemand mit einem Stoßseufzer der Erlösung. »Der Herr hat Erbarmen und schickt uns Rettung!«

Die Schiffbrüchigen brachen in Jubel, Lachen und Tränen aus, als sich über der südöstlichen Kimm immer mehr Segel zeigten und sich schließlich die Umrisse eines Dreimasters deutlich vor dem Licht des neuen Tages am Horizont abzeichneten. Schlagartig waren die schmerzenden Glieder und die Tage und Nächte der Angst vergessen.

Éanna fiel ihrer Freundin vor Freude um den Hals. Und als

ihr Blick zu Brendan ging, erwiderte er ihn mit einem zaghaften Lächeln. Es war das erste offene Lächeln seit jenem unglückseligen Sonntagnachmittag vor dem Haus in der Dorset Street, das er ihr schenkte.

»Legt euch in die Riemen!«, schrie Jason den Männern an den Ruderbänken zu. »Wir müssen näher an den Kurs heran, den das Schiff steuert, wenn sie uns bemerken sollen!«

Es hätte dieser Aufforderung nicht bedurft, um die Männer an den Rudern zu höchster Kraftanstrengung anzutreiben. Sie wussten, dass sie die Distanz zu dem Schiff wesentlich verkürzen mussten, bevor es wieder aus ihrer Sicht verschwinden konnte.

Zu ihrem Glück segelte der Dreimaster auf einem südwestlichen Kurs, was bedeutete, dass sich das Schiff und das Beiboot der Metoka auf einem immer enger werdenden Winkel aufeinanderzubewegten, solange die Ruderer mit aller Kraft die Riemen durch das Wasser zogen und auf einen imaginären Schnittpunkt der beiden Kurse zuhielten.

»Das ist ein Yankeeschiff!«, schrie der Seemann Dave, als bald nähere Einzelheiten von Rigg und Decksaufbauten des Dreimasters auszumachen waren. »Der Teufel soll mich holen, wenn das nicht die Boston Glory ist! . . . Ja, das ist sie! . . . Seht doch nur die bunte Gallionsfigur mit der goldwallenden Mähne!«

»Gottlob ein Amerikaner!«, rief jemand am Heck erleichtert und mit einem bitterbösen Seitenhieb auf die drei britischen Seeleute. »Die behandeln einen nicht wie Vieh so wie die verfluchten Engländer!«

Die Schiffbrüchigen brachen in lautes Geschrei aus, als sie glaubten, dass Besatzung und Passagiere an Deck der Boston Glory sie schon hören konnten. Und einer der Männer richtete sich am Bug auf und schwenkte wie wild seine Jacke.

Für eine Weile schien es so, als würde sie keiner bemerken und das Schiff unbeirrt seinen Kurs fortsetzen. Doch dann sahen sie, wie Seeleute die Takelage aufenterten, um ein Teil der Segel zu reffen.

»Sie dreht bei!«, schrie Jason, der das Kommando an Bord der Boston Glory als Erster richtig zu deuten vermochte. »Sie dreht bei! Sie haben uns gesehen!«

Der Dreimaster schwenkte Augenblicke später herum und glitt mit rasch abnehmender Geschwindigkeit auf ihre Position zu. Jetzt hatten sie die Gewissheit, gerettet zu sein!

Als die Boston Glory ruhig in der See lag und die Ruderer das Beiboot längsseits brachten, hatte sich auf der ihnen zugewandten Backbordseite schon eine große Menschenmenge an der Reling eingefunden.

Éanna und auch die anderen erblickten unter ihnen viele bekannte Gesichter von der Metoka. Wie sich später herausstellte, waren es neunundsiebzig Seeleute und Passagiere, die den Untergang der Bark auf einigen der Flöße überlebt hatten und schon am Abend zuvor von der Boston Glory gerettet worden waren.

»Du hältst wirklich Wort, Éanna«, sagte Emily, der in ihrem Überschwang der Gefühle sogar wieder zum Scherzen zumute war, und drückte den Arm ihrer Freundin. »Wenn du etwas versprichst, dann kann man sich darauf verlassen. Ich werde nie mehr an deinen Worten zweifeln. Wenn du sagst, du lässt nicht zu, dass uns etwas passiert, wird auch nichts geschehen.«

Éanna blickte sie ernst an. »Gebe Gott, dass mich das Schicksal nicht so schnell wieder in die Verlegenheit bringt, das noch einmal zu beweisen«, erwiderte sie und sagte mit einem Seitenblick auf Patrick, der vor ihnen schon eine der herabbaumelnden Strickleitern gepackt hatte: »Aber was immer auch kommen mag, ich werde nie vergessen, was ein kluger und großherziger Mann mir vor gar nicht langer Zeit gesagt hat – nämlich dass die Hoffnung als Letztes stirbt!«

Sie hörte, wie Patrick leise auflachte und schon im Hinaufklettern spöttisch murmelte: »Das muss er aus dem Buch eines noch viel klügeren Mannes haben, der tatsächlich gelebt hat, was ihm aus der Feder geflossen ist.«

Wenig später erklomm Éanna hinter Emily die Strickleiter. Oben an der Reling erwarteten sie kräftige Hände, die beherzt zugriffen und ihnen an Deck halfen.

Als sie sich umblickte und Brendan in der Menge suchte, sah sie ihn zusammen mit Patrick oben auf dem Vorschiff. Patrick hatte ihn offensichtlich sofort von den anderen weggezogen, um die Gelegenheit für ein Gespräch unter vier Augen zu nutzen. Und diesmal weigerte Brendan sich nicht, ihn anzuhören. Er konnte gar nicht anders nach dem, was Patrick für ihn getan hatte. Mit gesenktem Kopf stand er vor dem Mann, den er als vermeintlichen Verführer seiner Liebsten verabscheute, dem er aber auch sein Leben verdankte.

»Siehst du das?«, stieß Emily aufgeregt hervor, obwohl sich diese Frage erübrigte, war sie doch erst durch Éannas Blick auf die beiden aufmerksam geworden. »Sie sprechen miteinander, Éanna! Es geschehen noch Zeichen und Wunder! Und heute sogar zwei Wunder auf einen Schlag!«

»Ja, aber da spricht nur einer und das ist Patrick«, erwiderte Éanna, die versuchte, sich keine Illusionen zu machen. Dass Brendan sich anhörte, was Patrick ihm zu sagen hatte, war wohl das Mindeste, was er ihm schuldete. Ob er ihm seine Worte aber auch glaubte, stand auf einem ganz anderen Blatt.

»Aber dein Dickschädel Brendan hört ihm endlich zu! Und sieh doch, wie er nur dasteht!«, raunte Emily. »Wie ein kleiner Junge, der sich eine Strafpredigt anhört, von der er weiß, dass er sie verdient hat!«

»Gebe Gott, dass er es auch so empfindet!«

»Aber mach es ihm bloß nicht so leicht, wenn er nachher mit eingezogenem Schwanz ankommt und sich bei dir mit einer lauen Entschuldigung von seinem unmöglichen Betragen reinwaschen will!«, mahnte Emily. »Denk an die Ohrfeige, die er dir verpasst hat! Also lass ihn ruhig eine Weile in seinem eigenen Saft schmoren, damit er begreift, was er dir angetan hat und dass er sich so etwas dir gegenüber nie wieder herausnehmen darf!«

Éanna versprach es ihr, wusste jedoch nicht, ob sie das auch wirklich tun würde. Zu stark war ihre Sehnsucht nach einer Versöhnung mit Brendan.

Dreiunddreißigstes Kapitel

Die Ungewissheit, ob Patrick bei Brendan etwas erreicht hatte, quälte Éanna noch die ganze nächste Stunde. Denn so lange dauerte es, bis die Namen der Schiffbrüchigen der Liste der anderen Geretteten hinzugefügt worden waren und sie wussten, wo sie im Zwischendeck für den Rest der Reise, die gottlob auch nach New York ging, ihren Schlafplatz hatten.

Zwar war das Quartier der Auswanderer auf einem amerikanischen Schiff wegen der viel strengeren Vorschriften nicht so dicht belegt wie auf den britischen. Aber die Aufnahme von so vielen Schiffbrüchigen führte unweigerlich dazu, dass es im Zwischendeck noch gedrängter zuging als auf der Metoka. Gut dreißig Auswanderern blieb nichts anderes übrig, als nachts auf den Planken der Mittelgänge zu schlafen.

Als das Schiff wieder unter Vollzeug durch die See schnitt, ließ Gregory Richardson, der hochgewachsene Captain der Boston Glory, erst einmal heißen Tee und eine vom Schiffskoch in aller Eile zubereitete kräftige Stärkung an seine neuen Passagiere austeilen.

Während dieser Mahlzeit, die sie an Deck einnahmen, setzte sich Patrick kurz zu Éanna. »Du hast ja gesehen, dass ich mit Brendan gesprochen habe«, teilte er ihr mit gedämpfter Stimme mit.

Sie nickte und sah ihn dankbar an.

»Ich habe mein Bestes gegeben, um ihn davon zu überzeugen, dass während unserer sonntäglichen Treffen nichts zwischen uns vorgefallen ist, was deine Ehre hätte beschmutzen können und ihm Grund gegeben hätte, den Stab über dich zu brechen«, fuhr er fort. »Ich muss zugeben, dass es mir nicht gerade leichtgefallen ist, ihm zu sagen, dass meine ebenso aufrichtigen wie schicklichen Bemühungen, dein Herz zu gewinnen, bei dir auf deutliche Ablehnung gestoßen sind. Am liebsten hätte ich ihn zum Teufel gewünscht und ihn seiner störrischen Ignoranz überlassen! Denn dann hätte ich wohl Hoffnung haben dürfen, eines Tages doch noch deine Liebe zu erringen. Aber auf Unglück und einem gebrochenen Herzen lässt sich selten ein dauerhaftes Glück gründen, wie ich mir gesagt habe. Jedenfalls habe ich getan, was ich dir versprochen habe, Éanna. Alles Weitere liegt nun allein bei ihm.«

»Hat er Euch irgendetwas geantwortet?«, fragte sie ihn und hoffte auf einen Hinweis, dass Brendan seinen Irrtum eingesehen hatte.

Patrick schüttelte den Kopf. »Er hat nur schweigend zugehört. Und als es dann von meiner Seite nichts mehr zu sagen gab, hat er knapp genickt und mich stehen gelassen«, berichtete er zu ihrer großen Enttäuschung. »Aber wenn er jetzt nicht zu dir kommt und die Sache ins Reine bringt, hat er dich auch nicht verdient und du tust besser daran, einem solch törichten und unverbesserlich verbohrten Mann nicht eine Träne nachzuweinen.« Damit nahm er Teller und Becher und entfernte sich wieder von ihnen.

»Ein wahres Wort!«, murmelte Emily. »Und du nimmst es dir hoffentlich zu Herzen!«

»Ach, Emily«, sagte Éanna nur.

Brendan blickte während der Mahlzeit immer wieder von der anderen Deckseite verstohlen zu ihr herüber, machte aber keine Anstalten, zu ihr zu kommen.

Aber als Éanna wenig später an der mit Salzwasser gefüllten Tonne stand, um ihren Teller auszuwaschen, stand er plötzlich neben ihr. »Können wir miteinander reden, Éanna?«, fragte er leise und mit unsicherer Stimme.

Ihr Herz schien einen Sprung zu machen. »Ja«, sagte sie. Das war alles, was sie in diesem Moment herausbekam.

»Dann lass uns oben auf das Vorschiff gehen«, bat er. »Da sind wir ungestörter als hier unten.«

Sie nickte nur.

Wenig später fanden sie einen einigermaßen stillen Platz vor dem Beiboot an Backbord.

Brendan stand mit gesenktem Kopf vor ihr. »Ich . . . ich weiß nicht, wie . . . wie ich anfangen soll, Éanna«, sagte er mit stockender und kläglicher Stimme. »Ich . . . ich habe ja von all dem, was Mister O'Brien mir vorhin erzählt hat, nichts gewusst.«

»Du hast mir auch nie die Gelegenheit gegeben, das zu ändern!« Éanna versuchte, ihrer Stimme die Härte und den Tonfall bitteren Vorwurfs zu geben, obwohl ihr das schwerfiel.

»Ja, und das . . . das macht alles nur noch schlimmer, was ich mir vorzuwerfen habe, Éanna!«

»Warum hast du mir denn nicht einmal ein paar Minuten zugestanden, um dir zu erklären, wie es wirklich gewesen ist? Warum hast du mich gleich geohrfeigt, ohne mir vorher die Gelegenheit zu geben, mich verteidigen zu können?« Der Schmerz über das Geschehene brachte die Bitterkeit nun von selbst in ihre Stimme. »Nennst du das Liebe, Brendan?«

Er schüttelte den Kopf, blass wie ein Leichentuch. Und er wagte noch immer nicht, ihr in die Augen zu schauen. »Ich schäme mich dafür . . . und nicht erst seit heute. Und das ist die Wahrheit. Ich weiß auch nicht, wie du mir jemals verzeihen kannst, wenn . . . wenn du mir denn überhaupt verzeihen willst.« Er schluckte schwer. »Ich war mir in dem Moment vor dem Haus ganz sicher, dass wirklich etwas zwischen dir und Mister O'Brien gewesen ist, so wie ich es geglaubt habe und wie . . . wie Caitlin es mir eingeredet hat.«

»Du hast einer wie ihr mehr Glauben geschenkt als mir?«, stieß Éanna hervor. »Und das nach allem, was wir miteinander durchgemacht und einander versichert hatten?« Sie presste die Lippen zusammen und kämpfte mit ihrem Zorn.

Verstört und ratlos schüttelte er erneut den Kopf. »Ich weiß mir heute keine Erklärung mehr dafür. Ich war einfach wie . . . wie vor den Kopf gestoßen, als ich von deinem Versprechen gegenüber Mister O'Brien erfahren habe. Du hattest es mir all die Zeit in Dublin verschwiegen, und weil er doch ein Mann von Stand ist, der dir so viel mehr zu bieten hat als ich, habe ich angenommen, dass . . . dass du schwach geworden bist . . . und lieber den leichteren Weg gehen wolltest!«

»Ja, und deshalb habe ich auch für uns beide ein Ticket für die Metoka gekauft, weil ich nicht mit dir, sondern fortan mit Mister O'Brien zusammen sein wollte!«, sagte sie mit sarkastischem Tonfall. »Brendan, ich habe zwar immer gewusst, dass du ein verdammter Hitzkopf bist, aber dass du dich in einen solch unlogischen Gedanken verrennen könntest, hätte ich dir nicht zugetraut!«

Sein Körper krümmte sich bei ihren Worten wie unter Schlägen. »Das ist mir später auch aufgegangen, Éanna«, murmelte er zerknirscht. »Aber dann . . . dann hatte ich nicht den Mut, diesen schrecklichen Fehler einzugestehen und dich . . . dich um Verzeihung zu bitten.«

»Und jetzt hast du den Mut gefunden?«

Er nickte schwach, hob nun den Kopf und sah ihr ins Gesicht. »Wirst du mir jemals verzeihen, dass ich dir so viel Unrecht angetan und dich dazu noch . . . noch geohrfeigt habe?«, fragte er mit erstickter Stimme. »Ich weiß, dass ich nicht einmal das Recht habe, dich darum zu bitten. Ich habe das kaputt gemacht, was uns teuer war. Und ich würde es auch nur zu gut verstehen, wenn du . . . wenn du nichts mehr mit mir zu tun haben wolltest. Aber ich kann einfach nicht anders, als zu hoffen, dass in dir trotz allem noch ein Rest Liebe für mich übrig ist, Liebe, die . . . stärker als deine Wut und deine Abscheu ist!«

Éanna sah die Tränen, die seine Augen füllten. »Ja, Wut und Schmerz, die habe ich wochenlang mit mir herumgetragen, das ist wohl wahr. Aber ich habe nie Abscheu für dich empfunden, Brendan«, erwiderte sie sanft und spürte, wie alle Bitterkeit aus ihrer Brust schwand. »Und von meiner Liebe zu dir ist mehr als nur ein kläglicher Rest übrig.«

»Éanna, ich schäme mich so«, sagte er erneut, ohne diesmal jedoch ihrem Blick auszuweichen.

»Und du hast auch allen Grund dazu«, erwiderte sie, doch ihre Stimme war nicht anklagend, sondern vielmehr traurig. Wie viel Zeit und Leid hatte es sie gekostet, bis er zur Besinnung gekommen war!

Brendan schwieg.

»So, und jetzt erzähl mir, wie du es angestellt hast, doch noch auf die Metoka zu kommen!« Éanna straffte ihre Schultern. Auch das musste zur Sprache kommen, wenn es zu einer richtigen Versöhnung kommen sollte, so schmerzhaft es für beide auch sein würde, der Wahrheit ins Gesicht zu sehen.

Es kostete Brendan sichtlich Überwindung, ihr zu erzählen, dass Caitlin in dieser Geschichte eine wesentliche Rolle gespielt hatte.

»Caitlin wollte unbedingt mit mir nach Amerika auswandern«, begann er. »Wer weiß, was sie sich davon erhofft hat.« Hilflos zuckte er die Achseln. Und dann schoss ihm das Blut ins Gesicht, als er fortfuhr: »Jedenfalls hatte sie unter ihren . . . ihren Kunden einen Boxer. Cillian McLean hieß er und er war unter dem Namen ›McLean the Mean Machine‹ zu einiger Bekanntheit gekommen. McLean hat in den letzten zehn, zwölf Kämpfen jeden seiner Gegner k.o. geschlagen und es war Zeit für ihn, aus Irland zu verschwinden, weil sich kaum noch jemand fand, der gegen ihn antreten wollte. Die Wetten brachten seinen Veranstaltern nicht mehr genug Profit. Aber vorher wollte McLean noch einmal richtig Kasse machen und das ging nur durch Betrug.«

Éanna begann zu ahnen, worauf seine Geschichte hinauslief, sagte jedoch nichts und wartete, dass er weitersprach.

»Tja, und da ist er auf die Idee gekommen, vor seinem Verschwinden nach England noch einen letzten Kampf anzunehmen, sich diesmal aber schlagen zu lassen und einen

Großteil seines Geldes über Mittelsmänner auf seinen Gegner zu setzen. Er wollte noch einmal kräftig abkassieren. Aber dafür brauchte er einen einigermaßen akzeptablen Herausforderer, der sich erst einmal einige Runden lang von ihm verprügeln lassen würde, um ihn am Ende mit ein, zwei Hieben k.o. zu schlagen.«

»Und für diesen getürkten Kampf hast du dich dann hergegeben.« Éanna schauderte bei dem Gedanken, in was er sich da eingelassen hatte, um zu dem Geld für die Passage zu kommen.

Brendan verzog das Gesicht und nickte. »Ja, die Monate als Schauermann auf den Kohlendocks hatten mich kräftiger gemacht. Ich taugte also als Gegner. McLean hat mir dann vor dem Kampf ein Pfund dafür gezahlt, dass ich mich auf den Betrug einließ, und vom Veranstalter gab es noch einmal fünf Shilling. Caitlin hat alles Geld auf mich gesetzt. Und da die Wetten auf zehn zu eins gegen mich standen, sind dann daraus zwölfeinhalb Pfund geworden. Genug für die Tickets und etwas Proviant.« Er atmete tief durch. »Das ist die Geschichte, Éanna. Ich bin wahrlich nicht stolz darauf, bei dem Betrug mitgemacht zu haben. Aber ich bereue es auch nicht. Denn sonst hätte ich nie erfahren, was ich dir angetan habe . . . und könnte dich jetzt auch nicht um Verzeihung bitten.«

Sie schwieg und sah ihn an.

»Éanna, wird es wieder gut zwischen uns werden?«, fragte er schließlich. »Wirst du mir noch eine Chance geben?«

Éanna ließ einen weiteren langen Moment verstreichen. Sie wünschte ihre Versöhnung so sehr wie er. Und es lag nicht in ihrer Natur, ihn zappeln zu lassen. Aber sie wusste auch, dass ihr Verzeihen nur der erste Schritt zu dem sein konnte, was sie einmal so eng verbunden hatte.

»Ja, das werde ich. Denn ich liebe dich noch immer, und wer nicht verzeihen kann, der liebt auch nicht wirklich«, sagte sie deshalb und nun standen auch ihr Tränen in den Augen. »Aber lass uns beiden Zeit, bis die Wunden vernarbt sind. Dann kann es wieder gut werden, Brendan.«

Vierunddreißigstes Kapitel

Auch der Captain der Boston Glory war ein ruppiger Kerl, der die Passagiere nicht gerade freundlich behandelte, und genau wie seine Mannschaft war er aus rauem Holz geschnitzt. Aber alles in allem wurden die Passagiere im Zwischendeck doch mit annehmbarer Anständigkeit behandelt. Was jedoch nichts daran änderte, dass unter Deck eine qualvolle Enge herrschte. Ähnlich wie auf der Metoka raubte einem der Gestank bald den Atem und zudem war es den Auswanderern nur stundenweise und in Gruppen von nicht mehr als fünfzig Personen erlaubt, an Deck zu gehen. Denn mehr als dreihundert Passagiere mittschiffs und auf dem Vordeck hätten die Arbeit der Mannschaft erheblich behindert. Auch sah sich Gregory Richardson gezwungen, die Rationen zu verringern, damit die Vorräte an Trinkwasser und Proviant für alle das Überleben sicherten.

Éanna verbrachte in diesen Tagen und Nächten viel Zeit mit Brendan und nach und nach kehrte die alte Vertrautheit wieder, die sie einst zusammengeschweißt hatte.

»Weißt du noch, der Tag in Dublin, an dem wir uns wiedergefunden haben?«, fragte Brendan eines Tages plötzlich. »Mir war, als sei mir ein neues Leben geschenkt worden. Ein Leben, das von dem Tag an nicht länger von der Verzweiflung getrübt sein würde, dich für immer verloren zu haben.« Er schluckte. »Und ich Dummkopf habe dich durch meine eigene Schuld beinahe erneut verloren. Dabei ertrage ich es kaum, mir ein Leben ohne dich auch nur vorzustellen.«

Éanna sah ihn nachdenklich an. Ihr war die Veränderung, die in Brendan vorgegangen war, sehr wohl aufgefallen. Die letzten Wochen hatten ihn reifen lassen. Er schien ruhiger geworden zu sein, besonnener. Er sprach seine Worte mit mehr Bedacht und ließ sie immer öfter an seinen Gefühlen teilhaben. Jetzt wagte sie es ernstlich zu hoffen, dass zwischen ihnen alles wieder in Ordnung kommen würde. Ihr Band war durch diese schwere Prüfung nur stärker geworden.

Und dann kam die Nacht, in der sie schweigend an der Reling standen und auf die unermessliche Weite des Ozeans hinausblickten. Alle Worte waren in den vergangenen Tagen gesagt worden und es erschien Éanna als das Natürlichste der Welt, dass Brendan seine Hand nach der ihren ausstreckte. Sie legte ihre Hand in seine und beugte sich zu ihm hinüber, um ihn zu küssen. Damit besiegelte sie ihre Versöhnung endgültig. Es war ein Kuss voller schmerzlicher Zärtlichkeit und zugleich auch Leidenschaft, nach dem sie nicht weniger gehungert hatte als er.

Patrick wahrte in dieser Zeit Distanz zu ihnen, auch wenn er oft in einiger Entfernung auf dem Deck stand und zu ihnen herüberblickte, was Éanna und Brendan nicht entging. Éanna ergriff jedes Mal eine tiefe Traurigkeit, wenn sie daran dachte, wie sehr es ihn verletzen musste, sie wieder zusammen zu sehen und zu wissen, dass er es gewesen war, der ihr Glück erst möglich gemacht hatte. Sie musste an die vielen Momente denken, in denen er ihr beigestanden hatte. Und plötzlich sah sie sich wieder in seiner Wohnung sitzen, von Trauer übermannt. Und sie sah Patrick vor sich, der ihr sein Taschentuch reichte.

Das Taschentuch! Sie konnte es nicht länger behalten. Wenn sie einen wahrhaftigen Neuanfang mit Brendan wollte, musste sie alles aus ihrem Leben verbannen, das sie noch mit ihrem großherzigen Retter verband. Entschlossen überwand sie die Distanz, die sie beide trennte, und trat an ihn heran. Dabei nestelte sie das Tuch aus ihrer Rocktasche, wo es die gesamte Seereise wohlverwahrt verbracht hatte.

»Mister O'Brien«, sprach sie ihn nervös an. Das Erstaunen in seinem Blick, als er das Taschentuch in ihrer Hand erblickte, zwang sie dazu, sich zu erklären. »Ich weiß, dass es sehr ungehörig ist, ein Geschenk zurückzugeben, aber bitte versteht, wenn ich mich gezwungen sehe, genau das zu tun. Es wäre einfach nicht richtig, etwas in meinem Leben zu behalten, das mich immer wieder an Euch erinnert. Denn mein Herz gehört nun mal einem anderen Mann.« Sie holte tief Luft und reichte ihm das Taschentuch.

Patrick schwieg einen langen Moment. Schmerz und Trauer spiegelten sich auf seinem schönen Gesicht wider.

»Éanna, ich verstehe dich«, sagte er schließlich. »Und ich weiß, dass du mich von nun an aus deinem Leben ausschließen wirst. Aber egal, was passiert oder wie viel Zeit auch vergehen mag, ich möchte, dass du weißt, dass ich immer für dich da sein werde. Versprich mir, nicht zu zögern, wenn du meine Hilfe benötigst. Überwinde deinen Stolz, solltest du jemals nicht weiterwissen und einen wahren Freund an deiner Seite brauchen.«

Die Wärme, mit der er gesprochen hatte, zerriss ihr das

Herz und sie blickte mit Tränen in den Augen zu ihm auf. »Gott schütze Euch, Patrick O'Brien. Lebt wohl.« Damit reichte sie ihm kurz ihre Hand und wandte sich endgültig zum Gehen. Es war Zeit, an ihren Platz an Brendans Seite zurückzukehren.

Drei Tage nach ihrer Rettung tauchte schräg hinter der Boston Glory ein prächtiger Viermaster am Horizont auf. Es war die Sea Eagle, ein eleganter Yankeeclipper, mit Heimathafen New York.

Die beiden Segelschiffe steuerten auf die Flaggensignale der Männer im Masttopp einen Kurs, der sie beide bald in Rufweite eines Sprechtrichters brachte. Die Sea Eagle reffte für die kurze Begegnung auf See einen Teil ihrer Segel, um nicht an der Boston Glory vorbeizuziehen.

Captain Richardson und der Captain des Yankeeclippers tauschten Nachrichten über die Schiffbrüchigen der Metoka aus. Und als bekannt wurde, dass die Sea Eagle weitere siebenundfünfzig Schiffbrüchige aufgenommen hatte, da schöpften jene wieder Hoffnung, die beim Untergang der Bark einen Familienangehörigen oder einen Freund aus den Augen verloren hatten. Caleb Crimshaw und all die anderen, die sich in die beiden größeren Beiboote gerettet hatten, waren nicht dabei. Für einen Austausch der Namen blieb in den wenigen Minuten leider keine Zeit. Noch ein paar Nachrichten, die überwiegend nur für Captain und Besatzung von Interesse waren, flogen von Schiff zu Schiff. Dann zog der Yankeeclipper auch schon unter Vollzeug an der Boston Glory vorbei, um bald am Horizont zu verschwinden.

Am Mittag desselben Tages wurden zum ersten Mal treibender Seetang und einige Seevögel gesichtet. Jubel brach unter den Auswanderern aus. Denn jetzt konnte die Küste Amerikas nicht mehr weit sein. Und Captain Richardson versicherte, dass sie sie noch vor Ende der Woche sichten würden.

Fünf Tage später und zwei Stunden nach Morgengrauen kam endlich der erlösende Ruf aus dem Masttopp.

»Land! . . . Land voraus in Sicht! . . . Zwei Strich an Backbord!«

Nun stürzte alles an Deck, hing in dichten Menschentrauben an der Reling und starrte in die Ferne, um zu sehen, wie die ebenso fremde wie verheißungsvolle Küste Amerikas sich erst als kaum erkennbare dunkle Linie am Horizont abzeichnete, um dann allmählich aus der See zu wachsen und dabei Konturen anzunehmen.

Aber dem Jubel und Chaos wussten der Captain und seine Mannschaft schnell ein Ende zu bereiten. Denn bevor sie vor dem Hafen von New York den Lotsen an Bord nehmen und sich von ihm durch die vorgelagerten Untiefen nach Manhattan an einen der Überseekais führen lassen konnten, galt es erst einmal, all die modrigen Strohsäcke und anderen verdreckten Kojenunterlagen über Bord zu werfen sowie das Zwischendeck durch kräftiges Ausräuchern und Auswaschen von seinem Dreck und Gestank zu befreien.

Nun wurden auch diejenigen unruhig, die, von den Entbehrungen der Überfahrt geschwächt, krank in ihren Kojen lagen. Denn schnell hatte es sich herumgesprochen, dass sich jeder von ihnen vor der Ausschiffung in New York in der Quarantänestation einer Gesundheitsprüfung unterziehen musste. Und wer diese nicht bestand, der wurde unbarmherzig von seinen Angehörigen und Freunden getrennt, auch Kinder von ihren Eltern, um Wochen in der Quarantänestation zu verbringen, bis er entweder seine Krankheit überwunden hatte oder tot war.

Schließlich kam die Stunde, der alle Auswanderer so lange entgegengefiebert hatten. Es war die Stunde, in der sie Sandy Hook erreichten, den Leuchtturm, der die letzte Segelstrecke in den Hafen ankündigte. Langsam erhob sich eine riesige Stadt aus den dunstigen Schleiern. New York! Und jeder fragte sich, was ihn dort wohl erwarten würde.

Éanna stand mit Emily auf ihrer linken und Brendan auf ihrer rechten Seite auf dem Vorschiff und starrte auf die immer deutlicher werdenden Umrisse des Hafens und der Stadt, während sich eine Barkasse mit den Offizieren der Quarantänestation der Boston Glory näherte. Ein Sturm tobte in ihrem Inneren, während die Gedanken in ihrem Kopf umherwirbelten.

Die geliebten Gesichter ihrer Familie zogen an ihrem inneren Auge vorbei, sie sah sich selbst, erschöpft von der Arbeit im Steinbruch, verzweifelt und allein, nachdem sie mit ihrer Mutter den letzten Menschen verloren hatte, der sie mit einem früheren, glücklichen Leben verbunden hatte. Da war Patrick, der ihr während ihrer ersten Begegnung in der Gaststätte gegenübersaß und zusah, wie sie ihren Hunger stillte. Und Brendan, mit einem Stück des Brotlaibes in der Hand, den er und seine Kumpane ihr kurz zuvor abgenommen hatten. Damals auf der Landstraße hatte alles zwischen ihnen begonnen. Wo würde ihr Weg sie noch hinführen? Würde Amerika ihnen eine neue Heimat bieten? Würden ihre Träume in diesem unvorstellbar weiten Land in Erfüllung gehen? Was auch immer die Zukunft bringen mochte, Éanna spürte eine tiefe Dankbarkeit in sich, mit Brendan und Emily die beiden Menschen an ihrer Seite zu haben, die ihr alles auf der Welt bedeuteten.

»Dort ist es! . . . Das dort ist Manhattan!«

Überall um Éanna herum redeten, lachten, weinten und beteten ihre Landsleute. Jetzt endlich lag es vor ihren Augen, das Ziel ihrer Sehnsucht. Eine Gänsehaut überkam sie. Und sie konnte kaum glauben, dass die Not Irlands und die Schrecken der Überfahrt nun endgültig hinter ihr lagen.

Plötzlich schob sich Brendans Hand in die ihre. »Lass uns ganz neu anfangen«, sagte er leise und drückte zärtlich ihre Hand.

Éanna erwiderte seinen Händedruck. Sie blickte zu ihm auf und Tränen des Glücks schossen ihr in die Augen, als sie erkannte, dass er verstand, was sie in diesem Moment bewegte. In diesem Augenblick gab es nichts mehr, was zwischen ihnen stand. Was geschehen war, gehörte der Vergangenheit an, war ein Kapitel im Buch ihres Lebens, das sie nie wieder aufschlagen würde. Das galt auch für Patricks Kuss und seine Liebesgeständnisse, von denen sie sich hatte verwirren lassen. Und dann sagte sie mit fest entschlossener Stimme: »Ja, das werden wir, Brendan! Wir werden in Amerika ein ganz neues Leben beginnen!«

Anmerkungen zur Auswanderung während der Hungersnot in Irland

In den sechs schlimmsten Jahren der Hungersnot in Irland, dieser wohl größten humanitären Katastrophe des 19. Jahrhunderts, in der schätzungsweise zwei Millionen Iren durch Hunger und Krankheiten den Tod fanden, überquerten 5000 Schiffe mit irischen Auswanderern den Atlantik. In diesen sechs Jahren trafen allein in New York Tag für Tag durchschnittlich 300 Iren ein, an manchen Tagen lag die Zahl sogar bei 1000 Personen. Dazu kamen jene, die in Boston und anderen amerikanischen Häfen sowie in Kanada an Land gingen.

Bei ihrer Einschiffung glaubten die meisten Auswanderer, dem Elend entronnen zu sein. Doch was sie in den ungefähr zehn Wochen auf See im Zwischendeck der sogenannten *coffin ships* zu erdulden hatten, stellte die Schrecken und Qualen, die schon hinter ihnen lagen, noch in den Schatten. [Für diejenigen, die über die Hungersnot in Irland Näheres erfahren möchten und den Roman *Éanna – Wildes Herz* nicht kennen, habe ich das Nachwort daraus an den Schluss der Anmerkungen zu diesem Roman angehängt.]

Oft erreichte nicht einmal die Hälfte der in Irland eingeschifften Auswanderer die Häfen in Amerika oder Kanada. Und auch an Land starben nicht wenige an Krankheiten, die sie sich während der Passage über den Atlantik zugezogen hatten. Einige wenige Zahlenbeispiele von den Todesraten britischer Schiffe aus dem Jahr 1847 sollen das im Folgenden verdeutlichen.

Die Brigg Larch aus Sligo begrub von ihren 440 Passagieren 108 auf See und weitere 150 wurden bei ihrer Ankunft in die Quarantänestation eingewiesen. Wie viele davon dort starben, ist nicht verzeichnet. Die Virginius übergab 158 von ihren 596 Pasagieren der See, 186 trafen schwer erkrankt in Amerika ein und die restlichen Auswanderer waren so entkräftet, dass sie kaum aus eigener Kraft von Bord gehen konnten. Da viele der Kranken und völlig Entkräfteten schon kurz nach ihrem Eintreffen in einem amerikanischen oder kanadischen Hafen starben, lag die Zahl der Toten weitaus höher, als es die offiziellen Statistiken angeben. Wissenschaftler haben inzwischen errechnet, dass von rund 100 000 irischen Auswanderern 25 000 auf See oder kurz nach Ende der Überfahrt starben, also jeder vierte.

Zum näheren Verständnis der politischen und gesellschaftlichen Situation jener Zeit und zu Englands Rolle in Bezug auf die irische Massenflucht sei an dieser Stelle daran erinnert, dass der europäische Sklavenhandel erst ein Dutzend Jahre vor Ausbruch der irischen Hungersnot beendet worden war. Und England, einst führend im Menschenhandel, hatte es sich nun zur noblen Aufgabe gemacht, den noch immer tätigen Sklavenhändlern auf See das Handwerk zu legen, und machte Jagd auf diese Schiffe. Für diese Aufgabe scheute die britische Regierung weder Kosten noch Mühe.

Dagegen zeigte die britische Krone entschieden weniger Engagement, durch gesetzliche Vorschriften auf den Auswandererschiffen der irischen Auswanderer für menschenwürdige Verhältnisse zu sorgen.

Ein Mitglied des britischen Abgeordnetenhauses berichtete seinen Kollegen, dass der Kapitän eines britischen Schiffes, das im Einsatz zur Unterdrückung des afrikanischen Sklavenhandels im Atlantik kreuzte, ihm gegenüber erklärt habe, dass »die Zustände auf manch einem irischen Auswandererschiff, das er gesehen hat . . . jenseits aller Beschreibungen sind und bei Weitem die Zustände übertreffen, die auf den von ihm aufgebrachten Sklavenschiffen herrschen«.

Das *Lloyd's Register*, das vornehmlich dem Versicherungszweck diente, teilte britische Schiffe nach genauer Inspektion je nach Alter, Zustand und Hochseetüchtigkeit in drei Klassen ein. Zu den Schiffen der zweiten Klasse gehörten jene, die von *Lloyd's* für den Transport von Trockenwaren für untauglich erklärt worden waren, da eine solche Fracht auf hoher See zwangsläufig nass und Schaden nehmen würde. Doch Auswanderer durften die Eigner und Kapitäne dieser Schiffe sehr wohl im Zwischendeck einpferchen. Und während bei *Lloyd's* nicht gelistete Schiffe von der britischen Regierung nicht einmal für den Transport von Sträflingen in die Sträflingskolonie (etwa Australien) gechartert werden konnten, hielt man sie doch für die Überfahrt von irischen Auswanderern für geeignet.

Für Sträflingsschiffe gab es auch strenge Vorgaben, was die Unterbringung und die Verpflegung der verbannten Gesetzesbrecher betraf. Dazu gehörte unter anderem, dass sie während der Überfahrt an drei Tagen der Woche sowie am Sonntag Fleisch erhielten sowie Fleischbrühe an den anderen Wochentagen. Davon konnten Auswanderer nur träumen. Sie erhielten bestenfalls Hungerrationen. Und oft waren die Vorräte, die an sie ausgeteilt wurden, von schlechter Qualität.

Zwar sah das Gesetz vor, dass ein Hafeninspektor vor Abreise eines jeden Auswandererschiffes den Proviant auf seine Qualität hin prüfte, bevor er die Erlaubnis zum Auslaufen erteilte. Aber die Kapitäne wussten diese Vorschrift trickreich zu umgehen. Entweder steckten sie mit den Inspektoren unter einer Decke oder aber sie nahmen den Hauptteil des Auswandererproviants erst nach der Erlaubnis an Bord, etwa unterwegs auf den Flüssen, die von den Häfen ins Meer führten. Und sogar wenn das bekannt wurde, konnte dagegen nicht eingeschritten werden, weil die Erlaubnis schon erteilt worden war.

Die irischen Auswanderer, die als steuerzahlende Untertanen der Krone eigentlich das Recht hatten, wie jeder andere Engländer behandelt zu werden, mussten also Zustände auf der Überfahrt ertragen, die noch entsetzlicher waren, als Sträflinge, ja sogar Sklaven auf ihrer Seereise zu erdulden hatten.

Sogar die *London Times,* die mit ihren giftigen, antiirischen Artikeln jahrzehntelang den Hass der Engländer auf die Iren geschürt hatte und gewissermaßen das mediale Sprachrohr der Regierung war, konnte nicht umhin festzustellen: »Der schlimmste Horror des Sklavenhandels, den das Empire mit großem Ehrgeiz und ohne Rücksicht auf die Kosten zu unterdrücken versucht, ist durch die Flucht britischer Untertanen von ihren heimatlichen Ufern wieder belebt worden . . . Die Slums von Kalkutta [im englischen Original wird von dem »Blackhole of Calcutta« gesprochen, A. d. V.} sind ein Ort der Gnade im Vergleich zu den Unterdeckquartieren dieser Schiffe . . . Doch zur selben Zeit und als Beweis für die Schuld jener, die für all das Elend die Verantwortung tragen, treffen täglich Fremde, etwa Deutsche aus Hamburg und Bremen, in Amerika ein – alle bei guter Gesundheit, widerstandsfähig und frohgemut . . .«

Auch Lord Clarendon sprach vor dem Untersuchungsausschuss, dem *House of Lords Select Committee on Emigrant Ships,* in dieser Zeit davon, dass es sich um »eine Katastrophe handelt, die in den Annalen der Geschichte ohne Parallele ist«.

Dass es auch anders ging, bewiesen die Amerikaner. Deren Gesetzgeber machten den Schiffen unter ihrer Flagge strenge Vorschriften und erlaubten pro fünf Tonnen Schiffstonnage nur zwei Passagiere, während es bei britischen Schiffen bei derselben Tonnage schon drei waren. So transportierten englische Segler durchschnittlich rund 300 Auswanderer, während amerikanische vergleichbarer Größe nur 200 im Zwischendeck aufnahmen. Aber sogar die Vorschrift der Engländer wurde öfter missachtet.

Darüber hinaus galten amerikanische Schiffe als erheblich sauberer, schneller, die Besatzungen korrekter in Behandlung und Verpflegung der Emigranten sowie besser in der nautischen Qualität ihrer Kapitäne.

Während englische Schiffsführer bei Nacht oft die Segel einholten, fuhren ihre amerikanischen Kollegen auch nachts mit gleichbleibender Geschwindigkeit.

Der Engländer William Cobbett, der über große Seeerfahrung verfügte und vor dem Untersuchungsausschuss über die entsetzlichen Zustände an Bord britischer Auswandererschiffe aussagte, erklärte zu diesem Thema: »Ich habe nicht einen amerikanischen Captain erlebt, der nachts seine Kleidung abgelegt hätte und ins Bett gegangen wäre. Nicht auf der ganzen Reise. Und ich kenne auch keinen, der es anders gemacht hätte!«

Hinzu kam, dass amerikanische Schiffe über eine bessere Ventilation unter Deck verfügten und dass die Planken des Zwischendecks im Gegensatz zu den englischen dicht versiegelt waren, damit das Quartier regelmäßig mit Salzwasser ausgespült werden konnte. Auch die Konstruktion war stabiler. So bestand meist ein wichtiger Teil des Spantenwerks aus Eisenträgern. Das machte es möglich, die Kojen der Passagiere mit einem festen Halt zu versehen, damit sie nicht schon beim ersten Sturm in sich zusammenbrachen. Auch waren die Toiletten für die Zwischendeckpassagiere von Beginn an integriert. Dagegen ließen die englischen Schiffsführer meist erst kurz vor Antritt der Fahrt in aller Hast zwei Wasserklosetts errichten. Diese zusammengezimmerten Bretterbuden hielten selten den enormen Belastungen auf See stand.

Die unzureichenden sanitären Einrichtungen waren zusammen mit dem Mangel an Wasser auch einer der Hauptgründe, warum die Todesraten auf diesen Schiffen so hoch waren. In den Sitzungen der parlamentarischen Komitees wurde darüber diskutiert, wie die Situation zu verbessern sei. Manch einer plädierte dafür, die beiden Toiletten ins Achterschiff zu verlegen, weil sie dort der Naturgewalt der See weniger ausgesetzt wären. Aber die Lobby der Schiffseigner und Kapitäne wusste diese Anregung schon im Ansatz zu vereiteln. Kein Kapitän wollte den Gestank Tag und Nacht aushalten.

Dass sogar in den Mietshäusern der Slumviertel schon für jeweils 100 Bewohner mindestens zwei Toiletten vorgeschrieben waren, wurde in diesen Diskussionen nicht bedacht.

Es herrschte das allgemeine Vorurteil, dass »Iren doch gewohnt sind, wie Schweine zu leben« und dass der Dreck und Gestank Ergebnis ihrer mangelnden Sauberkeit seien. Caroline Chisholm, eine weitere englische Augenzeugin, die vor dem Komitee aussagte, nannte die Ursache klar und deutlich beim Namen, als sie zu Protokoll gab: »Wenn 300 bis 600 Zwischendeckpassagiere keine Möglichkeit haben, sich die Hände zu waschen, was auf diesen Schiffen der Fall ist, und es auch keine Waschhäuser oder Bäder an Bord gibt, dann ist es unmöglich, einen Zustand der Sauberkeit zu wahren. Bevor also Auswanderer als dreckige Sippschaft bezeichnet und klassifiziert werden und man alles auf die Armut schiebt, was nichts mit dem Problem zu tun hat, sollte man die Schuld eher bei den Versäumnissen jener suchen, die nicht für eine angemessene Unterbringung und Toiletteneinrichtung der Auswanderer sorgen!«

Aber es blieb bei den zwei Toiletten pro Schiff und damit auch bei der hohen Zahl Kranker und Toter. Die mächtige Lobby aus Schiffseignern und Kapitänen hatte obsiegt.

Was die wichtigsten und ergiebigsten Quellen betrifft, aus denen ich für diesen Roman mit Dank und Hochachtung für die Arbeit der Verfasser geschöpft habe, so sind den diesbezüglichen Hinweisen im Nachwort des Romans *»Éanna – Wildes Herz«* noch die Sachbücher *»The Famine Ships – The*

Irish Exodus To America 1846–51« von Edward Laxton sowie *»Dublin – A Cultural History«* von Siobhán Kilfeather hinzuzufügen.

Leonie Britt Harper,
im Sommer 2007

Anmerkungen zur Hungersnot in Irland 1845–1850 Nachwort von Band 1

In den Jahren der Hungersnot starb fast jeder dritte Ire entweder direkt an Unterernährung oder indirekt an Kälte, Typhus, Cholera und anderen damit zusammenhängenden Krankheiten. Bei einer Bevölkerung von etwas mehr als acht Millionen belief sich die Zahl der Toten auf annähernd zwei Millionen. Eine weitere Million wanderte aus, zumeist in die USA und Kanada. Bis 1910 wuchs die Zahl der Auswanderer auf fünf Millionen.

Exakte Angaben über die genaue Zahl der Toten lassen sich nicht ermitteln. Bis 1864 gab es in Irland keine gesetzliche Vorschrift, Geburten und Todesfälle zu registrieren. Zudem zeigte die britische Krone während dieser wohl größten humanitären Katastrophe des 19. Jahrhunderts kein Interesse daran, die genaue Todeszahl zu ermitteln.

Mehr als 70% von Irlands Großgrundbesitzern, fast ausschließlich Engländer und Mitglieder der anglikanischen Kirche, vermieden es, sich in dieser Zeit vor Ort auf ihren Ländereien von dem Horror der Hungersnot ein eigenes Bild zu machen. Sie zogen es vor, ihr Geld in London, Paris und anderswo auszugeben, auf ihrem Land Massenräumungen durch ihre Agenten und Verwalter vornehmen zu lassen und die oftmals ruinierten, hoch verschuldeten Besitzungen dem höchstbietenden Käufer zu überlassen.

Erst durch die Empörung des Auslands sah sich die britische Krone im Frühjahr 1847 gezwungen, die irischen Häfen für Hilfslieferungen aus Amerika und dem europäischen Kontinent zu öffnen. Bis zu diesem Zeitpunkt war jedes ausländische Schiff gezwungen, zuerst einen englischen Hafen anzulaufen, wo die Fracht dann gegen entsprechend hohe Gebühren auf britische Schiffe umgeladen und von ihnen nach Irland transportiert wurden. Die enormen Profite der britischen Zwischenhändler und Schiffseigner waren der Regierung in London wichtiger, als durch zügige und ausreichende Hilfsmaßnahmen die Not der Iren zu lindern.

Wenn es auch keine konkreten Hinweise darauf gibt, dass die britische Regierung die Ausrottung ihrer unliebsamen irischen Untertanen bewusst betrieben hat, so gibt es jedoch zahlreiche unverblümte Äußerungen britischer Minister und anderer einflussreicher Politiker, die das Massensterben in Irland für einen »von Gott gesandten Segen und Lösung der sogenannten irischen Frage« bezeichneten und dieses Massensterben wie ein nicht zu änderndes Naturereignis hingenommen haben.

Sir Charles Trevelyan, zu jener Zeit britischer Finanzminister, erklärte gar 1846, dass es sich bei der Hungersnot nicht um ein physisches Übel handle, sondern »um das moralische Übel des selbstsüchtigen, perversen und verdorbenen Charakters des irischen Volkes«. Und er fuhr fort, die Angelegenheit sei zwar sehr ernst, »aber wir sind in der Hand der Vorsehung und ohne jede Möglichkeit, die Katastrophe abzuwenden, so sie denn eintrifft«. Dass zu diesem Zeitpunkt schon eine halbe Million Menschen der Hungersnot zum Opfer gefallen war, rechtfertigte es in seinen Augen offenbar noch längst nicht, schon jetzt vom Eintreffen ebendieser Katastrophe zu sprechen. Man kann es nur als menschenverachtenden Zynismus bezeichnen, dass er in diesem Zusammenhang noch sein Bedauern hinzufügte, dass die Iren die Hoffnungslosigkeit ihrer Situation nicht zu »würdigen« wüssten: »Es ist eine besondere Härte für dieses arme Volk, darüber in Unkenntnis zu bleiben, dass es sich bei dieser Maßnahme um Gottes Vorsehung handelt.« Und so verwundert es auch nicht, dass die entsetzliche Hungersnot mit ihrem Massensterben noch lange als »örtliche Notlage« bezeichnet wurde.

Die völlige Ausbeutung und Ausblutung Irlands ging denn auch all die Jahre unvermindert weiter. Selbst als die Ausmaße der Katastrophe nicht mehr schönzureden waren, verließ für jedes Schiff, das aus Amerika als Hilfslieferung Maismehl nach Irland brachte, weiterhin mindestens ein halbes Dutzend Schiffe ebendiese Häfen, beladen mit irischem Getreide, Hafer und Vieh. Diese Ausfuhren beliefen sich auf viele Millionen englische Pfund. Die britische Regierung sah keinen Anlass, von ihrer Politik des »natürlichen freien Handels« abzugehen und die gewaltigen Profite der Händler zu unterbinden. Dass die Regierenden anderer europäischer Länder, wie zum Beispiel Deutschland, bei nicht annähernd so verheerenden Hungersnöten die Ausfuhr heimischer Lebensmittel sofort untersagt und sie der eigenen Bevölkerung zugeführt hatten, nahm man in England nicht als Vorbild. Hier pochte man unbeirrt vom Massensterben auf das Recht des freien Unternehmertums, das seine Waren nun einmal dorthin verkaufte, wo sie den größten Gewinn brachten.

Die völlig unzureichenden Suppen, die der hungernden Bevölkerung schließlich von den öffentlichen Suppenküchen der britischen Krone vorgesetzt und als große Mildtätigkeit sowie als »exzellent« in der britischen Presse gepriesen wurden, hatten pro Mahlzeit einen Wert von gerade einmal drei Farthing, also nur drei Viertel eines Penny. Sie deckten damit bestenfalls ein Viertel der Nahrung, die zum Überleben nötig war.

Um dieser Perversion und Skrupellosigkeit der Regierung in London noch sozusagen die britische Krone aufzusetzen, stellten all diese viel zu spät eintreffenden und völlig unzulänglichen Hilfsmaßnahmen – im Gegensatz zu den Lieferungen aus Amerika, Kanada und dem europäischen Kontinent – kein »Geschenk« dar, sondern alle anfallenden Kosten wurden als Darlehen betrachtet, das vom überlebenden irischen Volk mit Zins und Zinseszins später zurückzuzahlen war.

In den 130 hoffnungslos überfüllten Arbeitshäusern Irlands für die Ärmsten der Armen wurden 1847 zum Höhepunkt der Hungersnot durchschnittlich *wöchentlich* 26 Tote pro 1000 Insassen verzeichnet. Ein Arbeitshaus wie das Clifton Workhouse in meinem Roman registrierte in dieser Zeit jede Woche 50 Tote und mehr. In manchen Arbeitshäusern lag die Sterbequote sogar bei 25% innerhalb von zwei Monaten!

In seinen Briefen und Reportagen an die Zeitungsredaktion des *Manchester Examiner*, die später als Buch mit dem Titel *»Irlands großer Hunger«* erschienen, schrieb der Engländer Alexander Somerville, der Irland 1847 bereiste: »Langwierigen Beschreibungen der Leiden des Volkes brauche ich hier keinen Raum zu geben. Denn alles, was über die Landbevölkerung des Westens zu sagen ist, lässt sich schon den Worten Elendshütten, Hunger, Lumpen, Rheuma, Entkräftung, Krankheit und Tod entnehmen. Alles, was über den Landadel . . . zu sagen ist, kann man den Worten Schlösser, Stolz, Untätigkeit, Leichtsinn, Armut und Verschuldung entnehmen. Es gibt kaum einen Zustand zwischen den beiden Extremen oder eine Mittelschicht.« Und an anderer Stelle schreibt Somerville in die Heimat: »An dem Ort, an dem ich dies hier niederschreibe, kriechen die Menschen buchstäblich auf ihre Gräber zu, und vor Leibschmerzen quellen ihnen die Augen aus den Höhlen . . .« Und zur Untätigkeit der herrschenden Klasse in Irland und England stellt er fest: »Das solcherart ungestraft bleibende Handeln der irischen Gutsverwalter, der politisch aktiven Protestanten, geht so weit, dass sie keinerlei Gefühl der Furcht oder Scham mehr kennen. Wovor sollten sie sich auch fürchten? Sie hatten alle Macht und auch das Gesetz auf ihrer Seite, ebenso alle Vertreter von Macht und Gesetz, angefangen beim Lord Primate von ganz Irland und dem irischen Lord Lieutenant bis hinunter zum Henker.«

Bei der Beschreibung dieses fast unvorstellbaren und noch schwerer in die Handlung eines Jugendromans zu fassenden Elends habe ich mir nach gewissenhafter Abwägung eine größtmögliche Zurückhaltung auferlegt und mich auf das Notwendigste in der Beschreibung beschränkt. Dieses dürfte jedoch immer noch genügen, um ein realistisches Bild der Hungersnot beim Leser zu erzeugen. Das ganze

Ausmaß des alltäglichen Grauens während des Massensterbens in aller drastischen Härte zu schildern, ist jedoch in diesem Rahmen kaum darstellbar.

Wer sich detailliert über die grauenvollen Jahre der irischen Hungersnot informieren möchte, dem sei die Lektüre der folgenden Bücher anzuraten, die zugleich auch den Großteil meiner Quellen zu diesem Roman bilden: *»The Great Hunger«* von Cecil Woodham-Smith, *»Black Potatoes – The Story of the Great Irish Famine, 1845–1850«*, von Susan Campbell Bartoletti; *»The Great Irish Potato Famine«*, von James S. Donnelly, JR; *»The Irish Famine – An Illustrated History«*, von Helen Litton; *»Paddy's Lament«*, von Thomas Gallagher; *»Irlands großer Hunger – Briefe und Reportagen aus Irland während der Hungersnot 1847«*, von Alexander Somerville.

Leonie Britt Harper,
im Dezember 2006